多恩研究批评史

A Critical History of John Donne Studies

晏奎 著

科学出版社

北京

内 容 简 介

约翰·多恩是英国玄学派诗歌的泰斗,对西方文学发展有着巨大而深远的影响。从 17 世纪的新古典主义到 20 世纪的解构主义和新历史主义等几乎所有的文学理论,都对多恩展开了广泛深入的研究,取得了丰硕成果。本书在充分占有资料的基础上,系统梳理了这四个世纪的多恩研究成果,勾勒出了清晰的多恩研究历史脉络,对每个时期的研究特点进行了客观精准的总结、评价,揭示了多恩的经典化历程,提出了多恩研究批评史所蕴藏的文学发展互动规律。

本书适用于高等院校外国文学、中国文学、比较文学专业的师生,对英美文学、西方文艺理论、文学史、思想史感兴趣的广大读者,以及普通文学爱好者和西方艺术爱好者。

图书在版编目(CIP)数据

多恩研究批评史/晏奎著. —北京:科学出版社,2022.10
ISBN 978-7-03-073255-2

Ⅰ.①多… Ⅱ.①晏… Ⅲ.①多恩(Donne,John 1572-1631)—文学批评史 Ⅳ.①I561.064

中国版本图书馆 CIP 数据核字(2022)第 177346 号

责任编辑:杨 英 宋 丽 / 责任校对:贾伟娟
责任印制:赵 博 / 封面设计:蓝正设计

科学出版社 出版
北京东黄城根北街 16 号
邮政编码:100717
http://www.sciencep.com

北京建宏印刷有限公司印刷
科学出版社发行 各地新华书店经销

*

2022 年 10 月第 一 版 开本:720×1000 1/16
2024 年 3 月第二次印刷 印张:31 1/4
字数:600 000
定价:168.00 元
(如有印装质量问题,我社负责调换)

前　言

　　约翰·多恩（John Donne，1572—1631）是英国玄学派诗歌的泰斗，对 17世纪以来的西方文学创作和批评有着巨大而深远的影响。本书旨在梳理多恩研究的历史脉络，阐释其中所折射出的一系列重大文学理论问题。在四个世纪的历史长河中，几乎所有的文学理论，比如新古典主义、浪漫主义、新批评、心理分析、女性主义、结构主义、解构主义、新历史主义等，都对多恩展开了广泛深入的研究。这些研究一方面深化了人们对多恩的认识，确立了多恩在英国文学史上的经典地位；另一方面也使多恩成了各种理论借以实现自我展示、自我检验、自我完善甚至自我标榜的一个重要平台。前者逐渐将多恩演变成文化传承的一个典型个案；后者则使多恩研究超越了原本的个体属性，成为文化的、观念的、现代的、理论的争鸣。这一切本身就是一个值得思考的文化现象，因为它表明多恩已然成为一个文化符号，是文学理论建构中的一块试金石。

　　那么，究竟是什么原因使多恩成为文化符号的？多恩研究又是如何成为众多理论的试金石的？这些理论是否具有某些共同的因素？如果没有，学者们何以会对多恩的作品产生如此浓厚的兴趣？如果有，答案究竟是什么？学者们对多恩研究又何以会彼此争论不休？此外，在 400 多年的多恩研究中，除了居于核心地位的"玄学诗"这一概念之外，还一再地出现诸如感受力、巧智、思辨性、悖论等其他概念，这些概念的背后究竟蕴藏着怎样的含义？为什么这些概念既屡屡见诸不同时代、不同国别之间的比较研究、文化研究之中，也常常见诸同一时代、同一国家之内的各种理论流派、审美取向甚至文学主张与创作实践之中？所有这一切，无不涉及文学创作与文学评判的关系，比如作品与受众、常规与变异、思想与技巧、审美与主体、传承与创新等一系列文学理论问题。

　　对作家的研究可以是纵向的，也可以是横向的。具体到约翰·多恩，横向研究可谓如火如荼，不仅文论界争相评说，而且哲学界、神学界、出版界也都积极参与，每年都有大量专著和论文问世，涉及多恩的生平和作品、诗歌和散文、思想和艺术等众多方面。值得注意的是，随着理论视野的逐步开阔，新的解读也层出不穷，充分显示出研究者的胆识和才能；纵向研究则全然是另外一种景象，迄今为止依然十分薄弱，这在国内外的多恩研究中都是如此。

　　国外的研究，从宏观历史角度入手的专著只有 A.J.史密斯（A. J. Smith）的《批评遗产：约翰·多恩》（*The Critical Heritage: John Donne*，以下简称《批评遗产》）。它是布莱恩·查尔斯·索瑟姆（Brian Charles Southam）任总主编的"批评遗产系列"丛书中的一种，按编年史的形式，收集了包括作品引用、往来书信、报刊评论、读书笔记、文集旁注等相关材料。索瑟姆在丛书的"总编前言"中明确提出，出版该套"批评遗产系列"丛书的目的，是让现代读者了解一个作家是如何走向当时或稍后的读者的，进而理解文学经典是如何形成的。①史密斯的《批评遗产》仅是史料性的，并无理论阐释。

约翰·R. 罗伯茨（John R. Roberts）是美国多恩研究会（John Donne Society）首任会长，从 1986 年的第一届美国多恩研究会年会起，他一直关注研究会的工作及全球的多恩研究进展情况。他"阅读了过去 80 多年间的多恩研究的几乎全部成果"②，在此基础上，他先后出版了 3 卷《多恩现代批评书目评注》（John Donne: An Annotated Bibliography of Modern Criticism，以下简称《书目评注》）。③罗伯茨的《书目评注》与史密斯的《批评遗产》可以看作相互关联的姊妹篇，一是因为前者正好是后者的延续；二是因为前者也如后者一样是以编年史的形式写作的；三是因为它们都具有放眼世界的眼光和兼容并包的胸怀，所以都是多恩研究批评史的基本文献。然而罗伯茨的 3 卷《书目评注》同样是史料性质的；区别在于，史密斯更倾向节选原作本身，而罗伯茨则更倾向原作的摘要，属于"书目选录"性质。倾向原作的是罗伯茨主编的《多恩诗研究核心文献》（Essential Articles for the Study of John Donne's Poetry，1975），以及海伦·加德纳（Helen Gardner）主编的《多恩研究文集》（John Donne: A Collection of Critical Essays，1962）、安德鲁·穆斯勒（Andrew Mousley）主编的《当代多恩研究文集》（John Donne: Contemporary Critical Essays，1999）等。这些著作都是很有意义的文集，但所收文章基本上都是横向研究性质的，对多恩研究批评史而言，它们虽是重要的原始材料，却并不揭示发展线索，需要对之做进一步的梳理之后，才能发掘背后的学理思路，把握它们在多恩研究批评史上的地位与作用。

比较而言，关于多恩研究的论文的数量略微多些，但因基本限于对多恩个别作品的分析或对某种观念的阐释，缺乏整体梳理，甚至脱离对宏观历史的把控，

---

① Brian Charles Southam. "General Eidtor's Preface." In A. J. Smith (Ed.), *The Critical Heritage: John Donne*. London and New York: Routledge, 1983, p. v.

② John R. Roberts. "John Donne, Never Done: A Reassessment of Modern Criticism." *John Donne Journal* 23 (2004): p. 20. 本书引用的外文文献，没有特别说明的，均由本书作者遵照原文译出。

③ 它们是 1973 年的《多恩研究现代批评书目评注 1912—1967》（John Donne: An Annotated Bibliography of Modern Criticism 1912-1967）、1982 年的《多恩研究现代批评书目评注 1968—1978》（John Donne: An Annotated Bibliography of Modern Criticism 1968-1978）和 2004 年的《多恩研究现代批评书目评注 1979—1995》（John Donne: An Annotated Bibliography of Modern Criticism 1979-1995），其中头两卷由密苏里大学出版社出版，后一卷由杜肯大学出版社出版。

因而结论难免显得片面。更为重要的是，对某一事件、某一作品、某一概念的研究，越是深入，也往往越容易以一概全，由此也可能引发貌似合理的误解甚至混乱。罗伯茨曾明确指出："文史家、批评家、教师等，在我看来，仍在重复有关多恩诗的那些一般性概括，尽管那些概括并不完整，充满偏见与误导，有时甚至存在明显错误，却被人广为接受，形成一个庄严的空洞传统"。[①]他所列举的是关于多恩诗的诸多误解；但对多恩研究批评史而言，他虽然没有提到但却更为重要的例子还有很多。比如自塞缪尔·约翰逊（Samuel Johnson）以后多恩便被忽视了，直到 20 世纪才被重新发现；又比如前期的多恩是个十足的浪子，后期的多恩则俨然是个圣人；等等。这些误解和混乱，明显是源自对片面结论的夸大，但却被写入教材，俨然成了定论，流行至今。

　　横向研究与纵向研究并不是截然分开的，因为横向研究会受到纵向研究的制约。学术是否具有进展，不仅仅要看当下的成果，而且还要用前人的成果加以检验。这在多恩研究领域有着十分突出的表现。横向研究虽然称得上方兴未艾，但也存在一些不足。从宏观上说，相当数量的研究是以某种理论为基础、以某个或某类作品为对象的一种重新解读，重点在理论视角上，对作品本身的研究不够深入，因此切入点虽然新了，结论却不一定：有的只是重复已有结论，无丝毫新意可言；有的尽管新颖，却不能自圆其说；有的纯属理论争鸣，难免抽象、笼统。从微观上说，研究重点首先是《歌与十四行诗集》（Songs and Sonnets），其次是《应急祷告》（Devotions upon Emergent Occasions）和《神学诗集》（The Divine Poems），再次是《布道文集》（The Sermons），而对长诗、诗信、杂诗等则鲜有涉足，对多恩生前就曾引发巨大反响的作品，比如《灵的进程》（"The Progress of the Soul"）、《第一周年》（"The First Anniversary"）和《第二周年》（"The Second Anniversary"）等，尽管常有提及，但更多是作为背景来用的，对其真正的深入研究并不多见。与此同时，多数评论都以多恩的艺术特点为主线，致使公认的结论一再反复，而原有的误解依然存在，混乱并未得到澄清。更有甚者，所用材料大多局限在爱情诗和宗教诗上，给人的感觉是这些就是多恩的作品，所以这就是多恩。之所以如此，原因固然很多，但都与多恩研究的历史影响有着紧密关系。

　　这进一步说明，纵向研究和横向研究，是可以相互补充、相互促进、共同发展的。一方面，纵向研究既可以左右普通读者，进而制约横向研究的深入；也可以为横向研究提供有益的借鉴，进而指出未来的发展方向。另一方面，横向研究如果仅仅满足于对作品的解读，或者直接借用一种现成的理论，或者忽视历史的启示，恐怕都是不够的，甚至是有害的。有鉴于此，本书力争在充分占有材料的

---

① John R. Roberts. "John Donne, Never Done: A Reassessment of Modern Criticism." *John Donne Journal* 23 (2004): p. 14.

基础上，系统梳理 17 世纪以来的多恩研究，重点分析其中的代表性研究成果，着力勾勒清晰的多恩研究的历史脉络，探究其中的各种因素及其相互作用，从而揭示整个多恩研究批评史所蕴藏的一系列文学理论问题。

这样的研究涉及两个基本内容。首先，是多恩创作本身及其在文学史上的地位、作用与影响。尽管多恩以自己的方式进行创作，但自 17 世纪以降，却以英国玄学诗泰斗的身份为人所知晓、研究和讨论的。因此，我们就得对玄学诗的概念、缘起、内涵与发展有基本的了解，对玄学诗的内在动力、一般常规和内部变异有自己的判断，并在此基础上阐释多恩和多恩研究在其中的特点、地位、作用和贡献。其次是多恩批评的历史演化，因为今人所认识的多恩，更多的是模式化、概念化的多恩。这一层面的探究，需要我们结合社会史、政治史、经济史、思想史，以及文化艺术的宏观环境，科学分析不同时期、不同流派、不同批评家的研究观点和方法；在内容与形式、传统与创新、创作与批评三个层面，着重探讨多恩和多恩研究中的本位与位移、异化与回归、哲理与情感、秩序与混乱、叙事与思辨等要素，进而阐释多恩研究与文学创作、阅读鉴赏、文学批评的多重互动关系及其基本规律、变异模式和对文学发展与文化建设的启示。

但是，仅有这样的两个基本内容显然是不够的，还需要对之加以系统梳理，给出实事求是的阐释。首先是系统梳理多恩研究的历史。这种梳理不是简单的罗列，而是结合多恩的具体作品，深入分析 400 年的多恩研究成果，科学评价其中所关涉的各种批评理论的核心观点、基本策略和研究方法，考察其在多恩研究中的渗透、变异、深化、拓展与完善，进而探究作家与受众、作品与读者、常规与变异、思想与技巧、审美与主体、创作与批评等的存在方式和相互作用。其次是科学评判多恩研究的特点。多恩研究批评史因时间跨度长、所涉理论多、内容具体复杂而被称为"评论界一个自我长存的事业"[①]。因此如何客观、公允地总结和评价中外多恩研究的特点、成就、价值以及相关理论的学理基础与文化渊源，如何科学、全面地分析东西文化传统及其演变模式与多恩研究的因果关系，如何在充满术语之争、流派之争、个案之争的多恩研究中寻求一部科学的批评史，都是需要深入文本的，也是需要跳出文本的，否则就难以得出有说服力的结论。

这也决定了我们的研究方法必然涉及至少三个结合。一是宏观与微观相结合：以全球化历史进程为背景，以多恩研究批评史为线索，结合哲学、史学、宗教等相关学科的最新成果，力求科学、全面、深入地揭示多恩研究批评史的基本走向与多重互动关系，探究其间的内在规律。二是理论与作品相结合：以相关理论的发展演变和实际运用为主线，以多恩的作品为蓝本，结合版本史、阅读史、批评史，将史料梳理、理论分析、文本解读融为一体，力求客观、公正地探究多

---

① John R. Roberts. "John Donne, Never Done: A Reassessment of Modern Criticism." *John Donne Journal* 23 (2004): p. 12.

恩研究批评史的学术价值、既往得失与学理意义。三是历史与当下相结合：立足21 世纪的当下，系统梳理四个世纪的多恩研究成果，探究每个时期的多恩研究的特点、成就与贡献，分析其中所体现的变异与张力、发展模式与因果关系等在多恩研究中的独特价值。

　　一个伟大的作家往往也是批评家眼中的作家，因为其作品具有无限的可读性，而批评通常就是其中最直接、最集中、最有影响力的解读。多恩就是这样的作家之一。基于这样的认识，我们就可以对一些研究成果加以重新审视。比如，多恩研究中有个经典论断，认为多恩在 18—19 世纪曾淡出读者视线，直到 20 世纪初才被"重新发现"。可这一论断是无力经受历史验证的，因为"在他去世后的三个半世纪里，多恩从来不曾被真的忽略过"①。事实上，正如本书第三章和第四章所揭示的，多恩研究在 18—19 世纪并未有过停止，尽管不如 17 世纪那么炙手可热，但却更加深入。全方位地揭示持续了四个世纪的多恩研究，解释其特有的地位与贡献，就不只是推翻一个武断的结论那么简单，除了要具有说服力的支撑材料，还必须给出科学的学理阐释。

　　这样的阐释意味着，我们不仅要梳理、总结多恩研究的历史，而且需要结合多恩的作品，互为检验。在我们看来，误读是文本接受的一种常态，也是文学研究能够保持活力的一种表现，更是作家必须坦然面对的一个事实。具体到多恩研究批评史，其问题不在于是否存在误读，而在于如何从本质主义诗学与非本质主义诗学的交互角度，对文史家、批评家的误读给予科学而合理的客观阐释。

　　科学合理的客观阐释是研究批评史的核心，显示着与作家研究、作品研究的根本区别。在研究一个作家、一部作品时，我们实际上是在研究自己；而在研究一个作家的批评史时，我们研究的却是别人。于前者，我们是与作家、作品进行直接对话，侧重于个体领悟；于后者，我们是与作家、作品的读者对话，侧重于史料分析。因此，本书将结合版本史、阅读史、文本分析与理论阐释，对数百年的多恩研究进行较为全面的清理，既阐释多恩对文学理论、创作、评论的重大影响，也阐释文学理论、创作、评论对多恩研究的反影响。

　　作为 2011 年获批立项的国家社科基金项目之一，本书得到了较为充足的经费支持，得以较为顺利地获取到一批研究中必需的珍贵资料，特别是 17—19 世纪那些稀有的原始文献。没有这些原始文献，多恩研究中的一些流行错误就不可能发现，全书的广度和深度也因此受到影响。更重要的是，本书从立项到付梓都得到了众多专家、学者、同行的热情鼓励。没有他们的鼎力相助，本书从根本上说是难以想象的，在此谨向他们表示由衷的感谢。

　　感谢浙江大学沈弘教授，南京大学刘海平教授，四川外国语大学董洪川教

---

① G. S. Fraser. *A Short History of English Poetry*. Somerset: Open Books Publishing Ltd., 1981, p. 114.

授，西南大学李力教授、文旭教授、王本朝教授、蒋登科教授。他们在立项之初就从章节安排、研究方法、研究思路、概念界定等许多方面提出了具体的建设性意见和建议，确保了笔者在整个研究过程中能直面问题、少走弯路。感谢河北师范大学李正栓教授，西安电子科技大学张缨教授，西南大学罗益民教授、刘立辉教授、刘玉教授、罗朗教授。本书从始至终都得到了他们全方位的倾力支持。如果没有他们的相助，资料梳理、背景关联、学理阐释等都难免存在很大局限。

感谢西南大学王永梅教授提供的最权威的《琼森全集》，感谢四川外国语大学曾立老师对中国多恩研究的系统梳理。感谢国家社科基金规划部门聘请的匿名评审专家对研究成果的高度评价和宝贵建议。《多恩研究批评史》这一书名就直接来自他们的建议。感谢科学出版社杨英副编审对本书的关注和技术支持，感谢编辑宋丽和高雅琪一丝不苟的查对、核实与建议。感谢西南大学将本书列入学校2020年第一批"人文社会科学优秀成果文库"，并提供全额出版资助。

感谢我的妻子李应坚副教授和女儿晏清皓副教授。本书所用的相当部分外文资料是她们在北美找寻并带回的。她们反复阅读稿件，提出修改意见，协助对原始文献进行再三核对。本书的字里行间都浸透着她们的深度融入和辛勤付出。

最后，谨以国家社科基金匿名评审专家之一的以下鉴定原话，作为对本书的一种良好展望：

> 多恩研究研究批评跨度长达4个世纪，声音来自多国、多个领域，呈现出强烈的历史时代性、过程性和复杂性，相关资料庞杂程度可以想见。该成果将史料梳理、文本细读和理论分析融为一体，对17世纪以来的多恩研究进行了详细严谨的考查，对其中所蕴含的多重关系做到了客观公允的分析，成功地建构了一部多恩批评史。通过对历代评多恩、论多恩者的总结、评价，间接明晰了玄学派的发展和多恩地位的迁转，一是有助于对多恩形成更系统、完备的认识，二是尝试构建了一条完整清楚的多恩批评理路，后来者可以以此为镜，在重要作家的评鉴研究中多加入历代思想流变的思考。因此，该成果无论是对多恩研究、对了解英国历代诗学观念演进，还是对批评史学科建设都有着重要价值和长远意义。

果真如此，则十余年的冷桌孤灯终将有所裨益，但理无专在，学无止境；十年之功，未必成剑。书中必然还有许多不足，恳请读者批评指正。

晏　奎

2022年10月

于西南大学

目　　录

第一章　从诗到文：多恩及其作品世界

拙著里确有一条错误的线索，但却不易被人察觉。请您就让它保持原样吧。您是一位谨慎之人，所以但凡您认为有可能看到它的，都请让他们知道：它出自过去，出自凡人多恩，而非博士多恩。

——多恩《致罗伯特·科尔爵士》

1619 年，多恩奉命出访欧洲大陆。临行前他将自己的《论自杀》（*Biathanatos*）交付其大学时的同窗好友罗伯特·科尔（Robert Ker），恳请其代为保存，并在随附的书信中特别提醒道，《论自杀》"出自凡人多恩，而非博士多恩"[①]。这一高度凝练的提醒具有明显的自我审视性质，成为后来的多恩研究的参考文献之一，比如罗伯特·C. 鲍尔德（Robert C. Bald）就在《多恩传》（*John Donne: A Life*）中开门见山地指出，我们对多恩的了解，远比对文艺复兴时期的其他英国诗人要多，因为有关杰弗里·乔叟（Geoffrey Chaucer）、威廉·莎士比亚（William Shakespeare）、埃德蒙·斯宾塞（Edmund Spenser）、约翰·德莱顿（John Dryden）、约翰·弥尔顿（John Milton）等的生平，总会缺少这样或那样的支撑材料，多恩则不然。[②]事实也确实如此。首先，从 17 世纪至今，每个世纪都有各种版本的多恩传记，从未有过间断；其次，多恩的很多书信也都流传至今，那些书信大多较为真实地反映了他坎坷的人生经历和丰富的内心世界；最后，多恩的散文作品，特别是《伪殉道者》（*Pseudo-Martyr*）和《论自杀》，也都具有很强的自传性。仅这三个方面的材料就足以为我们呈现一个相对完整的多恩形象。

第一节　不只是浪子与圣徒

多恩的第一个传记是艾萨克·沃尔顿（Izaak Walton，1593—1683）的《圣保罗前教长多恩博士的生与死》（"The Life and Death of Dr Donne, Late Dean of St Paul's"，1640）。这是多恩《布道文八十篇》（*LXXX Sermons*，1640）一书的"前言"，1658 年以单行本的形式面世时，沃尔顿对其内容做了充实，取名《神

[①] John Donne. *Selected Letters*. Ed. Paul M. Oliver. New York: Routledge, 2002, p. 89.

[②] R. C. Bald. *John Donne: A Life*. New York and Oxford: Oxford UP, 1970, pp. 1-2.

学博士并伦敦圣保罗大教堂已故教长约翰·多恩传》（ *The Life of John Donne, Dr. in Divinity, and Late Dean of Saint Pauls Church London*，以下简称《多恩传》）。在《多恩传》中，沃尔顿说多恩的父系先祖曾是威尔士一个古老的显赫家族，其母亲则是闻名遐迩的托马斯·莫尔（Thomas More）的后裔。[①]鲍尔德对此做了进一步说明：沃尔顿依据的很可能是多恩的一幅早期肖像，因为那幅肖像中有一枚纹章，而那枚纹章属于威尔士卡马森郡（Carmarthenshire）基德韦利镇（Kidwelly）的多恩家族。多恩家族是威尔士的一个望族，其远祖曾出任亚瑟王（King Arthur）加冕礼上的金剑骑士，其近祖则在 15 世纪初追随威尔士亲王欧文·格兰道尔（Owen Glendower）参加过反对亨利四世（Henry IV）的斗争，并在 15 世纪后半叶的玫瑰战争中支持过约克王朝。基德韦利镇的多恩家族中，亨利（Henry）和约翰（John）兄弟曾协助彭布罗克伯爵（Earl of Pembroke）、威廉·赫伯特（William Herbert）镇压南威尔士的反叛，亨利战死沙场，约翰则被爱德华四世（Edward IV）封为骑士。[②]

德里克·帕克（Derek Parker）在《多恩及其世界》（ *John Donne and His World*）中也有类似的记载。[③]不过，多恩本人对如此高贵的身世却很少提及，说得更多的是其母亲一方，原因之一很可能是他是在母亲家族的关怀下成长起来的。多恩的父亲约翰曾是伦敦的一个小学徒[④]，他后来靠自己的努力成了一个富有的商人，还一度做过伦敦冶金协会的主管，但在多恩年仅 4 岁时便去世了；多恩的母亲伊丽莎白·海伍德（Elizabeth Heywood）是诗人、剧作家、音乐家约翰·海伍德（John Heywood）的女儿，多恩的外婆既是作家约翰·拉斯特尔（John Rastell）的女儿，也是托马斯·莫尔爵士的侄女。正因为如此，尼古拉斯·罗宾斯（Nicholas Robins）在《多恩的诗人生涯》（ *Poetic Lives: Donne*，2011）一书中写道：“在母亲一方，多恩可以自豪地声称他的祖父是著名的音乐家和作家，他的曾祖父曾是英国财政大臣、《乌托邦》（ *Utopia*）的作者、罗马天主教的殉道者。”[⑤]总体而言，对多恩的一生具有决定性影响的两大因素是家族与个人经历。在家族方面，多恩的父母都信奉天主教，是虔诚的天主教耶稣会士；在个人经历方面，多恩在国家层面经历了伊丽莎白一世（Elizabeth I）、詹姆斯一世（James I）、查理一世（Charles I）三个朝代，在个人层面则以他 1601

---

① Izaak Walton. *The Life of John Donne, Dr. in Divinity, and Late Dean of Saint Pauls Church London*. London: Marriot, 1658, p. 5. 关于沃尔顿《多恩传》的成书过程和后续影响，见本书第二章第三节和第四章第六节。

② R. C. Bald. *John Donne: A Life*. New York and Oxford: Oxford UP, 1970, pp. 20-22.

③ Derek Parker. *John Donne and His World*. London: Thames and Hudson, 1975, p. 7.

④ 多恩的祖父和父亲都叫约翰，多恩自己以及长子也叫约翰。批评界因不涉及多恩的祖父与父亲，所以一般用“小约翰”指称多恩的长子。在本书中，我们将用“多恩长子约翰”来指称多恩的长子。

⑤ Nicholas Robins. *Poetic Lives: Donne*. London: Hesperus Press Ltd., 2011, p. 8.

年的婚姻和 1615 年出任牧师为标志而分为三个阶段。

　　第一阶段（1572—1601 年）是多恩崭露头角的时期。多恩出身于天主教与国教严重对立、天主教遭受残酷打压的时期。我们知道，英国国王亨利八世（Henry VIII）曾一度坚决反对新教，被教皇利奥十世（Pope Leo X）授予"信仰捍卫者"的称号，后因个人婚姻而脱离天主教，成了英国国教的最高领袖。1553 年，信奉天主教的玛丽·斯图亚特（Mary Stuart）即位，她恢复了天主教，残酷迫害国教教徒，史称"血腥玛丽"。1558 年，伊丽莎白成为女王后，国教的官方地位重新得以确立，天主教则成了其打压对象。多恩就是在这样的背景下出生的。他的父母都是虔诚的天主教耶稣会士；他的继父约翰·赛明吉斯（John Syminges）医生也是天主教耶稣会士；他的两个舅舅埃利斯·海伍德（Ellis Heywood）和贾斯帕·海伍德（Jasper Heywood）都是天主教耶稣会士，并因此被判流放，最终客死他乡；他的弟弟亨利·多恩（Henry Donne）也因藏匿天主教牧师威廉·哈林顿（William Harrington）而被捕入狱，在其被执行绞刑的前夕病死狱中。这一切都对多恩的生活与思想产生了重大影响。在《论自杀》的前言中，多恩曾回忆过这段历史，说他的家族因为信仰而遭受了巨大痛苦，他本人常有成为殉道者的强烈渴望。[1]

　　幸运的是，由于母亲的家族，多恩很小就接受了良好的私塾教育，虽然被送入牛津大学时年仅 10 岁，却已"掌握了法语和拉丁语"[2]。但因为他信奉天主教，不能在授位仪式上宣誓承认"三十九条信纲"[3]，于是在牛津大学读了三年后便转学到了剑桥大学。他在牛津大学的最大收获之一是结交了亨利·沃顿（Henry Wotton），他们后来成了终生挚友。现有材料显示，沃顿是第一个计划撰写多恩生平的人，他虽然最后没能自己写出，却为沃尔顿的《多恩传》提供了极大的帮助。剑桥大学比牛津大学更加注重人文修养。根据鲍尔德回忆，多恩在剑桥大学期间不但以极大的热情学习了修辞、哲学、医学、文学等课程，而且还接受了大学才子派的主张。鲍尔德特别提到两个例子：一是克里斯托弗·马娄（Christopher Marlowe）对多恩的影响远比其他同代人要深；二是在著名的哈维-纳什之争（Harvey-Nashe Controversy）中，多恩完全站在托马斯·纳什

---

　　① John Donne. *Biathanatos*. Ed. Earnest W. Sullivan. London and Toronto: Associated UP, 1984, p. 29.

　　② Izaak Walton. *The Life of John Donne, Dr. in Divinity, and Late Dean of Saint Pauls Church London*. London: Marriot, 1658, p. 6.

　　③ "三十九条信纲"是英国国教会（史称安立甘宗、英格兰圣公会）的信仰纲领，1571 年由伊丽莎白一世主持定稿，编入《公祷书》，其中第 37 条强调君权高于教权，与多恩的家庭信仰相悖。国教会并不强制信徒都要接受这些信纲，但要求牛津大学、剑桥大学两所大学成员必须承认"三十九条信纲"，不发表与之相悖的言论，而且要从这两所学校获得学位，就必须在授位仪式上宣誓承认《公祷书》。

（Thomas Nashe）所代表的大学才子派一边。①大学才子派的成员都是牛津大学和剑桥大学的学生，亦即多恩的学长，但多恩并非大学才子派的成员，也没有任何戏剧作品流传于世。大学才子派对他的影响，主要见于他的诗歌创作，比如《跳蚤》（"The Flea"）中的独白手法以及《诱饵》（"The Bait"）对马娄《多情的牧羊人致他的情人》（"The Passionate Shepherd to His Love"）的回应。哈维-纳什之争的实质是文学主张之争，在那场争论中，多恩同情与支持马娄等大学才子派的成员，表明他除了研习传统的前三科与后四科之外，还对现代意义上的文学艺术有着浓厚的兴趣。

1592 年，多恩进入林肯律师学院（Lincoln's Inn），这是英国最为著名的四所律师学院之一，在鲍尔德看来，这也是多恩走上仕途的必由之路，因为多恩母亲一方的很多人，比如约翰·莫尔（John More）、托马斯·莫尔、克里斯多夫·斯塔布斯（Christopher Stubbes）、威廉·拉斯特尔（William Rastell）、理查德·海伍德（Richard Heywood）、约翰·海伍德等，都是从林肯律师学院毕业的。②在林肯律师学院期间，多恩除了学习，还结交了很多情趣相投的新朋友。根据鲍尔德的说法，林肯律师学院有诸多严格的规定，其中之一是接纳新生需要两个老生作担保，多恩的担保人是克里斯多夫·布鲁克（Christopher Brooke）和爱德华·洛夫特斯（Edward Loftus），两人后来都成了多恩最好的朋友，其他好友还有克里斯多夫的弟弟塞缪尔·布鲁克（Samuel Brooke）等。③这些朋友大多具有显赫的家族背景，不仅在当时像多恩一样酷爱文学，而且在后来都成了国家的栋梁之材。本·琼森（Ben Jonson）称多恩的诗大多写于其 25 岁之前④，指的就是这一时期；而理查德·贝克（Richard Baker）则把此时的多恩称作"了不起的女士贵宾、了不起的戏剧常客、了不起的巧思之诗的作者"⑤。贝克的评价后来常常被人引用，借以说明所谓的"浪子多恩"。事实上，贝克的本意只在说明，此时的多恩几乎在所有方面都已崭露头角，恰如沃尔顿所说，多恩在林肯律师学院期间不仅展示了其丰富的才学，还反省了自己的宗教信仰，并从神学角度认真研究了"革新教与罗马教"⑥。

1596 年，多恩跟随埃塞克斯伯爵（Earl of Essex）远征西班牙加的斯

---

① R. C. Bald. *John Donne: A Life*. New York and Oxford: Oxford UP, 1970, p. 47.

② R. C. Bald. *John Donne: A Life*. New York and Oxford: Oxford UP, 1970, p. 53.

③ R. C. Bald. *John Donne: A Life*. New York and Oxford: Oxford UP, 1970, pp. 55-72.

④ Ben Jonson. *Notes of Ben Jonson's Conversations with William Drummond of Hawthornden*. Ed. David Laing London: Shakespeare Society, 1842, p. 139.

⑤ R. C. Bald. *John Donne: A Life*. New York and Oxford: Oxford UP, 1970, p. 72.

⑥ Izaak Walton. *The Life of John Donne, Dr. in Divinity, and Late Dean of Saint Pauls Church London*. London: Marriot, 1658, p.10.

（Cadiz）；次年又跟随沃尔特·雷利爵士（Sir Walter Raleigh）出征葡萄牙亚速尔群岛（Azores）。在这两次远征中，前者颇为顺利，后者则因风暴而以失败告终。多恩的《风暴》（"The Storm"）和《宁静》（"The Calm"）等就是对第二次远征的诗化记录。两次远征之后，多恩顺利受聘为伊丽莎白女王的掌玺大臣托马斯·埃杰顿（Thomas Egerton）的私人秘书。托马斯·埃杰顿是伊丽莎白女王的心腹，又乐于唯才是举，因此多恩不但成了能够出入宫廷的一员，还于1601年10月出任诺森伯兰郡布莱克地区的议会议员。这一职位也让多恩结识了当时的一些头面人物，比如贝德福德伯爵夫人露西（Lucy，Countess of Bedford）、弗朗西斯·培根（Francis Bacon）、亨利·古德伊尔爵士（Sir Henry Goodyear）等。根据鲍尔德的描述，多恩的母亲此时非常欣慰，因为她终于看到自己的儿子"已在现实中立下了根"①。此时的多恩，其前途可谓一片光明。

　　第二阶段（1602—1614年）是多恩生平的转折时期。1602年2月，多恩与安妮·莫尔（Anne More）秘密结婚的消息被公开，多恩的美好仕途就此终结。安妮是托马斯·埃杰顿夫人的侄女，其父乔治·莫尔爵士（Sir George More）是嘉德勋章大臣，负责掌管伦敦塔。②多恩与安妮在托马斯·埃杰顿的家里相识后很快坠入爱河，两人由于担心乔治·莫尔爵士的反对，遂于1601年12月举行了秘密婚礼，这一举动彻底激怒了安妮的父亲。他不但让托马斯·埃杰顿解雇了多恩，将多恩关进弗利特监狱，还把为多恩主持婚礼的布鲁克兄弟也一并逮捕入狱。③沃尔顿的修改版《多恩传》在谈到这一重大变故时，特别引用了多恩写给妻子的书信中的落款："John Donne, Anne Donne, Undone"。④

　　这一落款形象地反映了多恩的巨大变化，几乎成为多恩研究的必引言论，也成为多恩众多双关中最为著名的一个。但该落款却很难准确翻译为汉语，仅从名字角度考虑，似乎可以勉强译为"约翰·多恩、安妮·多恩、完了多恩"或"约翰、安妮、完了"⑤。但在学界，这一落款却往往激发人们的灵感，甚至成为研究题目的一个部分，比如托马斯·杜乔蒂（Thomas Docherty）于1986年出版的

---

　　① R. C. Bald. *John Donne: A Life*. New York and Oxford: Oxford UP, 1970, p. 116.

　　② Izaak Walton. *The Life of John Donne, Dr. in Divinity, and Late Dean of Saint Pauls Church London*. London: Marriot, 1658, p.19. "嘉德勋章大臣"（Chancellor of the Order of the Garter）负责在嘉德勋章获得者的委任状或者命令状上签章，并负责他们的档案记录与管理。嘉德勋章（Order of the Garter）也称"最高荣誉勋章"（the Most Noble Order of the Garter），是英国荣誉制度最高的一级。在沃尔顿的《多恩传》中，"负责掌管伦敦塔"的原文为 Lieutenant of the Tower，亦即通常所说的伦敦塔的直接掌管者。

　　③ R. C. Bald. *John Donne: A Life*. New York and Oxford: Oxford UP, 1970, p. 135.

　　④ Izaak Walton. *The Life of John Donne, D. D. Late Dean of St. Paul's Church, London*. Ed. Thomas Tomlins. London: Henry Kent Causton, 1865, p. 27.

　　⑤ 吴笛的翻译为"约翰·多恩，安娜·多恩，破灭"和"约翰·多恩，安娜·多恩，全部破灭"，见吴笛：《英国玄学派诗歌研究》，北京：中国社会科学出版社，2013年，第241、274页。

专著《多恩解读》（*John Donne Undone*）与罗伯特·V. 杨（Robert V. Young）于2010 年发表的书评《多恩研究过头了？》（"John Donne Overdone？"），两者的原文都是基于 Donne 和 done 构成的双关。以此观之，多恩的落款似乎又可勉强译为"约翰·多恩、安妮·多恩、消解多恩"。

无论怎么翻译，多恩的绝望心情都是跃然纸上的。1602 年 2 月至 3 月，多恩分别多次致信托马斯·埃杰顿爵士和乔治·莫尔爵士，反复阐述其"人生的致命一击"①与生活的"每况愈下，锈蚀不堪"②。这是在木已成舟之后，多恩向自己的岳父和前雇主诉说自己的窘境，希望能修复彼此的关系，回归正常的生活轨道。由于多恩结婚时约 30 岁，而安妮只有 15 岁，加之两人结婚没有征得安妮父亲的同意，这一行为属于违法之举，所以才招致乔治·莫尔爵士的极大愤怒。他不但让多恩进了监狱，还拒绝把安妮的嫁妆交付多恩（直到 1608 年）。而立之年的多恩遭遇了人生的一次重大转折：一方面是他被解除了工作，生活变得异常拮据，不得不四处寻求援助，但却始终求职未果；另一方面是安妮几乎每年都要给他添加一个小孩③，这使得本就拮据的生活更加艰难。不仅如此，在 12 个子女中，夭折的就有 5 个，其中仅在 1614 年夭折的就有 3 个，这对于多恩夫妇来说无疑是雪上加霜。多恩自己非常痛苦，对妻子更是充满内疚，正如他在 1608 年 9 月写给亨利·古德伊尔爵士的信中所说，"是我改变了她，把她带入悲惨的命运"④。

苦难往往更能磨炼人的意志。正是在这个极其艰难的时期，多恩创作了大量作品，涉及神学、教会法等内容，以及爱情诗、宗教诗、挽歌、赞美诗等题材和体裁。尤为著名的是他在 1611—1612 年创作的《第一周年》和《第二周年》，它们都是献给早逝的伊丽莎白·德鲁里（Elizabeth Drury）小姐的挽歌。这让罗伯特·德鲁里爵士（Sir Robert Drury）深受感动，德鲁里爵士随即将其在德鲁里巷的住房让给多恩一家居住，直到 1621 年多恩搬进圣保罗大教堂为止。多恩的很多书信也都出自这一时段，这些书信不但反映了多恩的生活现状与过往经历，而且还反映了他对自己的创作的反省，较为直接地表现了他的艺术主张。此外还有《伪殉道者》等散文，而《伪殉道者》还引来詹姆斯一世的强势介入，这直接导致了多恩人生的另一重大转折。根据沃尔顿所说，詹姆斯一世在读过《伪殉道

---

① John Donne. *Selected Letters*. Ed. Paul M. Oliver. New York: Routledge, 2002, p. 14.

② John Donne. *Selected Letters*. Ed. Paul M. Oliver. New York: Routledge, 2002, p. 16.

③ Izaak Walton. *The Life of John Donne, Dr. in Divinity, and Late Dean of Saint Pauls Church London*. London: Marriot, 1658, p. 23.

④ John Donne. *Selected Letters*. Ed. Paul M. Oliver. New York: Routledge, 2002, p. 33.

者》后便力劝多恩进入教职，做一个国教牧师①，可是牧师似乎并非多恩所中意的职业，因而他并未接受，而是继续谋求世俗出路。在屡遭失败之后，他深知其仕途追求只能无果而终，遂于 1615 年 1 月接受了詹姆斯一世的安排，同意就任圣职。至此，落魄的日子终于结束了，而英国历史上则因此增添了一位影响深远的"圣人多恩"（divine Donne）。

第三阶段（1615—1631 年）是多恩职业生涯的巅峰时期。多恩于 1614 年底最终接受詹姆斯一世的提议进入了教职，但真正发挥影响则始于翌年。1615 年 1 月，多恩奉命成了圣保罗大教堂的"钦定执事"，随即又在同年 2 月被任命为"皇室牧师"，并于同年 4 月获得了剑桥大学颁发的神学博士学位。因为这一学位是在国王授意下获得的，所以迈克尔·R. 科林斯（Michael R. Collings）特别点评说，"这表明，詹姆斯一世在这一点是完全正确的"②。1617 年，多恩年仅33 岁的妻子安妮死于难产后，他便发誓不再另娶，一边独自养育子女，一边潜心研究神学，最终成为受人广为尊敬的"博学的圣徒"（a learned divine）。③詹姆斯一世和查理一世都十分欣赏多恩的才华，也都曾钦点多恩为皇室牧师，后者还钦点多恩为其加冕礼上的布道牧师。1619 年，多恩以钦点牧师的身份随唐卡斯特伯爵（Earl of Doncaster）出访欧洲，并为德国、荷兰等地的皇室成员布道。1621 年他出任圣保罗大教堂教长，成了一位受人敬重的"教长多恩"。1622 年，多恩当选弗吉尼亚种植园公司荣誉董事，他给该公司职员的布道成为英国历史上第一篇传教士布道文。1623 年，多恩在病重卧床期间深刻反思了肉体之痛与精神之痛，写出了著名的《应急祷告》。

1631 年 1 月，多恩的母亲去世；同年 2 月 25 日，多恩离开久卧的病榻，作了最后一次布道，那便是被誉为"多恩自己的布道文"的《死的决斗》（"Death's Duell"）④。随后，他请人为自己画了一幅身披裹尸布、面向东方的画像（图 1.1）。裹尸布象征西方，那是日落之地，也是衰落与死亡之地；面向东方则因东方是日出之地，象征生命、圣地与耶稣基督。

后来，著名雕刻家尼古拉斯·斯通（Nicholas Stone）根据这幅画像，为多恩雕刻了一尊大理石像。多恩于 1631 年 3 月 31 日与世长辞，这尊雕像则是圣保罗

---

① Izaak Walton. *The Life of John Donne, Dr. in Divinity, and Late Dean of Saint Pauls Church London*. London: Marriot, 1658, p. 38.

② Michael R. Collings. *Milton's Century*. San Bernardino: Wildside Press, 2013, pp.108-109.

③ Izaak Walton. *The Life of John Donne, Dr. in Divinity, and Late Dean of Saint Pauls Church London*. London: Marriot, 1658, p. 39.

④ 本书所用多恩的布道文，除非另有说明，皆出自伊芙琳·M. 辛普森（Evelyn M. Simpson）和乔治·R. 波特（George R. Portter）联合主编的 10 卷本《多恩布道文集》（The Sermons of John Donne），英文拼写遵从该套书中的拼写，特此说明。

图 1.1　身披裹尸布的多恩画像[1]

大教堂在经历 1666 年的伦敦大火之后唯一完整保存下来的原物。2012 年落成的多恩半身铜像也是面向东方的，该铜像安置在圣保罗大教堂的南草坪上，与至今依然矗立在圣保罗大教堂内的多恩雕像内外呼应。[2]这一创意本身就颇具诗意，一方面通过喻指多恩的复活表达了对多恩的崇高敬意，另一方面也与最初的画像实现了跨越时空的交流，而那幅画像又与多恩自己的墓志铭相互印证，特别是墓志铭中的最后一行，那是多恩亲自撰写的拉丁文墓志铭，其原文如下：

JOHANNES DONNE

Sac. Theol. Profess.

Post varia studia quibus ab annis

Tenerrimis fideliter, nec infeliciter

incubuit;

Instincti et impulsu Sp. Sancti, monitu

et hortatu

Regis Jacobi, ordines sacros amplexus

Anno sui Jesu MDCXIV. et suae aetatis XLII.

Decanatu hujus ecclesiae indutus

xxvii. novembris, MDCXXI

Exutus morte ultimo die Martii MDCXXXI.

Hic licet in occiduo cinere aspicit eum

Cujus nomen est Oriens.[3]

其大意如下：

约翰·多恩

神学博士

幼年启蒙，研学颇杂

---

① Geoffrey Keynes. *A Bibliography of Dr John Donne*. Cambridge: Cambridge UP, 1958, p. 41.

② 该铜像是艺术家奈杰尔·博纳姆（Nigel Boonham）受伦敦市委托制作完成的，铜像基座上镌刻的两行诗"因此说当我被带向西方之时，/也是我的灵魂屈从东方之日"出自多恩《耶稣受难节》。参见"John Donne Statue Unveiled", retrieved March 17, 2017 from https://www.stpauls.co.uk/news-press/news-archive/2012/New-John-Donne-statue-unveiled-in-the-shadow-of-St-Pauls.

③ R. C. Bald. *John Donne: A Life*. New York and Oxford: Oxford UP, 1970, p. 534.

勤勉不懈，非无所成

因蒙神恩之影响与感召

并詹王之规劝与勉励

遂于救主之年一六一四，即四十二岁时

进入圣职

又于一六二一年十一月二十七日

授教长职

至一六三一年三月最末一日被死神掳走

虽葬入尘土，仍顾盼着他

他的名字叫东升。

原文中的"Cujus nomen est Oriens"意为"他的名字叫东方"，弗朗西斯·兰厄姆（Francis Wrangham）将其英译为"Whose name is the Rising"，埃德蒙·戈斯（Edmund Gosse）又将这一英译用于《多恩的生平与书信集》（*The Life and Letters of John Donne*，1899）中，之后的鲍尔德《多恩传》等传记类著作、赫伯特·J. C. 格里厄森（Herbert J. C. Grierson，1866—1960）的《多恩诗集》（*The Poems of John Donne*）等作品类著作，但凡提及这一墓志铭时，大多以兰厄姆的英译为据，旨在突出多恩的复活思想。这里，我们将拉丁语原文和英语译文结合起来汉译为"东升"，意指在基督的二次降临时获得永生的复活。

第三阶段的最大成就是他的布道文。多恩就任圣职以后，"通常每周都有一次布道活动，如果不是更多的话"[1]。照此推论，多恩的布道文应该是非常之多的，但留存至今的却只有 200 余篇。究其原因，要么多恩的布道文很多都已遗失，要么并非每次布道都是以布道文的形式进行的。前者虽是一种推想，但圣保罗大教堂及其书画在 1666 年的伦敦大火中被尽数焚毁却是事实。至于后者则是有据可查的，比如鲍尔德曾告诉我们："根据当时的做法，传道的最佳方式是直面听众，用通俗易懂的语言加以宣讲，而不是拘泥于任何形式的稿子。"[2]多恩流传于世的布道文，从 1615 年的《格林威治布道文》（"Sermon Preached at Greenwich"）到 1631 年的《死的决斗》，无不彰显着他独特的思想与文风。可以毫不夸张地说，即便没有那些诗，仅凭这些布道文也足以使他名垂青史。

前面说到，多恩曾于 1619 年致信罗伯特·科尔，称他的《论自杀》"出自凡人多恩，而非博士多恩"，并借以表明它不是新近写成的作品。1623 年，多恩在给白金汉侯爵（Marquess of Buckingham）的书信中，再次提到过类似的思

---

[1] Izaak Walton. *The Life of John Donne, Dr. in Divinity, and Late Dean of Saint Pauls Church London*. London: Marriot, 1658, p. 86.

[2] R. C. Bald. *John Donne: A Life*. New York and Oxford: Oxford UP, 1970, p. 407.

想。其原文为 "from the mistress of my youth, poetry, to the wife of mine age, divinity" ①，杨周翰先生将其译为"少狎诗歌、老娶神学" ②。后来人们以此为据，把他的一生与圣奥古斯丁相提并论，把"凡人多恩"等同于"浪子多恩"，把"博士多恩"等同于"圣人多恩"，这一称谓对多恩既是一种尊敬，也是一种误解。这种误解的另一依据是沃尔顿的《多恩传》。因为那是有关多恩的第一部传记，所以也是多恩研究的基本材料之一。在《多恩传》中，沃尔顿以 1615 年为界，把多恩的一生分为前后两个阶段，其核心在于揭示"英国教会赢得了第二位圣奥古斯丁" ③。如果把多恩的书信看作内在因素，把沃尔顿的传记看作外在因素，那么两个因素正好彼此照应，完全切合"浪子多恩"与"圣人多恩"的形象。此外，多恩的爱情诗留给读者的印象除了德莱顿所说的"好弄玄学"，还似乎"包含不那么崇高的色情" ④，但他的布道文则充满对《圣经》文本的真知灼见，而且他的爱情诗又确实先于布道文写成。这无疑又从作品本身的角度，进一步强化了多恩从"浪子多恩"到"圣人多恩"的蜕变。

然而，"浪子多恩"之说毕竟只是学界的一种误读。首先，多恩用以表示"凡人"的词语是"杰克"（Jack），而"杰克"不仅仅是英语中的常用名字，还是"约翰"（John）的同源词与"约翰"的昵称，比如第 35 任美国总统约翰·F. 肯尼迪（John F. Kennedy），其家人和好友都亲切地称他为"杰克"。所以当多恩自称"杰克"而非"约翰"时，他并不是用以表示一个泛指概念，而是用以表达实指概念，同时还透露着他与罗伯特·科尔之间的亲密关系。就其语境而言，多恩所重点交代的是《论自杀》的创作年代：

> 这是我多年前写的[……]还没有谁抄写过，也没有多少人读到过。只有两所大学时代的少数特别要好的朋友，我才在写的时候对他们谈起过这本书。我记得我曾说过，拙著里确有一条错误的线索，但却不易被人察觉。请您就让它保持原样吧。您是一位谨慎之人，所以但凡您认为有可能看到它的，都请让他们知道：它出自过去，出自凡人多恩，而非博士多恩。如果我还活着，也请您替我保存；如果我死了，则请您不要交给出版商，也不要付之一炬。不出版，也不焚毁——除此以外，您随

---

① John Donne. *Selected Letters*. Ed. Paul M. Oliver. New York: Routledge, 2002, p. 61.

② 杨周翰：《十七世纪英国文学》，北京：北京大学出版社，1985 年，第 107 页。

③ Izaak Walton. *The Life of John Donne, Dr. in Divinity, and Late Dean of Saint Pauls Church London*. London: Marriot, 1658, p. 86.

④ 傅浩：《译者序》//约翰·但恩《约翰·但恩诗选》，傅浩译，北京：外语教学与研究出版社，2014 年，第 v 页。

便怎么处置都行。①

这里的所谓"两所大学"当然是牛津大学和剑桥大学；而"没有谁抄写过，也没有多少人读到过"则既说明了抄写文化之于当时的重要性，也说明了多恩确如亚瑟·马罗蒂（Arthur Marotti）所说是一个"圈内诗人"（coterie poet）。② 前者与多恩诗的出版密切相关；后者则体现了多恩对罗伯特·科尔的极大信任，所以才有了"您随便怎么处置都行"的结论。根据杰弗里·凯恩斯（Geoffrey Keynes）所言，这是多恩奉命前往德国的前夕将《论自杀》寄给其好友罗伯特·科尔爵士时所附的一封信。③从这封信的字里行间所透露的无奈和语气可以看出，多恩确有把自己的生平一分为二的意思，但其态度却是十分谨慎的，心情也是矛盾的，而把自己的前半生看作花花公子或把自己视为圣奥古斯丁的意图则是踪迹全无的。所以"凡人多恩"之说固然有据可依，但将其等同于"浪子多恩"则既是一种过度夸饰，也是一种过度简化。

其次，正如后文将要分析的，沃尔顿确实把多恩看作圣奥古斯丁似的人物，并将 1615 年视为多恩人生的转折点。但实际上，多恩的一生充满了跌宕起伏，具有转折意义的标志性事件是他的婚姻与皈依。他的生平清楚地显示：没有他的婚姻就不会有他的落魄，而没有他的落魄也就不会有他进入教职这一经历，所以婚姻和皈依是改变他人生的两大转折，虽有两者存在内在联系但却方向相反，这说明了多恩生平的复杂性。

再次，多恩创作的作品既有诗歌也有散文。前者包括爱情诗、讽刺诗和神学诗等，大多写于其年轻时候，用琼森的话说是指多恩 25 岁之前，亦即他结婚之前。多恩诗的突出特点是神与俗合二为一或彼此交融，即爱情诗充满了宗教要素，而宗教诗则富含世俗内容。到 1615 年多恩皈依国教时，他已经 43 岁，那时尽管他写得更多的是布道文，但该类作品在意象和技巧上也都体现着爱情诗与宗教诗的色彩，显示了多恩作品那一如既往的复杂性与多样性。正是因为这种复杂性与多样性，他的一生远不止浪子与圣徒那么简单，他的作品也才会历经数百年而依旧魅力不减。

第二节　多恩的诗歌与翻译

多恩究竟写了多少作品，又是如何影响其他诗人的，这迄今为止依然是一个

---

① John Donne. *Selected Letters*. Ed. Paul M. Oliver. New York: Routledge, 2002, pp. 88-89.

② 关于抄写文化，参见戴维·克里斯特尔：《英语的故事》，晏奎、杨炳钧译，北京：商务印书馆，2016 年；关于圈内诗人，参见 Arthur Marotti. *John Donne, Coterie Poet*. Madison: U of Wisconsin P, 1986.

③ Geoffrey Keynes. *A Bibliography of Dr. John Donne*. 3rd ed. Cambridge: Cambridge UP, 1958, p. 87.

有待解开的谜。现有资料显示，多恩流传至今的作品包括诗和文两大类，其中诗的影响尤为巨大。现在的普通读者对多恩的爱情诗、讽刺诗、宗教诗等都非常熟悉，但这些作品在多恩生前得到出版的却很少，大多以抄本的形式流传于世，直到他去世两年后才被结集出版，随后又历经多次修订、再版或重印，仅在 17 世纪，正式出版的《多恩诗集》就有 7 个之多。

首版《多恩诗集》（*Poems, by J. D.*，1633）的标题页有"诗集，/J. D. 著/附献给作者的挽歌。//伦敦。/M. F. 为马里奥特印制，/供其位于邓斯顿的店铺出售，/弗利特街教堂墓园；1633"等字样。书中所收录的作品，根据《数字多恩：在线集注版》（*DigitalDonne: The OnlineVariourum*，以下简称《数字多恩》）记载，A 本共有多恩诗 168 首、散文 12 篇、他人作品 14 首，B 本则共有多恩诗 174 首、散文 17 篇、他人作品 31 首①；根据凯恩斯所言，共有 179 首，包括诗信 9 首、他人献给多恩的挽歌 13 首②；根据克里斯多夫·L. 莫罗（Christopher L. Morrow）所言，仅 I. A. 夏皮罗（I. A. Shapiro）收藏本就有多恩诗 154 首、疑似多恩诗 2 首、多恩诗信 11 首、其他诗人献给多恩的挽歌 13 首。③

各种版本之间之所以存在数量、种类等的差异，主要原因在于它们都是基于不同的抄本。对此，我们将在本章第五节结合多恩作品的传播加以分析。这里需要说明的是多恩作品的编排。我们知道，在现行的众多版本中，最为著名的是格里厄森主编的《多恩诗集》（1912）。在那本诗集中，多恩诗都是按类编排的。1633 年的首版《多恩诗集》也有按类编排的痕迹，但其先后顺序却很不相同，显得非常随意。其基本表现，根据凯恩斯提供的数据，可以归纳如下。

首先，全书以《灵的进程》（"The Progresse of the Soule"）④这一讽刺诗开篇。紧随其后的 19 首《神圣十四行诗》（"Holy Sonnets"）与后面的第 150 首《天父颂》（"A Hymne to God the Father"）都属宗教诗，但却被其他诗类给分开了，而这些诗类也有同样的排列问题，比如第 37—44 首与第 49—50 首都是《挽歌》（"Elegies"），可中间的第 45—48 首却是《诗信》（"Letters"），之后的第 82—84 首以及第 146—148 首又再次回到《挽歌》。其次，虽然该书名叫《多恩诗集》，但还同时收入了其他人的作品，比如那些献给多恩的挽歌，给人的感觉更像作品杂集。再次，该书的作品即便在同一类别下也

① "DigitalDonne: The OnlineVariorum", http://digitaldonne.tamu.edu[2021-05-29].

② Geoffrey Keynes. *A Bibliography of Dr. John Donne*. 3rd ed. Cambridge: Cambridge UP, 1958, pp. 152-158.

③ Christopher L. Morrow. *The Texas A & M John Donne Collection*. College Station: Texas A & T Libraries, 2006, p. 13.

④多恩是用早期现代英语进行创作的，其诗歌又是在他去世两年之后才结集出版的，所以不同的版本在拼写上不尽相同。本书遵循惯例，论述中一律用现代英语的拼写，但有一个例外，即为了语料的忠实，本书在论及不同版本时，均保留了具体版本拼写。特此说明。

有不同的编排体例，仍旧以《挽歌》为例，其中既有以序号排列的，也有以姓名排列的，还有以副标题排列的。①首版《多恩诗集》的纸质版现在已很难买到，所以美国多恩研究会在其主页特别增加了一个"链接"，点开后可以找到该书1633 年版的数字版，它既是《数字多恩》的一个延伸，也为读者提供了一个阅读首版《多恩诗集》的机会。那个数字版是基于宾夕法尼亚大学图书馆的藏本扫描而成的，其开篇同样是《灵的进程》，随后也是各种题材、各种体裁的作品汇集。仍旧以题为《挽歌》的爱情诗为例，其中以序号排列的共 15 首，但在第 1—5首与第 6—7 首之间却插进了《哀 L. C.》（"Elegie on L. C."），第 8—10 首出现在其他 10 首之后，第 15 首则位于倒数第六的位置。再以宗教诗为例，《连祷》（"The Litanie"）位于第二的位置，之后是《神圣十四行诗》第 2、4、6—7和 9—16，《耶利米哀歌》（"The Lamentations of Jeremy"）则位于末尾。另外值得注意的是，美国多恩研究会网页上的数字版为 208 个纸张（leaves）的文本；而凯恩斯提供的文本则有 210 个纸张。这意味着首版《多恩诗集》很可能不止一个板式；学界也普遍认为这是一本几乎没有经过任何文本编辑的书籍，很可能是为了呈现作品的丰富性。

两年后的《多恩诗集》第二版（1635）则有了较大变化，其编辑的痕迹明显表现在三个方面。一是新增了 37 个篇目；二是删除了 2 个篇目②；三是按属性分成了八个类别：《歌与十四行诗》55 首、《警句诗》19 首、《挽歌》21 首、《祝婚曲》3 首、《讽刺诗》9 首、《诗信》35 首、《悼亡诗与讣诗》15 首、《神学诗》21 首。这种划分具有明显的从世俗到神圣的过渡性，与多恩的生平较为切合，因而成为后来各种版本的基本依据。艾琳·A. 麦卡锡（Erin A. McCarthy）还据此将 1635 年的《多恩诗集》视为多恩文学传记的创造者。③自此以后，几乎所有多恩的诗集都沿用了第二版的分类原则，足见其影响之大；而且直到格里厄森的标准版《多恩诗集》（1912）发表为止，1635 年版与 1633 年版一道成为多恩诗歌的经典文本。

《多恩诗集》第二版的另一值得注意之处是在其卷首页插入了一幅多恩的雕版画（图 1.2）。画中的多恩衣着简朴，蓄着一头卷曲的长发，右耳垂着一个较大的十字形耳饰，右手握着剑柄，脸部略微偏向东方，整个形象被置于一个椭圆形之内。椭圆的左上方用拉丁文刻着 "ANNO DNI. 1591" 与 "AETATIS SUAE

---

① 参见 Geoffrey Keynes. *A Bibliography of Dr. John Donne*. 3rd ed. Cambridge: Cambridge UP, 1958, pp. 152-158.

② 删除的篇目为托马斯·布朗（Thomas Browne）的《致亡故的作者》（"To the Deceased Author"）和威廉·巴斯（William Basse）的《挽莎士比亚》（"Epitaph upon Shakespeare"）。新增的 37 篇中，后来确定为多恩的有 17 篇，其余皆被判为伪作。

③ Erin A. MaCarthy. "Poems, by J. D. (1635) and the Creation of John Donne's Literary Biography." *John Donne Journal* 32 (2013): pp. 57-85.

18"字样；右上方的冠带上刻着西班牙文"Antes muerto que mudado"[①]；正下方是一首英语双韵体诗歌，右下角的署名为"IZ：WA："；左下方的另一署名为"Will：Marshall. Sculpsit"。这表明：第一，此画作于 1591 年，当年多恩 18岁；第二，多恩的座右铭为"宁死不变"；第三，英文诗的作者是沃尔顿，而雕版画的作者则是威廉·马希尔（William Marshall）。这幅雕版画既是多恩留下的最早的影像之一，也是多恩生平研究的重要材料之一，将其用于《多恩诗集》则象征性地体现了编者对多恩的态度。该版画在后来的几个诗集中也都有使用，而其右上方的那枚纹章，就是前面提到的鲍尔德用以追溯多恩家族史的证据之一。

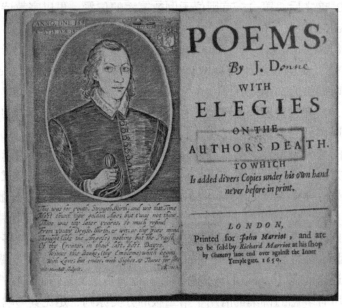

图 1.2　17 世纪《多恩诗集》第 2 版中的多恩雕版画[②]

17 世纪的其余《多恩诗集》版本变化不大。第三版（1639）实际上是第二版的翻版，只对其中的印刷错误做了修改；第四版（1649）也只新增了《克里亚特先生的远行赞》（"Upon Mr Thomas Coryat's Crudities"）与《爱情标徽》（"The Token"）这两首诗歌。第五版（1650）据说是在多恩长子约翰的监督下编辑而成的，其主要变化之一是将以前各版的《印制者致理解者》（"The Printer to the Understanders"，以下简称《致理解者》）替换为多恩长子约翰的《致克雷文爵士的献词》（"To the Right Honourable William Lord Craven Baron of

---

① 语出西班牙诗人蒙特马约尔（Montemayor）的《热恋中的戴安娜》（*La Diana Enamorada*）"第一歌"的最末一节 Antes muerta que mundada，相当于英语 Sooner dead than changed，故译"宁死不变"。

② Christopher L. Morrow. *The Texas A & M John Donne Collection*. College Station: Texas A & T Libraries, 2006, p. 6.

Hamsted-Marsham"）；变化之二是新增了 13 个篇目，包括琼森的《致多恩》（"To John Donne"），所以标题页也相应地增加了"含多恩亲笔而/不曾付梓之诗"的字样；变化之三是将"供其位于邓斯顿的店铺出售，/弗利特街教堂墓园"改为"供其位于钱斯瑞巷出售/内殿律师学院大门对面"。第六版（1654）是第五版的重印本，只是书商由约翰·马里奥特（John Marriot）改为了约翰·斯威廷（John Sweeting），因此第六版也叫斯威廷版。第七版（1669）的印制者由 M. F. 改为了 T. N.①，书商则改为了亨利·赫林曼（Henry Herringman），故而也叫赫林曼版，内容上则新增了 5 首多恩诗，其中最重要的是《爱的进程》（"Loves Progress"）和《上床》（"To His Mistress Going to Bed"）。

　　18 世纪时，《多恩诗集》的出版量明显减少，但仍有三个专集，即 1719 年的《约翰·多恩牧师各时期诗集》（*Poems on Several Occasions Written by the Reverend John Donne*）、1779 年的《约翰·多恩博士诗集》（*The Poetical Works of Dr. John Donne*）和 1793 年的《约翰·多恩博士诗集》（*The Poetical Works of Dr. John Donne*）。1719 年版也叫汤森版，因其标题页有"为雅·汤森印制"（Printed for J. Tonson）的字样，该版本由精简后的沃尔顿的《多恩传》与多恩诗两部分构成，其中诗歌部分为 1669 年版《多恩诗集》，但删除了《讽刺诗Ⅵ》（"Satire Ⅵ"）。1779 年版是《贝尔版大不列颠诗人》（*Bell's Edition of the Poets of Great Britain*）系列之一，因此又称贝尔版，该版附有多恩的雕刻画与沃尔顿的《多恩传》，共分 3 卷，第 1 卷含讽刺诗、祝婚曲、神圣十四行诗、颂歌等，第 2 卷含爱情诗、神学诗、警句诗等，第 3 卷含挽歌、悼亡诗与讣诗、诗信等。1793 年版的编者为罗伯特·安德森（Robert Anderson，1750—1830），所以又称安德森版，是《大不列颠诗人全集》（*A Complete Edition of the Poets of Great Britain*）系列中的第 4 卷。除专集之外，《果园诗选》（*The Grove*，1721）与《蒲柏作品集》（*The Works of Alexander Pope*）等也都收录有多恩的诗。其中，《蒲柏作品集》尤其值得一提，因为其 1735 年版收录的是经亚历山大·蒲柏（Alexander Pope）诗化处理过的多恩《讽刺诗Ⅱ》（"Satire Ⅱ"）和《讽刺诗Ⅳ》（"Satire Ⅳ"），而 1738 年版则收录了经托马斯·帕内尔（Thomas Parnell）诗化处理过的多恩《讽刺诗Ⅲ》（"Satire Ⅲ"）。由此可见，多恩在 18 世纪不但具有一定的读者，而且还有人对他的诗歌进行过主动回应，并未如学界所说完全被人忽视。

　　到 19 世纪，多恩诗的出版量明显增多，并形成了"专集"与"选集"两个

---

① 根据凯恩斯的考证，T. N. 即 Thomas Newcomb（1649—1681），凯恩斯同时表示，该版据说有多恩的雕版画，但他自己收集的那本却没有。见 Geoffrey Keynes. *A Bibliography of Dr. John Donne*. 3rd ed. Cambridge: Cambridge UP, 1958, p. 165.

传统。"专集本"有亚历山大·查默思（Alexander Chalmers）主编的《多恩诗集》（*Poems of John Donne*）、詹姆斯·拉塞尔·洛威尔（James Russell Lowell）主编的《多恩诗集》（*The Poetical Works of Dr. John Donne*）、亚历山大·巴洛赫·格罗萨特（Alexander Balloch Grosart, 1827—1899）主编的《多恩诗全集》（*The Complete Poems of John Donne*）、E. K. 钱伯斯（E. K. Chambers）主编的《多恩诗集》（*The Poems of John Donne*）等。查默思版于1810年出版，是19世纪第一个多恩诗集，其中所附的《多恩传》（"Life of John Donne"）出自查默思本人之手。洛威尔版于1855年首次出版，当年便有波士顿版和剑桥版两个版本，1895年又出版了纽约版。格罗萨特版出版于1872年，同时也是第一个全集本。钱伯斯版出版于1898年，直到1926年仍在继续出版。"选集本"的数量更多，比如弗朗西斯·G. 沃尔德伦（Francis G. Waldron）主编的《杂诗精选》（*Collection of Miscellaneous Poetry*, 1802）、托马斯·坎贝尔（Thomas Campbell）主编的《不列颠诗人品鉴》（*Specimens of the British Poets*, 1819）、罗伯特·骚塞（Robert Southey）主编的《英国诗人作品选》（*Select Works of the British Poets*, 1831）、理查德·卡特莫尔（Richard Cattermole）主编的《十七世纪神学诗》（*Sacred Poetry of the Seventeenth Century*, 1835）、约翰·西米恩（John Simeon）主编的《英国典藏协会作品集》（*Miscellanies of the Philobiblon Society*, 1856）、乔治·吉富兰（George Gilfillan）主编的《不列颠次要诗人精选集》（*Specimens with Memoirs of the Less-known British Poets*, 1860）、弗朗西斯·T. 帕尔格雷夫（Francis T. Palgrave）主编的《圣歌宝库》（*The Treasury of Sacred Songs*, 1889）等，都收录有多恩的诗歌。从时间上看，这些诗集从19世纪之初直到19世纪之末几乎没有间断；从数量上看，它们所收录的多恩诗，最少的只有1首，最多的则是全集。这表明，在19世纪多恩已经成了一位重要诗人。

进入20世纪后，多恩诗的出版可谓层出不穷，除了各种各样的"专集"与"选集"之外，还新增了集注版《多恩诗集》。需要注意的是：首先，各种版本的《多恩诗集》，包括17世纪的在内，几乎都不包括多恩的拉丁语诗；其次，虽然1635年版已奠定了分类原则，但具体类别与诗的数量即便在17世纪的几个版本中都不完全相同，而这也直接导致了现行各种版本在分类上的差异。比如C. A. 帕特里德斯（C. A. Patrides）的《多恩英诗全集》（*The Complete English Poems of John Donne*, 1991），虽然并未增减诗歌的具体数量，但却将其分为了11类，即把《萨福致菲莱尼斯》（"Sapho to Philaenis"）、《周年诗》（"The Anniversaries"）和《灵的进程》视为各自独立的3类。集注版《多恩诗集》计划出版8卷12册，基本框架为第1卷《总论》、第2卷《挽歌集》、第3卷《讽刺诗集、灵的进程》、第4卷《歌与十四行诗集》、第5卷《诗信集》、第6卷《周年诗、悼亡诗》、第7卷《宗教诗集》、第8卷《警句诗、祝婚曲、碑文诗、杂诗》。集注版《多恩诗集》的基础语料"除了 1633—1669 年的 7 个版本，另有 239 个手稿、3 个碑文、200 多本书籍（皆为 17 世纪的，共有多恩诗或诗节选 700 多首）、20 多个划时代的多恩诗版本"[①]。截至目前，该集注版仍在编辑之中。

　　除英文作品外，多恩还有一些拉丁文作品与翻译作品。格里厄森的《多恩诗集》第 1 卷附录 A 列举了多恩的拉丁语诗和英译诗共 7 首，其中拉丁语诗 5 首，包括 1 首警句诗；而根据欧内斯特·W. 萨利文（Earnest W. Sullivan），多恩生前发表的拉丁语诗歌有 6 首[②]；根据丹尼斯·弗林（Dennis Flynn），在多恩用拉丁文写成的警句诗中，仅贾斯帕·梅恩（Jasper Mayne）译为英语的就有 61 首之多。[③]此外，多恩的小说《依纳爵的加冕》（*Ignatius His Conclave*）也是用拉丁文写成并亲自将其译为英文的，其中就包括了 5 首诗歌，也都是先用拉丁文撰写后用英语翻译的。多恩还翻译了《上帝满足了你的愿望》（"God Grant Thee Thine Own Wish"）等拉丁语诗歌。但多恩的拉丁语诗歌和翻译究竟有多少，迄今为止同样是一个有待解开的谜。可以肯定的是，他的作品诗文兼备，有用英文写成的，也有用拉丁语写成的；有生前刊印的，也有去世后出版的；有流传至今的，也有因各种原因而遗失了的。仅就流传下来的作品而言，多恩也堪称一位多产的作家，除了众所周知的诗歌，还有布道文、神学著作、小说、翻译等。韦斯利·米尔盖特（Wesley Milgate）告诉我们，多恩在其同代人眼中就是"诗界的哥白尼，比维吉尔（Virgil）、卢坎（Lucan）、塔索（Tasso）合在一起还要伟大"[④]；保罗·M. 奥利弗（Paul M. Oliver）则在《多恩书信选》（*John Donne Selected Letters*）中直言不讳地说："多恩是英国文艺复兴时期最伟大的非戏剧诗作家，仅有弥尔顿是例外，也许还有斯宾塞。"[⑤]米尔盖特和奥利弗分别从现在与过去两个角度对多恩的诗和文及其成就做了简要说明，该说明对我们认识多恩的文学成就与其地位具有重要的引领作用。

---

① Gary A. Stringer. "General Introduction." In John Donne, *The Variorum Edition of the Poems of John Donne*. Vol. 8. Bloomington and Indianapolis: Indiana UP, 1995, pp. xliv-lvi.

② Earnest W. Sullivan. *The Influence of John Donne: His Uncollected Seventeenth-Century Printed Verse*. Colombia and London: U of Missouri P, 1993, p. 5.

③ Dennis Flynn. "Jasper Mayne's Translation of Donne's Latin Epigrams." *John Donne Journal* 3 (1984): pp. 121-130.

④ John Carey. *John Donne: Life, Mind and Art*. New York: Oxford UP, 1981, p. 9.

⑤ Paul M. Oliver, Ed. *John Donne Selected Letters*. New York: Routledge, 2002, p. vii. 奥利弗的原文为 "John Donne was the greatest English Renaissance writer of non-dramatic verse with the exception of John Milton and, Perhaps, Edmund Spenser". 值得注意的是，奥利弗没有使用"之一"。

第三节 多恩的散文与小说

广义地说，除诗歌以外的作品都可称为散文。鉴于多恩的教长身份以及人们对他的认识，加之他的作品数量较多，所以这里将只限于讨论狭义上的散文，而神学著作与布道文则将在下一节再行讨论。由于多恩散文的出版年代比较明确，所以在确定讨论顺序时便有了三种选择：一是创作的时间顺序，它有助于窥探多恩的思想变化与艺术演变；二是出版的时间顺序，它有助于揭示多恩究竟是以怎样的方式逐渐进入读者视野的；三是作品的重要性，它有助于显示多恩的思想基础及其在研究领域的认同度。鉴于有关多恩研究的问题将在后文加以专章讨论，而且那些研究又都是基于多恩的思想和艺术的，因此这里将主要依据其出版的时间顺序加以讨论。需要特别说明的是，之所以将小说纳入散文的范围，是因为多恩的传世小说仅有一部，若分离出来会显得过于单薄。

《伪殉道者》（1610）：这是多恩第一部公开出版的散文作品，1610 年以大四开本形式出版，其基本观点就在版权页的文字中："内含这一结论之所出的各种主张与等级；并论本王国中的罗马教徒都能够并应该接受效忠誓言。"用通俗的话说，即天主教徒中的不从国教者之所以遭受痛苦，源于他们拒绝接受"三十九条信纲"所规定的效忠宣言，而非出于真正的宗教原因；因此他们的牺牲只能是咎由自取，他们算不得真正的殉道者，只是一批伪殉道者。有趣的是，在该书开篇的献词中，多恩曾对其创作动机有过这样的说明："关于我将要斗胆写下的这本书，我以最为谦卑之躯恳请陛下的恩准。目睹陛下如何屈尊下问并与您的子民探讨您的宝书；我也萌生了一个宏愿，要以同样的方式仰视您的莅临。"①沃尔顿由此认定，此书是多恩奉詹姆斯一世之命于 1610 年末用六周时间写成的。②戈斯则不以为然地指出，《伪殉道者》虽在标题页印着"1610 年"的字样，但在出版署的注册日期却是 1609 年 12 月 2 日，所以应该写于 1610 年之前，尽管具体日期难以确定。③

除开篇的献词外，全书由"致读者""正文""告知前言"三大部分构成，其中"致读者"和"告知前言"都具有较强的自传性质。"致读者"全称"致读者的广而告之"，其基本内容是多恩及其家族的天主教传统以及由此而来的一系列苦难。正文部分按目录显示共有 14 章，但实际却只有 12 章，省去了目录页显示的最后两章。省去这两章的原因在"致读者"中有解释：避免受到不必要的人

① Geoffrey Keynes. *A Bibliography of Dr. John Donne*. 3rd ed. Cambridge: Cambridge UP, 1958, p. 2.

② Izaak Walton. *The Life of John Donne, D. D. Late Dean of St. Paul's Church, London*. Ed. Thomas Tomlins. London: Henry Kent Causton, 1865, p. 60.

③ Edmund Gosse. *The Life and Letters of John Donne, Dean of St. Paul's*. Vol. 1. Memphis: General Books, 2002, p. 2.

身攻击。具体而言，省去的第 13 章"论誓言"以法国为例论证宣誓效忠是国王的天赋权力，第 14 章则以英国已经脱离罗马的事实为基础，论证教皇无权凌驾于自由的英格兰王国之上的观点。书中还有一个勘误表，勘误表之后是 27 页的"告知前言"。"告知前言"全称"致本王国之牧师、耶稣会士及其信徒的前言"，其基本内容有以下两点：一是多恩自己的早期教育以及他的思想变化与神学研究，二是多恩以平信徒（layman）身份表达的天主教与国教应该彼此宽恕的良好愿望。① 《伪殉道者》引用了大量的神父著作，既充满了节制，也彰显了学术味。牛津大学正是因为此书而于 1610 年授予多恩博士学位的；而詹姆斯一世则因读了此书而越发坚定了让多恩出任教职的决定。

《应急祷告》（1624）：这是多恩最为著名的散文作品。凯恩斯提到，这本书"在多恩生前就已有三个版本与五次印刷，而多恩去世后七年内的两个版本还在扉页印上了马希尔的雕版画"②。所谓多恩生前的"三个版本"指的是 1624 年版、1626 年版和 1627 年版，其中 1624 年版先后印刷过三次；而有雕版画的两个版本则指 1634 年版和 1638 年版，因为这两版的扉页皆印有多恩身着裹尸布的画像。《应急祷告》作于 1623 年，正值多恩生病卧床期间，该书于 1624 年以对开本形式出版时共 630 页，扉页上印有"献给查理·斯图亚特王子"的字样。多恩是 1621 年受命出任圣保罗大教堂教长一职的，两年后的 1623 年，一场传染病席卷了整个伦敦，多恩也像很多人一样不幸感染，并曾一度非常严重，生死未卜，这使他展开了对人生的深入思考，写下了《天父颂》、《耶利米哀歌》、《病中颂我的上帝》（"Hymn to God，My God，in My Sickness"）和《应急祷告》等宗教作品。多恩的书信也表明，在他病重期间，国王曾派御医前往救治，所以1623 年年末，多恩尚未痊愈就致信查理王子的侍寝官罗伯特·科尔，希望后者能将《应急祷告》献给查理王子。③

《应急祷告》全书共计 23 章，每章皆由冥想、告解和祈祷组成，详细记录了作者从发病到痊愈的整个过程，同时也深入剖析了其内心的思想情感，这本书还包含了大量有关社会、政治、宗教等方面的内容。《应急祷告》以第一人称单数写成，情真意切，意象丰富，是多恩巴洛克风格散文的杰作，也是文艺复兴文学中所谓"普遍类比"（universal analogy）的典型代表，欧内斯特·海明威（Ernest Hemingway）的《丧钟为谁而鸣》（For Whom the Bell Tolls）的书名就出自其中此书第 17 章的冥想部分。美国多恩研究会 2005 年年会曾设《应急祷告》

---

① "致读者的广而告之"原文为"Advertisement to the Reader"，"致本王国之牧师、耶稣会士及其信徒的前言"原文为"A Preface to the Priestes, and Jesuits, and to Their Disciples in This Kingdom"。后者在 1610 年的大四开本中占了 27 页之多，较为翔实地阐释了多恩的两个基本内容。

② Geoffrey Keynes. *A Bibliography of Dr. John Donne*. 3rd ed. Cambridge: Cambridge UP, 1958, p. 63.

③ John Donne. *Selected Letters*. Ed. Paul M. Oliver. New York: Routledge, 2002, p. 100.

专题研讨会，两年后的《多恩学刊》（*John Donne Journal*）选登了其中 4 篇论文，涉及《应急祷告》的读者接受、主题思想、文化背景和课堂教学。①《应急祷告》的文学成就与地位由此可见一斑。

《少年习作》（*Juvenilia*，1633）：根据多恩长子约翰所说，该书是"作者年轻时的自娱之作"②，"写于 1598—1602 年"③。该书于 1633 年首次出版时，版权页印有"少年习作：谈某些悖论与问题"的字样，同年还出版了一个修订本。全书共 11 个悖论和 10 个问题，前者包括"为女人的不忠辩护""女人就该化妆""事物皆因乱而多""善比恶普遍""万物都在自杀""有可能在某些女人身上找到某种美德""老年比青年更神奇""自然是最糟的向导""唯有懦夫敢于死""智者以多笑著称""肉体官能胜过心灵功能"；后者包括"为什么杂种运气最好？""为什么清教徒的布道那么长？""为什么魔鬼直到后来才拒绝耶稣会士？""为什么绿色的种类比其他色彩要多？""为什么青年俗子要学那么多神学？""为什么常识能获得女人芳心？""为什么美人最安全？""为什么金星只有一丝阴影？""为什么金星有多个名称，既叫晨星又叫晚星？""为什么新官最不压人？"。该书于 1652 年再版时，书名变为《悖论、问题、文论、人物》（*Paradoxes, Problems, Essays, Characters*），其中"悖论"部分增加了 1 个即"贞操是一种美德"；而"问题"部分则新增了 7 个："为什么梅毒会毁坏鼻子？""为什么现在没人因爱而死？""为什么女人钟爱羽毛？""为什么金箔没有手指？""为什么大扈从都喜欢小男妓？""为什么谄媚者会比其他人更快地变成无神论者？""为什么政客最不可信？"④

这些篇名显示：无论是悖论还是问题，皆是多恩青年时期接受法学与修辞训练的结果。通常情况下，所谓"少年习作"指的是青年时期的作品，只有成为著名作家后方有出版的可能，比如德莱顿、阿尔弗雷德·丁尼生（Alfred Tennyson）、简·奥斯丁（Jane Austen）等人的早期作品都是如此；而诸如利·亨特（Leigh Hunt）、乔治·戈登·拜伦（George Gordon Byron）等很早就

---

① 四篇文章分别为：Brooke Conti. "The Devotions: Popular and Critical Reception"; R. V. Young. "Theology, Doctrine, and Genre in Devotions Upon Emergent Occasions"; Mary A. Papazian. "No Man [and Nothing] Is an Iland: Contexts for Donne's Meditation XVII"; Helen Wilcox. "Was I Not to Made to Think? Teaching the Devotions and Donne's Literary Practice". 见 *John Donne Journal* 20 (2007): pp. 365-372; 373-380; 381-385; 387-399.

② Evelyn M. Simpson. *A Study of the Prose Works of John Donne*. Oxford: Clarendon, 1924, p. 132.

③ Frank J. Warnke, Ed. *John Donne: Poetry and Prose*. New York: Random House Inc., 1967, p. 285.

④ 此外，该版还收录人物特写 2 篇、文论 2 篇，并附有警句诗 59 首与小说《依纳爵的加冕》。大致内容在标题页都已标出。另外，根据凯恩斯的研究，1652 年的《少年习作》并不是一个完整版，因为后来人们还在 11 个抄本中发现了"为什么瓦尔特·雷利被认为是撰写各断代史的最佳人选"等内容。见 Geoffrey Keynes. *A Bibliography of Dr. John Donne*. 3rd ed. Cambridge: Cambridge UP, 1958, p. 75.

发表少年习作的人属于极少数。多恩的《少年习作》与首版《多恩诗集》于同年出版，显示了人们对他的崇敬之情，而其出版背后的原因则如弗兰克·沃恩克（Frank Warnke）所说，多恩在《少年习作》中以准法学、类哲学的形式和幽默风趣的文风，对一些看似荒唐的问题加以论证，一方面散发着《无所谓》（"The Indifferent"）、《被禁锢的爱》（"Confined Love"）、《共性》（"Communitie"）等诗作的气息，另一方面也折射出 1600 年前后广为盛行的自然主义与怀疑主义色彩。①多恩的《少年习作》虽然篇幅不长，但却集中反映了少年多恩的才气，加之其创作时期与多恩的爱情诗几乎同时，所以其也是研究多恩诗的重要背景材料之一。②

《书信》（Letters）：多恩的书信有用诗写成的，也有用散文写成的，比如1633 年的首版《多恩诗集》就有诗信 11 首、散文体书信 11 封。多恩流传至今的散文体书信共有 200 余封，大多出自两个版本：一是《致名人的信》（Letters to Severall Persons of Honour, 1651）③，共收录多恩书信 129 封，扉页还印有多恩 49岁时的油画像（图 1.3）；二是《书信集》（A Collection of Letters, 1660），其基础文本是《致名人的信》，但新增了书信 38 封，包括 25 封多恩所写的书信，其余为写给多恩的或与多恩有关的。其他出处还有《沃尔顿名人传》（Walton's Lives, 1670）以及戈斯主编的两卷本《多恩的生平与书信集》和托马斯·赫斯特（Thomas Hester）等注释的《多恩婚姻书信》（John Donne's Marriage Letters, 2005）等。前两个版本共计书信 167 封，包括了多恩的绝大部分书信，这些书信都由多恩长子约翰出版，也都在 17 世纪就已面世，所以凯恩斯曾评价说，多恩的大量书信能够流传至今，得益于多恩长子约翰的悉心保存。④但这两个版本都较为粗糙，缺乏必要的编辑，戈斯主编的两卷本《多恩的生平与书信集》则是第一个真正意义上的编辑本，同时还在前两个版本的基础上新增了书信 19 封。《多恩婚姻书信》共收录 18 封信，基本都是多恩写给其岳父乔治·莫尔爵士和前雇主托马斯·埃杰顿爵士的。关于这些书信的写作时间，根据奥利弗在《多恩书信选》中的说法，应该在 1599—1631 年⑤，亦即囊括了多恩生平的三个阶段。我

① Frank J. Warnke, Ed. *John Donne: Poetry and Prose*. New York: Random House Inc., 1967, p. 285.

② 并且很可能得出某些惊人的结论，比如其中的《为女人的不忠辩护》就曾有这样的句子："每个女人都是一门科学[……]她们天生就是为了打压才子的傲气与智慧的野心，以便让试图赢得她们的傻瓜变得聪明。"见 John Donne. *Juvenillia*. Whitefish: Kessenger Publishing, 2017, p. 4.

③ 在某些多恩作品集中，多恩的《书信集》也叫 *Letters to Several Perons*；而在华兹华斯版《多恩作品集》中，"Letters to Several Personages" 则共计 34 首，也就是多恩的诗信，见 John Donne. *The Works of John Donne*. Ware: Wordsworth Editions, 1994.

④ Geoffrey Keynes. *A Bibliography of Dr. John Donne*. 3rd ed. Cambridge: Cambridge UP, 1958, p.104.

⑤ Paul M. Oliver, Ed. *John Donne Selected Letters*. New York: Routledge, 2002, p. 3.

们现在所看到的多恩的书信，一部分标有具体的写作日期，另一部分则没有，其主要原因，按奥利弗的解释，是多恩长子约翰在出版这些书信时或者故意把日期给抹去了，或者根本不知道写于何时。[①]但《多恩婚姻书信》例外，它们都有明确的日期，其中 1602 年 11 封，1614 年 3 封，1612 年、1617 年、1625 年和 1629 年各 1 封。[②]

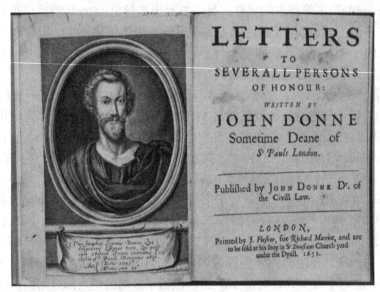

图 1.3　多恩 49 岁时的油画像[③]

多恩书信中的相当一部分内容都与他的诗信关系密切，所涉事件都是当时的各种重大事件，收信人也都是多恩生平的见证者，所以这些书信引发了越来越大的关注，约翰·凯里（John Carey）、夏皮罗、鲍尔德、伊芙琳·M. 辛普森（Evelyn M. Simpson）等都对之做过深入研究。比如辛普森就在《多恩散文研究》（*A Study of the Prose Works of John Donne*）第 3 章明确指出，在伊丽莎白时代和雅各宾时代的大诗人中，"文人多恩"一生的经历、各种品味、各种习惯等，之所以最为我们所了解，其原因之一就在于他的书信。[④]在辛普森笔下，"文人多恩"的原文为"Donne as a man of letters"，这是一个具有双重含义的用语，既是英语中"文人"的常规表达方式，也揭示了多恩书信的重要性。到该

---

①　Paul M. Oliver, Ed. *John Donne Selected Letters*. New York: Routledge, 2002, p. xxiii.

②　John Donne. *John Donne's Marriage Letters*. Eds. Thomas Hester, Robert Parker Sorlien, and Dennis Flynn. Washington: Folger Shakespeare Library, 2005.

③　Christopher L. Morrow. *The Texas A & M John Donne Collection*. College Station: Texas A & T Libraries, 2006, p. 23.

④　Evelyn M. Simpson. *A Study of the Prose Works of John Donne*. Oxford: Clarendon, 1924, p. 45.

书第 12 章，辛普森再次明确指出，多恩的书信显示了伊丽莎白时代的典型特征：既有火热的友谊与突发的慷慨，也有偶尔的吝啬与精打细算；既有无聊的宫廷闲话与恶意的各种玩笑，也有一定的哭穷与对他人的批评，还有深切的同情以及对人生的洞悉。①多恩的书信，对于我们研究他和他的时代以及他的诗风和文风都有着十分重要的参考价值。

《论自杀》（1644）：这是多恩最早的论辩型散文作品，也译为《双重永生》或《论暴死》。根据萨利文的考证，多恩的《论自杀》完成于 1608 年，是英国历史上第一部论证自杀并非罪过的专著，而且迄今为止仍然是直至文艺复兴末期从哲学、法学、神学角度对自杀加以阐释的最可靠的著作。②《论自杀》封面页上同时印有这样的文字："论述那个悖论，或主题，即自杀并非天然的罪恶而非其他，并对这一行为看似违反的所有法规之本质与适用性，做了精心考证。"全书包括"献词""引用作家""目次""前言""正文""结论"六个板块；正文又包含部（parts）、类（distinctions）、节（sections）、点（points）四个层次。全书正文共 3 部 15 类 78 节。该书在部与类的层面显得较为平稳，第 1、2、3 部分别有 4、6、5 类，结构上的差别很小；但在类与节的层面则差距较大，如第 2 部第 4 类和第 3 部第 4 类都各有 11 节，而第 1 部第 4 类和第 3 部第 1 类却都只有 1 节。此外，各节的点也都多少不一，如第 1 部第 1 类第 1、2 节都只各有 1 个点，而第 1 部第 2 类第 2 节和第 3 类第 2 节则分别有 11 个点和 18 个点之多，最多的是第 2 部第 6 类第 8 节，共有 24 个点。因为《论自杀》的"前言"论及多恩自己的生平与思想，所以也有人把它看作多恩的自传性作品。

《依纳爵的加冕》（1611）：这是多恩流传于世的仅有的一本小说，其主要内容都在版权页的文字中："依纳爵的加冕，或他在地狱选举中的加冕：含以讽刺方式柔和起来的诸多事件，包括耶稣会士的本性、新地狱的产生、月球教堂的创建；附为耶稣会士辩护；献给作为枢机主教会与索邦学院的守护者的两位敌对天使。"作品以梦幻文学的形式，描述了自己灵魂出窍后在广袤的宇宙中漫游，不经意间进到洞门大开的地狱，发现不计其数的亡魂正在魔王路西弗（Lucifer）面前逐一表功。其中所占篇幅较大的有尼古拉·哥白尼（Nicolaus Copernicus）、帕拉塞尔苏斯（Paracelsus）、尼可罗·马基雅维利（Niccolò Machiavelli）、彼得罗·阿雷蒂诺（Pietro Aretino）、克里斯托弗·哥伦布（Christopher Columbus）、圣菲利·内利（St. Philip Neri）等，但他们的表白都

---

① Evelyn M. Simpson. *A Study of the Prose Works of John Donne*. Oxford: Clarendon, 1924, p. 271.

② Earnest W. Sullivan. "Preface." In Earnest W. Sullivan (Ed.), *John Donne: Biathanatos*. London and New York: Associated UP, 1984, p. vii.

被依纳爵·罗耀拉（Ignatius Loyola）逐一驳回。路西弗深感自己的地位面临威胁，于是要求罗耀拉带领他的信众到月球建立新的地狱。此时一个消息传来，在法国国王和西班牙国王的力荐之下，教皇即将把罗耀拉封为圣徒。故事的末尾，"罗耀拉飞上去，冲向博义教皇，将他赶出宝座"[①]。

全书以《印刷者致读者》开篇，以《为耶稣会士辩护》结束，放在地狱中的都是 16 世纪的耶稣会士，也都是所谓的革新者。T. S. 希利（T. S. Healy）认为，多恩之所以这样描写，是因为他把"反宗教改革运动"看作新鲜事物，而这个运动在英国常常等同于耶稣会。[②]根据凯恩斯的描述，《依纳爵的加冕》于 1611 年以小 12 开本的形式首次出版时共有 3 个版本，包括 2 个拉丁文版本和 1 个英文版本，拉丁文版本的书名为 *Conclave Ignati*，英文版本的书名为 *Ignatius His Conclave*，后者是多恩自己从拉丁文版本翻译而来的。[③]此外 1611 年还以其他形式出版过另外 2 个英文版，其中之一的标题为《依纳爵的加冕：或地狱中之罗耀拉的加冕》（*Ignatius His Conclave: or The Enthronization of Loyala in Hell*）。与多恩的其他作品不同的是，《依纳爵的加冕》在早期的各种版本中，标题页并没有作者的名字，直到 1653 年版本的标题页才有"圣保罗前教长、神学博士多恩著"的字样。《依纳爵的加冕》和《伪殉道者》一样，都是多恩的讽刺作品，也都是以天主教徒为讽刺对象的，但人们对《依纳爵的加冕》的重视程度却低于《伪殉道者》，其主要原因在于学界尚未将它们作为研究对象，对它们的研究依然停留在将其视为多恩生平材料的层次。

第四节　多恩的神学著作与布道文

多恩不仅是诗人和散文作家，还历经了从耶稣会士到国教徒的转变，并最终成为圣保罗大教堂的教长，这意味着研究《圣经》（*The Bible*）与开坛布道是他的两大基本职责。这两者都是为了宣讲经文，所以并无本质区别，但却各有侧重。研究《圣经》是手段，是进入；开坛布道则是目的，是运用。前者的标志是《神学文集》（*Essayes in Divinity*，1651），后者的标志则是《布道文集》。

《神学文集》：顾名思义，这是多恩在研究了《圣经》之后所撰写的一部神学专著。该书在 1651 年首次出版时，其标题页就印有这样的文字："神学文集，圣保罗大教堂前教长多恩博士作；为数个专题论文，内含冥想与祷告，作于就任圣职之前；现由其子 J. D. 民法博士公开出版"。这里的"J. D. 民法博士"

---

① John Donne. *Ignatius His Conclave*. Ed. T. S. Healy. Oxford: Clarendon, 1969, p. 97.

② T. S. Healy. "Introduction."In T. S. Healy (Ed.), *John Donne. Ignatius His Conclave*. Oxford: Clarendon, 1969, p. xii.

③ Geoffrey Keynes. *A Bibliography of Dr. John Donne*. 3rd ed. Cambridge: Cambridge UP, 1958, p. 10.

即多恩长子约翰；而副标题中所谓的"冥想"，正如辛普森所指出的，并非通常意义上的冥想，而是正标题中所说的"论文"或副标题中的"专题论文"①。这也可以从《神学文集》的小标题中看出。全书由"上篇"（Book Ⅰ）和"下篇"（Book Ⅱ）组成，两篇皆以《圣经》中的某个句子为主题，并将其拓展为一系列的冥想，最后以祷告结束。"上篇"的主题是"起初神创造了天和地"，共 4 个部分 10 篇冥想，其中 4 篇冥想没有标题，有标题的 6 篇分别是属于第 1 部分的《论圣经》（"Of the Bible"）、《论摩西》（"Of Moses"）、《论创世纪》（"Of Genesis"）和属于第 2 部分的《论上帝》（"Of God"）、《论上帝之名》（"Of the Name of God"）、《耶洛因》（"Elohim"）②，最后是 1 篇祷告（"Prayer"）。"下篇"的主题是"以色列的众子，他们的名字记在下面"，共 2 个部分 7 篇冥想，其中有标题的 4 篇为《出埃及记》（"Exodus"）、《名字的多样性》（"Diversity in Names"）、《论数字》（"Of Number"）和《数字的多样性》（"Variety in the Number"），最后是 4 篇祷告。

最初的版本在正文前还有一个"致读者"，其中明确说到《神学文集》"出自作者手笔，是自愿牺牲了几个小时的结果，那时他与上帝有过很多论战，以求弄清自己是否有资格和足够的学识出任圣职"③。据此标题与前言，学界普遍认为《神学文集》写于 1614 年末至 1615 年初，辛普森则认为该书有可能作于 1611—1615 年。④《神学文集》集中反映了多恩在其生平低谷时的信仰，文笔较为粗犷，内容则与《第一周年》《第二周年》《布道文集》《应急祷告》有关，加之它包含了 17 世纪及其之前的大量有关神学、释经学、天文学等著作，所以对我们认识"凡人多恩"何以成为"圣人多恩"，以及约翰逊何以称玄学诗人"展示才学"等，皆有较大帮助。此外，由于该书与多恩的前期作品存在很多联系，又是后期神学著作与布道文的前驱⑤，所以它对研究多恩的诗歌等其他作品也有着重要的参考价值。

对《神学文集》的研究具有开拓意义的著作当数杰弗里·约翰逊（Jeffrey Johnson）的《多恩的神学》（*The Theology of John Donne*，1999）。这是约翰·T. 肖克罗斯（John T. Shawcross）任总主编的"文艺复兴文学研究"（"Studies in

---

① Evelyn M. Simpson. "Introduction." In Evelyn M. Simpson (Ed.), *Essays in Divinity by John Donne*. Oxford: Clarendons, 1952, p. xxii.

② 耶洛因（Elohim，又译"以罗欣"），希伯来文中表示"神"的词，多恩用以作上帝的名。

③ John Donne. *Essays in Divinity*. Ed. Evelyn M. Simpson. Oxford: Clarendon, 1952, p. 4.

④ Evelyn M. Simpson. *A Study of the Prose Works of John Donne*. Oxford: Clarendon, 1924, pp. 191-221.

⑤ Evelyn M. Simpson. "Introduction." In Evelyn M. Simpson (Ed.), *Essays in Divinity by John Donne*. Oxford: Clarendon, 1952, p. xix.

Renaissance Literature"）系列丛书中的一本。全书共 5 章，分别从三位一体、祷告类别、圣像之争、真诚忏悔、神的恩典等角度，结合多恩的布道文与历史文化传统做了系统论述。根据杰弗里·约翰逊的研究，"多恩神学具有显著的折中主义特征"①，这可以解释书中为何要用冥想与祈祷的形式来取代论文。约翰逊在书后所列的索引详细列出了多恩对《圣经》文本的使用，对中国学者具有很强的参考价值。至于《神学文集》本身，最权威的依旧是辛普森主编的《神学文集》，该书于 1952 年由剑桥大学出版社出版，至今仍然是公认的经典文献。

《布道文集》：在现存的 160 篇多恩布道文中，按布道的时间顺序，第一篇是 1615 年 4 月 30 日的《格林威治布道文》，最后一篇是 1630 年 2 月 25 日的《死的决斗》。②根据凯恩斯的数据，在这些布道文中，于多恩生前出版的共有 6 篇③，它们是《〈士师记〉第 20 章第 15 节诗文的布道文》（"A Sermon upon the XV. Verse of the XX. Chapter of the Book of Judges"，1622）、《〈使徒行传〉第 1 章第 8 节诗文的布道文》（"A Sermon upon the VIII. Verse of the I. Chapter of The Acts of The Apostles"，1622）、《落成典礼布道文》（"Encaenia"，1623）④、《给查理国王的布道文第一篇》（"The First Sermon Preached to King Charles"，1625）、《白厅布道文》（"A Sermon, Preached to the Kings Mtie. at Whitehall"，1625）和《丹弗斯夫人纪念布道文》（"A Sermon of Commemoration of the Lady Davers"，1627）。其中前两篇为单行本，从第三篇开始则以文集的形式出版，因此书名也相应地变为《布道文三篇》（*Three Sermons Vpon Special Occasions*，1623）、《布道文四篇》（*Foure Sermons Vpon Special Occasions*，1625）和《布道文五篇》（*Five Sermons Vpon Special Occasions*，1625）。多恩的其他布道文都是在多恩去世后被陆续出版的，比如《死的决斗》（1633）、《布道文六篇》（*Six Sermons Vpon Special Occasions*，1634）等。

17 世纪出版的多恩布道文集中最为著名的是《布道文八十篇》、《布道文五十篇》（*Fifty Sermons*，1649）和《布道文二十六篇》（*XXVI Sermons*，1661），因为这些文集都以对开本形式出版，所以也叫三大对开本（the three folios）。《布道文八十篇》的卷首印有精美插图（图 1.4），彰显着纪念碑似的设计理念：正中央是多恩的半身像，该半身像镶嵌于一个平稳的椭圆之内，椭圆上方的题献

---

① Jeffrey Johnson. *The Theology of John Donne*. Cambridge: D. S. Brewer, 1999, p. 146.

② 《死的决斗》（"Death's Duell"）的布道时间有几种说法，根据沃尔顿的说法为 2 月 12 日，根据辛普森的说法为 2 月 25 日，根据夏皮罗的说法为 2 月 27 日。

③ Geoffrey Keynes. *A Bibliography of Dr. John Donne*. 3rd ed. Cambridge: Cambridge UP, 1958, p. 22.

④ 1623 年 5 月 22 日，林肯律师学院新礼拜堂落成典礼举行，多恩应邀布道，故称"落成典礼布道文"。见 George R. Potter, Evelyn M. Simpson, Eds. *The Sermons of John Donne*. Vol. 4. Berkeley and Los Angeles: U of California P, 1962, p. 40.

词是《马太福音》（Matthew）中的"灵巧像蛇，驯良像鸽子"。全书由两大部分组成：第一部分包括多恩长子约翰致查理国王的敬献辞、沃尔顿撰写的《多恩传》，以及圣保罗大教堂的多恩雕像上的碑文；第二部分包括目录和正文。前者除列出篇目外，还给出了每篇布道文所用的经文；后者则尽量按节日或布道地点对布道文作归类。

图 1.4　《布道文八十篇》[①]

《布道文五十篇》的体例与《布道文八十篇》相同，但多恩长子约翰的敬献辞对象则由查理国王换成了邓比伯爵（Earl of Denby），而沃尔顿的《多恩传》则完全取消了敬献辞。根据凯恩斯和辛普森的考证，《布道文五十篇》和《布道文八十篇》的注册日期都在同一天[②]；辛普森还因此把两书视为姊妹篇。[③]《布道文二十六篇》的体例没有改变，其第一部分的敬献辞对象为查理一世，同时增加了彼得伯勒主教（Bishop of Peterborough）致多恩长子约翰的信，但"本卷的编辑和印制都很粗糙，它实际只有 23 篇布道文，而非 26 篇；第 9 篇压根没有，第

---

① Christopher L. Morrow. *The Texas A & M John Donne Collection*. College Station: Texas A & T Libraries, 2006, p. 21.

② Geoffrey Keynes. *A Bibliography of Dr. John Donne*. 3rd ed. Cambridge: Cambridge UP, 1958, p. 50.

③ George R. Potter, Evelyn M. Simpson, Eds. *The Sermons of John Donne*. Vol. 1. Berkeley and Los Angeles: U of California P, 1962, p. 5.

16 和第 17 篇就是第 5 和第 3 篇的重复"①。事实上,三大对开本中印制最精美、质量也最好的是《布道文八十篇》,《布道文五十篇》次之,《布道文二十六篇》最差。但也正因如此,后者反而比前者更加稀有。

18 世纪没有出版过多恩的布道文。到 19 世纪时,首先是亨利·斯特宾(Henry Stebbing)和卡特莫尔联合主编的《神学经典》(*The Sacred Classics*,1835)第 15—16 卷收录了多恩的 4 篇布道文,而后是亨利·奥尔福德(Henry Alford,1810—1871)主编的 6 卷本《多恩作品集》(*The Works of John Donne*,1839)的第 1—4 卷收录了多恩布道文 158 篇。②凯恩斯认为,前者选自《布道文八十篇》,后者则是唯一一次企图全部印制多恩布道文的尝试。③进入 20 世纪后,多恩布道文的出版成了热门,仅 1919—1932 年出版的版本就有 6 个之多,但最完整、质量最高的则是乔治·R. 波特(George R. Potter)与辛普森联合主编的精装 10 卷本《多恩布道文集》(*The Sermons of John Donne*,1953—1962)。

乔治·R. 波特与辛普森的 10 卷本《多恩布道文集》共 160 篇,基本依据的是 17 世纪的三大对开本。该文集每卷都由"导论""正文""注释"三个部分组成。"导论"部分除了创作背景外,还与多恩的其他作品(特别是诗歌)做了比较。"正文"部分按时间顺序安排多恩的布道文,除了布道文本身还有每篇布道文所用的经文、布道的时间地点、原始的标题全文等。此外,第 1 卷另有"总论"与"释义策略说明",第 10 卷则分成两个部分,第一部分与前面各卷相同,第二部分包括多恩布道文的文献来源、对开本研究、附录、补充说明、总索引等。由此可见,10 卷本《多恩布道文集》已不仅仅是一个文集,其本身就是一项重要的研究成果,因而成为迄今为止最具影响的经典文献之一。借第 1 卷"总论"的开篇话语,"多恩的诗和文都在 20 世纪获得了骄人的复兴,也都对20 世纪的诗人和散文作家产生了重大影响,这些都是毋庸置疑的。他的散文的光辉与他的诗非常不同,但却足以与之媲美。他最好的散文就在布道文中,这是没有什么问题的"④。2010 年,牛津大学出版社委托英国多所高校的文学和史学

---

① Geoffrey Keynes. *A Bibliography of Dr. John Donne*. 3rd ed. Cambridge: Cambridge UP, 1958, p. 53.

② 《神学经典》共 30 卷,其中第 15 卷收多恩布道文 1 篇:《最后的死敌》("The Last Enemy")。第 16 卷收多恩布道文 3 篇:《基督在复活中得胜》("Christ's Triumph in the Resurrection")、《第一次复活》("The First Resurrection")和《肉身的复活》("The Resurrection of the Body")。《多恩作品集》全称《1621—1631 年圣保罗教长、神学博士多恩作品集,附生平纪念》(*The Works of John Donne, D. D., Dean of Saint Pauls 1621-1631, with a Memoir of His Life*),其中包括多恩的诗选、书信选、布道文、《应急祷告》等。所谓"生平纪念"即沃尔顿的《多恩传》。

③ Geoffrey Keynes. *A Bibliography of Dr. John Donne*. 3rd ed. Cambridge: Cambridge UP, 1958, p. 56.

④ George R. Potter, Evelyn M. Simpson, Eds. *The Sermons of John Donne*. Vol. 1. Berkeley and Los Angeles: U of California P, 1962, p. v.

专家组建编辑团队，启动了《牛津版约翰·多恩布道文》（*The Oxford Edition of the Sermons of John Donne*）计划，旨在用 5 年时间编纂一套 16 卷本的集注版多恩布道文集。[①]牛津集注版的最大特征是它是按布道的空间（而非时间）来编排的。

　　多恩的布道文具有三个显著特点。第一是政治性。多恩是在詹姆斯一世的强烈介入下进入教职的，也是以御用牧师的身份开始传道的，所以他的部分布道文本身就具有强烈的政治倾向。比如他生前出版的第一篇布道文，其标题页不但包含具体的布道时间地点和所用经文，而且还明确指出其缘起和出版也都是奉命进行的，旨在阐释詹姆斯一世颁布的《牧师指南》（*Directions for Preachers*）。他还以钦定牧师的身份随和平使团出访欧洲，并为多个王室成员布道。第二是宗教性。多恩是一个宣教士，所以他的每篇布道文都是对某句经文的阐释，辛普森在《多恩布道文集》第 10 卷第二部分用两章——140 多页的篇幅对此做了分析[②]，这本身就足以说明多恩布道文的宣教性。第三是文学性。多恩的布道文既有鲜明的个性特点，又有强烈的时代气息，是巴洛克文学的优秀代表，奥利弗曾评价说"听多恩布道就是见证历史的创造"[③]，杨周翰则将多恩的布道文誉为"稀释了的诗"[④]。多恩的布道文是我们把握后期多恩思想感情的核心材料，也是近年来多恩研究领域最为重要的内容之一。

第五节　多恩作品的传播与影响

　　马罗蒂曾出版一部具有生平研究性质的多恩研究专著，取名《圈内诗人多恩》（*John Donne: Coterie Poet*, 1986）。的确，多恩既是著名的国教牧师，也是伟大的玄学诗人，但他首先是个"圈内诗人"。正因为如此，其作品虽然众多，但生前就已出版的却为数甚少，更多的是以抄本的形式流传于有限的圈子内。其背后的原因既有主观的，也有客观的。主观上，那时的天主教徒正处于政治高压之下，即便是有作品也不敢发表；客观上，当时发表作品的人本来就不多，靠写作为生是 18 世纪的事。这样的客观原因恰好说明，多恩对文学的影响早在 17 世纪就已初现端倪，而在整个 17 世纪，多恩作品影响的传播有赖于其著述的四个主要渠道：印本、抄本、歌本、台本。

---

　　① https://donnesermons.web.ox.ac.uk/home. 另外，2015 年 4 月 24 日，中国社会科学网也发布了该文集的出版消息，并引该丛书主编彼得·麦卡洛（Peter McCullough）的话说，这是一个大规模项目，50 年甚至 100 年里大概也只会有一次，参见 http://www.cssn.cn/hqxx/xkdtnews/201504/t20150424_1601707.shtml。

　　② George R. Potter, Evelyn M. Simpson, Eds. *The Sermons of John Donne*. Vol. 10. Berkeley and Los Angeles: U of California P, 1962, pp. 257-401.

　　③ Paul M. Oliver. *John Donne Selected Letters*. New York: Routledge, 2002, p. vii.

　　④ 杨周翰：《十七世纪英国文学》，北京：北京大学出版社，1985 年，第 126 页。

第一个渠道是印本，也就是出版发行的作品，本章第 2—4 节所列的著述就属这一渠道。以第 2 节所分析的诗为例，它们都是多恩去世之后才结集出版的，多恩生前刊印的并不多。根据史密斯的《批评遗产》附录 A，多恩生前发表的诗歌只有 5 首：《克里亚特先生的远行赞》①、《第一周年》、《第二周年》、《挽亨利王子》（"Elegie upon the Untimely Death of the Incomparable Prince Henry"）和《破碎的心》（"The Broken Heart"）。此外还有几个节选，包括《断气》（"The Expiration"）第 1 节、《破晓》（"Break of Day"）第 1 节和《流星》（"Goe，and Catch a Falling Star"）的残篇。②根据海伦·加德纳的《多恩批评文集》所附的"重要日期表"，多恩生前出版的作品也有 5 个，但其内容却与史密斯的不同。它们是诗歌 2 首《第一周年》和《第二周年》，散文 3 种《伪殉道者》《依纳爵的加冕》《应急祷告》。③亚历山大·威瑟斯庞（Alexander Witherspoon）与弗兰克·沃恩克在《十七世纪散文与诗歌》（Seventeenth-Century Poetry and Prose）中列出的仅 4 首：《第一周年》《第二周年》《挽亨利王子》《克里亚特先生的远行赞》。④马罗蒂在《圈内诗人多恩》中则给了一个非量化的说法："除了两首《周年诗》以及收录进《歌本》中的《挽亨利王子》等极少的抒情诗之外，多恩诗都没有在生前发表过。"⑤在所有这些文献中，虽然具体表述各不相同，但都明确地指出了这样一个事实，即多恩的诗在其生前发表的很少。史密斯因而得出结论："那种认为多恩是他那个时代有着巨大影响的大诗人的观点，充其量只是一个浪漫主义的美好神话。"⑥

萨利文则提出了截然不同的看法。通过查询英美两国 25 个大学图书馆的有关材料，萨利文发现，多恩生前出版的诗歌有 25 首，其中除用拉丁文写的以外，有 16 首是用英文写的，包括《断气》、《克里亚特先生的远行赞》《第一周年》、《破晓》、《第二周年》、《挽亨利王子》、《跛子乞丐》（"A Lame Begger"）、《挽歌》（"A Funerall Elgie"）、《像雅努斯的另一张面孔》（"Ever Resemble Janus with a Diverse Face"）、《我快乐的小灵魂四处漫游》

---

① 托马斯·克里亚特（Thomas Coryat, 1577—1617），英国旅行家、作家，1608 年，他取道法国和意大利前往威尼斯，之后经瑞典、德国、荷兰回国，打算写本旅游见闻献给威尔士王子亨利。他只是亨利王子府上的一个弄臣，却自视为才子，还自费出版了《克里亚特先生的远行赞》（1611），因而成了才子们的笑柄。包括琼森、多恩在内的很多才子都写有假赞美诗取笑于他。这一首便是多恩的假赞美诗，也是多恩最早出版的讽刺诗。原文中的 Crudities 含"未经打磨""简陋""粗野""难以下咽"等含义。

② A. J. Smith, Ed. *The Critical Heritage: John Donne.* London and New York: Routledge, 1983, p. 492.

③ Helen Gardner, Ed. *John Donne: A Collection of Critical Essays.* London: Prentice-Hall International, 1986, p. 180.

④ Alexander M. Witherspoon, Frank J. Warnke, Eds. *Seventeenth-Century Poetry and Prose.* 2d ed. New York: Harcourt Brace Jovanovich, 1982, p. 736.

⑤ Arthur Marotti. *John Donne, Coterie Poet.* Madison: U of Wisconsin P, 1986, p. x.

⑥ A. J. Smith, Ed. *The Critical Heritage: John Donne.* London and New York: Routledge, 1983, p. 2.

（"My Little Wandering Sportful Soul"）、《一只忙碌的云雀》（"The Lark by Busy and Laborious Ways"）、《如此喧嚣与恐惧》（"With So Great Noise and Horror"）、《最后掉落的树叶》（"That the Least Piece Which Thence Doth Falls"）、《浮在水面的羽毛或稻草》（"Feathers or Straws Swim on the Water's Face"）、《就像那浸着昨夜露珠的花朵》（"As a Flower Wet with Last Night'sDew"）和《一个放肆的人》（"A Licentious Person"）；另有残篇 6 首：《讽刺诗Ⅳ》（"Satire Ⅳ"）、《诱饵》、《讽刺诗Ⅴ》（"Satire Ⅴ"）、《风暴》、《破碎的心》和《流星》。①这些作品后来有些被收入《多恩诗集》中，另有一些则没有。同时萨利文发现，多恩另有相当数量的诗（表 1.1）也未收入《多恩诗集》。

表 1.1　萨利文整理的多恩作品数量②

年代	增数（首）	版本数/印刷数（个）	全诗数（首）	残篇数（节）
1607—1631	21	60	71	83
1632—1669	43	110	95	345
1670—1700	19	69	4	225

　　基于这些数字，萨利文明确指出，"多恩没被收入 17 世纪《多恩诗集》的作品有着深远的影响，涉及历史、文学、文化等方面"③。萨利文还同时给出了五大理由：第一，它们数量较多，在整个 17 世纪的刊印也都始终比较稳定；第二，它们对确定多恩的生平与创作时间有着十分重要的作用；第三，无论多恩是否把自己看作所谓的"圈内诗人"，他实际上已经是一个非常出色的大诗人了，不仅文人这样看他，甚至功能性文盲也都这样看他；第四，通过互文性，多恩诗已然成为整个社会话语的组成部分，散文作家、诗人、译员、剧作家、音乐家、传记作家、史学家、牧师、印刷商、学生、不善言辞的失恋者、纨绔子弟、渴望成为贵妇的人等，全都知道他的诗；第五，多恩诗以"才"为基础，不但对读者具有深远的影响，而且还具有独特的商业价值、社会价值与个人价值。④

---

① Earnest W. Sullivan. *The Influence of John Donne: His Uncollected Seventeenth-Century Printed Verse*. Colombia and London: U of Missouri P, 1993, pp. 5-6.

② Earnest W. Sullivan. *The Influence of John Donne: His Uncollected Seventeenth-Century Printed Verse*. Colombia and London: U of Missouri P, 1993, p. 9.

③ Earnest W. Sullivan. *The Influence of John Donne: His Uncollected Seventeenth-Century Printed Verse*. Colombia and London: U of Missouri P, 1993, p. 2.

④ Earnest W. Sullivan. *The Influence of John Donne: His Uncollected Seventeenth-Century Printed Verse*. Colombia and London: U of Missouri P, 1993, pp. 2-3.

据萨利文的统计，我们所掌握的资料是截至目前最为充分、最为可靠的数据。即便如此，相对于 1633 年的首版《多恩诗集》，其数量也依然是很少的。这说明，1633 年之前，多恩已经声名在外，但公开发表的诗却不多。其中的原因，史密斯曾给出过这样的解释："或许多恩并不希望无论什么人都读他的诗，因为他那几首诗刚一出版，他就立刻后悔了。"①史密斯所说的"那几首诗"并非多恩生前所出版的全部诗作，而是特指《世界的解剖》（"An Anatomy of the World"）和《论灵的进程》（"Of the Progresse of the Soule"）。它们都是纪念伊丽莎白·德鲁里小姐的周年挽歌。伊丽莎白小姐是德鲁里爵士的独女，1610 年不幸夭折时年仅 14 岁。②当时的多恩生活潦倒，急需找个提携者，所以，尽管他与伊丽莎白素未谋面，依旧创作了曾经名噪一时的《一首挽歌》（"A Funeral"）。1611 年，在伊丽莎白小姐的周年之际，多恩又写了更加著名的《世界的解剖》，并在德鲁里爵士的要求下将其出版。1612 年，在伊丽莎白小姐第二周年之际，多恩又创作了另一首挽歌，取名《论灵的进程》，因其与《世界的解剖》结集出版，加之都是献给伊丽莎白小姐的周年挽歌，所以也叫《第二周年》，《世界的解剖》则相应地叫作《第一周年》，其原本的题目则变成了副标题。

现在，包括《诺顿英国文学》（Norton Anthology of English Literature）在内的教科书以及其他多恩诗集类著作，一般都用《第一周年》和《第二周年》作为《世界的解剖》和《论灵的进程》的标题，也有将两者通称为《周年诗》的。以《周年诗》命名还有另外一个原因，即多恩曾向德鲁里爵士表示，他每年都要为伊丽莎白小姐创作一首挽歌③，但德鲁里爵士要求发表这些作品则让多恩感到了兑现承诺的困难。对此，作为多恩传记作者之一的约翰·凯里是这样记载的：

> 德鲁里爵士敦促多恩刊出这些诗歌。这一要求让多恩很为难，因为他的诗盛赞伊丽莎白小姐，称之为"人的极致"，他不敢想象，一旦贝德福德伯爵夫人露西或者玛格达伦·赫伯特读到了，她们会有什么反应。可是，德鲁里爵士的心情又那么迫切，渴望从悲痛中解脱出来，而且如果多恩拒不出版，也会使他显得不够诚心，因此他的诗在 1611 年轻率地面世了，次年又与《第二周年》一同出版。④

多恩之所以不愿公开出版他的诗作，仅从这里的引文看，至少包含三个方面的原因。首先，他曾是掌玺大臣托马斯·埃杰顿的私人秘书，因与托马斯·埃杰

---

① A. J. Smith, Ed. *The Critical Heritage: John Donne*. London and New York: Routledge, 1983, p. 2.

② John Carey. *John Donne: Life, Mind and Art*. New York: Oxford UP, 1981, p. 84.

③ 这一表示也见于多恩《第一周年》，比如该诗第 450—451 行就写道 "Will yearely celebrate thy second birth, / That is, thy death"，诗行中的 thy 指德鲁里的女儿伊丽莎白。

④ John Carey. *John Donne: Life, Mind and Art*. New York: Oxford UP, 1981, p. 84.

顿的侄女秘密结婚而断送了前程，还因此遭受牢狱之灾。他出狱后生活拮据，不得不四处找寻保护之人。其次，他曾有过众多好友，也曾写过赞美诗给达官贵人的太太们，其中就包括贝德福德伯爵夫人露西和诗人乔治·赫伯特（George Herbert，1593—1633）的母亲玛格达伦·赫伯特（Magdalen Herbert）等。再次，他的《第一周年》想象新奇、立意高远，把早逝的伊丽莎白写得犹如圣母一般，所以也有人认为，创作这样的作品对他的其他朋友有失公允，并且对他的世俗追求也没有任何好处。这三个原因很容易让人得出这样的结论：公开这样的作品，究竟会有怎样的后果，想必他是心知肚明的。正因为如此，当两首《周年诗》遭到部分诗人质疑时，他曾在 1612 年 4 月 14 日《致乔治·杰拉德》（"To George Garrard"）的信中公开表达了自己的后悔之情：

> 至于我那两首《周年诗》，我承认是我的错，我不该同意刊印任何用韵文写出的东西，尽管在我们这个时代，表里如一的严肃的人都有充分的理由这么做，但我还是不知道我怎么就那样做了，我无法原谅自己。①

但是，除了这封书信以及给亨利·古德伊尔的另一封书信外，并无更多材料支撑上述三个原因，所以 20 世纪后，人们更多的是研究其两首《周年诗》本身的意义和价值。史密斯在《批评遗产》"序言"中也引用了上面这封书信的内容，用以说明诗人与读者之间的微妙关系②，而更贴近批评史意义的阐释，则是多恩的同代人迈克尔·德雷顿（Michael Drayton）的另一段话："出版我的作品，使我处于极大的不利之中。在这个时代，诗都是在厅室里演绎的，这疯狂的时代没有起码的尊重；但凡厅室里的东西，其流传只能靠转录。"③迈克尔·德雷顿这一"流传只能靠转录"的感叹，所针对的并不仅仅是他自己的个人作品，而是整个文艺复兴时期的文坛状况。

因此，这样的状况也关乎多恩作品影响的传播的第二个渠道：抄本。事实上，正如后面的分析将要揭示的那样，最先对多恩诗做出评价的，都是基于多恩诗的抄本的，直到 1633 年的首版《多恩诗集》面世后，情况才发生了根本变化，其抄本的价值也才随之改变。从史密斯的《批评遗产》中可以发现，多恩诗的抄本有两种：一是专集本，二是选集本。专集本即整本诗集都抄自多恩一人之诗，而选集本则指包括但又不限于多恩诗的其他抄本。史密斯所列举的最初的多恩诗专集本有 8 个：《布里奇沃特抄本》（*Bridgewater MS*）、《莱肯菲尔德抄

---

① John Donne. *Selected Letters*. Ed. Paul M. Oliver. New York: Routledge, 2002, p. 43.

② A. J. Smith, Ed. *The Critical Heritage: John Donne*. London and New York: Routledge, 1983, p. 3.

③ Michael Drayton. "To the General Reader." In J. W. Hebel (Ed.), *The Works of Michael Drayton*. Oxford, 1933. Vol. 4, p. v.

本》（*Leconfield MS*）、《H49 抄本》（*H49 MS*）、《A18 抄本》（*A18 MS*）、《三一学院抄本》（*Trinity College MS*）、《威斯特摩兰抄本》（*Westmoreland MS*）、《戴斯抄本》（*Dyce MS*）和《多兰科缇抄本》（*Dolaucothi MS*）。其中，《布里奇沃特抄本》属于布里奇沃特伯爵，亦即多恩的恩主约翰·埃杰顿；《莱肯菲尔德抄本》属于多恩的好友、诺森伯兰伯爵（the Earl of Northumberland）亨利·珀西（Henry Percy）；《H49 抄本》和《A18 抄本》都现存于大英博物馆（编号分别为 MS.4955 和 MS.18647），分别属于纽卡斯尔公爵威廉·卡文迪什（William Cavendish）和邓比伯爵家族；《三一学院抄本》现存于剑桥大学三一学院（编号为 MS.R 312），属掌玺大臣托马斯·帕克林（Thomas Puckering）；《威斯特摩兰抄本》属多恩的好友罗兰·伍德沃德（Rowland Woodward）；《戴斯抄本》现存维多利亚与阿尔伯特博物馆（编号为 MS.D 25 F17）；《多兰科缇抄本》上的签名为理查德·劳埃德（Richard Lloyde），该人具体身份不详，有可能是一位皇家律师。①它们的拥有者都是地位显赫的达官贵人或诗人的密友，这本身就说明了它们的社会地位和文学价值。

史密斯还列举了散见于其他抄本中的多恩诗 82 首，这些诗都是多恩生前就已问世的。其中属《挽歌》的有 4 首：《字谜》（"The Anagram"）、《香料》（"The Perfume"）、《手镯》（"The Bracelet"）、《秋颜》（"The Autumnall"）。属《歌与十四行诗》的有 11 首：《口信》（"The Message"）、《最甜蜜的爱》（"Song. Sweetest love, I do not go"）、《赠别：节哀》（"A Valediction: Forbidding Mourning"）、《特维克楠花园》（"Twicknam Garden"）、《高烧》（"A Feaver"）、《早安》（"The Good Morrow"）、《日出》（"The Sun Rising"）、《梦》（"The Dream"）、《爱的成长》（"Love's Growth"）、《爱的炼金术》（"Love's Alchemy"）和《破晓》；属《其他》的有 34 首，包括《警句诗》6 首、《诗信》12 首、《祝婚曲》3 首、《挽歌》6 首、《敬神诗》7 首；另有属《杂集》的有 33 首，包括《上床》《诱饵》《跳蚤》《爱的战争》（"Love's Warre"）等。②仔细分析可以发现，这些诗具有五个基本特征：一是数量大，史密斯所列举的都是仅局限于 1625 年前的抄本；二是抄本多，史密斯特别提到仅艾伦·麦科尔（Alan McColl）就发现 28 个抄本中有多恩的诗；三是浮现率高，同一首诗，在 10 个以上抄本中出现的有 14 首，而在 5 个以上抄本中出现的则多达 36 首；四是体式较为集中，绝大部分都是爱情诗、讽刺诗，亦即在 1635 年的第二版《多恩诗集》中被划分为"歌与十四行诗"、"讽刺诗"和"挽歌"的作品，也是迄今为止影响最大的作品；五是权威

---

① A. J. Smith, Ed. *The Critical Heritage: John Donne*. London and New York: Routledge, 1983, p. 5.

② A. J. Smith, Ed. *The Critical Heritage: John Donne*. London and New York: Routledge, 1983, pp. 6-8.

性强，今天能够读到的多恩诗，基本都是以这些抄本为蓝本的。

根据萨利文在《约翰·多恩的影响》（*The Influence of John Donne: His Uncollected Seventeenth-Century Printed Verse*）中的统计，在 17 世纪的各种《多恩诗集》中不曾收录的多恩诗，按全诗（entire poems）和部分诗（partial poems）划分，在 1607—1700 年分别达 207 首和 653 首之多，另加译诗 83 首（包括全诗 59 首、残篇 24 首），而这还不包括 110 个版本中的 238 首改写诗以及 4 个版本中的 129 首疑似多恩的作品。萨利文认为，这个数字比较符合实际，因为仅在格里厄森、海伦·加德纳和米尔盖特三人各自所编的《多恩诗集》中，就共有 43 个不同的多恩抄本，此外，肖克罗斯编的《多恩诗集》则有 158 个，而集注版《多恩诗集》更是已经发现有 240 个之多。①

这些数字表明，作为诗人的多恩是与当时的抄写文化密切相关的，多恩甚至可以被作为抄写文化的典型个案加以研究，比如彼特·比尔（Peter Beal）就对多恩与抄写的流变关系做过专门的初步探究。②仅从上面的简单分析也可发现，即便以萨利文的数据为支撑，多恩的诗歌主体仍然属于抄本，所以没有抄本就没有首版《多恩诗集》的面世。此外，多恩曾对《第一周年》和《第二周年》的出版表示过遗憾，这意味着抄本比印本更具亲和力。多恩曾请求其朋友代为保管《论自杀》，却又明确要求其不要出版，这表明了他对自己的读者对象是有选择的。

那么这又意味着什么呢？首先，在刊印本的层面，多恩对英国文学的影响，或许比我们想象的要小，这并不像塞缪尔·约翰逊所说，在当时就已然形成了一个"玄学诗派"；而在抄本层面，多恩的影响或许比我们想象的要大，真的形成了蒲柏所说的"多恩派"。其次，多恩本人似乎并没有把文学，特别是诗歌创作看作自己的事业，因此也就谈不上刻意追求新奇或卖弄学问等问题；尤其是对那些抄本而言，它们中的绝大多数都被达官贵人收藏，如果要卖弄学问，这一做法显然是不合逻辑的。再次，同一首诗可能随抄本的不同而不同（比如误抄、漏抄，甚至添加等现象），也可能随抄本的遗失而遗失，所以我们所能得出的任何结论，包括多恩的创作特点、艺术成就、诗学地位以及对整个文学界的影响，都只能基于多恩现存的作品。最后，也是最为重要的是在梳理多恩批评史的过程中必然涉及的一系列问题，比如：第一，人们到底对多恩的哪些作品感兴趣？有过怎样的研究？得出了怎样的结论？第二，多恩本人对其诗歌的态度究竟如何？能否真实反映他的诗歌本身？其作品是如何为人所接受的？其作品对普通读者与批

---

① Earnest W. Sullivan. *The Influence of John Donne: His Uncollected Seventeenth-Century Printed Verse*. Colombia and London: U of Missouri P, 1993, p. 2.

② Peter Beal. "John Donne and the circulation of manuscripts." In John Barnald, D. F. McKenzie (Eds.), *The Cambridge History of the Book in Britain*. Vol. 4. Cambridge: Cambridge UP, 2002, pp. 122-126.

判者的影响是否具有同等的重要性？第三，多恩究竟是怎样被经典化的？在这一过程中，除了阅读品味其作品之外，是否还有其他因素？这些问题都是需要认真分析的，也都是需要依据现存的多恩作品加以衡量与鉴别的。

多恩作品影响的传播的第三个渠道是歌本。史密斯在《批评遗产》附录 B 中列举了已经谱曲的 9 首多恩诗：《断气》、《破晓》、《口信》、《流星》、《最甜蜜的爱》、《耶利米哀歌》、《幽灵》（"The Apparition"）、《报春花》（"The Primrose"）和《天父颂》。虽然史密斯的附录以"至 19 世纪时已知曾经谱曲的多恩诗"为题，但从其所给的作曲家的生卒年可以看出，这些诗在 17 世纪就已全部被谱曲了，其中《流星》还于 19 世纪 20 年代由罗伯特·勃朗宁（Robert Browning）再次谱曲。①在这些已经谱曲的作品中，最著名的或许是《天父颂》（图 1.5）。沃尔顿曾以饱含深情的笔墨讲述多恩是如何创作《天父颂》并请人配以庄严的谱曲而在圣保罗大教堂由唱诗班合唱的。②沃尔顿并未说是谁为其谱曲的，格里厄森在《多恩诗集》中提供的曲谱出自埃杰顿抄本 E20（*Egerton MS 2013*），该曲谱由约翰·希尔顿（John Hilton）谱曲，巴克雷·斯奎尔（Barclay Squire）修改。③

图 1.5　多恩《天父颂》的歌本④

① A. J. Smith, Ed. *The Critical Heritage: John Donne*. London and New York: Routledge, 1983, p. 495.

② Izaak Walton. *The Life of John Donne, D. D. Late Dean of St. Paul's Church, London*. Ed. Thomas Tomlins. London: Henry Kent Causton, 1865, pp.109-111.

③ Herbert J. C. Grierson, Ed. *The Poems of John Donne*. Vol. 2. Oxford: Clarendon, 1912, p. 252.

④ Herbert J. C. Grierson, Ed. *The Poem of John Donne*. Vol. 2. Oxford: Clarendon, 1912, p. 252.

从理论上来说，但凡以"颂"（hymn）或"歌"（song）为题的诗，都是潜在的歌，谱曲则唱，无曲则吟。此外，所谓"十四行诗"也都具有同样的特点，因为这一名称只是汉语翻译，英文叫 sonnet，来自意大利语 sonetto，sonetto 来自古普罗旺斯语 sonet，sonet 来自拉丁语 sonus。这些单词全都包含"小诗""小曲"的含义，表明它们本身就具有歌的特点，只是因为大多为 14 行，所以汉译"十四行诗"。但 sonnet 也有 12 行或 16 行的，甚至还有 10 行或 18 行的，比如多恩的《信物》，尽管也郑重其事地叫 sonnet，却有 18 行之多。其他诗人笔下的 sonnet 也并非都是 14 行，最典型的例子是当代希腊诗人杨尼斯·利瓦达斯（Yannis Livadas）的作品，他的所谓"融合十四行诗"（fusion sonnet）甚至多达 21 行。赵元在《西方文论关键词》中也指出，英国文艺复兴时期，"从怀亚特的年代到 1575 年，sonnet 一词，尤其当它与 song 成对出现（如托特尔的集名那样）时，往往指任何篇幅较短、没有明显可入乐特征的抒情诗"[①]。鉴于此，越来越多的人主张将 sonnet 译为"商籁体"。

这一主张的背后含义，主要在于把汉语读者从具体的 14 这个数字中解放出来。汉语是世界上最为稳定的语言，其诗词也最讲究格律与字数。以词牌名《木兰花》为例，除了典型的"木兰花"，还有"增字木兰花""减字木兰花"之类。套用这样的概念，则所谓的"十四行诗"除了典型的 14 行（也叫合法十四行诗）之外，还有"增行十四行诗""减行十四行诗"等，不过这样的名称实在难以成为术语，而"商籁体"这一称法则可以解决这一问题。我们之所以仍然沿用"十四行诗"这一传统说法，是因为它早已约定俗成，但需要特别注意的是，十四行诗都有吟唱的性质。具体到多恩的诗，被划归为"歌与十四行诗"的全部 54 首作品，都可以被看作第三个渠道的代表作。

多恩作品影响的传播的第四个渠道是台本，也就是布道。从 1615 年的《格林威治布道文》，到 1631 年的《死的决斗》，多恩的布道对象非常广泛，除了圣保罗大教堂的信众，还有英国和欧洲国家的皇室成员、林肯律师学院与圣邓斯坦学院的师生、农场里的工人等自上而下各阶层的听众。洛根·史密斯（Logan Smith）告诉我们，多恩的布道辞极具感染力，每当他布道时，"你都能看到人人在呻吟和悲伤，到处都有人禁不住泪流满面"[②]。虽然多恩到 43 岁才出任教职，但 10 卷之多的布道文则足以证明他对当时的影响之大，而其布道方式则显示了他的影响之深。

虽然多恩的诗仅限于一定的圈子，但他的布道文则没有这样的限制，这又反过来促进了诗的传播。这种传播之于英国表现为众多读者；之于欧洲大陆其他国

---

① 赵元：《西方文论关键词 十四行诗》，《外国文学》，2010 年第 5 期，第 120 页。

② Logan Pearsall Smith, Ed. *Donne's Sermons*. Oxford: Clarendon, 1964, p. xxxviii.

家则是对多恩诗的翻译。根据萨利文的说法，前者包括小品文作家、诗人、编者、译者、作曲家、剧作家、传记作家、史学家、教育家、牧师、出版商等 11 类人；后者包括德语、荷兰语、希腊语、拉丁语等语言，并且荷兰的玄学诗就是在对多恩的翻译之后才出现的。[①]多恩对 17 世纪的影响由此可见一斑。这再次表明，多恩开启了一代诗风这一说法并非无稽之谈。

上面的分析显示：多恩的文学创作，连同其作品特点和文学地位，既关乎他所处的时代，也关乎他的个人经历。在一个将政治、宗教、日常生活等都交织得异常紧密的时代，多恩的作品对于那些渴望个性发展，并能把这种发展与国家命运、爱国情结融为一体的诗人，有着风向标的作用，这既为《多恩诗集》的问世提供了客观条件，也为最初的多恩研究提供了合适的土壤。

---

① Earnest W. Sullivan. *The Influence of John Donne: His Uncollected Seventeenth-Century Printed Verse*. Colombia and London: U of Missouri P, 1993, pp. 25-47.

第二章 从品评到反思：17世纪的多恩研究

> 这里躺着一位国王，统辖寰宇，
>
> 任其所想，是为那才界的君主；
>
> 这里躺着两团烈火，都是最旺，
>
> 他是阿波罗和上帝的虔诚牧师。
>
> ——卡鲁《挽圣保罗教长多恩博士》

1921 年，格里厄森的《十七世纪玄学诗集：从多恩到巴特勒》（*Metaphysical Lyrics and Poems of the Seventeenth Century: Donne to Butler*，以下简称《十七世纪玄学诗集》）问世；同年，T. S. 艾略特（T. S. Eliot）为该书所写的著名书评《论玄学诗人》（"The Metaphysical Poets"）在《泰晤士报文学副刊》（*The Times Literary Supplement*）上发表。随后，多恩研究的热潮迅速升温，研究队伍遍及全球各地，多恩作为英国玄学诗开山鼻祖的身份被牢牢地固定下来。迄今为止，但凡人们说到多恩就会想到"玄学诗"，想到格里厄森与艾略特。然而，无论是格里厄森还是艾略特，他们有关"玄学诗"的概念都来自 18 世纪的文论家塞缪尔·约翰逊，而塞缪尔·约翰逊的论述又来自 17 世纪的德莱顿，所以塞缪尔·约翰逊并非评价多恩的第一人，甚至德莱顿也不是。从历史上看，塞缪尔·约翰逊的评价是基于德莱顿的，德莱顿的评价又是基于首版《多恩诗集》的，而首版《多恩诗集》则是基于众多其他诗人对多恩的认识与评价的。由此可见，多恩研究早在 17 世纪就已开始，而 17 世纪的多恩研究又以首版《多恩诗集》的面世与德莱顿的批评为界，走过了品评、颂扬、反思三个阶段。

第一节 应该绞死的天下第一诗人：琼森定下的品评基调

第一阶段，从 1610 年到 1633 年，是多恩生前的阶段，其最大特点，借雷纳·韦勒克（Rene Wellek）的术语来说，是一种"印象主义式的欣赏"[1]，因而不妨将其称为"品评"阶段。其范围包括品人和评诗两个方面，主要内容是"才"（wit）和"象"（conceit）。史密斯的《批评遗产》在涉及 17 世纪时把全

---

[1] 雷纳·韦勒克：《二十世纪西方文学批评》，刘让言译，广州：花城出版社，1989 年，第 2 页。

部内容分为两个部分：一是引用、模仿与回应，二是审阅或鉴定。[①]前者指当时的作家在他们各自的诗歌、戏剧、散文等作品中对多恩诗的引用或仿拟，后者则指多恩的朋友或同事对多恩及其诗歌的各种评价。对多恩诗的引用或仿拟显示出多恩诗在当时的流行程度，而对多恩及其诗歌的评价则开启了多恩研究的先河。通过对现有材料的梳理可以看出，最先对多恩加以评价的当数琼森。

琼森和多恩常被视为古典派与玄学派在 17 世纪的两个代表人物，两人似乎分别属于彼此相对立的两个诗派的领袖。事实上，他们是一对同窗好友。他们同年出生、同校就读、同殿称臣，都是才气横溢的诗人，也都曾互赠诗作、往来密切，因此琼森对多恩的品评有着特殊的意义。此外，琼森和多恩都有共同的恩主——贝德福德伯爵夫人露西，当琼森与露西发生不快的时候，多恩曾是他们的调解人[②]；加之琼森是英国历史上第一位享有桂冠诗人称号的人，所以琼森对多恩的评价则显得越发重要。琼森论多恩，最早的是两首《致多恩》，这两首诗均采用的是当时流行的抑扬格双韵体，约作于 1610 年，亦即琼森的《人人尽兴》（*Every Man in His Humour*）获得巨大成功之后的第三年。其中的一首，很可能是琼森将自己的警句诗送给多恩时随附上去的，全诗共计 12 行，由 3 个四行诗组成，诗的起句两行写道："谁会怀疑，多恩，我就是一个诗人，当我竟敢将我的警句诗呈送给你时？"[③]可见，诗人之间互赠作品、相互品评乃是当时的一种时尚。另一首，从其自身的语气和与前一首的联系来看，则极有可能是对多恩赠诗的回复。这应该就是评论多恩的人品和诗风的最早的文字。全诗如下：

> 多恩，太阳神的欣喜，每位缪斯，
> 为着你，拒绝了所有人的智力；
> 你的早年才气，连同作品件件，
> 出世就充当着范例，至今依然。
> 久知你的名，胜过健在的才子。
> 赞足你的才，非激情能够相与！
> 你的语言、信札、艺术、最佳的生命，
> 半数的人都可能纷争不休。
> 赞美你的一切，本是我的所愿；
> 无奈离去不提，皆因不能使然！[④]

① A. J. Smith, Ed. *The Critical Heritage: John Donne*. London and New York: Routledge, 1983, pp. vii-viii.

② Ben Jonson. *Ben Jonson*. Vol. 1. C. H. Herford, Percy Simpson (Eds.). Oxford: Clarendon, 1925, p.203.

③ Ben Jonson. *Ben Jonson*. Vol. 1. C. H. Herford, Percy Simpson (Eds.). Oxford: Clarendon, 1925, p.51.

④ A. J. Smith, Ed. *The Critical Heritage: John Donne*. London and New York: Routledge, 1983, p. 68.

这里，第 3 行的"才气"和第 5 行的"才子"皆是品人，第 6 行的"才"则是评诗。对于中国读者来说，他们自然会联想到汉代以及魏晋时期那盛极一时的品鉴人物之风。《世说新语·赏誉》说"此人，人之水镜也，见之若披云雾睹青天"[①]，《晋书·嵇康传》说"有风仪，而土木形骸，不自藻饰，人以为龙章凤姿"[②]。如此等等都与琼森和多恩的相互品鉴有着一定的相似性。此外，多恩是以"玄学诗"开山鼻祖的身份进入我们视野的，这也会让中国读者联想到我们的魏晋玄学。但魏晋之谈玄论远乃士大夫的标示，而英国的所谓"玄学诗派"则是后人的追颂，并非时人所信。尽管如此，从琼森的两首《致多恩》中，我们仍然能够看到中英两个民族都有品人评诗的一面。琼森品多恩的人品，重其才学；而评多恩的诗歌，则重其才气。但对多恩的语言艺术，琼森却似乎不以为然，因为"纷争不休""离去不提"等表达，就是针对多恩的语言艺术的。

这也在一定程度上反映了两人在创作主张上的区别。根据罗伯特·雷伊（Robert Ray）在总结其玄学诗教学时所做的分析，这样的区别便是玄学诗与古典诗的区别。在雷伊看来，玄学诗的区别特征共有九个：玄学巧思、复杂性或隐晦性、悖论、夸张、口语化、背离彼特拉克（Petrarch）传统和英语诗歌传统、自然话语的节奏或极度扭曲的音律、不规则的诗行与诗节、充满悖论的形式与内容。古典诗的区别特征则表现为均衡对称的风格和结构、细腻的构思与布局、规则的音律、双韵和停顿的使用、古典主题与古典形式的突显、诗人社会角色的呈现。[③]但这些区别在当时并不明显，甚至在那些后起的诗人笔下也是如此，所以我们发现某些诗人在甲种诗集里被划归玄学派，而在乙种诗集里则被划归古典派。即便是琼森本人，虽然常被划归古典派的行列，但换个视角来看，他也可能是一位玄学诗人，比如格里厄森的《十七世纪玄学诗集》没有收录他的任何作品，而海伦·加德纳的《玄学诗集》（*Metaphysical Poetry*）却收录了他的 3 首诗。这意味着，与其从流派角度对琼森与多恩加以区别，不如从创作主张的角度加以理解，犹如威廉·华兹华斯（William Wordsworth）与塞缪尔·泰勒·柯勒律治（Samuel Taylor Coleridge），两人都是浪漫主义的伟大先驱，可他们既有相同的主张，也有各自的特色。

回到琼森的上述评价，整首诗的核心只有一个字：才。这很容易让人想起文艺复兴时期以马娄为代表的大学才子派，这一学派在当时并非如此称呼，而是乔治·森茨伯里（George Saintsbury）于 19 世纪首创了这一术语。根据乔治·森茨

---

① 刘义庆：《世说新语》，朱孟娟编译，西安：三秦出版社，2018 年，第 72 页。

② 房玄龄等：《晋书》（37—81 卷），曹文柱等标点，长春：吉林人民出版社，1995 年，第 802-803 页。

③ Robert H. Ray. "Ben Jonson and the Metaphysical Poets: Continuity in a Survey Course." In Sidney Gottlieb (Ed.), *Approaches to Teaching the Metaphysical Poets*. New York: Modern Language Association of America, 1990, pp. 90-91.

伯里的研究，大学才子派的成员具有如下基本特征：自身都有牛津大学或剑桥大学的教育背景；他们的作品五花八门，闹剧与智慧并重；旨在借古典范式表现英国的现实生活，实现个体的创作自由。①这些特征在多恩身上可谓应有尽有，这表明琼森的评价并非空穴来风。此外，大学才子派的创作高峰，在16世纪末17世纪初，这与多恩的创作时间也是基本吻合的。但琼森对多恩之"才"的赞誉却并非属于条理化的理论概括，而是一种诗化的表达，虽然也涉及了"语言、信札、艺术、最佳的生命"等内容，但每一条赞誉又都是朦胧的，所以只能将其划归品鉴的行列。

琼森似乎格外喜欢多恩的讽刺诗，比如在《致贝德福德伯爵夫人露西，并多恩先生的讽刺诗》（"To Lucy, Countess of Bedford, with Mr. Donne's Satires"）一诗中，他就将多恩的讽刺诗称为"稀有的诗"。该诗仅有15行，这里不妨试译如下：

> 露西啊，你是我们星球的最亮，是你
> 将生命赋予缪斯们的白昼，你是她们的晨星！
> 如果作品（不是作者）都能找寻各自的恩典，
> 又有谁的诗不心甘情愿地成为你的书本？
> 而这些，都因你的要求而使作者的结果
> 戴上各自的王冠。稀有的诗需要稀有的朋友。
> 但讽刺诗，却因它们以人类的多数
> 为不可避免的题材，反而少有读者问津：
> 没有谁曾在负罪感中享受过那样的愉悦，
> 但一听说它被罚就倍感遭受冒犯。
> 敢于索要这些诗，不但索要，还要阅读，
> 而且喜欢，必定是最可需求的极个别，
> 是人之精华：你是精华中的精华；
> 露西啊，你是我们星球的最亮，你是
> 缪斯们的晚星，是她们的启明之星。②

在这首诗里，除了表达对贝德福德伯爵夫人的赞美，还透露出两条重要信息。第一，诗人的才华（即诗才）不仅限于爱情诗、警句诗，也常常见于讽刺诗，而且在讽刺诗中更能体现其力量。第二，讽刺诗的主题为普遍的人性，所以要"以人类的多数为不可避免的题材"，而这也是多恩的讽刺诗之所以是"稀有的诗"的一个重要原因。后来，艾略特在评价玄学诗时说多恩的诗往往能深入骨

---

① George Saintsbury. *History of Elizabethan Literature*. London: Macmillan, 1887, pp. 60-64.

② A. J. Smith, Ed. *The Critical Heritage: John Donne*. London and New York: Routledge, 1983, p. 68.

髓，于是故意地反其道而用之，旨在突出琼森引而不发的内容，强调多恩诗所体现的普遍人性。

琼森对多恩的评价，至今仍然为人津津乐道的，是他 1619 年出访苏格兰时与霍桑顿的威廉·德鲁曼（William Drummond of Hawthornden，1585—1649）的有关讨论。两人讨论的主要话题是英格兰和苏格兰文学，其中有关多恩的基本观点，直到在后来出版的《琼森文集》（*Ben Jonson*）中依旧没变。琼森对多恩的评价主要见于《琼森与德鲁曼对话录》（*Ben Jonson's Conversations with William Drummond*），其基本内容有以下四个方面。

一是对《第一周年》和《第二周年》的评价：

> 他认为多恩的两首周年诗满纸亵渎。他告诉多恩博士，如果写圣女玛利亚也许更有意义，多恩对此的回答是：他写的是女人的理念，而非具体的女人。他认为多恩不守韵律，应该绞死。①

二是对多恩诗才的评价：

> 他敬重多恩，认为多恩在某些方面堪称天下第一诗人：尤其是那些表现金链丧失的诗，他都烂熟于心，比如《宁静》中的诗行"尘土和羽毛纹丝不动，一切是那么安宁"。他敢肯定多恩那些最好的作品都是在25 岁前写成的。
>
> 爱德华·[亨利]沃顿爵士那些表现幸福生活的诗，他也都烂熟于心；查普曼译《伊利亚特》第 13 卷的那一篇，他认为做得很好。他称多恩曾告诉他"忠诚啊，看着我吧"是写给亨利王子的墓志铭，旨在与艾德·赫伯特的朦胧之美相媲美。②

三是以《灵的进程》为例评多恩的巧思：

> 多恩变形记的巧思，或《灵的进程》的巧思，是这样的：他要找到夏娃所摘取的那个苹果的灵魂，然后使其成为母狗的、母狼的，再成为女人的灵魂。其目的是要引入自该隐以来的种种异端的躯体，并最终将其放在加尔文（Calvin）的身体里。这个主题他只写了一篇，现在他做了神学博士，于是十分后悔，想毁掉他的全部诗歌。③

---

① Ben Jonson. *Notes of Ben Jonson's Conversations with William Drummond of Hawthornden*. Ed. David Laing. London: Shakespeare Society, 1842, p. 3.

② Ben Jonson. *Notes of Ben Jonson's Conversations with William Drummond of Hawthornden*. Ed. David Laing. London: Shakespeare Society, 1842, p. 8.

③ Ben Jonson. *Notes of Ben Jonson's Conversations with William Drummond of Hawthornden*. Ed. David Laing. London: Shakespeare Society, 1842, p. 9.

四是对多恩文学地位的评价：

> 多恩的祖父，在其母亲一方是警句诗人海伍德。他说多恩的诗不能
> 为人理解，恐怕是会失传于世的。[①]

这些评价的最大特点是碎片性。《琼森与德鲁曼对话录》包括正文和附录两个部分，正文部分共 19 章，以上内容就出自第 3、7、8、12 章。其中第 3 章讨论的作家有菲利普·锡德尼（Philip Sidney）、斯宾塞、萨缪尔·丹尼尔（Samuel Daniel）、迈克尔·德雷顿、约书亚·西尔韦斯特（Joshua Sylvester）、约翰·哈林顿（John Harrington）、多恩、莎士比亚等，每个人只占一段的篇幅，相当多的段落则只有一句话，碎片性特征非常突出。这些评价的另一特点是品评性，比如第 8 章虽然只涉及多恩一人，但其完整内容则只有上面所引的第三个评价，此外别无其他。关于碎片性问题，德鲁曼对此应该是心知肚明的，所以才在该书的附录部分重新做了归纳，但除了将讨论对象加以集中之外，并未对具体内容做任何实质性的修改。[②]这表明，对于琼森的品评性评价，德鲁曼要么根本没有意识到，要么故意做了保留。虽然其附录在赫福德和辛普森主编的《琼森文集》中也有收录[③]，但其碎片性特征依然十分明显。

上述四个碎片涉及两个基本概念和两个基本判断。两个基本概念即多恩的"才"与"象"，分别对应以上的第二个评价与第一和第三个评价；而两个基本判断则是多恩的生平和文学地位，分别对应第四与第二个评价，其中第四个评价兼而有之。但在这一系列评价中，最重要的是前两个，因为《第一周年》和《第二周年》是多恩生前就已出版的作品，也是他影响最大的诗歌作品，而对"才"的评价又是 17—18 世纪的主流。将所有这些综合起来看便不难发现，琼森眼中的多恩是一个才华横溢但却不遵格律的诗人，是"应该绞死"的"天下第一诗人"，而上述四个方面实际上就是对这一基本评价的具体体现。

我们知道，琼森是英国历史上第一位桂冠诗人，而 1619 年正是他受封桂冠诗人的年份，这本身就是划时代的，并在一定程度上解释了他的碎片性特征，即这些话并非出自缜密思考的文论，而是出自出随心所欲的交谈，是德鲁曼即时记录的结果，具有"对话录"的性质。但是，由于琼森在当时文坛上处于霸主地位，所以他的品评无异于给多恩批评定下了总基调。

这种基调在此后的评论家笔下得到了进一步发挥。首先是霍桑顿的威廉·德

---

① Ben Jonson. *Notes of Ben Jonson's Conversations with William Drummond of Hawthornden*. Ed. David Laing. London: Shakespeare Society, 1842, p. 15.

② Ben Jonson. *Notes of Ben Jonson's Conversations with William Drummond of Hawthornden*. Ed. David Laing. London: Shakespeare Society, 1842, p. 46.

③ Ben Jonson. *Ben Jonson*. Vol.1. Eds. C. H. Herford and Percy Simpson. Oxford: Clarendon, 1925, pp. 133-136.

鲁曼，琼森有关多恩的评论就是由他首先记录，而后才收进《琼森文集》的。德鲁曼生于苏格兰中洛锡安（Midlothian），因其父约翰·德鲁曼（John Drummond）是中洛锡安地区霍桑顿庄园城堡的首位领主，所以人称"霍桑顿的威廉·德鲁曼"。德鲁曼于 1605 年在爱丁堡大学获得硕士学位，他阅读广泛，学识渊博，喜欢法律和文学，被誉为"苏格兰的彼特拉克"。他既是琼森的朋友，也是多恩的热忱追随者。根据史密斯的《批评遗产》，德鲁曼早在 1613 年就在其阅读书目中列有"多恩的抒情诗"，这个书目至今仍保存在苏格兰国家图书馆里。[①]由于多恩的第一本诗集是 1633 年才出版的，因此德鲁曼书目中的"多恩的抒情诗"应该属于抄本，而非印本，当然也可能是他直接向多恩索要的。德鲁曼不仅对多恩的抒情诗有独到的认识，而且对多恩的警句诗也有其独到的了解。在《多恩的讽刺诗、警句诗与诗信》（*John Donne: The Satires, Epigrams and Verse Letters*）一书中，米尔盖特曾引用过德鲁曼的如下一段话：

> 多恩的阿那克里翁体抒情诗独一无二，远远高出任何其他人。就像阿那克里翁并没有步卡里马库斯的后尘，他也以自己的方式脱颖而出，贺拉斯之于维吉尔也然如此。我无法将其与亚历山大或锡德尼的诗加以比较，他们各自的路径大相径庭，很难比较。一个很快地飞过头顶，但飞得很低；另一个则有如雄鹰，翱翔在云端之上。我想，只要他愿意，他就能轻而易举地成为最优秀的警句诗人，他的英语警句诗最有古风，至今无人能敌。[②]

在德鲁曼的眼中，多恩不仅是一个古典诗人，而且充满了原创精神。他称赞多恩的警句诗"最有古风，至今无人能敌"，这一评价不但涉及多恩的诗风，而且兼论了多恩的地位。他的用语也充满诗意，但说多恩能"轻而易举地成为最优秀的警句诗人"则高度赞扬了多恩的卓越诗才。他不但将多恩的抒情诗列入自己的读书目录，而且还仿拟过多恩的其他作品，比如"我们还不完全了解哪怕最小的花朵，也不知道草地何以是绿色而非红色的。火的元素被基本扑灭，空气不过纯化的水，地球动了，不再是宇宙的中心[……]有人说还有另一个世界，那里有人，有其他生物，并在月球上建造了城市和宫殿；太阳被弄丢了，因为它只是一柱光线，由众多闪亮的星球聚集而成"[③]。这些话都是从多恩作品中直接仿拟而来的，省略号之前的部分拟自《第一周年》，省略号之后的部分则拟自《依纳爵

---

① A. J. Smith, Ed. *The Critical Heritage: John Donne*. London and New York: Routledge, 1983, p. 73.

② Wesley Milgate, Ed. *John Donne: The Satires, Epigrams and Verse Letters*. Oxford: Oxford UP, 1967, p. 196.

③ William Drummond. *The Poetical Works of William Drummond of Hawthornden*. Ed. L. E. Kastner. Manchester: Manchester UP, 1913, p. 78.

的加冕》。J. T. 布朗（J. T. Brown）曾指出，德鲁曼不是一个原创型的诗人，因为他的诗三分之一属翻译或释义，三分之二从著名的域外诗人仿拟而成。[1] J. T. 布朗的评论无疑是对德鲁曼的批评，但却恰好说明了多恩在德鲁曼心中的重要地位。根据史密斯的《批评遗产》，德鲁曼在 1631 年底写给威廉·亚历山大（William Alexander）的一封信中，依然把多恩划归伊丽莎白时代"那群优秀的诗人"[2]。这又进一步表明，从 1613 起到多恩去世为止，德鲁曼对多恩的热情可谓始终如一。他之所以欣赏多恩的抒情诗和警句诗，与当时那种品诗评人的风气有着直接的关系。从他对多恩的具体看法上看，也足可见他与琼森的品评之间的联系与区别，他所发挥的是多恩诗中的"情"与"智"。

对多恩的"才"进行发挥的，有约翰·凯夫（John Cave）、罗伯特·海曼（Robert Hayman）、康斯坦丁·惠更斯（Constantijn Huygens）等。凯夫于 1619 年从剑桥大学毕业，随即便做了国教牧师，称得上是多恩的校友与同行。多恩众多抄本中的一个便是凯夫本。[3]史密斯的《批评遗产》收录了凯夫于 1620 年所写的一首赞美多恩的诗。全诗共有 16 行，其开头 4 行如下：

> 我多么兴奋这睿智的时代
>
> 能赶上你（多恩），虽然必须动用
>
> 全部才智才有可能发现
>
> 你准确的遣词和纯净的心灵。[4]

所谓"全部才智"原文作 its whole stock of witt，是一种双关表述，既指全部的个人才气，也指集体智慧的汇集，所以凯夫是以整个时代为背景对多恩加以评价的，是把多恩作为时代楷模来看待的。在接下来的诗行中，凯夫以大胆的想象，从天、地、人，以及混沌与光明、愚昧与智慧、创造性与感受性等角度，对多恩那"准确的遣词和纯净的心灵"进行了近乎全方位的颂扬，用以说明人们何以需要"全部才智"才能读懂多恩。由此可见，与琼森不同，凯夫对多恩的艺术非常认可，固有"准确的遣词"之说。更为重要的是，凯夫对多恩的全方位肯定具有一定的拓荒意义，为 1633 年开始的对多恩的高度推崇现象埋下了伏笔。

海曼比多恩小三岁，像多恩一样，他也曾就读于牛津大学而没获得学位，也曾上过林肯律师学院，也是一个诗人，也与琼森、约翰·德雷顿（John Drayton）、乔治·威瑟（George Wither）、约翰·欧文（John Owen）等皆有密

[1] J. T. Brown. "Review of Poetical Works of Drummond." *The Scottish Historical Review*. 41.11(1913): p. 102.

[2] A. J. Smith, Ed. *The Critical Heritage: John Donne*. London and New York: Routledge, 1983, p.74.

[3] Geoffrey Keynes. *A Bibliography of Dr. John Donne*. 4th ed. Cambridge: Cambridge UP, 1973, p. 186.

[4] A. J. Smith, Ed. *The Critical Heritage: John Donne*. London and New York: Routledge, 1983, p. 75. 在史密斯的《批评遗产》中，该诗没有标题，但史密斯对之所做的说明中有 a poem addressed to Donne 的字样。

切交往。但与多恩不同的是，海曼后来加入了英国的殖民扩张活动，于1625年成了纽芬兰的总督。1628年，海曼出版了自己的警句诗集《集锦曲》（*Quodlibets*），其中的一首取名为《致虔诚诙谐的多恩牧师》（"To the Reverend and Divinely Witty John Donne"），该诗以诙谐幽默的笔调对多恩的警句诗给予了赞扬：

> 有如塞内加赞扬我的欧文，
> 我也当为你建构类似的台柱，
> 他的警句诗完美无缺除了用韵，
> 你却能（如果列出）将其方式颠覆：
> 他的诗公正、细腻，是神圣的道德，
> 你的诗纯净、真诚，是真正的神学。①

海曼和凯夫都肯定了多恩诗的纯净，但海曼的评价更加浅显明了，中心也更加明确，即多恩是一个伟大的神学诗人。如果说凯夫的评价是首版《多恩诗集》中那些颂词的先声，那么海曼的评价则是沃尔顿《多恩传》的先声。

惠更斯是荷兰外交家、诗人。根据史密斯在《批评遗产》中的介绍，惠更斯曾于1618—1624年以荷兰外交官的身份定居伦敦，其间在一次有音乐家、诗人、科学家、外交家等出席的音乐活动中与多恩相识，在此后长达50多年的时间里一直是多恩最为忠实的拥护者之一，并在1629—1630年翻译了19首多恩诗：《跳蚤》、《幽灵》、《流星》、《梦》、《字谜》、《赠别：节哀》、《日出》、《破晓》、《特威克楠花园》、《画像巫术》（"Witchcraft by a Picture"）、《三重傻瓜》（"The Triple Foole"）、《赠别：哭泣》（"A Valediction: Of Weeping"）、《哦，别让我这样侍候》（"Oh, Let Me Not Serve So"）、《出神》（"The Exstasie"）、《花朵》（"The Blossome"）、《女人的忠贞》（"Woman's Constancy"）、《爱的神性》（"Love's Deity"）、《遗产》（"The Legacie"）和《耶稣受难节1613》（"Good Friday, 1613. Riding Westward"）。②格里厄森的《多恩诗集》收录了惠更斯于1630年写给荷兰诗人P. C. 胡夫特（P. C. Hooft）的信。在这封书信中，惠更斯对何以选择多恩，何以翻译上述诗歌等曾有过这样的说明：

> 多恩博士现为圣保罗大教堂教长，倍受各界尊敬，令人更感敬佩的
> 是他那无与伦比的才气，他布道时的动人口才堪称精彩绝伦。他具有良
> 好的宫廷素养；熟悉经世之道；学识极其渊博；在诗歌界，他比任何人

---

① A. J. Smith, Ed. *The Critical Heritage: John Donne*. London and New York: Routledge, 1983, p.75.

② A. J. Smith, Ed. *The Critical Heritage: John Donne*. London and New York: Routledge, 1983, p. 80.

都更加有名。他智慧的绿色枝丫结出的丰硕果实，很多都在艺术爱好者中香飘四溢。现在，它们随着时间一道近乎烂熟了，令人颇感不安。其中最优秀的 25 首是通过我在英国绅士中的朋友的帮助才弄到手的。在我国，除了您之外，我选不出别人来分享，因为多恩的巧思和表达实际上都与您相同。①

在惠更斯的信中，特别值得注意的有三点：一是他把多恩的才气看作是"无与伦比的"；二是他认为"多恩的巧思和表达"曾是青年才俊的楷模；三是他注意到多恩的诗已经随着时代的推移而像果实一般"近乎烂熟"。前两点分别是品人和评诗，从中可以看出惠更斯对多恩的钦佩之情，他称多恩在诗歌界"比任何人都更加有名"，这显示出他对多恩的高度推崇；而后一点则表达了他对多恩诗渐渐淡出人们视野的一种惋惜，同时也预示着 17 世纪晚期开始的多恩研究有可能"随着时间"的推移而成为一种过时的风尚。同样值得注意的是，这是惠更斯于 1630 年所写的书信，展示的是多恩晚期的情况，所以这种惋惜除了表明多恩诗的魅力有所削减外，也反映了当时人们更加注重的是多恩的布道文。这在一定程度上显示，三年后当多恩去世时，首版《多恩诗集》的问世具有一定的反拨作用。

上述种种评价，或重情，或重智，大都以"才"为中心，也都是品人与评诗的结合，但是，所有这些评价却又都没有涉及"才"的具体内容，而且无论品人还是评诗，也都显得十分朦胧，是凭着与多恩其人的现实交往和与多恩其诗的比较玩味而得出的。

比较而言，以"象"为内容的品评数量少些。所谓"象"即英语 conceit，当然 conceit 还有"自负""幻想""观念""独断""理解力"等含义，汉语没有与之对应的表达方式，故而多译"奇想"，也有译"狂想"的，这其实与"想象"中的"象"或"意象"中的"象"相当。王昌龄《诗格》中的"久用精思，未契意象"，以及何景明《与李空同论诗书》中的"意象应曰合，意象乖曰离"等，讲的就是这个"象"，故此，多恩的 conceit 在相当多的上下文中都可解作"象"。1613 年，托马斯·菲茨赫伯特（Thomas Fitzherbert）批评多恩的《伪殉道者》"想象放纵"②，就是指多恩诗中的"意"与"象"不和谐，与"意象应曰合，意象乖曰离"可谓异曲同工。多恩诗的"象"往往出自抽象，其中"意"的色彩浓烈，大多带有拟人或暗喻，比较出格，所以也有人将其译为"奇喻"或"巧思"。多恩诗的"象"，最受人称道的是《赠别：节哀》中的圆规，最受人批评的是《灵的进程》中的灵魂，而最让人头痛的是《第一周年》和《第

---

① Herbert J. C. Grierson, Ed. *The Poems of John Donne*. Vol. 2. Oxford: Clarendon, 1912, pp. lxxvii-lxxviii.

② A. J. Smith, Ed. *The Critical Heritage: John Donne*. London and New York: Routledge, 1983, p. 72.

二周年》中的"女人的理念"。琼森在他的《致多恩》中说，他本想"赞美多恩的一切"却又"不能使然"，主要就是针对多恩的"象"而言的，特别是《第一周年》和《第二周年》的意象。后来人们用 conceit 来统称玄学派的奇特意象，当附之以思想和个人气质，并将其视为玄学诗的本质特征时，conceit 便超出了"象"的功能，成为名副其实的"巧思"了。

在 1633 年之前，但凡涉及多恩的"象"时，人们也多不作评，而是直接引用或仿拟。史密斯的《批评遗产》以年代为序列举了人们于 1598—1700 年对多恩之"象"的引用和仿拟情况，其中涉及 1633 年之前的就有近百条之多。[①] 首先是引用，比如约翰·曼尼罕（John Manningham）在 1603 年的日记中引用《风暴》，托马斯·德隆尼（Thomas Deloney）在 1607 年的诗中引用《跛子乞丐》，琼森在 1609 年的戏剧《沉默的女人》（*The Silent Woman*）中引用《秋颜》，等等。凡此种种都表明，多恩的诗已经有了一定的影响力，但引用只能表明人们对多恩诗的熟悉程度，仿拟才更能代表多恩对诗歌界的影响。1598 年，埃韦拉德·吉尔平（Everard Gilpin）在其讽刺诗《别烦我》（"Let Me Alone"）中仿拟多恩的《讽刺诗 I》，这或许是最早的仿拟之作。而 1611 年和 1612 年的《第一周年》和《第二周年》问世后，这两首诗便迅速成为被引用和仿拟的对象。依旧以史密斯《批评遗产》中的收录情况为例，约翰·韦伯斯特（John Webster）就在其诗剧《马尔菲公爵夫人》（*The Duchess of Malfi*，1613）中四引《第一周年》，六引《第二周年》，这些都是直接引用，没加评语。此外，威廉·卡姆登（William Camden）在《不可能》（"Impossibilities"，1615）中的诗句"抱一束阳光，并依附/它作一个男子的生父。/告诉我谁统治月亮/将雷霆谱成乐章"，约翰·萨克林（John Suckling）在《韵诗》（"Verses"，1630）一诗中所写的"我已确信一个女子她能/爱这，爱那，爱任何男人"，托马斯·斯坦利（Thomas Stanley）在《墓》（"The Tomb"，1630）中的诗行"残酷的美丽，当我死于/你的伤害，/作为你嘲笑的战利品，/我会在某个古墓出生"[②]，就分别拟自多恩的《流星》、《无所谓》和《幽灵》。对多恩之"象"，引用者众、仿拟者多、品评者寡，足可看出当时人们对"象"的理解是隶属于"才"的。套用汉语的体用理论，则"才"为体，而"象"为用。这也说明，最初的多恩研究尚未深入作品艺术，只停留在品鉴层面，因而算不得真正的研究。

特别值得强调的是《第一周年》和《第二周年》。前面说过，这两首诗的出版曾让多恩感到后悔，但它们却是多恩亲自交付出版的仅有的诗歌作品，而且在

---

① A. J. Smith, Ed. *The Critical Heritage: John Donne.* London and New York: Routledge, 1983, pp. 33-82.

② 这里的几个引用，见 A. J. Smith, Ed. *The Critical Heritage: John Donne.* London and New York: Routledge, 1983, pp. 37, 39, 45.

多恩生前就有过两次再版（分别于 1621 年和 1625 年）。多恩死后，这两首诗在 17 世纪的所有《多恩诗集》中都有收录。芭芭拉·基弗·莱瓦尔斯基（Barbara Kiefer Lewalski）在《多恩的周年诗与赞美诗：符号范式的创建》（*Donne's Anniversaries and the Poetry of Praise: The Creation of a Symbolic Mode*）中，曾辟专章就这两首诗对其他诗人的影响做了专门研究。根据其引用与仿拟情况，莱瓦尔斯基得出了这样的结论：它们既是赞美诗与挽歌的一种范式，受到人们的一再追捧；也是赞美诗与挽歌的一种试金石，俨然就是检验作品好坏成败的标杆。[①]莱瓦尔斯基还特别指出了两种仿拟：一是援引（verbal allusions），二是模仿（imitations）。

亨利王子于 1612 年去世之后，很多诗人都纷纷作挽歌以示哀悼，也都纷纷仿拟多恩的《第一周年》和《第二周年》。亨利·弗雷德里克·斯图亚特（Henry Frederick Stuart, 1594—1612）是詹姆斯一世的长子。他天资聪慧，广泛结交文化名人，曾一度被认为是最睿智的王位继承人，但却因伤寒而不幸去世，时年仅 18 岁。据说他的葬礼是英国历史上最为著名的葬礼之一，参加者多达上千人。葬礼当天的布道者是坎特伯雷大主教乔治·艾伯特（George Abbot）。亨利王子的挽歌作者，除多恩外，还有沃尔特·雷利、爱德华·赫伯特（Edward Herbert）、托马斯·海伍德（Thomas Heywood）、亨利·金（Henry King, 1592—1669）、威廉·亚历山大、西尔韦斯特、乔治·威瑟、托马斯·坎佩恩（Thomas Campion）、乔治·查普曼（George Chapman）、约翰·戴维斯（John Davies）、德鲁曼等。这些诗都在 1612 年结集出版，其中既有直接引用多恩原诗的，也有摘取其中的思想和意象的；既有用诗歌形式的，也有用散文形式的。史密斯在谈到这一现象时，认为它有力地证明了多恩《周年诗》的巨大影响。[②]比如西尔韦斯特悼念亨利王子的诗中有这样的诗行：

> 然而，因缺乏他人的艺术和才气，
> 我知道我的能力于这一部分毫不相适；
> 我的蜡烛只有借阳光来点燃，
> 要做的工作才可能做得更好：[③]

这里，特别值得注意的是其中第 4 行。西尔韦斯特的原文为 To doe a Work shalbe[sic] so better *Donne*，用 Donne 而不用 done 是明显的双关：一是努力让自

① Barbara Kiefer Lewalski. *Donne's Anniversaries and the Poetry of Praise: The Creation of a Symbolic Mode*. Princeton: Princeton UP, 1973, p.308.

② A. J. Smith, Ed. *The Critical Heritage: John Donne*. London and New York: Routledge, 1983, p. 37.

③ A. J. Smith, Ed. *The Critical Heritage: John Donne*. London and New York: Routledge, 1983, p. 65.

己写出更好的哀歌；二是多恩才是做这份工作的更好人选。从具体内容上看，"做得更好"指能够赶上多恩的《第一周年》，而"要做的工作"则指自己献给亨利王子的挽歌。从创作意图上看，西尔韦斯特意在表明亨利王子之死源于堕落的社会，因为这原本就是多恩《第一周年》的基本主题之一，所以西尔韦斯特说他的"蜡烛"（即灵感）需要借助于多恩的艺术与"才气"（即"阳光"）。正因如此，第 1 行的"艺术和才气"与第 3 行的"阳光"都是从《第一周年》仿拟而来的，而第 4 行的"做"（Donne）字则直接使用了多恩的姓氏。

在多种形式的哀悼作品中，最为突出的是亨利王子的随行牧师丹尼尔·普莱斯（Daniel Price）所写的作品。亨利王子去世后，普莱斯先后发表过多篇布道文和散文以示纪念，前者充分彰显了他对亨利王子的深厚感情，后者则暗示了多恩诗的当下影响[①]，两者都明显具有多恩《第一周年》和《第二周年》的影子。以下列文字为例，其中的很多表达方式，连同中心论题，都是从多恩诗中仿拟而来的：

> 他，他死了，他在世的时候曾是一个恒久的天堂；每个季节他都沐浴在恒久的春天里；每次出游他都显得特别得体：他，他死了，就在我们眼前[……]他，他死了，那个能在天堂享福的范式是他的脸庞，现在盖上了，等待日后的某天开启；那对闪亮的灯是他的双眼，人们曾从中看到生命的光亮，现在也已黯然失色，直到太阳也失去了光辉[……]他，他死了，所以现在你才能目睹这一切[……]让我们走吧，和他一起死去，我们终将向他走去，虽然他不会回到我们身边。[②]

作为亨利王子的随行牧师，普莱斯可谓是葬礼布道的最佳人选，他的文字也可以说是字字千金，远比我们在影视作品中所看到的那些葬礼上的布道更加令人动容，而这一切都出自多恩献给德鲁里小姐的两首《周年诗》：其思想和文字都来自多恩的叠句"她，她死了"，其具体内容则拟自多恩《第一周年》第 361—366 行和《第二周年》第 77—80 行。[③]普莱斯对多恩诗歌的仿拟数量众多，因莱

---

① 包括至少 3 篇布道文和 2 篇散文。前者包括《哀亨利王子》（"Lamentations for the Death of the Late Illustrious Prince Henry"）、《纪念亨利王子》（"Spirituall Odours to the Memory of Prince Henry"）和《艾伯纳的泪水》（"Teares Shed over Abner. The Sermon Preached on the Sunday before the Prince His Funerall in St James Chappell Before the Body"），后者包括《亨利王子殿下第一周年》（"Prince Henry His First Anniversary"）和《亨利王子殿下第二周年》（"Prince Henry His Second Anniversary"）。

② Daniel Price. Teares Shed over Abner. The Sermons Preached on the Sunday Before the Prince His Funerall in St James Chappell Before the Body. Oxford: no press, 1613, pp. 25-26.

③ 在多恩的《第一周年》和《第二周年》中，"她，她死了"是反复出现的叠句，其重要性见 Louis L. Martz. The Poetry of Meditation. New Haven and London: Yale UP, 1961, pp. 236-248.

瓦尔斯基对此有过较为细致的综述①，这里便不再赘述。需要补充的是，查普曼的《挽歌》将亨利王子等同于善的理念②、亨利·金的《挽歌》称亨利王子之死解体了整个世界、约翰·戴维斯把亨利王子视为世界的规模③等，也都是仿拟多恩的两首《周年诗》的结果。

对《第一周年》和《第二周年》的仿拟，也见于献给其他逝者的挽歌。苏格兰诗人帕特里克·汉内（Patrick Hannay）在《献给安娜女王的两首挽歌》（"Two Elegies on the Late Death of Our Soveraigne Queene Anne"，1619）中说安娜女王之死使整个世界黯然失色，因为她就是它的灵魂④，亨利·金在悼念其亡妻的《周年》中称赞自己的妻子以其个人之死净化了整个世界⑤，如此等等都是对多恩两首《周年诗》的仿拟，也都大量使用了多恩在《周年诗》中的巧思或意象。

对《第一周年》和《第二周年》的仿拟还屡屡出现在其他题材的作品中。前面曾谈到韦伯斯特对多恩诗的引用。我们知道，韦伯斯特是 17 世纪初的著名剧作家，他的《白魔》（*The White Devil*）和《马尔菲公爵夫人》都是公认的 17 世纪的舞台杰作，至今仍在上演。在 1614 年首演、1623 年首次刊印的《马尔菲公爵夫人》中，马尔菲公爵夫人在其丈夫死后秘密下嫁管家安东尼奥·博洛尼亚（Antonio Bologna），从而埋下了悲剧的祸根。在该剧中，除了前面说到的引用，还有不少仿拟，比如：

> 安东尼奥：不要哭泣
> 上天从虚无中塑造了我们；而我们在努力
> 把自己变成虚无⑥

比较多恩《第一周年》第 155—157 行：

> 我们似乎雄心勃勃，要颠覆上帝的整个事工；

---

① Barbara Kiefer Lewalski. *Donne's Anniversaries and the Poetry of Praise: The Creation of a Symbolic Mode*. Princeton: Princeton UP, 1973, pp. 312-316.

② George Chapman. "An Epicede or Funerall Song: On the Most Disastrous Death of the High-borne Prince of Men, Henry Prince of Wales." In Phyllis B. Bartlett (Ed.), *The Poems of George Chapman*. New York and London, 1941, p. 257.

③ John Davies. "The Muses Teares for the Losse of their Hope." In Barbara Kiefer Lewalski. *Donne's Anniversaries and the Poetry of Praise: The Creation of a Symbolic Mode*. Princeton: Princeton UP, 1973, p. 317.

④ Barbara Kiefer Lewalski. *Donne's Anniversaries and the Poetry of Praise: The Creation of a Symbolic Mode*. Princeton: Princeton UP, 1973, p. 318.

⑤ Barbara Kiefer Lewalski. *Donne's Anniversaries and the Poetry of Praise: The Creation of a Symbolic Mode*. Princeton: Princeton UP, 1973, p. 319.

⑥ John Webster. *The Duchess of Malfi*. iii. 5. 78-80. 原文为 "Antoniao. Doe not weepe: /Heaven fashion'd us of nothing; and we strive, /To bring our selves to nothing..."。

他从虚无中造就了我们，而我们也努力

把自己做回到虚无；①

　　类似的仿拟还有很多，而且也并不限于韦伯斯特。从史密斯的《批评遗产》中可以发现，在 1612—1633 年，每年都或多或少有诗人在仿拟《第一周年》和《第二周年》。如果将其与前面提到的引用和赞扬联系在一起，则多恩诗的"才"和"象"似乎在他生前就已深入人心，而之所以如此，恐怕与作品的流传形式有关，因为正如第一章所说，多恩的作品几乎都以手抄本形式流传在有限的圈子内。此外，也可能与批评的滞后有关。我们知道，当时的英国文坛，人们所熟悉的文论是贺拉斯（Horace）的《诗艺》（Ars Poetica）和锡德尼的《为诗辩护》（An Apology for Poetry），但两者都是论戏剧的，与纯粹的诗歌艺术有一定距离，而多恩生活的时代并没有人研究文学理论。最后，还可能与多恩的身份有关，亦即人们所崇敬的更多的是作为教长的多恩，而不是作为诗人的多恩，对此，惠更斯面向其荷兰读者的下列介绍也许可作佐证："总之，直到已是著名圣人，多恩才有不多的几首诗为众人所知，而此时的他早已放弃了诗。"②由于这些原因，人们以品评的方式论及多恩的"才"和"象"，并构成多恩研究第一阶段的基本特征，也就不足为奇了，但对"才"与"象"的品评大都集中于《周年诗》，则显示了这两部作品的特殊性。

　　多恩的爱情诗和讽刺诗等也都是人们竞相仿拟的对象。现有材料中可证明的例子非常多，它们所展现的基本思想都已包含在上述分析中，即多恩的作品才气横溢、意象独特，这进一步表明多恩在当时就已引起了较为强烈的反响。这也同时让人想起詹姆斯一世和查理一世，因为史密斯的《批评遗产》曾引英国国教会副主教托马斯·普卢姆（Thomas Plume）与荷兰诗人惠更斯为例对多恩的才气做过证明。前者在 1620 年的一则日记中记载说："詹姆斯国王称多恩的诗就像上帝的话语，蕴含一切知识"；后者则记载了查理一世对翻译多恩诗的看法，认为"不相信有谁能胜任这样的工作"③。前面曾说到，多恩一生历经三朝，其整个人生受到王室的直接干预，这些都能从他的生平、他的书信往来以及其他人的作品中得到证实。但具体到多恩自己的作品，是否真有两位国王对此做过具体评价，目前尚无更多的材料以资确证。现有史料能够说明的是，多恩在其生前就已是一位公认的诗人，恰如约翰·泰勒（John Taylor）于 1620 年所说"很多人生活在当

---

　　① 多恩的原文为 "We seem ambitious, God's whole work to undo;/Of nothing He made us, and we strive, too, /To bring ourselves to nothing back..."，见 John Webster. *Three Plays*. Harmondsworth: Penguin Books, 1972, p. 240.

　　② A. J. Smith, Ed. *The Critical Heritage: John Donne*. London and New York: Routledge, 1983, p. 4.

　　③ A. J. Smith, Ed. *The Critical Heritage: John Donne*. London and New York: Routledge, 1983, p. 74.

下，/真价值却跃然纸上：/比如戴维斯、查普曼和博学的多恩"①，或者恰如无名氏写在第三版《应急祷告》（1627）上的一首对多恩进行评价的小诗"才气虔诚交相映，/诗人圣徒似有别；/良才知音何其少，/善牧出言皆理纯；唯恐才气蚀良善，两情因之难周全"②。正因为如此，当首版《多恩诗集》问世后，人们纷纷以挽歌的形式表达对多恩的怀念，直至将其推向神坛，也就顺理成章了。

第二节　推向神坛的才界君主：挽歌中的多恩形象

第二阶段是从 1633 年到 1668 年，其显著特征是作品集的不断问世。1633 年首版《多恩诗集》面世，从而从根本上改变了以前私下流传的现象，也改善了单行本的弊端。尽管首版《多恩诗集》仍存在很多瑕疵，比如作品的排列缺乏起码的顺序，甚至页码都有错误，但正如格里厄森所说，它依旧是各种早期版本中最值得信赖的一个。③随后《多恩诗集》一版再版，内容也更趋于充实，截至 1669 年，《多恩诗集》的版本已有 7 个之多。史密斯认为，促成《多恩诗集》问世的原因是多恩的教长身份，并引惠更斯语"他比任何人都著名"为证。④这一看法究竟是否正确另当别论，因为上面的分析已经显示了多恩诗在其生前的影响。但诗集的再三出版足以说明，人们既认可了教长多恩，也认可了诗人多恩。随之而来的是一系列的引用、仿拟、颂扬，波及面之广、评说者之众，前所未有，由于当前这一阶段的主要内容都是称颂，因而可称之为"颂扬"阶段。

这种颂扬集中体现在 1633 年的首版《多恩诗集》所收录的 12 首挽歌中，但此事的开创者则应该是该诗集的书商，包括印刷商 M. F. 和出版商约翰·马里奥特，也包括身份较为模糊的约翰·马斯顿（John Marston）。根据史密斯的《批评遗产》，M. F. 很可能是当时的著名印刷商迈尔斯·弗莱彻（Miles Fletcher）。⑤在诗集扉页的《致理解者》中，弗莱彻用了"非同一般的"（not ordinary）、"最好的一种"（the best in this kind）⑥等表述来形容首版《多恩诗集》。麦卡锡则提供了另一种说法，她认为《致理解者》的作者应该是出版商约翰·马里奥特。⑦我们取史密斯之说，一是因为标题清楚地表明了《致理解者》

---

① A. J. Smith, Ed. *The Critical Heritage: John Donne*. London and New York: Routledge, 1983, p. 66.

② A. J. Smith, Ed. *The Critical Heritage: John Donne*. London and New York: Routledge, 1983, p. 78.

③ Herbert J. C. Grierson, Ed. *The Poems of John Donne*. Vol. 2. Oxford: Clarendon, 1912, p. lviii.

④ A. J. Smith, Ed. *The Critical Heritage: John Donne*. London and New York: Routledge, 1983, p. 11.

⑤ A. J. Smith, Ed. *The Critical Heritage: John Donne*. London and New York: Routledge, 1983, p. 84.

⑥ Herbert J. C. Grierson, Ed. *The Poems of John Donne*. Vol. 1. Oxford: Clarendon, 1912, p. 1.

⑦ Erin A. MaCarthy. "Poems, by J.D. (1635) and the Creation of John Donne's Literary Biography." *John Donne Journal* 32 (2013): p. 61.

印刷商的身份，或至少是站在印刷商角度的；二是因为很多版本也都持同样的看法，这俨然成了一种惯例；三是因为两个备选者都是推测。就多恩研究批评史而言，重要的不是《致理解者》的作者，而是其内容，因此不妨将弗莱彻当作一个符号。鉴于麦卡锡的论述结合了以往的研究，所以接下来的分析将以她的看法为重点。在《致理解者》中，弗莱彻不但指出了多恩在海外的名气，还直接引用了多恩的《风暴》等作品，借以证明《多恩诗集》的出版乃是一种必然，其理由是：即便英国不出版多恩的诗，其他国家也会出版的。

《致理解者》中有"作者的残肢"（the scattered limbe of this author）[1]的字样。根据麦卡锡的阐释，所谓的"理解者"特指那些能从杂乱的编排中解读出多恩诗的深意，并能欣然接受其手稿的读者。[2]以此观之，弗莱彻之所以把多恩的诗称为"作者的残肢"，很可能旨在借希腊神话中的俄耳甫斯（Orpheus）来喻指现实世界的多恩，因为前者的头颅被砍下后依旧能放声歌唱；而后者的诗则即便显得凌乱也仍然讨人喜欢。或许正因为这样，麦卡锡才会认为，这样的编排旨在"通过更接近手抄本的形式来设置一种策略性的杂乱感，借以让那些曾经无缘多恩诗的读者也能感知多恩诗的手抄本形式，同时也表明只有特定的读者才能真正理解这些诗的内涵"[3]。然而《致理解者》却更像一种自辩，既是对多恩才气的辩解，也是替首版《多恩诗集》的混乱秩序做的辩护。其根本目的，除了维护多恩的名声，还有招揽顾客。

为了进一步强化这样的目的，首版《多恩诗集》还在《致理解者》之后印出了两首六行诗，也都具有广而告之的性质。其中之一便是马斯顿的《书商的六行诗》（"Hexastichon Bubliopolae"）：

> 翻阅他最后的布道和书本，
> 他的画像就在纸张里，放眼圣保罗，
> 他的雕像就匿藏在石块里，
> 墓园里自然有了他的肉身一个：
> 这些书卷彰显他已死去，但只要你购买，
> 你就能使他获得永生。

另一首是无名氏的《致书商的六行诗》（"Hexastichon ad Bubliopolam"）：

---

[1] Herbert J. C. Grierson, Ed. *The Poems of John Donne*. Vol. 1. Oxford: Clarendon, 1912, p. 2.

[2] Erin A. MaCarthy. "Poems, by J.D. (1635) and the Creation of John Donne's Literary Biography." *John Donne Journal* 32 (2013): p. 61.

[3] Erin A. MaCarthy. "Poems, by J.D. (1635) and the Creation of John Donne's Literary Biography." *John Donne Journal* 32 (2013): p. 61.

> 你印象中定有罕见的多恩诗，
> 他的永生一直都是你的希望：
> 这是何等虔诚的愿望；祝愿他
> 永生：但我还有更好的建议；
> 印他的布道文吧！只要你购买，
> 那么你我他就都将获得永生。①

在前一首诗中，马斯顿使用了一系列特殊意象，包括印制《死的决斗》的纸张、雕刻多恩像的大理石、多恩所披戴的裹尸布等，这些都是最能代表多恩生平的点睛之笔。借助这些特殊意象，马斯顿声称读者一旦购买了这本《多恩诗集》，就能"使他获得永生"。在后一首诗中，无名氏以貌似对立的口吻，表达了多恩的布道文之于文化和人生的重要意义，但他并没有真的否认多恩诗之于多恩的重要性，而是一种从普通读者角度对"理解者"的反证。印制者、马斯顿、无名氏，实际上都是书商的代言人，所以《致理解者》和两首书商的六行诗除了具有"前言"的属性之外，还同时具有广而告之的性质。比如弗莱彻的话就显然有些夸张，但却是一种必然，因为但凡书商都势必要做些宣扬才能更好地吸引读者，马斯顿和无名氏的诗也都属这种性质。

这种夸张却并非无源之水。一是因为多恩诗早已有过大量的引用、仿拟；二是因为马斯顿巧妙地将多恩与圣保罗相提并论。前者我们已有论述，不再赘述；后者则基于圣保罗大教堂的多恩石像。我们知道，伦敦圣保罗大教堂是世界上最为著名的教堂之一，该教堂最初为木质建筑，曾先后多次在大火中不幸焚毁，虽在公元 685 年改为了石头建筑，但依然在 961 年的维京入侵和 1666 年的伦敦城大火灾中被捣毁或焚毁。多恩的石像则是在 1666 年大火过后遗留下来的少有的原迹之一。马斯顿当然不可能预见到这次火灾，但他以石像入诗，在诗歌传统的基础上暗示了多恩的精神将与圣保罗大教堂一样长存的理念。无名氏的诗同样暗示了这一点，这两首六行诗也都强调了永生的信念，同样属于赞美的性质。

这种赞美同样见于首版《多恩诗集》所附的 12 首挽歌中，并在第二版《多恩诗集》中得以延续，到 1669 年的第七版则已然成为传统，并直接引发了德莱顿的反思。较之书商的夸张，这些挽歌虽然也充满溢美之词，但更多的是发自肺腑的真情实感，属于对诗人多恩（而非圣人多恩）的由衷赞美。

首先是亨利·金的《悼念挚友多恩博士》（ "To the Memorie of My Ever Desired Friend Dr. Donne" ）。亨利·金比多恩小 20 岁，是多恩晚年时期结交的朋友之一，后来成为奇切斯特主教（Bishop of Chichester），他也是一位有名的

---

① 这两首诗的原文见 Herbert J. C. Grierson, Ed. *The Poems of John Donne*. Vol. 1. Oxford: Clarendon, 1912, p. 3.

诗人。他的《悼念挚友多恩博士》共 58 行，分为 4 节。第 1 节（第 1—28 行）写多恩其人，在诗中称之为"才智与语言的丰硕灵魂"[1]，用以赞美多恩的丰富人生，这显然仿拟自多恩那首著名的《第一周年》。第 2 节（第 29—42 行）赞美《死的决斗》，并称之为多恩写给"自己的挽歌"，是多恩"以高亢的胜利音符"献给"自己的赠别词"[2]。"音符"原文作 Numbers，既明指多恩的诗行，也喻指《民数记》（*Numbers*）。《民数记》是《圣经》中的一卷书，记载了神如何把以色列人组织起来，并引领他们抵达应许地边界的事，其基本内容既有神的法律、信实、宽容与大能，也有人的不忠、受挫、罪过与拯救。亨利·金对多恩《死的决斗》的赞扬可见一斑。第 3—4 节（第 43—58 行）写多恩的精神财富，认为没有谁能够表达对多恩的敬仰之情，也没有任何诗能媲美多恩的灵柩，故而世人都宁愿充当多恩的"骨灰守护者"[3]。如挽歌的标题所示，亨利·金是把多恩当作一个挚友来颂扬的。

托马斯·布朗（Thomas Browne）则颂扬了多恩的宗教作品。关于布朗的身份，学界有两种看法：一是诺里奇的托马斯·布朗爵士（1605—1682），那是 17 世纪大名鼎鼎的人物，对医学、宗教、科学、神学、文学等皆有突出贡献，其《医生的宗教》（*Religio Medici*，又译《一个医生的宗教信仰》）历史影响深远；二是神学家托马斯·布朗爵士（1604—1673），他毕业于牛津大学基督堂学院，是坎特伯雷大主教威廉·劳德（William Laud）的助手，1640 年曾签发多恩《布道文八十篇》的出版许可。第一种看法出自格里厄森[4]，第二种看法出自凯恩斯[5]。托马斯·布朗的挽歌《致亡故的作者》（"To the Deceased Author"），其副标题《论杂乱印制他的诗，包含放荡的与宗教的》（"Upon the Promiscuous Printing of His Poems, the Looser Sort, with the Religious"）已然包含了全诗两大中心论题：多恩的爱情诗与宗教诗。恰如麦卡锡所指出的那样，托马斯·布朗的独特之处在于用"敏锐的目光"和"会心的洞悉"统领多恩诗之于普通读者的影响。[6]全诗只有短短 16 行，却使用了诸如"放荡的狂喜"与"神圣

---

① Henry King. "To the Memorie of My Ever Desired Friend Dr. Donne." In C. A. Patrides (Ed.), *The Complete English Poems of John Donne*. New York, London and Toronto: Everyman's Library, 1991, p. 495.

② Henry King. "To the Memorie of My Ever Desired Friend Dr. Donne." In C. A. Patrides (Ed.), *The Complete English Poems of John Donne*. New York, London and Toronto: Everyman's Library, 1991, p. 495.

③ Henry King. "To the Memorie of My Ever Desired Friend Dr. Donne." In C. A. Patrides (Ed.), *The Complete English Poems of John Donne*. New York, London and Toronto: Everyman's Library, 1991, p. 496.

④ Herbert J. C. Grierson, Ed. *The Poems of John Donne*. Vol. 2. Oxford: Clarendon, 1912, p. 255.

⑤ Geoffrey Keynes. *A Bibliography of Dr. John Donne*. 3rd ed. Cambridge: Cambridge UP, 1958, p.156.

⑥ Erin A. MaCarthy. "Poems, by J.D. (1635) and the Creation of John Donne's Literary Biography." *John Donne Journal* 32 (2013): p. 64.

的散文"，以及"开启了一代榜样"与"点燃奇怪的火焰"等一系列彼此对照的意象，借以表明多恩的爱情诗不该与他的宗教诗放到一起"杂乱印制"，否则会让读者"在购买善良时，将罪恶一并买到"①。可见，托马斯·布朗的挽歌更像一纸诉状，旨在向多恩状告首版《多恩诗集》的书商。他的挽歌让人联想到沃尔顿的《多恩传》，因为他们都把多恩的一生分成了世俗与神圣两个阶段，也都强调作为圣人的多恩才是真正的多恩，但托马斯·布朗则更倾向于指出：对多恩的把握应该立足于真知灼见，应该把多恩其人和多恩其诗区别对待，让普通读者能更好地感悟多恩作品中善的主题。

爱德华·海德（Edward Hyde）的颂扬侧重于多恩的语言艺术。关于爱德华·海德究竟是谁，史密斯在《批评遗产》中给出了两个选项：一是神学家、安立甘宗牧师爱德华·海德（1607—1659）；二是政治家、史学家、克拉伦登伯爵爱德华·海德（1609—1674）。②海德的《多恩博士之死》（"On the Death of Dr. Donne"）开门见山地指出，多恩已然穷尽了智慧的语言，就连艺术或自然本身也都是源自多恩的，所以人们已无从找寻挽歌的语言，只有从多恩诗中偷窃现成的表述才够得上献给多恩的挽歌。海德以多恩的"才"为核心，将多恩《应急祷告》中的丧钟意象反其道而用之，表达了多恩"已在自己的诗中永恒"③的感慨。海德的结论是：现在的诗人都是多恩的某个部分，而多恩则始终是"最好的圣人，全部的艺术"④。这个结论的前半部分仿拟多恩的《应急祷告》，后半部分仿拟多恩的《第一周年》和《第二周年》，因而其独特之处在于借多恩的语言盛赞多恩的才气，并将其视为人格与艺术的最高典范。

较之于海德那以小见大的方式，理查德·科比特（Richard Corbet，1582—1635）对多恩的颂扬可谓是全方位的。科比特有着和多恩大致相同的经历：他也是一位国教牧师，并曾先后出任牛津主教和诺维奇主教；也是一位玄学诗人，尽管今天已近乎无人知晓，但他在其生前却享有较高的声誉。他是琼森和多恩共同的朋友，并深得詹姆斯一世的信任。他的挽歌《悼多恩博士》（"On Doctor Donne"）立足于多恩本身，从一开篇就力度惊人：

　　　　谁想要为你写墓志铭，

---

① Thomas Browne. "To the Deceaded Author, upon the Promiscuous Printing of his Poems, the Looser Sort, with the Religious." In Herbert J. C. Grierson (Ed.), *The Poems of John Donne*. Vol. 1. Oxford: Clarendon, 1912, pp. 372-373.

② A. J. Smith, Ed. *The Critical Heritage: John Donne*. London and New York: Routledge, 1983, p. 89.

③ Edward Hyde. "On the Death of Dr. Donne." In James Russell Lowell Grierson (Ed.), *The Poems of John Donne*. Vol. 2. New York: Grolier Club, 1895, p. 215.

④ Edward Hyde. "On the Death of Dr. Donne." In James Russell Lowell Grierson (Ed.), *The Poems of John Donne*. Vol. 2. New York: Grolier Club, 1895, p. 216.

必须首先成为与你一样的人；

由于谁也不能真正知道

你的价值和生命，除非拥有同样的人生：①

在接下来的诗行中，科比特从才智、学识、神学、高朋、语言艺术甚至病痛等角度，对多恩的渊博学识和丰富人生做了浪漫、机敏、崇高、全面的评价。他称自己和天下人一样，没有资格为多恩撰写墓志铭，因为但凡能够下笔的人，都"必须有才智去浪费、挥霍/足以让全城为之倾倒"②。在科比特心中，多恩就是令人仰慕的天下第一才子，这是他对多恩加以全方位颂扬的立足点。

全方位的评价同样见于亨利·瓦伦丁（Henry Valentine，1600—1650）的挽歌。瓦伦丁是德特福德（Deptford）的教区牧师，在牛津大学获得神学博士学位。他的挽歌取名为《挽无与伦比的多恩博士》（"An Elegie upon the Incomparable Dr. Donne"），大致包括 4 个部分，分别以多恩的布道文、诗歌、心灵和意象塑造为对象。开篇的"一切皆大不喜，当我等/竟敢四处窥探要写挽歌一曲"③，让人想起莎士比亚的《皆大欢喜》（As You Like It）。接着，瓦伦丁把多恩比作太阳，把其他诗人比作群星，称整个世界都因多恩之死而失去了智慧的光辉。瓦伦丁认为，用"死去"一词实属无奈之举，因为多恩的死已然超越了通常意义上的"睡去"或"死去"，俨然就是"一次屠杀"④，它让众缪斯全都悲痛不已，使得全世界都从此只有谣曲，而不再有诗。瓦伦丁还从语言、神学、科学、教育、哲学、诗学、社会，以及多恩的生平、影响等角度，盛赞多恩那"高贵的灵魂"。在挽歌的结尾处，瓦伦丁动情地写道："多恩那高贵的灵魂已从人间去往天堂，并在那里成为一个星座，如果上帝的每个牧师都灿若群星，/多恩的荣光，一如他的禀赋，远在他人之上。"⑤瓦伦丁的挽歌首尾相连，标题与内容互相彰显，刻画了一个"无与伦比的多恩博士"的高大形象，这一挽歌令人信服，堪称献给多恩的挽歌中的巅峰作品之一。

另一巅峰作品是托马斯·卡鲁（Thomas Carew，1595—1640）的《挽圣保罗教长多恩博士》（"An Elegie upon the Death of the Deane of Pauls, Dr. John Donne"）。卡鲁是著名的宫廷诗人，也是一位玄学诗人，格里厄森的《十七世

---

① Herbert J. C. Grierson, Ed. *The Poems of John Donne*. Vol. 1. Oxford: Clarendon, 1912, p. 374.

② Herbert J. C. Grierson, Ed. *The Poems of John Donne*. Vol. 1. Oxford: Clarendon, 1912, p. 374.

③ Hengry Valentine. "An Elegie upon the Incomparable Dr. Donne." In Herbert J. C. Grierson (Ed.), *The Poems of John Donne*. Vol. 1. Oxford: Clarendon, 1912, p. 374.

④ Hengry Valentine. "An Elegie upon the Incomparable Dr. Donne." In Herbert J. C. Grierson (Ed.), *The Poems of John Donne*. Vol. 1. Oxford: Clarendon, 1912, p. 374.

⑤ Hengry Valentine. "An Elegie upon the Incomparable Dr. Donne." In Herbert J. C. Grierson (Ed.), *The Poems of John Donne*. Vol. 1. Oxford: Clarendon, 1912, p. 375.

纪玄学诗集》曾收录他的诗达 10 首。[1]他的《挽圣保罗教长多恩博士》共计 98 行，不分节，给人以一气呵成之感。其中前 94 行为主体，用双韵体写成，对象是"你"（即多恩）；最后 4 行为总结，也是双韵体，但对象则成了隐藏的"他"（亦即多恩）。全诗开篇的问句就不同凡响："我们能否强迫鳏寡的诗神，/既然你（伟大的多恩）已死，唱出一曲挽歌/权作你灵柩的加冕曲？"[2]这样的开篇让人回想起亨利·金的《悼念挚友多恩博士》，但与亨利·金不同的是，卡鲁直接把多恩看作诗的源泉，因而他认为在多恩去世后，不仅普通诗人，甚至诗神也很难再有佳作，更不知道能否勉强创作一首像样的诗为多恩的灵柩加冕。在接下来的诗行中，卡鲁更以一系列的设问，既总结了其他诗人对多恩的高度赞美之情，也表达了其欲为多恩的灵柩献上一曲加冕诗的强烈愿望。正是这种愿望使卡鲁的诗成为 12 首献给多恩的挽诗中的集大成者，其中的某些评价也因此而成为多恩研究的经典名言。比如"你无畏的灵魂发出的巨大光热，/燃烧了地球，将黑暗变为照亮"[3]，将多恩比喻为来自普罗米修斯的圣火，而下列诗行则高度赞扬了多恩对英语诗歌的巨大贡献：

> 缪斯的花园杂草丛生，
> 是你将其迂腐净化；
> 你拔除低贱模仿的懒惰种子，
> 播种下清新的发明。[4]

在卡鲁的笔下，多恩俨然就是英国诗坛的救星："我们犯下的一切错，/你替我们赎回，你为我们/开启了丰富多产的想象宝藏，/规划出刚健表达的路径。"琼森赞扬马娄的名句之一是"刚健的诗行"，卡鲁则以"刚健表达的路径"喻指多恩与大学才子派的关联，顺理成章地将主题转向了多恩的诗才："你令人敬畏的至尊之才/折服了我们倔强的语言[……]你走了，你严格的诗律之法/将使放荡不羁者难以写诗。"[5]类似的评价还有很多，而这些随手拈来的例子就

---

① Herbert J. C Grierson, Ed. *Metaphysical Lyrics and Poems of the Seventeenth Century: Donne to Butler*. Oxford: Oxford UP, 1921, pp. 33-38, 178-182.

② Thomas Carew. "An Elegie upon the Death of the Deane of Pauls, Dr. John Donne." In C. A. Patrides (Ed.), *The Complete English Poems of John Donne*. New York, London and Toronto: Everyman's Library, 1991, p. 496.

③ Thomas Carew. "An Elegie upon the Death of the Deane of Pauls, Dr. John Donne." In C. A. Patrides (Ed.), *The Complete English Poems of John Donne*. New York, London and Toronto: Everyman's Library, 1991, p. 496.

④ Thomas Carew. "An Elegie upon the Death of the Deane of Pauls, Dr. John Donne." In C. A. Patrides (Ed.), *The Complete English Poems of John Donne*. New York, London and Toronto: Everyman's Library, 1991, pp. 496-497.

⑤ 本段此处的两个引文见 Thomas Carew. "An Elegie upon the Death of the Deane of Pauls, Dr. John Donne." In C. A. Patrides (Ed.), *The Complete English Poems of John Donne*. New York, London and Toronto: Everyman's Library, 1991, p. 497.

足以表明，卡鲁是从较为专业的诗歌批评角度，对多恩及其作品加以评价的，所以"刚健的诗行"与"刚健表达"具有异曲同工之妙。即便今天，但凡从事多恩研究的学者，只要涉及 17 世纪初期的多恩研究，必然涉及的两个诗人便是琼森和卡鲁。或许正因如此，史密斯才特别指出，卡鲁的挽歌包含着有关多恩之诗的令人过目难忘的评价。[①]在《挽圣保罗教长多恩博士》的最后 4 行，卡鲁将首版《多恩诗集》比作墓碑，将自己的挽歌比作碑文，深情地赞道：

> 这里躺着一位国王，统辖寰宇，
> 任其所想，是为那才界的君主；
> 这里躺着两团烈火，都是最旺，
> 他是阿波罗和上帝的虔诚牧师。[②]

卡鲁对多恩的"才"给予了高度的评价，毫不隐讳地把多恩视为对英语诗歌产生决定性影响的诗人，他甚至在《答汤曾德》（"In Answer of Aurelian Townsend"）一诗中将多恩的诗置于比维吉尔、卢坎和塔索还高的地位。[③]他用以结束其挽歌的上引 4 行，至今仍是多恩研究的经典范例，并于当时就在卢修斯·卡里的挽歌中得到了发挥。

卢修斯·卡里（Lucius Cary, 1610—1643）是一位作家、政治家，1621 年进入牛津大学圣约翰学院学习，次年转入都柏林三一学院，1633 年继承其父亲的福克兰子爵爵位。他于 1640 年参加长期议会，曾一度积极反对查理一世登基。克拉伦登伯爵爱德华·海德在《英格兰叛乱与内战史》（*The History of the Rebellion and Civil Wars in England*，又译《大叛乱史》）中称之为人中豪杰，但卢修斯·卡里在骨子里却是一个保王党人，内战期间他坚定地站在国王一边，后在纽伯里战役中阵亡。他的家曾是诗人们的聚会之处，琼森、约翰·萨克林、亚伯拉罕·考利（Abraham Cowley, 1618—1667）、爱德华·海德等都是他的座上宾。他的《挽多恩博士》（"An Elegie on Dr. Donne"）开门见山地表明了挽歌的主题："诗人们注意，我这曲挽歌唱给/那双重名字的牧师和国王；/他是双料牧师；青年时/跟随阿波罗，而后是真理的声音。"这与卡鲁的评价如出一辙。在接下来的诗行中，他分别从世俗与宗教角度，就多恩的信仰和作品做了浅显而富有创意的分析与赞美。在挽歌结尾时，他再次回到主题，强调了多恩的诗界统治者的意义："如此伟大的君主，如此渺小的堂屋，他征服了叛乱的激情[……]

---

① A. J. Smith, Ed. *The Critical Heritage: John Donne*. London and New York: Routledge, 1983, p. 93.

② Thomas Carew. "An Elegie upon the Death of the Deane of Pauls, Dr. John Donne." In C. A. Patrides (Ed.), *The Complete English Poems of John Donne*. New York, London and Toronto: Everyman's Library, 1991, p. 498.

③ A. J. Smith, Ed. *The Critical Heritage: John Donne*. London and New York: Routledge, 1983, p. 106.

他的青春梦着梦想，他的老年看到神启。"①300 多年后，乔治·威廉姆森（George Williamson）的《玄学诗读者指南》（*A Reader's Guide to The Metaphysical Poets*，1967）用了一个专章的篇幅讨论多恩的两个世界②，其源头便可回溯到卢修斯·卡里的《挽多恩博士》。

从两个世界看多恩的还有沃尔顿与理查德·巴斯比（Richard Busby，1606—1695）。沃尔顿因后面另有专节讨论，这里不再赘述。巴斯比是一位颇有建树的教育家③，在其《悼念多恩博士》（"In Memory of Doctor Donne"）这一作品中，巴斯比用 102 行的篇幅，将多恩的两个世界归为诗歌的世界与散文的世界。于诗歌的世界，他称多恩是"才界的王子"④，别人都是臣民。他说多恩的学识、语言和雄辩等都一再表明多恩有如王子一般高贵、王国一般伟大。他称多恩的诗不仅限于感受力，更是一座庞大的仓库，其丰富的谷物足以养活数百之众。于散文的世界，他称多恩是"一支蜡烛"⑤，别人都是灰烬。他说只要多恩站上布道坛，就能立刻捕捉听众的内心，俨然就是金口约翰复生，让无数信众为之动容，更让死背教条的牧师羞愧难当。⑥他还借文艺复兴时期广泛认可的天人对应理论表达了多恩之死给予世人的惊愕之感，他说王子去世当有彗星飞过，何以多恩去世就没有呢？巴斯比的挽歌从诗与文两个角度论证的实际上是多恩的才气，

---

① 本段所引卡里诗句，见 Lucius Cary. "An Elegie on Dr. Donne." In Herbert J. C. Grierson (Ed.), *The Poems of John Donne*. Vol. 1. Oxford: Clarendon, 1912, pp. 380, 382.

② George Williamson. *A Reader's Guide to The Metaphysical Poets*. London: Thames and Hundson, 1967, pp. 26-42.

③ 在史密斯的《批评遗产》中没有巴斯比，这是因为在 1633 年的《多恩诗集》中英文拼写用的是首字母 R. B.而非全拼。史密斯提供了三个可能，包括理查德·布雷思韦特（Richard Braithwaite）、拉尔夫·布里德欧克（Ralph Brideoake）和理查德·布罗姆（Richard Brome），认为最大的可能是布雷思韦特。见 A. J. Smith, Ed. *The Critical Heritage: John Donne*. London and New York: Routledge, 1983, p. 101. 但根据凯恩斯分析则应该是理查德·巴斯比，见 Geoffrey Keynes. *A Bibliography of Dr. John Donne*. 3rd ed. Cambridge: Cambridge UP, 1958, p. 157; 4th ed. Oxford: Clarendon, 1973, p.196. 这里依据凯恩斯所说，不仅因为其著作本身就是有关多恩研究的书目，而且因为在其之前的贾尔斯·奥尔迪沃斯（Giles Oldosworth）和在其之后的约翰·辛普森（John Simpson）等也都持相同的看法。巴斯比 1628 年毕业于牛津大学基督堂学院，曾任威斯敏斯特中学校长 55 年之久，其学生包括克里斯多夫·雷恩、罗伯特·胡克、约翰·德莱顿、约翰·洛克、托马斯·米林顿、弗朗西斯·阿特伯里等。仅从这些学生的名字，我们就能推知他的影响。虽然格里厄森的《多恩诗集》仍旧用 R. B.，我们认为既然已经知道作者是谁，还是给出姓名为好。

④ Rchard Busby. "In Memory of Doctor Donne." In Herbert J. C. Grierson (Ed.), *The Poems of John Donne*. Vol. 1. Oxford: Clarendon, 1912, p. 386.

⑤ Rchard Busby. "In Memory of Doctor Donne." In Herbert J. C. Grierson (Ed.), *The Poems of John Donne*. Vol. 1. Oxford: Clarendon, 1912, p. 388.

⑥ "金口约翰复生"在巴斯比的原文中为 Golden Chrysostome was alive againe。其中 Chrysostome 即 St. John Chrysostom（349—407），汉译圣约翰·克里索斯托，早期基督教神学家，君士坦丁堡大主教，其名字在希腊语中意为"金口"。现在每年皆有他的纪念日。

所以在挽歌结尾处，巴斯比不无感慨地写道：多恩给予后人的东西远比一千人加在一起的还多，这本身就是奇迹，而多恩之死意味着将不会再有奇迹可言。较之于其他挽歌，巴斯比的《悼念多恩博士》更多的是说理，其情感集中体现在最末的 2 行"你的死让我消除了怀疑，/现在我相信所有奇迹都已终结"[①]，而这最末2 行也恰好是亚瑟·威尔森（Arthur Wilson，1595—1652）挽歌的起点。

　　威尔森是一位戏剧家、史学家、政治家。他的《大不列颠史，詹姆斯一世的生平与政治》（*The History of Great Britain, Being the Life and Reign of King James the First*，1653）曾名噪一时，他今天仍然为人所知则是因为他的挽歌《多恩先生和他的诗》（"Upon Mr Donne, and His Poems"）。该诗开门见山地表达了多恩必将因其诗而永恒的思想："谁敢说你死了，当他看见/（尚未下葬的）你这鲜活的部分？"[②]在威尔森的笔下，多恩的肉身将变成泥土，并以泥塑的形式获得新生；多恩留下的伟大精神，即诗的灵魂也将长存，供世人纷纷效仿。威尔森盛赞多恩的诗歌创作，认为多恩的讽刺诗机警灵活，爱情诗中的美人就是浓缩的世界，而多恩的神学诗则俨然就是天使的歌声。威尔森还以"才"为核心，称多恩的爱情诗具有点石成金的力量，能将生命和感觉化为鲜花。[③]这让人想起艾略特的《论玄学诗人》。在那篇影响深远的书评中，艾略特提出了著名的感受力理论，并以此来区分玄学诗人和浪漫主义诗人："丁尼生和勃朗宁是诗人，他们都在思考；但他们没有立即感觉到他们的思想像闻到玫瑰的芳香一样。对多恩来说，一个思想就是一种经验，它改变了他的感受力。"[④]这与威尔森的说法如出一辙。

　　贾斯珀·梅恩（Jasper Mayne，1604—1672）对多恩的"才"同样赞不绝口。梅恩毕业于牛津大学，是一位诗人、剧作家、神学家。格里厄森说他"曾写诗赞美彭布罗克伯爵、查理一世及其妻子亨利埃塔王后（Queen Henrietta）、威廉·卡特莱特（William Cartwright）和琼森——但全都很差，就像他对多恩的赞美一样"[⑤]。所谓"对多恩的赞美"指的是梅恩的挽歌《多恩博士之死》（"On Dr. Donne's Death"），而"很差"则很可能指缺乏原创性。梅恩的《多恩博士

　　① Rchard Busby. "In Memory of Doctor. Donne." In Herbert J. C. Grierson (Ed.), *The Poems of John Donne*. Vol. 1. Oxford: Clarendon, 1912, p. 388.

　　② Arthur Wilson. "Upon Mr. Donne and his Poems." In Herbert J. C. Grierson (Ed.), *The Poems of John Donne*. Vol. 1. Oxford: Clarendon, 1912, p. 384.

　　③ Arthur Wilson. "Upon Mr. Donne and his Poems." In Herbert J. C. Grierson (Ed.), *The Poems of John Donne*. Vol. 1. Oxford: Clarendon, 1912, p. 385.

　　④ T. S. Eliot. "The Metaphysical Poets." *The Sacred Wood and Major Essays*. Mineola, NY: Dover Publications, 1998, p. 127.

　　⑤ Herbert J. C. Grierson. *The Poems of John Donne*. Vol. 2. Oxford: Clarendon, 1912, p. 258.

之死》共 80 行，用双韵体写成，由三个主体部分和一个结论组成。第一部分（第 1—22 行）写多恩的《第一周年》，认为它集中体现了多恩高不可攀的"才"，别的诗人只能窃取多恩才能写出像样的作品，然而也正因为如此，模仿多恩反而使"我们都是才子，一旦被人理解"①。第二部分（第 23—50 行）写多恩的其他诗歌与散文，涉及宫廷与乡村、思想与艺术等众多方面，并开诚布公地表示说"当我们最接近你[多恩]时，模仿你/乃是我们的福气"②。第三部分（第 51—78 行）描述多恩的布道文为细微如布道时的身体语言，宏大如国家民族的意识形态的构建，这连同深邃的教义阐释和行云流水般的语言魅力，可谓一应俱全，核心是世人都在"聆听你的声音"③。最终结论（第 79—80 行）是："我还可以写更多，但权且让这首诗为你的骨灰瓮加冠/虽然我们不希望如此，直到你自己折返。"④对于梅恩的挽歌，需要特别值得注意的是：第一，他把多恩看作"才"的化身，以《第一周年》为出发点，进而拓展到多恩的其他作品，他像琼森一样把多恩看作"天下第一诗人"，但与琼森不同，他对《第一周年》没有批评，只有赞扬，甚至认为多恩的所思所写都是理所当然的诗；第二，既然多恩无与伦比，那么模仿多恩乃是一种必然，所以通篇都彰显着解读多恩作品的性质，这正是格里厄森批评他写得"很差"的根本原因；第三，别人都表示无法写出能够匹配多恩的挽歌，梅恩则认为他能。仅此三点原因足以说明，梅恩也是一个颇有性格的才子，而塞缪尔·约翰逊后来把这些诗人作为一个群体看待可谓是水到渠成之事。

　　用以结束首版《多恩诗集》的挽歌是恩迪米恩·波特（Endymion Potter，1587—1649）的《悼多恩博士》（"Epitaph upon Dr. Donne"）。恩迪米恩·波特是一位外交家、詹姆斯一世的廷臣和艺术顾问，也是一位热心的诗人赞助者。其 28 行的《悼多恩博士》的结尾是这样写的：

> 从经坛到人们的耳朵，
> 谁的演讲会催生忏悔的叹息与泪水？
> 请告诉我，如果一个更加纯洁的处女死去，
> 还有谁能为她撰写挽歌？

---

① Jasper Mayne. "On Dr. Donne's Death." In Herbert J. C. Grierson (Ed.), *The Poems of John Donne*. Vol. 1. Oxford: Clarendon, 1912, p. 382.

② Jasper Mayne. "On Dr. Donne's Death." In Herbert J. C. Grierson (Ed.), *The Poems of John Donne*. Vol. 1. Oxford: Clarendon, 1912, p. 383.

③ Jasper Mayne. "On Dr. Donne's Death." In Herbert J. C. Grierson (Ed.), *The Poems of John Donne*. Vol. 1. Oxford: Clarendon, 1912, p. 384.

④ Jasper Mayne. "On Dr. Donne's Death.." In Herbert J. C. Grierson (Ed.), *The Poems of John Donne*. Vol. 1. Oxford: Clarendon, 1912, p. 384.

> 诗人们啊，安静吧，让你们的诗都睡去，
> 因为拥有全部想象的他已经走了；
> 时间之神没有灵魂，但他高贵的诗则有；
> 现在我们惊奇地发现，他的诗我们都能默诵。①

在恩迪米恩·波特的眼中，多恩之所以伟大，是因为他是一个有灵魂的诗人。这应该是暗指多恩的《第一周年》，因为在那首诗中，多恩曾这样写道：

> 当那丰硕的灵魂向她的天堂而去，
> 所有欢庆的人啊，都自知有个灵魂，
> 因为谁会相信他有灵魂一个，除非
> 它能看见、判断、并跟随所言所信，
> 有用行动将它赞扬？没能以此做到的人，
> 或许能寄宿一个迁徙的灵魂，但却不属自己。②

然而，当恩迪米恩·波特以"高贵的诗"来定义多恩的作品，并说"我们都能默诵"的时候，他实际上给出了两个基本判断：一是在与时间的对照中肯定了多恩的必然永恒，又在与其他诗人的对照中肯定了多恩的文学地位；二是指出了多恩确实有一批追随者，表明了多恩的诗歌作品，尤其是其挽歌，早在 17 世纪30 年代就已产生了较为深远的影响。由于这两个基本判断与其他挽歌作者对多恩的评价是一致的，所以恩迪米恩·波特的这一定义既可以被看作书商在挽歌选择上的基本思路的代表，也可以被看作为两年后的第二版《多恩诗集》的出版埋下了伏笔。

麦卡锡曾把上述挽歌分为四类。第一类专指亨利·金的《悼念挚友多恩博士》和爱德华·海德的《多恩博士之死》，因为它们都不是专为《多恩诗集》而作的，而是作为附录放在 1632 年出版的《死的决斗》之后的。另三类则显示着与首版《多恩诗集》在内容与编排上的某种相关性，麦卡锡将它们分别称为"悔过模式"（repentance model）、"准备模式"（preparation model）与"衔接模式"（continuity model）。在麦卡锡的分类中，托马斯·布朗的《致亡故的作者》就是"悔过模式"，因为她认为托马斯·布朗的诗表现了一种悔过式的担忧，即书商将多恩的爱情诗与宗教诗杂糅一起出版很可能会产生误读，错把爱情诗中那些涉黄描写看成诗人自己的告白而非虚构。被麦卡锡划归"准备模式"的

---

① Endimion Porter. "Epitaph upon Dr. Donne." In Herbert J. C. Grierson (Ed.), *The Poems of John Donne*. Vol. 1. Oxford: Clarendon, 1912, p. 389.

② John Donne. "The First Anniversary." In Donald R. Dickson (Ed.), *John Donne's Poetry*. New York and London: Norton and Company, 2007, p. 120.

有三首：沃尔顿的《悼多恩博士》（"An Elegie upon Dr. Donne"）、卢修斯·卡里的《挽多恩博士》和贾斯珀·梅恩的《多恩博士之死》，她认为这三首挽歌的共同之处在于，它们都把多恩的早期诗歌看作其晚期神学诗和布道文的一种准备，以一种目的论的叙事方式揭示了多恩的成长过程。麦卡锡把托马斯·卡鲁的《挽圣保罗教长多恩博士》看作是"衔接模式"的挽歌，认为它表现了多恩的生平与创作的关系，并将"才"看作横贯多恩全部作品的核心。麦卡锡还指出，悔过、准备、衔接，三者也不是没有重叠，比如威尔森的《多恩先生和他的诗》就表现了卡鲁关于多恩诗以"才"为核心的观点以及托马斯·布朗关于多恩以神圣力量实现了自我净化的观点。麦卡锡的最后结论是：《致理解者》和《书商的六行诗》对首版《多恩诗集》不加区别地将世俗诗与宗教诗杂糅在一起所给出的阐释，在 12 首挽歌的作者看来却是一个问题，而他们所给出的不同阅读模式虽然各有侧重，但都认为多恩诗表现了一种由世俗向神圣的转化，而这预示了1635 年的第二版《多恩诗集》所遵循的编辑原则。①麦卡锡的分析具有明显的意图指向性，体现着把《多恩诗集》看作多恩生平标识的基本思路。

由于受其意图的影响，麦卡锡并没有提及这些诗在本质上都属于颂扬。当然，对多恩的颂扬，除了首版《多恩诗集》中的上述挽歌之外，还另有两种材料：一是后来的各种《多恩诗集》所新增的挽歌，二是始终未曾收录进《多恩诗集》的其他作品。由于它们数量较多，这里只能各选一小部分略作分析。

首先是《多恩诗集》的后续版本，比如 1635 年的第二版。前面说过，这本诗集保留了 1633 年版的基本思路，依旧由两大部分组成：一是多恩的诗，二是其他诗人献给多恩的挽歌。第一部分的最大变化是将全部作品按类别进行了重新编排，圈定了"歌与十四行诗""挽歌""宗教诗"等范畴，为后来的各种版本和各家研究提供了基本范式。同时还新增了多恩作品 12 首，包括《告别爱》（"Farewell to Love"）、《关于影子的一课》（"A Lecture upon the Shadow"）等爱情诗，也包括《病中颂我的上帝》等宗教诗，还包括部分挽歌。此外，该版本还为部分作品添加了标题，这些标题一直沿用至今。第二部分则新增了约翰·查德利（John Chudleigh）和希德尼·戈多尔芬（Sidney Godolphin）的挽歌。

查德利和戈多尔芬都是牛津大学的学生，都曾于 1628—1629 年出任下议院的议员，也都在 1629 年查理一世解散议会后仍然保留着议员的身份。查德利 28岁去世，生前仅有少数诗歌为人所知，其中之一便是《悼圣保罗教长多恩博士》（"On Dr. John Donne, Late Dean of St. Paul's, London"）。全诗以"才"为核心，对多恩的人品做了高度概括："哦诗人啊，他为你而死，或离你死去，/已

---

① Erin A. MaCarthy. *"Poems, by J.D. (1635) and the Creation of John Donne's Literary Biography."* *John Donne Journal* 32 (2013): pp. 65-68.

经很久，才气和他已双双离去，/搭乘神圣的翅膀飞出你的视野。"①查德利显然是把多恩看作"才"的化身加以赞美的，所以他说多恩之死就是才气之死，但查德利也同时指出：多恩并没有真正死去，因为他是"为你而死"的，即为所有诗人而死的，所以多恩之死如同耶稣基督之死一样，乃是一种再生。这也使"离你死去"（left you dead）自然成为一句双关，既可以指多恩的死去，也可以指其他诗人的死去。双关是多恩在其作品中的常用手法，无论在爱情诗还是宗教诗中，抑或是在布道文中都处处可见。查德利借多恩惯用的双关手法，把多恩之死与多恩之生关联在一起，旨在表明这样的思想：多恩并未将"才"放逐，而是将其移植到虔诚的家园，所以他能驱散宗教之敌，弘扬博爱精神，为天下诗人和牧师树立光辉的榜样。

这样的意图同样是戈多尔芬《挽多恩博士》（"Elegy on D. D"）的基本思想。其不同之处在于：查德利的挽歌以泪水为开始和结束，强调了世俗爱向宗教爱的升华；戈多尔芬的挽歌则以泪水开始而以缪斯结束，强调了多恩对其他诗人的影响："怎样的天才般的智慧与虔诚/她还须知道，才能与你匹配？/伟大的灵魂哟，我们不再只看你的过去，/而更看重你对现在的表达。"②查德利立足于多恩本身，因为他过世较早；戈多尔芬立足于多恩的影响，则因为他本人就是一位宫廷才子，并且也像卢修斯·卡里一样，在内战中为保卫皇权而献出了自己年轻的生命。这也从一个侧面显示，后人对 17 世纪的英国诗进行评价时，往往都会从"才子派"或"保皇派"的角度加以概括。这样的概括虽然有其自身的历史依据，但实际上，所谓的"才子派"与"保皇派"并非对立的两派，更多的是一个流派的两种不同表述方式，而且也都是后人命名的，不一定能反映当时的真实状况。好比把多恩与琼森分别划归玄学派与古典派，尽管现在这已经成为一种共识，但事实上多恩与琼森本来就是同窗好友。

其次是并未收录进《多恩诗集》的作品。比如托马斯·佩斯特尔（Thomas Pestell）就曾在 1633—1652 年多次提到多恩，并在 1650 年的一首赞美诗中，直接把多恩称为"诗界哥白尼"：

> 还有多恩
> 已故的诗界哥白尼，
> 他玩转整个地球，赋予它爱的意义，

① John Chudleigh. "On Dr. John Donne, Late Dean of St. Paul's, London." In James Russell Lowell (Ed.), *The Poems of John Donne*. Vol. 2. New York: Grolier Club, 1895, p. 224.

② Sidney Godolphin. "Elegy on D. D." In James Russell Lowell (Ed.), *The Poems of John Donne*. Vol. 2. New York: Grolier Club, 1895, p. 224.

　　　　以他的智慧将其推动[1]

　　约翰·萨克林则在 1640 年的一首诗信中将多恩视为"才界之主"：

　　　　你救了我们，威尔，未来的时光
　　　　将不会在时代的罪恶中列入
　　　　才的缺失。自伟大的才界之主
　　　　多恩离去，谁也不曾以自己的方式，
　　　　写过近似于他的诗。[2]

　　到 1667 年，在托马斯·希普曼（Thomas Shipman，1633—1680）的眼中，多恩已不仅仅是世俗的才界之主，而且还与考利（即下列诗行中的"你"）和埃德蒙·沃勒（Edmund Waller，1850—1903）一道，位居整个诗坛的霸主之位，俨然就是缪斯的三驾马车之一：

　　　　缪斯帝国响彻着一个伟大的名字，
　　　　你的处女声誉中有两个对手；
　　　　沃勒和多恩，唯独你们三杰
　　　　有资格荣登才界的至高宝座。
　　　　多恩的判断、想象、幽默和才气，
　　　　那么强烈、缜密、欢快，史无前例，
　　　　足以使他能公正地登上王座。[3]

　　而史密斯用以统领《批评遗产》之整个 17 世纪部分的文字，便是汉弗莱·莫斯利（Humphrey Mosely）1651 年对多恩的评价——"我们语言赖以自豪的最高的诗人"[4]。

　　非常明显，人们对多恩的颂扬已经达至无以复加的地步，而且扩大到"才""象"以外的内容。卢修斯·卡里在《挽歌》中就涉及多恩的宗教诗和布道文，盛赞多恩唱出了"真理的歌声"，因为多恩那些圣洁的作品，让读者真切地感受了十字架的力量，并在内心深处燃起火一样的激情。而贾斯珀·梅恩《多恩博士之死》中的"我们都是才子，一旦被人理解"，以及威尔森《多恩先生和他的

　　① Thomas Pestell. "On Dr T. Goad and Dr H. King." In A. J. Smith (Ed.), *The Critical Heritage: John Donne*. London and New York: Routledge, 1983, p. 108.

　　② John Suckling. "To My Friend Will D'avenant, on His Other Poems." In A. J. Smith (Ed.), *The Critical Heritage: John Donne*. London and New York: Routledge, 1983, p. 124.

　　③ A. J. Smith, Ed. *The Critical Heritage: John Donne*. London and New York: Routledge, 1983, p. 147.

　　④ A. J. Smith, Ed. *The Critical Heritage: John Donne*. London and New York: Routledge, 1983, pp. 12, 135.

诗》中的"你的诗魂将长存，供俗人纷纷仿效"[1]，则预示了诞生"多恩诗派"的可能性。这一时期，沃尔顿的《多恩传》面世，并以 1615 年为界，将多恩生平分为前后两期：前期的多恩热衷诗歌、精于比喻，写了不少刚健的诗行；后期的多恩则与世无争、虔心宗教，写了最动人、最神圣、最和谐的布道文。沃尔顿既明确了多恩诗的"比喻"和"刚健"两大风格，也确定了多恩"少狎诗歌、老娶神学"的基本生活历程。

总之，这一时期内，多恩的诗和文、宗教和世俗、生平和特点等统统都已涉及，但在总体上依然是印象式的。这是因为：第一，除部分作品以外，其余对多恩的种种评价都是以诗的形式附印在各个版本的多恩诗集之后的，因此是诗意的而非科学的；第二，虽然这一时期多恩研究的范围较之于第一阶段有所扩大，但重心依然集中在多恩的"才"上，而对"才"也没有提出新的解释，因此对多恩的颂扬依然是品评性质的，是第一阶段的延伸；第三，对多恩的语言艺术大多缺乏认真分析，而对多恩语言的模仿或引用却随处可见，其给人的感觉，套用"意以象尽、象以言著"的表述，堪称"才可尽象、言可尽意"，似乎只要放飞想象，搜寻前所未闻的表达，就是天经地义的写诗，就是才子，而根本不用考虑自己所写的是爱情诗、赞美诗还是讽刺诗，这是 17 世纪的挽歌诗人竞相模仿、追随和颂扬多恩的一个重要原因，也是 18 世纪的塞缪尔·约翰逊将他们归为一个派别，批评他们"将乱七八糟的思想强拧在一起"[2]的一个有力证据。

史密斯指出，首版《多恩诗集》所附的挽歌，既包含许多重要的多恩批评，也直接体现着多恩对其生前作家的影响。[3]仔细阅读那些挽歌便会发现，它们具有如下基本特征：首先，它们的作者既有多恩的生前好友，也有自称是多恩追随者的后生，既有诗人也有牧师，甚至还有政治家；其次，每一首挽歌都强调"才"之于多恩及其作品的重要性，也都是从"才"的角度去怀念多恩的，而很少涉及"象"，只有塞缪尔·布朗的挽歌例外；再次，每一首挽歌也都会同时兼顾多恩的生平与作品，麦卡锡所特别强调的两阶段划分并不明显，只在少数几首中有所体现；最后，每一首都包含夸张，这种夸张也都是在将多恩与自己或与他人的对照中得以强化的，既表达了对逝者的由衷敬意，也体现了挽歌的基本特征——颂扬。

颂扬之所以成为挽歌的基本特征，是因为每当说起挽歌时，其给人的第一印象便是献给死者的诗歌。在我国，挽歌具有悠久的传统，早在春秋时期就已产

---

① Arthur Wilson. "Upon Mr. Donne and his Poems." In Herbert J. C. Grierson (Ed.), *The Poems of John Donne*. Vol. 1. Oxford: Clarendon, 1912, p. 384.

② 语出塞缪尔·约翰逊《考利传》，原文为"the most heterogeneous ideas are yoked by violence together"。关于这个作品，后面将做具体分析，这里所引为国内普遍使用的翻译，所用含义也是国内的普遍共识。

③ A. J. Smith, Ed. *The Critical Heritage: John Donne*. London and New York: Routledge, 1983, p. 86.

生，汉魏以后还成为朝廷规定的丧葬礼俗之一。即便在今天，虽然更多的也许是挽联，但挽歌并未消失。究其原因，挽歌所涉及的通常都是生死问题，而生死问题既是人生的也是文学的永恒主题之一。由于直面死亡更能激发人们对生存价值的深度拷问，所以挽歌大多具有夸张的特征，那是对逝者的终结评价，也是对生者的精神抚慰。正是由于夸张的缘故，所以挽歌并非总是悲歌。在英语中亦然如此。根据 A. J. 库顿（J. A. Cuddon）的《文学术语词典》（*A Dictionary of Literary Terms*），elegy 的本义是一种六音步抑扬格抒情诗，其主题可以是死亡，也可以是战争，甚至爱情。①《不列颠百科全书》国际中文版将其译为"哀歌"，但所给的定义依旧是"一种沉思抒情诗[……]任何内省性质的抒情诗"②。多恩自己那些标明为"挽歌"的都是抒情诗。曾建纲虽将其译为《哀歌集》，但也明确地说到"《哀歌集》本多为情诗"③，而且在具体翻译和注释上还特别突出了其中的性爱内容。《多恩诗集》中那些献给多恩的挽歌同样是抒情诗，既有内省性质也有夸张特点，是把多恩及其作品推向极致的由衷赞美。

第三节　英国的圣奥古斯丁：沃尔顿心中的圣人多恩

在第二阶段的赞美中，特别值得深究的是沃尔顿。沃尔顿出生于斯塔德福德，后定居伦敦，在弗利特街（Fleet Street）做过五金生意，他自称受多恩影响而皈依国教。根据史密斯的《批评遗产》，沃尔顿既是多恩教区的信徒，也是享有特权，能在多恩临终前走近其病榻的人。④沃尔顿结识的文学界名人除了琼森和多恩，还有迈克尔·德雷顿和亨利·沃顿爵士等。大概在 1644 年，沃尔顿曾一度退休回到斯塔德福德，但在 1650 年又回到伦敦。斯图亚特王朝复位后，沃尔顿在温彻斯特定居，其间的主要活动是垂钓和访友。他的主要成就是著名的《钓客清谈》（*The Compleat Angler*，1653）和《沃尔顿名人传》。《钓客清谈》是第一部以自然之美和人生乐趣为题的英语作品，其主体部分是散文，但也收集了许多诗歌，还包含垂钓者的生活哲学以及对大自然、野生动植物、食物饮料等的描写与评论。《沃尔顿名人传》则是 5 个传记作品的总称，其中第一个就是《多恩传》。

沃尔顿对多恩的热情从 17 世纪 20 年代一直延续到 80 年代。⑤但在今天仍能

---

① J. A. Cuddon. *A Dictionary of Literary Terms*. New York: Penguin Books, 1979, p. 214.

② 美国不列颠百科全书公司：《不列颠百科全书》（国际中文版 修订版 第 6 卷），北京：中国大百科全书出版社，2007 年，第 32 页。

③《哀歌集》，曾建纲译，台北：联经出版事业股份有限公司，2011 年，第 52 页。

④ A. J. Smith, Ed. *The Critical Heritage: John Donne*. London and New York: Routledge, 1983, p. 115.

⑤ A. J. Smith, Ed. *The Critical Heritage: John Donne*. London and New York: Routledge, 1983, p. 115.

看到的有关资料中，最主要的作品只有《多恩传》、《悼多恩博士》和《挽歌》（"Epitaph"）。《悼多恩博士》最先见于 1633 年的首版《多恩诗集》，是其中的 12 首挽歌之一。在《悼多恩博士》中，沃尔顿明确划分了多恩的青年时期与成熟时期，他认为早期的多恩作品丰富，但"里面尽是哲学"；后期的多恩则"更成熟"，其作品也因此而成为"和谐神圣的音符"：

> 他青春时不是诗歌遍地，里面
> 尽是哲学？每种罪不都具化为
> 讽刺的对象？不都龌龊且令人
> 胆寒？他的诗没让读者的灵魂
> 更加自由？岁月不是胜过了石碑？
> 他的颂扬不是旨在恒久？
> 他不是（恐怕傻瓜才会怀疑）
> 年仅二十便已然成就了这一切？
> 但更成熟时：他的灵魂不是
> 以和谐神圣的音符编织了
> 一个神圣的短歌花冠，适合献给
> 临终的殉道者的睫毛：或戴在
> 抹大拉的玛利亚的头上，
> 在她擦干基督的双脚后？①

到 1635 年第二版《多恩诗集》出版时，上引第 1—2 行的第一句被修改为"他青春时诗歌遍地，里面躺着/爱的哲学"。六十年后的 1693 年，德莱顿在《论讽刺诗的起源和发展》（*A Discourse Concerning the Original and Progress of Satire*）中有句名言，称多恩"用精密的哲学思辨把女士们的头脑弄糊涂了"②。这一名言的源头很可能与此有关，至少是对沃尔顿"尽是哲学"或"爱的哲学"的评价的一种积极回应。当然，德莱顿的态度是否定性评判，而沃尔顿则是温和的判断，而且是基于两阶段划分的，旨在突出这样的基本概念，即后期的多恩更成熟，也更伟大。其原因不是因为多恩更年长了，而是因为他像"抹大拉的玛利亚"一样皈依了基督，不但蜕变为虔诚的信徒，还以"和谐神圣的音符"创作了"神圣的短歌花冠"。"神圣的短歌花冠"原文作"A Crowne of sacred sonnet"，特指多恩的《花冠》（"La Corona"），那是一首由 7 首十四行诗组

---

① Izaak Walton. "An Elegie upon Dr. Donne." In Herbert J. C. Grierson (Ed.), *The Poems of John Donne*. Vol. 1. Oxford: Clarendon, 1912, pp. 376-377.

② John Dryden. *A Discourse Concerning the Original and Progress of Satire*. London: no press, 1693, p. 61.

成的回旋诗，其中的每一首十四行诗的末行都是下一首的首行，而最后一首的末行则回到第一首的首行，由此形成一个完整的大回旋。帕特里德斯注释该诗的标题说："有些抄本作'The Crowne'是对的，7 首十四行诗相互交错，连成一首诗，标题本身暗示着由 7 个十年组成的一串念珠，那是天主教敬献圣母玛利亚的，而多恩则用以献给基督。"①

　　然而，《花冠》虽是多恩的宗教诗，却并不是他的宗教诗的代表作品。即便如此，在沃尔顿心中，该作品也强于多恩"年仅二十"就已写成的哲理诗、讽刺诗之类世俗作品。这一结论显然有失偏颇，却是他把多恩定位于牧师的真实反映，对此，结合沃尔顿的《挽歌》会看得更加清楚。《挽歌》首先见于 1635 年的第二版《多恩诗集》，亦即前文说到的位于第二版《多恩诗集》卷首插图下的英文诗（图 1.2）。《挽歌》共计 8 行，不妨将其全部试译如下：

> 这是为青春、力量、欢乐、才气等时间之神
> 最为看重的黄金时代而作，但却不属于你。
> 属于你的是你的后期年月，它们净化了众多
> 青年时的糟粕、欢乐、才气；因为你的纯洁心灵
> 所冥思苦想的（如天使一般）唯有赞美
> 你的创造者，是那些最后的也是最好的日子。
> 以本书（你的标志）为证，始于爱；
> 而终于叹息，还有悔罪的泪水。②

　　在这里，沃尔顿把《多恩诗集》按时间顺序一分为二，认为其早期作品以爱情诗为主，彰显着青春的活力与灿烂的才气，其基调是欢乐的，但也存在糟粕，不是多恩的真正佳作，真正属于多恩的是那些赞美上帝的后期作品，它们出自纯洁的心灵，并"净化了众多青年时的糟粕"。前后两个阶段泾渭分明，而《多恩诗集》就是其标志性的证据，即"始于爱；而终于叹息，还有悔罪的泪水"。"始于爱"无疑是指多恩的早期爱情诗；"终于叹息，还有悔罪的泪水"则喻指多恩的布道文，因为只有在多恩的布道文（而非宗教诗）中才会发现诸如"冥思苦想""叹息""悔罪的泪水"等内容集中而大量的呈现。在沃尔顿看来，唯有那些冥想上帝、赞美上帝、充满忏悔、才气横溢并充满圣爱的后期作品才是多恩美好生活的体现。这实际上是他《悼多恩博士》的一种延续，也是他的《多恩传》的一种先声。

---

① C. A. Patrides, Ed. *The Complete English Poems of John Donne*. New York, London and Toronto: Everyman's Library, 1991, p. 429.

② A. J. Smith, Ed. *The Critical Heritage: John Donne*. London and New York: Routledge, 1983, p. 115.

本书第二章第三节曾提到，《多恩传》的最初名称为《圣保罗已故教长多恩博士的生与死》。戈斯在《多恩的生平与书信集》中指出，这样的标题意味着"在沃尔顿心中，《多恩传》的基调就是准备死亡，所以对多恩的前 40 年的描写只有几页的篇幅，而集中刻画的则是多恩最后的约 40 个月的时间"[1]。在 1658 年独立成书时，该书标题页还增加了"经修订与扩充的第二次印刷"与"《传道书》48.14.他一生奇迹众多，死时他的事工也非同凡响"等字样。所谓"修订"就更加突出了多恩的圣人身份，借凯恩斯所引沃尔顿的原话，即"少了些瑕疵而多了些装饰"[2]；而所谓"扩充"则是充实了细节，主要涉及多恩的家庭生活、多恩的朋友圈、多恩对其个人遗产的处置情况、多恩留存青史的艺术形象四个方面。[3]特别值得注意的是"《传道书》48.14"的表述。在《圣经》中，《传道书》只有 12 章，而"他一生奇迹众多，死时他的事工也非同凡响"一句，在我们所收集到的有关书籍中，仅见于 6 卷本《阐释者圣经》（*The Expositor's Bible*）第 2 卷第 4 部分第 3 章的题记，是该书作者之一的 F. W. 法勒（F. W. Farrar）用以总结该章的主题形象以利沙（Elisha）的句子。以利沙是《列王纪下》中的一位先知，其名字的含义为"我的上帝是救世主"，所以"他所行的几乎所有奇迹都与恩典有关"[4]，并且即便在他死后也能让人死而复生，即"把死人抛在以利沙的坟墓里，一碰着以利沙的骸骨，死人就复活并站起来了"（2 Kings 13: 21）。[5]换言之，沃尔顿有意借以利沙的主题作《多恩传》的主题，一是突出多恩的教长身份，二是强调多恩的一生善行，三是强化"准备死亡"即"准备再生"的基调，亦即从天主教皈依国教的内心纠结。这一切表明，横贯全书的核心思想是基督教的死亡—再生观念。

首版《多恩传》（1658）由《致我尊贵的朋友罗伯特·霍尔特》（"To My Noble & Honoured Friend Robert Holt"）、《致读者》（"To the Reader"）、《多恩的一生》（"The Life of Dr.Donne"），以及 4 封书信和 2 首诗组成，扉页

---

① Edmund Gosse. *The Life and Letters of John Donne, Dean of St. Paul's*. Vol. 1. Memphis: General Books, 2002, p. 2.

② Geoffrey Keynes. *A Bibliography of Dr. John Donne*. 3rd ed. Cambridge: Cambridge UP, 1958, p. 186.

③ 凯恩斯按照《多恩传》的先后顺序列举了九个要点：（1）对多恩婚姻的描写；（2）莫顿力劝多恩接受入教的努力；（3）查德利的挽歌；（4）多恩得知安妮去世时的悲伤；（5）与奇切斯特主教亨利·金的友谊；（6）多恩听到演唱自己的《天父颂》时的愉悦心情、多恩的印章、多恩的朋友、多恩与赫伯特之间的诗歌往来；（7）多恩的遗产；（8）多恩身披裹尸布的画像与圣保罗大教堂的多恩石雕像的制作；（9）书末所附的多恩四封书信。见 Geoffrey Keynes. *A Bibliography of Dr. John Donne*. 3rd ed. Cambridge: Cambridge UP, 1958, p. 188。其中的（1）和（4）属多恩的家庭生活，（2）（3）（5）（6）属多恩的朋友圈，（7）是多恩亲自处置他的个人遗产，（8）（9）是多恩留给后世的基本形象。

④ F. W. Farrar. *The Expositor's Bible*. Vol. 2. Ed. W. Robertson Nicoll. Grand Rapids, MI: W. M. B. Eerdmans Publishing Co., 1947, p. 346.

⑤ *The Holy Bible*, King James Version. Nashville: Thomas Nelson Publishers, 1984, p. 250.

有一幅多恩的半身像。①在《致读者》中，沃尔顿明确指出："我的愿望是要告诉即将成为我的读者的你并向你保证，在接下来的文字中，我要么只讲我所知道的，要么只讲除了真相什么也不敢说的人所给出的证词。"②然而，沃尔顿笔下的多恩，无论是出自作者自己"所知道的"，还是出自别人"所给出的证词"，都是受制于作者所要传递的"死亡—再生"概念的，加之"少了些瑕疵而多了些装饰"，所以《多恩传》呈现的"真相"更多的是沃尔顿心目中的"真相"，属人物特写（character sketches）的性质。作为文学创作的一个亚类，人物特写有着悠久的历史，其基本特征是以主人翁的名字作为作品的名称。在英国文学史上，最著名的人物特写当属莎士比亚的《哈姆雷特》（Hamlet），但莎士比亚通过《哈姆雷特》究竟是否想要表现这样的"真相"则是见仁见智的，其根本原因在于《哈姆雷特》属典型的文学虚构。传记类作品则不同，其传主并非虚构的艺术形象，而是真实的历史存在（也可能是当下存在），但这并不妨碍传记作家的创造。具体到沃尔顿，其《多恩传》因选材精当、笔墨优美、简繁有道而深得学界推崇。他还对几乎所有的"真相"都做了理想化的处理，并将叙事重心放在亲情、友情、宗教热情、乐善好施上，这些都是他的《多恩传》之所以打动读者的关键要素。

《圣经》中的以利沙和《多恩传》中的多恩都是上帝的仆人，前者历经四王而最后死于疾病③，后者历经三王而最后死于疾病，两者都具化地体现着"死亡—再生"的概念。但《多恩传》并非《列王纪》，多恩的形象也并非以利沙式的先知与神人，而是一个鲜活的血肉之躯，有磨难、迷惘、幸福、皈依、善举、挣扎。这一切，在沃尔顿笔下体现得恰到好处，但因创作主旨，其笔下的多恩俨然就是一个回头浪子，一个英国的圣奥古斯丁：

> 他已经思索了很久，内心有过许多挣扎，都是有关生活严谨、知识渊博等进入圣职的必备品行。他忧虑过自己的过失，谦卑地问过圣保罗的上帝"主啊，这事谁能当得起呢？"他也问过温顺的摩西的神"主啊，我是谁？"可以肯定的是，只要还在乎血肉之躯，他就不会把手放在神圣的犁头上。但神是能够占优的，于是便与他较力，就像天使与雅

---

① 罗伯特·霍尔特爵士（Sir Robert Holt）是多恩遗嘱的执行人；《致我尊贵的朋友罗伯特·霍尔特》和《致读者》分别有 13 页和 2 页，但没有标记页码。《多恩的一生》（第 1—122 页）为全书的主体；4 封书信（第 122—145 页）都出自多恩，其中前 3 封的收信人是亨利·古德伊尔，另一封的收信人是金斯梅尔夫人（Lady Kingsmel）；2 首诗（第 145—148 页）分别出自科比特（Dr Corbet）和亨利·金（Henry King）。多恩的半身像出自《布道文八十篇》，但去掉了椭圆形的装饰。

② Izaak Walton. *The Life of John Donne, Dr. in Divinity and Late Dean of Saint Pauls Church London*. London: Marriot, 1658.

③ *The Old Testaments*. 2 Kings 13: 14.

各较力一样，在他身上打了标记，把他标记为自己的人，以示对他的祝福，让他遵从神灵的动议。他曾向摩西的神发问"我是谁？"现在，他受神的特别恩典的启迪，已意识到国王等人何以选中他的原因，于是便问了大卫王一度问过的那个问题"主啊，我是谁？你竟如此地顾念我。"你如此地顾念我，引领我四十余年，伴我走过荒野，历经许多诱惑，度过危险的人生？你给我如此的恩惠，让最博学的国王屈尊鼓励我在他的圣坛上去服务你。你给我如此的恩惠，我不由得内心感动，欲去拥抱这一神圣的提议，我愿意拥抱你的提议。现在我要像有福的圣母一样对你说："和你眼里那个最好的仆人在一起吧。"现在我要举起救赎之杯，称颂你的名，宣讲你的福音。

这样的挣扎，圣奥斯丁有过，那是在接受圣安布罗斯的规劝而皈依基督教的时候，我们博学的作者亦然如此[……]现在，英国教会终于赢得了一位奥斯丁第二，因为我想，在他皈依前没有谁像他，在他皈依后也没有谁像安布罗斯。如果青春是一个羸弱的人，老年则是一个善德的人，两者都是博学而神圣的。①

在这段优美的文字中，沃尔顿宛若一个现代心理小说家，把多恩的内心纠结写得那么逼真，那么丰富，那么动人。在这有限的篇幅中，沃尔顿先后引《哥林多后书》（2 Corinthians）、《民数记》以及《创世纪》（Genesis）、《出埃及记》和《路加福音》（Luke）、《撒母耳记下》（2 Samuel）、《诗篇》（Psalms）等为据，简明而生动地刻画了多恩在决定是否皈依国教并成为一名圣徒时的内心挣扎："这种挣扎，圣奥斯丁有过。"沃尔顿笔下的圣奥斯丁就是圣奥古斯丁，也叫希波的圣奥古斯丁（Saint Augustine of Hippo）。圣奥古斯丁是公认的古代基督教最伟大的神学家，曾一度信奉摩尼教，也曾受新柏拉图主义的影响，在经历了漫长而痛苦的求真历程后于387年接受圣安布罗斯（St. Ambrose）所授洗礼而改信基督教，他的《忏悔录》（Confessions）、《上帝之城》（The City of God）等至今仍然是学者们的必读经典。多恩的一生很大程度上与此类似，故而沃尔顿才说"英国教会终于赢得了一位奥斯丁第二"，即把多恩看作圣奥古斯丁第二，亦即英国的圣奥古斯丁。

这也是一段饱含深情的文字，刚健有力，意蕴深远。圣奥古斯丁的皈依是在"圣安布罗斯的规劝"下实现的，沃尔顿笔下的多恩则是在与《圣经》的直接互动中实现的，这便是学界津津乐道的"与神较力"（wrestling with God）。但上引文字显示，除了多恩与神的较力，还有沃尔顿与多恩的较力，其给读者的更为

---

① Izaak Walton. *The Life of John Donne, Dr. in Divinity and Late Dean of Saint Pauls Church London.* London: Marriot, 1658, pp. 41-44.

直观的感觉则是沃尔顿与多恩的合二为一。这进一步表明，沃尔顿的多恩是一个理想化的多恩，是作者敬重的多恩，也是对基于虔诚的圣保罗大教堂教长的深情回望，是为了给后来的教长多恩寻找神学依据。这在接下来的文字中同样可以看得很清楚：

> 现在，他有了新的召唤、新的思想，也有了新的职务去施展他的智慧和口才。现在，他所有的世俗情感都已蜕变为圣爱。他自身灵魂的一切才能，都致力于助人皈依，致力于向悔悟的罪人阐释喜讯与宽慰，致力于给忧虑的灵魂带来安宁。为了这一切，他殚精竭虑、坚持不懈。现在，他的内心已然改变，能够像大卫一样说："万军之王的神啊，你的居所何等可爱！"现在，他能开诚布公地宣告"当他只需一个临时栖所时，神给了他心灵的福佑"以及"宁在神殿中看门，不在最高贵的帐篷里享受"。①

在《多恩传》中，类似的文字不胜枚举。比如"现在，他是一束明亮的光，照着他的老朋友；现在他以显而易见的方式证明了严谨与规范；现在他可以像圣保罗对柯林斯人一样地说'你们跟着我，就像我跟着基督一样，照我的样子行走'。不是身体忙碌的样子，而是内省的、无害的、谦卑的、圣洁的生活与言行"②。到书的末尾，当多恩以罕见的毅力完成最后的布道，并亲自安排自己的后事，还将裹尸布披在身上请人替自己画像，又特意面朝东方，静静地等候上帝召唤的时候，一副完美的圣人多恩的形象就被毫无瑕疵地呈现在我们面前，令人悄然动容。正是在这样的情绪中，《多恩传》以下列文字结束了全书：

> 他充满活力的灵魂现在满足了，仍在继续颂扬上帝；是上帝最先将
> 生气吹入他活跃的身躯。那身躯曾是圣灵的神殿，现在成了一个小点，
> 化作基督的尘埃。
> 我将看到它重新复活。③

沃尔顿是英国最早的传记作家之一，《多恩传》又是他的第一部传记作品，所以学界对其中的某些细节曾提出过这样或那样的修正。但纵观全书则不难发现，沃尔顿旨在以充沛的感情和生动的叙事，呈现一个充满世俗渴望的凡夫俗子

---

① Izaak Walton. *The Life of John Donne, Dr. in Divinity and Late Dean of Saint Pauls Church London*. London: Marriot, 1658, p. 45.

② Izaak Walton. *The Life of John Donne, Dr. in Divinity and Late Dean of Saint Pauls Church London*. London: Marriot, 1658, pp. 56-57.

③ Izaak Walton. *The Life of John Donne, Dr. in Divinity and Late Dean of Saint Pauls Church London*. London: Marriot, 1658, p. 122.

何以成长为一个影响深远、受人敬重的基督圣徒的人生经历，其所塑造的多恩是一个以皈依为标志、尽可能"少些瑕疵而多些装饰"的英国的圣奥古斯丁形象。

正是由于这样的原因，我们发现，《多恩传》所讲述的一切"真相"，连同多恩的生平，都是一分为二的：以 1615 年的皈依为界，前期的多恩属"凡人多恩"，求学、交友、作诗、恋爱、结婚、出入上层社会与宫廷，其仕途看似辉煌平坦，实则是一条充满坎坷的歧途。这一切，在《多恩传》中都被轻描淡写般地一笔带过了，而且被描写为多恩成圣的必要准备。后期的多恩属"圣人多恩"，其求学变成了对《圣经》的苦心钻研，其交友更加体现国教的神圣准则，其布道开创了一代新风，其对圣爱的执着远远高于对俗爱的追求，其与神合一的精神渴望既是个人的也是全人类的真正的辉煌之路，其平静而深邃的职业生涯既净化了自己，也感染着从草民到国王的万千听众，其诗化的布道则是有罪的灵魂获得再生的桥梁。所有这一切，都在《多恩传》中得到了浓墨重彩的描写。如果说"凡人多恩"之于"圣人多恩"是一种必要的准备，那么"圣人多恩"之于"凡人多恩"则是这种准备的必然结果。如果说"凡人多恩"的终结是一种死亡，那么"圣人多恩"的出现则是一种再生。在这个意义上，"圣人多恩"的去世也是肉身的死亡，而"圣人多恩"的出现则是精神的再生。这一切既是沃尔顿《多恩传》之所以具有"准备死亡"这一基调的根本原因，也是其标题页"他一生奇迹众多，死时他的事工也非同凡响"这一引语所要表达的基本思想，更是"我将看到它再次复活"这一结尾的力量所在。

可见，有关"凡人多恩"与"圣人多恩"的划分，连同其所隐藏的基本思想，都表现了沃尔顿对多恩的深入了解。这种了解既源自沃尔顿与多恩的直接接触，也源自他与亨利·沃顿的友情。在前一层面，沃尔顿从斯塔德福德移居伦敦后，先是在一家小五金店做杂活，后在 1614 年于弗利特大街开了自己的小店。多恩的父亲曾做过伦敦五金公司的负责人，而弗利特大街则是多恩本人定居的地方。1618 年起，沃尔顿加入伦敦五金公司，他不但做过多恩的教堂司事与堂会理事，与多恩本人的友谊也较为深厚，这无疑增加了沃尔顿撰写《多恩传》的自信。在后一层面，亨利·沃顿是沃尔顿与多恩的共同朋友，而《多恩传》的构想极有可能是沃尔顿与亨利·沃顿一同商讨的结果，一是因为前文曾提到沃尔顿的《多恩传》"要么只讲我所知道的，要么只讲除了真相什么也不敢说的人所给出的证词"，而那个"只说真相"的人就是亨利·沃顿。《多恩传》伊始，沃尔顿就写道：

> 假如那位语言艺术大师、伊顿公学前校长亨利·沃顿爵士依然健在，便能目睹这些布道文的出版，他曾向世人展示作者的生平，写得十分准确；他没能活到现在是一个遗憾，因为这件工作值得他来做，也适

合他来做：他与作者彼此了解甚多，他们年轻时缔结的友谊只有死亡才可能分开。而且，尽管他们的肉体是分开的，但他们的感情却不是，因为那位骑士饱读诗书，他的爱和他朋友的声誉都已超越了生死，超越了健忘的坟墓；他将自己的计划告诉了我，他保证我可以查找一些与之相关的细节[……]我极为乐意地承担了这项任务，我以极大的满足感继续这项工作，直到我将资料准备妥当，只等他那无与伦比的笔来充实和完成。①

二是因为亨利·沃顿曾致信沃尔顿说：

感谢你友好地提出的最初动议，它触发了对我们那位永远值得纪念的朋友的记忆：他的口碑之好是无须增添任何内容的（鉴于我的年岁，要用我的笔来写几乎是毫无指望的），但我愿意尽力信守我的诺言。如果，就此而论别无其他，如果我能对如此值得敬重的人的一生说点什么，那么我也许能比自己活得更加久远[……]待下次邮差来时，我会给你写封更长的信；届时我将会拟定某些大标题，希望能借你钟爱的勤奋提供一些具体细节；苍蝇与软木时节即将到来，希望很快就能有你一如既往的陪伴。②

这里的两个引语互为印证，核心问题都是《多恩传》的撰写。从中可以看出，两人的意见是高度一致的：多恩俨然就是圣奥古斯丁式的人物。亨利·沃顿出生于 1568 年 3 月，沃尔顿则出生于 1593 年 8 月，前者比后者年长 25 岁，即便在今天两人也会被认为是两代人。亨利·沃顿是多恩在牛津大学时的同窗好友，沃尔顿则是亨利·沃顿与多恩的晚辈，两人对多恩的评判如此默契，这本身就已表明：沃尔顿把多恩视为英国的圣奥古斯丁，这不仅仅是个人的看法，在一定程度上也是多恩同代人的看法，因而具有较为广泛的代表性。这是沃尔顿的《多恩传》之所以是玄学诗研究的经典文献的根本原因之一。《沃尔顿名人传》中的其余四个传记，尽管在手法上更加成熟，但影响都不及《多恩传》来得广泛、深入与持久。这种影响大概可以概括为两个"基本"：一是作为后来的各种

---

① Izaak Walton. *The Life of John Donne, Dr. in Divinity and Late Dean of Saint Pauls Church London.* London: Marriot, 1658, pp. 1-2. "这些布道文" 指多恩的《布道文八十篇》，因其出版于 1640 年，而亨利·沃顿于 1639 年去世，所以有 "假如那位语言艺术大师、伊顿公学前校长亨利·沃顿爵士依然健在，便能目睹" 之说。

② Thomas Tomlins, Ed. *The Life of Dr. Donne, Late Dean of St Paul's Church, London, by Izaak Walton, with Some Original Notes by an Antiquary.* London: Henry Kent Causton; 1865, p. 4 [note]. "苍蝇与软木"（the fly and the cork）是两种捉鱼方式，前者指用假蝇作诱饵，后者指在钓线或渔网上用软木作浮子。沃顿比沃尔顿年长，二人都喜欢钓鱼，沃尔顿后来专门写了《沃顿传》。

《多恩传》的基本材料；二是作为迄今为止多恩研究的基本材料。

在 17 世纪，从 1640 年作为《布道文八十篇》的"前言"到 1658 年首次单独出版，从 1670 年收入《沃尔顿名人传》到 1675 年再版，直至世纪末的"多次重印"①，沃尔顿的《多恩传》已然成了一部经典作品。此外，17 世纪的其他出版物，但凡涉及多恩而又需要介绍时，也都借用沃尔顿的《多恩传》，这就从内（传记本身）外（传记的影响）两个方面说明了沃尔顿《多恩传》的权威性。鲍尔德对此的解释是：

> 沃尔顿掌握了现代传记作家所不具有的全部材料：他很可能亲自聆听过多恩讲述自己的过去；他熟悉多恩的终生好友亨利·沃顿爵士，并使用了沃顿的材料；他从托马斯·莫顿主教处了解到多恩最为苦闷的艰难岁月；他熟悉多恩晚年最亲密的同伴亨利·金和托马斯·芒特福德（Thomas Mountfort）。毫无疑问，他力所能及地讲了他所知道的真相，而他的同时代读者也都认可他的《多恩传》。②

沃尔顿《多恩传》的权威性，也是后来的读者普遍认可的。18 世纪时，《多恩诗集》曾先后出版过三次，即前面说到的汤森版（1719）、贝尔版（1779）和安德森版（1793），它们都附有多恩的生平小传，其中汤森版和安德森版是对沃尔顿《多恩传》的浓缩，贝尔版则是全文收录。除此以外，18 世纪还出版过其他人的《多恩传》，其中最重要也最具影响力的也许是托马斯·伯奇（Thomas Birch，1705—1766）的《多恩传》，那是 1734—1741 年陆续出版的 10 卷本《历史与批评通典》（*A General Dictionary, Historical and Critical*）中的第 4 卷。伯奇的基本材料就出自沃尔顿的《多恩传》，伯奇的主要贡献在于用考据学的方法，修正了沃尔顿传记中的某些明显错误，比如多恩出任圣保罗大教堂教长的时间。③

19 世纪时，沃尔顿的《多恩传》备受青睐，一再重印，其中仅托马斯·祖奇（Thomas Zouch）编辑的版本就有 4 个之多，这些版本都有详细的注释，是当时最为重要的版本，后来的 5 个版本的《多恩传》也都是以此为基础的。④换言之，19 世纪共有 9 个版本的《多恩传》，其中 4 个是沃尔顿的，5 个是基于沃尔

---

① R. C. Bald. John Donne: A Life. New York and Oxford: Oxford UP, 1970, p. 13.

② R. C. Bald. *John Donne: A Life.* New York and Oxford: Oxford UP, 1970, p. 13.

③ R. C. Bald. *John Donne: A Life.* New York and Oxford: Oxford UP, 1970, p. 14.

④ 比如 W. E. 亨利（W. E. Henley）主编的《沃尔顿的多恩传等》（*Lives of Doctor Donne, etc, by Izzak Walton.* London: Mehuen, 1895）、托马斯·汤姆林斯（Thomas Tomlins）主编并注释的《沃尔顿的多恩传》（*The Life of John Donne, D.D. Late Dean of St Paul's Church, London, by Izzak Walton, with Some Original Notes by an Antiquary.* London: Henry Kent Causton, 1852）等，后者还于 1856 年重印过，足见其影响之大。

顿的。此外，至少 8 个版本的作品集也都附有长短不一的多恩生平简介。[①]其中，除极个别例外，其他作品集几乎全部出自主编之手，彰显着主编们对多恩生平的重视，但同时又全部都是基于沃尔顿的《多恩传》的，显示了沃尔顿的《多恩传》的经典性与重要性。真正出于 19 世纪作家之手，并有新的内容，且对后世产生较大影响的是奥古斯塔斯·杰索普（Augustus Jessopp, 1823—1914）和戈斯的《多恩新传》。对此，我们将在第四章展开讨论，这里需要说明的是，杰索普和戈斯的《多恩新传》的共同之处：一是基本事实都依据的是沃尔顿的《多恩传》；二是内容更加充实，并都对沃尔顿的某些明显错误做了更正。

到 20 世纪，随着多恩研究的不断深入，各种各样的《多恩传》应运而生，并呈现为两大基本特征：一是原有的某些传记著作仍在出版，二是新的传记作品不断问世。前者就包含沃尔顿的《多恩传》；后者则因数量较多而不妨将它们归为一般传记、断代传记和专题传记三类。"一般传记"指那些属于传统意义上的传记作品，即将多恩的一生从头到尾写完；"断代传记"指那些集中呈现多恩生平中某个阶段的作品；"专题传记"则指那些明显具有主题性质的作品。[②]这三类作品，就其内容而言，既各有侧重又互有重叠；就其形式而言，既有专著也有文章；就其材料而言，既是基于沃尔顿的又是对沃尔顿的突破；就其性质而言，既是多恩生平的传记也是对多恩的一种研究。

21 世纪虽然尚在初期，但也已有了新的多恩传记问世，比如约翰·斯塔布斯（John Stubbs）的《多恩：革新的灵魂》（*John Donne: The Reformed Soul*, 2006）、罗宾斯的《多恩的诗人生涯》等。它们都属"一般传记"的性质。前者以家庭、政治、宗教、社会为背景，旨在从多恩充满悖论的人生中探究多恩的人格力量，这本身就明显具有沃尔顿的影子，尽管其材料得到了极大地丰富。后者

---

① 它们是：（1）查默思主编的《英国诗人作品集》第 5 卷（1810）和第 1 卷（1896）；（2）坎贝尔主编的 7 卷本《英国诗人典范》第 3 卷（1819）；（3）桑福德主编的《不列颠诗人作品集》第 4 卷（1819）；（4）骚塞主编的《英国诗人作品选》（1831）；（5）洛威尔主编的《多恩诗集》（1855）；（6）西米恩主编的《英国典藏协会作品集》第 3 卷（1856）；（7）吉富兰主编的《不列颠次要诗人精选集》第 3 卷（1860）；（8）格罗萨特主编的《多恩诗全集》（1872）；（9）托马斯·沃德主编的《英国诗人选集》第 1 卷（1880）。

② "一般传记"如鲍尔德的《多恩传》（*John Donne: A Life*, 1970）、约翰·凯里的《约翰·多恩：生平、心理和艺术》（*John Donne: Life, Mind, and Art*, 1981）、亚瑟·马罗蒂的《圈内诗人多恩》（*John Donne: Coterie Poet*, 1986）等。"断代传记"如巴尔德·惠特洛克（Baird Whitlock）的《多恩的大学岁月》（"Donne's University Years", 1962）、本纳特（Bennett）的《多恩与埃塞克斯伯爵》（"John Donne and the Earl of Essex", 1942）、帕特里夏·汤姆森（Patricia Thomson）的《多恩与贝德福夫人》（"John Donne and Mrs. Bedford", 1949）等，它们大多属于文章，是收录进某些文集中的，与沃尔顿《多恩传》的最初出版情况一样。"专题传记"如理查德·修斯（Richard Hughes）的《灵的进程：多恩的内在职业》（*The Progress of the Soul: The Interior Career of John Donne*, 1968）、托马斯·赫斯特的《多恩与莫尔》（*John Donne's "Desire of More"*, 1996）、德里克·帕克的《多恩及其世界》（*John Donne and His World*, 1975）等。

覆盖了多恩一生中的每个关键时段,从基调到内容都近似于沃尔顿的《多恩传》,不但有对沃尔顿的直接引用,而且书末的"拓展阅读"所列的 3 本《多恩传》中,第一本便是沃尔顿的《多恩传》。

沃尔顿的《多恩传》也是多恩研究的基本材料,其主要表现有三:一是作为背景材料;二是见于作品分析;三是对多恩一致性的看法。第一个表现不足为奇,因为迄今为止的多恩研究总会在一定程度上涉及多恩的生平,所以总会在一定程度上使用沃尔顿的《多恩传》。第二个表现则直接关乎研究方法与主题设定,前者大多旨在把多恩的诗与文、爱情与宗教等加以分别研究,后者则企图从肉体与灵魂的角度探究多恩作品中的哲理思想。这样的二分法与主旨设定,从根源上说,都是沃尔顿《多恩传》的一种延续。第三个表现主要在于从张力、才气、巧思等角度探究多恩作品中的一致性问题,其中既有被认可的,也有不被认可的。但无论是否认可,这些概念本身的源头,一方面出自德莱顿、约翰逊、艾略特等大家,另一方面则早在沃尔顿的《多恩传》中就已经有了较为深入的探究与非常生动的呈现。三种主要表现都有大量成果问世,也都具有极强的学术价值,并有包括各种"主义"在内的文学理论的支撑。

关于沃尔顿《多恩传》的地位,或许可以从鲍尔德《多恩传》的开篇看出,那是鲍尔德引用托马斯·富勒(Thomas Fuller, 1608—1661)对多恩的如下评语:

> 如果要致力于他的人格,我(真的不想有任何闪失)就会造成四重伤害:①伤害对他的崇高纪念,他的美德是我的笔墨所不能表达的;②伤害我自己,去承担一项我难以做到的事情;③伤害读者,先是吊起胃口,然后让希望落空;④伤害我所敬仰的朋友沃尔顿大师,他的传记写得那么博学。[1]

托马斯·富勒是 17 世纪著名的神学家、作家、史学家,还是沃尔顿的朋友。他先后于剑桥大学获得神学学士学位(1635 年)与神学博士学位(1660年)。他著有多种历史著作,包括《神圣之国》(The Holy State, 1642)、《不列颠教会史》(The Church-History of Britain, 1655)、《英格兰名人传》(The History of the Worthies of England, 1662)等。其中最著名的是《英格兰名人传》,那是英国第一部全国性人物传记辞典,而上述引文就出自该书。鲍尔德用以作为其《多恩传》的开篇,实际上是将 17 世纪与 20 世纪做了直接的文本对接,其给予我们的启示是:在数百年的时间里,多恩的成就与地位,连同其生平故事与相关研究,已然成了一个具有能指意义的文化符号。这一文化符号的确

---

[1] R. C. Bald. *John Donne: A Life*. New York and Oxford: Oxford UP, 1970, p. 1.

立，一方面得益于包括沃尔顿《多恩传》在内的许多历史文献，另一方面也引发了挽歌作者们的高度赞扬与德莱顿等人的理性反思。

第四节　好弄玄学的诗人：德莱顿笔下的理性反思

第三阶段是从 1668 年到 1697 年，其基本特征是"两少一多"：《多恩诗集》的出版明显减少，只在 1669 年出版过一次；对多恩之"象"的仿拟明显减少，像德莱顿一样直到晚年仍然在有意识地借鉴多恩的人并不多见；而对多恩的批评则明显增多，甚至包括了英国之外的读者。这表明人们对多恩已不再是一味地颂扬，而是转为了较为冷静地思考，因此这一阶段可称为"反思"阶段。

这一阶段最具代表性的人物是德莱顿。众所周知，德莱顿既是著名诗人、剧作家、翻译家、文学评论家，也是 17 世纪后期英国文坛的主导人物。他曾受过良好的古典文学教育，但他的政治立场和宗教信仰却双双具有一种明哲保身的性质。他曾以长诗《英雄诗章》（"Heroic Stanza"，1658）热情讴歌清教革命的领袖奥利弗·克伦威尔（Oliver Cromwell），却又以《伸张正义》（"Astraea Redux"，1660）一诗歌颂查理二世（Charles II）的王政复辟；他曾以《俗人的宗教》（"Religio Laici"，1682）一诗来斥责天主教、歌颂国教，却又以《牝鹿与豹》（"The Hind and the Panther"，1687）一诗来颂扬天主教、辱骂国教。他创作了大量的颂诗和讽刺诗，还有近 30 部之多的喜剧、悲剧、悲喜剧、歌剧、英雄剧。与琼森一样，他的研究也散见于他的喜剧、诗歌、翻译、书信，以及一系列序和跋等作品中，比如《致罗伯特·霍华德的信》（"To My Honoured Friend, Sir Robert Howard"，1680）、《〈西尔维娅〉前言》（"Preface to Sylvae"，1685）等。与琼森不同的是，他还写过一批影响深远的文论，比如《论戏剧诗》（"An Essay of Dramatic Poesie"，1668）、《论讽刺诗的起源和发展》等。由于他在文学上多方面的杰出贡献，文学史家通常把他创作的时代称为"德莱顿时代"。德莱顿的多恩批评主要见于《论戏剧诗》和《论讽刺诗的起源和发展》这两部作品中。

《论戏剧诗》是"第一部专论戏剧批评的重要著作，也是迄今为止我们所知的最早的长篇英文批评著作之一"[①]，旨在在王朝复辟的大背景下探讨英国文学何去何从的问题。在《论戏剧诗》中，德莱顿借尤金尼厄斯（Eugenius）之口探讨了那些过于大胆地使用隐喻和新造词的诗人，并以贺拉斯为例说明利用新词务必十分慎重，最好是以日常语言入诗。为了支撑这一论断，他以约翰·克利夫兰

---

① John Dryden. *Selected Poetry and Prose of John Dryden*. Ed. Earl Miner. New York: Random House, Inc. 1969, p. 56.

（John Cleveland）和多恩为例进一步指出：

> 才气是以最简单的语言传递给我们的。当伟大的思想以常用的语言传递出来时，即便最卑微的理解力也能加以理解，这才是最受人称道的，好比最上等的肉食最容易消化一样；但我们读克利夫兰的诗却无法做到不皱眉头，似乎每个字都是一片难以下咽的药丸：很多时候他给我们的都是足以磕破牙齿的坚果，而我们的艰辛却得不到果肉的回报。由此也可看出他的讽刺诗与多恩的区别。一个是思想深邃、语言通俗，尽管节奏粗糙；另一个则是思想平平而语言深奥。①

史密斯在《批评遗产》"前言"中明确指出：

> 转而反对多恩的最先迹象十分突然地出现在 17 世纪 60 年代。1668 年，德莱顿之所以仍然看好多恩的讽刺诗而不是克利夫兰的，只是基于这样的立场，即多恩"思想深邃、语言简朴，尽管节奏粗糙"；在此后的 150 年中，"节奏粗糙"一直是敲打多恩的一根棍棒。②

史密斯已然注意到人们对多恩态度的转变，但这种转变所反映的是对第二阶段那种无以复加的赞美的一种反驳，其本质是对多恩作品的一种理性审视，而不是一种"转而反对"。退一步说，假如真是"转而反对"的话，那么其所针对的也不是多恩，而是那些挽歌作者，因为正是他们把多恩推上神坛的。

此外，这种理性审视的出现也并非是"十分突然"的，因为正如前文所说，琼森早在 1619 年就有过多恩"不顾格律，应该绞死"之说，所以德莱顿的批评乃是对琼森的继承。琼森和德莱顿都是著名的古典主义作家，都是各自时代的泰斗与桂冠诗人，也都对多恩有过一分为二的评价，因此既可以说德莱顿是对琼森的进一步发展，也可以说在 17 世纪的多恩研究中，第二阶段对多恩的赞美只是因《多恩诗集》的出版而引发的具有巴洛克性质的一个特例，而第一、三阶段的古典主义批评才是真正的主流。但琼森对此并没有写过严格意义上的文论，他虽然曾翻译过贺拉斯的《诗艺》，也曾出版过文集，还写过一些序和跋，甚至在剧作中也有过关于诗的讨论，可他所关心的与其说是创作原则，不如说是创作方法。对此，布鲁斯·金（Bruce King）曾有过这样的评价：

> 琼森深受古典演说术的影响，他把风格、遣词、选题、表达方式等都看作思想的外衣，旨在增强说服力。他之所以选择平实的风格，是因

---

① John Dryden. "An Essay of Dramatic Poesie." In David H. Richter (Ed.), *The Critical Tradition: Classic Texts and Contemporary Trends*. New York: St. Martin's Press, 1989, p. 173.

② A. J. Smith, Ed. *The Critical Heritage: John Donne*. London and New York: Routledge, 1983, p. 12.

为这种风格适合于理性话语，没有粗野单调之感，比较适合聪慧的读者。琼森并不是通常意义上的新古典主义者，也不刻意追随前人和权威。他认为艺术的目的在于提升和教育读者，他企图理性地借鉴前人的批评成果，从中获取营养，从事自己的诗歌与戏剧创作。①

换言之，琼森对多恩的态度，包括他对莎士比亚的态度，都是基于古典的"寓教于乐"这一基本原则的，但他的具体评价却都不是系统的理论探究，而是具有品评性质的方法分析，所以他的追随者们也都更加重视他的创作方法，而不是他的文学批评。德莱顿则不同，他是从理论角度切入的，并因此而被约翰逊尊为"英国文学批评之父"。琼森影响了一代人的创作，德莱顿则影响了一代人的思想，成为一个时代的代言人。

德莱顿指出多恩"节奏粗糙"，该言论虽然包含一定的否定性，但他对多恩的整体评价依然是肯定的，只是由于后来的批评家每每用它作为真正的否定性评价，才使其成为史密斯所谓的"鞭挞棍棒"。实际上，德莱顿自己的创作就曾受到多恩的影响，而且直到 1692 年，他还在《致阿宾顿伯爵书》（"To the Right Honourable Earl of Abingdon etc"）中以多恩为例来解释他的《埃利奥诺拉》（Eleonora）的创作过程，并真切地表达了对多恩的崇敬之情：

> 多恩博士是我们民族最伟大的才子，尽管不是最优秀的诗人，他曾坦然承认他与德鲁里小姐从未谋面，但却在两部《周年诗》中使她获得了永恒；我庆幸自己也享有同样的好运，尽管我缺乏同样的天赋。但我却是步他的后尘来设计我的颂词的，即为生者树立一个可以赶超的对象，为逝者拷贝一个完美的范式。正因为如此，我曾试图为我的诗取名《范式》。在经过了再三考虑之后，我才把诗名改成了那个不言而喻的人名，但整体设计却并未改变：《埃利奥诺拉》仍然是一个范式，既代表仁爱、忠诚与人性，也代表好妻子、好母亲、好朋友。②

"最伟大的才子，尽管不是最优秀的诗人"是德莱顿对多恩的基本定位，也是学界最常引用的评论之一，但人们的引用却发生了微妙的变化。德莱顿的原文为"Doctor Donne, the greatest wit though not the best poet"，强调的是前半句；引用者却往往强调后半句。到汉语中，很多人将其译为"伟大的才子而非伟大的诗人"，这完全颠覆了德莱顿的基本立场。事实上，这是德莱顿在《论讽刺诗的起源和发展》中的观点，在上述引文中，德莱顿显然是主动承认了多恩对自

---

① Bruce King. *Seventeenth Century English Literature*. London and Basingstoke: Macmillan Press Ltd., 1982, p. 55.

② John Dryden. *Selected Poetry and Prose of John Dryden*. Ed. Earl Miner. New York: Random House Inc., 1969, p. 454.

已的巨大影响。从中至少可以看出：第一，德莱顿是自愿接受多恩的影响的，而且也是颇为自豪的；第二，这种自豪感并没有淹没他对多恩的客观评价，因为"最伟大的才子"和"不是最优秀的诗人"之间并不是不可调和的矛盾，而是一分为二的看法。德莱顿之所以有这样的看法，与他良好的古典文学修养有关，正是那种修养使他不曾一味地赞扬任何作家，莎士比亚没有例外，多恩自然也不例外。

这种辩证的批评概念之于多恩的最为著名的例子是 1693 年的《论讽刺诗的起源和发展》。在 17 世纪末，这篇长文很可能是德莱顿对新兴的讽刺诗的总结，但在今天依旧著名则是因为他在文中预示了"玄学诗"的概念：

> 唯有多恩，在我们的国人中，拥有与你一样的才能，但却不如你的韵律那么欢快。在译为诗句和英语的地方，他还欠缺圣洁的表达[……]在复杂性、多重性和思想选择上，你与多恩平起平坐；在表达方式和遣词方面，你比多恩更胜一筹。我读你们两人的作品时，仰慕之情相同，愉悦之情各异。他好弄玄学，不仅在讽刺诗中如此，在爱情诗中也是如此。爱情诗理应受自然情感的约束，他却用精密的哲学思辨把女士们的头脑给弄糊涂了，而不是着力于她们的内心。在这一方面（请容许我斗胆指出真相），考利先生是模仿了他的错处。[1]

这段话早已成为多恩研究的经典文本之一，特别是"他好弄玄学"及其以下的句子。诺顿批评版《多恩诗集》在呈现德莱顿的多恩批评时，甚至将"多恩好弄玄学"作为替代标题。[2]根据史密斯的考证，引文中的"你"指多赛特伯爵查尔斯（Charles，Earl of Dorset），也就是《论戏剧诗》中的尤金尼厄斯。[3]从上引文字看，德莱顿之所以把查尔斯伯爵和多恩加以比较，是因为查尔斯伯爵和多恩都是德莱顿心中的才子，他们的作品也都题材丰富、风格多样且思想近似；他们的不同之处在于表现方式，查尔斯伯爵的诗韵律欢快，遣词更加符合古典规范，而多恩的诗则暗藏玄机，具有卖弄学问之嫌，从传统古典美学角度看，显得不够自然，甚至让人难以捉摸。在德莱顿看来，讽刺诗因为讽刺对象的特殊性，所以卖弄学问还算说得过去，但爱情诗则不然。爱情诗是一种言情的艺术，理应受自然情感的约束，致力于揭示微妙的内心活动，让女性读者感受阅读的愉悦，而多恩的爱情诗却"用精密的哲学思辨把女士们的头脑弄糊涂了"。德莱顿由

① John Dryden. *A Discourse Concerning the Original and Progress of Satire*. London: no press, 1693, pp. 60-61.

② John Donne. *John Donne's Poetry*. Ed. Donald R. Dickson. New York and London: Norton and Company, 2007, p. 193.

③ A. J. Smith, Ed. *The Critical Heritage: John Donne*. London and New York: Routledge, 1983, p. 150.

此得出结论：多恩显然背离了古典主义创作原则，通过将言情之诗转化为哲学思辨从而开创了一种全新的诗歌表现形式，这一形式成了考利等人竞相模仿的全新范式。

将这样的评价与《论戏剧诗》比较便可发现，在长达 20 多年的时间里，德莱顿对多恩的基本看法始终是一致的。值得注意的是，德莱顿虽然提到了多恩爱情诗中的哲学思辨，但他所要讨论的却并不是哲理诗，而是讽刺诗，所以在《论讽刺诗的起源和发展》中，德莱顿重新回到文章主题，回到才子与诗人的关系，并继续以多恩为例指出：

> 多恩的讽刺诗处处流溢着才智，如果他在意他的遣词和诗行，难道不更加迷人吗？可他却紧跟贺拉斯，所以也就必然重蹈已有的覆辙；由此我可以对我们的时代做这样的判断：虽然我们不是像多恩一样的大才子，但却比他更会作诗。①

这才是德莱顿称多恩为大才子而非大诗人的真正出处。然而，不断地以多恩为例来证明自己的观点，这本身就表明了多恩在德莱顿心中的特殊地位。以此观之，德莱顿的批评与其说标志着"六十年代末对多恩评价的突然转向"②，不如说是 17 世纪晚期批评界对多恩研究的一种回归。这种回归体现着对 17 世纪中期那种毫无节制的夸张的反思，具有拨乱反正的性质。正因如此，我们发现，德莱顿对多恩的才气始终坚持着正面的评价，其对多恩的批评也主要是针对其爱情诗和讽刺诗的语言特点的，而对于这一点琼森早就已经意识到了，无非在表述上不如德莱顿那么系统而已。较之于琼森，德莱顿的最大贡献在于明确指出了多恩"好弄玄学"的观点，为后来玄学诗的研究埋下了伏笔。

作为英国文学批评之父，德莱顿的重要性是毋庸置疑的，而他的批评之于多恩研究的可靠性，则不仅限于提出了"好弄玄学"的观点，还在于他对多恩作品的熟悉程度。对此的直接证据是他读查尔斯伯爵和多恩时"仰慕之情相同，愉悦之情各异"的感受，而间接证据则是他关于多恩"如果他在意他的遣词和诗行，难道不更加迷人"的评价。前者无须赘述，后者看似缺乏明确的直接指向，但却语气铿锵，掷地有声，让人不由自主地联系到多恩的《诱饵》《破晓》《幽灵》《断气》《口信》《报春花》《最甜蜜的爱》《耶利米哀歌》《天父颂》等作品。其中除了《诱饵》以外，其余作品都在 1609—1688 年先后谱曲，并在当时的流行歌本或重要抄本中皆有收录。比如《流星》和《诱饵》。《流星》在史密

---

① John Dryden. *A Discourse Concerning the Original and Progress of Satire*. London: no press, 1693, p. 109.

② A. J. Smith, Ed. *The Critical Heritage: John Donne*. London and New York: Routledge, 1983, p. 150. 这里的"六十年代"指 17 世纪 60 年代。

斯的《批评遗产》中就有两个歌本，一是无名氏谱曲的鲁特琴伴唱本，二是罗伯特·勃朗宁谱曲的歌唱本。[1]其全诗共 3 个诗节，每个诗节皆有 9 行，包括一个四行诗、一个双韵和一个三行诗。其中四行诗和双韵皆由 4 个音步组成，但前者为 7 个音节而后者则为 8 个音节；最后的三行诗则包含 1 个双行和 1 个单行，前者每行两个重读音节，后者为八音节四音步。虽然每个诗节的整体尾韵模式皆为 abab cc ddd，但重音模式却在扬抑格与抑扬格之间轮回。这是一种较为奇怪的音律结构，但在每个诗节中的一再反复则构成了一种十分严谨的内在结构模式，这一模式不但给人以强烈的视觉冲击和听觉冲击，非常易于辨识，而且也反映着多恩对音律的追求。当然我们也可以把这种模式做简化处理，将其看作两个部分的融合，即一个六行诗与一个三行诗的糅合，这种糅合在全诗中的一以贯之与天衣无缝，同样反映着多恩对音律的孜孜追求。德莱顿说多恩能够写出迷人的诗歌，由此可见一斑。

《诱饵》是多恩的另一早期作品，也是公认的多恩用以证明其诗才的佳作之一。该诗是对马娄《多情的牧羊人致他的情人》一诗的应答，主题鲜明、语言简练、一气呵成，宛若马娄自己的作品，甚至比马娄的《多情的牧羊人致他的情人》更加具有古典风范。比如音节数，马娄诗的第 2—4 行和第 15 行仅有 7 个音节，第 9、17、24 行则有 9 个音节；而多恩诗则一律为 8 个音节，显得更加规整。再如遣词造句，马娄的诗充满了欢快的田园气息，青山、丛林、溪水、小鸟、鲜花、羊群和牧童，无不春意盎然；多恩的诗虽然少了青山、鸟语和花香，但却在对溪流的浓墨重彩的描写中彰显着对古典传统的传承。两首诗都以各自的切入点为载体，也都同样体现着对细节的厚重处理，读来也都朗朗上口，没有丝毫做作之感。但多恩诗与马娄诗也存在一个巨大的区别，即马娄诗空间感更大，充满欢快的是牧童；多恩诗玄理性更强，满腔幸福的是鱼儿，让人想起《庄子·秋水》中那个著名的故事："庄子与惠子游于濠梁之上。庄子曰：'鲦鱼出游从容，是鱼之乐也。'惠子曰：'子非鱼，安知鱼之乐？'庄子曰：'子非我，安知我不知鱼之乐？'"[2]多恩诗所蕴藏的境界与庄子的"鱼之乐"所体现的哲学思想可谓不谋而合，这从另一角度证明了德莱顿关于多恩"好弄玄学"的思想。

当然，我们也应该注意到，在德莱顿时代，"玄学"一词具有较为明确的否定性指向。正是这种指向启发了约翰逊对"玄学诗"的进一步探究，成为后人普遍认为的多恩在 18 世纪被打入冷宫的重要依据之一。就此而论，德莱顿对多恩的评价，其重要性在于他的"好弄玄学"之说为约翰逊的研究开启了一个全新的

---

① A. J. Smith, Ed. *The Critical Heritage: John Donne*. London and New York: Routledge, 1983, p. 495.

② 庄子：《庄子》，张庆利注释，武汉：崇文书局，2003 年，第 141-142 页。

方向，而不在于他对多恩的否定性评判，因为这个评判尽管具有开创性意义，但毕竟没有系统展开，甚至也没有对"玄学"做出任何明确的定义。更为重要的是，如果德莱顿真的旨在否定多恩，那么他主动承认的受多恩影响就无法得到合理的解释。从更大的视角看，德莱顿的评价与其说是一种否定评判，不如说是一种理性反思，是品鉴之风发生转变的结果，因为其他人也在相同的时间段有过类似的评价，比如玛丽·伊夫林（Mary Evelyn，1635—1709）。

玛丽·伊夫林是德特福德首位男爵、派驻巴黎的英国大使理查德·布朗（Richard Brown）的女儿，12 岁时嫁给英国作家约翰·伊夫林（John Evelyn）。她具有良好的文学修养，对当时的戏剧和诗歌皆有自己的独到看法。1668 年 5 月 21 日，她在给她孩子的家庭教师、牛津大学的拉尔夫·博恩（Ralph Bohun）的信中，对多恩的放荡不羁提出了批评："声誉是可以被幸运击中的，有的人之所以获得声誉，并非因为品德高尚，而是因为判断失误；相反的例子是多恩。如果不是一个真正的大学问家、一个放荡的才子、一个阿谀奉承的人，他可能会写得更好些的。"① 但这个批评只在书信中被一笔带过，并没有展开论述，而且"可能写得更好"也并非完全否定，把多恩看作"相反的例子"则暗示了对多恩的肯定。

真正对多恩展开批评的是弗朗西斯·亚特伯利（Francis Atterbury，1662—1732）和威廉·威尔什（William Walsh，1663—1708）。亚特伯利是罗切斯特大主教，也是一个作家、托利党人、高教会派信徒。作为高教会派信徒②，他的宗教主张更趋向于天主教，与多恩的皈依刚好相反。作为托利党人，他的政治主张趋向于保守，属于激进保守主义者，所以即便在 1688 年大革命后他依然效忠詹姆斯二世，支持已被废黜的詹姆斯二世及其子孙继承王位。作为一名作家，他把 17 世纪后期的诗歌看作一场新诗运动，把沃勒看作这一改革运动的典型代表。1690 年，他在为《沃勒诗集下卷》（The Second Part of Mr Waller's Poems）所写的前言中明确指出：沃勒是一个改革者，他使诗歌创作走上了全新的道路。史密斯在《批评遗产》中就引用了亚特伯利的如下文字：

> 他[沃勒]无疑是改革者名单上的第一人，而且就我所知也是最后一人；我怀疑在查理一世时代，英语是否已经达到了完美程度，是否有过自己的奥古斯丁时代、拉丁时代[……]他让我们看到了诗的新转向，那是他带来的，是他着力改进了我们的诗歌创作。在他之前，人们确实也

---

① Mary Evelyn. *Evelyn's Diary and Correspondence*. Vol. 4. Ed. H. B. Wheatly. London: Frederick Warne and Co., 1906, p. 55.

② 高教会派（High Church）主张坚持英国圣公会的传统，强调仪式、圣职人员的权威、圣礼以及与基督教正统教义的历史延续性。

在用韵，不过仅此而已；至于诗律的和谐与词汇的舞蹈，虽然敏锐的耳朵是那么渴望听到，但他们却一无所知。他们的诗都是用单音节词做成的，即便是以任何形式聚集在一起，也一定是世界上最为乏味的东西。假如有谁对此表示怀疑，那就让他去读多恩的诗，只需读上十行他就会立刻心悦诚服的。[①]

这里的最后一句格外抢眼，他称多恩连十行诗都没有，这无异于是对多恩诗人身份的根本否定，而且是在"诗的新转向"背景下得出的结论。所谓"诗的新转向"（the new turn of verse），在亚特伯利的术语中特指沃勒作品中的"诗律的和谐与词汇的舞蹈"，通俗地说就是双韵体的使用。我们知道，沃勒是一位宫廷诗人，先后毕业于伊顿公学和剑桥大学，也曾先后写诗讴歌克伦威尔和查理一世，但最著名的是他的抒情诗。根据《不列颠简明百科全书》（*Britannica Concise Encyclopedia*），沃勒"摒弃了玄学诗的浓烈智性，转而采用概括性的陈述、简单明了的关联展开、儒雅的社会评价。他强调遣词的明确，主张倒装与平衡，为英雄双韵体的出现铺平了道路。到 17 世纪末英雄双韵体已然成为英语诗歌的主要形式"[②]。这显然是针对沃勒的贡献而言的，而非双韵体本身。因为双韵体早在乔叟笔下就已广泛使用，后来的很多诗人，如斯宾塞、莎士比亚、琼森、塞缪尔·卡特·霍尔（Samuel Carter Hall，1800—1889）、迈克尔·德雷顿、约翰·博蒙特（John Beaumont）等也都写过很好的双韵体。多恩也不例外，比如《诱饵》一诗就是用双韵体写成的，但他们也都并没有把它当作一种专门体式，而是作为一种押韵形式来使用的，还是从古法语的十音节双行体（decasyllabic couplets）舶来的。沃勒的不同之处在于将其归化到英语之中，以"倒装与平衡"体现古法语的音韵，这势必会带来遣词造句的相应变化。至于这些变化在沃勒诗中的具体表现，亚特伯利说得比较模糊，M. H. 艾布拉姆斯（M. H. Abrams）则说得更加明确：

　　韵律平稳，常常一行一顿，对仗工整；停顿颇为艺术，能不时地突破音步的禁锢；每行皆由两个半行构成，彼此之间相互对仗。诗的"思想"源于遣词或搭配的不断碰撞，偶尔甚至表现为一种字面的对比。沃勒是最先用这种方法写作的英国人之一。他的风格部分来自多恩，更多的来自琼森，而他那些轻快的抒情诗则很像卡鲁，他是一个真正的先

---

① Francis Atterbury. "Preface." In A. J. Smith (Ed.), *The Critical Heritage: John Donne*. London and New York: Routledge, 1983, p. 158.

② 美国不列颠百科全书公司：《不列颠简明百科全书》（英文版），上海：上海外语教育出版社，2008年，第 1760 页。

锋，并因此而被复辟时期的诗人誉为"我们的诗歌改良者"，即他为英语的格律与遣词带来了新的正确观念。①

这种"新的正确观念"就是亚特伯利所赞扬的"诗的新转向"，也是德莱顿对多恩加以理性反思的大背景。较之于德莱顿的理性反思，亚特伯利把沃勒看作"改革名单上的第一人"，这显然是一种夸张的描述，而他把沃勒之前的所有人，包括斯宾塞、莎士比亚、多恩、琼森等，一律看作只会用韵的粗制滥造者，并特意把多恩单独拿出来作为他们的代表，这一方面显示了亚特伯利毫无节制的任性，另一方面也暗示了多恩的重要性。从这个意义上说，亚特伯利敏锐地看到了沃勒诗歌的艺术性之于德莱顿与蒲柏分别定型和发展的英雄双韵体的先导作用。这又反过来说明，17世纪末对多恩的反思，既是创作层面的诗风发生转变的结果，也是读者层面的品鉴之风发生转变的结果，而德莱顿的反思则是这一结果的具体体现。

如果将其与希普曼比较，我们就能更清楚地看出这一点。希普曼是考利的朋友，史密斯《批评遗产》收录了他有关多恩的两首诗，分别是1667年的《感激》（"Gratitude"）和1677年的《才气与自然》（"Wit and Nature"）。在前一诗中，他毫不隐讳地把多恩、沃勒和考利并列为太阳神的三驾马车。②而在后一诗中，虽然已经过了十年之久，并且多恩研究已经进入第三阶段，但他依旧把多恩看作典型的"诗人牧师"（the poet-priest）。在他看来，自然（nature）与神圣（divine）虽有区别但更有联系，而牧师则是其间的纽带。对此，他还特别以多恩和托马斯·斯普拉特（Thomas Sprat，1635—1713）为例加以说明。斯普拉特也像多恩一样是一个神学家，也曾就读于牛津大学，也在进入国教后领取皇室俸禄。1659年，他以一首颂扬克伦威尔的诗而出名，1676年成了查理一世的御用牧师，1683年当选威斯敏斯特教长，次年出任罗切斯特大主教。他还是伦敦皇家学会的发起人之一，根据富兰克林·勒·凡·鲍默（Franklin Le Van Baumer，1913—1990）的考证，他的《伦敦皇家学会史》（*The History of the Royal Society of London: For the Improvingt of Natural Knowledge*，1667）是第一本关于英国皇家学会史的专著。③希普曼对多恩和斯普拉特的基本评价，可以从史密斯《批评遗产》所引的诗行中看出：

> 我们就像牧师一样，双双燃烧着

---

① M. H. Abrams, Ed. *The Norton Anthology of English Literature*. Vol. 1. New York and London: W. W. Norton & Company, 1986, pp. 1656-1657.

② 见本章第二节的最后一段引用。

③ Franklin Le Van Baumer, Ed. *Main Currents of Western Thought*. New Haven: Yale UP, 1978, pp. 258-263.

就是经过两次否定、出现三个阶段，即"肯定—否定—否定之否定"而形成的一个周期。事物的这种否定之否定的过程，从内容上看是自我发展、自我完善的过程；从形式上看是螺旋式上升或波浪式前进的统一；从本质上看则是一种自我确定的方式。具体到英国文学，特别是诗歌，同样显示出否定之否定的发展过程，而且几乎每个时代都有自己的古今之争，也都是以自我确定为目的的。以抒情诗为例，艾丽西亚·奥斯特里克（Alicia Ostriker）曾有过简明扼要的如下分析：

> 抒情诗位于歌与话两个极端之间。倾向歌，则显得优雅、非个体、传统，是一种群体表达而非个体表达；倾向话，则成了"强烈情感的同时流露"或"真正的感情之声"，是与传统表达形式和传统语言相对立的一种个体表达。极富乐感的诗已然成为传统，而个体化的诗则充满了强烈的实验精神，二者彼此影响，相互作用，在文艺复兴时期的英国产生了最为优秀的抒情诗。到 17 世纪末，歌与话双双下滑，抒情诗也因此而随之下滑。[①]

这种下滑的结果之一是彼此之间的逐渐靠拢，并在这一过程中既体现出彼此否定的趋势，也表现出自我否定的特点。因此，一些人看到的是多恩作品中属于"歌"的部分，另一些人看到的则是其中属于"话"的部分，这是一个方面。另一方面，立足于"歌"的读者批评多恩的话语成分，说他不懂韵律，作品粗糙，算不得真正的诗人；而立足于"话"的读者则肯定多恩的实验精神与个体表达，视之为了不起的才子。德莱顿正是在这样的背景下，对多恩加以理性反思的。他所看到的既有"歌"的部分，也有"话"的部分，因而他的反思既有褒扬，也有批评，而"好弄玄学"则是他对多恩诗的一种概括。值得注意的是，这种概括并非针对 17 世纪末的所谓"下滑"，而是指向 17 世纪初的一种趋势，因而也是德莱顿对英国文艺复兴诗歌的一种发现。

德莱顿的这一发现具有明显的古典主义色彩，因此他并未像威尔什一样把多恩划归所谓的"古人"行列。事实上，多恩也并没有因为成为作古之人而受到冷落，只是他的诗人身份有所改变。根据史密斯的考证，英国作家伊夫林，曾于 1689 年致信作家塞缪尔·佩皮斯（Samuel Pepys），其中谈到克拉伦登伯爵（Earl of Clarendon）的父亲曾打算用那些具有代表性的人物肖像，特别是当代人的肖像装点政府各部门的计划。史密斯还在《批评遗产》中列出了伊夫林按时间

---

① Alicia Ostriker. "The Poetry." In Christopher Ricks (Ed.), *English Poetry and Prose 1540-1674*. London: Sphere Books, 1986, p. 91.

顺序和职业情况较为详细地列举的入选人物，多恩就出现在圣职人员名单中。[①]
这样的名单至少透露出三个重要信息。首先，多恩并没有被划归"古人"行列，
而是依旧被当作"当代人"看待的，说明当时的人们对于古与今的看法并没有达
成一致意见，而这也可能是今天的部分学者把古今之争看作 18 世纪历史现象的
一个重要原因。其次，多恩虽然被视为一个重要人物，但他的代表性却不在诗歌
而在宗教，这说明至少在克拉伦登伯爵等部分人员的心中，多恩只是一个著名圣
徒，而非著名诗人。最后，伊夫林本人很可能认同克拉伦登伯爵的看法，所以在
《伊夫林日记和书信集》（*The Diary and Correspondence of John Evelyn*）所列的
"诗人"名单中有乔叟、莎士比亚、斯宾塞、约翰·博蒙特、弗莱彻、沃勒、考
利、休迪布拉斯（Hudibras）等，但却没有提到多恩。

如果说这是对多恩诗人身份的否定，那么霍夫曼·冯·霍夫曼斯瓦尔多
（Hofmann Von Hofmannswaldau，1617—1679）的看法则不尽然。霍夫曼斯瓦尔
多是德国外交家，也是巴洛克时期的一位重要诗人。他的诗基本都以手抄本的形
式流传于世，1679 年一经出版便好评如潮，他一度被认为是德国巴洛克诗歌的
重要代表。他是意大利诗人贾姆巴蒂斯塔·马里诺（Giambattista Marino）的忠
实信徒，他的诗充满了奇妙的暗喻、娴熟的修辞技巧以及大胆的艳情描写。有趣
的是，他在为自己的宗教诗（而非艳情诗）辩护时，曾列举了包括多恩在内的一
组英国诗人，他认为那些诗也都学识渊博、艺术精湛，品格高雅：

> 英国人总在显示他们对诗歌的热爱，他们的热情各有不同，因为美
> 德之诗大多出自现代作家。在乔叟这位被他的国人称为英国的荷马
> （the English Homer）的作品中，以及在格罗切斯特的罗伯特（Robert of
> Gloucester）的作品中，我们就找不到与后来的作家相同的学识、艺术
> 与品味，比如埃德蒙·斯宾塞的《仙后》（*The Faerie Queene*）、迈克
> 尔·德雷顿的《福地》（*Poly-Olbion*）、约翰逊的喜剧与悲剧，以及夸
> 尔斯和多恩的宗教诗。[②]

霍夫曼斯瓦尔多之所以把多恩的宗教诗视为"美德之诗"的典型代表之一，
是因为他看重其中所蕴含的"学识、艺术与品位"。这一观点颇为独特，与 17
世纪末的英国人的评价，特别是与亚特伯利的评价形成鲜明对比。

总体地说，从英国历史的资产阶级革命到王朝复辟，从文学概念的古今之争
到内外之争，只需把 17 世纪欧洲历史的发展脉络做一梳理，我们便会发现，上

---

① A. J. Smith, Ed. *The Critical Heritage: John Donne*. London and New York: Routledge, 1983, p. 141.

② Gilbert Waterhouse. *The Literary Relation of England and Germany in the Seventeenth Century*. Cambridge: Cambridge UP, 1914, p. 119.

述各家之言既反映着更加包容的批评态度与更加细密的学科发展，也反映着新学派的崭露头角，其中涉及自然科学、宗教观念、历史政治、审美取向等。具体到多恩研究，人们争论的焦点并非他的各种概念，而是他作品中的审美取向。但即便是这种取向，也更多地只能说明批评家的立场，而非多恩作品本身。换言之，多恩的作品并没有任何变化，变化的是人们对于诗的概念的理解。

关于诗究竟是什么的问题，以及到底什么样的诗才是好诗的问题，迄今为止并无一个公认的结论，对此只需看看大卫·霍普金斯（David Hopkins）选编的《英语诗歌：诗的记录，从乔叟到叶芝》（*English Poetry: A Poetic Record, from Chaucer to Yeats*，1990）的第一部分，便可获得十分清晰的印象。但因诗与歌常常紧密联系在一起，所以音乐性通常被视为其基本要素之一。《礼记·乐记》说："诗言其志也，歌咏其声也，舞动其容也。三者本于心，然后乐气从之。"[①] 亦即说诗、歌、乐、舞原本是四位一体的。亚里士多德（Aristotle，前384—前322）也把情节、性格、思想、语言、歌曲和形象看作悲剧艺术的六个基本要素。他对悲剧的定义便包含语言的悦耳之音，而"所谓'悦耳的语言'，指具有节奏和音调（亦即歌曲）的语言"[②]。闻一多在《诗的格律》（1926）一文中引用布利斯·D.佩里（Bliss D. Perry）的名言"差不多没有诗人承认他们真正给格律缚束住了。他们乐意戴着脚镣跳舞，并且要戴别个诗人的脚镣"，并提出"诗之所以能激发情感，完全在它的节奏；节奏便是格律"[③]。新诗也要有韵律，这近乎是一种公论。毕竟，诗之所以区别于其他文体，就在于诗具有音乐性。

这种音乐性在英语抒情诗中的表现尤为突出。多恩的爱情诗、神学诗、挽歌、讽刺诗、短歌、颂歌、十四行诗等都是抒情诗，而这也是为什么亚特伯利、威尔什等之所以批评他不懂音律的根本原因。根据奥斯特里克的说法，文艺复兴时期的英国，其宫廷文化是非常发达的，除宗教歌曲之外，流行歌曲、乡村歌曲、民谣、假面舞曲等也都各有自己的特色与规范。同时，奥斯特里克指出，音乐不仅仅是一种艺术，还是社交活动中的一种重要形式，承载着绅士淑女们在晚会派对中的社交风度。[④]莎士比亚《第十二夜》（*Twelfth Night*）一开场，伊利里亚公爵奥西诺（Orsino, Duke of Illyria）就这样说道："假如音乐是爱情的食

---

① 戴圣：《礼记》，崔高维校点，沈阳：辽宁教育出版社，1997年，第130页。

② 亚里士多德：《诗学》，罗念生译//伍蠡甫、胡经之主编《西方文艺理论名著选编》（上），北京：北京大学出版社，1985年，第54页。

③ 闻一多：《闻一多作品集》，银川：宁夏人民出版社，2000年，第245页。

④ Alicia Ostriker. "The Poetry." In Christopher Ricks (Ed.), *English Poetry and Prose 1540-1674*. London: Sphere Books, 1986. 91-106, p. 91.

粮，那么奏下去吧；/尽量地奏下去，好让爱情因过饱而噎塞而死。"①根据奥斯特里克的阐释，音乐之所以是"爱情的食粮"，是因为它能激发各种情感，是美德的催化剂，其和谐法则既来自神圣的天体音乐，也是对天体音乐的具体模仿。②以此观之，多恩诗很少有被公认的"爱情的食粮"。

天体音乐的观念本身就出现在莎士比亚的《威尼斯商人》（*The Merchant of Venice*）中，洛伦佐（Lorenzo）让杰西卡（Jessica）聆听音乐时这样说道："天宇中嵌满了多少灿烂的金钹；你所看见的每一颗微小的天体，在转动的时候都会发出天使般的歌声，永远应和着嫩眼的天婴的妙唱。在永生的灵魂里也有这一种音乐，可是当它套上这一具泥土制成的俗恶易朽的皮囊以后，我们便再也听不见了[……]灵魂里没有音乐，或是听了甜蜜的乐声而不会感动的人，都是擅长为非作恶，使奸弄诈的。"③总之，音乐意味着某种约定俗成的范式，而歌曲的最为核心的要素就是它的音乐性。伊丽莎白时代，诗歌也如音乐一样具有自己的范式，其最显著的特征便是约定俗成的套语，比如对自然本性与神话传统的模仿与回应。这种套语之于抒情诗则表现为对道德主题与爱情主题的继承、发扬与拓展。正是由于丰富的宫廷文化，文艺复兴时期的英国才产生了一大批世界级的大诗人，就连亨利八世与伊丽莎白一世都有诗作流传至今，伊丽莎白一世还曾弹过维金纳琴（Virginal）。在各种范式共存的背景下，诗中的各种象征大都是不言自明的，正如安格斯·莱瑟姆（Agnes Latham）所指出的：

> 典型的伊丽莎白时代的诗根本没有丝毫个人情感，通常都是从法语翻译而来的，而法语的诗又来自意大利语，意大利语的诗又来自柏拉图。当时的作者多少像个文学黑客[……]他们所做的一切就是让诗能够像鲜花一样清新。那确实是既令人困惑又十分美丽：令人困惑在于十分美丽，别无其他。④

莱瑟姆的这一批评，恰好证明了多恩诗的魅力所在，同时也从另一个侧面表明了德莱顿的反思具有丰富的学理内涵。把多恩放在文艺复兴的大背景下，我们便可以发现三个有趣的现象：一是他有爱的实质，却缺乏爱的食粮；二是他有自己的章

① 莎士比亚：《第十二夜》I. i. 1-2//《莎士比亚全集》（上），朱生豪译，长春：时代文艺出版社，1996年，第804页。

② Alicia Ostriker. "The Poetry." In Christopher Ricks (Ed.), *English Poetry and Prose 1540-1674*. London: Sphere Books, 1986, p. 92.

③ 莎士比亚：《威尼斯商人》V. i. 83-85//《莎士比亚全集》（上），朱生豪译，长春：时代文艺出版社，1996年，第577-578页。

④ Alicia Ostriker. "The Poetry." In Christopher Ricks (Ed.), *English Poetry and Prose 1540-1674*. London: Sphere Books, 1986, p . 93.

法，却并不来自意大利语或法语；三是他的作品令人困惑，却不同于当时的主流。尤其值得注意的是最后一个，因为典型的伊丽莎白时代的诗"令人困惑在于十分美丽，别无其他"，而多恩的诗令人困惑却不在于十分美丽，而在于好弄玄思。

纵观整个 17 世纪，多恩研究走过了一条从"品评"到"颂扬"再到"反思"的历程。从这一历程中我们可以清楚地看到三个特征。第一，横贯始终并一直受人称道的是多恩的"才"，而他的语言则被纳入"才"的范围。换言之，他对英语诗歌的真正贡献还远远没有被清楚地认识，所以算不得真正的研究。第二，他的影响主要表现在他周边的一些年轻诗人身上，虽然《灵的进程》、《第一周年》和《第二周年》从一开始就遭到了圈子外的质疑①，但他用以影响他们的主要还是这三部长诗以及爱情诗和讽刺诗。第三，对多恩的品评和赞扬明显地揭示了对 16 世纪末那种典雅、细腻、优美、极富乐感的抒情诗传统的摈弃，而对多恩的反思则又预示着对多恩及其诗风的否定的开始。

需要特别注意的是处于"品评"和"反思"之间的"颂扬"阶段。学界普遍认为，多恩在 17 世纪享有崇高的声誉，就是针对这一阶段而言的。然而，多恩的崇高声誉主要体现在两个方面：一是作品，二是论者。在作品方面，虽然多恩的不少作品都被提及了，但主要还是集中在《第一周年》和《第二周年》这两部作品上。在论者方面，称多恩为"才界君主"、"诗坛霸主"或"缪斯的三驾马车"的，统统是那些挽歌作者，亦即多恩的热情追随者。正如爱德华·W. 泰勒（Edward W. Taylor）在《多恩之女人的理念》（*Donne's Idea of a Woman*）中所说，作品与论者结合的最终结果在于这些挽歌作者清楚地意识到：多恩不仅穷尽了挽歌的词汇，还手握才界的权杖，所以任何挽歌都不足以表达对多恩的哀悼，只有《第一周年》和《第二周年》才够得上献给诗人自己的挽歌。②大概也是出于同样的原因，所以我们发现：即便在德莱顿等的反思中，这两部长诗仍然有着极高的地位。

上面的分析显示：现今的多恩研究，至少有四个方面的内容早在 17 世纪就已定型。一是多恩诗的版本原型和诗类划分，如"爱情诗""宗教诗""诗信""讽刺诗"等；二是研究重点，如才智与巧思（即"象"）、激情与理性等；三是分析方法，特别是品人与评诗的结合、比较与对照的结合等；四是基本走向的拓展与深化，尤其是对作品深度和广度的认识以及批评本身的态度取舍。经过了 18—19 世纪的跌宕起伏之后，这些内容得到了进一步的确立，并经由众多作家、编辑、学者的阐释，特别是新批评的细读与艾略特的推崇，而在 20 世纪达至新的巅峰，成为各种理论竞相研究的对象和自我标榜的支撑。

---

① 琼森等批评多恩亵渎神灵，主要就是针对这三部长诗的，特别是《第一周年》和《第二周年》。

② Edward W. Tayler. *Donne's Idea of a Woman: Structure and Meaning in The Anniversaries*. New York: Columbia UP, 1991, p. x.

第三章 从多恩派到玄学派：18世纪的多恩研究

没有谁是天生的玄学诗人，也没有谁是靠抄袭别人的描写来描写、靠借用别人的模仿来模仿、靠传统的意象与世袭的比喻、靠押韵的敏捷与音节的圆滑，从而才具备作家的资格的。

——塞缪尔·约翰逊《考利传》

人们普遍认为，多恩在17世纪具有巨大的影响，而在18—19世纪则遭受冷落，直到20世纪才被"重新发现"。这样的观点具有一定的合理性，因为对多恩的研究在18世纪确实不如在17世纪那么蔚然成风，他的地位的确也有今非昔比之感，但以此而得出他遭受冷落的结论则无疑是言过其实了，因为多恩在18世纪非但没有被冷落，反而在约翰逊的批评中成了玄学诗人的开山鼻祖，这本身就表明18世纪的多恩研究是对17世纪的继承与深化。现有资料还显示，18世纪的多恩研究已然形成了否定与肯定两大阵营，它们彼此对立、彼此重叠，而蒲柏则既是18世纪多恩研究的先声，也是连接两大阵营的纽带。

第一节 蒲柏的多恩派和对多恩的改造

蒲柏生于伦敦的一个天主教家庭，由于其父母都是虔诚的天主教徒，所以受《审查法》（Test Acts）的影响，蒲柏能接受到的正规教育十分有限。[①]但他天资聪慧，在舅舅的启蒙下接受了很好的家庭教育，并通过自学而阅读了大量的拉丁文、希腊文、法文和意大利文作品。蒲柏早在12岁即开始发表诗作，其主要作品涉及翻译、批评、编辑和创作四大类，其中创作又包括田园诗、讽刺诗、哲理诗等。之后他不但成长为一名著名的诗人、翻译家、文学批评家，还把英国古典主义文学推向了一个新的高峰，因此文学史家也往往把18世纪之初的英国文学称为蒲柏时代。

---

① 《审查法》（Test Acts）是先后于1661年、1673年和1678年出台的针对罗马天主教徒和不信奉国教的新教徒的系列法案。其目的在于强化国教的地位，其基本原则是：唯有在圣公会领取圣餐的人才有资格获得公职。在实际执行中，因为《免除责任法》（Acts of Indemnity）的缘故，不信国教的新教徒常常可以免除《审查法》中的某些条款；但天主教徒则被禁止接受教育、参加选举、进入公职。1800年后，《审查法》逐渐淡出，只有牛津大学和剑桥大学两所大学仍在执行。1828年，《审查法》被全面废止。

　　蒲柏对多恩及其讽刺诗一直抱有浓厚的兴趣。早在 1706 年，他就在给比他年长 40 多岁的英国戏剧家威廉·威彻利（William Wycherley）的一封信中说道：

> 　　多恩（就像他的一位后继者那样）绝对是才智有余而诗律不足：因为那些善于经营才智的人，有如善于经商的人一样，是极少费尽苦心去摆摊售货的；只有那些经营服装饰品的小智之人，才会不遗余力地摆弄些点缀与装饰。①

　　这是蒲柏 17 岁时的看法，从中可以发现两个特点：一是自信满满，比如"绝对"与"小智之人"等词语的使用；二是受德莱顿的影响，因为"才智有余而诗律不足"之说本身就是德莱顿对多恩的基本评价，蒲柏不过换了一种说法而已。但较之于德莱顿，蒲柏并未停留在评论层面，而是如后面将要看到的那样，他还亲自动手将多恩的讽刺诗加以改写，使之既充满才气又符合诗律。

　　我们知道，18 世纪的文学是与启蒙主义、理性主义、新古典主义、现实主义、前期浪漫主义等一系列概念紧密相连的。G. S. 弗雷泽（G. S. Fraser）在《英诗简史》（*A Short History of English Poetry*）中，不但以"严格的圣奥古斯丁传统"为 18 世纪英国诗歌的核心主线，还明确指出了这一传统的两个基本特征：一是形式上以英雄双韵体为典型代表，二是内容上强调人是一种社会动物，具有伦理与社会双重责任。②或许正是由于这样的原因，蒲柏对多恩的讽刺诗似乎情有独钟，甚至在自己的作品中也乐于加以化用，比如他的下列诗行：

> 　　我知道你惧怕所有的作家，
> 　　无论用嘴还是用手去背诵；
> 　　他们的产出既缓慢又逍遥，
> 　　好似不愿以诗让你更充实；
> 　　有如那装有草药的蒸馏器，
> 　　两滴间总有半分钟的间隙。
> 　　（这个引喻可不是我的创造，
> 　　多恩才是它法定的归属）。③

　　根据史密斯的《批评遗产》，这是蒲柏作于 1707 年的诗信《致亨利·克伦威尔先生》（"An Epistle to Henry Cromwell, Esq."）中的一节，其中的第 5—6

---

①　Alexander Pope. *The Correspondence of Alexander Pope*. Vol. 1. Ed. George Sherburn. Oxford: Oxford UP, 1956, p.16.

②　G. S. Fraser. *A Short History of English Poetry*. Somerset: Open Books Publishing Ltd., 1981, p. 160.

③　A. J. Smith, Ed. *The Critical Heritage: John Donne*. London and New York: Routledge, 1983, pp. 178-179.

行便是从多恩《讽刺诗Ⅳ》的第 94—96 行化用而来的。[1]多恩的原文为："他握着我的手，像个蒸馏器，停了/半分钟，在每两滴间，他吝啬地，/好似不愿让我更充实，说了很多谎。"[2]可见，蒲柏化用的是多恩的意象，而在化用的同时还明确其来源，这在蒲柏之前很少有过，既表现了蒲柏的诙谐与独特之处，也说明了他对多恩的熟悉程度。根据史密斯的《批评遗产》，蒲柏的朋友约瑟夫·斯彭斯（Joseph Spence）曾于 1730—1736 年记录了蒲柏及其朋友的一些谈话，包括"赫伯特不如克拉肖（Crashaw），约翰·博蒙特更好，多恩要高出很多""多恩远远胜过伦道夫，威廉·戴夫南特（William Davenant）比多恩要好"，以及"考利是个好诗人，虽然有这样那样的错误。他和戴夫南特的玄学转向都是从多恩那里借来的"[3]。这进一步说明，蒲柏对多恩的评价并非简单的好恶品评，而是基于比较的基本定位。或许正是由于这种基本定位，蒲柏才有了"多恩派"（School of Donne）的基本蓝图。

蒲柏是第一位从诗史角度明确提出"多恩派"这一概念的英国批评家。根据欧文·卢夫海德（Owen Ruffhead）的《蒲柏传》（*The Life of Alexander Pope Esq*，1769），蒲柏曾打算介绍英语诗歌的兴起和演变，并已从流派角度草拟了一个提纲。[4]史密斯的《批评遗产》收录有其中的六个流派：普罗旺斯派（School of Provence）、乔叟派（School of Chaucer）、彼特拉克派（School of Petrarch）、但丁派（School of Dante）、斯宾塞派（School of Spencer）和多恩派（School of Donne）。其中，多恩派成员如下：

亚伯拉罕·考利（Abraham Cowley）

威廉·戴夫南特（William Davenant）

迈克尔·德雷顿（Michael Drayton）

托马斯·奥弗伯里爵士（Sir Thomas Overbury）

伦道夫（Randolph）

约翰·戴维斯爵士（Sir John Davis）

约翰·博蒙特爵士（Sir John Beaumont）

卡特莱特（Cartwright）

克利夫兰（Cleveland）

克拉肖（Crashaw）

---

① A. J. Smith, Ed. *The Critical Heritage: John Donne*. London and New York: Routledge, 1983, p. 178.

② C. A. Patrides, Ed. *The Complete English Poems of John Donne*. New York, London and Toronto: Everyman's Library, 1991, p. 234.

③ A. J. Smith, Ed. *The Critical Heritage: John Donne*. London and New York: Routledge, 1983, p. 180.

④ Owen Ruffhead. *The Life of Alexander Pope Esq*. University of Michican Library, 1769, pp. 424-425.

科比特主教（Bishop Corbet）
福尔克兰爵士（Lord Falkland）
卡鲁（Carew）
托·凯里（T. Carey）　$\Big\}$ 于内容　$\Big\}$ 沃勒的榜样
乔·桑迪斯（G. Sandys）
费尔法克斯（Fairfax）　$\Big\}$ 于韵律
约翰·门尼斯爵士（Sir John Mennis）　$\Big\}$ 哈迪布拉斯原著
托·贝纳尔（Tho. Baynal）①

在所有六个派别及其成员中，有几个值得注意的特点。第一，"流派"一词是 school，较之于"宫廷诗人"（court poets）、"自由诗人"（the liberals）之类的表述更具现代感，甚至也更具客观性与科学性。第二，在六个派别中，一般都只有 3—4 人，相对较大的斯宾塞派也只有 8 人（含创作 5 人与翻译 3 人）；而多恩派则以 18 人之多成为第一大派。第三，在各派成员名单中，既有姓名皆有的，如斯宾塞派的沃尔特·雷利爵士（Sir Walter Raleigh）；也有姓名皆无而只给了头衔的，如彼特拉克派的萨里伯爵（Earl of Surrey）；还有只给了姓氏而没有给名字的，如普罗旺斯派的高尔（Gower）；甚至有只给了作品名的，比如但丁派的《戈勃达克王》（Gorboduck）和普罗旺斯派的《农夫皮尔斯》（Pierce Plowman）。对于 18 世纪的读者来说，那些姓名皆有的诗人或许不太出名；而对于今天的读者而言，反倒是那些只有姓氏或头衔的诗人变得更加难以确定，比如被划归斯宾塞派的哈林顿（Harrington），以及被划归多恩派的伦道夫和卡特莱特等。这意味着一个诗人的声望与地位是随着时代而变化的。第四，有的成员不仅仅在一个流派，比如费尔法克斯就在斯宾塞派和多恩派都有出现；也有的成员只在某个方面被划归某一流派，比如托马斯·卡鲁和乔治·桑迪斯分别因题材和韵律而被划入多恩派；还有的诗人已然就是一派之祖，但其某些作品则被划入其他派别，比如乔叟本身就是乔叟派鼻祖，但其翻译的《玫瑰传奇》（The Romaunt of the Rose）则被归入普罗旺斯派。所有这一切表明蒲柏并不是在简单地按人划类，而是按作品特点来确定流派归属的。这种做法连同其背后所隐藏的思想，即便在 21 世纪的今天依然值得借鉴。

具体到蒲柏的多恩派，其与其他诗派的区别，除了人数最多之外，还另有如下五个特征。第一，内部本身较为复杂。完全属于多恩派的有 11 人，仅在题材或诗律方面属于该派的各 2 人。这意味着，后来的有关评论，无论赞扬还是批评，也无论是针对个人还是针对整个流派，蒲柏都具有开创性的贡献，而这也是

---

① A. J. Smith, Ed. *The Critical Heritage: John Donne*. London and New York: Routledge, 1983, p. 182.

他成为肯定与否定两大阵营纽带的重要原因之一。第二，蒲柏对多恩派的界定是立足于"才"的，因为他所圈定的诗人都是公认的才子，所以其"多恩派"乃是对 17 世纪的多恩热的一种回顾、继承、总结与提炼。第三，蒲柏对"才"的定义为"真才学是把自然巧打扮，/思想虽常有，说法更圆满"[①]，而这个定义又如王佐良所说属于蒲柏"关于好诗的定义"[②]。以此观之，则下面将要分析的蒲柏对多恩的"诗化"处理，其学理基础便是这个"思想常有"，其终结目标则是"说法更圆满"，而对两首讽刺诗的改写便是其具体表现。第四，"说法更圆满"的表述具有比较性与主观性，是蒲柏用以区分多恩派内部不同诗人的重要依据。但是正如后文将分析的，很多人并不承认"玄学派"这一称谓，而宁愿用"修辞派"或"多恩派"，这也一定程度地彰显了蒲柏的客观立场，表明了蒲柏意欲理性地介绍英语诗歌的历史。第五，蒲柏眼中的"多恩派"虽然人数较多，但在今天看来也难免使人感到奇怪，因为不但其中的一些并非玄学诗人，而且里面根本没有乔治·赫伯特、亨利·沃恩（Henry Vaughan）和安德鲁·马维尔（Andrew Marvell，1621—1678）。这一切都表明，18 世纪初的诗学观与今天并不相同。

蒲柏之所以打算介绍"多恩派"，一个重要的原因在于，多恩及其追随者在蒲柏时代已是今非昔比。据史密斯的《批评遗产》介绍，早在 1675 年，罗切斯特伯爵约翰·威尔默特（John Wilmot，1647—1680）就只把多恩看作"奇怪的古董"[③]；而到 1689 年，伊夫林在列举英国诗人时，几乎就没有提及多恩，这说明"在多恩去世 60 年后，很可能得出这样的结论：乔叟、斯宾塞、琼森、莎士比亚、博蒙特和弗莱彻都可能会与时俱进，但多恩却不然"[④]。从出版情况看，伊夫林在列举诗人名单时，距多恩作品出版的最近的版本已有 20 年，而到蒲柏时代则更加久远[⑤]，一般读者已经很难找到。大概正是基于这样的状况，蒲柏才有了写"多恩派"的想法。

前面说过，蒲柏对多恩的基本看法来自德莱顿，但从上述六个流派的成员

① Alexander Pope. "An Essay on Criticism." In David H. Richter (Ed.), *The Critical Tradition: Classic Texts and Contemporary Trends*. New York: St Martin's Press, 1989, pp. 202-203.

② Wang Zuoliang, et al., Ed. *An Anthology of English Literature Annotated in Chinese*. Beijing: Commercial Press, 1987, p. 434.

③ A. J. Smith, Ed. *The Critical Heritage: John Donne*. London and New York: Routledge, 1983, p. 12.

④ A. J. Smith, Ed. *The Critical Heritage: John Donne*. London and New York: Routledge, 1983, p. 13.

⑤ 具体时间已经无法考证。在爱德华·舍伯恩（Edward Sherburn）所编的《蒲柏书信集》（*The Correspondence of Alexander Pope*，1956）中，我们可以看到蒲柏对多恩讽刺诗的评价，那是 1706 年写给剧作家威廉·威彻利（William Wycherley）的一封信，但没有提到要写"多恩派"，依此推论，当距最近的多恩诗的版本 40 年左右。如果按卢夫海德的《蒲柏传》（1769），则更加久远，但不可能早于 1719 年，因为这一年出版了雅克布·汤森的《多恩诗集》。

看，则又超出了德莱顿对多恩的评价。我们知道，蒲柏崇尚新古典主义，其《论批评》（*An Essay on Criticism*）中的很多观点就直接来自贺拉斯的《诗艺》和尼古拉·布瓦洛（Nicolas Boileau，1636—1711）的《诗的艺术》（*L'Art Poetique*，1674）。他主张只有自然才值得诗人去研究和描写，他本人也是遵循古典主义原则进行文学创作的。①他的作品虽然内容人所皆知，但文字却精雕细刻，而且注重节制、讲究法则，许多词句写得工整精练、富有哲理，对英雄双韵体的运用尤为出色。在英语诗歌史上，双韵体由乔叟最先启用，后经斯宾塞、马娄等的发展，再由德莱顿弘扬，最后在蒲柏的手中得以完善，定型为形式更加整齐优美、节奏更富跌宕变化的英雄双韵体，成为英国诗歌史上的最高艺术成就之一。王佐良在总结蒲柏的声誉时曾说过，"在'英雄双韵体'的运用上，他的艺术成就至今无人超越"②。蒲柏的英语诗歌发展提纲，从根本上说，乃是按照新古典主义原则拟定的。

蒲柏还按照新古典主义的标准，对莎士比亚的作品进行了重新编辑，对多恩的讽刺诗也做了重新改写。前者因为改动较多而受到学者的诟病；后者则因为改动较多而一度获得读者的广泛好评，并在 18 世纪成为人们认识多恩的一个重要渠道。从这一意义上说，蒲柏对多恩研究的贡献，更多也更为著名的是他对多恩诗的改造，亦即他所自称的"诗化"（versified）。1713 年，蒲柏对多恩的《讽刺诗 Ⅱ》进行了"诗化"改造，经过 1733 年的再次修改，于 1735 年以《圣保罗教长约翰·多恩博士的第二首讽刺诗之诗化》（"The Second Satire of Dr John Donne, Dean of St Paul's Versified"）为题正式发表。他还于 1733 年对多恩的《讽刺诗 Ⅳ》做了诗化处理，以《鲁莽者》（"The Impertinent"）为题于当年正式出版。后来，蒲柏将这两首经过"诗化"的多恩诗收录进他的《仿贺拉斯作品集》（*Imitations of Horace*）中。1735 年，他将两者一同收录进自己的《作品集》（*Works*，1735），并同时附上多恩原诗以供读者比较。他还在每首诗之前增加了贺拉斯的诗行："我们读路西里斯（Lucilius）的作品何以要了解/究竟是他恶劣的本性还是恶劣的环境/使他的诗未能比现在更好/更流畅？"③这进一步显示，蒲柏有意将其与贺拉斯的讽刺诗进行比较。下面的分析，但凡引用蒲柏的

---

① 比如长篇讽刺诗《夺发记》（"The Rape of the Lock"，1712），其故事不过是一家男孩因偷剪了另一家女孩的一缕金发而使得两家不快的小事，但蒲柏却把它写得犹如《伊利亚特》一样的英雄史诗，而且用的是双韵体。

② 王佐良等：《英国文学名篇选注》，北京：商务印书馆，1987 年，第 435 页。

③ 贺拉斯的原文为 "Quid vetat et nosmet Lucili scripta legentes/ Quærere, num illius, num rerum dura negarit/Versiculos natura magis factos, et euntes/Mollius?" 转引自 C. A. Patrides, Ed. *The Complete English Poems of John Donne*. New York, London and Toronto: Everyman's Library, 1991, p. 500.

改写，皆出自帕特里德斯主编的《多恩英诗全集》①，为了便于查找核对，将不再给出页码，而是给出更加具体的篇名和行数。

较之于多恩的原诗，蒲柏的"诗化"改造表现在长度、韵律、内容三个方面。在长度上，多恩的《讽刺诗 2》共 112 行，《讽刺诗 4》共 244 行；蒲柏则分别增加为 128 行和 287 行。在韵律上，多恩的《讽刺诗 2》共计 56 个韵，蒲柏的原译稿和修改稿分别保留了 30 个和 20 个；《讽刺诗 4》的原文为 122 个韵，蒲柏只保留了 16 个。这说明，越是往后，蒲柏的"诗化"改动就越大。当然，最大的改动在内容上，虽然其主题思想和发展脉络并未改变，而且但凡能够保留的也都给予了最大程度的保留，比如多恩的原诗 "That's cuse for writing, and for writing ill" 在蒲柏的版本中被改为 "Excuse for writing and for writing ill"。总体上，比较抢眼的改动主要有两个方面：一是专有名词，二是整个诗行。

首先是专有名词的改动。比如在说到诗的性质时，多恩是这样写的：

> 不过诗真的会是罪的一种模样，
> 因为它能带来西班牙佬与饥荒，（2，5—6）②

蒲柏则是这样改的：

> 诗就是一种忧伤的罪，这我同意：
> 它带来的（无疑）是操练与顽敌：（2，7—8）

又比如，在写到说谎者时，多恩诗是这样的：

> 他的巧舌能赢得寡妇，支付赌资，
> 使男人说出背叛，欺骗老道的娼妓，
> 魅惑的本领超过心腹，撒谎的伎俩则胜过
> 约维斯，或苏利乌斯，或他们两人之和。（4，45—48）

蒲柏则是这样改的：

> 他的巧舌能赢得寡妇，支付赌资，
> 使苏格兰人说出背叛，欺骗老道的娼妓，
> 撒谎的伎俩足以媲美王室的心腹，
> 奥尔德米克森和伯内特也相形见绌。（4，59—62）

---

① C. A. Patrides, Ed. *The Complete English Poems of John Donne*. New York, London and Toronto: Everyman's Library, 1991, pp. 500-510.

② 括号中的第一个数字为诗名，第二个为行数。下同。

　　在前一个例子中，诗的恶果由"饥荒"和"西班牙佬"变成了"操练"和"顽敌"；在后一个例子中，典型的骗子在多恩笔下是约维斯（Jovius）和苏利乌斯（Surius）①，在蒲柏笔下则成了约翰·奥尔德米克森（John Oldmixon）和吉尔伯特·伯内特（Gilbert Burnet）。②蒲柏的改动明显具有针砭现实、讽刺当下的意图，虽在文字上相去甚远，但在精神上却更接近多恩的原作，因为他们所用的人物都是各自的当代人所熟知的。

　　在另外一些地方，蒲柏还根据原诗的上下文插入了一些专有名词，而他所插入的内容在原诗中是根本不存在的，比如多恩的下列诗行：

> 这东西来了，说这话，用所有的言语
> 并只知道究竟什么能属于所有状态。
> 成于那种言辞，还有其中最好的短句，
> 他只说一种语言；如果怪肉令人不爽，
> 烹技或饥饿都能使我改变我的口味
> 但学究的混搭术语，还有士兵的大话，　（4，35—40）

在蒲柏的笔下则额外增加了三行，即下面的第 5—7 行：

> 这东西来了，还说着每种言语
> 并知道了它适合于每一种状态：
> 把最好的短句和宫廷言辞结合，
> 他构建出的语言迷人而又高雅。
> 健谈者啊，我学会了隐忍；马托克斯我知道，
> 亨利本人也听过，还有巴杰尔；
> 医生的苦艾风格，糟糕的语言，
> 都是学究做成；风暴般戈森的肺，　（4，46—53）

　　由于所增加的内容十分具体，所以其目的应该是给诗歌注入更多的个体色彩。对于中国读者来说，增加的部分除了徒增阅读难度并无实质内容；但对于英国读者而言，特别是蒲柏时代的读者，这一做法则很可能平添了不少笑料，有助

---

　　① 约维斯（Jovius）即保罗·乔维奥（Paulus Jovius, 1483—1552），意大利人，著名医生、史学家、传记作家、大主教，主要作品包括《当代史》（*Historiarum sui Temporis Libri XLV*）、《名人传》（*Vitae Virorum Illustrium*）、《战争英烈颂》（*Elogia Virorum Bellica Virtute Illustrium, Which may be Translated as Praise of Men Illustrious for Courage in War*）等。苏利乌斯（Surius）即劳伦蒂乌斯·苏利乌斯（Laurentius Surius, 1523—1578），德国人，使徒传作家、教会史作家，仅使徒传就达 13 卷之多。

　　② 约翰·奥尔德米克森，英国史学家、作家、诗人。关于他对多恩的评价，我们将在下文将专门加以讨论。吉尔伯特·伯内特，苏格兰哲学家、史学家、萨里斯大主教。

于提升兴趣、加深理解。这一点可以反过来从蒲柏删除的多恩诗行中猜出，比如《讽刺诗Ⅱ》的第 86 行的 men pulling prime 就在蒲柏的修改中被径直删除，伊安·杰克（Ian Jack）对此的解释是，蒲柏之所以将其去掉，是因为"毫无疑问因为它不再被人理解"①。

也正是在这里所引的例子中，我们发现，蒲柏不仅改动了词汇，而且还改动了整个诗行。对整个诗行的改动是蒲柏对多恩诗加以"诗化"处理的最为显著的例子。比如多恩的下列有关罪恶的诗句：

> 很可能犯下所有的恶，并将善也都遗
> 忘；就像傲慢，就像好色，就像欠债的，
> 就像自负，就像愚蠢，就像虚伪的他们
> 身居宫廷，因为曾一度走过那道门。（4，13—16）

蒲柏的改动：

> 很可能犯下所有的恶，并忽视良善，
> 就像债台高筑，却从没想过要偿还，
> 就像自负，就像懒惰，就像虚伪，就像他们
> 身居宫廷，因为一度曾走过那道门。（4，20—21）

对于这一改动，伊安·杰克有个很好的解释：在蒲柏看来，这 4 个诗行既有极为优秀的品质，也有非常随意的甚至"粗糙"的表述。其中第 3 行达到了一个令人羡慕的高潮，第 4 行也没有多大问题，但第 1—2 行则没有完整地表现应有的对仗之美，因为他故意把一个词强行拆分，无非是为了押韵，结果却只得到一个毫无意义的跨行连接，显得十分生硬，而蒲柏的改动则使对仗获得了完美的呈现，同时也使原诗获得了很好的改进与提升。②

这种改进与提升就是蒲柏所谓的"诗化"。我们知道，诗是有节奏的，只要改动其中的任何一个字，诗的节奏就很可能发展变化，意境也会随之不同。以上引诗句第 3 个诗行为例，蒲柏将"愚蠢"（witless）改为"懒惰"（idle）似乎根本是多此一举，因为这两个词都是双音节词，重音也都在第一音节，加之位于诗行的中间，所以对音步、尾韵、节奏等都不会带来丝毫影响。类似的还有"曾一度"（for once going）被改为"一度曾"（for going once）。虽然这一改动对音步、尾韵、节奏等都不会产生影响，但在听感上却有着巨大差异，读起来的顺口度也大不相同，结果便带来了通感上的差异：多恩的原诗更显轻快，蒲柏的修

---

① Ian Jack. "Pope and the Weighty Bullion of Dr. Donne's Satires." *MPLA* 66.6 (1951), p. 1010.

② Ian Jack. "Pope and the Weighty Bullion of Dr. Donne's Satires." *MPLA* 66.6 (1951), p. 1012.

改则更觉深沉，但究竟孰优孰劣却更多地取决于评判者的视角。客观上，讽刺诗的所谓"粗糙"（harshness），在多恩时代原本就是人们所期待的，即便在蒲柏时代也同样是可以接受的，只是因为崇尚新古典主义，人们才更加注重工整而已。或许正因如此，蒲柏一方面对其加以精心改造，另一方面则依然以多恩诗的名义将其出版。

破句（broken sentences）是多恩诗的一个突出特征，破句在他的爱情诗、宗教诗、冥想诗、杂诗、挽歌等作品中比比皆是，这既是多恩在 17 世纪备受称颂的一个主要品质，也是被琼森和德莱顿等所诟病的一个核心内容。蒲柏的改动显示，他并不排斥破句入诗，但也并不看好破句的大量使用，所以他对多恩讽刺诗中的破句既有保留也有改动。对那些保留与改动的诗行加以比较便可发现，蒲柏是从对仗的角度加以取舍，并以此为基础对多恩的原诗进行"诗化"处理的。比如多恩《讽刺诗Ⅳ》中的下列诗行：

> 我比喀耳刻的囚徒更加惊奇，
> 他们感到自己成了兽类，我则
> 感到成了叛徒，/我似乎还看到
> 一个巨大雕像张开他的大嘴，
> 欲将我一口吞下，/因我听到了他：
> 就像烧过的带有梅毒的色徒，其健康
> 需要他人变得痛苦，我也可能
> 变得内疚，而他则无事；/所以我显露
> 所有的丑陋迹象；/但因我就在其中，
> 我必须偿还我的和我先辈的罪行
> 用尽最后的一分一厘；（4，129—139）

蒲柏将其修改为：

> 喀耳刻的客人见自己变成兽类，
> 其突如其来的惊愕感也都难以
> 与我匹敌，因为一个正直聪慧之人，
> 竟猛然间发觉自己成了半个叛徒。
> 他的感染似乎已传到我的身上，
> 就像天花，若要痊愈就得将其传出；
> 为了把我迅速吞下，我似乎还看到，
> 一尊巨大的雕像正张开他的大嘴。（4，166—173）

多恩的原诗充满了戏剧性，虽然是很规范的双韵体，但却并不在意诗行与诗行之间意义的完整性，比如上引原诗第 3、5、8、9 行，其意义每行都在中间被断开（为了突显，我们这里增加了斜线），而被断开的诗行（即斜线两边的诗行）实际上已经构成两个短句，这就是多恩常用的典型的破句。对于习惯了文艺复兴时期那种流畅的抒情诗的读者，这无疑是一种巨大的阅读冲击，并且还与作品的戏剧性效果达成了很好的默契，因而值得赞许；而对于讲究诗律，特别是注重对仗的读者来说，这样的做法却破坏了诗行的对仗美，加之双韵体的使用也因短句结构的原因而显得不够自然，所以尽管看起来像工整的诗，读起来却更像散文，近似于莎士比亚戏剧中的无韵诗。蒲柏的改动则完全不同，几乎每个诗行都有尾顿，不但语义完整，而且对仗更加工整，虽然戏剧性有所削弱，但无论看起来还是读起来都是真正的诗。蒲柏的诗才也由此而可见一斑。

改动并非什么新鲜的事，最著名的例子或许是贾岛和莎士比亚。贾岛的"鸟宿池边树，僧敲月下门"，其来历的故事可谓家喻户晓，而莎士比亚的 37 部戏剧作品实际上都不是他的原创，而是从别人的作品改造而来的。德莱顿也曾改动过弥尔顿的《失乐园》（*Paradise Lost*），弥尔顿称之为"贴标签"（tagging）；而蒲柏对多恩的改造则是为了弘扬。再往后还有夏洛蒂·勃朗特（Charlotte Bronte）对艾米莉·勃朗特（Emily Bronte）《呼啸山庄》（*Wuthering Heights*）的修改，有埃兹拉·庞德（Ezra Pound）对艾略特《荒原》（"The Waste Land"）的修改。如此等等，不一而足。从 16 世纪的莎士比亚到 17 世纪的德莱顿，从 18 世纪的蒲柏到 19 世纪的夏洛蒂，直至 20 世纪的庞德等，他们之所以选择改造别人的作品，一个重要原因在于其对待同一作品的两种不同态度。或者是时代不同，或者是诗人不同，或者是读者不同，抑或是别的原因，都会导致人们对同一作品的不同感受。这种感受所反映的是改动者的立场与取向。就立场而言，其极端化的表现无非是肯定或否定；就取向而言，则既可能是伦理的，也可能是审美的，还可能纯粹只是技巧的。

具体到蒲柏对多恩讽刺诗的修改，其立场是肯定的，其取向是审美的，两者的结合使"诗化"后的多恩诗更加符合 18 世纪的阅读品位。这就好比当下流行的对经典作品的重新演绎，经典依旧是那部原著，演绎则可能有各种不同的版本，而每种版本都各有风格特色与阅读对象。多恩的原诗与蒲柏的修改就具有类似的性质。比较下面两个版本，我们甚至会感到它们完全是两首不同的诗。多恩诗如下：

> 已经十点都过了：所有的笼棚、
> 腾空球、网球、吃喝，或娼妓院，
> 都已上演整个上午，现在第二次
> 准备好，那日，成群结队，

全都在场，还有我（上帝宽恕）
清新而甜美，有如他们法衣上的绣饰，有如
那些他们转手倒卖的田野；"那些是国王
的管道"，马屁精们高喊道；并把
它们弄到下周的剧场叫卖；
需求左右着所有阶层；我看也
左右了舞台，及宫廷；所有人都是演员；盯着
（因为都不敢前往）齐赛街的账本，
都去找放在衣橱里的存货单。现在，
女士们来了；就像海盗，都明白
到了些唾手可得的商船，装满了胭脂虫，
男人们登了上去；感谢啊，他们想，
他们的美人，他们的才智，双双买下。（4，175—191）

蒲柏的修改：

看哪！不列颠的青年，不再出没
战船、白屋、重罪室，或娼妓院，
他们向宫廷交付应缴的赋税出来
焕然一新，芳香四溢，走向客厅
身着靓丽的服装，连同神圣的体味，
美丽得有如他们转手倒卖的田野。
"那是王的细绒！"马屁精们发誓说；
没错，十日后就将属于李尔王。
皇宫或许会给舞台定下公正的规矩，
那将有助于弄臣的外套和弄臣本身。
为什么演员们都不穿廷臣的着装？
因为这些是演员，那些也都同样：
需求左右着所有阶层；他们都乞讨而着装更好，
全部都是光荣贫困的最佳状态。
为观赏而涂脂，为气味而着香
就像满载香料与胭脂虫的战船，
航行在女士们中间：每个海盗都盯着
唾手可得的船，那是丰厚的回报！
他是一阵疾风，而船就浮在水平位，
他登了上去，船径直向他驶来：

"亲爱的公爵夫人！你的妩媚将直捣心底！"
"我甜蜜的纨绔爵士！你真的很有才！"
这样的才子佳人，可不是无用的赞美，
因为美人和才子，双双都是买来的。（4，212—235）

除了都是五音步双韵体以及具有相同的展开顺序，多恩的原诗与蒲柏的改写似乎已是相去甚远。长度和遣词的区别自不必说，因为它们全都跃然纸上，就如这里的实例所显示的那样。两个版本的最大区别在于意境的不同，而意境的区别又体现在对细节的处理上。这集中反映了蒲柏在保留与修改中的标准，表明蒲柏是以极大的热情对多恩的讽刺诗加以"诗化"提升的，而不仅仅是简单的用韵、遣词、造句之类的技巧上的雕虫小技。

蒲柏的"诗化"处理，表面上只针对多恩诗本身，实际上则与他关于多恩"才智有余而诗律不足"的基本判断一致。换言之，无论是介绍"多恩派"，还是改写多恩诗，都是蒲柏试图撰写其心目中的英语诗歌发展史的有机组成部分。后来的历史表明，蒲柏对多恩的"诗化"处理流传了下来，而撰写英语诗歌发展史的计划则没能实现。由此也导致了两个结果。第一，在 18 世纪的读者中，大都是经由蒲柏而读多恩的，所以只知道他是一位讽刺诗人、一位才子，写过《讽刺诗Ⅱ》和《讽刺诗Ⅳ》。第二，蒲柏对多恩的"诗化"改造与"多恩派"的构想都双双有人在继续努力，比如托马斯·格雷（Thomas Gray，1716—1771）、帕内尔、亚伦·希尔（Aaron Hill，1685—1750）等。

格雷既是一位著名诗人，也是剑桥大学古典学教授。他的《墓园挽歌》（"Elegy Written in a Country Churchyard"）成就之高，至今无人超越。该诗不但把弥尔顿《忧思的人》（"IL Penseroso"，1632）所开创的抑郁文学传统推向了一个顶峰，而且还以对大自然的描写、对芸芸众生的同情、对感伤情调的呈现、对人与自然的关注开创了英国浪漫主义诗歌的先河，同时又因艺术技巧达到了古典主义所推崇的完美境界而被誉为"墓园诗派"的典范。作为一个学者，格雷对法律、考古、植物学、昆虫学、史学、诗学、社会学等皆有浓厚的兴趣。他的《诗歌的进程》（"The Progress of Poetry"，1757）追溯了诗歌从希腊到英国的发展历程，他对莎士比亚、弥尔顿、德莱顿等一大批诗人皆有自己的独到看法。他翻译的《命运女神》（"The Fatal Sisters"，1761）和《奥丁的降世》（"The Descent of Odin"，1761）还开启了浪漫派对北欧文学感兴趣的风气。

格雷也曾打算写一部英语诗歌发展史，并于 1770 年草拟了一个大纲，包括普罗旺斯派、意大利派、法兰西派等所谓"高卢民族（或凯尔特民族）的诗"①。其

---

① Thomas Gray. *The Correspondence of Thomas Gray.* Vol. 3. Eds. Paget Toynbee and Leonard Whibley. Oxford: Clarendon, 1935; rpt with additions and corrections by Herbert W. Starr. Oxford: Clarendon, 1971, p. 1122.

中意大利派又分为三个阶段，分别为第一意大利派，包括但丁、彼特拉克、薄伽丘等；第二意大利派，包括萨里、怀亚特、沃克斯勋爵（Lord Vaux）、弥尔顿等；第三意大利派，包括多恩、克拉肖、约翰·克利夫兰、考利、斯普拉特等。[①]格雷的基本评价是：意大利派是对普罗旺斯派的继承与发展；英国的第一意大利派始于罗马征服时期，结束于爱德华三世；第二意大利派是第一意大利派的进一步完善，于英国文学则始于 15 世纪末的英国文艺复兴，结束于 16 世纪；第三意大利派的特点是充满巧思，之于英国文学则始于伊丽莎白时代，经由詹姆斯一世与查理一世，结束于斯普拉特的创作；之后便是法兰西派，于英国则是复辟时期文学，包括沃勒、德莱顿、约瑟夫·艾迪生（Joseph Addison，1672—1719）、马修·普赖尔（Mathew Prior，1664—1721）和蒲柏。

较之于蒲柏，格雷的突出特点，一是用"第三意大利派"取代"多恩派"，虽然多恩仍旧位居该派之首；二是用"巧思"取代"才气"，这表明对作品的意象塑造的注重；三是以古典主义为标杆，比如他称第二意大利派就是阿里奥斯托派（School of Ariosto）与塔索派（School of Tasso），因而是在多民族的范围里对他的意大利派加以考察的，展示了一种开放的学者风范。像蒲柏一样，格雷的构想并未成为现实，但也反映了多恩之于英国文学发展的特殊贡献。

成为现实的是帕内尔、希尔等对多恩的讽刺诗的改造与化用，而这实际上是对蒲柏改造的继续，其原因非常简单：在多恩的讽刺诗中，蒲柏只改造了两首，因此帕内尔、希尔等受蒲柏启发而改写了多恩的其余诗歌，这对于年轻诗人而言并不奇怪，关键是能否出彩并流传于世。帕内尔等的改写就属于那种经过时间考验而流传下来的少数佼佼者。

帕内尔是一位爱尔兰诗人，英国作家奥利弗·戈德史密斯（Oliver Goldsmith）曾为他写过传记。帕内尔也是墓园诗派的最早成员之一，还是蒲柏和乔纳森·斯威夫特（Jonathan Swift，1667—1745）的好友，并曾协助蒲柏翻译荷马史诗《伊利亚特》（*The Iliad*）。为了呼应蒲柏的"诗化"处理，他于 1714 年改写了多恩的《讽刺诗Ⅲ》。蒲柏和帕内尔都保留了多恩的双韵体，都重视诗歌本身的流畅，也都增加了一些诗行。但蒲柏增加的部分使用了大量的人名，走的是立足当下之路；而帕内尔则一个人名也没增加，走的是忠实原文之路，比如多恩《讽刺诗Ⅲ》的下列诗行：

> 善良的怜悯窒息了我的脾，
> 泪水也已鼓胀了我的眼睑；
> 我不该笑，不该哭，要聪明，

① Thomas Gray. *The Correspondence of Thomas Gray*. Vol. 3. Eds. Paget Toynbee and Leonard Whibley. Oxford: Clarendon, 1935; rpt with additions and corrections by Herbert W. Starr. Oxford: Clarendon, 1971, pp. 1122-1124.

> 难道强忍能医治不堪的顽疾？
> 难道我们的情人不是美丽的宗教，
> 值得把我们的灵魂全部奉献，
> 好比美德之于最初的盲目时代？
> 难道天堂的幸福不足以减轻
> 肉欲，好比地球对它们的敬重？（1—9）

帕内尔的修改：

> 比较窒息了我的脾，但鄙视却阻止
> 泪水流过我那膨胀的双眼的通道：
> 嘲笑或哭泣罪过只会无益地显露
> 桀骜的激情，或一无所有的悲伤。
> 起来吧，讽刺！尝试你更尖刻的方式，
> 倘若讽刺治愈过古老的顽疾。
> 难道宗教不是（天堂派下的夫人）
> 值得我们的灵魂最该奉献的火焰，
> 好比凡人的美德之于她早期的晃荡，
> 优秀的异教徒在怀疑的白昼也能看见？
> 难道幸福，上苍已经许诺的欢乐，
> 不是伟大而强烈，足以击败尘世之爱，
> 好比尘世的光荣、声誉、敬重、展示，
> 所有这些回报都指向尘世的美德？（1—14）[1]

　　帕内尔虽将原本 9 行的篇幅增加到 14 行，但原诗的基本内容，连同其核心意象与展开顺序，都被忠实地保留了下来，但在视角上却发生了微妙的变化。多恩的《讽刺诗Ⅲ》是以宗教为题的，到帕内尔笔下则更加突出了讽刺本身，因为其第 5 行的"起来吧，讽刺！尝试你更尖刻的方式"就具有明显的前景化特征。由于讽刺诗是 18 世纪最为重要、最具特色的诗歌体式，所以帕内尔是在最大限度地忠实于原作的基础上，添加针对当下的讽刺要素的。从这个意义上说，他对多恩诗的改造与蒲柏并没有本质区别，但从结果上看，他确实不如蒲柏强，所以即便在当时，人们所称颂的依然是蒲柏的诗化处理，而非帕内尔的。

　　希尔是英国作家、诗人。在他流传下来的诗歌和 17 部剧作中，既有原创的，也有改写的。他还曾写过一些有关蒲柏的讽刺诗的评论，并因此而被蒲柏写

---

① A. J. Smith, Ed. *The Critical Heritage: John Donne*. London and New York: Routledge, 1983, p. 186.

入著名的《愚人志》（ *The Dunciad* ）。他的《致钟爱垂钓的女士，出自多恩博士》（ "To a Lady, Who Lov'd Angling, from a Hint, Out of Dr Donne" ）便是对多恩《诱饵》的一种改写。史密斯《批评遗产》也收录了该诗，下面是其中的第三节：

> 每尾心甘情愿的鱼儿，围着你，在游，
> 更乐于将你抓住，而不是你把他捕获。
> 要是有一尾，没被抓住，走过了身边，
> 那鱼儿，就更聪明，远远，胜过了我！①

　　较之于蒲柏和帕内尔，希尔的特殊之处在于尽力再现多恩诗的破句特征，但他做的似乎有点过头，比如这里的最后一行，原本只有两个意群（ sense group ），结果却表现为四个。这与汉语中的"和诗"更加接近，与其本身的副标题中的"出自多恩博士"也更为切合，而这也是希尔的改写比多恩的原诗显得更加诙谐的原因之一。希尔改写的另一特殊之处，在于他选择了讽刺诗之外的体式，而这也让人想起其他诗人对多恩诗的改写。不过，较之于多恩的《诱饵》，希尔的改写虽然诙谐，却显得较为乏味。

　　除了改写还有模仿。根据史密斯的《批评遗产》，在 1733 年末期至 1734 年初期的半年时间里，仅亨利·斯通卡索尔（Henry Stonecastle）主编的《世界旁观者周刊》（ *The Universal Spectator and Weekly Journal* ）就收录了 5 首模仿多恩的诗作，包括《致诺狄爵士》（ "To Sir Gimcrack Noddy" ）、《有事业的人》（ "The Man of Business" ）、《牛津佬的客厅之旅》（ "The Oxonian's Trip to the Drawing Room" ）、《大众情人》（ "The General Lover" ）和《情人的诅咒》（ "The Lover's Curse" ）。这些诗作分别拟自多恩的《古董商》（ "Antiquary" ）、《破晓》、《讽刺诗Ⅳ》、《无所谓》和《诅咒》（ "The Curse" ）②，其中 4 首都是爱情诗。从《批评遗产》所给的内容看，所谓的模仿实际上就是改写与模仿的结合，也就是仿拟，比如《有事业的人》中的下列诗行就与《破晓》有诸多相似之处：

> 达蒙　西尔维娅，天亮了（西尔维娅），那又如何？
> 　　　达蒙，那对你对我意味着什么？
> 　　　难道就因为夜晚我们才上床？
> 　　　所以天一放亮我们就该起床？
> 达蒙　西尔维娅，爱是我们的向导，在这里，

① A. J. Smith, Ed. *The Critical Heritage: John Donne*. London and New York: Routledge, 1983, p. 169.

② A. J. Smith, Ed. *The Critical Heritage: John Donne*. London and New York: Routledge, 1983, pp. 169-170.

> 西尔　在这里，让我们与爱厮守在一起：
> 达蒙　但是，如果太阳窥探到我们的爱，
> 　　　而后出于嫉妒向世人广为显摆——
> 西尔　随他去吧，他能说出的最糟的事，
> 　　　也不过我的心绝不会离开了你；
> 　　　我对自己的荣誉也是同样的爱，
> 　　　我绝不让他随心所欲就此走开。
> 达蒙　但事业，孩子（西尔）事业在召唤？
> 　　　啊！最糟的借口就是事业的召唤；
> 达蒙　我的客户等着，——会长他就在门口：
> 西尔　再见——但从此也不用再来见我——
> 　　　维纳斯（Venus）啊，既然你把美人偏爱偏袒，
> 　　　可怜的维纳斯，请听我的祈祷之言：
> 　　　有事业的男人，请夺走他们的殷勤，
> 　　　请只给他们事业，权作他们的爱情。①

　　多恩的《破晓》是一曲内心独白，完全从女子角度着笔；而《有事业的人》则是一段对话。但两者的主题思想并无区别，区别在于后者更加直白，尤其是最后的所谓"祈祷"。在多恩的原诗中，结尾处为"既有事业又求爱之人，他所犯/的过错，一如已婚男人又寻欢"②，这里的"祈祷"完全是对其加以发挥的结果。

　　类似的例子还有很多，但仅就上面的分析就足以显示：第一，把多恩作为一个流派的典型代表，并试图对之加以历史总结的做法，早在蒲柏时代就已有过不止一次的尝试，并且比学界常说的始于约翰逊要早；第二，对多恩诗的改写俨然成了风气，那种认为多恩在 18 世纪几乎无人问津的说法，虽在各种教科书和相当多的研究中一再重复，但显然是不能成立的，这是一种谬说；第三，有种观点认为，在 18 世纪，多恩仅有蒲柏改写的讽刺诗是为人所知的，但人们的改写、模仿则不但使这样的说法不攻自破，而且还明显反映了当时人们对多恩诗所持有的肯定态度。

第二节　赫德的共生说与柯珀等的多恩情结

　　事实上，对多恩的肯定也是 18 世纪多恩研究的基本取向之一，而且早在世

---

① A. J. Smith, Ed. *The Critical Heritage: John Donne.* London and New York: Routledge, 1983, p. 170.

② 约翰·但恩：《约翰·但恩诗选》，傅浩译，北京：外语教学与研究出版社，2014 年，第 57 页。

纪伊始就已出现。自 1701 年杰里米·柯里尔（Jeremy Collier，1650—1726）首开 18 世纪的肯定先河之后，很多人都在不同时期、不同场合，有过对多恩的仿拟、应和、引用、褒扬。

柯里尔毕业于剑桥大学，后来作了安普顿教区的教长。他曾公开质疑威廉三世（William Ⅲ）和玛丽二世（Mary Ⅱ）的合法性，拒绝宣誓效忠复辟初期的王朝，人称"反效忠牧师"（nonjuror），并曾一度"担任反效忠宣誓派教会首席主教"[①]。他的《略论英国舞台上的不道德与亵渎》（*A Short View of the Immorality and Profaneness of the English Stage*，1698）引发了一场跨世纪的文学争论，史称"柯里尔之争"（Collier Controversy）。在那场争论中，柯里尔的基本观点其实很简单：作为重要的育人场所，戏剧舞台理应把道德情操放在首位。可见柯里尔实际上是一位典型的古典主义文论家。他还以法国百科全书学者路易·莫雷里（Louis Moreri，1643—1680）的《历史大辞典》（*Le Grand Dictionnaire Historique*，1674）为基础，编辑过《历史、地理、谱系、诗歌大辞典》（*The Great Historical, Geographical, Genealogical and Poetical Dictionary*）。该书于 1694 年被首次出版，于 1701 年作了大幅补充后扩展为 2 卷本，1705 年和 1721 年又作了进一步补充，被认为是著名的《钱伯斯百科全书》（*Chamber's Encyclopedia*）的先驱。[②]在《历史、地理、谱系、诗歌大辞典》（1701）中，柯里尔收录了"多恩"条，并同时给出了这样的评价："具有卓越的诗歌天赋，不凡的品质、渊博的学识，一如他的《伪殉道者》《论自杀》《对开本布道文集》等作品所示的那样。至于人品，从道德和宗教角度看，皈依后的多恩特别普通与虔诚，且乐善好施，非常慷慨。"[③]柯里尔文字虽然不多，但所传递的信息却非常明确：第一，对多恩的态度非常友好；第二，多恩既是一个了不起的诗人，也是一个卓越的散文家；第三，18 世纪的曙光来临时，多恩并没有被人遗忘。这是 18 世纪对多恩的最早评论，涉及其生平与著作，加之其理论依据是古典主义的寓教于乐说，又出自当时的重要著作，因而在一定程度上具有开启先河、奠定基调的作用与意义。

在对多恩持肯定态度的人中，特别值得一提的是理查德·赫德（Richard

① 美国不列颠百科全书公司：《不列颠百科全书》（国际中文版 修订版 第 4 卷），北京：中国大百科全书出版社，2007 年，第 348 页。

② 20 世纪 50 年代，美国出版了《柯里尔百科全书》（*Collier's Encyclopedia*，又译《科利尔百科全书》），初版 20 卷，1962 年修订扩充为 24 卷。该百科全书"在艺术、人文学科、社会科学和植物学方面的内容最佳。重要人物的传记论述很详"（美国不列颠百科全书公司：《不列颠百科全书》（国际中文版 修订版 第 4 卷），北京：中国大百科全书出版社，2007 年，第 348 页），至今仍是一部颇有影响力的工具书，也是很多大学与研究中心的必藏书。

③ A. J. Smith, Ed. *The Critical Heritage: John Donne*. London and New York: Routledge, 1983, p. 176.

Hurd，1720—1808）。赫德毕业于剑桥大学，曾于 1774—1778 年做过利奇菲尔德和考文垂主教，随后于 1781 年出任伍斯特主教直至其去世。他编辑过贺拉斯、威廉·瓦博顿（William Warburton）、考利等人的作品，卷入过宗教纷争，撰写过有关伦理和文学的著作。他的《骑士精神与浪漫主义书信集》（*Letters on Calvary and Romance*，1762）曾一度激发了人们对哥特小说的兴趣，他编辑并注释的贺拉斯《诗艺》（1749）得到过《罗马帝国衰亡史》（*The History of the Decline and Fall of the Roman Empire*）的作者爱德华·吉本（Edward Gibbon，1737—1794）的高度肯定。贺拉斯在《诗艺》第 25—28 行写道：“我努力想写得简短，写出来却很晦涩。追求平易，但在筋骨、魄力方面又有欠缺。想要写得宏伟，而结果却变成臃肿。（也有人）要安全，过分害怕风险，结果在地上爬行。”①根据史密斯的《批评遗产》，赫德对之所做的注释是这样的：“如果这些特征以我们的诗人为例加以说明，则如果按声望高低排序，我认为一流的或许是多恩，二流的是帕内尔，三流的是汤姆森（Thomson），而四流的则是艾迪生（Addison）。”②

　　赫德把多恩看作“一流”诗人，这在文字表面就已十分清楚。问题在于，所谓的“一流”究竟指什么？创新的？失败的？抑或是事与愿违的？之所以提出这些问题，是因为上引贺拉斯诗行的上下文分别是“我们大多数诗人所理解的‘恰到好处’实际上是假象”和“在一个题目上乱翻花样，就像在树林里画上海豚，在海浪上画只野猪。如果你不懂得（写作的）艺术，那么你想避免某种错误，反而犯了另一种过失”③。也就是说，贺拉斯的批评是基于“合适”原则的，而赫德在其注释中并未增加其他内容，他列举了包括多恩在内的许多众所周知的诗人，很可能旨在让人更加理解贺拉斯的原文。从这个意义上说，多恩、帕内尔、汤姆斯和艾迪生等，在赫德看来都是具有创新意识的诗人，他们的不同之处仅仅在于作品的实际效果。赫德的等级划分是否恰当应另当别论，但他以多恩等为例来阐释贺拉斯的思想，这本身就足以说明：多恩在 18 世纪非但没有淡出读者的视野，反而具有标杆的作用。

　　更为重要的是，赫德的注释之所以让人联想到创新、失败、事与愿违等，是因为这一注释所在的特定的上下文，而这个上下文又与他在《论诗的模仿》（“A Discourse on Poetical Imitation”）中的“共生习惯（mutual habitudes）与共生关系（mutual relations）”说有着密不可分的关系：

---

　　① 贺拉斯：《诗艺》，杨周翰译//武蕴甫、胡经之主编《西方文艺理论名著选编》，北京：北京大学出版社，1985 年，第 97 页。

　　② A. J. Smith, Ed. *The Critical Heritage: John Donne*. London and New York: Routledge, 1983, p. 240.

　　③ 贺拉斯：《诗艺》，杨周翰译//武蕴甫、胡经之主编《西方文艺理论名著选编》，北京：北京大学出版社，1985 年，第 97 页。

共生习惯与共生关系（至少心灵是这么认定的）存在于思想与感受所及的众多对象之间，由它们构成的自然与智力的整体世界的确是广袤无边的。如果诗人能将所有的概念都关联起来、整合起来，让精巧的心灵能够理解互不相干的任何符号，或看到它们的相似性，那真真正正是妙不可言的，因为任何量级的意象与引喻，其间的高度一致性都可以在任何别的作家那里发现。[①]

这段文字包含两个世界：一是自然界，二是心智界。前者属外在于人的大千世界；后者属内在于人的心理活动。两者彼此关联，相互依存，共同构成一个水乳交融的"整体世界"。一方面，由于这两个世界都是"广袤无边的"，因此"所有的概念"也都是可以"关联起来、整合起来"的；另一方面，这些关联又都是成双成对的，比如"思想与感受""自然与智力""意象与引喻"，因此对它们的整合，实际上就是发现它们之间业已存在的相似性。这显然是古老的"天人对应说"的另一种表达，但赫德使用的术语却并非"天人对应"，而是"共生习惯"与"共生关系"，所以我们不妨称之为"共生说"。

"共生"原本是一个生物学概念，指不同物种之间一同生活、相依为命的现象。20 世纪中叶以后开始被应用于医学、农业、经济、社会等领域。在社会学方面，学者们大多认为，随着科技的进步，人与人之间、人与物之间已经结成互相依赖的共同体，因此需要用"共生理论"来设计和协调各种社会因素的相互作用与关系。有关共生理论的来龙去脉、核心思想、发展演变等，在朱迪丝·L.布龙斯坦（Judith L. Bronstein）主编的《共生》（*Mutualism*，2015）中已有很好的叙述，这里不再赘述。需要强调的是，共生理论认为，"共生"是自然界的普遍现象，也是人类社会的普遍现象；运用共生现象来看待人类社会中的政治、经济、文化、教育等领域，会更加深刻地把握这些领域的相互关系，从而不断地对之加以优化，实现社会的可持续发展。

"共生说"所揭示的是彼此之间的相互关系，与之相关的词汇除了"共生理论"（mutualism）、"共生性"（mutuality）、"共生的"（mutual）、"共生化"（mutualize）等派生词之外，还有"共栖"（commensalism）、"寄生"（parasitism）、"共存"（symbiosis）等同义词。根据《牛津英语词典》（*The Oxford English Dictionary*），有关"共生"的概念早在 16 世纪就已多有出现，仅莎士比亚就在《奥赛罗》（*Othello*）、《一报还一报》（*Measure for Measure*）、《温莎的风流娘儿们》（*The Merry Wives of Windsor*）、《威尼斯商人》和《维洛

---

① Richard Hurd. "Horatius Flaccus." In A. J. Smith (Ed.), *The Critical Heritage: John Donne*. London and New York: Routledge, 1983, p. 240.

那二绅士》（*The Two Gentlemen of Verona*）等作品中表现过类似的思想。[①] "共生说"的核心是二元对立的统一性，而其基础则是心灵的认知，亦即赫德所说的"心灵是这么认定的"。按照赫德的理论，用心灵的认知去观察人与自然两个世界，则"共生"之于人的智力活动是一种"共生习惯"，之于对大自然的认识则是发现各种物象之间的"共生关系"。由于心灵能捕捉到人与自然、人与人、物与物等众多符号之间的相似性，所以赫德才肯定地说，无论从自然还是人的角度，任何形式的意象与引喻都是"高度一致的"，也都"可以在任何作家那里发现"。

在赫德看来，共生关联往往能带来出乎意料的新奇感，这种新奇感反过来又能促使心灵在不同的文本中获得不同的愉悦。但是，像贺拉斯一样，赫德也主张关联要适度，认为艺术中有太多的好奇，或者太过矫揉造作的情感表达，都会有悖于叙事（epos）或戏剧（drama）的要求，所以他反对使用扭曲的引喻和典故，主张表现最为平淡的自然意象：

> 无须搜肠刮肚地找寻牵强附会的引喻或典故，而只需致力于将最明显、最自然的意象放在最美丽的光照之中。在这一点上，值得一提的当数上世纪的一个伟大诗人，我指的是多恩博士，尽管他的天赋人所皆知，还有当时的时代品味，可他却比任何诗人都更喜欢在其次要作品中使用各种各样的秘藏方式，而当他创作其伟大作品《论灵的进程》（我们只有该诗的开头）时，他那良好的感受性则将他带进了自由的自然空间与开放的白昼时光。[②]

这里涉及多恩的两类作品：爱情诗和讽刺诗。所谓"秘藏方式"（secret and hidden ways），指的是将互不相干的各种意象加以组合，借以产生新奇之感，从而引发读者的联想，获得心灵的愉悦。这实际上是对多恩爱情诗的评价。从中可以看出，赫德是把多恩的爱情诗划归"次要作品"之列的。与之相对的是多恩的讽刺诗，特别是《论灵的进程》，赫德将其视为"伟大作品"，认为它以"自由的自然空间"与"开放的白昼时光"表现了多恩"良好的感受性"。值得注意的是：第一，赫德所谓《论灵的进程》当指《灵的进程》，因为多恩在后者的标题下赫然写着"第一歌"的字样，而这只出现在《灵的进程》中，其他作品中也找不到诸如"第二歌"或"第三歌"的字样，而且"自由的自然空间与开放的白昼时光"同样只见于《灵的进程》而不见于《论灵的进程》，所以"我们只有该诗

---

① J. A. Simpson, E. S. C. Weiner.*The Oxford English Dictionary*. 2nd ed. Vol. X. Oxford: Clarendon, 1989, pp.154-156.

② Richard Hurd. "Horatius Flaccus." In A. J. Smith (Ed.), *The Critical Heritage: John Donne*. London and New York: Routledge, 1983, p. 241.

的开头"实际上就是整首《灵的进程》；第二，赫德虽然划分了两类不同等级的作品，但并没有否定"次要作品"，而是把它们与"伟大作品"一道看成多恩不可分割的组成部分，用以证明多恩何以成为"上世纪的一个伟大诗人"的；第三，赫德是在论述"共生习惯与共生关系"时，以多恩为例来论证"自然的意象"何以成为不朽的"引喻或典故"的，所以当他把多恩称为"上世纪的一个伟大诗人"时，他显然是把多恩看作了"共生说"的典型代表。这是"共生说"之所以与多恩相关的重要依据。

此外，赫德把多恩看作一个"伟大诗人"，不仅仅因为多恩将"最明显、最自然的意象放在最美丽的光照之中"，还因为"他的天赋人所皆知"。为了进一步证明多恩就是"伟大的诗人"，赫德还将琼森和多恩加以比较，以琼森的"随心所欲"证明多恩的"完美而自然"：

> 本·琼森在《忧伤的牧羊人》序言中，一开始就说到诗的主题。他的牧羊人之所以感到悲伤，是因为——
> 他失去了真爱，据托伦特的传说
> 是流了产！天哪！那宁静的小河
> 的溪头，竟将其双脚也淹没！
> 这里的隐喻是没有必要的，甚至是荒谬的。可曾有谁听说过河的双脚？我们只听说过河流的怀抱。而这就是琼森的原文。
> 伟大而美丽的皇后啊，你是否知晓？
> 啊！宁静的泰晤士源头也无从知道
> 谁的草场、谁的谷物将会没入怀抱。
>
> 多恩博士
>
> 诗人说的是法庭的腐败，所用的引喻完美而自然。琼森因其十足的美感而将其用于自己的序中。他的河流写得随心所欲，是因为他宁愿让机会就此溜走。但他的说法却很不自然，而这就透露了他是在模仿。①

《忧伤的牧羊人》（The Sad Shepherd）是琼森晚年时期的一部戏剧，全称《忧伤的牧羊人，或罗宾汉的传说》（The Sad Shepherd, or a Tale of Robin Hood），具体写作年代不详，1641 年首次以对开本形式出版。该剧只写到第三幕第一场，根据正文前的序言所示，全剧显然并未完成，所以在一些版本中印有"残本"二字。该剧每一幕都在脚本前有一个"故事概要"。全剧开篇的"序"用诗体写成，共计 66 行，赫德所引的是第 24—26 行；其中的"托伦特"，根据

---

① Richard Hurd. "Horatius Flaccus." In A. J. Smith (Ed.), *The Critical Heritage: John Donne*. London and New York: Routledge, 1983, pp. 241-242.

"故事概要"，指的是"托伦特河"。琼森的"将其双脚也淹没"，在赫德看来，违背了生活常识，因为这样的隐喻太过"随心所欲"，已然突破了共生关联的适度性要求，所以"是没有必要，甚至是荒谬的"。而多恩的诗行则是"完美而自然"的，因为他的隐喻是人尽皆知的，他的表达近乎达到了人与河的交融，堪称共生境界的典范之作。可见，赫德在评价一部作品是否自然时，其标准就是大千世界与心理活动是否彼此交融。

乔治·威廉姆森在《玄学诗读者指南》（1967）中用了一个专章的篇幅论述多恩的两个世界，包括可见世界与不可见世界、肉体世界与灵魂世界、变化界与恒定界、上界与下界等。[①]虽然其内容更加丰富，分析更加深入，但基本内容和基本方法，却早在赫德这里就已经有了。由此也可看出赫德的共生说对后来的多恩研究有着怎样的意义。另一方面，赫德的共生说之重要性，与其说是对多恩的诗歌创作给出了高度评价，不如说是为这种评价提供了一种理论依据。对于认可这一理论的批评家来说，多恩诗充满了张力，是现代诗的先河；对于拒绝这一理论的批评家来说，多恩诗就是靠蛮力强拽在一起的大杂烩。两种观点截然对立，虽然今天已很少再有后一种观点，但在 18 世纪这两种观点则处于一种共生状态之中，这也是 18 世纪的多恩研究之所以分为肯定与否定两大阵营的根本原因之一。

在 18 世纪的肯定阵营中，威廉·柯珀（William Cowper，1731—1800）堪称最具情感因素的人，因为他对多恩的喜爱给人一种近乎痴迷的感觉。我们知道，柯珀是英国 18 世纪最为著名的诗人之一，也是浪漫主义诗歌的先驱之一。他摒弃了机械的韵律和老套的措辞，转而向大自然寻求灵感。他的诗或抒发个人情感，或赞美上帝，或歌颂自然，往往兴之所至，随意成章，且感人至深，被认为是"彭斯（Burns）、华兹华斯、柯勒律治的先行者"[②]。但柯珀对多恩的情感寄托却并非源于宏大的浪漫主义诗歌的历史发展，而是源于他的个人身世。

柯珀出生于赫德福德郡的伯克翰斯德（Berkhamsted），其父亲约翰·柯珀（John Cowper）是伯克翰斯德的教区牧师，母亲安妮·柯珀（Ann Cowper）则是诗人多恩的后裔。在柯珀 7 岁时，他的母亲因生弟弟约翰死于难产，这给柯珀带来了巨大的精神打击，加之从学生时代起就开始抑郁，使他更加亲近母亲一家。根据詹姆斯·鲍德温（James Baldwin，1924—1987）所说，50 多年后的 1790 年 2 月，柯珀的表妹博达姆夫人（Mrs Bodham，本名 Anne Donne）为他送来他母亲的画像，柯珀感动不已，不但为此写了著名的《接到母亲的画像》（"On the

---

① George Williamson. *A Reader's Guide to The Metaphysical Poets*. London: Thames and Hundson, 1967, pp. 26-42.

② 美国不列颠百科全书公司：《不列颠百科全书》（第 4 卷），北京：中国大百科全书出版社，2007 年，第 558 页。

Receipt of My Mother's Picture"）一诗，还同时给博达姆夫人写了一封感谢信。前者情真意切，是英国诗坛最为动人的挽歌之一①；后者则以极其恭敬的口气，表达了对多恩家族的拳拳之心：

> 在我身上，我坚信多恩胜过柯珀，尽管两个姓氏我都爱，也有一千个理由去爱自己的名字，但天性使然，我感到自己更强烈地倾向您的一边[……]此外，我还写了不少的诗，就像我们敬爱的先祖圣保罗大教堂的教长，而且我将竭尽所能地努力证明，在所有方面，我都会是一个真正的多恩。真相是，无论我成为什么样的人，我始终都爱着你们大家。②

柯珀不但在家书中用"先祖"一词来指称多恩，而且在诗作中同样如此。早在 1742 年进入西敏寺中学后，柯珀就对荷马史诗很感兴趣，1786 年移居白金汉郡韦斯顿后，他便开始了用无韵诗翻译荷马的《伊利亚特》和《奥德赛》（The Odyssey）。两书均于 1791 年出版，曾被认为是 18 世纪最为重要的英译本之一，堪比早年的蒲柏英译本。根据史密斯《批评遗产》，柯珀于 1793 年收到一件特别的礼物荷马半身像，随即写了一首十四行诗以示感谢，诗名《心爱的亲人》（"Kinsman Belov'd"），诗中这样写道：

> 悲的是，我因沉浸于荷马的宝藏
> 失去了珍贵的岁月，现在即将完满，
> 处理他的黄金，无论多么耀眼，
> 终将在基督的天平上化为垃圾。
> 更聪明些吧，像我们的先祖多恩，
> 追寻天庭的财富，只为上帝劳作。③

在这首表达翻译荷马之苦与乐的诗中，柯珀同样把多恩称为"先祖"，还把自己的翻译过程与多恩的生平加以比较，视之为"追寻天庭的财富，只为上帝劳作"。有趣的是，柯珀自己似乎并没有收藏多恩的诗集，因为他曾于 1790 年在给约翰·约翰逊（John Johnson）的一封书信中提出过这样的要求："你手头若

---

① 《接到母亲的画像》共 120 多行，以一个幼子的视角深情地回顾了浓浓的母爱，是"最精致的英语诗歌之一[……]每一行都充满本能的深邃与愧疚之感，难以找到与之匹敌的其他作品。没有一个短语或单词会给哪怕最敏感的耳朵以不适之感，没有丝毫的夸张，没有丁点的言过其实。如此伟大的亲情出自一个上了年纪的人，这个事实本身表现了一种独特而温馨的品质，令人感慨万千"。见 James Baldwin. *Six Centuries of English Poetry: Tennyson to Chaucer*. New York, Boston and Chicago: Silver, Burdett and Company, 1982, p. 119.

② William Cowper. *The Correspondence of William Cowper*. Vol. 3. Ed. T. White. Ann Arbor: University of Michigan Library, 1904, pp. 434-435.

③ A. J. Smith, Ed. *The Critical Heritage: John Donne*. London and New York: Routledge, 1983, pp. 253-254.

有多恩的诗集，请一并带来，因为我已好些年没见过了，很想再重温一遍。"①即便这样，他依旧以"先祖多恩"而自豪，将其称为"心爱的亲人"，并用以作为上引十四行诗的标题，这再次表现了他对多恩的痴迷。

如果说柯珀的表白是因其与多恩家族的特殊关系，更多的是一种套近乎的奉承，那么安德鲁·吉皮斯（Andrew Kippis，1725—1795）的评价则全然出于挑战。吉皮斯是英国长老会牧师、传记作家、伦敦古文物学会会士、皇家学会会士。他曾是《绅士杂志》《每月论坛》《图书馆》等的主要撰稿人，还是《新文史哲年鉴》的创办者，也是具有"太平洋之王"称号的詹姆斯·库克（James Cook）船长的早期传记作家之一，但他的主要工作是主编《不列颠名人传》（*Biographia Britannica Literaria*）。②在《不列颠名人传》第二版中，多恩部分的主体是沃尔顿的《多恩传》，但吉皮斯也增加了不少注释，其中既有对多恩作品的引用，也有从琼森到约瑟夫·沃顿（Joseph Warton，1722—1800）的有关评论，还有自己对多恩及其作品的基本看法。以多恩皈依时的犹豫不决为例，吉皮斯将其解释为情操："这种情操显示了祈祷与事工是可以兼顾的，在多恩自己的诗中就有表现。"③这里，特别值得注意的是吉皮斯的遣词。不仅因为"祈祷与事工"后来也被戴顿·哈斯金（Dayton Haskin）用以点评多恩的诗④，而且因为"祈祷"与"事工"显示了吉皮斯的切入点是伦理，而"可以兼顾"则表明他是以"共生"为视野对多恩加以阐释的。

但更为有趣、更富创见也更重要的是那些颇具针对性的评论。比如德莱顿曾在《论讽刺诗的起源和发展》中这样写道："多恩的讽刺诗充满了才气；假如他能留意遣词与韵律，会不会更加迷人呢？"⑤在德莱顿的原文中，前半句为陈述句，属肯定性评价；后半句则为虚拟语气，属否定性评价。针对这样的评价，吉皮斯说：

> 至于我们那位已经辞世的优秀诗人（即蒲柏先生，见他所作的多恩博士的讽刺诗），他是否从这一疑问中获得过启发已经无从确定；但他却已向全世界表明，多恩的讽刺诗一旦译成诗句或英语（恰如德莱顿先生所说），就与讽刺诗中的任何东西都不相上下，甚至较之于他自己那

① William Cowper. *The Correspondence of William Cowper*. Vol. 3. Ed. T. White. Ann Arbor: University of Michigan Library, 1904, p. 478.

② 其英文标题为 "Lives of the Most Eminent Persons Who Have Flourished in Great Britain and Ireland, From the Earliest Ages, Collected from the Best Authorities"。《不列颠名人传》第一版的主编为威廉·奥尔迪斯（William Oldys，1696—1761），吉皮斯是第二版主编。

③ Andrew Kippis. *Biagraphia Britannica*. Cambridge: Cambridge UP, 2002, p. 334.

④ Dayton Haskin. *John Donne in the Nineteenth Century*. Oxford: Oxford UP, 2007, p. 285.

⑤ John Dryden. *A Discourse Concerning the Original and Progress of Satire*. London: no press, 1693, p. 72.

些令人羡慕的作品也都毫不逊色。①

史密斯在《批评遗产》中指出，吉皮斯在注释沃尔顿的《多恩传》时，引用了大量的多恩诗作，但几乎都不是第一手资料，而是从约翰逊和沃尔顿那里转引的，这表明他对多恩诗的阅读是有限的；然而他对多恩的评价却不但比当时的部分权威人士要高，而且还往往与他们的看法大相径庭。②史密斯的评论恰好说明，吉皮斯对多恩的看法是基于对共生说的认可的，也是基于对多恩诗的独到感受的。比如他下面的文字：

> 多恩的名字更多地与诗人联系在一起，而不是其他，尽管他的诗作已经没人读了，只有经过蒲柏改写、印在对面页上的讽刺诗是例外。他的诗作极为刺耳、没有乐感，却得到了人们的认可；何况各种说法也都表明他是一个天才的诗人。伯奇博士曾注意到，多恩诗彰显着非凡的创造力，覆盖着一层矫揉造作的朦胧伪装，还有最不和谐的声律。一位远在其上的品位裁决者（沃顿博士）则断言说，多恩博士拥有真正的诗歌天赋，也有创作道德诗的高尚才能。同一个作家，曾被公认为一个睿智之人、一个通情达理之人，后来却受到质疑，质疑他为纯净的诗歌留下过怎样的蛛丝马迹；而现在竟然在某位期刊评论家的笔下变成了一个前言不搭后语的人。然而，我们却对此不敢苟同，因为多恩博士或许真有创作道德诗的天赋，可又或许因缺乏品位、忽视和谐而没有得到合适的呈现。这位评论家还进一步责问："任何人，凡有诗的耳朵的，可曾读过多恩十行而不觉恶心的？或多恩可曾写过十行诗？当然没有。"我们的回答理直气壮："当然有。"要证明我们这一回答的真实性，只需看看注释 K 所引用的四个诗节。那 16 个诗行虽然有些奇怪，却有着真正的诗的气质。③

吉皮斯的这段文字显得有些怪异，但基本思想是清楚的。总体来说，他的出发点依旧是"共生"，所以对多恩的评价似乎既有肯定，也有批评，但都是对其他评论家的感慨，而他本人的态度则始终是肯定的，因而但凡否定性的话语都是放在从句中的。他引用约瑟夫·沃顿的话以证明多恩是一位天才的诗人，针对德莱顿的指责，他以蒲柏为依据，指出两人旗鼓相当、不分高下，这些都是对多恩的充分肯定。他说多恩或许"缺乏品位、忽视和谐"，说多恩的诗"极为刺耳、没有乐感"，这看似是他认同别人的批评，实则不然，因为它们都有让步的性

---

① Andrew Kippis. *Biagraphia Britannica*. Cambridge: Cambridge UP, 2002, p. 334.

② A. J. Smith, Ed. *The Critical Heritage: John Donne*. London and New York: Routledge, 1983, p. 255.

③ Andrew Kippis. *Biagraphia Britannica*. Cambridge: Cambridge UP, 2002, p. 337.

质，是共生说的必要条件，所以把肯定与批评统一在多恩及其作品上，一方面显示了他的与众不同，另一方面也表现了"共生"的思想。这在他对约瑟夫·沃顿的评价上显得尤为突出，而在对待多恩的态度上，整段文字从头到尾都彰显着他对多恩的崇敬之意。

具体地说，这段文字包含两层意思且都是颇具针对性的，特别是"伯奇博士"和"某位期刊评论家"。首先是"伯奇博士"，也就是托马斯·伯奇。前面说到，伯奇是《多恩传》的作者之一，但他也是《蒂洛森传》（*The Life of the Most Reverend Dr John Tillotson*，1725）的作者。约翰·蒂洛森（John Tillotson，1630—1694）是一位圣公会牧师，1691—1694 年出任坎特伯雷大主教，他著述颇丰，流传至今的个人文集便有 10 卷之多。伯奇的《蒂洛森传》因涉及多恩而被吉皮斯用于上述注释中。针对伯奇关于多恩诗"覆盖着一层矫揉造作的朦胧伪装，还有最不和谐的声律"的说法，吉皮斯径直以沃顿的"多恩博士拥有真正的诗歌天赋"作了回应，而"远在其上"（a far superior arbitor）四个字则以沃顿为范例来彰显他对伯奇的不屑一顾。其次是"某位期刊评论家"，根据史密斯《批评遗产》，这指的是《每月评论》（*The Monthly Review*）1756 年 1—6 月号刊出的一篇匿名文章的作者。①根据吉皮斯的引语，那篇无名氏的文章以反诘的语气，对多恩做了彻底否定："任何人，凡有诗的耳朵的，可曾读过多恩十行而不觉恶心的？或多恩可曾写过十行诗？当然没有。"②针对这一责难，吉皮斯以铿锵的语气给予了掷地有声的回击："我们的回答理直气壮：'当然有。'"为了支撑这一回击，他还特别提醒读者查看"注释 K 所引用的四个诗节"。"注释 K"是他对沃尔顿《多恩传》的注释之一，其中所引的"四个诗节"指多恩《赠别：节哀》的最后 4 节，即把一对恋人比作圆规双脚的著名巧思。该诗每节 4 行，共计 16 行，比《每月评论》所指责的 10 行多出 4 行，吉皮斯赞之为"有着真正的诗的气质"。

吉皮斯关于"多恩的名字更多地与诗人联系在一起"的评语，同样出现在罗安德森的论述中。安德森曾是一名医生，后来弃医从文，成了一位作家、编辑、文论家。他编辑过《爱丁堡杂志》（*Edinburgh Magazine*），但主要是 14 卷《大不列颠诗人全集》，其中第 4 卷（1793）收录了多恩的诗与沃尔顿的《多恩传》，他还给出了自己的评论，比如：

> 现在人们更熟悉的是，多恩是一个诗人而非圣徒，虽然后一身份体

---

① A. J. Smith, Ed. *The Critical Heritage: John Donne*. London and New York: Routledge, 1983, p. 255.

② 无名氏的这篇文章，实际上是针对约瑟夫·沃顿的《论蒲柏的作品与天赋》之前言的，其更为具体的内容，我们将在下节中另行引出。值得注意的是，面对无名氏的这一质疑，沃顿本人并没有给出直接的回应，而吉皮斯的回应却干脆利落，态度鲜明，掷地有声。

现着他的伟大品格。他的散文创作以神学为主[……]他的《伪殉道者》有力地驳斥了教皇至上论，是他散文中最有价值的篇目。他的布道文过于注重细节，是当时的时代使然，现在看来不值推崇。他的诗包括歌与十四行诗、警句诗、挽歌、祝婚曲、讽刺诗、诗信、哀歌、神圣十四行诗等[……]他的同代人全都不遗余力地赞美他。其中的偏见或许是出自当时流行的写作风格，所以他们似乎高估了他的成就。盛赞他的才气与机敏自然是毋庸置疑的。他的所有作品都充满天才般的丰富想象，描写也都极为精细；但他的思想则不够自然、不够浅显、不够精确，还因表达的粗心而有所贬低[……]约翰逊博士在《考利传》中列举了他的惊人天赋与广博学识，以最有效的方式概括了多恩的玄学诗，同时也论述了他的那些追随者。①

安德森与吉皮斯的不同之处在于，前者对多恩持完全肯定的态度，显得较为主观；后者则试图总结多恩的成就与他人的评论，显得较为冷静客观。但当他说多恩的同侪都"不遗余力地赞美他"是一种"偏见"时，他显然是站在约翰逊的立场的；而他称多恩"表达粗心"则显示了他对蒲柏的诗化改写的认可。此外，吉皮斯的评价虽然主观，但"共生"的概念却因此而变得更加抢眼；安德森的评价则更像一种简介，而且用的也是"作家—作品简介"的传统呈现方式，但这种较为客观的具有介绍性质的评价却更容易为人接受。当时的很多人在不同场合都有过对多恩的评价，仅史密斯《批评遗产》所列举的就有 50 多位。②那些评价既有出自各种诗集的，也有出自朋友间的书信往来的，还有出自《卫报》（*The Guardian*）、《每月评论》、《文学杂志》（*The Literary Magazine*）、《文学批评》（*The Critical Review*）等报章杂志的。以《卫报》为例，史密斯《批评遗产》列举了 1713 年 3 月 30 日的一篇有关歌曲创作的文章，其基本思想是：英国作家通常扎堆地写一种题材，结果却是他们给出的都是一串残缺的商籁体，而非一件完成的作品，最典型的代表是多恩和考利，他们以才取胜、以象取胜，他们的才与象无处不在，令人目不暇接，却又无从感到满足。③

安德森的评论表明：在理性主义占主导的 18 世纪，多恩并没有销声匿迹，恰如弗雷泽在《英诗简史》中所说的，"在去世后的三个半世纪里，多恩并没有真的被人忽视"④，而且在柯珀和吉皮斯等人的心中，多恩依然享有较高的地位。对多恩批评史而言，安德森的评论的更大价值在于，它直接把关注焦点从众

---

① Robert Anderson. *A Complete Edition of the Poets of Great Britain*. Vol. 4. Edinburg, 1793, pp. 3-5.

② A. J. Smith, Ed. *The Critical Heritage: John Donne*. London and New York: Routledge, 1983, pp. 167-258.

③ A. J. Smith, Ed. *The Critical Heritage: John Donne*. London and New York: Routledge, 1983, p. 185.

④ G. S. Fraser. *A Short History of English Poetry*. Somerset: Open Books Publishing Ltd., 1981, p. 114.

多的评论中引向了约翰逊。就此而论，他对多恩的基本评价与沃顿的等级说，可谓异曲同工。

第三节　沃顿的等级说与多恩研究两大阵营

约瑟夫·沃顿是英国诗人、编辑、文论家。他的弟弟托马斯·沃顿（Thomas Warton，1728—1790）曾是 1785—1790 年的英国桂冠诗人。他们兄弟两人都有悖于所谓"正统诗"的概念，也都激发了人们对哥特诗的兴趣。约瑟夫·沃顿强调自然与想象之于诗歌的重要意义，被视为开启了英国浪漫主义诗歌的先河。他是塞缪尔·约翰逊的朋友，编辑、出版过维吉尔、德莱顿、蒲柏等人的作品，因此也被称为古典文学学者。①他是否像约翰逊那样真正研读过多恩不得而知，但他编辑《蒲柏文集》（*The Works of Alexander Pope, Esq.*，1757—1797）时，必定读过蒲柏所改写的多恩诗，因为在他的注释中，很多都是把蒲柏的改写与多恩的原诗加以比较的。对我们的研究而言，他的重要性并不在于他对多恩的熟悉程度，而在于他对诗歌等级的划分以及对多恩的归类。

沃顿对诗歌等级的划分见于《论蒲柏的作品与天赋》（"An Essay on the Writings and Genius of Pope"），这是他为《蒲柏文集》所写的前言，后单独成书出版。《蒲柏文集》第 1 卷出版于 1756 年，其修改版于 1762 年出版，第 2 卷出版于 1782 年。也就是说，《论蒲柏的作品与天赋》前后共有三个版本，分别是 1756 年版、1762 年版和 1782 年版。鉴于其中有关多恩部分的基本观点已在史密斯的《批评遗产》中皆有收入，所以下面将主要基于《批评遗产》，对之略作分析，借以探究 18 世纪的多恩研究何以会出现肯定与否定两大阵营。

在 1756 年的《论蒲柏的作品与天赋》第一版中，沃顿曾写过如下这段略显怪异却又颇具影响的文字：

> 我们似乎没有对某些差异给予足够的重视，比如巧智的人、感性的人、真正的诗人。多恩与斯威夫特无疑都是巧智的人，也是感性的人；但他们究竟给纯粹的诗留下过什么痕迹呢？[值得注意的是德莱顿对多恩的评价：他是最伟大的才子，尽管不是最伟大的诗人]。②

这段文字之所以略显怪异，是因为"巧智的人"（man of wit）、"感性的

---

① 美国不列颠百科全书公司：《不列颠百科全书》（国际中文版 修订版 第 18 卷），北京：中国大百科全书出版社，2007 年，第 114 页。

② Joseph Warton. "An Essay on the Writings and Genius of Pope." In A. J. Smith (Ed.), *The Critical Heritage: John Donne*. London and New York: Routledge, 1983, pp. 232-233. 括号里的内容为 1762 年的修改版所增加的。

人"（man of sense）与"真正的诗人"（true poets）皆属人的范畴，"纯粹的诗"（pure poetry）则属物的范畴，将"真正的诗人"与"纯粹的诗"直接挂钩似有逻辑错位之嫌，而这段文字之所以颇具影响，则是因为"他们究竟给纯粹的诗留下过什么"的问题，不仅关乎诗人的历史地位，而且涉及文学批评的学理基础。

在学理层面，沃顿提出的问题与柏拉图（Plato，公元前 427—前 347）以降的批评传统密切相关，即以一个理念为出发点，然后从相关要素中找寻材料予以支撑。具体到文学批评，便是以某种预设为基点去构建一套诗学理论，而用以作为支撑的往往是主题、素材、表现方式等。这一传统直到解构主义都没有根本性的变化，甚至解构主义本身也都是以预设为其基点的。由此也强化了有关分类的原则意识，只是用以作为原则的理念本身在具体场合各有不同而已。沃顿的分类原则明显指向他所预设的三类诗人："巧智的人""感性的人"和"真正的诗人"。在诗人的历史地位层面，沃顿基于他的分类原则，把英国诗歌分为四个等级，并以"给纯粹的诗留下过什么"为依据，将诗人们划归到各不相同的等级之中。他把多恩和斯威夫特划归为巧智与感性兼备的人，这显示着他对多恩的赞许。那么，他眼中的多恩是否属于"真正的诗人"呢？对这一问题的回答就在下面的文字中：

> 我想，我们的英语诗歌也许可以分为四个不同的等级。在第一等级，我愿首先放入我们仅有的三位崇高而感性的诗人斯宾塞、莎士比亚、弥尔顿，然后在适当的位置放入奥特韦（Otway）和利（Lee）。第二等级应该放入拥有真正的诗歌天赋的人，他们虽然级别略微低些，但却具有创作道德诗与伦理诗的高贵才能。处于首位的是德莱顿、多恩、德纳姆、考利、康格里夫（Congreve）。第三等级也许可以放入巧智的人，其具有高雅的品位，能借助一定的想象去描写日常生活。这里也许可算上普赖尔（Prior）、沃勒、帕内尔、斯威夫特、芬顿（Fenton）。第四等级是韵文作家，其中的一些，无论其作品在别人看来是多么顺畅、多么悦耳，也都应该包括在内，比如皮特（Pitt）、桑迪斯（Sandys）、费尔法克斯、布鲁姆（Bloome）、白金汉（Buckingham）、兰斯当（Lansdown）。在所有这些等级中，蒲柏究竟应该被放在何处，将在下面加以具体分析。[①]

这段文字让人想到锡德尼。在《为诗辩护》中，锡德尼曾把诗分为三种，处

---

① Joseph Warton. "An Essay on the Writings and Genius of Pope." In A. J. Smith (Ed.), *The Critical Heritage: John Donne*. London and New York: Routledge, 1983, p. 233.

于首位的是模仿上帝的美德的诗，其次是属于哲人的诗，最后才是真正的诗。锡德尼的划分既是时间的，也是等级的。正因为如此，他把最高贵的第一类诗的作者称为先知，把最后一类诗的作者称为真正的诗人，至于第二类诗的作者究竟是否应当算作诗人，锡德尼则交由语言学家去争论。①以此观之，沃顿把多恩放在第二等级，视之为"拥有真正的诗歌天赋的人"之一，这实际上是把多恩看作真正的诗人的。这意味着，在沃顿的心目中，多恩既是"巧智的人"和"感性的人"，也是"真正的诗人"。

这段文字还显示，沃顿的切入点有两个：一是"真正的诗歌天赋"（true poetic genius），二是从事创作的"高贵才能"（noble talents）。前者指与生俱来的禀赋或潜能，相当于汉语的"天资"；后者指经过勤奋努力而获得的一系列技能、才干或能力，相当于汉语的"才艺"。对于"天资"与"才艺"的作用与意义，历来见仁见智，有突出"天资"的，也有强调"才艺"的，而沃顿则把两者结合起来，所以他明确指出："拥有真正的诗歌天赋的人，他们虽然级别略微低些，但却具有创作道德诗与伦理诗的高贵才能。处于首位的是德莱顿、多恩、德纳姆、考利、康格里夫。"由此可见，沃顿的思想与古典主义文艺理论是一脉相承的。贺拉斯早就指出："写一首好诗，是靠天才呢，还是靠艺术？我的看法是：苦学而没有丰富的天才，有天才而没有训练，都归无用；两者应该相互为用，相互结合。"②这进一步说明，在 1756 年，沃顿对多恩的态度是高度肯定的，对多恩的成就是完全认可的，并且是基于古典主义文学理论的认可。

如果说沃顿的肯定与认可只代表他的个人喜好，那么其古典主义基础则是整个时代的缩影。正因为如此，我们发现他同时代的很多人，比如约翰·布朗（John Brown，1715—1766）、伯奇、瓦博顿、赫德、吉皮斯、柯珀等，也都对多恩持肯定的态度，这些人已然构成了一个肯定的阵营。鉴于赫德、吉皮斯、柯珀等已在前文有过论述，这里仅以约翰·布朗和伯奇为例略作说明。

约翰·布朗于 1735 年进入剑桥大学圣约翰学院，1756 年获剑桥大学博士学位，是当时颇具名气的诗人、剧作家、散文家。1743 年，他创作了诗作《荣耀》（"Honour"）与文论《论讽刺诗》（"An Essay on Satire"）。后者用诗体写成，瓦博顿对之赞赏有加，罗伯特·多兹利（Robert Dodsley）还于 1748 年将其收入他所主编的《多人诗歌合集》（*A Collection of Poems by Several Hands*）。史密斯《批评遗产》将 1748 年放在"约翰·布朗"条下，针对的其实

---

① Philip Sidney. "An Apology for Poetry." In David H. Richter (Ed.), *The Critical Tradition: Classic Texts and Contemporary Trends*. New York: St Martin's Press, 1989, pp. 134-159.

② 贺拉斯：《诗艺》，杨周翰译//武蠡甫、胡经之主编《西方文艺理论名著选编》，北京：北京大学出版社，1985 年，第 110 页。

是多兹利的《多人诗歌合集》第 3 卷的首版时间，而非约翰·布朗的写作时间。史密斯将约翰·布朗单独挑出来，旨在借以突出人们对多恩的赞扬，因为约翰·布朗曾盛赞多恩写出了"真实的感觉"与"思想的力量"：

> 多恩以复仇的姿态傲然而立，
> 他才气灿烂，尽管韵脚是散文：
> 他于双关与学究的时代写出了
> 真实的感受，还有思想的力量。[1]

在约翰·布朗的原文中，"双关与学究的时代"为 an age of puns and pedants，"真实的感受"为 genuine sense，"思想的力量"为 roman strength of thought。这样的用词与 17 世纪那些挽歌作者，特别是卡鲁的评价，有着明显的一致性，与蒲柏的用词也极为相似，所以这既彰显了历史的传承，也体现了布朗所遵循的古典主义原则。

伯奇比约翰·布朗年长 10 岁，是著名的史学家和传记作家，皇家学会会员，还曾担任皇家学会秘书达 13 年之久（1752—1765 年）。前文曾提到过他的《多恩传》，也提到过吉皮斯对他有关多恩评价的批评。事实上，伯奇对多恩是肯定的，否则就不可能有他的《多恩传》。对多恩的批评是他古典主义文论的必然产物之一，另一必然产物是对多恩的正面评价。比如在《蒂洛森传》中，他就写下过这样的文字：

> 他的前辈大都学富五车，是最为著名的学者，其中包括圣保罗教长约翰·多恩[……]多恩的诗歌作品以一种矫揉造作的朦胧风格和一种最不和谐的声律作伪装，但其背后所彰显的则是无与伦比的非凡天资。[2]

吉皮斯在《不列颠名人传》中曾引这段话的后半部分，但把主次做了调整，借以强化对多恩的肯定。其实，即便不做主次调整，伯奇的原话依然表现了对多恩的充分肯定。在伯奇的原文中，"无与伦比的非凡天资"为 a prodigious fund of genius，表面之义为"庞大的天才库"，但"庞大"完全可以用 huge、massive、enormous、giant"等词汇，伯奇却毅然决然地选择了 prodigious。该词除了"庞大的"之义，更主要的是"惊人的""天才般的""无与伦比的"，与 genius 同义。这样的遣词本身就显示了充分肯定，而且是从约瑟夫·沃顿的第一个切入点，即"真正的诗歌天赋"角度，对多恩加以充分肯定的。伯奇的上述评价出自 1752 年，比约瑟夫·沃顿早 4 年，这意味着约瑟夫·沃顿对多恩的评

---

① J. T. Brown. "Review of Poetical Works of Drummond." *The Scottish Historical Review* 41.11 (1913): p. 102.

② A. J. Smith, Ed. *The Critical Heritage: John Donne.* London and New York: Routledge, 1983, p. 210.

价，即便在个人好恶层面，也都是有理有据的，同时也说明，约瑟夫·沃顿的等级划分并非空穴来风，而是基于新古典主义的审美原则的。

再次回到约瑟夫·沃顿，尤其值得注意的是，其等级说本身并无多大问题，问题是他所列举的诗人。以第一等级为例，斯宾塞、莎士比亚、弥尔顿都说得过去，奥特韦和利则难以服众，而乔叟被排除在外就令人匪夷所思了。除此之外，约瑟夫·沃顿的遣词也过于主观与任性，前者如"我想"（I think）、"我愿"（I would），后者如"也许"（may be）、"应该"（should be），这些用词显示了表述的不确定性。不仅如此，在确定标准时，他把多恩和斯威夫特列在同一等级，而在归档时却又把他们划分到不同的等级之中，给人以这样的感觉：理论上，多恩和斯威夫特都是一流诗人；实际上，多恩是二流诗人，斯威夫特则是三流诗人。

由于这些问题，在《论蒲柏的作品与天赋》出版的当年，《每月评论》登载了一篇无名氏的书评，书评提出约瑟夫·沃顿的作品值得严肃地商榷。针对约瑟夫·沃顿对多恩的等级划分，该书评给出了近乎彻底的否定：

> 在第二等级中的德莱顿之后，评论家放进了多恩，称他"具有创作道德诗与伦理诗的高贵才能"。然而，就在两页之前，他虽然把这个作家刻画成巧智的人与感性的人，但也问到他是否给纯洁的诗留下过什么？我们都欣然地认为他什么也不曾留下，因为正如一位优雅的北方天才所说，我们绝不会自贬到把那种玩意也当作诗的地步，那种东西连荷马与维吉尔，假如依旧健在的话，也都不可能理解。任何人，但凡有音乐的耳朵的，可曾读过多恩的十行而不恶心的？或者说，他全部作品中可曾有过十行属于诗的？没有。那么这位整理者又凭什么把他排在德纳姆、沃勒、考利等人之前呢？事实上，丹尼尔、德雷顿、伦道夫，或几乎与他同时代的任何其他诗人，甚至杜巴尔塔斯（Du Bartas）的译者，都比他更有资格处于那个位置。①

约瑟夫·沃顿是否料到会有这样的反馈？是否认为应该做出必要的回应？读者又是否期待他的回应？这些问题目前尚无确切的旁证材料可资证明，仅有的证据是他于六年后的 1762 年出版了《论蒲柏的作品与天赋》修改版。具体到有关多恩的评价，这一修改版已经有了较为明显的变化。比如在"多恩与斯威夫特无

---

① Ananimous. "A Review." *The Monthly Review* 14(1756): 535. "优雅的北方天才"指德鲁曼（Drummond of Hawthornden），"这位整理者"指约瑟夫·沃顿。"杜巴尔塔斯"（Du Bartas）即吉约芒·德·萨卢斯特·杜巴尔塔斯（Guillaume de Saluste Du Bartas, 1544—1590），法国宫廷诗人，主要作品有《乌拉诺斯》（*L'Uranie*, 1584）、《朱迪思》（*Judit*, 1584）、《创世》（*La Sepmaine; ou, Creation du Monde*, 1578）、《第二周》（*La Seconde Semaine*, 1584—1603）等，在 16—17 世纪颇受欢迎。

疑都是巧智的人，也是感性的人；但他们究竟给纯洁的诗留下过什么痕迹"之后，沃顿增加了一句话，亦即放在括号里的那句："值得注意的是德莱顿对多恩的评价：他是最伟大的才子，尽管不是最伟大的诗人。"最有意思的是，前文所引的那段有关诗的等级及其成员的文字，被改成了下面的文字：

> 我想，我们的英语诗歌也许可以分为四个不同的等级。在第一等级，我愿列入我们仅有的三位崇高而感性的诗人斯宾塞、莎士比亚、弥尔顿。第二等级应该列入拥有真正的诗歌天赋的人，他们虽然级别略微低些，但却具有创作道德诗、伦理诗与颂诗的高贵才能。处于首位的是德莱顿、普赖尔、艾迪生、考利、沃勒、加思（Garth）、芬顿、盖伊（Gay）、德纳姆、帕内尔。第三等级也许可以放入巧智的人，有高雅的品位，能借助生动的想象去描写日常生活，尽管诗的品位不是更高。这里也许可算上巴特勒（Butler）、斯威夫特、罗切斯特、多恩、多塞特（Dorset）、奥尔德姆（Oldham）。第四等级是韵文作家，其中的一些，无论其作品在别人看来是多么顺畅、多么悦耳，也都应该包括在内，比如皮特、桑迪斯、费尔法克斯、布鲁姆、白金汉、兰斯当。①

比较前后两个文本可以发现，沃顿做了三个方面的调整。第一是术语调整，比如将第一等级在列举诗人时的"放入"（place）替换成"列入"（rank），第三等级中"一定的想象"修改为"生动的想象"。第二是要素调整，在第二和第三等级分别新增了"颂诗"与"诗的品位"作为基本的考量要素。第三是成员调整，既包括添加新的成员如艾迪生、加思、盖伊、巴特勒、罗切斯特、多塞特和奥尔德姆，也包括将某些诗人从中除名，如康格里夫、奥特韦和利；既包括提升某些诗人的等级地位，如普赖尔、沃勒、芬顿、帕内尔等，也包括降低等级的，如多恩。经过这样的调整，沃顿一方面保证了标准的一致性，使多恩和斯威夫特始终处于同等的级别，另一方面拉入了德莱顿作为依据，强化了自己作品的说服力，同时回应了《每月评论》的文章，可谓一举多得。

具体到多恩研究，这段文字的意义在于，多恩是唯一被降格但却依然保留了诗人身份的人。按照锡德尼的标准，沃顿以暗度陈仓的方式，把多恩由一个真正的诗人悄然降为了三流诗人。史密斯因此指出，沃顿对多恩诗的看法"到 1762 年似乎发生了根本性的逆转，或许是他对早期版本的尖锐批评的回应"②。但纵观沃顿的评论，其 1762 年的观点只能算微妙的变化，真正的"根本性的逆转"

① Joseph Warton. "An Essay on the Writings and Genius of Pope." In A. J. Smith (Ed.), *The Critical Heritage: John Donne*. London and New York: Routledge, 1983, p. 233.

② A. J. Smith, Ed. *The Critical Heritage: John Donne*. London and New York: Routledge, 1983, p. 232.

当在二十年后的 1782 年。那一年，沃顿出版了《论蒲柏的作品与天赋》第三版，里面专门讨论了蒲柏对多恩《讽刺诗Ⅱ》和《讽刺诗Ⅳ》的诗化改造，其中甚至透露着《每月评论》那篇无名氏的文章的口气：

> 两位品位高雅而又学识渊博的绅士，什鲁斯伯里公爵（Duke of Shrewsbury）和牛津伯爵（Earl of Oxford），希望蒲柏能融化并重铸多恩博士的讽刺诗的厚重金银。多恩博士以最为粗暴、最为笨拙的词语，贬低并扭曲了大量真金白银般的巧智与浓烈的情感。蒲柏成功地将和谐之美赋予了一个远比同时代的任何人都更加粗糙、更加稀烂的作家[……]多恩的应受指责之处不仅仅限于他的节奏。他的作品充满了虚假的思想，充满了牵强附会的情感，充满了生拉硬拽而又极不自然的意象。他是考利的败坏者。德莱顿是将他称为玄学诗人的第一人。多恩有着渊博的学识；尽管直到晚年才皈依国教，却仍被尊为优秀的圣徒。①

仔细分析沃顿的有关评论，我们至少可以看出两个特点：一是集中体现了18 世纪多恩研究的两个阵营；二是反映了多恩研究在 18 世纪的基本走向。前者彰显了肯定派和否定派的对立，后者显示多恩的声望处于持续的下滑态势之中，两者都可以在 1756 年到 1762 年再到 1872 年的三个相关评论中看出。问题是，沃顿的"根本性逆转"究竟是如何发生的？难道真的只是对《每月评论》那篇无名氏文章的回应？沃顿是否仍把多恩看作真正的诗人？多恩诗与新古典主义美学究竟有着怎样的冲突？这种冲突与时代变化、审美取向又有怎样的关系？这些问题直到 20 世纪仍是多恩研究的重点内容，这表明沃顿的看法具有标杆的性质，既是历史的延续与时代的产物，也是社会风尚发生变化的一个标志，还是文学创作与文学批评彼此互动的一个缩影。

首先，早在 17 世纪，多恩研究已然出现了肯定与否定两个倾向，前者如首版《多恩诗集》中的挽歌作者将多恩推向极致的赞美，后者如亚特伯利等人对多恩的全盘否定，所以 18 世纪的两个阵营，实际上是 17 世纪的两种倾向的继承与发展。值得注意的是，17 世纪的两种倾向，在宏观上具有阶段性特征，在微观上具有彼此交互的特点，所以其既是个体品鉴的结果，也是古典主义美学思想的体现。从现有史料看，早在 1613 年，托马斯·菲茨赫伯特（Thomas Fitzherbert）就曾批评多恩的《伪殉道者》"以卢奇安的（Lucianical）笔调，以不敬、亵渎与无神论的口吻，对上帝的圣徒和仆人加以讽刺与鞭挞[……]超越了

---

① Joseph Warton. "An Essay on the Writings and Genius of Pope." In A. J. Smith (Ed.), *The Critical Heritage: John Donne*. London and New York: Routledge, 1983, p. 234.

讽刺的范畴，扮演了放肆的小丑角色"①。前面说过，琼森曾于 1619 年批评多恩"亵渎神灵""应该绞死"，而菲茨赫伯特这一批评比琼森还早 6 年。即便在首版《多恩诗集》出版的 1633 年，德国诗人约斯特·凡·德·冯德尔（Joost van den Vondel，1587—1679）还在《论惠更斯译多恩的警句诗》（"On the Recondite Epigrams of the English Poet John Donne Translated by C. Huygens"）中，批评译者的选择是高估了多恩的地位，因为多恩那"朦胧的阳光并不照耀每个人的双眼"②。1650 年，当《多恩诗集》第 5 版在多恩长子约翰的监督下出版时，约翰曾致信克拉文爵士（Lord Craven），指出之前的一些多恩诗的版本并未获得授权，这对出版商和读者都是一种伤害："或因增加太多，诗的圣火之光有可能尚未察觉就被浇灭；或因热衷于才气与想象，借以满足一种自我炫耀。"③多恩长子约翰实际上表达了自己的担心，但我们却能从中感受到多恩诗所受到的批评，只是他把这种批评隐晦地转嫁给出版商而已。沃顿的独特之处在于，17 世纪的两种倾向与 18 世纪的两个阵营，都在他的评价中有着特别鲜明的再现。这既类似于 17 世纪的琼森与德莱顿，都表现了一分为二的态度；也类似于 18 世纪初的蒲柏，都可以将他们看作两个阵营的纽带。但琼森、德莱顿、蒲柏的态度都是一贯而终的，而沃顿则由褒而贬，所以更能代表 18 世纪多恩研究的基本走向。

其次，"究竟给诗留下过什么"的问题，关乎多恩能否称为"真正的诗人"。沃顿的批评直接针对多恩诗的节奏、思想、情感、意象。后三个都有明确的定语，分别是"虚假的""牵强附会的""生拉硬拽而又极不自然的"，第一个则没有，表明这是一般意义上的评价。沃顿的四个针对，基本否定了多恩的诗人身份，这或许是史密斯称沃顿对多恩的看法发生了根本性逆转的原因所在。沃顿的高明之处在于，他借德莱顿的术语，留有余地地为自己找了一条退路："多恩有着渊博的学识；尽管直到晚年才皈依国教，却仍被尊为优秀的圣徒。"这就避免了类似于"多恩算不得真正的诗人"之类的直白表述。从批评史的角度，沃顿于 1756 年提出的多恩等人究竟能给后人留下什么的问题，很可能对塞缪尔·约翰逊具有一定的启示意义，因为约翰逊曾在这之后的 1779 年开始出版《英国诗人传》（Lives of English Poets），其中的《考利传》（Life of Cowley）就分别从几个不同的方面，分析了多恩并非一般意义上的诗人。对此，后文将做详细分析。需要特别指出的是，多恩究竟是不是真正的诗人，既是 18 世纪两大阵营的争论焦点，也是 17 世纪和 19 世纪的争论要点之一，并一度成为 20 世纪的

---

① A. J. Smith, Ed. *The Critical Heritage: John Donne*. London and New York: Routledge, 1983, p. 72.

② A. J. Smith, Ed. *The Critical Heritage: John Donne*. London and New York: Routledge, 1983, p. 83.

③ A. J. Smith, Ed. *The Critical Heritage: John Donne*. London and New York: Routledge, 1983, p. 130.

研究热点。这表明，沃顿关于多恩"究竟给诗留下过什么"的问题，已经远远超出了论题本身，甚至将其作为衡量任何诗人的试金石，似乎也都并不为过。在这一意义上，沃顿的多恩研究，不但体现了 18 世纪的基本走向，还显示了两大阵营的对立与共识。

两大阵营的对立与共识，具体地说，就是如何看待多恩的诗与才。双方都对多恩的才气给予了高度肯定，表现了坚定的共识；但对多恩作品的看法则大相径庭，显示了深刻的对立。在肯定派看来，多恩无疑是一个伟大的诗人，其成就远在琼森之上。根据史密斯的《批评遗产》，卡特莱特的《戏剧、悲喜剧及诗歌作品集》（*Comedies, Tragi-Comedies, with Other Poems*）于 1651 年出版时，其前言便是英国诗人威廉·贝尔（William Bell）的一首赞美诗。在那首诗中，贝尔把卡特莱特与多恩和琼森做过比较，还特别提及"多恩的丰富真金与琼森的银矿"[1]。在否定派眼中，多恩甚至连十行诗也不曾真的有过，借沃顿的上述评价，则多恩虽有"大量真金白银般的巧智与浓烈的情感"，却只是"一个远比同时代的任何人都更加粗糙、更加稀烂的作家"。两大阵营的共识有目共睹，无须多说，而他们的对立，在宏观上反映了对作诗法的不同理解，在微观上则集中于卡鲁在《挽圣保罗教长多恩博士》中所说的"刚健表达"。

前面说过，"刚健表达"与"刚健的诗行"具有异曲同工之妙。我们知道，不同的语言有不同的节奏模式，比如拉丁语为长短、汉语为平仄、英语为轻重。在英语中，抑扬格既是诗律的一大特点，也是用以表达节奏的术语之一。究其原因：一是英语基本词汇的发音都是一轻一重，所以用英语作诗，抑扬格最为便捷；二是轻重与长短最为接近，拉丁语衰微后，其读音模式在意大利语和法语中被保留下来，而众多法语借词，进入英语后大多保留了先轻后重的特点，所以托马斯·怀亚特爵士与萨里伯爵亨利·霍华德（Henry Howard, Earl of Surrey）在英译彼特拉克十四行诗时，双双使用了抑扬格；三是自文艺复兴以降，抑扬格便成了英语诗歌的传统音韵模式，16—18 世纪的几乎所有作家，包括马娄等大学才子派，也包括斯宾塞、莎士比亚、琼森、弥尔顿、德莱顿、蒲柏、约翰逊等泰斗级诗人，也都在他们的诗歌、戏剧等作品中大量使用抑扬格；四是迄今为止的英语诗歌，包括打油诗、讽刺诗等，十之八九都是抑扬格。事实上，马娄的"刚健的诗行"与多恩的"刚健表达"，也基本都是抑扬格。琼森用"刚健的诗行"赞美马娄的《浮士德博士的悲剧》（*The Tragical History of Dr. Faustus*），因为浮士德本身就是一位刚健的人，学界对此没有任何异议；而卡鲁用"刚健表达"赞美多恩的诗，则因接受对象的不同而大相径庭。肯定派自然是认可的，所以我们发现沃尔顿在《多恩传》中也用"刚健的诗行"来描述多恩的诗；否定派则不予

---

[1] A. J. Smith, Ed. *The Critical Heritage: John Donne*. London and New York: Routledge, 1983, p. 131.

承认，故而用了诸如"粗糙""稀烂"等词语，以示多恩不懂韵律，粗制滥造。但我们同时也发现，否定派所针对的并非多恩的全部作品，而是其中的讽刺诗部分，这也恰好是蒲柏、帕内尔、希尔等为了体现"说法更圆满"而对多恩的讽刺诗加以所谓"诗化"改写的原因所在。正因为如此，沃顿才会认为，蒲柏的改写"能融化并重铸多恩博士的讽刺诗的厚重金银"，而剔除其中"最为粗暴、最为笨拙的词语"，是使之具有"和谐之美"的基本手段。

人们之所以针对讽刺诗，很大程度上与多恩作品的出版情况有着直接关系。《多恩诗集》在 18 世纪只出版过三次，分别为汤森版《多恩诗集》、贝尔版《多恩诗集》和安德森版《多恩诗集》。①凯恩斯曾明确指出，"在 1719 年的汤森版之后，多恩的诗作在 18 世纪很少有人注意过，事实上也不曾有过任何重要版本，直到 1872—1873 年格罗萨特为富勒前贤图书馆编辑《多恩诗集》为止"②。凯恩斯当然不会遗漏贝尔版和安德森版，他的《多恩书目》（*A Bibliography of Dr. John Donne*）就对这两个版本有过专门介绍③，他所强调的是：在整个 18 世纪，知道多恩诗的人极为有限，因为当时的读者大都经由蒲柏而读多恩，因而只知道他是一位讽刺诗人、一位才子。事实上，1719 年的汤森版《多恩诗集》问世时特别指出"智慧轻快""现象微妙"，就有重新介绍的意思。由此看来，沃顿对多恩的有关评价，连同其所体现的基本走向和"根本性的逆转"，都可看作与出版密切相关的一种阅读反应。

几乎就在沃顿发表《论蒲柏的作品与天赋》的同时，大卫·休谟（David Hume，1711—1776）出版了 6 卷本《英格兰史》（*The History of England*）。休谟是一位伟大的哲学家、历史学家、经济学家，也是公认的西方启蒙运动以及西方哲学史上最重要的人物之一。他与约翰·洛克（John Locke，1632—1704）和乔治·贝克莱（George Berkeley，1685—1753）一道，并称英国三大经验主义者。在今天，尽管人们大多热衷于研究他的哲学著作，比如《人性论》（*A Treatise of Human Nature*）、《道德原则研究》（*An Enquiry Concerning the Principles of Morals*）、《人类理解研究》（*An Enquiry Concerning Human Understanding*）、《宗教的自然史》（*The Natural History of Religion*）等，但他最先却是以史学家的

---

① 三个版本的英文书名分别 *Poems on Several Occasions. Written by the Reverend John Donne, D.D. Late Dean of St Paul's* (1719); *The Poetical Works of Dr John Donne, Dean of St Pauls* (1779); *The Poetical Works of Dr John Donne* (1793)。其中，第一个的主编为汤森，出版于伦敦；第二个出版于爱丁堡，共 3 卷，是 J. 贝尔（J. Bell）主编的《大不列颠诗人作品集，从乔叟到丘吉尔》（*The Poets of Great Britain Complete from Chaucer to Churchill*）系列诗集的第 23—25 卷；最后一个同样出版于爱丁堡，属安德森主编的《大不列颠诗人全集》（*A Complete Edition of the Poets of Great Britain*）的第 4 卷。

② Geoffrey Keynes. *A Bibliography of Dr. John Donne.* 3rd ed. Cambridge: Cambridge UP, 1958, p. 151.

③ Geoffrey Keynes. *A Bibliography of Dr. John Donne.* 3rd ed. Cambridge: Cambridge UP, 1958, pp. 166-167.

身份成名的，他的《英格兰史》在长达半个多世纪的时间里曾是英国史学界的基础著作。在这部耗时 15 年之久才完成的洋洋百万字的鸿篇巨制中，休谟对英国文学，特别是文艺复兴和 17 世纪英国文学，有过专门论述。其基本思想是：文艺复兴时期的作家们再现了衰落中的古典文化，而 17 世纪初的英国文学则代表了文学中的坏品位：

> 尽管这个时代不乏卓越的作家，但普遍流行的却是一种很坏的品位；甚至连国王本人也都深受其害。关于希腊文人的源头，那些天才的诗人和演说家，自然如人们所想的，他们以和蔼可亲的简朴而鹤立鸡群，这种简朴无论有时显得多么粗俗，都适合表达真实流动的自然情感，作品也都颇具价值，是人类特征的一个部分。炫目的辞格、工整的对仗、奇特的巧思、音韵的把玩等，这些虚伪的修辞在早期作家笔下是没有的，不是因为拒不使用，而是因为没有想到。他们的作品有一种淡淡的、非做作的伤感；与此同时，我们也注意到，在最高雅、最朴实地表达思想的过程中，偶尔也会碰到一个很差的巧思，但那并非刻意追求的结果，作者也并未因此而获得批评家的应有重视；一种坏品位与贪婪结合，刻画出空洞的美，甚至好品味也都逐渐变得让人腻烦：它们与日俱增，在那些时髦的作品中越演越烈：自然和理智被忽略，刻意装饰却得到研究与青睐，风格和语言全面下滑，为野蛮和无知铺平了道路。[1]

休谟还以马尔库斯·图利乌斯·西塞罗（Marcus Tullius Cicero，前 106—前 43）、奥维德（Publius Ovidius Naso，前 43—17，即普布利乌斯·奥维修斯·纳索）、吕齐乌斯·安涅·塞内加（Lucius Annaeus Seneca，前 4—65）、卢坎、马库斯·瓦列里乌斯·马提亚尔（Marcus Valerius Martialis）等为例，对上述分析做了说明。在休谟看来，当读者的判断力还较为低下时，虚伪的光亮很容易就能吸引人们的眼球，但却不可能表达真实的感悟、鲜活的激情与恒久的美感。他以意大利作家为例指出，即便那些最伟大的作家也尚未达到以适当的简朴去再现思想的水平，而在彼特拉克、塔索等人的作品中，更加抢眼的反倒是那些轻浮的妙语和生硬的巧思。在休谟看来，法国作家也常犯同样的错误，甚至樊尚·瓦蒂尔（Vincent Voiture）、奥诺雷·德·巴尔扎克（Honoré de Balzac）、皮埃尔·高乃依（Pierre Corneille）等也都难辞其咎。英国也不例外，因为：

> 类似的特征也见于早期英国作家，并盛行于伊丽莎白和詹姆斯时代，直至后来很长一段时间。在英伦岛上，学问的复兴披上了非自然的

---

① David Hume. *The History of England*. Vol. 6. London: Cadell and Davis, 1813, p. 171.

外衣，与衰败期的希腊罗马如出一辙。不幸的是，英国作家虽然都有了不起的天赋，却没有任何程度的品位，于是便有了勉为其难的起承转合，有了很不自然的伤感情绪。他们热衷于各种扭曲的概念与表达，他们的丰富想象令人羡慕，一如他们那令人不齿的缺乏的判断。[1]

可见，休谟是从时间与空间的双重角度，对文艺复兴时期的欧洲文学加以审视的。在时间角度，他把文艺复兴文学看作古典文学的继承，但继承的却并非都是优秀品质；在空间角度，他强调了欧洲文学的同一性，批评了其中的非自然的风格，并视之为文学品位的败坏者。休谟的思想深处，明显打上了今不如昔的烙印，所以他才得出结论说，随着历史的不断发展，"风格和语言全面下滑，为野蛮和无知铺平了道路"。后人将休谟归入怀疑主义哲学家的行列，看来并非空穴来风。但休谟的思想也并非无水之源。人们普遍认为，休谟的哲学受到经验主义哲学家洛克和贝克莱的深刻影响，也受到法国启蒙主义的影响，还吸收了包括艾萨克·牛顿（Issac Newton，1643—1727）、詹姆斯·斯特林（James Stirling）、亚当·斯密（Adam Smith，1723—1790）等英国知识分子的理论。这意味着，他是站在巨人肩头而放眼历史、哲学和文学等各种学问的，同时也显示了他的结论之于历史发展的重要性。他认为 16—17 世纪的英国作家都是天才，但却缺乏基本的品位。他的这一观点源自他对古人的认识，特别是对古希腊与古罗马的演说术的认识。他把从古希腊延续到到古罗马的演说术视为一种衰落，他赞美古希腊时代的朴素，而对古罗马时期的装饰与巧思则不以为然，认为古希腊语有一种易于为人理解的自然的伤感，适合于表现真实流露的自然情感，而古罗马时代的语言则忽视自然与理智，风格全面退化，开启了无知的野蛮表达的先河。他还特别以多恩的讽刺诗为例，对这种野蛮表达加以说明：

> 在多恩的讽刺诗中，仔细斟酌便会发现时隐时现的才智，但这样的才智却因无处不在的最生硬、最粗鲁的表达而被完全窒息、埋葬。[2]

这与约瑟夫·沃顿在《论蒲柏的作品与天赋》第三版中的文字极为相似。休谟以其哲学家的敏锐、史学家的视角、启蒙者的姿态、经验主义者的感悟，在人类文明的长河中论述多恩的讽刺诗；约瑟夫·沃顿则以蒲柏的作品为契机、以自己的时代为背景、以诗的等级划分为依据，从一个文论家的立场，具体展示了多恩在 18 世纪的地位。约瑟夫·沃顿的评价显示：第一，多恩的声誉在 18 世纪处于持续下滑的态势中；第二，这种态势涉及历史发展、审美取向、作品出版与阅读、对诗人的基本定位、对文类的不同看法等诸多方面。将这二者与休谟的有关

---

[1] David Hume. *The History of England*. Vol. 6. London: Cadell and Davis, 1813, p. 173.

[2] David Hume. *The History of England*. Vol. 6. London: Cadell and Davis, 1813, p. 175.

论述加以比较，我们会发现，约瑟夫·沃顿的态度转变具有标杆的性质，他的逆转是时代的产物。

每个时代都有自己的诗学，也都有自己的使命，并根据一定的"前理解"来建构自己的诗歌预想。所谓"前理解"即对以往诗学的认识，包括主题、素材、模式等，并以回应、传承、发扬抑或摒弃等方式加以再现。这种预想有时非常明确，比如毛泽东《在延安文艺座谈会上的讲话》；有时却难以定义，比如浪漫主义文学。但无论是否明确，其对某一时代的文学发展潜能都具有极大的激发作用。以维多利亚时代为例，其丰富而重要的诗学预想就源自刚刚过去的浪漫主义。马修·阿诺德（Mathew Arnold）是维多利亚时代的三大诗人之一，也是整个时代的代言人。在他的眼中，蒲柏和德莱顿都不是伟大的诗人，只是伟大的散文家，因为他们的诗都是靠机智孕育的，而真正的诗则是以灵魂创作的。谁在以灵魂创作呢？马修·阿诺德及其同侪都认为弥尔顿就是这样的诗人，质朴、有美感、充满激情，是诗人们学习的榜样。换言之，马修·阿诺德等维多利亚诗人有着明确的"前理解"。这意味着他们对自己的诗学地位有着较为清晰的认识，恰如马修·阿诺德在 1869 年写给他母亲的信中所说："总体上，我的诗所再现的是过去四分之一个世纪的主流心态；当人们认识到那种心态究竟是什么，并对它所反映的文学作品感兴趣时，我的诗就有可能大受欢迎。"[1] "前理解"属于理想的世界，与真实的世界并不相同，所以马修·阿诺德在《大卡尔特寺诗章》（"Stanzas from the Grande Chartreuse"，又译《写于雄伟的卡尔特寺院的诗章》）第 85—90 行曾这样写道：

> 我彷徨在两个世界之间，
> 一个死了，一个无力诞生，
> 我的头至今还无处安置，
> 像这些，在大地孤寂地等待。[2]

迷失在两个世界之间，是马修·阿诺德对人类精神追求的一种写照；再现传统主流文化，则是他从事创作的志趣所在。二者看似矛盾，实际却关乎人们常说的"诗意"。

蒲柏对多恩的诗化处理，本质上就是为了提升多恩诗的"诗意"。这是我们把马修·阿诺德与约瑟夫·沃顿放在一起加以讨论的一个重要原因，另一重要原因是，约瑟夫·沃顿也像马修·阿诺德一样有自己的"前理解"，甚至可以说，

---

① Mathew Arnold. *The Letters of Mathew Arnold*. Vol. 3. Ed. Cecil Y. Lang. Charlottesville: Uiversity of Virginia Press, 2006, p. 347.

② Mathew Arnold. "Stanzas from the Grande Chartreuse". https://www.bartleby.com/270/4/63.html.

他是这一思想的最早陈述者之一，基本依据便是他在《论蒲柏的作品与天赋》中提出的"机智的人""感性的人""真正的诗人"，以及诗的四个等级说。他还以自己的诗歌等级说为基础，批评过蒲柏的某些作品，借马修·阿诺德的话说，约瑟夫·沃顿"已预见到意象浪漫主义的评论标准[……]他在 1756 年发表《论蒲柏的作品与天赋》的第 1 卷。这部著作最显著的特点是，强调崇高的诗和哀怨动人的诗是最好的诗，强调独创性和不受约束的重要性。伦理诗、劝世诗或像蒲柏那样的讽刺诗，都被他看作是次要和低下的"①。从历史上看，约瑟夫·沃顿对蒲柏的批评反映着他对琼森、德莱顿开创的新古典主义的继承，蒲柏的声望也因此而不降反升，但他对多恩的批评则让我们看到：18 世纪的多恩研究，已完全走出 17 世纪的品评，踏上了更加理性的学术探究之路。

上述分析表明，约瑟夫·沃顿对多恩的评价之所以发生"根本性的逆转"，表面上与《每日评论》那篇无名氏的文章不无关系，更深层的原因则在于整个社会风尚的变化，反映着深刻的学理思想、审美思想，以及特定的"前理解"。对多恩研究批评史而言，约瑟夫·沃顿的独特之处在于，他将肯定与否定集于一身，而又表现了明确的由肯定到否定的逆转。这种逆转既彰显了 18 世纪多恩研究的基本趋势，也体现了两大阵营的共识与对立。前者表明，较之于原来的辉煌，多恩的地位已不再突出，显示着德莱顿等人所开启的反思正逐步走向深入；后者表明，多恩不是一个简单的诗人，早在 18 世纪就已经成为检验某种"前理解"的试金石。两者都在约翰逊的批评中有着更为集中、更为深入的分析。

第四节 约翰逊的玄学派及其对多恩研究的影响

但凡多恩研究，必然涉及"玄学诗"的概念。虽然德莱顿早在 17 世纪就有多恩"好弄玄学"之说，但明确提出"玄学诗人"这一概念，并对之加以较为全面分析的则是塞缪尔·约翰逊。作为英国新古典主义的重要代表之一，塞缪尔·约翰逊近乎人所皆知，因为"在整个英国文学范围内，莎士比亚之后，约翰逊也许是最著名，也是最经常被引用的一个人物"②。18 世纪 70 年代初，约翰逊应汤姆·戴维斯（Tom Davies）、威廉·斯特拉恩（William Strahan）、托马斯·卡德尔（Thomas Cadell）三人之邀，为正在编辑中的系列作品《英国诗人选集》（*Works of the English Poets*）撰写序言。当时所选诗人已初步确定，上起 17

---

① Mathew Arnold. *Selected Criticism of Mathew Arnold*. Ed. Christopher Ricks. New York: New American Library, 1972, p. 362.

② 美国不列颠百科全书公司：《不列颠百科全书》（国际中文版 修订版第 9 卷），北京：中国大百科全书出版社，2007 年，第 65 页。

世纪的考利，下至约翰逊的同时代诗人，预计共出 60 卷。序言的最初标题为《英国著名诗人传与作品批评》（"The Lives of the Most Eminent English Poets; With Critical Observations on Their Works"），后听从编辑的建议改为《英国诗人传》。到 1781 年结集出版时共有 52 个传记，每个传记长短不等，短至数千字，长到数万字。具体内容，一是传记，包括诗人的家世、教育、生平纪年；二是批评，包括作品分析、典故轶事、约翰逊的独家评论。两个具体内容都穿插文学风格、国事民生、党派纷争，因此这一系列作品可以看作 17—18 世纪的文学史和社会实录。正因为如此，英国诗人、批评家马修·阿诺德才从中抽选出《弥尔顿传》（*Life of Milton*）、《德莱顿传》（*Life of Dryden*）、《蒲柏传》（*Life of Pope*）、《艾迪生传》（*Life of Addison*）、《斯威夫特传》（*Life of Swift*）和《格雷传》（*Life of Gray*），并认为仅这 6 个传记就足以完整地勾勒出英国文学的一个重要时代[1]，而这也是迄今为止的一个公认的看法。

但是，约翰逊的传记作者詹姆斯·鲍斯维尔（James Boswell）却告诉我们，在约翰逊本人的眼中，其全部传记中最好的一个是《考利传》，因为其中包含了对"玄学诗人"的论述。[2]鲍斯维尔对此的解释是：约翰逊对"玄学诗"的论述"是一个全新论题，是在诗的天空发现了一颗新星"[3]。后来的事实也证明的确如此，甚至我们还可以说，《考利传》给约翰逊提供了一个平台，而约翰逊则借助这一平台，较为详尽地探讨了"更愿受人赞赏、不愿被人理解"的一批诗人。在《考利传》中，约翰逊不但明确提出了"玄学派"的概念，而且还对之做了较为系统的分析，《考利传》也因此而成为玄学诗研究的经典文献。

《考利传》共计 1.7 万英文词左右，包括考利生平和玄学诗人两大部分。前者属《诗人传》的常规；后者则是《考利传》的特色内容，也是约翰逊引以为豪之处。约翰逊对"玄学诗人"的讨论又包括理论探讨和实例分析两个部分。鉴于目前尚无汉译文本，加之《考利传》对多恩与玄学诗研究的特殊意义，我们尝试着翻译了其理论部分的共计 14 个自然段（附录二）。人们普遍认为，约翰逊的《考利传》将玄学诗打入另册，贬斥在英国抒情诗主流之外。可约翰逊为什么要把他自己引以为豪的"全新论题"打入另册呢？为了回答这个问题，有必要对《考利传》中的 14 个核心段落做一简要梳理。[4]

在全部 14 个段落中，学界最常引用的是第 1、2、3、7 四段。第 1 段是导入，旨在提出"玄学诗人"这一命题。特别值得注意的是"或许可以称为"

---

[1] Mathew Arnold. *Selected Criticism of Mathew Arnold*. Ed. Christopher Ricks. New York: New American Library, 1972, p. 362.

[2] James Boswell. *The Life of Samuel Johnson*. London: Wordsworth Editions, 1999, p. 767.

[3] James Boswell. *The Life of Samuel Johnson*. London: Wordsworth Editions, 1999, p. 768.

[4] 即本书附录二。为了便于讨论，我们在译文中增加了段落标号（非原文所有）。

（may be termed）这三个限定性词语，因前两个都属不确定表述，使得"称为"（本义为"术语"）一词的标记意义大于其实际意义，表明"玄学诗人"这一命题并非明确的定义，而是一种策略，相当于"所谓的玄学诗人"。正因为如此，才有第 11 段的"没有谁是天生的玄学诗人"之说，也才有第 1 段的以"才"起笔。这两个段落，一方面表现了约翰逊的层层深入、步步紧扣；另一方面也则明确了"才"之于"玄学诗人"的极端重要性，同时还表明了所谓"玄学诗人"就是以才取胜的诗人这一重要思想。鲍斯维尔告诉我们，德莱顿虽然也曾提及过玄学诗人的概念，但仅仅是提及而已，约翰逊则不但对此做出了重大发展，还以玄学诗人的作品加以论证。[①] 从整个论述看，约翰逊的论证是从以才为中心展开的，的确做到了层层深入、丝丝入扣。

第 2 段是正名，即"玄学诗人都是饱学之士，他们的全部努力就是展示才学"。这明显是第 1 段的延伸，但有两点需要特别指出。第一，"展示才学"的原文 to show their learning，属中性词；而国内学界在引用该段时几乎都将其译作"卖弄学问"，这种译法是将 show 解释为 show off，借以强调其中的贬义成分，这虽与其后用"不幸的是"引出的否定性表述相吻合，但却有悖于其前的"饱学之士"这一肯定性表述。第二，这一段还指出了诗、散文、韵文的不同归属，认为玄学诗人所写的既不是诗，也不是散文，而是韵文，有如马娄和莎士比亚的戏剧一般。约翰逊正是在三者的区别上来确定玄学诗人的，因而他说他们以诗示学是一种不幸，即便退而求其次地以韵文来展示也同样并非明智之举，因为"他们的韵律瑕疵太多"，只能靠掰着手指头来数音节才能发现它们是韵文。这意味着，玄学诗人根本就不是一般意义上的诗人，只能权且作为常规意义上的韵文作家，从而为后面的深入分析埋下了伏笔。

第 3 段是一种假说，其理论依据是古典主义的模仿说。文中的"批评之父"指亚里士多德，因为诗即"模仿的艺术"就是他提出的；"这些作家失去诗人的名号"指的是：如果用亚里士多德的模仿论来衡量，则玄学诗人确实不配称为诗人，充其量只能划归韵文作家的范畴。所以我们发现，在整个文本中，约翰逊虽然也在用"玄学诗人"一词，但很多时候都是用的"他们"，这在遣词层面传递出一种较为客观的态度，因而这也是第 2 段的延续和深化。从第 2—3 段可以看出，约翰逊的重心直接指向玄学诗人对古典模仿说的背离，按他自己的说法，其主要原因在于"他们既没复制自然，也没复制生活"，甚至也没模仿过物质形态和心智活动。约翰逊在此埋下了另一个伏笔，即玄学诗人都不是因循守旧的，而是善于创造的，这就为第 11 段的不靠抄袭、不靠借用、不靠传统、不靠押韵奠定了基础。

---

① James Boswell. *The Life of Samuel Johnson*. London: Wordsworth Editions, 1999, p. 768.

第 4—10 段以"才"为核心渐次展开。其中第 4—5 段分别涉及德莱顿和蒲柏的才论，而且对前者的认同、对后者的批评，也都是十分明确的。第 6—7 段分别提出两个新的才论思想：一是三位一体的才论，即自然、新颖、正确的完美结合；二是"杂乱和谐"的才论，即"将不同的意象组合在一起，或发现截然不同的事物之间的玄奥的相似性"，也就是人们常说的异中求同。三位一体论是从作者与读者的互动角度提出的；而"杂乱和谐"论则是从作品本身的角度提出的，是约翰逊自己的定义，也是"更严格也更科学"的定义，这就为第 8 段的客观化批评奠定了基础。在第 8 段中，为了说明玄学诗人并非以情取胜之人，约翰逊甚至搬出了"伊壁鸠鲁的神"（Epicurean deities），即那些高高在上的伊壁鸠鲁哲学家。学界往往强调玄学诗人的冷眼旁观，以"他们的求婚缺乏爱情，他们的悼亡没有悲伤"为例来证明约翰逊的否定态度，但却忽视了玄学诗人"毫不在乎感情的共性"之说，忽视了约翰逊是从作品本身，而非与读者的互动角度说出这番话的。到 20 世纪，艾略特提出了著名的感受力涣散理论，其源头便出自约翰逊在这里的分析，而这也让我们更清楚地认识到，约翰逊对玄学诗的批评具有较强的客观化色彩。第 9—10 段分别论述玄学诗的意象塑造与夸张手法，前者旨在强调碎片性而非概括性和普适性，后者则旨在强调玄学诗的超乎想象的表现力。

第 11—12 段是对玄学诗的正面肯定。其中第 11 段谈人，言简意赅地指出了玄学诗人的创造性，并在普适性原则的基础上对之作了高度概括与充分肯定：他们不靠抄袭、模仿、传统意象、世袭比喻、传统诗律，而是靠巧思、出其不意的真理、个体特征、才学、独创性而成为所谓的"玄学诗人"。第 12 段谈作品，以心灵的"回忆与发现"这两大功能为基础，指出玄学诗的特色在于其对读者的挑战：读者需要依靠回忆去唤醒曾经有过但却已经遗忘的经历，同时依靠发现去体味全新的内容。只有这样才能看出它们在洞悉力、想象、选材、表达、价值等诸多方面的独到之处。

第 13—14 段简要论及玄学诗人的构成，其在谋篇上回应了第 1 段的"大约在 17 世纪初出现了一群或许可以称为玄学诗人的作家"一句；在内容上以多恩是一位"知识极为渊博的人"回应第 2 段的"饱学之士"；在成员构成上则以意大利诗人贾姆巴蒂斯塔·马里诺为源头，以多恩和琼森为英国玄学诗人之首，以萨克林、沃勒、德纳姆（John Denham，1615—1669）、约翰·克利夫兰、弥尔顿为英国玄学诗的基本成员，以考利为最后的集大成者。约翰逊紧扣"才"这一核心概念，以 14 个小段的篇幅，不但提出了"玄学诗人"的概念，还对之做了较为全面的分析，其中既有否定也有肯定，但否定所占篇幅最多。

那么，他究竟否定了什么呢？因为否定部分集中体现于前 10 段，而前 10 段又是集中论述"才"的段落，所以他否定的是以往的批评家有关"才"的概念。

在他看来，"才"的概念是常变常新的，所以在不同时期有着各自不同的表现形式。他说蒲柏的"真才学是把自然巧打扮，/思想虽常有，表述更完满"并不正确，因为这个定义失去了"才"的高贵品质，无视思想的深刻，只着眼语言的恰当；从这样的才论出发，玄学派当然难以称得上是诗人，因为他们思想纯净、语言随意，并不在乎语言是否恰当、说法是否圆满之类。他认为比蒲柏的个人概念更加准确的是古典主义的一般概念，即"才应该是既自然又新奇的思想"，其具体表现理当自然而新奇、浅显而得当；以此观之，玄学派同样算不得诗人，因为他们的作品虽然新奇，却并不自然、不浅显、不得当，并未遵循"更高贵"的古典主义原则。但这些都是表象，其背后的真正原因是"行业反常"，亦即"风尚特征"的根本转变。正是基于这一转变，约翰逊提出了自己的全新理论："才"是一种"杂乱和谐"，即"意象应曰合，意象乖曰离"中那些原本乖而离的"象"被强捏在一起，旨在从截然相左的物象间寻求共性，达成一种超然类比。他认为这才是"更严格也更科学"的定义。从这样的定义出发，则玄学诗人的才可谓"用之不尽、取之不竭"。可见约翰逊的才论，在《考利传》中是有破有立、先破后立、以破为立的。第 5—6 段为破，既有理论也有证据；第 7 段为立，同样既有理论也有证据，还有赫德"共生说"的影子。赫德的"共生说"基本是肯定的，约翰逊的"杂乱和谐"则表现了肯定与否定的结合，即肯定了玄学诗人的过人学识，否定了玄学诗本身的缺失愉悦，对作品中的细节则给出了"令人惊愕"的评价。

约翰逊还以较为客观的笔墨，对玄学诗的情感、题材、崇高感做了具体分析。他认为正是为了表现"杂乱和谐"，玄学诗人才将"自然和艺术也都搜刮殆尽"。国内在解读这段文字时，一般将其解读为不惜搜肠刮肚，洗劫自然、糟蹋艺术，以求语不惊人死不休，这显然是为了突出其中的否定要素。这一解读虽有道理，但却略有过头。约翰逊认为，玄学诗人对待思想情感，一是并不在乎共性的表达，所以他们"更像人性的旁观者"；二是不求激发"内心的痛苦与欢乐"，但求"道出前人之所未道"，所以他们的诗虽是求爱而缺乏热情，虽是哀悼而缺乏悲伤，但这些正是玄学诗的独特之处。他还否定了玄学派的不求崇高但求渺小，否定了以夸张手法创作的"令人困惑的华丽组合"，否定了以巧思去再现自然的企图。所有这一切都旨在说明玄学派诗人乃"饱学之士"的基本定位。

那么，他又究竟肯定了什么呢？依旧是玄学派的"才"。前面说过，约翰逊有关玄学诗的论述是隶属于"才"的，这表明他所说的"才"实质上是对 17 世纪有关"才学""才智""才子"等概念的继承与发展。李赋宁曾指出："才"是"17—18 世纪英国文学界的一个流行术语，它强调文学作品中思想和语言（内容和形式）的恰当、妥善、机智、娴雅，因此是古典主义文艺创作的重要标准之一"①。这一说法与作为英国新古典主义诗人和批评家的约翰逊的立场一致。我们知道,"才"本身是个多义词,包括心智、品质、学识三个大类的意义。②约翰逊的批评显示,他主要取的是第三类意义,所以他指出"玄学诗人都是饱学之士,他们的全部努力就是展示才学",而他的肯定则显示,他是从心智角度出发的,即不靠抄袭别人的描写来描写,不靠借用别人的模仿来模仿,不靠传统的意象与世袭的比喻,不靠押韵的敏捷与音节的圆滑来作诗,而是靠令人称奇的洞悉力、渊博的学识、阅读与思考、打破常规的另辟蹊径。他清楚地知道,有学问并不等于会作诗,所以他抓住两者的区别,从节奏、模仿、才气、崇高感等各个方面做了深入分析,系统阐述了他的基本观点:从以往的才论角度来看,玄学诗人确实没有写出像样的诗,他们的作品只能勉强算作韵文;从全新的才论角度来看,玄学诗人都是哲学诗人,他们的作品都充满超然的玄奥之美。他的结论显而易见:他们都不是常规诗人,而是玄学诗人。

在《考利传》中关于玄学诗的第二部分,约翰逊用更多的篇幅,以考利、多恩和约翰·克利夫兰的具体作品为例,简明扼要地分析了它们的各自特点,借以支撑理论部分的探讨。在这一部分,约翰逊所用的诗歌片段共计 44 个,包括考利的 26 个,多恩的 16 个,约翰·克利夫兰的 2 个。这些诗歌片段都属点评性质,又都是围绕"意象取自学问的隐蔽处,普通读者不常光顾"③展开的,所以限于篇幅,这里仅按约翰逊原作的先后顺序,将他所引的多恩诗及其对之所做的点评以列表的形式给出,如表 3.1 所示。

表 3.1 《考利传》中的多恩诗句与约翰逊的点评

序	多恩的诗句	约翰逊的点评
1	In every thing there naturally grows 等 8 行	以药材知识入赞美诗
2	This twilight of two years, not past nor next 等 10 行	太学究气,但却优雅
3	If men be worlds, there is in every one 等 4 行	人即小宇宙的深刻反思,更抽象
4	On a round ball 等 9 行	将情人的眼泪扩展为世界
5	Here lies a she sun, and he a moon here 等 4 行	读者或会大叫"不知所云"
6	Though God be our true glass, through which we see 等 6 行	除了多恩谁能想到?
7	My name engrav'd herein 等 4 行	恋人的名字之于玻璃的诗化效果
8	Ere rigg'd a soul for heaven's discovery 等 4 行	死,一次远航

---

① 李赋宁:《题解与注释》//王佐良等《英国文学名篇选注》,北京:商务印书馆,1987 年,第 74 页。

② J. A. Simpson, E. S. C. Weiner. *The Oxford English Dictionary*. 2nd ed. Vol. XX. Oxford: Clarendon, 1989, pp. 432-434.

③ Samuel Johnson. *Lives of the English Poets*. Vol. 1. Ed. G. B. Hill. Oxford: Clarendon, 1905, p. 22.

续表

序	多恩的诗句	约翰逊的点评
9	The Prince's favour is diffus'd o'er all 等 10 行	诗化地传播的光
10	In none but us, are such mixt engine found 等 4 行	祈祷与事工互动是多恩教他人的
11	That which I should have begun 等 5 行	邂逅的危害，一个常见主题
12	Think in how poor a prison thou didst lie 等 12 行	多恩对人性的总结
13	Hither with crystal vials, lovers, come 等 4 行	眼泪的真实味道
14	As the sweet sweat of roses in a still 等 7 行	更加令人窘迫
15	Thou seest me here at midnight; now all rest 等 13 行	结构性描述，不是意象，是巧思
16	Our two souls therefore, which are one 等 16 行	荒谬还是天才，尽可怀疑

值得注意的是，在第一部分第 13 段中，约翰逊把多恩和琼森都列为玄学诗人之首，但在第二部分却根本没有提到琼森，只有对考利、多恩和约翰·克利夫兰的分析，借以阐释玄学诗的超然表现力。这或许是后人将琼森划归骑士派，而把多恩视为英国玄学诗的开山鼻祖的原因之一。从约翰逊的点评可以看出，他的中心已经由"才"转向了"象"，因为在上表中，除（2）（15）（16）之外，其余都是具体的"象"，而且从全文的安排也可看出，这些"象"还都是隶属于"才"的。这进一步表明，第一，约翰逊的理论基础是古典主义模仿说，他说评玄学诗人"既没复制自然，也没复制生活；既没刻画物质形态，也没呈现心智活动"就是基于这个理论的。第二，他是以"才"为核心对玄学诗的"象"加以归类与分析的，因而才有考利的"象"具有隐秘性、多恩的"象"具有学究气和牵强附会性等说法。第三，我们可以感觉到，在约翰逊的理式中，"才"是思想和艺术的复合体，其深层是思想，其表层是艺术，而"象"则是将思想外化为艺术的手段。

由于上述原因，所以《考利传》以"才"为切入口、以"象"为落脚点，得出的结论之一是：玄学诗人的"才"在于主动背离自然原则，刻意寻猎那些前所未闻而又离奇古怪的"象"，以此来获得读者的惊呼和赞美，尽管这样很少能激发读者的喜悦。他的结论之二是：真正能激发读者思考的，只有多恩这一个榜样，其余成员不过是表现出"与多恩的相似性"，唯有"考利对玄学风格的使用胜过他的前辈"。因此在接下来的篇幅中，约翰逊引用了大量的考利诗，而对多恩诗则只援引了《爱的炼金术》中的第一节，用以证明考利是从多恩处（而非他所说的琼森处）学习如何将宗教意象用于爱情诗之中的，同时也证明了"才"之于考利之"象"的重要性。

但这只是微观层面的阐释。在宏观层面，约翰逊关于"才"的理论之所以特别重要，则在于他突破了 17 世纪的印象式的传统品评，直接进入"才"的实质，成为将作者、读者、世界和文本结合起来论述玄学派诗歌的第一人。正因为如此，他对玄学派的批评才具有经典的性质、理论的维度和深远的影响。后来的批评家从"自我表现"理论出发，把约翰逊的否定性批评直接搬过来，用以证明多恩的自我意识和对现代诗派的贡献，就是这种影响的集中反映。

但是，我们也必须清楚，约翰逊虽然是将作者、读者、世界和文本结合起来论述玄学派诗歌的第一人，但却不是提出玄学诗的第一人，因为他的主要观点早在琼森、德莱顿、蒲柏那里就已经有了，所以他是一种延续、发展和深化，而不是首创。甚至他的基本思想还可以在约翰·奥尔德米克森那里找到。奥尔德米克森是著名的史学家，也是诗人、戏剧家、散文家，出版有《亚美利加的不列颠帝国》（*The British Empire in America*，1708）、《欧洲秘史》（*The Secret History of Europe*，1712—1715）、《北不列颠记忆》（*Memoirs of North Britain*，1715）、《逻辑艺术与修辞艺术》（*The Arts of Logick and Rhetorick*，1728）等数十种著作，还编辑过《缪斯的信使》（*The Muse's Mercury*）等期刊。史密斯说奥尔德米克森对多恩的评价堪称 18 世纪的正统思想，是约翰逊的玄学诗理论的直接源头。[①]史密斯同时给出了 4 条基本内容，皆出自奥尔德米克森的《逻辑艺术与修辞艺术》一书，其中第 1 条出自索引，其余各条则出自题献词。下面以史密斯《批评遗产》所录入的材料为据，对奥尔德米克森的评论作一简要评析。

首先是索引部分。索引中与"多恩"有关的仅有"多恩博士的玄勇 309"和"他的其他错误 332"两项。其中，"玄勇"原文作 metaphysical gallantry，是明确的贬义词；"他的其他错误"原文为 his other errors，同样是贬义的；二者彼此呼应，既强化了"玄勇"是多恩诗的根本特征，也反映了奥尔德米克森对多恩全盘否定的态度。

其次是题献词部分。奥尔德米克森明确指出，很多诗人都将他们的天赋用错了地方，忘记了真理之宜人和有用，他们思想的错误闪耀会伤害读者对诗歌的理解，好比太空中的闪电会伤害人的视力一样。在他看来，绝大多数德高望重的圣职人员就是如此，他们在 17 世纪初错误地将布道降格为双关，将雄辩降格为插科打诨。多恩和考利同样如此，他们都把玄学和爱情混为一谈，把才智变成观点。奥尔德米克森认为，这原本是一种"恶习"，但其流行却见于不少诗人之中，他们或是因为无知，或是因为无视听众和读者，创作了那些充满玄学的爱情韵文（metaphysical love-verses），而多恩和考利正是因此而声名大噪的。他赞同德莱顿的观点，认为考利诗是向多恩学来的，而且只学到了其错误的一面，但他并没有止步于德莱顿的观点，而是往前走了一步，指出虽然考利学自多恩，可实

---

① A. J. Smith, Ed. *The Critical Heritage: John Donne*. London and New York: Routledge, 1983, p. 190.

际上多恩也几乎没有什么是让人愉快的，更没有哪行诗是自然的。他引《破碎的心》第 14—24 行为例①，以证明哪怕爱情这一最自然的主题，在多恩笔下竟然也成了很不自然的东西。他引《赠别：节哀》的最后 4 节，然后反问道：一旦明白了圆规的工作原理，那么这个世界上，还有哪个女人能在内心深处忍受这般攻击呢？他由此得出结论，多恩和考利都是博学之人，一定常读古人的著作。但从古人那儿是学不到这一套的，一切的放纵只能归于他们自己，是他们放纵的天性使然，他们代表着语言的恶习。②奥尔德米克森的《逻辑艺术与修辞艺术》出版于 1728 年，约翰逊的《英国诗人传》完成于 1781 年，两者虽相距半个多世纪，而前者的基本观点都被后者尽数吸收，但很大程度上是作为误解多恩的主要材料加以使用和分析的。可见，奥尔德米克森与约翰逊对多恩的基本看法，犹如柏拉图与亚里士多德对诗歌的看法，处于彼此对立的关系中，这足见约翰逊对玄学诗的评价具有代表性和突破性的双重特征。其代表性既有对蒲柏才论的显性批评，也有对奥尔德米克森的隐性否定；其突破性则体现在基于"才"的三类意义而给出的"杂乱和谐"说之中。这也进一步彰显了约翰逊在英国玄学派诗歌研究中的经典地位。

具体到多恩研究，约翰逊的批评之所以特别重要，还在于他对多恩作品的熟悉。比如仅《考利传》所引的多恩诗，就涉及《歌与十四行诗》5 首、《诗信》5 首、《祝婚曲》2 首、《挽歌》1 首、《悼亡诗》2 首，另加《第一周年》，而在他的《英语词典》（*A Dictionary of the English Language*，1755）中则引用更多。我们知道，约翰逊的《英语词典》除了给每个词下定义之外，还援引了大量经典文献作为阐释说明的范例。根据史密斯的《批评遗产》，在 1755 年的《英语词典》中，W. B. C. 沃特金斯（W. B. C. Watkins）仅在 Q、R、S 字母下就发现了来自多恩诗的范例 97 个，涉及《歌与十四行诗》11 首、《挽歌》3 首、《祝婚曲》2 首、《讽刺诗》2 首，《诗信》7 首、《悼亡诗》6 首。③A. D. 阿特金森（A. D. Atkinson）则发现，在整部《英语词典》中，来自多恩的范例共有 384 个，其中 375 个都出自多恩诗，除《第一周年》36 个、《第二周年》21 个之外，还包括《歌与十四行诗》89 个、《挽歌》56 个、《讽刺诗》51 个、《祝婚

---

① 多恩《破碎的心》共 4 节，每节 8 行，第 14—24 行即第 2 节的末尾 3 行与第 3 节全部。有关诗行："他囫囵生吞我们，从不咀嚼：/碰上他，如碰上连珠炮，整排把命丧，/他是霸王鱼，我们的心是小鱼秧。//若非如此，我的心到底/怎么了，我初见你的时候？/我把一颗心带进了房间里，/但从房间里，我一颗也没带走；/如果它去找你，我就会感知/我的心已教会你的心待我以/更多的怜悯；可是爱神，哎哟，/一下子就把它像玻璃似的击破。"见约翰·但恩：《约翰·但恩诗选》，傅浩译，北京：外语教学与研究出版社，2014 年，第 133-135 页。

② John Oldmixon. "The Arts of Logick and Rhetorick." In A. J. Smith (Ed.), *The Critical Heritage: John Donne*. London and New York: Routledge, 1983, pp. 190-192.

③ A. J. Smith, Ed. *The Critical Heritage: John Donne*. London and New York: Routledge, 1983, p. 214.

曲》16 个、《诗信》88 个、《悼亡诗》17 个、《神学诗》1 个。①

在整个 18 世纪，多恩虽然拥有一定的读者，甚至还有蒲柏等人对多恩诗的改写，但熟悉多恩作品到如此程度的，大概只有约翰逊一人。史密斯特别提醒我们：第一，约翰逊的选材大多限于从锡德尼到王朝复辟时期的 80 年间，而且无什么特别意图，甚至不一定取材于大师作品，而只在表明这些词句都是实际的存在；第二，多恩并非被引用最多的人，比如在约翰逊的《英语词典》前 10 页中，引用频次最高的依次是莎士比亚、德莱顿、弥尔顿、锡德尼、斯宾塞、多恩，又比如在所占篇幅多达 140 页的 A 字母下，其范例引自多恩的 21 处、引自赫伯特的 2 处、引自克拉肖和考利的各 2 处，而引自莎士比亚的则仅在前 3 页就有 21 处。②但即便如此，多恩仍旧是被引最多的作家之一。这本身就足以说明，即便多恩不是所谓的名人或大师，约翰逊对他仍旧是相当熟悉的，对他的诗作更是了然于胸的。对照《考利传》则不难发现：《英语词典》与《考利传》都集中于多恩的诗，而非他的布道文等其他作品。这进一步说明，在约翰逊的心目中，多恩就是一个诗人。

约翰逊曾在 1745 年计划编辑莎士比亚作品集，后因版权等原因而不得不放弃。他于 1755 年完成《英语词典》后，再次转向莎士比亚，并于 1765 年编辑出版了 8 卷本《莎士比亚戏剧作品集》（*The Plays of William Shakespeare*）。在对莎士比亚的注释中，约翰逊也常常引用多恩。比如在《皆大欢喜》第 3 幕第 2 场中，罗莎琳（Rosalind）对西莉亚（Celia）说："自毕达哥拉斯的时候以来，我从不曾被人这样用诗句咒过；那时我只是只爱尔兰的老鼠。"③约翰逊的注释为："诗能杀死老鼠的说法，多恩在讽刺诗中也说到过。"④约翰逊还在《德莱顿传》和《蒲柏传》等作品中都说到过多恩的诗歌创作。此外，鲍斯维尔在《约翰逊传》（*The Life of Samuel Johnson*，1791）中反复提到，在 1773—1776 年，约翰逊在与鲍斯维尔的一系列交谈中曾多次谈到多恩，对沃尔顿《多恩传》中关于多恩梦见安妮的精彩描写赞不绝口，还指出多恩与查理一世都在各自的作品中用过相同的词汇。⑤这一切从更广的范围证明了约翰逊对多恩及其作品的熟悉程度，也再次证明了多恩在约翰逊心中就是一位诗人。由于缺乏有关奥尔德米克森的足够材料，我们无法判定其与约翰逊究竟谁更客观，但可以肯定的是，约翰逊确实是把多恩当作诗人看待的，他的独到之处在于，多恩并非常规意义上的诗人，而是一个背离规范、具有榜样作用的玄学诗人。由于他对多恩作品非常熟

① A. J. Smith, Ed. *The Critical Heritage: John Donne*. London and New York: Routledge, 1983, pp. 214-215.

② A. J. Smith, Ed. *The Critical Heritage: John Donne*. London and New York: Routledge, 1983, pp. 215-216.

③ 莎士比亚：《莎士比亚全集》（上），朱生豪译，长春：时代文艺出版社，1996 年，第 623 页。

④ Samuel Johnson, Ed. *The Plays of William Shakespeare*. Vol. 2. London, 1765, p. 55.

⑤ James Boswell. *The Life of Samuel Johnson*. London: Wordsworth Editions, 1999, pp. 356-556.

悉，所以他的多恩批评具有很高的可信度，《考利传》也因此成为英国玄学诗研究的真正的奠基之作。

正因为如此，后来的读者或评论家，只要说到多恩，就会想到约翰逊。迄今为止，学界一直存在这样的理论，即约翰逊的《考利传》把多恩及其玄学诗派打入了冷宫，并从约翰逊的文字中摘取相关论述作为佐证。这种理论，从上面的分析可以发现，完全是一种误解，但却被堂而皇之地写入了部分教材，比如《企鹅英国文学简史》（*The Penguin Short History of English Literature*，1993）就明确指出，自从多恩被贴上玄学诗人的标签后，"需要后来的几代批评家，首先是柯勒律治，然后是艾略特，去重新发现多恩诗的深邃与刚健"[①]。王佩兰等的《英国文学史及作品选读》也秉承同样的看法，认为多恩对其同代人有着巨大影响，但在 18—19 世纪却很少有人问津，直到 19 世纪末 20 世纪初才有新版多恩诗歌问世。[②]这里例举的两种教材都是信手拈来的，但作为国内外的教程或研究专著，它们的影响无疑都在年轻学者身上，所以一大批国内的后起学者，或在期刊论文中，或在学位论文中，也都对这样的理论坚信不疑。比如林元富就在总结国内多恩研究的论文中说："18 世纪的约翰逊博士则贬斥多恩'把杂乱无章的想法用蛮力硬凑在一起'。多恩的诗在 18、19 世纪几乎被人遗忘。"[③]当然，类似的看法并不局限于后起之秀，比如傅浩就在《约翰·但恩诗选》的"译者序"中以优美的语言和坚定的语气写道：

> 莎士比亚以及稍后的弥尔顿的炫目光辉使但恩如同所有其他同代作家一样，失落在一个时代的阴影之中。尤其是约翰·德莱顿和塞缪尔·约翰逊的判决，更是把但恩及其仿效者们打入另册，贬斥在英国抒情诗主流之外。此后近三百年间，但恩的诗便一直遭受冷落。到了十九世纪，一些评论者，如柯尔律治、德昆西和罗伯特·勃朗宁，才开始重新欣赏但恩。[④]

傅浩是国内第一个将多恩的爱情诗和神学诗完整地译为汉语的人，其最初译本叫《艳情诗与神学诗》（1999），后更名为《约翰·但恩诗选》，中间还有几次修改重印，但上述引文却始终不曾有过变化。同样的观点也见于吴笛的《英国玄学派诗歌研究》（2013），其绪论部分明确指出，英国玄学诗人"在 17 世纪一度风靡，颇具影响，在 18 世纪和 19 世纪则默默无闻，较

---

① Stephen Coote. *The Penguin Short History of English Literature*. London: Penguin Groups, 1993, p. 162.

② 王佩兰，马茜，黄际英：《英国文学史及作品选读》，长春：东北师范大学出版社，1992 年，第 67 页。

③ 林元富：《迟到的怪才诗人：中国的约翰·多恩研究概述》，《外国语言文学》，2004 年第 2 期，第 61 页。

④ 傅浩：《译者序》//约翰·但恩《约翰·但恩诗选》，傅浩译，北京：外语教学与研究出版社，2014 年，第 i—ii 页。

少受到关注"①；而其第九章的开篇第一句就是"经过长时间的忽略之后，到了20世纪，玄学派诗歌终于得以复活，玄学派诗歌的独特的艺术成就重新受到人们的关注和喜爱"②。值得注意的是，该书并非一般意义上的专著，而是国家社科基金项目的最终成果。类似的文献还有很多，虽然文字表述略有差异，但是横贯其中的核心思想却是高度一致的，那就是：由于约翰逊对玄学诗派的尖锐批评，多恩才被打入冷宫，直到200年后才被重新发现。换言之，迄今为止的学界主流看法依然是：在18世纪的多恩研究中，约翰逊是否定派的典型代表。

强调否定一面是没有问题的；忽略肯定一面则无疑是有问题的，具有断章取义之嫌。前面的分析已经表明，约翰逊并没有否定玄学派诗歌，他否定的是人们对玄学诗的机械性和常识性认识，比如前面的简析中那些应该特别留意之处。事实上，安德森早在1793年就指出："约翰逊博士在《考利传》中列举了多恩的惊人天赋与广博学识，以最有效的方式概括了多恩的玄学诗。"③19世纪中叶，彼得·坎宁安（Peter Cunningham）还针对约翰逊的《英国诗人传》虽有考利却无斯宾塞的事实指出，"《仙后》很难提供等同于考利诗中的价值去揭示他所羡慕的所谓玄学诗人"④。进入20世纪后，更多的人开始对约翰逊的《考利传》展开研究。根据史密斯，自1936年以来，沃特金斯、W. R. 基斯特（W. R. Keast）、W. J. 贝特（W. J. Bate）、D. 帕金斯（D. Perkins）等一大批学者，都在他们的专著或论文中明确地指出：约翰逊对多恩的态度非但不是贬低或否定的，而是认可与羡慕的，其《考利传》的目标之一是建立一种全新的批评标准。⑤

这足以说明，约翰逊的玄学诗理论，在宏观与微观两个层面皆有深远影响。在微观层面，由于《考利传》出版于18世纪后期，所以在约翰逊以后，18世纪的多恩研究再没出现更具实质性的突破，虽有新的成果不断问世，但基本都是对约翰逊的重复、延续与回应。在宏观层面，《考利传》中有关玄学诗的理论，对多恩研究具有里程碑式的重要价值，正如哈罗德·布卢姆（Harold Bloom）所说：有关多恩诗派的研究成果极为丰富，但在种种评价中，最准确、最恰当的，依然是约翰逊。⑥所以直到今天，但凡有关多恩或玄学派的研究，往往都会涉及约翰逊。

---

① 吴笛：《英国玄学派诗歌研究》，北京：中国社会科学出版社，2013年，第1页。

② 吴笛：《英国玄学派诗歌研究》，北京：中国社会科学出版社，2013年，第207页。

③ Robert Anderson. *A Complete Edition of the Poets of Great Britain*. Vol. 4. Edinburg: Mundell & Co., 1793, p.3.

④ Peter Cunningham. "Editor's Preface." In Samuel Johnson, *The Lives of the most Eminent English Poets*. Vol. 1. New York: Dirby and Jackson, 1861, p. x.

⑤ A. J. Smith, Ed. *The Critical Heritage: John Donne*. London and New York: Routledge, 1983, p. 214.

⑥ Harold Bloom, Ed. *John Donne and the Seventeenth-Century Metaphysical Poets*. New York and Philadelphia: Chelsea House Publisher, 1986, p. 1.

约翰逊的玄学诗理论还具有更为重要的学理意义，那就是与世纪初的蒲柏相呼应，完成了对多恩及其影响的学理建构，使多恩研究走过了从"多恩派"到"玄学派"的世纪历程。蒲柏的"多恩派"构想是从新古典主义角度对多恩加以学理构建的最初尝试，约翰逊的"玄学诗人"则是其最后归宿。我们知道，18世纪英国文学的主导力量是新古典主义。新古典主义诗学主张诗歌必须抒情、壮美、讽喻、有教义、富于戏剧性，并要在主题、素材、伦理、审美取向等方面皆有体现；而英国古典主义文学理论的三座高峰便是 17 世纪的德莱顿，以及 18 世纪的蒲柏和约翰逊。德莱顿对多恩的基本定位是 18 世纪两个阵营的共同基础，蒲柏和约翰逊也都以"才"为核心对多恩加以阐释，这是 18 世纪多恩研究的基调。这一基调决定了 18 世纪多恩研究的重点从 17 世纪的"才"与"象"转向了"才"与"律"，而蒲柏正是在这样的宏观历史背景下提出"多恩派"的主张并对多恩诗加以诗化改造的。他的"多恩派"主张是一种严肃的学理构建，他的诗化改造则是对该主张的一种校验。从批评史的角度看，人们对多恩诗的改造、引用、仿拟，以及两个阵营的彼此对立与交融，都对这一建构提供了可能，而赫德的共生说、约瑟夫·沃顿的等级说、格雷的第三意大利派，则本身就是这一建构的组成部分。这些成果都在《考利传》中有着深刻的反映。《考利传》的学理意义就在于，它为约翰逊提供一个平台，约翰逊则借助这一平台，在历史的维度上对"才"做了重新界定，对蒲柏以降的多恩研究做了深度剖析，对以多恩为首的"玄学诗"做了理论诠释。由于约翰逊的"玄学诗"理论从此成为学界的共识，多恩研究也因此而走完了从"多恩派"到"玄学派"的学理建构之路。就此而论，18 世纪的多恩研究既是对多恩个人的研究，也是对一个流派的研究，更是在新古典主义旗帜下对传统文化的重新诠释，是时代精神之于其文学使命的一个范例。

每个时代都有自己的诗学使命。这种使命有时非常明确，有时难以界定，但都蕴藏巨大的潜能。在以古典主义为主导的 18 世纪，这样的诗学使命显得尤为突出，而多恩研究则既是其中的一个重要方面，也彰显着对 17 世纪的继承与超越。对多恩的引用、仿拟与改造是三种具体的继承方式；对多恩的肯定与否定，连同赫德的共生说与约瑟夫·沃顿的等级说，也都在继承的同时有超越，成为多恩研究的宝贵遗产；而蒲柏、格雷和约翰逊则通过对多恩的学理建构成为对多恩研究继承与超越的标志。正是这种继承与超越，使 18 世纪的多恩研究走过了从多恩派到玄学派的百年历程，成就了多恩批评史上的第一座理论高峰，其中所涉及的一系列诗学问题，包括主题、素材、伦理、审美取向等内容，以及回应、传承、反思、摒弃、捍卫等方式，都在宏观上推动了诗歌的发展，也都在微观上深化了对多恩诗的认识，使多恩研究从此踏上了理性的学术探究之路。时至今日，有关英国玄学诗的研究依旧是这条始于 18 世纪的多恩研究之旅的延续。

第四章　从亨特之问到成就经典：19世纪的多恩研究

> 多恩写下的每个句子，无论在诗里还是在文里，都毫无疑问是他自己的。不仅如此，他的种种思想通常都化作充满诗意的词语，表达为一种最高尚的意义。他写出的那些段落都是别的英国诗人所不能比拟的，或许只有弥尔顿和莎士比亚是例外……
>
> ——威廉·戈得温《论人的本质》

正如 18 世纪的多恩研究是对 17 世纪的继承和超越，19 世纪的多恩研究同样是对 18 世纪的继承和超越。继承的核心是多恩的"才"；而超越的突出表现，之于 18 世纪是"玄学诗"的确立，之于 19 世纪则是三大发现和三个视角。三大发现指多恩作品中所呈现的此在性、原创性和诗性三个方面的内容；三个视角则指学界从生平、作品、批评三个视角展开的多恩研究。从时间上说，三大发现主要出现在 19 世纪早期，三个视角则主要体现在后期，但二者却并非截然分开，而是处于彼此关联、相互作用、渐次深入的进程中的。从本质上说，所谓"发现"并非因为曾经缺乏研究，而是因为有了更为突出、更为集中的深入探究。正是这种探究揭示了多恩诗的艺术力量，其所产生的冲击波，经由 20 世纪的再确立，至今犹存。因此从批评史的角度来看，19 世纪的多恩研究不但扭转了 18 世纪的下滑趋势，而且进一步强化了多恩的诗人地位，为 20 世纪的多恩研究奠定了坚实的基础。

第一节　亨特之问：19世纪初的多恩批评

利·亨特（Leigh Hunt，1784—1859）是一位作家、诗人、编辑、文论家。对于亨特，今天已经少有人提及，甚至《不列颠百科全书》也认为"亨特才华不高"[①]。人们对其知道得最多的大概只有三个方面：一是作为诗人，他写过《珍妮吻了我》（"Jenny Kiss'd Me"）、《阿布·本·阿德罕姆》（"Abou Ben

---

[①] 美国不列颠百科全书公司：《不列颠百科全书》（国际中文版 修订版 第 8 卷），北京：中国大百科全书出版社，2007 年，第 257 页。

Adhem"）、《里米尼的故事》（*The Story of Rimini*）等作品；二是作为编辑，他先后编辑过《考察者》（*The Examiner*）①、《反射镜》（*The Reflector*）②、《标识器》（*The Indicator*）、《自由主义者》（*The Liberal*）等颇具影响的报刊；三是作为作家，他与约翰·济慈（John Keats，1795—1821）和珀西·比希·雪莱（Percy Bysshe Shelley，1792—1822）患难与共，成就了英国文学史上的一段佳话。

但更重要的是，他身边还聚集了大批诗人，包括威廉·赫兹利特（William Hazlitt，1778—1830）、查尔斯·兰姆（Charles Lamb，1775—1834）、布莱恩·普罗克特（Bryan Procter）、本杰明·海顿（Benjamin Haydon，1786—1846）、查尔斯·考顿·克拉克（Charles Cowden Clarke）、查尔斯·W. 迪尔克（Charles W. Dilke）、沃尔特·库尔森（Walter Coulson）以及约翰·汉密尔顿·雷诺兹（John Hamilton Reynolds，1794—1852）等人。他们相互支持、谈艺作诗、追求自由、针砭时政，已然形成了一个颇具影响的文化圈，史称"亨特派"（Hunt Circle）或"伦敦佬诗派"（Cockney School of Poetry）。前一称谓指明了亨特在该派的主导地位；后一称谓出自约翰·吉布森·洛克哈特（John Gibson Lockhart）③，具有明显的戏谑味道。1817—1825 年，洛克哈特以《伦敦佬诗派》（"On the Cockney Shool of Poetry"）为题，在《布莱克伍德爱丁堡杂志》（*Blackwood's Edinburgh Magazine*）刊发了至少 8 篇系列长文。在 1817 年的第 1 篇文章中，洛克哈特以戏谑的笔调开门见山地写道：

> 整个批评界正忙于找寻各种优点，企图在理论与实际上达成平衡，用以阐释人们常说的"湖畔派诗人"；令人奇怪的是，他们对我们身边已然冒出的另一诗派则似乎无人问津，甚至连只言片语也都从未有过。这一新的诗派，我敢断言，迄今为止尚未获得任何名号；然而，要是我能有幸对其施行洗礼的话，那么从今往后便可称之为伦敦佬诗派。其首席博士兼教授是利·亨特先生，一个虽然有点才能，但巧智、诗歌、政治等全都言过其实、自命不凡的人，一个品位败坏、全方位显示极端粗野的思想行为的人，一个几乎没有受过教育、希腊语一窍不通、拉丁语

---

① 1808 年由利·亨特与其哥哥约翰·亨特（John Hunt）首创，1828 年起，编者先后有奥尔巴尼·方布兰克（Albany Fonblanque）、约翰·福斯特（John Forster）、马米恩·萨维奇（Marmion Savage）、威廉·明托（William Minto）等。1886 年停办。18 世纪也有一份同名报纸，其创始人为约翰·墨菲（John Morphew）。

② 密西西比州立大学也有一份同名的学生报纸，始创于 1884 年。

③ 约翰·吉布森·洛克哈特（John Gibson Lockhart，1794—1854），生于苏格兰，批评家、小说家、传记作家，英国小说家司各特的女婿，其《司各特传》（1839）是最为重要的英文传记作品之一。他先后毕业于格拉斯哥大学和牛津大学，做过法律工作，后转向写作，是具有托利派倾向的《布莱克伍德爱丁堡杂志》的主要撰稿人之一。

近乎为零的人。[1]

在接下来的文字中，洛克哈特以同样的笔调，用 8 篇文章，不但从思想到艺术，而且从传统文化到日常交往，对亨特及其圈子作了全方位的批评。对此，《不列颠百科全书》在"亨特"条目中曾有这样的简单描述："《考察者》支持新浪漫主义诗人反驳《布莱克伍德爱丁堡杂志》对其所谓'伦敦诗派'的攻击。"[2] 这里的"伦敦诗派"就是"伦敦佬诗派"，而所谓的"攻击"实际上就是指以洛克哈特为代表，以上述引文为起点，以多篇文章为内容，跨越至少 8 年之久，涉及创作观念之演变的一场文学之争。双方的是非问题暂且不论，这场争论本身就足以说明亨特之于 19 世纪英国文学的地位与影响，同时也说明无论是"亨特派"，还是"伦敦佬诗派"，抑或是"新浪漫主义诗人"，都只是术语不同、取向不同[3]，其基本概念则是相通的，即亨特在 19 世纪初已然就是一个派别的核心人物。对此，亨特自己似乎也是心知肚明的，所以生前便出版了 3 卷本《自传》（*Autobiography*，1850）。亨特还是一位文论家，著有《想象与幻象》（*Imagination and Fancy*，1844）、《机智与幽默》（*Wit and Humour*，1846）等。对多恩研究批评史而言，亨特的特殊意义在于他引发了人们对多恩的思索。1819 年，他在写给雪莱夫妇的一封信中曾这样写道：

> 你知道多恩吗？我想和你再谈谈他。他是那种满脑子都是玄学思维的人，能在任何事情之间找出多种关联。他最终成了一位牧师，而在这之前（至少我是这么认为的）却是一个思辨家，自由而深刻，就像你。[4]

亨特的信写得特别明晰："你知道多恩吗？我想和你再谈谈他。"亨特之所以希望讨论多恩，是因为至少在他看来，多恩是一个值得讨论的人。具体到 19 世纪的多恩研究，亨特的意义不在于他究竟说了什么，而在于他那看似轻描淡写的提问："你知道多恩吗？"

作为一派之主，他的这一提问，堪比著名的"钱学森之问"，有着异同寻常的意义，因而不妨称这一提问为"亨特之问"。从句子结构的角度来看，"钱学森之问"是一个特殊疑问，而"亨特之问"则是一个一般疑问句。从着眼点的角

---

① John Gibson Lockhart. "On the Cockney Shool of Poetry." *Blackwood's Edinburgh Magazine* 7.2(1817): p. 38.

② 美国不列颠百科全书公司：《不列颠百科全书》（国际中文版 修订版 第 8 卷），北京：中国大百科全书出版社，2007 年，第 257 页。

③ 一种说法是狄更斯《荒凉山庄》（*Bleak House*）中的 Harold Skimpole 的原型就是亨特，见 Doreen Roberts. "Historical Context." In Charles Dickens (Ed.), *Bleak House*. London: Wordsworth Editions, 2001, p.xxv。果真如此，则表明狄更斯与洛克哈特的态度趋同。

④ Dayton Haskin. *John Donne in the Nineteenth Century*. Oxford: Oxford UP, 2007, p. 46.

度来看，"钱学森之问"以"为什么"引出，旨在找寻问题的根源；"亨特之问"则既可以作简单回答，也可以作全方位的回答，不限深度、不限范围、不限回答者。从这个意义上说，"亨特之问"既是针对雪莱的，更是针对普通读者的，所以对这一问的任何回答，本身就是多恩研究批评史的重要内容。即便在今天，多恩研究虽然早已成为一门显学，但"亨特之问"似乎并未过时。比如针对多恩的10卷本《布道文集》，我们完全可以直接使用亨特之问："你知道多恩吗？"即便是对近乎人人称道的多恩的爱情诗，我们依然可以追问一声"你知道多恩吗？"对于多恩最为重要的灵魂三部曲，我们更可以问"你知道多恩吗？"还有多恩的其他作品，比如宗教诗、杂诗、祝婚曲、书信集、小说、翻译等，我们同样可以套用亨特之问："你知道多恩吗？"

如果说"亨特之问"对今天的多恩研究仍然有所助益的话，那么在当时则更多地表现为其自身所附带的启迪性，其直接结果就是19世纪初对多恩的所谓"重新发现"，而提出的背景则是人们对多恩诗不够熟悉。前面说到，多恩的声誉在17世纪曾一度被推向圣坛，但到18世纪则处于持续的下滑态势中。这种态势的基本表现，一是自约翰逊以降便再没人提出过新的见解，多恩研究几乎处于停滞状态；二是多恩作品的出版频率明显减少，除了一些重要诗人和评论家，普通读者更多的是经由蒲柏而读他的讽刺诗。"亨特之问"就是在这样的背景下被提出的，因而具有双重指向性，既是针对阅读的，也是针对批评的。"亨特之问"的历史意义在于，它引发了人们对多恩的关注，在一定程度上开启了人们对多恩的重新认识。

有趣的是，19世纪初的"重新发现"在出版和评论两个方面也都有着各自的回应，只是在时间上有所不同而已。出版界的回应来得较为迟缓，尽管在"亨特之问"发出的当年，伊齐基尔·桑福德（Ezekiel Sanford，1796—1822）就在其主编的《不列颠诗人作品集》（*The Works of the British Poets*）中收录了多恩诗40首，但那却是在美国费城出版的；在英国则直到二十年之后的1839年才有奥尔福德主编的《多恩作品集》问世。此后的1840年、1855年、1864年、1866年、1872年、1895年和1896年，都有各种版本的《多恩诗集》面世。它们有在英国出版的，也有在美国出版的，有全新的，也有重印的，数量之多，已经赶上了17世纪。这至少说明两个问题：一是多恩诗的读者群有了大幅增长，二是多恩已经走向大洋彼岸。两者都为19世纪中后期的多恩研究奠定了坚实基础，对此，我们将在后面作专门探讨。这里需要说明的是，读者群的增长与"亨特之问"是否存在直接关联，虽然目前尚无足够的支撑资料，但《多恩诗集》在19世纪的出版历程，却具有明显的肯定性指向。

评论方面的回应则来得较早。史密斯《批评遗产》显示，就在世纪之交的1800年，英国作家、但丁《神曲》的译者、沃里克郡的金斯伯里教区牧师亨利·弗朗西斯·卡里（Henry Francis Cary）曾有这样的记载："3 月 9 日，读多恩的讽刺诗等。"①至于亨利·弗朗西斯·卡里对多恩是否有过具体评论，史密斯只字未提，我们也没能找到有关文献。但是，弗朗西斯·沃尔德伦曾于 1802年出版过《杂诗精选》，其中便收录了多恩的《挽歌 20》与《爱的战争》等作品。而查默思还曾于 1810 年出版过专门的《多恩诗集》。这表明，在 19 世纪初，至少有部分人是读过多恩诗的，较之于 18 世纪基本经由蒲柏而读多恩的情况毕竟有所不同。由此可见，"亨特之问"并非一时兴起，而是以多恩诗的出版为依据的。但从读者的实际回应看，除柯勒律治、兰姆等在世纪初就以友善的目光去审视多恩之外，更多的人似乎对多恩诗并无多少好感。对现有文献加以梳理可以发现，无论"亨特之问"还是"重新发现"，实际上都是以一片否定之声为背景的。

首先是文学家。亨利·柯克·怀特（Henry Kirke White, 1785—1806）、骚塞、赫兹利特、坎贝尔等都否认多恩为诗人，认为他没有趣味、没有感情、不懂音韵、只有技巧，而他的技巧不仅只是颓废，还败坏了文风。早在 1805 年，亨利·柯克·怀特就敏感地意识到，"多恩缺乏足够的乐感，诗中的双韵体叫人难以忍受，即便他的才气也不足以挽回遭受忽视的厄运"②。在这之前的1802 年《爱丁堡评论》（The Edinburgh Review）创刊伊始，就刊发了其创始人之一并兼常任主编的弗朗西斯·杰弗里（Francis Jeffrey, 1773—1850）亲笔撰写的《评骚塞的萨拉巴传奇》（"Southey's Thalaba: A Romance"），该文章对湖畔派诗人提出了尖锐批评，认为他们"具有柯珀那粗野刺耳的语言风格，兼有安普洛斯·菲利普斯（Ambrose Philips）的懵懂幼稚，或夸尔斯和多恩博士的离奇古怪"③。有趣的是，杰弗里是针对骚塞的 12 卷史诗巨著《毁灭者萨拉巴》（Thalaba the Destroyer）的，貌似骚塞等的作品与"多恩博士的离奇古怪"有着这样那样的相似之处。但骚塞这位未来的桂冠诗人，在当时却似乎并不这样认为。

骚塞之评多恩，最早见于 1807 年的《英国诗人品鉴》（Specimens of the Later English Poets）。在该书的序言中，骚塞明确指出，从莎士比亚到弥尔顿，诗歌的走向不是前进了，而是倒退了。玄学诗的出现使得诗人的才华走向邪路，其理由之一便是多恩的诗："什么也不能使多恩成为诗人，除非有什么奇迹发

---

① A. J. Smith, Ed. *The Critical Heritage: John Donne*. London and New York: Routledge, 1983, p. 280.

② Henry Kirke White. *The Remains of Henry Kirke White with an Acount of His Life*. Vol. 2. London: Hurst & Co., 1806, p. 286.

③ Francis Jeffrey. "Southey's Thalaba: A Romance." *The Edinburgh Review* 1.1 (1802): p. 64.

生，并能重塑他双耳的内部构造。”①骚塞是以多恩为例的，其批评已不仅局限在多恩本人，而是将其纳入文学发展的进程中加以考察的，因而也否定了包括考利、巴特勒等在内的整个玄学派。但在"亨特之问"后，他对多恩的看法却发生了微妙的改变，所以在 1831 年的《英国诗人作品选》中，他以 18 页的篇幅，按双栏排列的方式收入了多恩诗 36 首。他还比较了蒲柏与多恩的宗教信仰，肯定多恩是经过了"严肃、冷静、谦卑、宗教的思考才终于虔诚而尽责地皈依新教的"②。然而六年后的 1837 年，他却又在《柯珀传》（ *Life of William Cowper* ）第 12 章中，借约翰逊关于不自然的诗有三类之说，指出玄学诗之所以能取娱于人，在于这些人要么自己低能，要么喜欢低能，因为"虽然多恩和琼森曾让玄学诗风靡于世，但他们两位都是蹩脚诗人"③。可见，即便在作了桂冠诗人之后，骚塞对多恩及其玄学诗派的基本看法，总体上仍倾向持批评的态度。骚塞 1813 年受封桂冠诗人，与华兹华斯和柯勒律治一道并称英国三大湖畔派诗人，所以其批评有着较大影响。从 1807 年的否定到 1831 年的肯定再到 1837 年的否定，骚塞对多恩及其玄学诗派的态度给人一种摇摆不定之感。这说明在 19 世纪早期，多恩仍旧处于被人"重新发现"的过程中。

　　赫兹利特虽在 1818 年就表示喜欢多恩的《赠别：节哀》，但他认为约翰逊的作品才真正值得一读，因为在他看来，多恩虽有思想，可"那些思想都是令人无法接受的，如同它们的表达方式一样"④。在 1819 年，也即"亨特之问"发出的同一年，赫兹利特还对多恩的部分诗作给出了较为深入的分析。他在约翰逊《考利传》的基础上，对多恩的《葬礼》（"Funeral"）以及《花朵》、《爱的神性》和《情人节祝婚曲》（"An Epithalamion"）⑤作了精彩点评后指出：

　　　　他的爱情诗和写给朋友的书信，都最好地表现了他的思想。他的讽刺诗太过教会化。他表现了太多的厌恶，如果我可以这样说的话，同时对恶习也太过蔑视。他的描写令人作呕，他教条而武断的破口大骂也很难将其救赎，而且除了危及读者的理性，更危及他们的想象。作为一个圣徒，他写得颇为权威；但作为一个讽刺诗人则不然，他应少些使用他的诗歌特权。常言道"一人纯则万物纯"。像多恩博士这样的人，理当

---

① Robert Southey. *Specimens of the Later English Poets, with Preliminary Notices*. London: Longman, Hurst, Rees and Orme, 1807, p. xxv.

② Robert Southey, Ed. *Select Works of the British Poets from Chaucer to Jonson*. London: Longman, Rees, Orme, Brown and Green, 1831, p. 714.

③ A. J. Smith, Ed. *The Critical Heritage: John Donne*. London and New York: Routledge, 1983, p. 286.

④ William Hazlitt. *Complete Works*. Vol. 4. Ed. P. P. Howe. London: Dent, 1830-1834, p. 83.

⑤《情人节祝婚曲》，全称《祝婚曲，或伊丽莎白与巴拉丁伯爵于情人节举行婚礼的祝婚曲》（"An Epithalamion, or Marriage Song on the Lady Elizabeth, and Count Palatine being married on St. Valentines Day"）。

将其用于自己身上，但他却似乎认为，没有教会的恩准，这种说法是不适于扩大到众多读者的。[①]

可见，赫兹利特的基本观点是立足于约翰逊所指出的玄学诗的短处的，也可以说是对之的进一步发挥与拓展，因为约翰逊主要针对多恩的讽刺诗，赫兹利特则将爱情诗与书信也一并纳入，另一方面，他也肯定了多恩的布道文，这在约翰逊那里是没有的。从"亨特之问"的角度来看，赫兹利特的批评可以看作是以否定的姿态，给出了一个较为全面的肯定回答。从中可以看出，赫兹利特不仅知道多恩及其作品，而且知道最具影响力的多恩批评。有人曾指出，"赫兹利特在《关于英国诗人的演讲集》（*Lectures on the Comic Writers*）中承认他对多恩的诗一无所知，但他仍沿用约翰逊对多恩的批评"[②]。这显然是一种正误参半的阐释，因为在《关于英国诗人的演讲集》中，赫兹利特非但没有"承认他对多恩的诗一无所知"，相反还对多恩的离别诗大加赞赏："关于多恩，我仅知道几首他写给他妻子的美丽诗歌，那是劝她不要跟随他到国外旅行的；还知道他的几首老式的谜语诗，其中的谜连斯芬克斯（Sphinx）也猜不出来。"[③]可见，赫兹利特也像约翰逊一样，并没有将多恩彻底否定。

对于"亨特之问"，坎贝尔也给出了自己的回答，但他所针对的主要是多恩的爱情诗。1819 年，他在 7 卷本《不列颠诗人品鉴》中，不仅收录了多恩的《梦》《破晓》《最甜蜜的爱》等作品，还对多恩的人品给出了如下的评判：

> 多恩可谓人品最好而诗品最差。他浪漫、体贴，对妻子真心相待，对所写对象充满温情，但却不惜违背合适原则。他以最为不雅的词语向他的新娘表白，以此开始他自己的祝婚曲。他的粗犷与突发奇想几乎人人皆知。但他混沌的想象中也不时会闪烁出一种思想之美，好比在水波上微笑的维纳斯。[④]

"人品最好而诗品最差"是坎贝尔对多恩的基本评价。基于这一评价，他认为多恩是一个忠于爱情的人，其爱情诗"充满温情"，甚至偶尔会有"思想之美"，但却用词不雅、韵律粗犷、想象混沌，甚至还突发奇想，违背了古典主义的"合适原则"。坎贝尔还将这一基本评价用于多恩的讽刺诗，他发现塞缪

---

① William Hazlitt. *Complete Works*. Vol. 6. Ed. P. P. Howe. London: Dent, 1830-1834, p. 53.

② 陆玉明：《约翰·多恩：从西方到中国》，《中国比较文学》，2007 年第 4 期，第 113 页。

③ William Hazlitt. *Complete Works*. Vol. 5. Ed. P. P. Howe. London: Dent, 1830-1834, p. 53. 赫兹利特的原文为 "Of Donne I know nothing but some beautiful verses to his wife, dissuading her from accompanying him on his travels abroad, and some quaint riddles in verse, which the Sphinx could not unravel". 所谓"一无所知"，当指"Of Donne I know nothing"，而非"Of Donne I know nothing but..."。

④ Thomas Campbell. *Specimens of the English Poets*. Vol. 3. London: John Murray, 1819, p. 73.

尔·卡特·霍尔的讽刺诗堪称时代的楷模，既有尊严，也守道德，还有格调；而多恩的讽刺诗则虽有思想、原创，但表达却并不完美，所以蒲柏要对其加以改造，使之现代化。①正是因为坚持了"人品最好而诗品最差"的基本评价，坎贝尔的最终结论是"多恩的生平远比他的诗更加有趣"②。较之于赫兹利特，坎贝尔显得更加主观，但与赫兹利特一样，其评价同样是对"亨特之问"的一种回应，尽管他也像亨利·柯克·怀特、骚塞、赫兹利特一样，因韵律的缘故而对多恩诗缺乏好感。

对多恩诗缺乏好感的还有维多利亚时代的一些评论家，如帕尔格雷夫、阿道夫·威廉·沃德（Adolphus William Ward，1837—1924）、约翰·韦斯利·黑尔斯（John Wesley Hales，1836—1914）等。帕尔格雷夫是牛津大学诗歌教授，在1858年的《英诗的发展》（"The Growth of English Poetry"）一文中曾几次提到多恩，并分析过多恩的《诱饵》，比较过莎士比亚、琼森、考利和多恩，对多恩诗的独特性表现出一定的兴趣。但在1861年，当他以"英语中最有原创性的一切优秀歌谣和抒情诗，限于古人，限于最优"③为原则编写《英诗精华》（*Golden Treasury of Songs and Lyrics*）一书时，却没有收录多恩的诗作。二十多年后的1889年，他虽在《宗教诗宝藏》（*The Treasury of Sacred Songs*）中收入了多恩的3首神圣十四行诗，但他在1896年的《英诗精华》中却依然没有收录多恩的诗，原因是他认为多恩诗原创性非常奇怪，既叫人着迷也叫人无法接受。④

阿道夫·威廉·沃德是一个很有学识的人，主编过《剑桥现代史》（*Cambridge Modern History*）、《剑桥英国文学史》（*The Cambridge History of English Literature*）、《蒲柏诗集》（*The Poetical Works of Pope*）等，并于1913年受封骑士。在1858年的《蒲柏诗集》中，他说多恩的世俗作品"纯粹是些智力游戏"，那些挽歌"十分下流，令人作呕"，《灵的进程》不过是"灵魂轮回理论的一出令人厌恶的滑稽戏"⑤。

黑尔斯也持完全相同的看法："多恩作为诗人，尤其是牧师的声誉是很高的，但他的作品足以证明他连后来的批评都不配。"⑥黑尔斯不同意约翰逊的术语，认为与其说多恩在玩弄玄学，不如说他是在玩弄幻想，因此称他为"幻想派"会更加恰当。关于"幻想派"的特点，他认为就是约翰逊所说的"杂乱和

① Thomas Campbell. *Specimens of the English Poets*. Vol. 1. London: John Murray, 1819, pp. 170-171.

② Thomas Campbell. *Specimens of the English Poets*. Vol. 3. London: John Murray, 1819, p. 73.

③ A. J. Smith, Ed. *The Critical Heritage: John Donne*. London and New York: Routledge, 1983, p. 432.

④ A. J. Smith, Ed. *The Critical Heritage: John Donne*. London and New York: Routledge, 1983, pp. 432-435.

⑤ A. J. Smith, Ed. *The Critical Heritage: John Donne*. London and New York: Routledge, 1983, pp. 430-431.

⑥ John Wesley Hales. "John Donne." In Thomas Humphry Ward (Ed.), *The English Poets: Selections with Critical Introductions, i: Chaucer to Donne*. London and New York: Macmillan, 1880, p. 558.

谐", 所不同者, "幻想派"的气息早已"漂浮空中", 并非多恩首创, 多恩只是使之得到充分表达的第一个英国诗人而已。他承认多恩的"才", 但这种"才"不是别的, 正是"浪费学识"。他说多恩诗的"象"一味求新求奇, 好比"烟花爆竹"一般, 虽然令人惊愕, 却不能令人愉悦。[1]这些批评全都出现在 19世纪中后期, 因而可以看作对"亨特之问"的较为严肃的回应。

对多恩诗持批判态度的, 还有当时的一些文史家, 比如被誉为"具有远大抱负的新英格兰青年"[2]的桑福德。1819 年"亨特之问"出现时, 他已完成了《革命前的合众国史》(*A History of the United States Before the Revolution*)以及《不列颠诗人作品集》。在后一著作中, 他不但收录了多恩诗, 还在诗前的"作者小传"中给出了自己的评价。在他看来, 多恩虽被视为伟大的才子, 而且也略有诗才, 但严格地说, 多恩对诗几乎一窍不通。他的理由是, 多恩诗与其说是想象力丰富, 不如说是体察敏锐; 与其说描写了新的发现, 不如说分析了旧的存在; 别人眼中的昙花一现, 在多恩眼里就是整首诗。虽然多恩的努力值得称道, 结果也不乏新奇, 甚至还能刺激我们的思索, 唤醒我们的记忆, 但多恩诗却很少能激发我们的情感, 也很少能调动我们的想象。他最后的结论是: "关于多恩, 或许可以这样说: 机敏胜过学识, 学识胜过诗意。"[3]令人奇怪的是, 既然他对多恩诗如此不屑, 却又为何要收录多恩诗呢? 答案其实就在书中。桑福德的《不列颠诗人作品集》共有 22 卷, 多恩出现在第 4 卷, 同一卷中还另有约翰·戴维斯、塞缪尔·卡特·霍尔、科比特、卡鲁等, 而且他们每个人也都各有自己的"作者小传"和"作品选"。由此可见, 所谓的"作品集"实际上并非专集或全集, 只是选集而已。具体到多恩, 桑福德的评价出自其针对多恩的"作者小传", 就此而论是没有问题的, 问题很可能就出在所收录的多恩诗中。该卷共收录多恩诗 40首, 包括《歌与十四行诗》13 首、《警句诗》4 首、《挽歌》6 首、《诗信》7首、《悼亡诗》1 首、《讽刺诗》4 首、《警句诗》1 首、《祝婚曲》2 首、其他2 首。但其中就有 3 首并非多恩的诗(含《诗信》1 首、其他诗 2 首); 另有 5首虽出自多恩, 却并不完整(含《祝婚曲》2 首、《讽刺诗》3 首); 还有的诗则被改了标题, 如《挽歌 XVI: 他的女友》就被改为了《论妻子》等。[4]这样看来, 桑福德的评价也就不足为奇了。必须看到的是, 桑福德对多恩诗的编辑, 不可能是对"亨特之问"的直接回应, 但却给试图回答"亨特之问"的读者提供了

---

① John Wesley Hales. *The English Poets*. Ed. T. H. Ward. 1880, pp. 558-561.

② A. J. Smith, Ed. *The Critical Heritage: John Donne*. London and New York: Routledge, 1983, p. 318.

③ Ezekiel Sanford, Ed. T*he Works of the British Poets, with Lives of the Authors*. Vol. 4. Philodelphia: Mithell, Ames, and White, 1819, p. 137.

④ Ezekiel Sanford, Ed. *The Works of the British Poets, with Lives of the Authors*. Vol. 4. Philodelphia: Mithell, Ames, and White, 1819, pp. 139-195.

必要的原始材料。

亨利·哈勒姆（Henry Hallam，1777—1859）先后就读于伊顿公学和牛津大学，是英国著名史学家，还是皇家学会会员、大英博物馆董事会理事。丁尼生那脍炙人口的《拍岸曲》（"Break, Break, Break"）与《纪念》（"In Memoriam"），都是专为纪念哈勒姆的爱子亚瑟·亨利·哈勒姆（Arthur Henry Hallam，1811—1833）而作的。哈勒姆的主要著作包括 1818 年的 2 卷本《中世纪欧洲的城邦国家》（View of the State of Europe During the Middle Ages）、1827 年的 2 卷本《英国宪法史》（The Constitutional History of England）、1837 年的 4 卷本《欧洲文学导论》（Introduction to the Literature of Europe）等。《欧洲文学导论》有时间、文类、主题等不同的主线，因而一个作家往往会在不同章节出现，比如莎士比亚、培根、霍布斯等都是如此，多恩则分别出现在第 2 卷和第 3 卷。哈勒姆的基本思想是，伊丽莎白后期的英国诗坛出现了两个派别：一是好辩派，一是玄学派，前者由约翰·戴维斯创立，继承者包括丹尼尔、贾尔斯·弗莱彻（Giles Fletcher）、富尔克·格雷维尔（Fulke Greville）等；后者由多恩创立，核心成员包括克拉肖、考利等。这两派的特征虽不尽相同，但都以推理取胜，也都并不在乎想象的作用。他认为多恩的讽刺诗"晦涩难懂，就像霍尔的一样，韵律则更加杂乱"[1]。他说多恩的布道文之所以显得微妙，在于"好用开放性的推理，就像微妙的好辩者常做的那样"[2]。他对多恩的整体评价是：多恩是玄学派中最不讲究和谐的人，其早期作品中的绝大多数都非常放肆，缺乏应有的道德感；好诗极少，且诗中的"象"都有悖常理，叫人无从理解；即便是布道文，也"可能很难找出三段是人们想要再读一遍的"[3]。哈勒姆以文化为出发点，以道德为核心，基本否定了多恩的诗歌和散文。桑福德因年龄较小而影响不大，哈勒姆则是位高权重的大学者，其影响不仅见于英国，甚至见于欧洲大陆的学者。

希波利特·阿道尔夫·丹纳（Hippolyte Adolphe Taine，1828—1893）就是受哈勒姆影响的学者之一。丹纳是著名的法国史学家、文学批评家，实证主义理论的杰出代表，法兰西科学院院士，其著述除了 12 卷的《现代法兰西渊源》（The Origins of Contemporary France，1871—1893），还有《拉·封丹及其寓言》（La Fontaine and His Fables，1854）、《英国文学史》（History of English Literature，1864—1869）、《论智力》（On Intelligence，1870）、《艺术哲学》（Lectures on

---

① Henry Hallam. *Introduction to the Literature of Europe, in the Fifteenth, Sixteenth and Seventeenth Centuries.* Vol. 2. London: John Murray, 1837, p. 316.

② Henry Hallam. *Introduction to the Literature of Europe, in the Fifteenth, Sixteenth and Seventeenth Centuries.* Vol. 3. London: John Murray, 1837, p. 124.

③ Henry Hallam. *Introduction to the Literature of Europe, in the Fifteenth, Sixteenth and Seventeenth Centuries.* Vol. 3. London: John Murray, 1837, p. 495.

Art，1865—1869）等若干种。在《英国文学史》中，丹纳在论述文艺复兴的衰败时，简要分析了英国诗坛的两种倾向。第一种倾向是弃美丽而求可爱，结果却是连神圣的面容、深思的表情都没有了，有的只是一次接吻、一场欢宴、一束樱花、一只蜜蜂，就连作品本身也都大幅缩水，蜕变为用诗体写出的散文，呈现为"落日前的最后一抹光照"①。第二种倾向是弃内容而求表达，结果艺术被搁置一旁，行话却跳出来充当风格，天赋才能被滥用，写出的东西可谓是一派胡言。②作为实例，他专门挑出多恩加以具体分析。他承认多恩是一个颇具天赋的人，讽刺辛辣、想象力丰富、作品蕴藏力量、灵感也较为独特。但在丹纳看来，这一切恰好反映了多恩极端有害的一面，因为多恩故意滥用这些才能，胡编乱造了一些毫无意义的东西。他举多恩的《高烧》为例说："即便读上二十遍，我们仍会紧皱眉头，会惊讶地自问：他怎么能这样折磨自己、扭曲自己？他的风格怎么会有这样的张力？他是怎样锤炼他的语言去作如此荒谬的比喻的？"③特别值得一提的是他对多恩《跳蚤》一诗的分析：

> 你能想象一个作家竟能发明如此荒谬之事吗？她和他已然成为一体，因为两人都因这只跳蚤而合一，所以任何一个都不可能单独被杀。睿智的马莱伯（Malherbe）曾写过类似的弥天大罪，那是在《圣彼得的眼泪》（*Tears of St. Peter*）中；意大利和西班牙的商籁体诗人也都在同一时期达致愚蠢的巅峰，如果你注意到这些，就一定会认同我的观点：当时的欧洲已经走到了诗歌的末期。④

丹纳的这种批评，较之于今天的潮涌般的一致好评，可说是超乎想象的。他立足当下、胸怀历史、放眼欧洲、引经据典，还深入圣经，把《跳蚤》看作多恩粗俗、猥亵、好色、放任等特色的集中表现，将之划归弥天大罪之类的作品，并认定其是时代精神的产物，既反映了普遍的道德沦丧，也反映了一个诗歌时代的

---

① Hippolyte Taine. *History of English Literature*. Trans. H. Van Laun. Edinburgh: Edmonston and Douglas, 1871, p. 204.

② Hippolyte Taine. *History of English Literature*. Trans. H. Van Laun. Edinburgh: Edmonston and Douglas, 1871, pp. 201-203.

③ Hippolyte Taine. *History of English Literature*. Trans. H. Van Laun. Edinburgh: Edmonston and Douglas, 1871, p. 204.

④ Hippolyte Taine. *History of English Literature*. Trans. H. Van Laun. Edinburgh: Edmonston and Douglas, 1871, p. 205. 马莱伯（Francois de Malherbe，1555—1628），法国诗人、文论家、翻译家。《圣彼得的眼泪》是其前期诗作，意象浓密、夸张对比、大自然人格化、色彩艳丽、表意曲折，是法国巴洛克文学的代表作品之一。该诗取材于《路加福音》：耶稣预言自己要受难，对彼得说，"彼得，我告诉你：今日鸡还没有叫，你要三次说不认得我"（Luke 22.34）。耶稣被捕后，有人说彼得是耶稣的门徒；彼得抵赖说不认识耶稣。他抵赖了三次，听到鸡叫，想起耶稣的话，于是羞愧痛哭（Luke 22.54-62）。

行将终结。以今天的标准衡量，丹纳的批评缺乏严密的逻辑，其结论也显得十分荒谬，只能算作一种极端观点，但在当时却不失为多恩研究的重要成果，加之该观点出自法兰西院士的笔下，其影响之大是不言而喻的。

上述种种批评，从根本上说，无不是否定派的延伸，显示出对18世纪的继承。但他们所否定的只是多恩的某个方面，特别是诗歌创作中的语言表达，而对多恩的其他方面则是肯定的，所以才有人不断地对他加以评说。迄今为止，学界依旧有这样一种理论，该理论认为多恩是在20世纪重生的。这实际上是基于对"亨特之问"的上述否定答复及其后续回应的，而且还完全忽视了肯定性的论述。更重要的是，"亨特之问"还引发了截然不同的另一回应，即包括诗人、文论家、编辑、史学家、神学家等在内的肯定答复，而且从中还可以发现，"落日前的最后一抹光照"并没有取代"上升的星星"[①]，对多恩的重新发现，还是随世纪的开始而开始了。

第二节　从柯勒律治到德·昆西：
对多恩的表现风格的研究

根据凯瑟琳·科伯恩（Kathleen Coburn）所说，大约在1796年，柯勒律治曾草拟过一份英诗发展备忘录，并准备将其写成八篇论文，其中第七篇以"才学"为主题，以德莱顿为主线，包括多恩、考利、蒲柏等主要诗人。[②]史密斯的《批评遗产》以柯勒律治为19世纪多恩研究的第一人，某种程度上便与科伯恩对年份的界定有关。史密斯不但收录了柯勒律治备忘录第七篇的部分文字，还在导读中对其有过如下精要阐释：

> 对于那些在18世纪不再受人喜爱的作家，柯勒律治和兰姆打算重新发现他们，并借各自的书写以恢复他们的创作原则。柯勒律治似乎发现自己与多恩的作品特别投缘，所以理所当然地认可多恩的声望，他对多恩的捍卫甚至让部分听众感觉不安。他对多恩诗的细读与评价，如若广为人知，定会激发人们去读多恩本人，而不是约翰逊的阐释；但它们直到19世纪50年代才出版，而那时人们对多恩的兴趣已被普遍唤醒[……][③]

---

① "上升的星星"是多恩在《日出》一诗中对自己的称呼。

② Kathleen Coburn, Ed. *Inquiring Spirit: A New Presentation of Samuel Taylor Coleridge*. London: Routledge and Kegan Paul, 1951, pp. 152-153. 在科伯恩的原文中，"英诗发展备忘录"为"Memoranda for a history of english poetry, biographical, bibliographical, critical and philosophical, in distinct essays"。

③ A. J. Smith, Ed. *The Critical Heritage: John Donne*. London and New York: Routledge, 1983, p. 263.

在这段阐释中，"重新发现"与"唤醒"的原文分别为 rediscover 和 revival，而 20 世纪以降的所谓多恩是一个"重新复活"或"重新发现"的诗人之说，也都是用的这两个术语。当然，这并不意味着史密斯是最先这样定义多恩的人，而只能说他使用了学界所公认的两个术语。但史密斯根据柯勒律治的有关著述，把柯勒律治对多恩的研读圈定在 1795—1833 年则表明，柯勒律治的大半生都对多恩抱有浓厚的兴趣，借用哈斯金的话说，"柯勒律治的整个成年时期都在读多恩"①。根据哈斯金的考证，柯勒律治于 1796 年接触到安德森的《大不列颠诗人全集》，随即便对多恩产生了浓厚兴趣，不但视之为用英语创作讽刺诗的最早的英国诗人，而且还在自己的创作中模仿多恩的《手镯》、《赠别：节哀》、《致 D 的 E》（"To E. of D."）等。②我们知道，柯勒律治生于 1772 年，卒于 1834 年，而根据罗伯特·阿里斯·威尔莫特（Robert Aris Willmott）的记载，柯勒律治 1833 年还到剑桥大学参加学术活动，交流有关多恩的阅读体会③，所以无论是史密斯还是哈斯金，他们对柯勒律治之于多恩有着长久兴趣的说法，都是有实际文本作为支撑的。

柯勒律治有关多恩的评论，散见于他的一系列著作中，包括《柯勒律治笔记集》（*The Notebooks of Samuel Taylor Coleridge*，1794—1804）、《柯勒律治论 17 世纪文学》（*Coleridge on the Seventeenth Century*，1836）、《文学传记》（*Biographia Literaria*，1817，又译《文学生涯》）、《柯勒律治书信选集》（*Collected Letters of Samuel Taylor Coleridge*，1815—1819）、《神学政治札记》（*Notes Theological, Political, and Miscellaneous*，1853）等著作，涉及版本、诗歌、散文等许多方面，点评、比较、批评等不同策略，以及文字表述、思想内容、文化背景等各个层次。但总体地说，主要是点评和阐释。根据史密斯考证，1811 年，柯勒律治曾从兰姆处借阅《多恩诗集》，并在其中留下过很多阅读心得。这些心得后来于 1853 年收入他的《神学政治札记》，随后在美国杂志《文学世界》（*The Literary World*）转载。④这些心得最为显著的特点在于它们集中体现了柯勒律治对多恩的点评和阐释，比如：

> 读德莱顿、蒲柏等，只需数数音节就成；读多恩则必须调节时间，
> 通过对情感的把握去发现每个词的时间要求。要验证一个苏格兰人是否

---

① Dayton Haskin. *John Donne in the Nineteenth Century*. Oxford: Oxford UP, 2007, p. 52.

② Dayton Haskin. *John Donne in the Nineteenth Century*. Oxford: Oxford UP, 2007, p. 53.

③ Robert Aris Willmott. *Conversations at Cambridge*. London: John W. Parker, 1836, pp. 15-16.

④ A. J. Smith, Ed. *The Critical Heritage: John Donne*. London and New York: Routledge, 1983, p. 265.《笔记集》全称 *Notes Theological, Political and Miscellaneous*. 柯勒律治有关多恩的心得见该书第 255-261 页。《文学界》（*The Literary World*）分 3 期对之加以转载，分别是 4 月 30 日、5 月 14 日、5 月 28 日。

有"次地层"（因为他们都自诩有"草皮层"），在我看来，最好的办法莫过于让他朗读多恩的讽刺诗。假如音步阳刚而且严格，那么——谢天谢地，他可不是苏格兰人，他的灵魂已被他的肉体玷污了，就在肉体最初露面的那一刻。

毫无疑问，我所见到的那些多恩诗的版本，全都印得一塌糊涂。好在没有更糟的了，否则他的诗行究竟该怎么读，可不仅是什么千里挑一的事——在很多人看来，他的诗行十之八九都是违背音律的。这极大地强化了排版者的忽视或无知，也妨碍了校对者的修订。①

柯勒律治的与众不同跃然纸上。首先，针对约翰逊"多恩的诗是掰着手指写出"的著名判断，他提出了截然不同的看法，认为多恩诗体现了时间与情感的结合，需要读者调动情感，认真体会，才能发现其中的节奏，反倒是德莱顿、蒲柏等的诗"只需数数音节就成"。这不仅颠覆了约翰逊的著名论断，而且颠覆了17—18 世纪古典主义诗歌的传统。众所周知，柯勒律治是英国最重要的浪漫主义诗人之一，而浪漫主义本身就是对古典主义的背离。古典主义崇尚自然，强调模仿，视艺术为反映外在世界的镜子；浪漫主义崇尚自由，强调激情，将艺术看作再现内心世界的明灯。柯勒律治对情感的重视程度，可以从他的诗歌定义中看出："诗歌[……]总是意味着激情：在此我们必须从最广泛的涵义来理解这个词，即它是我们的情感和各官能的激动状态。正如每一种激情都有其特有的律动一样，它也有其典型的表达方式。"②蒋显璟在引用这一定义之前明确指出："柯勒律治的诗歌理论是与他的哲学和宗教思想紧密相联的。大致来说，我们可以把它们看成对英国 18 世纪哲学的反动。"③也就是说，柯勒律治既看重内容，也看重形式，是把二者紧密联系起来的。正因为如此，他才认为既然感情处于"激动状态"，那么在形式上就应该有"尤其典型的表达"。在上述引文中，这个"尤其典型的表达"就是"通过对情感的把握去发现每个词的时间要求"，而不是机械地掰着手指数音节。

其次，他对多恩诗的版本提出质疑，认为它们大都"一塌糊涂"，指出人们对多恩"违背诗律"的指责很大程度上就源自其版本的粗制滥造。这显示出他比其他人仔细，甚至比他们要高明一些。更加难能可贵的是，他还进一步认为，多恩的诗行究竟该怎么读已然成了一个问题，但导致这一问题的原因却不在多恩，

---

① Samuel Taylor Coleridge. *Notes Theological, Political, and Miscellaneous.* London: E. Moxon, 1853, p. 255.

② 转引自蒋显璟：《生命哲学与诗歌——浅谈柯勒律治的诗歌理论》，《外国文学评论》，1993 年第 2 期，第 70 页。

③ 蒋显璟：《生命哲学与诗歌——浅谈柯勒律治的诗歌理论》，《外国文学评论》，1993 年第 2 期，第 63 页。

而在约翰逊的误判、读者的盲从、排版的无知、校对的困难，是这些因素共同作用的结果。为了证明他的判断，他还在接下来的篇幅中，对多恩的大约 15 首诗歌做了精彩而独到的分析与点评。他评《日出》写得活灵活现，达到了内容与形式的完美融合；他称《封圣》（"The Canonization"）是他最为喜爱的诗歌之一；他说《赠别：节哀》令人叫绝，非多恩不能写出；他赞美《出神》的卓越，"要是玄学诗都能这样，或赶得上它的一半，我就不会对其吹毛求疵"[①]。类似的点评还有很多，都不是凭空而来的，而是基于一定分析的。比如《三重傻瓜》第16 行"诗句所羁押的忧伤"[②]，其原文是"Grief which verse did restrain"，柯勒律治的点评为：这是多恩读自己诗的一个例证。换作我们会将其写成"The grief, verse did restrain"；而多恩则只强调两个主要的词汇 grief 和 verse，将它们都作为第一音节，用以引出抑扬格或扬抑抑格 *"Grief, which/**verse** did re/**strain**"* [③]。再如《最甜蜜的爱》第 22—23 行"我们给它加力度，/交给它技艺和长度"[④]，柯勒律治首先标出了每行的格律，然后点评说：

> [多恩]这个抑扬格用得十分精明，热切而紧迫，旨在确认与强化。这首诗漂亮而完美，一如其标题所示，它表明多恩的所有诗歌也都同样富于乐感（除了错印），虽然顺口（如恰当朗读所必需的音律）而被认定为适合于歌；但在思考类的诗中，不但作者在思考，他也希望读者思考，所以我们必须弄清意义才能知晓音律。[⑤]

类似的分析还有很多，但仅从上面的例子就足以看出，对长期流行的有关多恩不懂韵律的指责，柯勒律治是完全不予认可的。他的遣词造句给人的总体感觉，一是即时性，二是针对性。前者与出处有关，具有今日所谓的"涂鸦"性质[⑥]；而后者则显示，他所针对的不只是约翰逊，更是自琼森以降的否定性评判，因此他的重心都在韵律格式上。他的另一些点评则将重心转向了思想内容或

---

① Samuel Taylor Coleridge. *Notes Theological, Political, and Miscellaneous.* London: E. Moxon, 1853, p. 261.

② 这是傅浩的翻译，见约翰·但恩：《约翰·但恩诗选》，傅浩译，北京：外语教学与研究出版社，2014年，第 35 页。

③ Samuel Taylor Coleridge. *Notes Theological, Political, and Miscellaneousp.* London: E. Moxon, 1853, p. 255. 在柯勒律治的原文中，为了彰显格律，该行的每个音节都标明了重读与弱读。这里分别以黑体和斜体表示，黑体为重读音（扬格），斜体为弱读音（抑格）。下同。

④ 约翰·但恩：《约翰·但恩诗选》，傅浩译，北京：外语教学与研究出版社，2014 年，第 43 页。

⑤ Samuel Taylor Coleridge. *Notes Theological, Political, and Miscellaneousp.* London: E. Moxon, 1853, p. 256. 引文中的强调为原文所有。

⑥ 据说他把《多恩诗选》还给兰姆时，曾这样写道："我就要死了，亲爱的查尔斯·兰姆，到时你就不用生气我在你的书上擅自乱写了"，见 A. J. Smith, Ed. *The Critical Heritage: John Donne.* London and New York: Routledge, 1983, p. 265。

感情色彩。比如他对《女人的忠贞》的如下评价：

> 毕竟，天下只有一个多恩！请告诉我，**以他那种人来说**，较之于莎士比亚那近似的表现力，他究竟有何区别？莎士比亚是所有人，当然是潜在的，除了弥尔顿；他们的不同或在于彼此对立，或在于相互需要，或兼而有之。他们的表现力足以融化东方珠宝，价值连城，稀罕得有如健康之于娼妓！——这种力是绝对的，凌驾于一切思想之上，甚至公爵们都要争先恐后为他擦鞋，还以此为荣！但我要说，这般高贵的皇家气派，积极的多恩有之，积极的莎士比亚有之，那么究竟是什么使他们能"像同质"，而非"体同质"呢？[①]

关于这段评语，柯勒律治并未透露他的针对性，但字里行间却让我们联想到 18 世纪的约瑟夫·沃顿。约瑟夫·沃顿曾像后来的艾略特一样，把诗分为高低不同的类型，并将多恩逐步降级；而柯勒律治则把多恩看作能够与莎士比亚比肩的人。"像同质"与"体同质"两词的原文分别为 homoiousian 与 homoousian，属阿里乌教派用以定义上帝和圣子的术语。前者出自 hómoios（近似的）和 ousía（本质、实质），意为"近似的存在"（similar in being），指圣父与圣子是相似的；后者出自 homós（相同的）和 ousía，意为"同一的存在"（one in being），指圣父与圣子乃是一体的。柯勒律治称多恩与莎士比亚是"像同质"而非"体同质"，这一言论旨在肯定他们的成就，同时也承认他们的不同。

对中国读者来说，在柯勒律治的文论中，最为人所熟悉的也许是他的《文学生涯》。在这部出版于 1817 年的著作中，他总体上认可华兹华斯在《抒情歌谣集序》（"Preface to Lyrical Ballads"）中提出的一系列基本主张，但并不完全认同华兹华斯关于诗的语言之说。华兹华斯主张诗的语言应"尽可能地从人们真正使用的语言中选择出来"[②]；柯勒律治则认为要尽量排除人们的日常用语。柯勒律治的这一观点同样反映在他对多恩的评价中。比如他评多恩的《致贝德福德伯爵夫人》（"To the Countess of Bedford"）是"一封真正高尚的书信，也是一个令人愉快的样本：对性别与地位表现得端庄礼貌；恭维做得恰到好处，巧智掩盖了虚假，夸张的思想与细腻的温柔融为一体，真情实感得以忠实传递"[③]。这就明显地透露了这样的思想：即便散文也不一定选择"人们真正使用的语言"，更何况诗呢。

---

① Samuel Taylor Coleridge. *Notes Theological, Political, and Miscellaneous*p. London: E. Moxon, 1853, p. 256.

② 华兹华斯：《〈抒情歌谣集〉一八〇〇年版序言》，曹葆华译//武蕰甫、胡经之主编《西方文艺理论名著选编》（中卷），北京：北京大学出版社，1986 年，第 47 页。

③ Edmund Gosse. *Life and Letters of John Donne, Dean of St. Paul's*. Vol. 1. Memphis: General Books LLCTM, 2012, pp. 217-218.

在《文学生涯》第 1 章，柯勒律治论述了有关诗品的几个问题，其中之一便是语言。在他看来，对于一首好诗，改动其中的任何词汇都意味着改动整首诗的意义和品味。他还从英国诗史的角度，简要地分析了新颖的表达与原创的思想之间的关系，认为以德莱顿为界，后起的现代诗人都因韵而意，而老一辈诗人则是依情而意、因意而韵的。所以老一辈之误在于以智害情、思想怪异；而现代派之误则在于以假为美、语言怪异。这一观点集中体现在他的下列文字中：

> 我们对一个大诗人的真诚赞美，源于一种延绵不断的情感暗流；这种暗流无处不在，却又不是在任何地方都能令人兴奋的。我敢断言，即便徒手从金字塔上搬下一块石头，较之于替换一个词或移动一个词的语序，也不见得难多少[……]在老一辈诗人的典型错误与现代诗人的虚假美丽之间，我分明看到一个巨大的差异。在前者那里，从多恩到考利，是最古怪的思想与最纯洁、最真诚的语言；而在后者那里则是最浅显的思想与最古怪、最随意的语言。①

柯勒律治对语言的重视，有时甚至到了令人难以信服的地步。根据史密斯的《批评遗产》，柯勒律治在读刘易斯·西奥博尔德（Lewis Theobald）注释莎士比亚《哈姆雷特》时，因其中的一个注释曾提到 jingles 一词，并称该词在多恩的布道文中也能找到，且使用也十分诙谐，于是他便认真地核查起来，还给出了自己的反驳："我已经（最仔细地）读了多恩的布道文，可这样的铃铛却一个也没发现。演说艺术的伟大之处，在于让所谈的一切都貌似十分重要；这一点，多恩以其精湛的艺术，确实做到了。"②

一般而言，浪漫主义文学更加重视情感，而不是"精湛的艺术"，反倒是古典主义更加看重艺术。在这个意义上，柯勒律治更贴近于古典主义，但他的结论却又与古典主义截然相反。古典主义者虽然都承认多恩的才气，却也都否认多恩的艺术；而柯勒律治则是两样都肯定的。有趣的是，他虽然肯定多恩的才，但他的看法也与古典主义不太相同：

> 多恩的才，巴特勒的才，蒲柏的才，康格尼夫的才，谢里丹的才——多少迥异的东西啊，可仅仅一个字：才！——令人惊叹的活力，发人深省的思想，运用自如、近乎漫无边际的巨大的记忆储备，付诸我

---

① Samuel Taylor Coleridge. *Biographia Literaria*. Vol. 1. Ed. J. Shawcross. Oxford: Oxford UP, 1907, pp. 14-15.

② A. J. Smith, Ed. *The Critical Heritage: John Donne*. London and New York: Routledge, 1983, p. 274. 柯勒律治所谓"多恩的布道文"，指的是《布道文八十篇》。

们无权期待的各种物象——这就是多恩的才！①

较之于约翰逊，柯勒律治的表述更加豪放、更加诗意、更加飘忽不定。在蒲柏那里，才的核心是表达，思想位居其次。在柯勒律治这里，才的核心是两个词：活力（vigor）与思想（thought），相当于汉语中常说的思想活力，其知识基础是记忆储备，其表达对象是各种物象。柯勒律治认为，多恩的思想活力"令人惊叹""发人深省"；加之对丰富的知识储备的自如运用，所以多恩的作品往往超出了人们的预期，成为"我们无权期待的各种物象"。可见他是把思想放在首位的。正是由于这样的原因，柯勒律治主张"多恩的诗必须在他的散文中去寻找"②。晏奎在其专著《诗人多恩研究》中，在分析多恩的思想和艺术的基础上，提出了多恩在其作品中呈现的七种互动关系，其中之一是诗与文的互动。③令人称奇的是，柯勒律治关于"多恩的诗在散文中"的主张已然涉及诗与文的互动问题，尽管他所说的散文只限于 1640 年出版的多恩的《布道文八十篇》。

柯勒律治也不乏对多恩的批评，即便在用词上也是如此，比如他对《早安》一诗的评论。在《早安》第 3 节，多恩这样写道：

> 我映在你眼里，你映在我眼里，
> 两张脸上现出真诚坦荡的心地。
> 哪儿能找到两个更好的半球啊？
> 没有严酷的北，没有下沉的西？
> 凡是死亡，都属调和失当所致，
> 如果我俩的爱合二为一，或是
> 爱得如此一致，那就谁也不会死。（飞白译）④

今天，人们都把《早安》看作多恩的经典爱情诗之一。艾略特曾指出，玄学诗的一大特点是思想深刻而语言简单，而《早安》就是这样的作品。胡家峦也认为《早安》一诗的特殊之处，在于将恋人的相互凝视写得有如发现新的世界一般。胡家峦同时指出："诗的内容其实并不新颖，它表现的乃是文艺复兴时期屡见不鲜的传统主题，即爱不是欲，精神爱远远胜过肉体爱。但是，邓恩一反伊丽莎白时代爱情诗的素常手法，摒弃了那些温柔缠绵，甜蜜腻人的意象，通过一系列玄学派特有的充满聪敏机智的奇思妙喻，表现了微妙的哲学思辨，令人耳目一

---

① Samuel Coleridge. *The Literary Remains of Samuel Taylor Coleridge*. Vol. 1. Ed. Henry Nelson Coleridge. London: William Pickering, 1836, p. 149.

② Robert Aris Willmott. *Conversations at Cambridge*. London: John W. Parker, 1836, p. 15.

③ Yan Kui. *A Systematic Venture into John Donne*. Chengdu: Sichuan UP, 2001, pp. 312-313.

④ 吴笛：《外国诗歌鉴赏辞典1：古代卷》，上海：上海辞书出版社，2009 年，第 1075 页。

新。"①《早安》一诗共 3 节，每节 7 行，其中最著名的是第 2 节的第 3—4 行：
"因为爱控制了对其他景色的爱，/把小小的房间点化成大千世界"。事实上，最
后的第 3 节也"并不新颖"，因为其核心思想，连同意象的选择，都早在彼特拉
克和但丁的作品中就已经有过。对于多恩的《早安》，胡家峦从柏拉图的精神爱
和玄学诗的独特性两个方面给予了充分的肯定，这也是学界的普遍看法。柯勒律
治却有着截然不同的看法：

> 诗的意思是——我们彼此的爱恋，很多时候都可以十分恰当地类比
> 为相互匹配的两个半球。但隐喻不可能都是正确的，这里的隐喻就是个
> 败笔，因为在我们的爱恋中，根本就没有任何东西可以匹配寒冷的北方
> 或下沉的西方，而它们却是在使用两个半球的隐喻时必须考虑的。即便
> 是椭圆形，其如此的长度也不足以拯救他的诗行，依旧会被批为胡说八
> 道或一派胡言。②

根据哈斯金的研究，柯勒律治对多恩的诗和文都有同等的兴趣，而且在《文
学生涯》出版后依然如此。哈斯金的根据之一是，1818 年柯勒律治曾打算以
《但丁、多恩与弥尔顿》为题做一场报告，并为此而致信亨利·弗朗西斯·卡
里，其中的一句写道："中间那个名字，也许会让你感到奇怪。"③哈斯金同时
指出，有关那场报告的情况，柯勒律治后来并没有再度提及，所以人们至今也无
从考证其具体内容。④但人们都知道，他曾留下了一首小诗，名《读多恩的诗》
（"On Donne's Poetry"）：

> 诗神疾驰单峰驼，
> 铁戟绕就同心结；
> 跛子刚健成音韵，
> 迷宫溪径皆幻奇，
> 火炉熊熊铸才华，
> 螺母丝丝扣妙义。⑤

---

① 胡家峦：《一个新世界的发现：读约翰·邓恩的〈早安〉》，《名作欣赏》，1993 年第 5 期，第 90 页。

② A. J. Smith, Ed. *The Critical Heritage: John Donne*. London and New York: Routledge, 1983, p. 275.

③ Draton Haskin. *John Donne in the Nineteenth Century*. Oxford: Oxford UP, 2007, p. 54.

④ Draton Haskin. *John Donne in the Nineteenth Century*. Oxford: Oxford UP, 2007, p. 55.

⑤ 原文为四行："With Donne, whose muse on dromedary trots, /Wreathe iron pokers into true-love knots;/ Rhyme's sturdy cripple, fancy's maze and clue, /Wit's forge and iron-blast, meaning's press and screw"。见 Samuel Coleridge. *The Literary Remains of Samuel Taylor Coleridge*. Vol. 1. Ed. Henry Nelson Coleridge. London: William Pickering, 1836, p.149.

该诗"简明扼要、秋毫皆察，充满敬意、亦含讽刺"①，代表了柯勒律治对多恩之用韵、技巧、才华、意象等的基本看法。但这些看法只代表他的阅读感受，而他的阅读感受又都是印象式的，并不系统，大都写在兰姆借给他的那本《多恩诗集》上，属于读后感的性质，加之该诗到 19 世纪中叶才被发表，因此并没有产生即刻影响。这首小诗本身，充其量只是前期印象的诗意表述，因此发表后的相当一段时间里也没有产生很大影响。这与兰姆的有关评价极为相似。

根据史密斯的《批评遗产》，"兰姆是多恩的一个早期崇拜者，柯勒律治对多恩诗的兴趣很可能受他的影响，因为他最先针对约翰逊的臆断，以出版物的形式为多恩辩护"②。由此看来，兰姆才是 19 世纪对多恩做出正面肯定的第一人。我们知道，兰姆仅比柯勒律治小两岁，是柯勒律治的朋友。兰姆早在 1796 年就开始发表诗作，但他更加出名的却是他的散文著作，特别是《伊利亚随笔集》（*Essays of Elia*，1823）和《莎士比亚戏剧故事集》（*Tales from Shakespeare*，1807）。前者是他以伊利亚（Elia）为笔名所写的数十篇散文作品的汇集；后者则是他与姐姐玛丽·兰姆（Mary Lamb）合作改编的莎士比亚戏剧作品集，原本旨在供儿童阅读，后来成了老少皆宜的经典读本。《莎士比亚戏剧故事集》一经出版便好评如潮，这对兰姆是巨大的激励，所以他随即出版了《莱斯特夫人的学校》（*Mrs Leicester's School*，1809）和《莎士比亚时代戏剧诗人范本》（*Specimens of English Dramatic Poets Who Lived About the Time of Shakespeare*）。在前一部作品中，他批评人们总是犯自以为是的毛病，对多恩和考利的"温暖的灵魂与丰富的情感"视而不见：

> 我们太过于自我保护，使得面对一个大诗人的典型优势时，往往对之加以善意的隐瞒，其他的一切则不予承认。对多恩和考利就是如此。他们比别人更加有才，也更富表现力，但却被认为无力表达自然情感[……]然而，在他们的巧智的最浓处——在那些让人困惑的修辞迷宫中——温暖的灵魂与丰富的情感交相辉映，其总量之大，即便将四万个所谓的自然派诗人的"全部能量"加在一起，也都望尘莫及。③

在后一部作品中，他还特别解释了要选择多恩诗作为创作典范的理由：

> 多恩有一册诗集是写给他的恋人的，从那些场景的再现看，是要打消她的念头，不让她以随从的身份跟随自己远赴大陆。那些诗情真意

---

① M. H. Abrams, Ed. *The Norton Anthology of English Literature*. Vol. 2. New York and London: W. W. Norton & Company, 1986, p. 375.

② A. J. Smith, Ed. *The Critical Heritage: John Donne*. London and New York: Routledge, 1983, p. 289.

③ A. J. Smith, Ed. *The Critical Heritage: John Donne*. London and New York: Routledge, 1983, p. 289.

切、扣人心扉、诗意浓郁、充满意蕴和巧智，非常感人。我以为将其收录进来，作为未来的一种榜样，看多恩如何终结多愁善感的想象，是非常适合的。①

《不列颠百科全书》称兰姆"是一个敏锐的文学评论家"②。这在上面的引文中可以明显看出。但上面的引文也同时显示，他的这种敏锐性有时反而显得不够沉稳，比如"多恩有一册诗集是写给他恋人的"一句。一方面，沃尔顿的《多恩传》为了刻画圣人多恩的形象，曾谈到多恩受命出使欧洲时写过一首赠别辞给安妮。另一方面，学界也有人认为多恩《歌与十四行诗集》中的 4 首赠别诗是写给安妮的。但沃尔顿的说法后来越来越受到怀疑，而学界的研究也并无公论。更重要的是，从 17 世纪到 19 世纪的各种《多恩诗集》，根本没有任何一个专集是写给安妮的。从传记到研究再到出版，兰姆的说法都是存疑的。这一切表明，兰姆对多恩的研究，犹如柯勒律治所做的一样，更多地属于品评性质。从个案的角度来看，柯勒律治尚有一首《读多恩的诗》，而兰姆是否有过专论还有待进一步考证。

上面的分析显示。第一，柯勒律治和兰姆都对多恩持积极的态度，而在以否定为主的背景下，这样的态度显得尤为珍贵。不是因为他们对多恩诗的肯定，而是因为他们对多恩诗的解读与众不同。第二，他们的解读都先于"亨特之问"，既显示了他们的魄力，也在一定意义上为"亨特之问"提供了必要的参考。第三，他们都是浪漫主义作家，他们对多恩的态度显示了文学品味的变化，而这些变化，连同"亨特之问"，都给 19 世纪的"重新发现"奠定了较为坚实的基础。第四，除了柯勒律治，他们并没有专文论述过多恩，而是在特定场合论述别人，尤其是剧作家时，附带以多恩为例加以注解的，因而具有较强的点评性质。第五，较之于 17 世纪的印象式品评，他们的点评虽然更加丰富，但由于都是后来才公开出版的，因而其影响力并不在论述的当时，而是在多恩已越来越受到重视的时期，所以具有较长的滞后性。正是这种滞后性，一定程度上使柯勒律治和兰姆的肯定成了"亨特之问"的一种回应。在这个意义上，无论柯勒律治还是兰姆，他们之于多恩研究批评史的意义，与其说在于他们各自说过什么，不如说在于他们与"亨特之问"一道，并站在"亨特之问"的立场，为托马斯·德·昆西（Thomas De Quincey，1785—1859）的修辞理论和 19 世纪的三大发现开启了先河。

对多恩的"重新发现"具有决定意义的，是德·昆西。德·昆西是英国著名

---

① A. J. Smith, Ed. *The Critical Heritage: John Donne*. London and New York: Routledge, 1983, p. 291.

② 美国不列颠百科全书公司：《不列颠百科全书》（国际中文版 修订版 第 9 卷），北京：中国大百科全书出版社，2007 年，第 460 页。

的散文家、文学批评家，"他博览群书，写过有关历史、传记、经济学、心理学、德国玄学等作品"①。德·昆西 1803 年进入牛津大学伍斯特学院，并对英国文学和日耳曼语言情有独钟。②他还是华兹华斯和柯勒律治的粉丝与密友。他受华兹华斯的启迪而写成的《知识文学与力量文学》（"The Literature of Knowledge and the Literature of Power"）集中体现了他的文学理论；他的《论〈麦克白〉中的敲门声》（"On the Knocking at the Gate in *Macbeth*"，1823）被誉为最著名的莎士比亚研究论文之一。他非常重视修辞的地位和作用，认为现代欧洲文学的成就，在一定程度上归功于修辞。他对修辞的功能进行了深入分析。在他看来，罗马帝国之后，英格兰是修辞最为发达的国度，尤其在 16 世纪末到 17 世纪中叶，尽管英语修辞赶不上罗马修辞，没有那么规范，也不忠于理念，但英语修辞常常富于热情，是为了实现崇高这一美学目标的艺术手段，所以就其某些本质特征而言，英语修辞的发展仍然不失为修辞发展史上的一座丰碑。在这座历史的丰碑上：

> 英国文学中最杰出的第一修辞家是多恩。约翰逊博士把他和考利等人归在一起，称为**玄学诗人**，这是有欠考虑的：他们不是玄学的，说**修辞的**可能更加准确。然而必须提醒读者注意的是，**这样**的称呼旨在回归修辞的本义，即所强调的，首先是思想的处理，其次才是技巧的润饰。除了多恩，没有人能表现罗盘那非凡的力量；因为他所综合的——也是没有人这么做过的——是将辨证而微妙的东西作最高的升华，他的表达热情洋溢，充满尊贵。他的《灵的进程》是由厚重的宝石铸就而成的，他的思想和语言有着一种炽热而阴郁的崇高，犹如《以西结书》或埃斯库罗斯的悲剧。与此同时，夺目的修辞也像宝石的粉末一般，覆盖在他的全部短诗和散文上。约翰逊博士指责这样的艺术表现，认为它缺乏品味，实在是最令人不快的了。③

德·昆西曾定期向《布莱克伍德爱丁堡杂志》、《评论季刊》（*Quarterly Review*）等杂志投稿，这段文字就出自他于 1828 年刊登在《布莱克伍德》杂志

---

① 美国不列颠百科全书公司：《不列颠百科全书》（国际中文版 修订版 第 5 卷），北京：中国大百科全书出版社，2007 年，第 191 页。

② M. H. Abrams, Ed. *The Notron Anthology of English Literature*. Vol. 2. New York and London: W.W. Norton & Company, 1986，p. 462.

③ A. J. Smith, Ed. *The Critical Heritage: John Donne*. London and New York: Routledge, 1983, p. 34. 着重号为原文所加。"罗盘"指多恩《赠别：节哀》诗中的圆规。《以西结书》（*Ezekiel*）是《圣经·旧约》中的一卷，相传是公元前 6 世纪的以色列祭祀、先知以西结所作。埃斯库罗斯（Aeschylus）是古希腊三大悲剧作家之一，相传写有 80 多个剧本，现存《被缚的普罗米修斯》《波斯人》《阿伽门农》等 7 部。

的文章。值得注意的是，这是他对修辞的论述，而非对多恩的专题研究，因而也并非旨在为多恩翻案。然而也正因为如此，他对多恩的评论反而更具说服力。他的修辞理论，在很大程度上颠覆了人们对多恩的否定，为多恩的复兴提供了有力的理论依据。另外，尽管离开对多恩的兴趣很难做出上述论断，但他已不再局限于个人好恶，还摆脱了柯勒律治的品评式、读后感式的爱好，从而具有了历史感、批评意识和普遍意义。正是在这样的层次上，他对多恩的重新发现，才有着决定性的意义。

在当时的背景下，这种意义所产生的影响究竟如何还难以断定，因为多恩似乎并没有因此而得到普遍的认同，比如哈勒姆和丹纳等多年后仍然不承认多恩的文学地位。但同时也的确有越来越多的人表现出对多恩的兴趣，其中包括一大批重要的作家和理论家，他们或对多恩的某部作品感兴趣，或对多恩的某类作品感兴趣，或对多恩的生平感兴趣，并且都对多恩的创作给出了高度评价。对多恩文学成就的否定与肯定，在 19 世纪形成相互对立、波及大洋彼岸、具有较长时间跨度的两大阵营。正是由于两个阵营的存在和交锋，才引出了所谓对多恩的"重新发现"之说。必须指出的是，所谓"重新发现"本身只是一个伪命题，我们之所以沿用这一称谓，乃是借用其名，而非使用其实，旨在用以表明 19 世纪的"重新发现"并非指多恩曾经被人忘却，而是指他的艺术得到了重新认识。这种认识，根据我们掌握的资料，主要包括三个方面的内容或结果：此在性、原创性、诗性。

第三节　此在性：对多恩的个性定位的挖掘

三大发现中，居于首位的当属多恩的"此在性"，即我们能在作品中较为清晰地识别出作者本人。借克林斯·布鲁克斯（Cleanth Brooks）的相关论述，此在性就是作者在创作时有一种自我再现的意识[1]；而用后结构主义的术语，则指读者能在阅读中发现创作主体的"在场"。此在性不是"非此即彼"的关系探究，而是"非此莫属"的本体探究，就像指纹比对或 DNA 检测。我们知道，任何作家都生活在一定的时代与国度，也都与一定的意识形态、社会文化、家庭背景、生活方式、阅读品位等有着这样或那样的密切联系；相应地，任何作品也总会打上一定的时代、国度、民族、文化、个人风格等的烙印。M. H. 艾布拉姆斯在著名的《镜与灯》（The Mirror and the Lamp）中总结了文学的四个基本要素：作品、世界、作者、读者及其相互关系。此在性即属于作者与作品的关系问题，从文体学的角度来看，其内涵不仅限于在某部作品中发现了作者的影子，而是要

---

[1] Cleanth Brooks. *The Well Wrought Urn*. New York: Harcourt Brace & World, 1947, p. 23.

确认这部作品就出自某个作家之手。"非此莫属"看似关系研究，实则本体研究，不是群体风格，而是个体风格。从这个意义上说，此在性就是个体的此在，与拉丁语格言"认识你自己"属于同一范畴。

"认识你自己"是西方哲学三大终结论题的核心。根据本杰明·乔伊特（Benjamin Jowett，1817—1893）的介绍，柏拉图《文艺对话录》（*The Dialogues of Plato*，1892）中以"认识你自己"为主题的共有 6 篇，分别是《卡尔弥德篇》（*Charmides*）、《普罗泰戈拉篇》（*Protagoras*）、《斐德罗篇》（*Phaedrus*）、《斐里布篇》（*Philebus*）、《法律篇》（*Laws*）和《阿尔西比亚德斯篇》（*Alcibiades*）。①此外，埃斯库罗斯（Aeschylus，前 525—前 456）的《被缚的普罗米修斯》（*Prometheus Bound*）、色诺芬（Xenophon）的《苏格拉底语录》（*Memorabilia*）、阿里斯托芬（Aristophanes）的《云》（*The Clouds*）等，都直接用过"认识你自己"。在英国，人们最为熟悉的或许是蒲柏的"要认识你自己，切勿追究天神，研究人的诀窍的只能是人"②。到 19 世纪，不但柯勒律治的《自我知识》一诗的中心就是"认识你自己"，而且查尔斯·狄更斯（Charles Dickens，1812—1870）的大量小说的核心主线实际上也都是"认识你自己"。基督教的核心教义是拯救，其基础在很大程度上也是"认识你自己"和"你的神"。到 20 世纪，"认识你自己"以一系列别的术语反映出来，比如"身份""个体""主体性""本我""在场"等；而现在则更多地表述为"实名制"。可以说，此在性遍及人类生活与知识积累的方方面面。文体学的终结目标之一就是探究作者的此在性，即通过研究给定作品的风格来判断该作品究竟出于何人之手。具体到多恩，此在性就是能在作品中确定多恩的"在场"。史密斯用以表示此在性的术语是 individuality 和 thisness。③

我们知道，多恩流传于世的作品，包括诗歌和散文，大都具有较强的主体此在性。《伪殉道者》《论自杀》等具有传记性质的作品自然不必多说；即便是后来单独成书的《歌与十四行诗集》（*Songs and Sonnets*）、《挽歌集》（*Elegies*）等爱情诗，以及《布道文集》《依纳爵的加冕》等神学作品和小说，其中的巧思之所以令人称奇，就在于横贯始终而又特别突出的作者此在性。在多恩的其他作品中，此在性表现得最为突出的当数《应急祷告》《灵的进程》《第一周年》《第二周年》，因为读者根本就无须费神地挖掘，仅在文字表面就已非常清楚，比如《灵的进程》第 111—112 行"天庭的精灵啊，请你将我拽离歧途/以免作虚

① Benjamin Jowett. *The Dialogues of Plato*. Vol. 1. Oxford: Clarendon, 1892.

② Alexander Pope. "An Essay on Man." In M. H. Abrams (Ed.), *The Norton Anthology of English Literature*. Vol. 1. New York and London: W. W. Norton & Company, 1986, p. 2271.

③ A. J. Smith, Ed. *The Critical Heritage: John Donne*. London and New York: Routledge, 1983, p. 19.

荣之想"①，以及《第二周年》第 31—32 行"你看见我为生命挣扎，我的生命将/从此为人赞扬，因为我把你来赞扬"②。但在 19 世纪之前，人们对多恩的研究，往往都取"才"与"象"的角度，而非此在性的视角。这是我们把"此在性"作为 19 世纪的三大发现之一的根本原因。

根据史密斯所说，1827 年，托马斯·菲利普斯（Thomas Phillips，1770—1845）曾建议前往意大利的人们都去看看乔托的壁画。③托马斯·菲利普斯是 19 世纪英国画坛的领军人物，皇家学会成员、伦敦古文物学会成员、英国艺术家慈善总会发起人之一。他除了以历史与神话为题材创作了大量画作外，还先后为威廉·布莱克（William Blake，1757—1827）、沃尔特·司各特（Walter Scott，1771—1832）、骚塞、坎贝尔、柯勒律治、亨利·哈勒姆等一大批诗人画过肖像画。1825—1832 年，他出任英国皇家画院的绘画教授，其间曾于 1827 年就意大利早期绘画作过一个系列讲座。这些讲座报告在他退休的第二年结集出版，书名为《绘画史与绘画原理讲座》（*Lectures on the History and Principles of Painting*，1833）。在该书中，当谈到意大利早期绘画时，托马斯·菲利普斯提出了史密斯提到的那条特别建议：凡是去意大利的游客，都应该到意大利帕多瓦（Padua）去看看乔托的壁画，并且把它作为重点给予特别关注，尽量抛开其中的哥特式的瑕疵，寻找蕴藏其中的悲怆的艺术感染力的真正源头。它就像乔叟的诗或多恩的诗，虽然措辞有些粗俗，但却充满了理智，流溢着情感。④

托马斯·菲利普斯所说的乔托，即被誉为"欧洲绘画之父"的意大利画家乔托·迪·邦多纳（Giotto di Bondone，1266—1337）。托马斯·菲利普斯推荐的壁画位于意大利帕多瓦的阿雷那礼拜堂，因为该建筑是史格罗维尼赞助建造的，因此也叫史格罗维尼礼拜堂（Cappella degli Scrovegni）。乔托的壁画就在该礼拜堂的内壁，包括左、中、右三面壁画，共计 38 幅连环的场面。祭坛上方是圣母的故事；左右两边的第二与第三条状区是圣子的故事；底台的墙壁则是人类史的故事。乔托的这些壁画虽然都是宗教题材，但画面所呈现的却并非中世纪常见的对宗教的敬畏，而更多的是神的博爱以及宗教之于人类心灵的慰藉，并通过神圣的传说、壮丽的仪式、圣徒的行述等加以表现。以今天的眼光看，它们都过于单纯，但却不乏质朴、清新、庄严、厚重的审美体验。这种体验，今天的我们或许很难感受得到，因为时间相距太远，审美取向更是大相径庭，但乔托的朋友但丁

① John Donne. "The Progresse of the Soule." In Herbert J. C. Grierson (Ed.), *The Poems of John Donne*. Vol. 1. Oxford: Clarendon, 1912, p. 299.

② John Donne. "The Second Anniversarie." In Herbert J. C. Grierson (Ed.), *The Poems of John Donne*. Vol. 1. Oxford: Clarendon, 1912, p. 252.

③ A. J. Smith, Ed. *The Critical Heritage: John Donne*. London and New York: Routledge, 1983, p. 341.

④ A. J. Smith, Ed. *The Critical Heritage: John Donne*. London and New York: Routledge, 1983, p. 341.

的评价或许有助于我们对乔托的认识。在《神曲·炼狱篇》（*La Divina Commedia: Inferno*）第 11 首中，但丁曾这样写道：“契马布埃曾以为在画坛上能独领风骚，/如今则是乔托名声大噪。”[①]绘画界则以评价但丁的方式评价乔托，称之为中世纪最后一位画家、新时代的第一位画家，比如雅克·德比奇（J. Debichi）等就称赞乔托“比其他人早一个世纪宣告了文艺复兴”[②]，格洛丽亚·K. 费尔罗（Gloria K. Fiero）则通过对乔托与其老师乔瓦尼·齐马步埃（Giovanni Cimabue，1240—1302）的比较，把乔托定义为从中世纪走向文艺复兴的第一人。[③]

托马斯·菲利普斯把多恩诗与乔托的画相提并论，至少表明了三个基本态度：第一，他认可多恩作为一代诗风的开拓者，犹如乔托是一代画风的开拓者；第二，认可多恩在其诗中把人的理智和情感作为描写主题，有如“在乔托的艺术中，人是唯一主体”[④]；第三，认可多恩以自己的诗风表现自己的感受，哪怕“措辞有些粗鲁”，有如乔托以他的画风表现类似的情感，尽管也有“哥特式的瑕疵”。这三个“认可”意味着，托马斯·菲利普斯之所以将乔托与乔叟和多恩作比，是因为在他的心目中，这三位艺术家都是开风气之先的大师，也都在他们的作品中表达了各自的深切感受，而不是他人的意愿，因而都有着鲜明的个体特色。这种个体特色就是强烈的主体此在性，即艺术家将自己的思想和情感，经过艺术的加工处理后，直接融入自己的作品中去，从而艺术地而非表象地实现个体的此在。

在 19 世纪，最先论述多恩的此在性的评论家之一是柯勒律治。前面说过，仅在《神学政治札记》中，柯勒律治就对多恩的大约 15 首诗有过独到的精彩点评，比如《赠别：节哀》非多恩不能写出等，这就是针对多恩在其作品中的此在性而言的。事实上，本章前两节中的许多评价，包括否定性评价和肯定性评价，也都是基于此在性的。此外，威廉·葛德文（William Godwin，1756—1836）、华兹华斯、埃德加·爱伦·坡（Edgar Allan Poe，1809—1849）等，也都对多恩的此在性有过论述。

威廉·葛德文的父亲约翰是加尔文教教士；他的妻子玛丽·沃斯通克拉夫特（Mary Wollstonecraft，1759—1797）是西方女性主义的先驱，著有《女教论》（*Thoughts on the Education of Daughters*，1787）、《女权辩护：关于政治和道德问题的批评》（*A Vindication of the Rights of Women: With Strictures on Political and*

---

① 但丁：《神曲·炼狱篇》，黄文捷译，南京：译林出版社，2005 年，第 119 页。

② 雅克·德比奇等：《西方艺术史》，徐庆平译，海口：海南出版社，2000 年，第 141 页。

③ Gloria K. Fiero. *The Humanistic Tradition*. Vol. 3. Madison: Brown and Benchmark, 1992, p. 15.

④ 美国不列颠百科全书公司：《不列颠百科全书》（国际中文版 修订版 第 7 卷），北京：中国大百科全书出版社，2007 年，第 139 页。

Moral Subjects，1792，以下简称《女权辩护》）等多部著作，其中《女权辩护》早已成为女性主义的经典之作；他的女儿玛丽·雪莱（Mary Shelley）即雪莱的妻子，著有《弗兰肯斯坦》（*Frankenstein*，1818）等 16 部作品。威廉·葛德文本人则是著名的英国作家、社会学家、哲学家、浪漫主义文学的先驱。他早年受过严格的宗教教育，还曾一度做过牧师，后来因受法国启蒙主义的影响而转向无神论、自由主义与个人主义，因此又被视为功利主义和现代无政府主义的先驱。他一生著述丰富，他的政治学著作《论政治正义及其对道德和幸福的影响》（*Enquiry Concerning Political Justice and Its Influence on General Virtue and Happiness*，1793，以下简称《政治正义论》）有着广泛而深远的全球影响；他的政治小说《本来面目》（*Things as They Are; or, The Adventures of Caleb Williams*，1794，又译《事物的本来面目》或《卡列布·威廉斯历险记》），以及历史、经济、文学著作如《论人口》（*Of Population*，1820）、《英联邦史》（*History of the Commonwealth of England from Its Commencement to Its Restoration*，1824—1828，也译《英联邦从成立到复辟的历史》）、《论人的本质》（*Thoughts on Man: His Nature, Production, and Discoveries*，1831，也译《有关人的种种想法：他的本质、生产和发现》）等，也都是颇具影响的重要著作。威廉·葛德文一家都是文坛中人，所以他的评价颇能真实反映文学界的切身感受。他对多恩的评价主要出自《论人的本质》。在这部著作中，威廉·葛德文是这样论述多恩的：

> 约在 16 世纪末，最令人钦佩的英国诗人之一是多恩。他不同于在他之后的四五十年间出现的绝大多数诗人，那些人能赢得漂亮的声誉，靠的是流畅的诗行、崇高的概念、文雅的风格。多恩则充满了原创，充满了能量，充满了活力。但凡读过多恩的人都有一种被召唤的感觉，都试图真诚地践行思考的权利。但即便读得全神贯注、专心致志，也依旧不得不承认，要完全理解诗人的内心感悟及其意义，仍然是无能为力的。多恩写下的每个句子，无论在诗里还是在文里，都毫无疑问是他自己的。不仅如此，他的种种思想通常都化作充满诗意的词语，表达为一种最高尚的意义。他写出的那些段落都是别的英国诗人所不能比拟的，或许只有弥尔顿和莎士比亚是例外[……]诗首先是为了愉悦，而多恩则原封不动地躺在书架上，或者说坟墓里，甚至在一百个受过良好教育的人中，也很难找出一个是对他略有所知的，假如在现实中也曾听说过他的作品的话。①

---

① William Godwin. *Thoughts on Man, His Nature, Production, and Discoveries*. London: Effingham Wilson, 1831, p. 83.

像托马斯·菲利普斯一样，威廉·葛德文也把多恩视为开风气之先的诗人；与托马斯·菲利普斯不同的是，威廉·葛德文对 17 世纪中叶的英国诗歌似乎并不看好。所谓"流畅的诗行、崇高的概念、文雅的风格"，实际上是葛德文对新古典主义的归纳，暗示着这些诗人虽有高超的艺术，却没有思想深度，更没有哲学头脑，因而他们对多恩只有敬畏，虽有"践行思考的权力"的冲动，却无奈于没有办法真正做到。威廉·葛德文还从"寓教于乐"的古典主义诗学原则的角度，单取"愉悦"的视角，进一步分析了其背后的原因，讽刺了维多利亚时代的所谓"良好教育"。在他看来，这样的教育使得更多的人根本就无法读懂多恩，更不用说理解其作品的原创与活力。其结果就是多恩"原封不动地躺在书架上，或者说坟墓里"。威廉·葛德文明显透出两个基本信息，一是多恩没有多少读者，二是多恩个性鲜明。前者针对的是当时的社会背景；后者针对的是多恩的此在性，即"多恩写下的每个句子，无论在诗里还是在文里，都毫无疑问是他自己的"。这是对多恩的原创性的高度评价。

对中国读者而言，他们更加熟悉的是华兹华斯，不是因为他曾做过桂冠诗人，而是因为我们曾把他作为消极浪漫主义的代表加以否认，后来又将他的《抒情歌谣集序》奉为英国浪漫主义诗歌运动的宣言，以至于我们对英国浪漫主义文学的了解，通常就是从他的诗歌和《抒情歌谣集序》开始的。根据史密斯《批评遗产》记载，1833 年，亚历山大·戴斯（Alexander Dyce）主编出版了《英国十四行诗范例》（*Specimens of English Sonnets*），其中多恩的《神圣十四行诗 10》（"Holy Sonnet X"）就是在华兹华斯的极力推荐下被收录的。[①]史密斯同时给出了华兹华斯写给戴斯的信，从中可以看出这位湖畔派领袖特别重视多恩的此在性，并将具化为"思想深邃"与"表达有力"两个方面：

> 多恩的第 10 首十四行诗以"死神别得意"开始，是典型的多恩式的创作，思想那么深邃、表达那么有力，所以我要恩请你将其收入，虽然按现代品位可能显得不爽、奇怪、做作。[②]

"思想那么深邃、表达那么有力"之说貌似没有任何新意，但将它们抽取出来作为"典型的多恩式的创作"则表现了华兹华斯对多恩的此在性的高度认可。与此同时，华兹华斯的认可又显然是留有余地的，即"按现代品位可能显得不爽、奇怪、做作"。这就不禁要问，既然对多恩的此在性高度认可，却又为什么说得留有余地呢？对此至少有两个答案。第一，戴斯是主编，对于谁当入选、哪首诗能够入选，想必是拥有最终决定权的；而华兹华斯虽然比他年长近 20 岁，

---

① A. J. Smith, Ed. *The Critical Heritage: John Donne*. London and New York: Routledge, 1983, pp. 354-355.

② A. J. Smith, Ed. *The Critical Heritage: John Donne*. London and New York: Routledge, 1983, p. 355.

却毕竟只在推荐，无权决定最终的选项，这种关系可以从"我恳请你将其收入"的表述看出。第二，"思想那么深邃、表达那么有力"无疑是一种认可，而"显得不爽、奇怪、做作"则又是对之的否定；但无论肯定与否，都只能反映读者的不同取向与品位，多恩的诗歌本身并不会因此而改变。第一个答案表现着对戴斯的决定权的尊重，第二个答案则坚持了自己的主张。

对华兹华斯而言，这种主张既有阅读体验的支撑，也有诗学理论的引导。在阅读体验层面，华兹华斯很早就对多恩产生了兴趣。根据哈斯金所言，"大约在《抒情歌谣集》最先刊印的时候，华兹华斯就似乎已经读过安德森主编的《多恩诗集》"①，因为华兹华斯在创作《破败的小屋》（"The Ruined Cottage"）时曾在一份手稿中抄录过《死神别得意》（"Death, Be Not Proud"）的开篇部分。②我们知道，《抒情歌谣集》是在 1798 年最先刊印的，虽然《废毁的茅》的创作年代不详，但一般认为是 1798 年之前的作品。以此观之，到戴斯编辑《英国十四行诗范例》时，华兹华斯早就已经读过多恩了。不过，诚如哈斯金所说，华兹华斯对多恩的兴趣，首先在于《沃尔顿名人传》，其次在于他把多恩看作弥尔顿的先驱。③华兹华斯曾写过一首名为《沃尔顿的传记书》（"Walton's Book of Lives"）的十四行诗，在这首诗中，他把多恩等传主全都比作闪烁的群星，称他们"生的欣喜，死的神圣"④！他还在给骚塞的信中说过：多恩和弥尔顿，甚至沃尔顿和复辟时期的那些持不同意见的牧师们，全都是真理的追求者，所以"我读他们时并无多大区别"⑤。不过，他对多恩的偏好，似乎还另有原因，用他的话说即："我喜欢这个作家，因为他不大可能被别人探究，而且他满是优秀的东西，尽管现代读者难以把握。"⑥

在诗学理论层面，华兹华斯有着自己的原则，这在 1800 年的《抒情歌谣集序》中有着较为集中的体现。具体到多恩的《神圣十四行诗 10》，他曾在上述引文之前向戴斯明确提出了两条原则，其中第一条便是"所选的十四行诗应在归属类别和完美表达两个方面都是最好的"⑦。这里的"归属类别"特指宗教类或世俗类，而非通常所说的诗与文，因为"最好的"（the best）用的是形容词的

---

① Dayton Haskin. *John Donne in the Nineteenth Century*. Oxford: Oxford UP, 2007, p. 24.

② Dayton Haskin. *John Donne in the Nineteenth Century*. Oxford: Oxford UP, 2007, p. 25.

③ Dayton Haskin. *John Donne in the Nineteenth Century*. Oxford: Oxford UP, 2007, pp. 25-28.

④ William Wordsworth. *Collected Poems*. Ed. Antonia Till. Ware, Hertfordshire: Wordsworth Editions, 1995, p. 526.

⑤ William Wordsworth. *The Letters of William and Dorothy Wordsworth*. Vol. 2. Ed. Ernest de Selincour, Oxford: Clarendon, 1939, p. 245.

⑥ William Wordsworth. *The Letters of William and Dorothy Wordsworth*. Vol. 2. Ed. Ernest de Selincour, Oxford: Clarendon, 1939, p. 48.

⑦ A. J. Smith, Ed. *The Critical Heritage: John Donne*. London and New York: Routledge, 1983, p. 355.

最高级形式，所以不妨称为质量原则或优化原则。另一条原则是"表达的精细与愉悦双双令人钦佩，注意排除那些缺东少西的作品，无论它们的时代特征之于作者的生活与创作是多么明显"[1]。这实际上讲的是作品本身要经得住推敲、比较和时间的检验，因为是从阅读角度提出的，所以不妨称为阅读原则或比较原则。质量原则较好理解，尽管对质量的界定因人而异；阅读原则相对较难，因为"令人钦佩"也好，"表达的精细与愉悦"也罢，都更加难以捉摸。所以当华兹华斯解释他自己何以更喜欢多恩时，其"满是优秀的东西""现代读者难以把握"等表述，更多地表现为一种不愿同流合污的探究性。但他对此在性的重视却表达得明白无误，甚至在排除的要素中也都做了特别说明。哈斯金在分析了华兹华斯有关多恩的评论后指出，在多恩的"复活"过程中，华兹华斯有着举足轻重的作用。[2]这个作用的最为突出的表现，实际上就是特别强调多恩的此在性。

对多恩的此在性说得最为浅显易懂的，或许当数乔治·亨利·刘易斯（George Henry Lewes, 1817—1878）。《不列颠百科全书》对他的定位是"英国哲学集、文学评论家、戏剧家、演员、科学家和编辑，以其实证主义的形而上学发展理论和同英国小说家玛丽·安·埃文斯（笔名乔治·艾略特）的男女关系而知名"[3]。乔治·亨利·刘易斯的人生经历非常丰富，这使他成了一位多才多艺的学者，也使他的文笔显得与众不同。他的文学批评主要包括《歌德的生平与著作》（*Life and Works of Goethe*, 1855）、《演员与演出》（*On Actors and the Art of Acting*, 1875）等，而他对多恩此在性的评论则集中体现在《论多恩的诗歌作品》（"Donne's Poetical Works", 1838）一文的下列文字中：

> 多恩的诗有太多的愉悦，太多引人深思的东西；但也有太多糟粕被认为是艺术。让我们首先简要地看看他的缺点，然后再转而关注他的美，因为他就是一颗坚果，外表粗糙，内核迷人，值得费力地把果壳撬开。[4]

《论多恩的诗歌作品》是乔治·亨利·刘易斯《回望文集》（*Retrospective Reviews*）中的七篇系列论文之一。这里关于多恩此在性的表述可谓浅显易懂。但在文章开头，乔治·亨利·刘易斯却是这样写的：

---

[1] A. J. Smith, Ed. *The Critical Heritage: John Donne*. London and New York: Routledge, 1983, p. 355.

[2] Dayton Haskin. *John Donne in the Nineteenth Century*. Oxford: Oxford UP, 2007, p. 31.

[3] 美国不列颠百科全书公司：《不列颠百科全书》（国际中文版 修订版 第 10 卷），北京：中国大百科全书出版社，2007 年，第 50 页。

[4] George Henry Lewes. "Donne's Poetical Works." *The National Magazine and Monthly Critic* 9 (1838): pp. 374-378; A. J. Smith, Ed. *The Critical Heritage: John Donne*. London and New York: Routledge, 1983, p. 367.

坦荡的约翰·多恩——粗糙——热情——到位而真诚，你完全有资
格位列这回望的画廊！多恩是个不折不扣的人；尽管属于他的时代的迂
腐的巧智清晰可闻，但人性还是以其宁静的力量，抛弃了丝一般的矫揉
造作。①

这无异于从人本而非文本的角度肯定了多恩之于文学史的重要性，而且也暗
示了"粗糙"的果壳下那"迷人"的果核就是"热情"。乔治·亨利·刘易斯还
借德国文豪约翰·沃尔夫冈·冯·歌德（Johann Wolfgang von Goethe，1749—
1832）关于诗乃"碎片的碎片"的理论，认为多恩就是这样的一种碎片，是应该
保留的心灵的碎片，其在 17 世纪所受到的推崇是正当的，因此"有资格位列回
望的画廊"。这一切都表明，乔治·亨利·刘易斯对多恩的此在性是高度认可
的。在接下来的文字中，乔治·亨利·刘易斯分别论述了多恩的缺点和美。前者
包括不守诗律、缺乏想象等；后者包括意象塑造、隐喻使用等，因为这已然涉及
诗性问题，我们将在后文加以分析。

特别值得一提的还有坡。他的特别之处在于，他祖籍是英国，他父亲是爱尔
兰人，他自己则是美国作家、诗人、编辑、文学评论家，所以他的评价一定程度
上代表了美国读者的态度，这表明对多恩此在性的认识即便在大洋彼岸也不乏其
人。1836 年，出生于爱尔兰的英国作家、编辑塞缪尔·卡特·霍尔在《宝石
书：大不列颠诗人与艺术家》（The Book of Gems: The Poets and Artists of Great
Britain，以下简称《宝石书》）中对多恩作了介绍，并收录了多恩诗 9 首。坡在
评价该书时概括了英国传统诗歌的一般特点，他认为对 17 世纪的英国诗人而
言，他们的缪斯"就是一个少女，开朗、无邪、真诚，有时还很有学问，即便缺
乏艺术也不缺乏学问"②。在坡的眼中，多恩和考利都不是真正的玄学诗人，因
为玄学一词更适合于华兹华斯和柯勒律治。他还进一步提出，考利等诗人把伦理
当目的，他们的艺术旨在宣扬道德真理；柯勒律治等诗人则把伦理当手段，艺术
之于他们乃是通向心理分析、表现诗化的感伤的一个渠道。所以他认为考利的
所谓"玄学诗"不过以直白的方式传递单纯的心灵。基于这样的认识，坡明确
指出：

考利是那个诗派的典型，因为从他的身上，我们可以用同样的方法
阐释这一流派的所有诗人。他们的诗集就在我们眼前，从头到尾都能让

① George Henry Lewes. "Donne's Poetical Works." In A. J. Smith (Ed.), *The Critical Heritage: John Donne*. London and New York: Routledge, 1983, p. 367.

② Edgar Allan Poe. "The Southern Literary Messenger." In A. J. Smith (Ed.), *The Critical Heritage: John Donne*. London and New York: Routledge, 1983, p. 361.

人感到这样的总特征。他们的创作很少使用艺术，他们的作品都直接来
自灵魂深处，并热切地分享灵魂的本性。①

坡把考利视为 17 世纪玄学诗的代表，很可能与约翰逊在《考利传》中首先
提出"玄学派"的概念有关；而把以考利为典型代表、包括多恩在内的 17 世纪
诗人的"总特征"看作"直接来自灵魂深处，并热切地分享灵魂的本性"则显
示，坡更看重文学的力量，而非单纯的艺术。所以在接下来的文字中，他径直把
"学而无术"看作一项"光荣的放任"，是"极大地提升心灵全部的能量、激
情、优雅，以及一切美好的东西，而后再与一撸到底的突降、干瘪的词语、露骨
的蠢话融为一体"②，借以展示作品的力量。坡把这种力量称为观念，他指出
"观念的力量，英语中老一辈作家所集聚的力量，应该得到适当的反映，这是
我们大家都渴望看到有人做的"③。言下之意，每个时代都是独一无二的，可
塞缪尔·卡特·霍尔的《宝石书》在涉及 17 世纪诗人时，却并没有真正做到这
一点。

我们知道，坡是以哥特小说闻名于世的，被后人冠以"侦探小说鼻祖""科
幻小说先驱""恐怖小说大师""象征主义先驱""唯美主义者"等众多响亮的
名号。他还是一个气质型的诗人，著有《乌鸦》（"The Raven"）《安娜贝
尔·李》（"Annabel Lee"）等脍炙人口的名篇。他的悼亡诗《安娜贝尔·李》
音韵优美，节奏感强，具有浓浓的忧郁美，其诗学地位与多恩的《周年诗》有着
很强的相似性，虽然风格相去甚远。他的上述书评显示，他对作者此在性的基本
看法，或者说他对多恩等玄学诗人的基本看法，有如对其他任何作家一样，旨在
提醒我们留意作者的共核部分，知道所读的是谁的作品，而不仅仅是几乎一模一
样的范本式的东西。显然，这与坡本人的创新是一脉相承的。

坡的评论让人想到美国超验主义作家亨利·戴维·梭罗（Henry David
Thoreau，1817—1862）。梭罗虽否认多恩是一个诗人，但他对多恩的基本看法
却同样透露出对多恩此在性的认识，比如在下列文字中：

　　　多恩不是一个诗人，而是一个感觉强烈的人——一个坚定的英国思
　　想家，充满巧思，异想天开；为了表现客体而不遗余力，无论对颂词
　　还是墓志铭，也无论对十四行诗还是讽刺诗，都耐心得像个临时工；

---

　　① Edgar Allan Poe. "The Southern Literary Messenger." In A. J. Smith (Ed.), *The Critical Heritage: John Donne*.
London and New York: Routledge, 1983, p. 362.

　　② Edgar Allan Poe. "The Southern Literary Messenger." In A. J. Smith (Ed.), *The Critical Heritage: John Donne*.
London and New York: Routledge, 1983, p. 362.

　　③ Edgar Allan Poe. "The Southern Literary Messenger." In A. J. Smith (Ed.), *The Critical Heritage: John
Donne*.London and New York: Routledge, 1983, p. 362.

没有丝毫品位，却偶尔也有缜密的描写与诗意的语言，实属上乘表达。他是博士多恩，而非诗人多恩。他多数都在摸索，他的书信也许写得最好。①

像坡一样特别值得一提的还有格罗萨特。格罗萨特是一位牧师，以编辑文艺复兴时期的著作著称。他的《多恩诗全集》第 2 卷以《论多恩的生平与创作》（"Essay on the Life and Writings of Donne"）开篇。该文吸收了自柯勒律治以来的众多有关多恩评论的主要观点，同时也给出了自己的评价。其中最为突出的是提出了"思想家多恩"（Donne, the Thinker）、"想象家多恩"（Donne, the Imaginator）和"艺术家多恩"（Donne, the Artist）的概念。他还列举了思想家多恩的六个特点：独到的幻想、怪诞的壮美、深奥的真理、碎片性、引人注目的意象、多样的诗行，并认为这些特点显示了多恩的高贵品质。他以隐喻为核心阐释想象家多恩，认为多恩的想象远比他的思想更加高远。他以乔治·麦克唐纳（George MacDonald，1824—1905）和柯勒律治的多恩评论为基础，论述莎士比亚对多恩的影响，比较多恩的诗与文的艺术特色。他的最终结论是：思想家、想象家、艺术家的紧密结合就是多恩的天才所致，即便 17 世纪那推向极致的赞美，对于多恩而言也都并不为过，而要真正懂得多恩则还有漫长的路要走。②

纵观《论多恩的生平与创作》可以发现两个显著特征。首先是基础性。格罗萨特虽然区分了三个多恩，但都是以思想家多恩为基础的，所以他不但给出了思想家多恩的六个特点，而且每个特点都有具体的多恩诗为支撑。比较而言，后两个虽然也提到多恩的作品，却没有再作细分。其次是关联性。在格罗萨特列举的思想家多恩的六个特点中，第 2、4、6 项实际上都是艺术表现，而非纯然的思想意识；在分析想象与艺术时所涉及的有关多恩的作品和他人的评论，实际上又都是概念，而非纯然的想象或艺术。另一方面，格罗萨特把思想家多恩与想象家多恩作为一个版块，而把艺术家多恩单列，也显示出三者的不同比重。基础性与关联性的结合意味着，格罗萨的评论特依旧是基于对多恩的文学地位而言的。结合他在《多恩诗全集》第 1 卷"前言"中关于编辑多恩需要极大勇气之说，格罗萨特实际上已经涉及思想的此在、想象的此在、艺术的此在这三个方面。学界普遍认为，格罗萨特的《多恩诗全集》对多恩的全面复兴有着举足轻重的作用，除了因为它是多恩的诗歌全集之外，还因为《论多恩的生平与创作》所提出的思想此在性、想象此在性与艺术此在性都为后来的多恩研究提供了极大的空间。

---

① Henry David Thoreau. "Journal." *The Life of Henry David Thoreau. Frank Benjamin Sanborn*. Boston and New York, 1917. Rpt. Whitefish, Montana: Kessinger Publishing, 2011, p. 274.

② Alexander Ballock Grosart, Ed. *The Complete Poems of John Donne*. Vol. 2. London: The Fuller Worthies' Library, 1873, pp. xxvii-xlviii.

伦敦大学的凯瑟琳·蒂罗森（Kathleen Tillostson，1906—2001）教授是最为著名的 19 世纪文学研究大家之一。她在谈到 20 世纪的多恩复兴时明确指出："人们对多恩的兴趣迅速兴起并广为拓展的真正时期是 19 世纪 90 年代，证据是约瑟夫·邓肯（Joseph E. Duncan）的《玄学诗的复兴，1872—1912》（ *The Revival of Metaphysical Poetry*，1872—1912）[……]邓肯先生选择 1872 年，因为亚历山大·格罗萨特的版本就是在那一年问世的。"[①]这是对格罗萨特之于多恩复兴的高度概括与充分肯定，尽管其指向是格罗萨特主编的《多恩诗全集》，而且她自己的重点是 1800—1972 年的多恩研究。

值得一提的还有奥尔福德。在《多恩作品集》前的《多恩生平》（ "Life of Dr. Donne" ）中，他以沃尔顿的两阶段划分为基础指出，从早年的青涩到晚年的皈依，多恩经历了巨大的人生转变，但本质上都反映了多恩的个人品质。因此，他认为，多恩虽在布道文中对其早期生活有过深深的忏悔，但以此而认定早期多恩的道德缺陷却无疑是完全错误的。一是因为多恩的爱情诗及其创作背景都是想象的，而非真实的；二是因为多恩的风格就是当时流行的风格，所以要理解多恩的真正价值，就应该放眼成熟时期的多恩，尤其是其身上的圣洁与纯洁，而不是对其早期生活的指责。在奥尔福德看来，多恩的圣洁在于"不以邪恶为乐，而以真理为乐"[②]，亦即他的布道文和《应急祷告》都真实地反映着他的自我塑造过程，特别是他的信仰建构过程，即便那些零散的诗歌也都是这一过程的建构材料。基于这样的认识，奥尔福德对多恩给出了如下评价：

> 人们总是倾向对敞开心胸的人给予温和的批评，而对表现信心的人则给予同情。所以我们会发现（我想），那些我们熟悉其生平、其勤奋及其概念转变的人，那些抛开了漠然的面孔，转而以彼此的同情向我们述说的人，即便一切都没有差别，也总能获得公众的最高好评。对此，没有哪个作家比得过多恩。每篇布道文都是同一人的声音；在每一次神圣的吁请中，在每一个有关自我发现、自我反省的严肃指引中，我们都能发现同一个上帝的足印，上帝的道彰显在布道者的自身经历中，并通过他而分享给他的每一个听众。[③]

这是站在布道文的角度论述多恩《布道文集》中的此在性。其根本目的在于

---

① Kathleen Tillostson. "Donne's Poetry in the Nineteenth Century (1800-1872)." In John R. Roberts (Ed.), *Essential Articles for the Study of John Donne's Poetry*. Hamden: Archon Books, 1975, p. 20.

② Henry Alford. "Life of Dr. Donne." In Henry Alford, *The Works of John Donne, D.D., Dean of Saint Pauls, 1621-1631: With a Memoir of His Life*. London: John W. Parker, 1838, p. xxv.

③ Henry Alford. "Life of Dr. Donne." In Henry Alford, *The Works of John Donne, D.D., Dean of Saint Pauls, 1621-1631: With a Memoir of His Life*. London: John W. Parker, 1838, p. xxv.

揭示多恩布道文所蕴藏的力量，即"不以邪恶为乐，而以真理为乐"，但对多恩的由衷赞美却是显而易见的。在接下来的文字中，奥尔福德甚至把此在性作为成为伟大作家的根本标志：

> 自我主义是一个背负坏名声的单词，但别忘了其意义也有好的一面。就此意义而言，每一个真正的伟人都是自我主义者。因为凭着对伦理与批评的亲近，他变得强大，能驾驭全人类的思想与感情[……]一般而言，最伟大的心灵写出的作品才是最有价值的，也最能抓住人类的普世之心，他表达的是所有人都可能会说的，他感受到的是所有人都可能感受的。①

奥尔福德的最后结语再次回到古典主义的正轨："我真诚地希望，这些布道文能成为英国神学图书馆的标准藏本。至于我自己，我从中的获益是无法估量的；我希望它们能给读者以诸多的教益与快乐，就像我在编辑时所获得的一样。"②

从华兹华斯称多恩的《死神别得意》是"典型的多恩式的"佳作，到柯勒律治评《赠别：节哀》为"非多恩不能写出"；从坡称多恩的作品"直接来自灵魂"，到乔治·亨利·刘易斯说多恩"外表粗糙，内核迷人"；从梭罗评多恩是"感觉强烈的人"，到威廉·葛德文称多恩写下的每个句子都彰显着诗人自己；从格罗萨特把思想、想象和艺术的结合看作多恩诗的根本标志，到奥尔福德评多恩的布道文充满了"自我发现"；等等所有这一切，都是针对多恩作品中的此在性而言的。此外，绝大多数人所说的多恩将强烈的情感和精神的苦痛合二为一，让人觉得灵魂在思想和情感中挣扎，也是针对他的此在性而言的。甚至那些致力于阐释多恩之"才"的论述，比如柯勒律治评多恩的"才"并非变幻莫测的灵性，而是人的精神生活，是有目的所指的，是思想的必然表达等，也都具有浓厚的此在性特征。对多恩诗的此在性的种种评价，是多恩的重新发现中最具理论意义的结果之一。

第四节　原创性：对多恩的区别特征的探究

三大发现之二是多恩的"原创性"。上一节在分析此在性时，我们曾引用过

---

① Henry Alford. "Life of Dr. Donne." In Henry Alford, *The Works of John Donne, D.D., Dean of Saint Pauls, 1621-1631: With a Memoir of His Life*. London: John W. Parker, 1838, pp. xxv-xxvi.

② Henry Alford. "Life of Dr. Donne." In Henry Alford, *The Works of John Donne, D.D., Dean of Saint Pauls, 1621-1631: With a Memoir of His Life*. London: John W. Parker, 1838, p. xxvi.

威廉·葛德文于 1831 年出版的《论人的本质》，其中便有多恩的作品"充满了原创性"之说。二十年后的 1850 年，美国编辑兼文史家查尔斯·德克斯特·克利夫兰（Charles Dexter Cleveland）在《英国文学纲要》（*A Compendium of English Literature*）中评多恩的《赠别：节哀》时也说，"圆规的比喻，无论观其美还是察其恰当，都无疑是原创的"①。威廉·葛德文和查尔斯·德克斯特·克利夫兰所用的术语皆是"原创"（original）。后来的格罗萨特则用"非常方式"（out-of-the-wayness），而他所说的多恩的三种此在性特征，同时也是多恩的原创性的具体化。评论家兼文史学家埃德温·珀西·惠普尔（Edwin Percy Whipple）用"怪"（strange）指称多恩的原创性。1869 年，他在《伊丽莎白时代的文学》（*The Literature of the Age of Elizabeth*）中，把多恩归入次要诗人的行列，视之为具有"异类品质"的"最怪的诗人、最怪的布道文作者、最怪的人"②。这从另一个角度证明，即便对多恩不是十分看好的批评家也注意到：第一，多恩的原创性不仅在诗中有，而且在文中也有；第二，原创性是多恩区别于其他作家的一个重要特征。

对多恩的原创性，不同时代有不同的术语进行概括，显示出对多恩的不同理解；同一时代的不同批评家也有各自不同的用语，则显示了同一理解下的细微差别。关于多恩的原创性的最著名的评论，或许就是约翰逊的"杂乱和谐"，即多恩惯于将最杂乱无章的观念用蛮力硬凑在一起。在约翰逊的文本中，"杂乱"为heterogeneous，强调的是归属上的"另类"或"异类"的特点。惠普尔的"异类品质"的原文是 heterogeneous quality，显然就是对约翰逊的传承。在 19 世纪，柯勒律治是最先论述多恩的原创性的评论家之一，而他所用的词汇则是"怪"（strange）："从多恩到考利，都是最古怪的思想与最纯洁、最真诚的语言。"③更多的人则倾向使用"独创"（ingenuity）或"独创的"（ingenious），比如丁尼生、黑尔斯等人。

丁尼生是"英国 19 世纪维多利亚时代最有代表性的诗人"④，也是中国读者最熟悉的英国诗人之一。他的诗题材广泛、想象力丰富、形式完美、辞藻华丽、音调铿锵。从 1850 年到去世，他一直都是钦定的桂冠诗人。在《纪念丁尼生》（*Alfred Lord Tennyson: A Memoir*，1897）一书中，丁尼生的次子哈勒姆（Hallam）反复提到，丁尼生所喜欢的诗人包括马维尔、弥尔顿、锡德尼、彼特拉克、蒲柏、乔叟、多恩等。哈勒姆还特别提到一个细节，即丁尼生不但常常引

---

① Charles Dexter Cleveland. *A Compendium of English Literature*. Rpt. Whitefish, Montana: Kessinger Publishing, 2010, p. 165.

② Edwin Percy Whipple. *The Literature of the Age of Elizabeth*. Boston: Fields, Osgood, and Co., 1869, p. 230.

③ Samuel Taylor Coleridge. *Biographia Literaria*. Vol. 1. Ed. J. Shawcross. Oxford: Oxford UP, 1907, p. 15.

④ 戈宏为：《达尔文的冲击：略谈诺顿版〈丁尼生诗选集〉》，《国外文学》，2010 年第 4 期，第 64 页。

用多恩《赠别：节哀》的末 4 节，而且还对之有过这样的评价："在这里，诗人把自己比作圆规的动脚，把爱人比作圆心，用以画一个完美的圆，这是一个奇妙的独创。"[①] "奇妙的独创"原文作 wonderful ingenuity，这充分表明了丁尼生对多恩的由衷赞誉。

黑尔斯是著名的英国文学史家、编辑、文论家。他先后执教于英国多所大学，包括剑桥大学，1903 年他以终身荣誉教授身份从国王学院退休。1880 年，在为托马斯·H. 沃德（Thomas H. Ward）主编的《英国诗人选集》（*The English Poets*）所写的《多恩》（"John Donne"）一文中，黑尔斯甚至用"独创派"（ingenious school）或"奇幻派"（fantastic school）代替约翰逊的"玄学派"：

> 多恩之于他的时代的名声，无论作为诗人还是作为牧师，都是极高的；只需浏览一下他的作品就足以说明，他不该承受后人给予的颠倒是非的蔑视。而今天我们对他的兴趣则在于他是一个诗派的主创者，认为他表达并代表了当时的某种坏品位[⋯⋯]他常常思索爱的秘密，表现诸如爱的本质、缘起、忍耐等一系列微妙问题。但这个诗派的更为清晰的特征，与其说是深深浅浅的哲学思辨，不如说是奇幻，是稀奇古怪的才气、精心策划的独创、不着边际的典故等，所以更好的称谓或许应该叫独创派或奇幻派。[②]

什么是"独创派"或"奇幻派"呢？黑尔斯对之的阐释为"拥有丰富学识却反其道而行之是其成员的必要素质"[③]。换言之，奇幻派诗人都有不落俗套的品格与不按常规出牌的勇气。黑尔斯以多恩为例指出，多恩诗的显著特征在于他那出乎预料的表达方式，即内容变得次要，表达方式则反客为主，而且越是不可能、越是奇怪、越是荒唐，也就越是成功。黑尔斯把这种表达方式称为"才"，认为在多恩那里，所谓"才"实际上就是"诗"，因此德莱顿评多恩虽不是伟大的诗人，但是伟大的才子，尽管他并未将多恩视为一流诗人，却依旧对多恩诗给予肯定。像约翰逊一样，黑尔斯并不认为多恩是奇幻派的鼻祖，而只是该派在英国的第一个主要代表，而且还有浪费学识、独创过度、令人费解的缺陷。与约翰逊不同的是，黑尔斯把这些缺点归因于读者，认为正是由于读者希望看到简单的思想与简单的表达，所以才会产生多恩诗虽有惊奇却无愉

① Hallam Tennyson. *Alfred Lord Tennyson: A Memoir*. Vol. 2. London: Macmillan, 1897, p. 503.

② John Wesley Hales. "John Donne." In Thomas Humphry Ward (Ed.), *The English Poets: Selections with Critical Introductions*. Vol. 1. London and New York: Macmillan, 1880, p. 558.

③ John Wesley Hales. "John Donne." In Thomas Humphry Ward (Ed.), *The English Poets: Selections with Critical Introductions*. Vol. 1. London and New York: Macmillan, 1880, p. 487.

悦的感觉。[①]

黑尔斯与丁尼生的相同之处在于，他们都用"独创"来指称多恩诗；不同之处则在于，黑尔斯试图像约翰逊一样，把"独创"作为一个派别加以论述。但这种企图却是一把双刃剑。一方面它突出了多恩的原创性，另一方面却陷入学理的悖论，因为任何一个作家都不可能没有独创。当我们把一群作家称为某某派别时，我们虽强调了他们的共性，但也并不排斥他们的个体差异。没有彼此的共性不能成为一个派别；没有个体间的差异同样不能成为一个派别。比如多恩和考利，他们的共性使他们成为一派，彼此的差异使他们成为同一派别的不同成员。再如弥尔顿，他无疑是最伟大的诗人之一，但因为没有谁与他拥有足够多的共性，所以他不能成为一个派别。然而，多恩也好，考利也罢，抑或是弥尔顿，都各有自己的独创之处。正是由于这样的原因，黑尔斯的"独创派"之说并未赢得广泛认可。更多的人依旧沿用约翰逊的套路论述多恩的原创性，比如托马斯·阿诺德（Thomas Arnold，1823—1900）。

小托马斯·阿诺德是英国教育家老托马斯·阿诺德（Thomas Arnold，1795—1842）的次子，也是维多利亚时代的诗人、文论家、社会评论家、前面多次提到的马修·阿诺德的弟弟。[②]他在获得牛津大学一等学位之后，因对现实社会失去信心而选择离开英国，先到新西兰务农，后于 1850 年到塔斯马尼亚做督学。其间因改信罗马天主教而失去工作，遂于 1859 年回到英国。之后他在都柏林天主教大学教授英国文学，并撰写了《英国文学指南》（A Manual of English Literature，1867）。该书全称《英国文学指南：历史与批评手册》（A Manual of English Literature, Historical and Critical），出版后便成了当时的标准教程，也是他最为重要的著作之一。在这部著作中，托马斯·阿诺德多次论及多恩诗的原创性；而如果仔细分析，我们甚至还能发现他的论述大致包括创作风格、表现形式和文学地位三个方面。

首先是创作风格。他说"冥思苦想的双关、不着边际的明喻、大肆挥霍的暗

[①] John Wesley Hales. "John Donne." In Thomas Humphry Ward (Ed.), *The English Poets: Selections with Critical Introductions*. Vol. 1. London and New York: Macmillan, 1880, pp. 559-560.

[②] 文学界更熟悉的或许是他的父亲托马斯·阿诺德（1795—1842）和长兄马修·阿诺德（1822—1888）。他的父亲是英国著名教育家，1828 年起任拉格比公学校长，因其所推行的一系列做法成效显著，众多学校纷纷效仿，故有"在他逝世后建立的许多学校均以拉格比公学为典范"，见美国不列颠百科全书公司：《不列颠百科全书》（国际中文版 修订版 第 1 卷），北京：中国大百科全书出版社，2007 年，第 509 页。他的长兄马修·阿诺德是维多利亚时代最伟大的诗人之一，同时还是文论家和社会评论家，其《多佛海岸》（"Dover Beach"）、《色希斯》（"Thyrsis"）、《吉普赛学者》（"The Scholar Gipsy"）、《劭莱布和罗斯托》（"Sohrab and Rustum"）等诗歌以及《文化与无政府状态》（*Culture and Anarchy*）、《评论文集》（*Essays in Criticism*）等著作，都有深远的世界影响。

喻，这些在莎士比亚那里不过是偶尔才有的瑕疵，在多恩这里则是诗的实质，一旦被拿掉，多恩诗就会所剩无几"①。其次是表现形式。他说多恩诗一般都很短，比如挽歌、哀歌、讽刺诗、诗信、宗教诗和杂诗，但也写过《灵的进程》等长诗。他在引用琼森的评价之后说，"作为一个拥有如此心地之人，不得不说他的诗是精美的，但偶尔也会是粗俗的、古怪的"②。最后是文学地位。他称多恩是奇幻派或玄学派的开创者，该诗派有太多的原创性，也都以巧思取胜。他说弥尔顿就是原创的，但却不是玄学的；而当时那些最受欢迎的诗人，包括多恩、考利、克拉肖、约翰·克利夫兰，甚至早期的德莱顿，则都与当时的流行趋势有关，亦即都倾向于巧思的使用，他们都"不刻画简单而自然的意象，转而用巧智来装饰他们的诗[……]只需用几个例子，而无须数页的篇幅，这便能说明他们都是玄学派，也就是我们所说的奇幻派，第一个例子便是多恩的诗"③。

值得注意的是，第一，托马斯·阿诺德的有关论述是对多恩诗的基本特征的高度概括，虽然是交错在一起加以论述的，但风格、形式、地位三者还是较为分明的，而且也都是基于多恩诗的风格特点的，因此是对多恩原创性的基本判断。第二，托马斯·阿诺德与黑尔斯一样，都更愿使用"奇幻派"而非"玄学派"，尽管只是名称上的而非实质上的差异，却突出表现了其对多恩的原创性之于其作品的特殊意义。第三，托马斯·阿诺德对多恩诗的看法与他对多恩本人的看法是一致的。在他的眼中，一提到多恩就会出现一个奇怪的形象，年轻时醉心于感官享受，而最终却成了圣保罗的教长。④第四，他对多恩诗的基本看法也见于他的其他作品，比如《从乔叟到华兹华斯：从起初以降的英国文学史》（*Chaucer to Wordsworth: A History of English Literature from the Earliest Times to the Present Day*，1868）中的"作为一个作家，多恩生前享有崇高声誉，但他的风格却在后来被批为粗糙晦涩"⑤。这一观点直接来自《英国文学指南》，说明他对多恩原创性的认识是一贯的，也是有意识的。第五，托马斯·阿诺德的用词既有约翰逊的，也有黑尔斯的，比如"奇怪"（strange）、"古怪"（quaintness）、"奇幻"（fantasy）等，这让我们既看到历史的延续，也看到他对多恩的原创性加以细化的企图。

---

① Thomas Arnold. *A Manual of English Literature, Historical and Critical*. London: Longman,1867, p. 131.

② Thomas Arnold. *A Manual of English Literature, Historical and Critical*. London: Longman,1867, p. 132.

③ Thomas Arnold. *A Manual of English Literature, Historical and Critical*. London: Longman,1867, p. 189.

④ Thomas Arnold. *A Manual of English Literature, Historical and Critical*. London: Longman,1867, p. 131.

⑤ Thomas Arnold. *Chaucer to Wordsworth: A History of English Literature from the Earliest Times to the Present Day*. London: Thomas Murby, 1868, p. 98.

麦克唐纳是英国小说家、诗人、牧师。①在《英格兰的安蒂丰》（*England's Antiphon*，1868）中，他以宗教诗为对象，以多恩的 23 首《神圣十四行诗》为例证，对多恩的创作特点作了总结。在他看来，约翰逊用"玄学派"定义多恩等人是个错误，因为多恩等的玄学倾向只是方式而非话题，他们奇怪的表达方式是时代的产物，他们彼此的影响则是环境使然。他还认为当别人都在玩文字游戏的时候，多恩却玩起了孩提般的丰富想象，所以其表达方式才显得古怪。为此，他以多恩的《病中颂我的上帝》为例，对之作了逐节分析。他选择该诗的原因在于，他认为该诗既是多恩最好的作品，也是多恩最差的作品，而究竟是最好还是最差却难以确定，因为作品本身显得非常异类。他称第 1 节抵得上赫伯特的全部佳作的总和，但第 2 节将自己比作地图，将医生比作宇宙志学家，还毫无预兆地把死比作西南方向的发现等，却显得非常古怪，甚至荒谬。他说这种荒谬到第 3 节更加明显，因为在这里诗人既是一张地图，也是这张图上的行人。他称第 3 节前 3 行非常深刻，因为西方之于英国人就是福地，而且作为地图的诗人就是东西合并的两个半球；但该节后 2 行则非常差劲，因为其中没有丝毫乐感可言，这实在让人难以理解。在他看来，更加差劲的是第 4 节，因为里面甚至明确写出了没有尘世之家的思想；而到第 5—6 节则又出现了非常精美的诗行，特别是第 5 节的中间和第 6 节的开头。他还列举了《天父颂》、《耶利米哀歌》、《基督颂，作于最后去往德国时》（"A Hymne to Christ, at the Author's Last Going into Germany"）和《十字架》（"The Crosse"）等多恩的其他作品，用以论证多恩具有点石成金的才能。②麦克唐纳旨在从时代精神的角度看待多恩的宗教诗，但在讨论过程中除了紧扣时代精神，也探讨了多恩的独特之处，甚至"怪异""奇怪""异类"等术语都是横贯始终的，这表明他重视多恩与其他诗人的共性，但更重视多恩的原创性。

当英国人热衷于用"独创""奇幻""怪异"等一系列梦幻化的词语时，美国人拉尔夫·瓦尔多·爱默生（Ralph Waldo Emerson，1803—1882）则用直白的

---

① 他还是刘易斯·卡罗尔的老师，但人们对他的了解远不如卡罗尔，因为后者的《爱丽丝漫游奇境》几乎人所尽知。《不列颠百科全书》对他的介绍也仅有区区一百余字（参见美国不列颠百科全书公司：《不列颠百科全书》（国际中文版 修订版 第 10 卷），北京：中国大百科全书出版社，2007 年，第 337 页）。麦克唐纳创作的小说达 40 多部，包括"奇幻小说"15 部，其他小说 28 部。前者如《里里外外》（*Within and Without*）、《北风的背后》（*At the Back of the North Wind*）、《幻影》（*Phantastes*）等都以儿童为主人翁，麦克唐纳也因此而有维多利亚时代童话之王的美誉。此外，他还著有诗集 14 种，布道文集等其他著作等 11 种。除卡罗尔外，C. S. 刘易斯（C. S. Lewis）、J. R. R. 托尔金（J. R. R. Tolkien）、玛格琳·伦格尔（Madeleine L'Engle）等都深受他的影响；马克·吐温、G. K. 切斯特顿（G. K. Chesterton）、威斯坦·休·奥登（Wystan Hugh Auden）等都对他有过极高的评价。

② George MacDonald. *England's Antiphon*. London: Macmillan, 1868, pp. 113-124.

"创造"（creation）一词来指称多恩的原创性。爱默生是众所周知的美国超验主义哲学创始人。他集思想家、文学家、诗人、编辑、学者、演说家于一身，享有"美国孔子""美国文艺复兴精神领袖""美国哲学之父"等美誉。他的《美国学者》（*The American Scholar*, 1837）告诫美国人要摆脱欧洲的羁绊，不故作学究、不盲从传统、不做纯粹的模仿，而要以自己的方式写自己的故事，被誉为美国思想领域的"独立宣言"。《拉尔夫·瓦尔多·爱默生书信集》（*The Letters of Ralph Waldo Emerson*）显示，早在 1815 年，他仅 12 岁时就读过约翰逊的《考利传》，那时他认为玄学派很时髦。[①]他对多恩的评论大多见于《拉尔夫·瓦尔多·爱默生日记与杂记》（*The Journals and Miscellaneous Notebooks of Ralph Waldo Emerson*）中。该书显示，在 1828—1840 年，他曾多次抄录、引用、评价过多恩的挽歌、祝婚曲、周年诗和诗信等作品。在 1856 年的《英国人的特征》（*English Traits*）、1875 年的《帕那索斯》（*Parnassus*）等作品中，他还在引用、点评多恩的诗。这意味着从 1815 年到 1875 年的 60 年间，他始终保持着对多恩的兴趣。不仅如此，他自己的诗歌创作，连同他的超验哲学，都处处彰显着天人对应的特征，因而他也常常被视为最接近多恩等玄学诗人的美国诗人。[②]他对文学的原创性的评价，集中体现在下列文字中：

> 你最近可曾读到过一些有关勇于探索、敢于行动的美德？完美的类比总在美德与天才之间。一个是伦理的创造，另一个是智慧的创造。谁创造谁就是上帝。无论天赋多高，人若不创造，就不会具备源自神的智慧。我读多恩、考利、马维尔，总有一种最现代的快感，它来自所有时代的诗，来自对那些诗的抽象。最让人愉悦的总是最贴近心房的[……]创造永远是心智的风格与行动。你无法预测诗人将说什么，即便昙花一现的诗也有它的形式，它的内容，还有从各种书籍提取的短语，这都不过是巧妙地转述或重排别的优秀诗人的诗而已。但在这些诗中却是优秀的人类心灵在言说，因为它有新的东西需要表达。那是同一事实的另一面，表达得非常真实。避免矫饰主义，写不会过时的东西，就要真诚地表达怀疑、悔恨等各种各样的心态，就要抛开绅士或哲学家的做派，抛开羞怯与炫耀，让它们永驻你的意识层面，就要投入上帝的怀抱，担负传递事实的责任。这就是勇气[……]考利和多恩都是哲学家，他们的洞悉力中没有什么微不足道的小事[……]他们的诗就像生命本身，即便描

---

① Ralph Waldo Emerson. *The Letters of Ralph Waldo Emerson*. Vol. 1. Ed. R. L. Rusk. New York: Columbia UP, 1939, p. 10.

② Jesoph Duncan. *The Revival of Metaphysical Poets: The History of a Style, 1800 to the Present*. Minneapolis: U of Minnisota P, 1959, pp. 72-77.

写对象轻浮而庸俗，也能给人一个机会感受最为丰富多彩的教益；放任与宏大、宗教与欢颜，总是出乎意料地并肩而立，就像伟人的作品，毫无言不由衷的表述。①

爱默生对原创的重视跃然纸上，与《美国学者》的基本思想一脉相承。虽然这里的引文只涉及多恩的名字，但在这之前他已经引用过约翰逊的《考利传》、鲍斯维尔的《约翰逊传》以及多恩的《第二周年》、《最甜蜜的爱》、《致贝德福德伯爵夫人》和《致 R. W. 先生》（"To Mr R. W."）等作品，因而该引文是基于对多恩及其玄学诗派的全方位理解之上的总结性论述。他以"创造"为核心，把从事创造的人视为神，是对包括多恩在内的诗人的崇高赞誉。

这种赞誉在《英国人的特征》中依然清晰可见。该书第 10 章以文学为中心，以历史常识为出发点，以自然环境为背景，紧扣"英国人的特征"这一主题，对乔叟以降的英国文学做了提纲挈领的探讨。爱默生的结论是，英国有两个民族，不是穷人与富人，不是诺曼人与撒克逊人，不是凯尔特人与哥特人，而是两种颜色、两种心态、两种风格：一是富有洞悉力的阶层，一是实际的终结者阶层。前者勤于思索，勇于实践，虽然仅有一打，却代表了天生的创造力；后者忘恩负义，蔑视学术，虽有两千万之多，却只能永远以赞成或反对显示自己的存在。多恩等就是前者的代表。②《英国人的特征》比上述引文晚了近 20 年，但其基本观点却是相通的，都强调创造之于文学的重要地位和作用，也都充分肯定了多恩的原创性。

对多恩研究批评史而言，爱默生的重要性不仅仅在于他的评论本身，更在于他集中代表了大洋彼岸的认可情况；同时也表明，多恩的原创性，有如他的此在性一样，已然成为世界诗坛的研究主题。事实上，前文所简要回顾的有关多恩诗的种种褒扬或贬谪，相当一部分就是针对多恩的原创性的。另外，其他一些诗人、作家、评论家，也都对多恩的原创性有过或多或少的论述，但由于其基本思想并无二致，因此也不再赘述。需要注意的是：第一，对于多恩的原创性，批评界既有认可的，也有不认可的，其表现是人们的用词不尽相同，其背后是评论者的态度各有差异，其实质则是肯定与否定两种倾向，但无论是哪种倾向也都无疑看到了多恩的原创性；第二，有关原创性的论述，并非单纯的独立研究，很多都与多恩的此在性密切相关，有的甚至还与诗性联系在一起，比如前面所引的威廉·葛德文对多恩的评价："他的种种思想通常都化作充满诗意的词语。"由于

---

① Ralph Waldo Emerson. *The Journals and Miscellaneous Notebooks of Ralph Waldo Emerson*. Vol. 5. Ed. M. M. Sealts. Cambridge: Belknap Press of Harvard UP, 1965, pp. 339-341.

② Ralph Waldo Emerson. *English Traits*. Boston: James R. Osgood and Co., 1986, n.pag. Retrieved Aug. 27, 2016 from http://www.gutenberg.org/files/39862/39862-h/39862-h.html#chapter-xiv-literature.

"诗在语言的国度以语言的材料创造了自己的产品"①，所以对此在性与原创性的重视的直接结果便是对诗性的重新审视。

第五节 诗性：对多恩的共性表达的评判

三大发现的最后一项是"诗性"。美国传记作家、编辑、评论家埃弗特·奥古斯特斯·杜伊金克（Evert Augustus Duyckinck，1816—1878）曾与其胞弟乔治·朗·杜伊金克（George Long Duyckinck）共同编写过两卷本《美国文学百科全书》（*The Cyclopaedia of American Literature*，1855），是个极有学问的人。"杜伊金克是出版商的儿子，1835 年毕业于哥伦比亚学院，同其弟一样，攻读法律两年并获得律师资格，但从未正式从业。他于 1838—1839 年在欧洲研究文学。回纽约后，曾一度参与编辑《阿克图拉斯》（*Arcturus*）杂志。"②《阿克图拉斯》全称《阿克图拉斯：书籍与思想杂志》（*Arcturus: A Journal of Books and Opinions*）。1841 年，杜伊金克在该杂志发表了一篇题为《多恩博士》（"Dr Donne"）的文章，在赞美了多恩的"高贵灵魂和丰富思想"之后，转向多恩的艺术："多恩与考利都太诚实，他们的天性都太富诗性，所以都对矫揉造作的所谓艺术技巧不屑一顾。我们不该用今天的文学习惯去评判他们，而要把他们看作外国作家，亦即把他们从 17 世纪翻译到 19 世纪。"③针对有人评判多恩不该把死比作航海，杜伊金克指出，只要我们看看诗的创作年代就会发现，多恩的类比非常自然，思想也很好，因为在 17 世纪"没有什么观念比航海发现更富诗意的了"④。他还以多恩的《情人节祝婚曲》为例，称赞多恩"内心充满了诗的冲动，从地球直达天庭"⑤。在这些论述中，原文也都为 poetic 或 poetical，核心都是"诗性"。

需要指出的是，"诗性"本身就是一个复杂的问题。我们所探讨的并非一般意义上的诗性，甚至也非 19 世纪诗学界有关诗性的论述，而仅仅是"处理格律等技术性问题的方法"⑥。更确切地说，此处探讨的"诗性"是 19 世纪的人们如

① 海德格尔：《荷尔德林与诗的本质》//《西方文艺理论名篇选编》（下卷），武蕡甫、胡经之主编，北京：北京大学出版社，1987 年，第 574 页。

② 美国不列颠百科全书公司：《不列颠百科全书》（第 5 卷），北京：中国大百科全书出版社，2007 年，第 483 页。

③ Evert Augustus Duyckinck. "Dr Donne." *Arcturus: A Journal of Books and Opinions*. 2(1841): p. 19.

④ Evert Augustus Duyckinck. "Dr Donne." *Arcturus: A Journal of Books and Opinions*. 2(1841): p. 20.

⑤ Evert Augustus Duyckinck. "Dr Donne." *Arcturus: A Journal of Books and Opinions*. 2(1841): p. 23.

⑥ Cleanth Brooks, Robert Penn Warren. *Understanding Poetry*. Beijing: Foreign Language Teaching and Research Press, 2004, p. iii.

何评价多恩的节奏、音律等所谓音乐性的问题。这一问题的重要性在于，从 17 世纪开始，人们对多恩诗一直存在截然不同的看法，其中最突出的首先是琼森、德莱顿、约翰逊等的批评，之后是蒲柏、帕内尔、希尔等对多恩诗的改写。这一切都与多恩的诗性有关，而核心则是认为多恩的作品缺乏诗性。以蒲柏为例，他虽然承认多恩的讽刺诗具有很高的成就，但却非常粗糙，缺乏美感，所以才改写了多恩的两首作品。许多批评家也都认为，多恩缺乏诗人应有的耳朵，蒲柏的改写提高了多恩诗的质量。因此，要确立多恩的文学地位，就必须证明他的诗就是诗，而不仅仅是韵文，否则一切都无从谈起。杜伊金克正面论述多恩的诗性，其本质就是把多恩的诗还原成诗。具体到多恩研究批评史，杜伊金克的重要性不在于他究竟说了什么，而在于他是 19 世纪直接用"诗性"这一概念对多恩加以阐释的评论家之一。

另一直接使用"诗性"的评论家是罗伯特·钱伯斯（Robert Chambers，1802—1871）。他是苏格兰著名作家、地质学家、出版商、思想家、编辑、出版人，他和他的兄长威廉·钱伯斯（William Chambers，1800—1883）联手，于 1821 年创办了《阿克图拉斯》（*Arcturus*）杂志，于 1832 年创办《钱伯斯爱丁堡杂志》（*Chamber's Edinburgh Journal*），之后又成立了钱伯斯兄弟出版公司（W. & R. Chambers Ltd.），出版了《钱伯斯英国文学百科全书》（*Chamber's Cyclopaedia of English Literature*）。[①]该书于 1843 年首次出版，1858 年出第 2 版，两个版本都由钱伯斯本人编辑；1876 年出第 3 版时，罗伯特·卡罗瑟斯（Robert Carruthers）参与编辑，并对内容作了修订，1910 年出第 4 版（也叫新版）时则由大卫·帕特里克（David Patrick）任执行编辑。在 1843 年版的第 1 卷中，钱伯斯将 1558—1649 年作为英国文学的第三阶段，多恩便位列其中。在 1910 年版中，钱伯斯以《约翰·多恩》（"John Donne"）为题，对多恩的生平和创作给出了纲要式的全方位评介。其开篇第一句对多恩的定位是"侠士与侍臣、才子与诗人，最伟大的英国国教牧师之一"[②]。这表明钱伯斯眼中的多恩就是一个诗人。至于这一定位的理由，在 1843 年和 1858 年的版本中，钱伯斯是这样说的：

> 多恩作为诗人的声誉在他的时代是极高的，在 17 世纪后期和整个 18 世纪则很低，但近来已有一定程度的复兴。在其声誉处于低谷的岁月里，批评家谈论的是他令人不悦的作诗法和粗制滥造，是他放弃自然，转而表现巧思。而现在则似乎可以认定：多恩有很多垃圾，但也有

---

① 另外还有一个《钱伯斯百科全书》，伊弗雷姆·钱伯斯（Ephraim Chambers）主编，1950 年出版，共 15 卷。

② Robert Chambers. *Chamber's Cyclopaedia of English Literature*. New Edition. Vol. 1. Ed. David Patrick. Philadelphia: J. B. Lippincott Co., 1910, p. 413.

很多充满诗意的作品，而且档次也都极高。①

在这简短的文字中，我们既可看到较为客观的历史描述，也能察觉较为鲜明的个体倾向，因为这种倾向在诸如"复兴""低谷""垃圾"等用语中表现得非常清楚。其中"充满诗意"一词显然是针对多恩作品的诗性而言的。在 1876 年的第 3 版中，"近来有一定程度的复兴"被修订为"已在近来复兴"②，表明人们对多恩的看法已在 1858—1876 年的近 20 年时间里发生了根本性的变化。到 1910 年的第 4 版，上面整个段落进一步充实，多恩的诗性也表现得更加丰富：

> 多恩在 17 世纪下半叶和整个 18 世纪都遭受质疑。而戈斯则甚至在蒲柏的作品中发现了多恩的影子，他认为现代人对多恩的赞誉始于勃朗宁；勃朗宁直接受到多恩的影响，还为曼陀罗之歌谱曲。现在已成共识的是，在粗糙与晦涩、牵强附会的比喻典故、扭曲的意象与讽喻，以及毫无节奏可言的才气中，多恩呈现在我们面前的，无论是表达还是思想，都是充满诗意的作品，而且档次也都极高。③

在这之前，钱伯斯以沃尔顿的《多恩传》和戈斯的《多恩的生平与书信集》为基础，对多恩及其创作做了简要介绍，接着又援引一个没有给出姓名的批评家的原话，对多恩的创作特点作了如下说明：

> 近期有位批评家，他称赞多恩"满腹都是他那时代的学问"，天生就有"最具活力、最具穿透力的大脑——其想象即便没有抓力、没有面面俱到，但却最为微妙、最为深远；其幻想极为丰富、生动、别致；其表达方式十分干练、单纯、浓缩；其才情令人钦佩，无论是辛辣的讥讽还是轻快的调侃也都如此，他唯一的缺憾是没能摆脱风格的瑕疵，他似乎被那些瑕疵给困住了。④

这段文字出自第 1 和第 2 两个版本中，在卡罗瑟斯修订的第 3 版中被原样保留，而在帕特里克主编的第 4 版中则被修改成如下文字：

> 他的思想太过间接却又极为丰富，这就势必带来晦涩；他的作诗法既不整齐又还乖戾，既有多余的音节需要略过，也有重音被置放在错误的音节上，无论他试图寻求怎样的布局，这样的作诗法都是令人困惑

---

① A. J. Smith, Ed. *The Critical Heritage: John Donne*. London and New York: Routledge, 1983, pp. 394-395.

② A. J. Smith, Ed. *The Critical Heritage: John Donne*. London and New York: Routledge, 1983, p. 396.

③ Robert Chambers. *Chamber's Cyclopaedia of English Literature*. New Edition. Vol. 1. Ed. David Patrick. Philadelphia: J. B. Lippincott Co., 1910, p. 415.

④ A. J. Smith, Ed. *The Critical Heritage: John Donne*. London and New York: Routledge, 1983, p. 395.

的。你只有首先懂得了诗，而后才能找出他的诗律。那些巧思通常也都不仅仅是令人惊奇，更多的是给人以暗示和美，处理得既得心应手，又优雅得体。[①]

这样的修改显示出两个基本态势：一是肯定的语气得以增强；二是不再具体划分想象（imagination）、幻想（fancy）、表达方式（mode of expression）等，转而更加突出与作诗法相关的表现细节，特别是音节和重音。但无论是最初的文字还是后来的修订，我们都能从中感受到钱伯斯对多恩诗性的重视，而这也在很大程度上说明，至少从《钱伯斯英国文学百科全书》的角度，从19世纪中叶到20世纪初，多恩的诗性问题研究一直都是非常重要的内容之一。至于多恩何以会有这样的诗性特征，钱伯斯结合玄学派的概念给出了如下的解释：

> 多恩对莎士比亚、培根、丹尼尔、德莱顿等，都没有兴趣，只与琼森这样的当时的大诗人保持联系。他明显受西班牙文学的影响，但却也显示出自己创作中的瑕疵。由于他故作粗心，不求流畅，不拘形式，卖弄学问，表达粗糙而又极富感染力，所以这位"玄学诗人的魁首"开启了一个全新的时代，而不仅仅是创立了一个流派。[②]

较之于杜伊金克，钱伯斯对多恩诗性的分析，内容更加具体，用词也更加丰富。历史地看，钱伯斯是在广泛阅读的基础上，结合自己的独到见解而对多恩加以阐释的。由于他的评价出自百科全书类书籍，所以势必会被打上两个鲜明的烙印：一是知识性与总结性，二是新颖性与个体性。前者是由百科全书的性质决定的，后者则是由撰写者的领悟力决定的。二者都离不开对已有成果的足够把握，而沿着这样的思路看待钱伯斯的评价，我们就会发现，其基本观念实际上在19世纪初就已初现端倪。除了这两个烙印，钱伯斯关于多恩"开启了一个全新的时代，而不仅仅是创立了一个学派"之说，则给人留下了无限的理解空间，颇有类似"伊丽莎白时代""庞德时代"等的"多恩时代"的味道。而全球最权威的多恩研究杂志《多恩学刊》的全称就叫《多恩学刊：多恩时代的文学研究》（John Donne Journal: Studies in the Age of Donne），它所刊登的文章自然也不仅仅局限于多恩。[③]

在19世纪，最先论及多恩的诗性的，或许是杰弗里和柯勒律治，他们都早

---

① Robert Chambers. *Chamber's Cyclopaedia of English Literature*. New Edition. Vol. 1. Ed. David Patrick. Philadelphia: J. B. Lippincott Co., 1910, p. 415.

② Robert Chambers. *Chamber's Cyclopaedia of English Literature*. New Edition. Vol. 1. Ed. David Patrick. Philadelphia: J. B. Lippincott Co., 1910, p. 414.

③ 比如2005年出版过"克拉肖"专辑，2006年出版过"文学与音乐"专辑等。

在 1802 年就论及过多恩的诗性，但取向却截然相反。1802 年，杰弗里在《爱丁堡评论》撰文指出，当时的部分诗人用词粗俗、缺乏韵律，原因之一是模仿欧洲大陆的不良诗人，原因之二是刻意模仿多恩等已经作古的英国诗人。[①]同样也在 1802 年，柯勒律治将多恩和莎士比亚放在一起，试图比较谁的想象更加丰富，而"当他需要某种真正的诗一般的炽热的范式时，他所想到的是多恩的诗"[②]。杰弗里以指桑骂槐的方式论及多恩的诗律，柯勒律治则毫不隐讳他对多恩诗的高度肯定。两人的看法也都各有追随者。前文曾提到亨利·柯克·怀特批评"多恩缺乏足够的乐感，诗中的双韵体叫人难以忍受"，也曾提到骚塞批评"多恩和琼森曾让玄学诗风靡于世，但他们两位都是蹩脚诗人"等，这些都对多恩的诗性持否定态度。否定多恩的诗性，是 19 世纪多恩研究的一个方面。另一方面，也有大批诗人、学者对多恩的诗性要么持中立的态度，要么给予完全的肯定，比如亨特、塞缪尔·卡特·霍尔、格罗萨特等。这意味着，19 世纪伊始，多恩的诗性就已经引起了人们的关注，并引发了肯定与否定两个阵营。这与 18 世纪极为相似。由于否定阵营与约翰逊的相关论述是一脉相承的，并未有所突破，所以下面的分析将集中在肯定阵营的论述上。更重要的是，正是肯定阵营的论述为 19 世纪的版本研究，甚至为多恩研究在 20 世纪成为一门显学奠定了必要的基础，所以多恩的诗性，如同其此在性和原创性一样，是"重新评价"或"重新发现"的又一核心内容。

19 世纪，柯勒律治是最先肯定多恩诗性的诗人之一。除了在 1802 年就将多恩和莎士比亚当作自己的楷模之外，柯勒律治还如前文所说，在 1811 年就指出过多恩诗的误排问题，导致其中的"十之八九都是违背音律的"。即便如此，柯勒律治仍旧以《三重傻瓜》《讽刺诗Ⅲ》《跳蚤》《早安》《女人的忠贞》《日出》《无所谓》《封圣》《高烧》《赠别：节哀》《出神》等为例，逐一分析了这些作品中的韵律、音步、戏剧性、意象塑造等，而且字里行间充满了颂扬。[③]可见，对于多恩的作品，柯勒律治非但没有忘却其诗性，反而将其作为榜样来看待。就此意义而言，柯勒律治堪称 19 世纪探索多恩诗性的先驱之一。

另一先驱是亨特。他与柯勒律治一样对多恩有着长久的兴趣。他与柯勒律治的不同之处在于：柯勒律治是直接评价，亨特则既有直接评价，也有间接评价，而且他的间接评价往往更具力量。前文曾论及"亨特之问"出自他于 1819 年写给雪莱夫妇的信。就在同一封信中，亨特引多恩《论他的情人》（"On His Mistris"）后以反问的口气说道："注意看 I camly beg 这三个词，它们不是既深

---

① Francis Jeffrey. "Southey's Thalaba: A Romance." *The Edinburgh Review* 1.1(1802): p. 64.

② A. J. Smith, Ed. *The Critical Heritage: John Donne*. London and New York: Routledge, 1983, p. 23.

③ Samuel Taylor Coleridge. *Notes Theological, Political, and Miscellaneous*. London: Moxon, 1853, pp. 255-261.

刻又优美吗？其余诗行不也是既精美又真诚，还'刚劲服人'吗？"①十余年后的 1830 年，亨特在评丁尼生的《抒情诗集》（*Poems, Chiefly Lyrical*，1830）时，称其中的《天庭之泪》（"Tears of Heaven"）是一个巧思；而《爱与悲伤》（"Love and Sorrow"）则显得"更轻快、更任性、更艺术，同时也更接地气。作者在创作时一定正在读多恩的诗[……]宛若善于类比的多恩博士再世"②。亨特还与亚当斯·李（Adams Lee）合编过两卷本《十四行诗选集》（*The Book of the Sonnet*，1867），在为该书所写的题为《论十四行诗》（"An Essay on the Sonnet"）的长篇导言中，他解释了没有收录多恩诗的原因。他说琼森是博学的，琼森的朋友多恩也是博学的，而且多恩还是他所知道的英国诗人中唯一一位创作了神圣的"桂冠十四行诗"的诗人；但多恩的虔诚虽然真诚却不健康，对上帝有失公允，所以没有入选。他还说约翰·维里（John Very）的十四行诗基调非常虔诚，是从 16—17 世纪的玄学诗人那里学来的，多恩、赫伯特、沃恩等都是约翰·维里的楷模，而多恩则是他心中的最爱。③

亨特所谓的"桂冠十四行诗"（a crown of sonnet），即多恩的组诗《花冠》，这与沃尔顿的用法一致。该组诗歌在 1633—1669 年的《多恩诗集》中属宗教诗的第二组；在格里厄森主编的标准版《多恩诗集》中则是第一组；当然也有单列出来的，比如保罗·内格里（Paul Negri）主编的《玄学诗集》（*Metaphysical Poetry: An Anthology*，2002）。多恩的《花冠》由 7 首十四行诗组成，都是献给圣子一人的，主题也只有一个，即对耶稣基督的由衷赞美。在本书第二章第三节，我们曾说过，多恩的《花冠》是由 7 首十四行诗组成的一首回旋诗。这里需要补充说明的是：其每一首都是同一主题的某一侧面，因而既是形式的也是内容的一个完整的大回旋。这种思想与艺术的珠联璧合的表现形式，在亨特看来就是多恩的诗性的突出表现，所以他的有关论述中，"深刻""优美""精美"等都是针对多恩的诗性的描述，都用了反问句加以强调，也都是直接评

---

① Leigh Hunt. *The Correspondence*. Vol. 1. Ed. Thornton Leigh Hunt. London: Smith, Elder, 1862, p. 149. "刚劲服人"原文作 masculine-persuassive，出自亨特所引的多恩诗第 4 行。该诗前 7 行为：By our first strange and fatall interview, /By all desires which thereof did ensue, /By our long starving hopes, by that remorse/Which my words masculine perswasive force/Begot in thee, and by the memory/Of hurts, which spies and rivals threatened me,/I calmly beg. But by they fathers wrath. 学者曾建纲的翻译为："凭我俩奇特而又命定的初见，/凭随之而来的一切欲念，/凭饥肠之冀望，凭我字句前后/那刚劲服人之势在你心头/萌生之怜悯，凭我记忆中的痛，/昔日受密探与情敌的欺凌，/我想求你。但，凭令尊之怒。"见邓约翰《哀歌集》，曾建纲译，台北：联经出版事业股份有限公司，2011 年，第 105-106 页。

② Leigh Hunt. *Leigh Hunt's Literary Criticism*. Eds. Lawrence Huston Houtchens, Carolyn Washburn Houtchen. New York: Columbia UP, 1956, p. 358.

③ Leigh Hunt. "An Essay on the Sonnet." In Leigh Hunt, S. Adams Lee (Eds.), *The Book of the Sonnet*. Vol. l. Boston: Roberts Brothers, 1867, pp. 78-90.

价。但相对而言，他赞美丁尼生的《爱与悲伤》宛若"多恩博士再世"，称约翰·维里以玄学诗人为楷模，"而多恩则是他心中的最爱"等，虽然只是间接评价，但给人的印象却反倒更加深刻，对多恩诗性的肯定也更为明显。

在对多恩诗性的重新发现中，格罗萨特有着举足轻重的作用，不但因为他编辑出版了两卷本《多恩诗全集》，而且因为他专门论述了多恩是集思想家、想象家、艺术家于一身的诗人。在《多恩诗全集》第 2 卷的序言中，他用一个小节的篇幅论述了作为思想家的多恩和作为想象家的多恩，而单列另一小节专门论述了作为艺术家的多恩，这本身就显示出对多恩诗性的重视。针对有关多恩缺乏乐感的指责，他提出了截然相反的看法，认为多恩对其诗律一定下过苦工，因为多恩诗的手抄本显示，哪怕同一个文本也都显示着多种多样的阅读可能，还蕴藏某种永恒的动态特征，所以琼森称多恩为天下第一诗人并非空穴来风。他据此说，琼森都感到满意的东西，我们理当给予积极的、系统的对待，而不是简单地斥之为缺乏乐感。针对有关讽刺诗的改写，他认为多恩的讽刺诗犹如时代的镜子，具有无法估量的价值。在他看来，蒲柏的所谓"诗化处理"非但不是什么改进，反而是一种灾难，是注定要失败的。他还说，对多恩的讽刺诗必须全面研究，明确其在英国文学史上的地位。他还以《无所谓》《宁静》《破晓》等作品为例进一步指出，多恩不求流畅，不求永恒的乐感，这并不表明多恩缺乏流畅与乐感，更不表明他缺乏诗性，而只能说明他的诗性别有特色。在格罗萨特眼中，多恩的诗性是其无与伦比的天才的一个部分，值得我们仔细研究。他还把多恩与莎士比亚和弥尔顿加以比较，认为多恩一方面接受了莎士比亚的影响，另一方面又影响了弥尔顿。他举例说多恩的《日出》明显具有莎士比亚《罗密欧与朱丽叶》（*Romeo and Juliet*）的影子，包括开篇、发展，以及对想象力的激发与把控；而多恩的《神圣十四行诗 9》（"Holy Sonnet IX"）则让人想起弥尔顿《失乐园》的开篇，不但基本意象、核心内容、主题思想非常近似，就连诗行的节奏也都非常类似。他说这种类似在弥尔顿那里还有很多，甚至在柯勒律治、艾迪生等的作品中都能找到。格罗萨特的最后结论是：多恩的诗性源自他的人生，并在他的诗与文中皆有体现，所以多恩生前所享有的崇高声誉是实至名归的，并未赞扬过度，因为多恩确如琼森所说是"太阳神的欣喜"①。

格罗萨特对多恩诗性的论述，明显是以琼森的品评为出发点和落脚点的。但他的结论，连同其论证方式，却让我们感受到，第一，他已然超越了单纯的品评，进入条理化的对比分析，所以无论其观点还是方法都更能让人信服。第二，他已涉及生平与创作的互动、诗与文的互动；前一互动深化了他的论述，后一互

---

① Alexander Ballock Grosart, Ed. *The Complete Poems of John Donne*. Vol. 2. London: Fuller Worthies' Library, 1873, pp. iv-xlvi.

动则开启了全方位研究的先河，两者都在19世纪的传记研究、作品研究、批评研究中有着或多或少的体现。第三，他的评论具有明确的针对性，而且都有实例加以支撑，对约翰逊之后的那种照搬式的批评是一种颠覆，这种颠覆既为自己的《多恩诗全集》找到了学理依据，也为后来的多恩研究奠定了基础。

具有颠覆性的论述的还有塞缪尔·卡特·霍尔。他出生于爱尔兰沃特福德，1821年移居伦敦，1824年进入英国四大律师学院之一的内殿法律学院，但他并未从事律师工作，而是选择了做一名记者、作家、编辑。在他的《宝石书》中，他并不否认多恩诗的"粗糙与粗犷"（rough and rugged），但却对之做了截然不同的阐释。比如他在援引德莱顿对多恩的评价之后指出：

> 蒲柏就是以此而做的。但他却在赋予它们圆润与光华的同时，也贬低了粗糙与粗犷的价值，那是诗人从人生的宝藏中抽取而来的价值。
>
> 这里收录的诗将有力地证明，多恩诗并非都是粗心的、粗野的，其中的一些，比较而言，是非常流畅的，甚至优雅的。他的失误在于使自然屈从于艺术，他很少表现简单明了，更少关注读者品位，所以才把自己弄晦涩了，而不是易懂的。他的作品可以受到各种指责，但却并不空洞，他把一个又一个思想、一个又一个意象，全都聚集一处，美丽与畸变也因此而水乳交融，使得那些只求匆匆一瞥的读者仅仅察觉到物象本身便望而却步，而不是再进一步做更仔细地观察。①

但凡说到"粗糙"与"粗狂"，人们的第一反应通常都是贬义的。塞缪尔·卡特·霍尔则将它们看作褒义的，还敏锐地察觉到其中所蕴藏的"从人生的宝藏中抽取而来的价值"，这本身就是对既定概念的一种反拨。此外，他也并不否认多恩诗的晦涩，但却对晦涩也同样给出了自己的独到阐释。他把晦涩看作结果，把诗人的艺术追求和读者的不求甚解看作两大基本原因；而在两个原因之间，他诟病得更多的是读者的"匆匆一瞥"，是读者没有仔细观察多恩诗所呈现的"一个又一个思想、一个又一个意象"。我们知道，格里厄森在20世纪初有个著名论断，称"伟大的诗总是玄学的"②，这与塞缪尔·卡特·霍尔的评价有着惊人的相似，也让我们更加清楚地意识到塞缪尔·卡特·霍尔对多恩诗性的评价之于20世纪多恩研究的重要意义。

颠覆性评价的显著特征是针对性，其外在表现是对已有结论的一种反驳，其内在素质则是论者的学识、胆识和敏锐性。就此而言，塞缪尔·卡特·霍尔和格

---

① Samuel Carter Hall. *The Book of Gems*. Whitefish: Kessinger Publishing LLC, 2007, p.122.

② Herbert J. C. Grierson. *Metaphysical Lyrics and Poems of the Seventeenth Century: Donne to Butler*. Oxford: Oxford UP, 1921, p. lviii.

罗萨特都是了不起的人物。但学术的进展并不总是颠覆性的，更多的时候只是一种发现，而学术发现同样需要学识、胆识和敏锐性。事实上，对多恩的诗性问题，更多的人是发现了其新的内涵，而且是基于多恩诗本身的，比如爱默生、奥尔福德、钱伯斯等。

爱默生不仅是伟大的超验主义哲学家，也是最先对多恩产生兴趣的美国人之一。据《拉尔夫·瓦尔多·爱默生书信集》所记录，1815 年他读哈佛大学一年级时就读过约翰逊的《考利传》，对玄学诗的评价是"过时"[①]。后来他重读多恩，做过不少摘录，其中包括《第一周年》和《第二周年》，对玄学诗的看法也逐渐发生了变化。到 1837 年，他在一则日记中写道："我读多恩和考利还有马维尔总带有一种最具现代感的欣喜。"[②]1856 年，在《英国人的特征》中，他又将多恩与乔叟、莎士比亚、弥尔顿、赫伯特和约翰·布朗放在一起，称他们是"精神唯物主义者"，为"英国的超验天才确立了价值的标杆"，将"撒克逊人的唯物主义和狭隘主义提升到智慧的天空"[③]。

爱默生也在其日记中把多恩列入少数具有诗歌天赋的作家之列。在 1846 年的一则日记中，他援引多恩的《致贝德福德伯爵夫人》之后评价说，"游吟诗般的句子何其少！文学总是要偏离生活的，尽管乍看之下是要固定生活。给英格兰和美利坚贡献过只言片语，其中的教益与慰藉仍旧光彩而有效，这样的英国诗人，现在屈指一数——何其少！弥尔顿、莎士比亚、蒲柏、彭斯、柯珀、华兹华斯——（多么悬殊的名字！但却都是作家）还有赫伯特、琼森、多恩"[④]。这里，爱默生没有直接评论多恩的诗性，但却把多恩等同于一流诗人，这是对多恩的诗性的一种间接而高度的肯定。其中，"游吟诗般的句子"是音乐性的另一种表达形式，爱默生借以驳斥了对多恩缺乏音乐的耳朵的指责，但他谈论最多的还是多恩的原创性，诗性则相对较少。

奥尔福德则对多恩的此在性、原创性、诗性都有较多的论述。此在性与原创性已在上面两节作过简要分析，这里仅结合其生平和著述重点讨论他对多恩诗性的分析。奥尔福德是英国神学家、诗人、作家、编辑、坎特伯雷主教。他主编的

---

① Ralph Waldo Emerson. *The Letters of Ralph Waldo Emerson*. Vol.1. Ed. Ralph L. Rusk. New York: Columbia UP, 1939, p. 10.

② Ralph Waldo Emerson. *The Journals and Miscellaneous Notebooks of Ralph Waldo Emerson*. Eds. A. W. Plumstead, H. Hayford. Cambridge: Harvard UP, 1969, p. 386. 所谓"最具现代感"是指这些诗人是用灵魂在说话，同时也指他们的风格具有现代性，比如没有优柔造作、死顾面子，也没有空洞说教，而是直面人的意识，甚至是直面上帝。

③ Ralph Waldo Emerson. *English Traits*. Boston: James R. Osgood and Co., 1986, n.pag. Retrieved Aug. 27, 2016 from http://www.gutenberg.org/files/39862/39862-h/39862-h.html#chapter-xiv-literature.

④ Ralph Waldo Emerson. *Journals and Miscellaneous Notebooks*. Vol 9. Eds. R. H. Orth, A. R. Ferguson. Cambridge: Harvard UP, 1961, p. 367.

6卷本《多恩作品集》的主体是布道文，但第3卷包括了《应急祷告》，第4卷则包括了部分书信和诗歌。至于一个布道文集何以要收入部分诗歌的问题，史密斯是这样解释的："选择诗歌是为了很好地配合布道文，所以主要选择了诗信、哀歌和神学诗。但也有3首选自《歌与十四行诗集》[《诱饵》、《赠别：节哀》和《遗嘱》（"The Will"）]，另有1首挽歌和1首祝婚曲。"①这个解释的源头便是奥尔福德自己的解释。

在《多恩作品集》的"编著序"中，奥尔福德自称于1831年读多恩的《布道文八十篇》时便产生了重印多恩神学著作的想法，而柯勒律治的《席间杂谈》（*Table Talk*）则进一步强化了他的重印渴望，也更坚定了他关于多恩是英国最早、最优秀的神学家之一的看法。重印多恩布道文的初衷，用他自己的话说，在于"使英国国教，甚至整个英国文学都能从中受益"②。显然，这与他的坎特伯雷主教的身份密切相关。奥尔福德还提到，他原计划出版4卷对开本，而非全集，这是因为有些布道文中的用典已经过时，不便入选，所以便略去了，又因很难找到第2—3卷对开本，所以第3卷才选入了《应急祷告》。至于书信部分则旨在用以说明作者生平，所引出版日期不详的则不予选择。③奥尔福德还特别阐释了选择多恩诗的原因：

> 有人或许认为，我选那些诗太不恰当。我的目标是尽量多选那些与我正在编辑的本书的其他部分相关的诗，尽量少选那些主题和时间都在旧版中显得奇怪的诗（如圣颂与爱情、纯洁与淫荡、晚年的悔悟与青年的奔放）以及那些被随意编排在一起的诗歌作品。那是对一个伟大天才的曲解（事实也是如此），所以我对之作了修正；但最后一组诗则因与本书具有质的差别而一概省去。我希望他的全部诗作都能编得更好些，（讽刺诗尤其值得努力）但因为本书的性质是神学的，所以我认为镶嵌其间的诗也应该具有同样的烙印。④

这实际上指出了选择多恩诗的基本原则，同时也明确了对待多恩诗的基本做法。基本原则即多选相关性的诗歌，少选混杂不同主题的诗歌；基本做法是修正排版问题，排除具有淫秽之嫌的诗歌。这样的原则与做法旨在突出一个目标，即

① A. J. Smith, Ed. *The Critical Heritage: John Donne*. London and New York: Routledge, 1983, p. 376.

② Henry Alford. *The Works of John Donne, D.D., Dean of Saint Pauls, 1621-1631: WIth a Memoir of His Life*. London: John W. Parker, 1838, p. v.

③ Henry Alford. *The Works of John Donne, D.D., Dean of Saint Pauls, 1621-1631: With a Memoir of His Life*. London: John W. Parker, 1838, pp. v-vi.

④ Henry Alford. *The Works of John Donne, D.D., Dean of Saint Pauls, 1621-1631: With a Memoir of His Life*. London: John W. Parker, 1838, pp. vi-vii.

体现多恩作品的神学性质。值得注意的是，他关于多恩诗存在排版问题的说法与柯勒律治高度一致，而宁愿选择诗歌也不选《神学文集》则令人难以理解。因为他在紧接而来的文字中专门列举了《伪殉道者》《论自杀》《神学文集》《依纳爵的加冕》《悖论与问题》，并对其逐一作了简要说明。[1]唯一可以勉强算作解释的是最后一段：编辑《多恩作品集》是一次尝试，旨在检验英国读者对王朝复辟后的神学著作究竟抱有多大的热情。[2]从诗性的角度来看，奥尔福德虽然没有任何直接评论，但他明确划分了不同的文类，还特别阐释了选择诗歌的理由，这本身就是对多恩的诗人身份的肯定。

奥尔福德对多恩诗性的直接论述，见于他的《多恩生平》。这是他专为《多恩作品集》而写的，位于"编著序"之后，多恩的布道文之前。在《多恩生平》中，奥尔福德围绕"晦涩"一词，就多恩的创作提出了自己的看法，其中便涉及诗性问题。在奥尔福德看来，作为一种语言现象，晦涩是与多恩的才气密切相关的。他称多恩为真才子，而且就生活于一个才子辈出的时代，是才子中的才子。他认为 17 世纪的"才"并不限于表现各种荒唐的物象之间的内在关联，而是一种更为高级的创作技巧，旨在表现正题与反题的关系，其基本手法便是将精选的词语巧妙地编织起来。他说多恩的不同之处在于，别人都试图把语言拉平以方便读者理解，而多恩则要求读者打开思想，发现意义，因此——

> 他在现代读者中获得晦涩难懂的名声其实并不奇怪，因为，一方面，一个时代的语言对生活在另一时代的人来说总是奇怪的，并完全呈现为另一种截然不同的特点；而且，这种纷繁复杂的措辞往往蕴藏着一系列微妙的思想观念，需要费些周折才能有所领悟。但必须记住的是，晦涩是一个主观术语，其定义掌握在评判者的手中，而不一定在被评判的语言中，因而缺乏对作品的仔细研读是绝不能用[晦涩]一词来界定一个作者的。我倍感欣慰的是，对多恩布道文的考证将消除对他的有关指责。一个人的晦涩，要么是他思想混乱、前言不搭后语，要么是他的语言不足以表达他的意义，要么是他喜欢晦涩。三者中没有一个属于多恩的错[……]他卓越的语言驾驭能力，只有他的一两个伟大同侪能够比肩。[3]

---

① Henry Alford. *The Works of John Donne, D.D., Dean of Saint Pauls, 1621-1631: With a Memoir of His Life*. London: John W. Parker, 1838, p. vii.

② Henry Alford. *The Works of John Donne, D.D., Dean of Saint Pauls, 1621-1631: With a Memoir of His Life*. London: John W. Parker, 1838, p. viii.

③ Henry Alford. *The Works of John Donne, D.D., Dean of Saint Pauls, 1621-1631: With a Memoir of His Life*. London: John W. Parker, 1838, pp. xix-xx.

　　诗是语言的艺术，这是亚里士多德以降的一种共识。奥尔福德从语言入手，表明他走的是一条传统批评之路。他以晦涩为出发点，虽然所针对的是 19 世纪的接受现状，但却并未给出颠覆性的结论，而是把我们带入晦涩的源头，即晦涩是一种外在评价，而非内在品质，从而明确了晦涩只是时代变迁的结果之一。他的方法颇似后来的文本细读，注重"仔细研读"，既增强了他的可信度，也更有助于发现新的内涵。比如他说多恩的用词通常都既艺术又充满想象：

　　　　无论用喻还是用典，多恩都显示出伟大天才的真标记。在下面的布
　　道文中，读者会惊奇地发现前所未闻的句子和段落，并从此留下深刻的
　　记忆。它们的深度和壮美也都远远胜过（依我的判断）杰里米·泰勒
　　（Jeremy Taylor）的连珠似的美丽表达，且都再现了一个更加高尚的心
　　灵；泰勒的比喻在于纤美的悦耳之声、欢快的外在描写，而多恩则进入
　　艺术的内在灵魂，给读者更大的满足、更久的愉悦。①

　　所谓"下面的布道文"即收录于《多恩作品集》中的布道文。在接下来的文字中，奥尔福德还把多恩与托马斯·布朗做了比较，他认为托马斯·布朗的布道文因其风格也能作用于读者的心灵，但多恩还是要高出很多，一是因为托马斯·布朗总在考据真理的出处，而多恩则直接从内心深处讲出真理；二是因为托马斯·布朗以忏悔保持与他人的距离，可怜整个人类，而多恩则就是人类本身，与人类感同身受。奥尔福德还认为，多恩的书信堪称书信写作的典范：赞美到位、对仗考究，无论活泼还是诚实，抑或同情与幽默，全都表现得天衣无缝，令人赏心悦目。奥尔福德并以此为契机，对多恩的诗作了如下分析：

　　　　他的诗大都写于年轻的时候。他的讽刺诗，另加一首别人献给多恩
　　的颂词，都写于他 20 岁之前。我们知道，真正伟大的作家，他们的早
　　期诗作通常都表现为思想的不遗余力的浓缩。这一特征在他这里十分明
　　显。他的大力浓缩使他的诗行变得粗糙，令人不悦；相应地也需要读者
　　付出艰辛的努力才能读懂。这使大多数读者没能意识到他的真正价值。
　　他拥有音乐的耳朵，并能用它创作优美的作品，恰如他的一些传世佳作
　　已经证实的那样。很难理解约翰逊博士为什么要称他为玄学诗人。究竟
　　是什么使"毫不相干的物象发生巧妙的关联"也并不十分清楚。②

---

　　① Henry Alford. *The Works of John Donne, D.D., Dean of Saint Pauls, 1621-1631: With a Memoir of His Life*. London: John W. Parker, 1838, p. xxii.

　　② Henry Alford. *The Works of John Donne, D.D., Dean of Saint Pauls, 1621-1631: With a Memoir of His Life*. London: John W. Parker, 1838, p. xxiv.

在这段文字的注释中，奥尔福德列举了两首"传世佳作"，一是《诱饵》，一是《情人节祝婚曲》。这两首诗后来都成为人们（特别是 20 世纪上半叶的批评家）用以反驳琼森以降的关于多恩不懂韵律的依据。有趣的是，奥尔福德实际上是针对约翰逊的，但却只是点到为止，并未加以丝毫展开。这显示出他与塞缪尔·卡特·霍尔的联系与区别。奥尔福德对多恩的诗性持肯定的态度；塞缪尔·卡特·霍尔则从古典主义角度，把我们带入多恩的作品，并以作品本身说话，而不是针对既有定论加以驳斥。奥尔福德的评价看似不如塞缪尔·卡特·霍尔的那么具有胆识，但却显得更加诚实，而他们两人之间的共同之处是高度赞扬了多恩的诗性。

与此类似的还有《钱伯斯英国文学百科全书》。该书在论及 1558—1649 年的英国文学时，把多恩列为重点人物之一。该书在 1843 年版论述多恩的风格时的基调基本是否定的，但在 1876 年的第 3 版问世时，其口气和视角都有了根本改变，不仅说多恩的作品很有诗味，而且还简要分析了构成他的诗味的几个要素：高妙而飘逸的想象，丰富、生动而又别致的意象，干练、平实而又浓缩的表达方式，严肃而又顽皮的惊人才气，以及罕见的感受性与品位，等等。这充分说明，随着时代的发展，人们对诗性的含义有了更新的认识。更重要的是，作为百科全书，其所表述的变化同时也说明多恩的诗人地位已然获得了人们日益广泛的认可。

此在性、原创性、诗性的关系是相互依存、彼此互动、共同彰显的。此在性是基础，是出发点，是基本定位，决定着讨论对象的真实与否；原创性是特色，是此在性的个体表征，体现着此在性的地位、作用、意义、价值、影响力；诗性是原创性的延展，体现着此在性之于某一文类的历时特征和共时特征。三者并存，无论用"玄学"还是"修辞"，抑或是诸如"幻想""刚劲""别致"之类的词语，都不过是阐释者的不同术语。作为一代诗风的开启者，多恩的个人风格、文学地位、他人评价等都显示：到 19 世纪时，他的诗人身份通过三大发现已然获得确立，成了学界的共识。这样的共识，历史地看可以发现以下四个显著特征。

第一，三大发现是一个渐进的过程。尽管柯勒律治早在 1802 年就表现出对多恩的兴趣，但直到 1850 年，美国文学史家查尔斯·德克斯特·克利夫兰还很有感慨地说"多恩的诗虽在他的同时代人中享有崇高声誉，但现在却几乎被人遗忘了"[①]。同年，英国作家、诗人约翰·阿尔弗雷德·朗福特（John Alfred Langford）也在其《黄昏读多恩》（"An Evening with Donne"）中含糊其辞地

---

① A. J. Smith, Ed. *The Critical Heritage: John Donne*. London and New York: Routledge, 1983, p. 415.

讲述"过去的、遭到废弃的、尊敬的多恩"[1]，其基本看法也没有脱离约翰逊所指出的那些套路。可见多恩直至 19 世纪中叶还基本局限于文学小圈子内。而从圈内的分歧也可以看出，无论褒扬还是贬斥，批评家都有一个共同倾向，就是无一例外地要介绍所讨论的作品。这也说明，多恩未能拥有很多读者。1872 年，格罗萨特出版《多恩诗全集》之后，这一现象才有所改观。在这个意义上，多恩并不是随着浪漫主义而被"发现"的，而是随着时代的演进而逐步为人所认识和接纳的。

第二，对多恩的此在性、原创性和诗性的发掘，其实就是对多恩的艺术力量的重新确立。哈斯金认为，19 世纪有两个阶段的多恩复兴，其中"第一阶段在浪漫主义和早期维多利亚时代，这两个时期虽然并不否认其诗歌，却并不是将其作为诗人来复兴的"[2]。但是，如果说此在性和原创性都体现着浪漫主义原则的话，那么诗性则是超越了浪漫主义的，因为它本身就具有普遍性，并非浪漫主义所特有。我们在前面曾引过杜伊金克的话：对于多恩和考利，人们需要"把他们从 17 世纪翻译到 19 世纪来"。杜伊金克的话是否言之有理另当别论，但他暗示出的一个信息却值得注意，那就是批评方法的选择问题。由于对此在性、原创性和诗性的讨论总是在反复的比较中进行的，所以可以肯定地说，它们所涉及的内容不仅是个体的，同时也是历史的、文化的、观念的。它不仅明确了多恩是一个独特的诗人，而且提出了诗人与受众、作品与自然、常规与变异、思想与技巧等一系列重大文学理论问题，尽管这些问题尚未加以展开，但是却为后来的批评开启了全新的视野。

第三，多恩的声望开始走向世界。早在 17 世纪，惠更斯就曾向荷兰读者译介过多恩，但在英国之外直接出版还是 19 世纪的事。在 19 世纪的 11 个《多恩诗集》中，就有 5 个在美国出版，包括 1819 年的费城版，1855 年、1864 年和1866 年的波士顿版，以及 1895 年的纽约版。其中两个波士顿版的间隔只有一年多，这足以说明美国读者对多恩的热情。此外，也直到 19 世纪，才有美国、法国等的批评家自觉地对多恩加以评述。前面提到的杜伊金克、洛威尔等，都对多恩有着自己的独到看法。其中哈佛大学文学教授洛威尔就始终对多恩深怀兴趣，并对多恩在美国的影响起过举足轻重的作用。查尔斯·E. 诺顿（Charles E. Norton）在 1895 年版《多恩诗集》序中说"在洛威尔先生早年，他最钟爱的书之一就是多恩的诗"，不但在该书扉页印上了"詹姆斯·洛威尔校订"的字样，

---

① John Alfred Langford. "An Evening with Donne." *Literature of Working Men: A Suplement to The Working Men's Friend and Family Instructor*. Supp. 1850, p. 18.

② Dayton Huskin. *John Donne in the Nineteenth Century*. Oxford: Oxford UP, 2007, p. 13.

还将洛威尔也列为编著者，以示尊敬。①

　　第四，对多恩感兴趣的不仅有文学界和史学界，还有宗教界。比如卡特莫尔、杰索普、吉富兰等。卡特莫尔是当时一位著名的英国国教牧师，曾长期担任皇家文学学会秘书，著有很多文学与宗教关系的著作，除了前面提到的《十七世纪神学诗》和《神学经典》，还有《英格兰教堂文学》（ The Literature of the Church of England，1844）。在《英格兰教堂文学》中，他用一章的篇幅着重介绍多恩的生平和布道文，不仅盛赞其"高贵的布道文"②，同时也称其诗"现在是，将来也会是最好的作品"③。杰索普也是一位牧师，早在学生时代就对多恩产生了浓厚兴趣，1855 年曾出版过多恩的《神学文集》；1897 年他 74 岁时还出版了《圣保罗前教长约翰·多恩》（ John Donne: Sometime Dean of St Paul's ），并在书中写道："五十年前还在剑桥大学念书时，我就开始收集资料，决心出多恩的全集。"④他对多恩的热情由此可见一斑。不仅如此，他还以编注者的特有目光，对多恩的《第一周年》以及 1633 年和 1653 年的两个版本作了注解。长老会牧师吉富兰在《英诗手册》（ The Book of British Poesy，1851）中不但收入了《赠别：节哀》和《遗嘱》，而且还在《克拉肖诗集与夸尔斯的徽章》（ The Poetical Works of Richard Crashaw and Quarles' Emblems，1857）中立足于德·昆西的修辞理论，以多恩《灵的进程》为例，强调其无论是思想还是语言，都是罕见的和崇高的，从而否定了约翰逊关于玄学诗人不求崇高的论断，并进而指出"英语作品中，没有任何一部作品可以媲美多恩诗的美与原创"⑤。不可否认，宗教界的目光大多集中于多恩的散文，尤其是布道文，但他们也同样关注多恩的世俗作品，而且并没有对之有过道义上的任何谴责。

　　上述四个特征足以说明，多恩已经赢得了越来越多的关注，虽然不乏严厉的批评，但其作为诗人的身份已经基本可以肯定。同时也应该注意到：首先，绝大多数评论依旧是品评性质的，且主要集中在讽刺诗和《赠别：节哀》等少数作品上；其次，多恩的此在性、原创性和诗性，尽管逐渐有所显现，但谁也没有对之做过专门论述，仍然停留在泛泛而谈的阶段，而且这些论述本质上依旧是属于"才"的；最后，多数评论还是把多恩纳入了玄学派之中，尽管这样做并无不妥，但给人的总体印象依旧只是读者的个体偏好。正如史密斯所说："柯勒律治

① Charles E. Norton, James R. Lowell, Eds. *The Poems of John Donne.* New York: Crolier Club, 1895.

② Richard Cattermole, Ed. *The Literature of the Church of England in Selections from the Eminent Divines.* Vol. 1. London: John W. Parker, 1844, p. 312.

③ Richard Cattermole, Ed. *The Literature of the Church of England in Selections from the Eminent Divines.* Vol. 1. London: John W. Parker, 1844, p. 217.

④ Augustus Jessopp. *John Donne: Sometime Dean of St. Paul's A. D. 1621-1731.* London: Methuen, 1897, p. vii.

⑤ A. J. Smith, Ed. *The Critical Heritage: John Donne.* London and New York: Routledge, 1983, p. 423.

和兰姆试图重新发现那些在 18 世纪不受欢迎的作家，以便恢复他们赖以写作的原则，柯勒律治似乎在多恩的作品中发现了一些特别合意的东西，于是便理所当然地承认了他，为他辩护。"①也许柯勒律治并非旨在为自己寻觅创作原则才为多恩辩护的，但这并不妨碍其他人为此而做。因为 19 世纪围绕多恩的种种正说与反说，尽管在此在性、原创性和诗性方面具有突出表现，但却没有将其中的任何一种作为独立的主题展开过深入研究。

这一切说明，称多恩在 19 世纪获得了"重新发现"这一说法无疑是有充分证据的，但这些发现"大多是随意的、即兴的、甚至转弯抹角的"②，因此还不算真正的研究，只能算有见地的重读，而且主要是针对 17 世纪以来的多恩批评的。尽管如此，这一系列的重读却为 20 世纪的多恩研究打下了较为坚实的基础。同样为 20 世纪的多恩研究打下坚实基础，而且还更加系统、更加深入的，是与三大发现对应的三个视角，即生平探究、版本重印与作品探究。

在进入三个视角的分析之前，有必要首先明确三组基本关系。第一，三大发现与三个视角的关系并不是逐一对应的，而是相互交替的。一方面，此在性也包含着生平探究、版本重印与作品探究，其他两大发现同样如此；另一方面，生平探究也包含此在性、原创性与诗性，其他两个视角同样如此。比如前面谈到的奥尔福德、格罗萨特、塞缪尔·卡特·霍尔、杰索普等对多恩诗性的评价就大多出自他们所编辑的有关多恩的诗文集。所以三个视角也如同三大发现一样，既是相互关联的也是彼此促进的。第二，在历史的发展进程中，生平探究、版本重印与作品探究，无论程度之深还是范围之广，都更多地出现于 19 世纪后期，特别是19 世纪 80 年代以后，但这并不否认 19 世纪早期人们对多恩的生平和作品的兴趣，也并不否认对多恩作品的点评。比如马克·诺布尔（Mark Noble）的《博学的多恩神父的趣闻轶事》（*Some Curious Particularities of the Very Learned and Reverend John Donne*，1821）就曾被肖克罗斯称为"19 世纪早期的多恩传"③。第三，在三个视角内部，生平探究的主要表现方式是各种版本的《多恩传》，这与多恩作品的各种版本一样，更多的属于供给侧的范围，而作品探究则表现为对多恩作品的阅读、鉴赏、批评与探究，所以更多的属于接受侧的范围。鉴于这样的三组基本关系，下面将分两节对三个视角加以研究。首先是生平探究与版本重印，而后是作品探究。

---

① A. J. Smith, Ed. *The Critical Heritage: John Donne*. London and New York: Routledge, 1983, p. 263.

② Kathleen Tillotson. "Donne's Poetry in the Nineteenth Century (1800-72)." In John R. Roberts (Ed.), *Essential Articles for the study of John Donne's Poetry*. Hamden: Archon Books, 1975, p. 21.

③ John T. Shawcross. "An Early-Nineteenth Century Life of John Donne: An Edition with Notes and Commentary." *Journal of the Rutgers University Library* 32.1(1968): pp. 1-32.

第六节　重新定位：多恩传记与作品出版

三大发现之所以显得特别重要，是因为它们体现了人们对多恩及其作品的重新认识，而非对以往评价的简单重复。1975 年，罗伯茨编辑出版了《多恩诗研究核心文献》。该书共有 8 个部分：多恩的声誉、多恩与英语诗歌的发展、多恩对传统的使用、作诗法与修辞传统、爱情诗、宗教诗、周年诗、杂诗，其中第一部分第 3 篇便是蒂罗森的《十九世纪的多恩诗》（"Donne's Poetry in the Nineteenth Century"）。蒂罗森以 1800—1872 年为重点时段，以那个时期的诗人和批评家为基本线索，回顾了多恩在 19 世纪中叶的人们心目中的总体看法。文章只有区区 14 页，但所涉及的内容却既有多恩的此在性、原创性与诗性，也有多恩的生平、作品出版与阅读接受，因而可以被看作 19 世纪上半叶的多恩研究的基本线索。2007 年，哈斯金的《十九世纪的多恩》（John Donne in the Nineteenth Century）出版。该书原本旨在为集注版《多恩诗集》提供必要的注释材料，后来单独成书，其史料性更加丰富，加之其主体内容更多地属于 19 世纪 40 年代以后，因而可以看作 19 世纪下半叶的多恩研究的基本线索。哈斯金的《十九世纪的多恩》共 8 章，除第 1 章"导论"之外，其余各章也都是围绕多恩的生平和作品展开的，这从第 2—8 章的标题就可看出："博士多恩""思想家与作家""书信""感性东西""传记里的多恩""多恩在哈佛""不仅只是学术"。其中第 2、3、6 章明显属于多恩的此在性，但事实上它却是以我们所说的三大发现和三个视角为基本内容的，其余各章也同样如此。鉴于哈斯金的作品已经较为深入全面，同时也因为三大发现已在前面有过专门分析，所以不妨以哈斯金的著作为核心，结合其他原始资料以及蒂罗森的论文，就 19 世纪有关多恩生平和作品的出版情况加以分析。

首先是传记的出版。传记是以人物生平为核心的一种文类，中国读者可谓十分熟悉，就连小学生也都知道"太史公"司马迁，知道其被鲁迅誉为"史家之绝唱、无韵之离骚"的《史记》有十二本纪、三十世家、七十列传、十表八书。出版界对传记也非常重视，往往某位政治家刚一登上历史舞台便很快就有其传记面世。近年热播的一系列清宫大片更把传记变成了最为热门的娱乐题材之一。学界还在 20 世纪纷纷成立了各种各样的研究会，比如中国传记文学学会、国际传记文学研究会等。在影响力的维度上，西方具有"传记鼻祖"和"传记之王"称号的是普鲁塔克（Plutarch，46—120），其《希腊罗马名人传》[The Live of the Noble Grecians and Romans，也叫《比较列传》（Parallel Lives），简称《名人传》或《传记集》]的历史地位类似司马迁的《史记》，但却比后者晚 200 多年。[1]英

---

① 《史记》成书时间约为公元前 104 年，而《希腊罗马名人传》创作于公元 100—120 年。

国文学史上，鲍斯维尔被认为是英国的传记之父，但他的《约翰逊传》也比沃尔顿的《多恩传》晚 150 年左右。沃尔顿的《多恩传》与鲍斯维尔的《约翰逊传》虽在篇幅上不可同日而语，但都包括了传记作品的全部要素，都是迄今为止的有关多恩研究与约翰逊研究的基本材料，也都获得了学界的普遍好评。

"亨特之问"的实质就是多恩的生平，其提问时间就在 19 世纪初。根据哈斯金的考证，19 世纪初对多恩有过论述的人共有三类：一是熟悉多恩的人，他们都是通过蒲柏和约翰逊而认识多恩的，并未真的读过多恩的任何作品；二是仰慕《沃尔顿名人传》的人，他们对其中的《多恩传》尤其欣赏，视之为最好的传记作品；三是浪漫主义作家，他们中的一些读过多恩的布道文和诗歌，而且读得非常愉快。奥尔福德的《多恩作品集》旨在将以上三类人的论述结合起来，让人看到一个更加全面的多恩。①在哈斯金的划分中，前两类都以多恩本人为出发点和落脚点，第三类虽以作品为出发点，但落脚点却是作者本身。这意味着，三类读者都有一个共同特征，即都认可多恩的此在性。这在很大程度上是以沃尔顿的《多恩传》为基础的。一是因为沃尔顿的《多恩传》一直是 19 世纪人们赖以认识多恩的基本材料之一；二是因为 19 世纪的各种多恩作品集都包含对多恩生平的介绍，而那些介绍要么是基于沃尔顿《多恩传》的，要么本身就是沃尔顿的《多恩传》；三是因为蒲柏和约翰逊都在他们的改写或批评中自觉地接受了沃尔顿的观点，即多恩是一个了不起的圣人，而非了不起的诗人。

但是，随着奥尔福德的 6 卷本《多恩作品集》的问世，多恩的读者日益增多，他们中的相当一部分，比如柯勒律治，不再满足于以往那种以二元对立的观点把多恩分为早期与晚期、任性与责任、诗人与牧师、宗教与世俗等的简单做法，而是希望看到一个多面的、完整的多恩形象，所以他们对多恩其人的兴趣随之浓厚起来。对此，《劳氏爱丁堡杂志》（*Lowe's Edinburgh Magazine*）曾针对 19 世纪 40 年代的读者有过这样的评说："有一个人读多恩的诗，便有 100 个人读沃尔顿的《多恩传》。"②但沃尔顿的《多恩传》毕竟写于 17 世纪 40 年代，已然如古董一般，加之其本身不够细致，难以满足人们的求知欲望，于是新的《多恩传》应运而生。其中之一便是祖奇的新版《多恩传》。

祖奇的新版《多恩传》实际上是沃尔顿《多恩传》的注释本。祖奇版最先出版于 1796 年，后来在 1810 年被收入克里斯多夫·华兹华斯（Christopher Wordsworth）主编的《圣职人员传》（*Ecclesiastical Biography*，英文全称 *Ecclesiastical Biography: or Lives of Eminent Men, Connected with the History of Religion in England: From the Commencement of the Reformation to the Revolution*），是 19 世

---

① Dayton Haskin. *John Donne in the Nineteenth Century*. Oxford: Oxford UP, 2007, p. 15.

② Dayton Haskin. *John Donne in the Nineteenth Century*. Oxford: Oxford UP, 2007, p. 15.

纪初颇具影响的著作之一。根据哈斯金的统计，到 19 世纪 60 年代，祖奇的注释版《多恩传》，连同基于这个版本的其他《多恩传》，总数已达 35 个之多。①作为注释版，祖奇《多恩传》的主要贡献是丰富了沃尔顿《多恩传》的背景资料，但同时也增添了自己的解读。其中最具原创性的解读大致有三个方面：一是把伊丽莎白·德鲁里视为《周年诗》的主人翁；二是用多恩的抒情诗去注解沃尔顿的遣词造句；三是以多恩的书信去阐释多恩皈依国教的做法。第一个方面已经成为多恩研究的经典案例，后两个方面则开启了以多恩作品印证多恩生平的先河。1825 年，祖奇的注释本《多恩传》入选《馆藏精英图书》（*Contemplative Man's Library for the Thinking Few*）系列，但因祖奇已于 1815 年去世，所以该图书由托马斯·汤姆林斯（Thomas Tomlins）继任编辑。

汤姆林斯在祖奇的基础上增添了许多新注，而对祖奇的部分原注则作了保留，另一部分被夹在新注之中。新增许多注释后，全书篇幅已是原来的三倍左右，这给读者提供了丰富的信息去理解沃尔顿的原著。祖奇版的注释长短不一，短至一句，长至数段。前者如"罗 14：22。现代译文作：人在自己以为可行的事上能不自责，就有福了"②，这是对沃尔顿原文中"人的良知不责备他所做的事，就有福了"一句的注解；后者如成段地引用多恩于 1616 年 3 月 24 日的布道文，并对之进行一系列阐释，用以注释沃尔顿原文中的"国王现身其中，并公开发表自己的看法"③。汤姆林斯的新注普遍很长，相当部分甚至跨页，所以篇幅远远超过原文。另外还有"编著序""纪念诗""附注""索引"等内容。④新注本后于 1856 年和 1865 年再度重印，足见其影响之大，同时也反映出沃尔顿《多恩传》的影响之深。祖奇的注释本已然就是对沃尔顿《多恩传》的一种研究，汤姆林斯的新注本又是对沃尔顿和祖奇的研究，所以这一版本的《多恩传》也可以看作开启了 19 世纪有关多恩传记研究的先河。

学界普遍认为，沃尔顿的《多恩传》存在诸多问题，而这些问题大多是在 19 世纪发现的，这可以从哈斯金的《十九世纪的多恩》一书中看出。该书第 6

---

① 其中 23 个版本是拉乌尔·格兰克维斯（Raoul Granqvist）列出的，另 12 个是哈斯金发现的。见 Dayton Haskin. *John Donne in the Nineteenth Century*. Oxford: Oxford UP, 2007, p. 21.

② Thomas Tomlins, Ed. *The Life of John Donne, D.D. Late Dean of St Paul's Church, London, by Izaak Walton, with Some Original Notes by an Antiquary*. London: Henry Kent Causton, 1865, p. 43.

③ Thomas Tomlins, Ed. *The Life of John Donne, D.D. Late Dean of St Paul's Church, London, by Izaak Walton, with Some Original Notes by an Antiquary*. London: Henry Kent Causton, 1865, p. 47.

④ "编著序"没有署名，封面页的署名为 An Antiquary。根据凯恩斯所说，所谓 An Antiquary 就是托马斯·汤姆林斯本人，见 Geoffrey Keynes. *A Bibliography of Dr. John Donne*. 3rd ed. Cambridge: Cambridge UP, 1958, p. 190. "纪念诗"共 3 首，分别为理查德·科比特的《墓志铭》、亨利·金的《悼念挚友多恩博士》、沃尔顿的《挽多恩博士》。"附注"共 6 个，占 5 页。"索引"共 4 页，双行排列。

章以"传记家笔下的多恩"为题，重点论述了莱斯利·斯蒂芬（Leslie Stephen，1832—1904）、杰索普、戈斯、诺顿等人笔下的多恩生平。斯蒂芬出生于知识分子家庭，曾就读于伊顿公学、伦敦大学、剑桥大学，是著名的文论家、《英国人物传记词典》（*The Dictionary of National Biography*）的首位主编。"斯蒂芬是最早对小说进行严肃评论的人[……]而他最有价值的贡献则是 1882—1891 年编辑的《英国人物传记词典》的前 26 卷，并为此书撰写了 378 篇传记。为了表彰他在文坛上的贡献，1902 年被授予二级巴斯勋位和其他荣誉。"[1]他的 378 篇传记中并没有多恩，但作为主编，他给所有传记作者制定了两条撰写原则：一是原创性，二是科学性。他心目中的原创性即"自主、进步、世俗"。"自主"指具有现代意识，要把传主作为构建国家这个大宇宙的小宇宙；"进步"指具备历史意识，把传主作为国家发展史的一个截面；"世俗"指体现人文意识，比如对圣职人员除了突出宗教信仰，更要展现他们作为普通人的一般品行。他的科学性原则主要指传评结合的撰写方法与谋篇布局，即首先找准历史定位，然后从家庭背景、学历层次、旅游历程、创作成就等方面加以展开，最后给出对传主的基本评价或判断，重点是传主所产生的社会影响，让普通读者对传主有全方位的了解。[2]为了更好地体现这两条原则，斯蒂芬还将他自己撰写的《约瑟夫·艾迪生传》（"Life of Joseph Addison"）作为范本，分发给应邀参与撰写的每位作者。

应斯蒂芬之邀撰写多恩传的是杰索普，而他应邀撰写《英国人物传记词典》"多恩"条的原因之一，是因为他 1855 年重印多恩《神学文集》时曾写过《有关作者及其创作的说明》（"Some Notice of the Author and His Writings"）作为前言。[3]他为斯蒂芬撰写的"多恩"条见于 1888 年出版的《英国人物传记词典》的第 15 卷。[4]约十年后的 1897 年，他出版了专著《圣保罗前教长约翰·多恩》。这是 H. C. 比钦（H. C. Beeching）主编的"宗教领袖传"（"Leaders of Religion"）系列丛书中的第 15 本，其扉页印有"献给亨利·威利特的小书"的字样。这本所谓的"小书"除"前言"外，仅正文就有 222 页，包括 9 章："早期生活""多恩及其朋友""通向圣坛的阶梯""书信一箩筐""林肯律师学院的日子""教长""多恩在圣邓斯塔""黑暗的一年""生命的黄昏与日出"，

① 美国不列颠百科全书公司：《不列颠百科全书》（第 16 卷），北京：中国大百科全书出版社，2007 年，第 222 页。

② Leslie Stephen. "National Biography." In Leslie Stephen, *Studies of a Biographer*. Vol. 1. London: Duckworth, 1896, pp. 25-26.

③ Augustus Jessopp. "Some Notice of the Author and his Writings." In Augustus Jessopp (Ed.), *Essays in Divinity by John Donne, D.D.* London: John Tupling, 1855, pp. Ix-lxxx.

④ Augustus Jessopp. "John Donne." In Leslie Stephen (Ed.), *The Dictionary of National Biography*. Vol. 15. London: Smith, Elder, and Co., 1888, pp. 223-234.

其中第 1 章还附有多恩写给莫尔爵士、托马斯·埃杰顿爵士的 3 封书信及简短说明。该书还另有 3 个附录和 1 个索引，共 17 页。附录 A 为"家谱"，以图表的形式向上追溯了莫尔一方共六代；附录 B 为"子女"，逐一介绍了安妮去世后仍然在世的多恩的 7 个子女；附录 C 为多恩的遗嘱。

在该书的"前言"中，杰索普说 50 年来，他"从来不曾放弃对多恩生平和著作的兴趣"[①]，他的《圣保罗前教长约翰·多恩》便是那长久兴趣的结果之一，也是 19 世纪真正意义上的第一本《多恩传》。他还在"前言"中明确表示："有两部传记是后无来者的，一是普·科尔涅利乌斯·塔西陀（P. Cornelius Tacitus）的《阿格里科拉传与日耳曼》（*Life of Agricola and Germany*），另一个是和沃尔顿的《多恩传》。"[②]但"现在已知的多恩生平远比沃尔顿所知道的要多，所以基于最新研究成果的新传记似乎也是需要的"[③]。这个"新传记"就是《圣保罗前教长约翰·多恩》。根据哈斯金的总结，杰索普与沃尔顿的不同之处主要有四点：一是杰索普认为源自政府的宗教迫害对多恩家族造成了巨大的负面影响；二是多恩少年时所接受的耶稣会教育为他日后成为作家打下了坚实基础；三是多恩的婚姻是真爱的产物，与他的诗作没有关系；四是多恩的布道文深受欢迎的原因在于它们都有很强的现场感。[④]杰索普把多恩放在特定的历史时期，在个人、家庭、国家三个层面，结合多恩的诗信、哀歌、颂诗、布道文，选择那些最具代表性的事件，对多恩的一生给出了有根有据的"科学"总结与分析。从篇幅的角度看，《有关作者及其创作的说明》和《英国人物传记词典》的"多恩"条都比较短小，而《圣保罗前教长约翰·多恩》则要长得多；从基本史实的层面看，这三者并无多大差别，但后者细节更丰富，可读性也更强。比如对婚姻的处理，杰索普依据多恩的《伪殉道者》和《论自杀》，加上 17 世纪的法律，给出了远比沃尔顿更具说服力的阐释：

> 情窦初开的少女正处在快速成长期，她热情地渴望诗人秘书总能陪伴在身边。他只比她年长十岁，血气方刚、英俊潇洒、充满青春活力，是举世无双的天才，看着听着都让人心生爱恋。两人之间除了难舍难分的激情，还会有什么别的东西能泉水般喷涌而出呢？那强大的激情很快将二人逐一掌控，直到什么审慎甚至责任等，都完全抛诸脑后，不再有丝毫的约束之力。[⑤]

① Augustus Jessopp. *John Donne: Sometime Dean of St. Paul's, A.D. 1621-1731*. London: Methuen, 1897, p. viii.

② Augustus Jessopp. *John Donne: Sometime Dean of St. Paul's, A.D. 1621-1731*. London: Methuen, 1897, p. ix.

③ Augustus Jessopp. *John Donne: Sometime Dean of St. Paul's, A.D. 1621-1731*. London: Methuen, 1897, p. x.

④ Dayton Haskin. *John Donne in the Nineteenth Century*. Oxford: Oxford UP, 2007, pp. 157-158.

⑤ Augustus Jessopp. *John Donne: Sometime Dean of St Paul's A. D. 1621-1731*. London: Methuen. 1897, pp. 20-21.

这样的文字是之前的多恩传中所没有的，但其意义却不在于可读性，而在于以下两个方面。第一，它把多恩看作鲜活的世俗青年，用以阐释其迟迟没有皈依国教的原因，这远比沃尔顿从纯宗教角度的解释更有说服力；第二，它激发了读者对多恩的爱情、婚姻与布道之间的关系的浓厚兴趣，引发了后来的各种《多恩传》对多恩的世俗情感的进一步探究。然而有趣的是，杰索普也像沃尔顿一样，把多恩定位成圣人，所以在为多恩作传时虽也引用了其诗信、哀歌和颂诗，却并未引用爱情诗。这显然与系列丛书的要求有关，在"前言"中给出了如下解释：

> 我感到自己没有足够的热情去把握作为诗人的多恩；而多恩的声誉之所以延续至今，则恰好因为他是一个诗人。我是谁？竟要企图在生平传记中去处理我根本无力欣赏的诗歌及其价值？我想它们肯定有缺陷、有晦涩。我逐渐地、极不情愿地意识到，我曾希望做到的，唯有埃德蒙·戈斯先生才最为适合。关于多恩，整个英格兰只有他写得高人一等；对多恩的诗才，只有他能感同身受。因而，那令人愉悦的高尚任务，我曾试图自己完成，现在只能由他来做。任何像样而详尽的传记，都得看他的。①

杰索普所说的埃德蒙·戈斯前文曾多有提及。他是著名的翻译家、文史学家、文学批评家和传记作家。《不列颠百科全书》告诉我们，"戈斯的文学史和传记作品以量多见称，如《十八世纪文学史》（The Eighteenth Century Literature，1889）和《现代英国文学》（Modern English Literature，1897）以及《格雷传》（The Life of Thomas Gray，1884）、《多恩传》（1899）、《易卜生传》（The Life of Henrik Ibsen，1907）和其他一些作家的传记"②。这里的《多恩传》指的是《多恩的生平与书信集》，也称《生平与书信集》。戈斯曾在不列颠博物院图书馆工作过 10 年，在贸易部任译员 30 年，还担任过剑桥大学三一学院英国文学教授（1885—1890）、英国上议院图书馆馆长（1904—1919）。1897年，杰索普表示要将多恩诗交由戈斯完成时，戈斯对诗歌的研究已有十余年之久，仅与多恩有关的论述就先后发表了多种，比如第 9 版《不列颠百科全书》（Encyclopedia Britannica，1877）中的"多恩"条以及论文《多恩的诗》（"The Poetry of John Donne"，1893）等。他还在《十七世纪研究》（Seventeenth-Century Studies，1883）、《洛威尔学院讲座六讲稿》（Six Lectures at Lowell Institute，1884）、《答评论季刊》（Reply to the Quarterly Review，1886）等专著

---

① Augustus Jessopp. *John Donne: Sometime Dean of St Pauls A. D. 1621-1731*, London: Methuen, 1897, pp. viii-ix.

② 美国不列颠百科全书公司：《不列颠百科全书》（国际中文版 修订版 第 7 卷），北京：中国大百科全书出版社，2007 年，第 222 页。

中论述过多恩及其作品。哈斯金告诉我们，戈斯的《多恩的诗》是基于剑桥学生对多恩诗的狂热而写的，最先发表于《新评论》（*The New Review*）1893 年第 9 期，被同年的《利特尔生活时代》（*Littell's Living Age*）第 84 期全文转载，次年经扩充后收入《詹姆斯一世时期的诗人》（*The Jacobean Poets*，1894），"正是这篇文章让杰索普清楚地认识到，写多恩的诗评对他来说根本就力不从心"[①]。哈斯金还告诉我们，戈斯曾答应与杰索普合作，并要来了杰索普的材料，但他们的合作却以失败告终，以至戈斯不得不另起炉灶，出版了《多恩的生平与书信集》一书。[②]现在回看杰索普的上述引文，不免感觉颇为奇怪，甚至暗含调侃的意味，尽管戈斯的书是在两年后的 1899 年出版的。

在《多恩的生平与书信集》开篇的"献词"中，戈斯对多恩的定位是"诗人、圣徒、玄学家、人文主义者，一个既脆弱又优雅的人"[③]。在随后的"前言"中，他对自己的写作目的作了如下阐释：

> 我的目标并不限于收集所有我能找到的文献，并借以说明多恩的传记。我更希望呈现一幅集常人与作家于一体的人物肖像。鉴于他的散文作品非常罕见，其中的绝大部分又是普通读者所难以获取的，所以我对它们的特点作了详述，对他的诗也是如此。总之，我尽力呈现的，是一部兼具传记与批评的专著，旨在刻画一个完满的多恩形象。[④]

在"前言"的开篇，戈斯把该书定位为"第一次呈现多恩的完整生平之作"[⑤]，这里的引用显然是对这一定位的回应。在他看来，完整的多恩形象不仅仅是沃尔顿的回声，还必须包含多恩的书信，因为沃尔顿实际上只对晚年的多恩有所了解，而书信则是多恩生平的必要构建。他还用了较多篇幅，对多恩书信的重要性做了说明，同时也指出了那些书信的缺陷，比如大多没有具体的写作日期、有的甚至没有收件人、排版也因较为随意而无法"讲述连贯的有意义的故事"[⑥]。与此同时，他认为要"呈现一幅集常人与作家于一体的人物肖像"，关键在诗，包括爱情诗和宗教诗，因为它们最能表现真实的内心活动。作为"兼具传记与批评的专著"，《多恩的生平与书信集》的最大特点：一是几乎所有事件都有诗和文的支撑，或几乎所有的诗和文都是某个事件的反映；二是对诗的分析颇为精细。前者体现了历史意义，后者体现了诗学意义，二者共同交织成一幅鲜

① Dayton Haskin. *John Donne in the Nineteenth Century.* Oxford: Oxford UP, 2007, p. 164.

② Dayton Haskin. *John Donne in the Nineteenth Century.* Oxford: Oxford UP, 2007, pp. 165-166.

③ Edmund Gosse. *Life and Letters of John Donne, Dean of St. Paul's.* Vol. 1. Memphis: General Books LLCTM, 2012, p. 1.

④ Edmund Gosse. *Life and Letters of John Donne, Dean of St. Paul's.* Vol. 1. Memphis: General Books LLCTM, 2012, p. 4.

⑤ Edmund Gosse. *Life and Letters of John Donne, Dean of St. Paul's.* Vol. 1. Memphis: General Books LLCTM, 2012, p. 1.

⑥ Edmund Gosse. *Life and Letters of John Donne, Dean of St. Paul's.* Vol. 1. Memphis: General Books LLCTM, 2012, p. 2.

活的人生画卷。但诗学与史学毕竟属不同的学科，加之缺乏有关早期多恩的足够史料，所以有时只能借助想象才能将作家生平与其诗作联系在一起。比如他说多恩不愿公开出版其诗作的原因之一在于有意隐瞒其生活的阴暗面，例证之一是多恩与萨摩赛特夫人（Lady Summerset）的恋情①，这就难免让人对本书的真实性产生怀疑。另一方面，也有让人更觉其真实之处，比如他说多恩的早期教育对其一生都有重大影响，他用了大量材料来证明多恩迟迟不愿皈依国教的原因，从而使该书远比沃尔顿的《多恩传》更加令人信服。戈斯的最后结论是：多恩是最难琢磨、最复杂的人物之一。

> 他光彩照人又难以捉摸，能屈能伸又充满激情，他那么深刻、那么圣洁，他不可思议的性格充满了神秘色彩。在英国文学史上，还没有谁是这么难以理解，这么不可度量的，他的特征那么与众不同，充满矛盾。在伊丽莎白时代和詹姆斯一世时代那些璀璨的伟大作家中，他的生活、他的经历、他的思想，我们知道得比谁都多。而对他的矛盾性，我们的探究却是何其肤浅，他的生命脉搏、他的局限，我们的理解又何其之少。即便我们把他曾经的那些冒险作为主题，花了多年时间加以密切而热切的研究，最终也不得不承认，我们对他依旧还不了解。②

戈斯的书一经出版便引来不少好评，至今仍被视为颇具原创性的多恩传记之一，但也不乏批评。比如他笔下的多恩与萨摩赛特夫人的恋情，据说就属张冠李戴，是混淆了法官丹尼尔·多恩（Daniel Dunne）与诗人约翰·多恩。③除了人名的张冠李戴，我们还可以发现，戈斯的结论主要有两个依据：一是把多恩随军远征与回国的时间与托马斯·克里亚特（Thomas Coryat，1577—1617）的欧洲远足加以比较，认为多恩在外的时间过长，一定有什么其他故事是沃尔顿没有讲到的；二是多恩的爱情诗本来就有不忠的主题，其中的所谓"情人"（mistress）可能不止一人。但这两个依据显然都是不足为证的。正因为如此，就在《多恩的生平与书信集》出版的第二年，诺顿便在《民族》（The Nation）周刊撰文指出，戈斯关于多恩与某位已婚女士有染的说法"纯属荒诞不经的虚构"，显示出"对多恩最简朴的诗都不能给出正确的阐释"④。总体上说，《多恩的生平与书信集》是层层深入的，可读性也极强；之所以出现这样的虚构，恐怕在于戈斯的基

① Edmund Gosse. *Life and Letters of John Donne, Dean of St. Paul's*. Vol.1. Memphis: General Books LLCTM, 2012, pp. 25-26.

② Edmund Gosse. *The Life and Letters of John Donne Dean of St. Paul's*. Vol. 2. London: Heinemann, 1899, p. 290.

③ Dayton Haskin. *John Donne in the Nineteenth Century*. Oxford: Oxford UP, 2007, p. 173.

④ Charles Eliot Norton. "Gosse's Life of Donne." *The Nation* 70 (1900): p. 113.

本叙事策略，亦即依据多恩的作品来"重构其故事"[1]；而他之所以要重构多恩的故事，除了佐证材料的短缺，或许更关乎其创作意图："我的主题是多恩的传记，而非詹姆斯一世的传记和时代。"[2]

也就是说，戈斯的传记试图在多恩的生平和作品之间找到切合点，这是《多恩的生平与书信集》的优势所在，但也是其缺陷所在。优势的突出特征是对作品的高度重视，缺陷的主要表现是虚构情节。那么戈斯为什么要虚构情节呢？又为什么要突出多恩的作品呢？客观上说，任何传记都是由作者撰写的，再长的传记也不可能将传主的一生大包大揽，因而都会涉及如何选材的问题。主观上说，由于作者的世界观、人生观不同，哪怕素材只有一个，但对之所做的描述却是因人而异的，而其决定因素便是作者的评价。这样的评价在《多恩的生平与作品》的字里行间可谓显而易见，而且都有极强的主观色彩，上面的引文就是例证。类似的评价同样见于 19 世纪的其他《多恩传》之中，比如斯蒂芬的《约翰·多恩》（"John Donne"）。

斯蒂芬的《约翰·多恩》于 1899 年首发于《国家评论》（*National Review*）杂志，后经修改于 1902 年收录进他的《一个传记家的研究》（*Studies of a Biographer*）中。作为"英语世界传记作家的领军人物"[3]，斯蒂芬在邀请杰索普撰写"多恩"条，并将其用于《英国人物传记词典》之后，为什么还要亲自动笔重写呢？对此，学界有多种说法，若将它们集中起来，大概可以归为"后觉说"和"内觉说"两类。前者指发现其他版本的多恩传新意不足，比如汤姆林斯版；后者指内容深度不足以揭示真正的传主，比如多恩改宗的问题。"后觉说"属于物质层面，以新语料为依据；"内觉说"属于精神层面，以内心真实为依据。他的《约翰·多恩》的突出特征在于"内觉说"，比如多恩的改宗。在沃尔顿笔下，多恩是受神的感召而皈依国教的；在杰索普笔下，多恩是迫于国王的强势介入才不得已而改宗的。两人都认为多恩经历了脱胎换骨的精神蜕变。但在斯蒂芬笔下，多恩从来都是他自己，没有所谓的精神蜕变。比如他说多恩的《伪殉道者》不过是短暂的罗马天主教与英国圣公会之争的一个小插曲（mere by-play），是多恩学习诡辩术之后的一次练笔，这充其量只能说明多恩尚未确立自己的宗教归宿，并未真正把耶稣会士看成所谓的"伪殉道者"[4]。再比如多恩从牛津大学转学到剑桥大学之事，人们都认为是"三十九条信纲"的缘故，但斯蒂芬却说："以我之见，一个人完全可以最真诚地相信'三十九条信纲'，又笃信

① Edmund Gosse. *Life and Letters of John Donne, Dean of St. Paul's.* Vol. 1. Memphis: General Books LLCTM, 2012, p. 25.

② Edmund Gosse. *Life and Letters of John Donne, Dean of St. Paul's.* Vol. 1. Memphis: General Books LLCTM, 2012, p. 5.

③ Dayton Haskin. *John Donne in the Nineteenth Century.* Oxford: Oxford UP, 2007, p. 177.

④ Leslie Stephen. "John Donne." In Leslie Stephen, *Studies of a Biographer.* London: Duckworth, 1902, pp. 60-61.

自己的宗教，同时还做一个偏执狂，一个刻薄而自私的狂妄分子，满足于拯救自己的灵魂，自鸣得意或野蛮地接受他人的诅咒。"[1]类似的例子很多，他的最终结论是，多恩是一个忠于自己内心的人，他生活在一个濒临死亡的时代，是那个时代的代言人，只有现代传道者才会把他看作具有榜样力量的圣徒。[2]

斯蒂芬的"内觉"源自他的"依我之见"（I fancy）。哈斯金告诉我们，斯蒂芬的人生与多恩颇为类似，都曾是圣保罗大教堂的主人："多恩进入了那个教堂，其家人则是坚定的局外人。斯蒂芬还是一个愣头青时就成了该教堂的执事，还被任命为牧师，那是他从事其向往的学术活动的先决条件。但在 19 世纪 60 年代初，作为三一学院牧师和研究员的他却放弃了他的信仰。他后来的解释为'不是我的信条错误，而是我从未真正相信它'。之后斯蒂芬在剑桥大学待了一段时间，继续致力于他的学术改革，但最终还是辞去了教职，而按照三一学院的规定，做出这一举动的人是要离开大学的。当时他 30 出头，没有工作，而且由于做过牧师，他的从政之路也是被堵死的。"[3]换言之，斯蒂芬是借助自己的内心真实去揭示多恩的内心真实的，这就是我们所说的"内觉"。由此而来的多恩生平，究竟在多大程度上与真实的多恩能够一致，完全可以见仁见智。可以肯定的是，这样的多恩已然是一个重构的人物，彰显着对传主的重写定位。

对照当时的各种《多恩传》可以发现，它们都有一个共同的本质特征：对多恩的重新定位。这种重新定位，从多恩作品的出版上也都可以看出。现有资料显示，首先，19 世纪的各种传记既有专著，也有文章，而且相当一部分原本就是各种作品集的前言。其次，所有的多恩作品集都有导言，只有洛威尔版是例外，但诺顿重新注释之后也同样增加了导言部分。那些导言不但体现着编者的编辑意图，而且还对读者的阅读具有引导作用。同样地，被作为前言的《多恩传》貌似与作品的关系更远些，实际上也具有引导作用。其背后都是对多恩的重新定位，而重新定位也是 20 世纪初多恩研究的一大特点。

19 世纪的多恩研究，较之于 18 世纪的一个显著变化，是多恩作品的出版。我们在第一章第一节曾说过，19 世纪的多恩作品集共有两种：一是选集，二是专集。从数量看，仅凯恩斯的《多恩书目》就列举了 17 种之多，包括选集 10 个、专集 7 个[4]，已经远超 18 世纪。从时间看，从沃尔德伦主编的《杂诗精选》到戈斯主编的《多恩的生平与书信集》，整个世纪皆有多恩作品问世。从辑本看，既有合并成册的，如洛威尔主编的《斯克尔顿与多恩诗集》（*The Poetical*

---

① Leslie Stephen. "John Donne." In Leslie Stephen, *Studies of a Biographer*. London: Duckworth, 1902, p. 66.

② Leslie Stephen. "John Donne." In Leslie Stephen, *Studies of a Biographer*. London: Duckworth, 1902, pp. 81-82.

③ Dayton Haskin. *John Donne in the Nineteenth Century*. Oxford: Oxford UP, 2007, p. 179.

④ Geoffrey Keynes. *A Bibliography of Dr. John Donne*. 4th ed. Oxford: Clarendon, 1973, pp. 211-224.

Works of Skelton and Donne，1855），也有单独成册的，如洛威尔主编的《多恩诗集》（1855）；既有多卷本的，如奥尔福德的 6 卷本《多恩作品集》，也有全集本的，如格罗萨特的《多恩诗全集》（1872）。从文类看，除了诗歌之外，还有各种版本的散文，如无名氏的《多恩作品选》（*Selections from the Works of John Donne D. D.*，1840）与《多恩的应急祷告》（*John Donne's Devotions upon Emergent Occasions*，1841）、杰索普的《多恩神学文集》（*Essays in Divinity of John Donne*，1855）、亨利·克雷克（Henry Craik）的《英国散文选》（*English Prose; Selections*，1894）等。在这些作品集中，格罗萨特的《多恩诗全集》和洛威尔的《多恩诗集》有着极为特殊的意义：一是因为它们分别代表英美两大主流；二是因为其他各种版本都可以被看作它们的前因后果。

格罗萨特的《多恩诗全集》扉页印有"圣保罗教长、神学博士约翰·多恩诗歌全集；基于原始版和早期手抄本的首个全集本与全校本，并增补了迄今尚未刊印与出版的手抄本中的诗歌等作品，以及肖像、摹本和其他四开本例证，由亚历山大·格罗萨特牧师作序、撰写生平与创作、注释，出版于兰卡斯特乔治布莱克赫特，2 卷本，供私下流传，1873 年，仅印 100 册"①的字样。第 1 卷以 6 页的"前言"开始，之后是多恩的诗；第 2 卷开始于长达 40 页的"论多恩的生平与创作"，是截至当时最长的多恩传记，前文分析的有关"思想家多恩""想象家多恩""艺术家多恩"的概念便出自其中。然后是多恩的诗，再后是"术语索引"，包括多恩诗中的数百个词汇及其所在语境的具体阐释。最后是"肖像、摹本等四开本例证"，包括多恩 18 岁时的画像、位于圣保罗大教堂内的多恩雕像、多恩的印鉴、多恩的签名、耶稣受难像。

《多恩诗全集》有两个特点：一是数量多，二是印数少。首先是数量多。格罗萨特以 1633 年的首版《多恩诗集》为"原始本"，辅之以各种"早期抄本"如《斯蒂芬抄本》（*Stephens Manuscript*），以及西米恩的《未出版的多恩诗》（*Unpublished Poems of Donne*，1956）、沃尔德伦的《杂诗精选》等，所收录的数量远远超过以往的任何版本。在整个 18 世纪，收录多恩诗数量最多的也许是约翰·贝尔（John Bell）主编的 3 卷本《多恩诗集》（1779），其第 1 卷包括讽刺诗、祝婚曲、田园诗、神圣十四行诗、颂歌等共计 26 首（另有献给多恩的挽歌 19 首）；第 2 卷包括爱情诗、宗教诗、警句诗等共计 84 首；第 3 卷包括挽歌、

---

① 原文为 "The Complete Poems/of/John Donne, D. D. Dean of St. Paul's, /For the First Times Fully Collected and Collated with/The Original and Early Editions and MSS./And Enlarged/With Hitherto Unpublished and Inedited Poems from MSS, etc./ And Portraits, Facsimiles, and Other Illustrations/In the Quarto Form/ With Preface, Essays on the Life and Writings, and Notes/by the/ Rev. Alexander B. Grosart,/ St. George's Blackhurt, Lancesrer,/In Two Vols./ Printed for Private Circulation. 1873. 100 copies only"。

悼亡诗与讣诗、诗信等共计 54 首。①而在格罗萨特这里，因使用了多种"早期抄本"，又没有剔除可疑部分，所以其信度值得怀疑。比如哈斯金就曾批评说，格罗萨特收录的诗比多恩实际所写的还要多，并以第 2 卷为例指出，"绝大多数新增的诗都被后来的编者所拒绝[……]包括西米恩题为《未出版的多恩诗》中的共计 31 页的几乎所有作品、沃尔德伦于 1802 年刊印并认定为作于 1625 年的两首多恩诗、取自戴维森（Davidson）1602 年的《诗意狂想》（*Poetical Rhapsody*）中的《致菲洛梅尔的 10 首十四行诗》（'Ten Sonnets to Philomel'），以及多种'未出版的和未编辑的抄本中的多恩诗'等"②。

其次是印数少。这从扉页左下角的"仅印 100 册"可以看出。尽管另有对开本 25 册及少量拓展③，但也是非常少的。格罗萨特的版本属于典藏本，所以印制非常讲究，不但镶嵌精美的装饰，还有大量详注。印数少也可能暗含试探的性质，而这种试探性就隐藏于该书的题献词中，因为将《多恩诗全集》"献给罗伯特·勃朗宁，思想家时代的诗人"④，本身就隐含了 19 世纪中后期的诗风变化。我们知道，勃朗宁是维多利亚时代的重要诗人之一。从《诺顿文集》（*The Norton Anthology of English Literature*）对他的简单介绍可以看出，无论从作为年轻学者、作为丈夫、作为鳏夫的角度，还是从他与刚愎自用的岳父的关系，以及他与伊丽莎白·巴雷特（Elizabeth Barrett）的私奔，抑或是他对诗的感悟和他的诗歌创作来看⑤，这些都与多恩具有高度的相似性。他的名声曾一度远低于他的妻子，他的《索德罗》（*Sordello*）、《我的公爵夫人》（"My Last Duchess"）以及诗集《男人女人》（*Men and Women*）等，也都一度并不受人待见，还曾如多恩诗一样被批为"粗糙""自负""晦涩"，直到 19 世纪 60 年代因为诗风发生了转变，才有人正面评价其作品中的戏剧独白手法。这种转变的标志，一是诗风从"悦耳""晓畅""优雅""道德"逐渐转向"自省""分析""创新""现代"；二是越来越多的人开始把勃朗宁与多恩加以比较，试图揭示"晦涩"本身就是诗的固有特征之一，比如托马斯·阿诺德⑥、乔治·艾略特（George

① John Bell, Ed. *The Poetical Works of Dr. John Donne.* Edinburg: Appollo Press, 1779.

② Dayton Haskin. *John Donne in the Nineteenth Century.* Oxford: Oxford UP, 2007, p. 109.

③ Dayton Haskin. *John Donne in the Nineteenth Century.* Oxford: Oxford UP, 2007, p. 104. Fn 2.

④ 格罗萨特的原话是 "To Robert Browning,/The Poet of the Century for Thinkers,/I Declare/This First Complete Edition of the Poems of/John Donne/(Born 1573, Died 1631);/Knowing How Much his Poetry,/with Every Abatement,/Is Valued and Assimilated by him:/Right Faithfully,/ Alexander B. Grosart"。

⑤ M. H. Abrams. *The Norton Anthology of English Literature.* Vol. 2. London and New York: W. W. Norton & Company, 1986, pp. 1230-1234.

⑥ Thomas Arnold. *Chaucer to Wordsworth: A Short History of English Literature from the Earliest Times to the Present Day.* London: Thomas Murby, 1868, p. 97.

Eliot）[1]、爱德华·法尔（Edward Farr）[2]、阿尔加侬·查尔斯·斯温伯恩（Algernon Charles Swinburne）[3]。格罗萨特将勃朗宁称为"思想家时代的诗人"，这与他把多恩称为"思想家""想象家""艺术家"的做法可谓一脉相承，强调的都是作品的深刻内涵。

正是因为强调内涵，所以编写工作并非易事。在《多恩诗全集》第 1 卷的序言中，格罗萨特明确写道："我无须自我隐瞒，编辑出版多恩博士的诗，在这个时代是需要勇气的（但我并不要求获得赞扬）。我也无须以拘谨之名而向公众匿藏诗中那些显而易见的感官呈现（至少能这样说）。"[4]需要"勇气"的原因之一是该著作作为全集必然涉及多恩的爱情诗，特别是那些包含"感官呈现"的所谓"艳情诗"。这是因为 18 世纪以降，人们讨论得更多的是多恩的讽刺诗，其爱情诗则常被认为有伤风雅。原因之二是沃尔顿笔下的多恩在本质上是一个圣人，而刊印那些有伤风雅的爱情诗，不仅关乎宗教与艺术问题，更关乎一个放荡不羁的世俗诗人形象。原因之三是著名的《英诗精华》（1861）故意不收多恩诗，视之为不符合时代风范。此外，哈斯金还为我们列出了第四个原因，那便是其特有的定制性特征，其客户主要是三类：一是大英博物馆、英国各大学图书馆、耶稣学院等机构；二是帕尔格雷夫、乔治·森茨伯里、斯温伯恩等文化名人；三是北美订户如波士顿公共图书馆、哈佛大学图书馆、普林斯顿大学图书馆等。第一册则"留给女王陛下"[5]。或许正是由于这些原因，才有"供私下流传，仅印 100 册"的字样。格罗萨特的《多恩诗全集》印数很少，影响却很大，特别是北美图书馆订购的那一部分，它们在促进多恩的经典化进程中发挥了巨大作用。此外，《多恩诗全集》本身除了把抄本当文本使用、对词语加以详解之外，还体现了格罗萨特对多恩的热情；甚至它所体现的种种瑕疵，包括选材问题、校对问题等，也都对后续《多恩诗集》的问世具有一定的刺激作用。

洛威尔是美国著名的诗人、批评家、编辑、外交家，从小就在母亲的熏陶下对诗歌有着特殊的偏好。他曾这样说过，"诗的证明，依我看，就是人们心中那漂浮不定的模糊哲理，只用一个诗行便能将其精髓表达出来，使其能随身携带，能随时使用[……]不能以某种方式传递哲学真谛的诗，其作者至少在我看来是不

---

[1] George Eliot. "Robert Browning." *The Westminster Review* 65 (1856): pp. 290-291.

[2] Edward Farr, Ed. *Select Poetry Chiefly Sacred of the Reign of King James the First.* Cambridge: Deighton, 1847, p. xii.

[3] Algernon Charles Swinburne. *George Chapman: A Critical Essay.* London: Chatto and Windus, 1875, pp. 15-20.

[4] Alexander Ballock Grosart, Ed. *The Complete Poems of John Donne.* Vol. 1. London: The Fuller Worthies' Library, 1872, p.i.

[5] Dayton Haskin. *John Donne in the Nineteenth Century.* Oxford: Oxford UP, 2007, p. 104.

值得敬重的。"①《不列颠百科全书》称洛威尔是"美国文坛一代宗师"②，美国现代语言协会（MLA）还以他的名字确立了"洛威尔奖"，该奖是对那些在语言研究、文学研究、作品编辑、传记研究等领域做出杰出贡献的成果予以嘉奖。对多恩研究而言，他的突出贡献是 2 卷本《多恩诗集》。

洛威尔的《多恩诗集》是在英国本土之外出版的第一个全集本，1855 年由格罗里埃俱乐部（Grolier Club）在波士顿首次出版，因而也叫"波士顿版"或"格罗里埃俱乐部版"。它同时还在纽约和费城出版③，是哈佛大学弗朗西斯·詹姆斯·蔡尔德（Francis James Child）教授任总主编的"英国诗人"（"British Poets"）系列丛书中的一种。根据哈斯金所言，该丛书旨在向美国读者介绍"从乔叟到华兹华斯的具有永恒价值的英国诗歌"④；而多恩之所以入选则是因为"到 19 世纪 50 年代，多恩已在新英格兰文学界的主导人物的内心确立了自己的地位：爱默生、亨利·沃兹沃斯·朗费罗（Henry Wadsworth Longfellow）、玛格丽特·福勒（Margaret Fuller）、奥利弗·温德尔·霍姆斯（Oliver Wendell Holmes）等都对多恩评价很高。他们之于多恩的兴趣并不取决于是否熟悉沃尔顿的《多恩传》，因为它在北美并没有获得像在英格兰那样的待见"⑤。

需要特别注意的是，洛威尔版比格罗萨特版要早，它们在编辑上没有因果关系。洛威尔的《多恩诗集》以 17 世纪的早期版本为基础，辅之以奥尔福德版、汤森版、贝尔版、安德森版和查默思版，通过比较各种版本的异同，一方面修正了数以百计的标点与拼写等印刷错误⑥，另一方面又新增了上百个单词的变体形式。前者让多恩诗读起来更加顺畅；后者则打上了美国英语的烙印，但更重要的变化是编排体例。我们知道，1633 年的首版《多恩诗集》是以《灵的进程》为开篇的，洛威尔则以两首诗信《风暴》和《宁静》为开篇。至于何以要以诗信作为开篇，哈斯金给出的解释颇有道理：因为洛威尔没有遵循从作者介绍到作品编排的传统做法，所以：

> 先读这些诗，就有如先读多恩诗的导言一样，暗藏某些阐释性的提

①　Martin Duberman. *James Russell Lowell*. Boston: Houghton Mifflin, 1966, pp. 50-51.

②　美国不列颠百科全书公司：《不列颠百科全书》（国际中文版 修订版 第 10 卷），北京：中国大百科全书出版社，2007 年，第 253 页。

③　James Russell Lowell, Ed. *The Poetical Works of Dr. John Donne*. Boston: Little, Brown, 1855; New York: Dickerson, 1855; Philadelphia: Lippincott, 1855.

④　Dayton Haskin. *John Donne in the Nineteenth Century*. Oxford: Oxford UP, 2007, p. 92.

⑤　Dayton Haskin. *John Donne in the Nineteenth Century*. Oxford: Oxford UP, 2007, p. 93.

⑥　比如《灵的进程》之 To see the Prince 与 To see the Princess 以及《讽刺诗 I 》之 Charitably warm'd of my sins 与 Charitably warn'd of my sins 等。见 Charles Eliot Norton. "Preface." In *The Poetical Works of Dr. John Donne*. New York: Grolier Club Library, 1895, p. viii.

示作用，希望读者能借此去阅读后面的作品。这样的诗不是让读者把诸如《跳蚤》甚至《早安》视为明显的自传性作品，亦即说洛威尔的版本需要放在这样的传统中：多恩的作品首先是艺术，而不是供传记作家们开采的矿藏。[①]

但总体上，洛威尔依旧是按作品的体裁类型对多恩诗进行编排的，所以在开篇的诗信之后是哀歌、神学诗，再后是杂诗、警句诗、挽歌、祝婚曲、讽刺诗，最后是拉丁诗，而《灵的进程》则位于神学诗之后。全书的特别之处在于：较之于那些把诗歌当作传记的版本，洛威尔版似乎来了个大翻转。首先，从诗信到哀歌到神学诗到《灵的进程》的编排体例是前所未有的。其次，从杂诗到警句诗到挽歌到祝婚曲到讽刺诗则是遵循沃尔顿《多恩传》1719 年版所提到的先后顺序排列的。最后，以拉丁诗结尾则完全颠覆了生平与作品的关系，让人难以"通过从头至尾的阅读来了解诗人从年轻到成熟的人生故事"[②]。不以生平顺序而以体裁顺序排列，反映了洛威尔对多恩诗的独特的阅读方式与呈现方式，其目的是回归作品本身，借以突出这是一部"具有永恒价值"的《多恩诗集》。但他并没有实现这样的目标，因为他并未严格遵循体裁来布局，比如他所谓的杂诗实际上是多恩的歌与十四行诗；"杂诗"之名是沃尔顿的用语，是为了与多恩的圣人身份加以对照的。事实上，他自己对存在的问题也是心知肚明的，所以于 1866 年着手修订他的《多恩诗集》，重点是用 1633 年版来矫正后期版本的某些误解。但这项工作尚未完成，洛威尔便于 1891 年去世了，接替他的是梅布尔·伯内特（Mabel Burnett）和诺顿。前者是洛威尔的女儿；后者是洛威尔的朋友，曾与洛威尔一道编辑过《北美评论》（North American Review）。为了完成洛威尔的夙愿，诺顿做了大量工作，最终成就了学界公认的"格罗里埃俱乐部版"。

诺顿接手完成的《多恩诗集》为两卷本，依旧按类排列，但具体位置则作了调整，不再以诗信《风暴》开篇，而是以爱情诗开篇。多恩诗部分，第 1 卷的排序为《歌与十四行诗》55 首、《挽歌》15 首、《祝婚曲》3 首、《讽刺诗》6首、《警句诗》17 首、最后是《灵的进程》；第 2 卷的顺序为《诗信》34 首、《哀歌》11 首、神学诗 18 首、献给作者的挽歌 15 首。从今天的观点看，这个版本完全可以算作诺顿的新版，因为诺顿不但增加了"前言"和"导读"，而且还增加了注释，调整了多恩诗的编排顺序。但出于对洛威尔的敬重，诺顿依然将洛威尔署名为编著和修订者，自己则署名为前言作者和注释者。这让人想起费尔迪南·德·索绪尔（Ferdinand de Saussure）的《普通语言学教程》（Course in General Linguistics，1915），让人对他们的学术操守肃然起敬。

---

① Dayton Haskin. *John Donne in the Nineteenth Century*. Oxford: Oxford UP, 2007, p. 93.

② Dayton Haskin. *John Donne in the Nineteenth Century*. Oxford: Oxford UP, 2007, p. 100.

对多恩研究批评史，诺顿的贡献不仅在于"格罗里埃俱乐部版"《多恩诗集》，更在于他在完成该书过程中所收集的大量文献资料。这些资料现存哈佛大学霍顿图书馆（Houghton Library）的多恩专柜（the Donne Cabinet）。多恩专柜共四层：顶层是 17 世纪出版的《伪殉道者》《依纳爵的加冕》《应急祷告》《死的决斗》以及多恩生前出版的各种布道文；下一层是 17 世纪《多恩诗集》的全部 7 种版本以及《论自杀》《书信集》和沃尔顿的《多恩传》；再下一层是《多恩诗集》的洛威尔版和诺顿版（含伦敦版和波士顿版），另有多恩自己拥有的一些书籍；底层除了匿名出版的 3 种多恩《布道文集》，还有多恩的遗嘱，以及多种《多恩诗集》手抄本等。这些资料中的一部分是洛威尔收集的，绝大部分则是诺顿用一年多时间收集而来的。诺顿去世后，该图书馆陆续加入了其他一些多恩作品，其中有私人捐赠的，也有馆方购买的。多恩专柜与戈尔典藏室（Gore Hall Treasure Room）中那些诺顿收集的有关多恩的资料一道，是哈佛大学文艺复兴研究的重要文献，也是 20 世纪各种《多恩诗集》与多恩研究的真正宝库，更是哈佛大学学子研读多恩的源头活水。

第七节　成就经典：19 世纪末的多恩热

到 19 世纪 80 年代，大洋两岸逐渐出现了一股多恩热，特别是哈佛大学所在的波士顿及其周边地区，并呈现出两个基本趋势：一是越来越多的高校开设了与多恩有关的课程；二是校外的多恩研究更加深入。前者为多恩研究准备了充分的人才储备，后者则为多恩研究提供了丰富的学理基础。二者的结合形成北美一道独特的风景，成为 19 世纪末多恩研究的突出特征。

校内教学方面，哈佛大学学子对多恩的研读是 19 世纪一个具有标志性的事件，表明多恩已然进入顶级大学的正规课堂。在这之前，多恩通常只流传于有限的圈子内部；而哈佛大学学子的研读则因处于 19 世纪晚期而毫无疑问地为 20 世纪的多恩研究打下了坚实基础。最先把多恩引入哈佛大学的是利·巴伦·鲁塞尔·布里格斯（Le Baron Russell Briggs，1855—1934）教授。

布里格斯是美国教育家，1875 年毕业于哈佛大学，1883 年在母校担任英文教员，1890 年晋升英文教授，次年被任命为哈佛学院院长，1902 年出任哈佛文理学院院长，次年任拉德克利夫学院校长。[①]他能顺利地将多恩引入哈佛大学的课堂，既得益于学术传统的积淀，也得益于哈佛大学的教学改革。首先，"英国诗人选集"系列丛书的总主编蔡尔德既是哈佛大学的毕业生，也是哈佛大学历史上的首位英文教授，就连《多恩诗集》的主编洛威尔以及注释者诺顿也都是哈佛

---

① Dayton Haskin. *John Donne in the Nineteenth Century*. Oxford: Oxford UP, 2007, p. 222.

大学的毕业生，所以将多恩引入课堂教学，哈佛大学具有得天独厚的学术积淀。其次，哈佛大学校长查尔斯·威廉·艾略特（Charles William Eliot，1834—1926）执掌哈佛大学 40 年（1869—1909 年），其间他大力推行选修课制度，一改只有必修课的惯例，不但为学生提供了前所未有的选择空间去充分发挥各自的兴趣、特长与潜能，还"将哈佛提高到世界著名学府的地位"①。布里格斯将多恩引入哈佛大学意味着多恩已然进入世界级的学术殿堂。

哈斯金通过查询哈佛大学的图书馆、档案馆后发现：1887 年哈佛大学宣布拓展文学教学后，布里格斯就在 1887—1888 学年第 2 学期的教学计划中加入了多恩。"85 个学生选择了新的'英语 15'，该门课程分诗和文两个部分。多恩是第一部分的锚定，沃尔顿则是第二部分的开篇。布里格斯开始的几次课都是多恩。第二年为男女生重讲这门课时，仅多恩一人就有五次专题课，时间分配比任何其他作家都多出至少两倍。他还要求每个学生都在课外阅读多恩的诗，并提交三次书面作业。"②哈斯金还发现，现存的大量学生笔记显示"布里格斯从 1895年起连续 20 余年为本科一年级学生开设多恩课程"③。这意味着，直到 1915年，即格瑞尔森的标准版《多恩诗集》问世三年之后，布里格斯一直没有间断他的多恩教学。

哈斯金还发现，在哈佛大学教授多恩的教员还有很多，比如约翰·海斯·加德纳（John Hays Gardner）、乔治·皮尔斯·贝克（George Pierce Baker）、威廉·艾伦·尼尔森（William Allan Neilson）、查尔斯·汤森德·科帕兰（Charles Townsend Copeland）、蔡尔德、巴雷特·温德尔（Barrett Wendell）等；此外，英国剑桥大学教授、《多恩的生平与书信集》的作者戈斯也曾应邀到哈佛大学做了有关多恩的 6 个讲座。有关多恩的课程除"英语 15：17 世纪英国文学"之外，还有"英语 16：英语诗律的历史与原则""英语 28：英国文学的历史与发展""英语 32：伊丽莎白时代的英国文学 1557—1559""英语 34：英国书信作家"等。哈佛大学所用教程多达十余种，其中就有格罗萨特的《多恩诗全集》以及洛威尔的《多恩诗集》。教学方法主要是课内教授与课外阅读，前者类似于中国的外国文学课程，包括作者介绍、背景简介、作品分析、引领讨论；后者则以阅读体验为主，同时结合当下学术动态。课堂讲解一般按诗类展开，以布里格斯为例，在讲解多恩的讽刺诗、爱情诗、周年诗时，他除了自己讲解，还引导学生尽力打开多恩诗的"音韵之谜"和"思想之谜"，并鼓励学生反复阅读、认

---

① 美国不列颠百科全书公司：《不列颠百科全书》（国际中文版 修订版 第 6 卷），北京：中国大百科全书出版社，2007 年，第 38 页。

② Dayton Haskin. *John Donne in the Nineteenth Century*. Oxford: Oxford UP, 2007, p. 226.

③ Dayton Haskin. *John Donne in the Nineteenth Century*. Oxford: Oxford UP, 2007, p. 222.

真探究。[1]

教师的教学如此，那么听课的学生呢？根据哈斯金的统计，仅布里格斯就有"数以千计的学生"[2]。这一数据应该是从布里格斯 20 余年的多恩教学中猜测而得的，鉴于首次开课就有"85 个学生"选修，所以是具有相当大的可信度的。哈斯金在哈佛大学档案馆的查询结果还显示，仅布里格斯"英语 15""英语 16""英语 28""英语 32"等课程就有十多位学生的听课笔记目前依旧保存在档案馆中。此外还有约翰·海斯·加德纳的"英语 15"、尼尔森的"英语 32"、科帕兰的"英语 34"等课程，而且都是常年开设。因此不妨保守地将"数以千计"用以指称那些对多恩有所接触的哈佛大学的学子。他们至少对多恩抱有兴趣，否则就不会选修这些课程。哈佛大学的学子们不但掀起了一股多恩热，而且他们中的一些还是 20 世纪初的多恩研究的骨干或旗帜，比如加马列尔·布拉德福德（Gamaliel Bradford，1863—1932）、雷蒙特·卡尔金斯（Raymond Calkins）、弗莱德·诺里斯·罗宾逊（Fred Norris Robinson）、威廉·里昂·菲尔普斯（William Lyon Phelps）、马丁·格罗夫·布伦博（Martin Grove Brumbaugh，1862—1930）、T. S. 艾略特等。更为重要的是，他们中的一些人从哈佛大学走向其他高校，比如约翰斯·霍普金斯大学、斯坦福大学、宾夕法尼亚大学、耶鲁大学等，他们也都像他们的老师们一样，对多恩之于北美的传播起到了推动作用，甚至引发了新的多恩热。艾略特曾于 1932 年宣称多恩只属于过去而不属于未来[3]，这在一定程度上就是针对 19 世纪末而言的。

约翰斯·霍普金斯大学是美国第一所研究型大学，也是北美大学联盟的创始学校之一和世界著名私立大学之一。其历史上的第一次英文课程就是哈佛大学的蔡尔德教授于 1876—1877 年应邀作访问教授时开设的。根据哈斯金所言，蔡尔德虽然谢绝了留下的请求，但同意担任约翰斯·霍普金斯大学英语系的顾问，而且在蔡尔德的建议下，约翰斯·霍普金斯大学先后邀请了戈斯和诺顿等人前来举行学术讲座。哈斯金还特别指出，1885 年诺顿到来时，负责接待他的是"英语系最著名的詹姆斯·布莱特（James Bright）。两年后他[布莱特]开设了'英国诗人：从多恩到德莱顿'（English Poets from Donne to Dryden），这或许是严格意义上的第一个研究生课程，多恩在其中占有显著的地位。这也是克莱德·鲍曼·弗斯特（Clyde Bowman Furst）学习的第一门课程，他[弗斯特]为此而撰写的文章后来获得发表"[4]。哈斯金所指的文章即《圣保罗教长多恩博士的生平与

---

[1] Dayton Haskin. *John Donne in the Nineteenth Century*. Oxford: Oxford UP, 2007, pp. 226-231.

[2] Dayton Haskin. *John Donne in the Nineteenth Century*. Oxford: Oxford UP, 2007, p. 229.

[3] T. S. Eliot. "Donne in Our Time." In Theodore Spencer (Ed.), *A Garland for John Donne*. Oxford: Oxford UP, 1932, p. 4.

[4] Dayton Haskin. *John Donne in the Nineteenth Century*. Oxford: Oxford UP, 2007, p. 244.

诗歌》（"The Life and Poetry of Dr. John Donne, Dean of St. Paul's"），那是弗斯特在读硕士研究生时发表的第一篇多恩研究论文。该文 1896 年刊发于费城出版的《公民》（Citizen）杂志，次年纳入弗斯特的硕士论文《老作家研究》（"A Group of Old Authors"），是该文的开篇第一章。①

加马列尔·布拉德福德是普利茅斯总督威廉·布拉德福德（William Bradford）的曾孙②，也是著名的传记作家。他于 1883 年进入哈佛大学时，恰逢蔡尔德教授主持英语文学课改，尽管他因健康原因没能坚持听课，但其阅读量和写作量都相当惊人。他撰写了 114 个传记，发表了《多恩的诗》（"The Poetry of Donne"），还留下了大量日记。《多恩的诗》写于 1892 年，1917 年收录进他的心理学专著《灵魂博物学家》（A Naturalist of Souls），作为他所说的"心图"（psychography）或"灵魂书写"（soul-writing）的范例。该文的基本观点是多恩的每一部作品都透视着诗人的灵魂，这是它们的价值所在。基于这样的观点，他分析了多恩诗中强烈的情感表达、浓密的意象塑造、精妙怪异的创作手法，并视之为灵魂的一种品性，即虽然认识到现实的不幸，却依然为爱而苦苦追求，所以多恩的诗与他的道德素养是紧密关联的，甚至是一体的。③布拉德福德堪称从心理分析角度研究多恩的第一人，其"灵魂书写"一词后经乔治·森茨伯里的使用而在英国广为人知，至今仍是学界的一个常用术语。关于多恩在文学史的地位问题，《多恩的诗》说得并不明确，更明确的是他写于 1896 年的一则日记："今天最值纪念的是购买渴望已久的《多恩诗集》。一个伟大的、令人称奇的人，无论在英语中还是其他任何语言中，他都是最具活力、最有原创性的作家之一，在夸张等修辞以及阅读难度与意象浓密上，甚至远远胜过莎士比亚，在想象的美感上有时也都胜过莎士比亚，近似于蒲柏、戈德史密斯、格雷的全部作品的总和。"④

较之于 1876 年创建的年轻的约翰斯·霍普金斯大学，由康涅狄格州公里会教友于 1711 年创建的耶鲁大学堪称老牌名校。耶鲁大学是公认的世界著名研究型大学，常青藤联盟成员。"耶鲁公开课"（Open Yale Courses）一度火遍全

---

① Clyde Bowman Furst. "The Life and Poetry of Dr. John Donne, Dean of St. Paul's. *Citizen* 2 (1896): pp. 229-237; *A Group of Old Authors*. Philadelphia: George W. Jacobs, 1899, pp. 13-37.

② 威廉·布拉德福德（William Bradford, 1590—1659）是《五月花号公约》的主要起草人和签署人，乘"五月花"号轮船抵达北美后成为普利茅斯殖民地的总督，据说美国的感恩节就是由他首倡的。他有写日记的习惯，其《普利茅斯垦殖记》（*Of Plymouth Plantation*）被视为最早的美国文学作品之一。

③ Gamaliel Bradford. "The Poetry of Donne." In Gamaliel Bradford, *A Naturalist of Souls: Studies in Psychography*. New York: Dodd, Mead and Company, 1917, pp. 25-59.

④ Gamaliel Bradford. *The Journal of Gamaliel Bradford*. Ed. Van Wyck Brooks. Boston: Houghton Mifflin, 1933, p. 83.

球，而这又与它强大的教师阵容与历史渊源密不可分。19 世纪时，耶鲁大学最著名的也是享誉北美的教师之一，便是曾在哈佛大学求学的威廉·里昂·菲尔普斯。"菲尔普斯 1887 年获耶鲁大学学士学位，1891 年获博士学位，同年获哈佛大学文学硕士学位。随后回耶鲁大学，在英语系任教 41 年。"[①]在哈佛大学期间，他除师从布里格斯研究 17 世纪英国文学外，还先后师从蔡尔德研究莎士比亚，师从乔治·基特里奇（George Kittredge）研究乔叟，师从温德尔研究伊丽莎白时代文学，师从贝克研究戏剧，不但做过温德尔教授的助教，还认识了大名鼎鼎的诺顿，成了布里格斯的朋友，因而在哈佛大学的岁月是他最为愉快的时光。[②]根据哈斯金的研究，菲尔普斯谢绝了芝加哥大学的邀请，回到耶鲁大学并率先在耶鲁大学开设 17 世纪英国文学课程，他的课以布里格斯的"英语 15"为样板，以多恩为开篇，将整个 17 世纪打包进行教授。[③]他的"17 世纪英国文学"与亨利·比尔斯（Henry Beers）的"英国文学纲要"和"莎士比亚的同代人"一道，是耶鲁大学最重要的英国文学课程。

菲尔普斯从哈佛大学带到耶鲁大学的，除了扎实的专业知识，更多的是隐藏于选修课体系中的自由的探索精神：敢于冲破固有惯例，做到勤于思索、善于发现、勇于创新，不落俗套。具体做法之一是具有举办学术沙龙性质的诗歌晚宴。哈斯金对此曾做过如下描述：

> 每逢春天都在纽黑文的某个酒店举行晚宴，称为"忠实的多恩之子的欢乐聚会"或"玄学家的盛宴"，或类似的名称[……]总有一轮又一轮的举杯庆贺，教师和学生都一样。在 1901 年的盛宴中，主题是庆祝多恩成为新世纪的诗人，"老琼森"的岁月已随着新世纪的到来而成为过去。菲尔普斯亲自担任宴会主持，学生们则自称"多恩之子"，他们挑出自己最喜爱的诗歌段落大声朗诵，通常都是他们自己的戏仿之作。[④]

哈斯金还以 1905 年晚宴中的一个场景对"戏仿之作"做了阐释。在那个场景中，阿波罗登上帕那索斯山，主持一场玄学诗与浪漫主义诗歌之间的竞赛，而裁判则由学生充当，同时也请他们的"艾迪·戈斯"（Eddie Gosse）与"比利·菲尔普斯"（Billy Phelps）参与评判。那场辩论的题目是"诗人大会"（A Session of the Poets），主题则是玄学诗人都充满了巧智，浪漫主义诗人则十分木

① 美国不列颠百科全书公司：《不列颠百科全书》（国际中文版 修订版 第 13 卷），北京：中国大百科全书出版社，2007 年，第 223 页。

② William Lyon Phelps. *Autobiography with Letters*. New York and London: Oxford UP, 1939, pp. 245-247.

③ Dayton Haskin. *John Donne in the Nineteenth Century*. Oxford: Oxford UP, 2007, p. 246.

④ Dayton Haskin. *John Donne in the Nineteenth Century*. Oxford: Oxford UP, 2007, p. 249.

讠。①菲尔普斯是一位具有重要影响力的作家、批评家、学者，这是众所周知的；而不太为人所知的是，在数十年的教学生涯中，他曾以诗歌晚宴的形式，在耶鲁大学掀起过一股前所未有的多恩热，其热度甚至远超哈佛大学。

此外，菲尔普斯的上述创举还留下了两个遗产，至今依然清晰可见：一是"多恩之子"的称谓，二是"年度晚宴"的传统。"多恩之子"显然仿自"琼森之子"，所以才有"'老琼森'的岁月已随着新世纪的到来而成为过去"之说。由于"琼森之子"的称谓已然进入历史，所以现在的教科书或文学史书籍大都改用"多恩的追随者"（the followers of Donne），以示与"琼森之子"的区别。这也是为什么琼森与多恩本是同窗好友，还同殿称臣，并互致诗文，但学界至今仍然把琼森与多恩分别称为"保皇派"与"玄学派"的代表的根本原因。"年度晚宴"的传统则明显表现在美国多恩研究会年会上。首先是年会始终都在春天举行，其次是都有一个全体与会人员出席的盛大晚宴，再次是都有多恩的诗文朗读，最后是都要现场创作并朗诵打油诗（doggerels）。对多恩研究批评史而言，菲尔普斯的独特之处，除了将多恩从哈佛大学带入耶鲁大学，从而拓展了多恩的影响力之外，最重要的就是他所留下的这两个鲜活的传统。如果说"年度晚宴"只有少数与会人员才能感悟，那么"多恩之子"或"多恩的追随者"的观念则已经深入人心，并在一定程度上左右着人们的多恩研究视角。

同属常青藤联盟成员的，还有本杰明·富兰克林（Benjamin Franklin）于1740年创建的宾夕法尼亚大学。它是美国一所顶尖的老牌名校，也是第一所从事科学技术和人文教育的现代高校。它没有掀起像耶鲁大学那样的多恩热，却产生了全球第一篇多恩研究博士论文。论文作者马丁·格罗夫·布伦博是后来美国著名的作家、政治家、教育家。1891—1892年，布伦博在哈佛大学进修期间，对多恩产生了浓厚兴趣，后来他进入宾夕法尼亚大学，师从费利克斯·伊曼纽尔·谢林（Felix Emmanuel Schelling，1858—1945）攻读博士学位时，便选择了多恩为研究对象，并于1893年完成了他的博士论文《多恩诗研究》（"A Study of the Poetry of John Donne"）。哈斯金对他的评价是："布伦博的论文《多恩诗研究》本该是一座里程碑，如果他能将其修改出版的话。"②该文没有出版的原因不详，但是作为全球第一篇以多恩诗为题的博士论文，其选题本身就已然昭示了其"里程碑"的意义，所以后来的一些人，包括其导师谢林，也包括20世纪初的其他博士论文如《多恩诗的修辞研究》（"The Rhetoric of John Donne"）的作者莱特曼·F. 麦尔顿（Wrightman F. Melton），都对布伦博的成

① Dayton Haskin. *John Donne in the Nineteenth Century.* Oxford: Oxford UP, 2007, pp. 249-250.

② Dayton Haskin. *John Donne in the Nineteenth Century.* Oxford: Oxford UP, 2007, p. 255.

就给出了很高的赞誉。谢林专门谈到布伦博对德莱顿有关多恩批评的分析[1]，麦尔顿则称《多恩诗研究》是"一部非常有趣的专论"[2]。由于布伦博的《多恩诗研究》一直没有出版，所以并未产生更大的影响。对多恩研究批评史而言，其意义主要体现在以下三个方面。

一是对多恩意象的研究。在他看来，多恩诗的意象具有反省的意味，表现了"一种感受力的统一"，因此多恩似乎比任何其他诗人都更倾向于在"肉体的层面思考问题"，而肉体原本就是真人的面纱，所以"他就是身体，也是灵魂"。他说多恩最值得称道的作品是那些表现外部世界的诗，因为对外在世界的描写，能将内心真实统一起来，进而以个体的灵魂将整个宇宙统一起来，实现大宇宙与小宇宙的和谐共处。[3]

二是对多恩思想的研究。前面说过，格罗萨特、梭罗等都把多恩看作思想家。布伦博则认为，多恩的思想并没有多少宽广度，因为语言是思想的载体，而多恩诗中的语言则显示，多恩的思想范围实际上是相当狭窄的，甚至都很少涉及社会生活与社会活动，因为多恩写的一切全都在他自己的知识范围之内。他还进一步分析了其中的原因，认为多恩太过在意表现灵魂，所以"每当要表现他人时，便直觉地与心灵相互关联"，而且还常常"以自己的精神激励别人，将他们呈现为自己的一个部分，而不是他们本身"[4]。

三是对多恩诗的创作时代的研究。他试图为多恩的全部诗歌作品确定创作年代，其具体做法是：首先，他将 1589—1594 年视为多恩创作的第一阶段，将1595—1600 年视为第二阶段；其次，他具体分析了讽刺诗、爱情诗、挽歌、神学组诗，特别是《灵的进程》、《林肯律师学院祝婚曲》以及"那些与真实的多恩不相称的诗歌"[5]；最后，在此基础上确定多恩诗的创作时间。他认为，多恩早期诗歌的特点在于表现毋庸置疑的青春萌动，而那些短篇的宗教诗大多作于1615 年之后，诗中的女性也都确有其人。他的基本结论是：后期的作品显示了多恩真心希望成为怎样的人，而早期作品则显示着多恩何以要假装成那样的人。[6]

---

① Felix E. Schelling. *A Book of Seventeenth Century Lyrics*. Boston: Grinn and Co., 1899, pp. xx-xxvi.

② Earl C. Kaylor. *Martin Grove Brumbaugh: A Pennsylvannian's Odyddey from Sainted Schoolman to Bedeviled World War I Govenor, 1862-1930*. Madison: Fairleigh Dickinson UP, 1996, p. 99.

③ Martin Grove Brumbaugh. *A Study of the Poetry of John Donne*. Diss. Philosophycal Faculty of the University of Pennsylvania, 1893, pp. 51-54.

④ Martin Grove Brumbaugh. *A Study of the Poetry of John Donne*. Diss. Philosophycal Faculty of the University of Pennsylvania, 1893, pp. 60-61.

⑤ Martin Grove Brumbaugh. *A Study of the Poetry of John Donne*. Diss. Philosophycal Faculty of the University of Pennsylvania, 1893, p. 40.

⑥ Martin Grove Brumbaugh. *A Study of the Poetry of John Donne*. Diss. Philosophycal Faculty of the University of Pennsylvania, 1893, pp. 40-60.

上述三个方面的研究显示，布伦博的研究既是历史的传承，也是 20 世纪多恩研究的先声。前者如多恩生平的两阶段说、对多恩爱情诗的态度；后者如"感受力的统一"是艾略特《论玄学诗》的核心观念，而把多恩的意象和思想归结为"灵魂书写"则具有十分突出的心理分析的特点，堪称心理分析之于多恩研究的一次大胆尝试。必须指出的是，布伦博虽是全球第一篇多恩研究博士论文的作者，却只是以谢林为首的教学团队中的一员，而且比谢林的影响更加巨大。

布伦博的导师谢林堪称地道的宾夕法尼亚大学人，其学士学位、硕士学位、博士学位都是在宾夕法尼亚大学获得的。他是美国艺术与文学研究所、美国哲学学会、美国现代语言协会等的成员。他仅比布伦博年长 4 岁，但在布伦博入学前后就已出版过《论罗伯特·勃朗宁》（*Two Essays on Robert Browning*，1890）、《伊丽莎白时代的诗学与诗歌批评》（*Poetic and Verse Criticism in the Age of Elizabeth*，1891）等著作，并于 1893 年获宾夕法尼亚大学"约翰·威尔什荣誉教授"（the John Welsh Centennial Professor）称号。根据哈斯金提供的资料，早在 1888 年布里格斯在哈佛大学开设 17 世纪文学时，谢林就受命组建英语系，还为此专程到英国考察，拜访了布鲁克斯、戈斯和乔治·森茨伯里等人，回到宾夕法尼亚大学后先后主讲过"伊丽莎白时代文学""18 世纪英国文学""英语诗歌技法"等课程。[1]可见，无论从著述还是经历的角度，作为第一篇多恩研究博士论文的导师，他都是实至名归的，因为一是他的上述全部作品都多少与多恩有关，二是他拜访的英国专家也都是多恩专家，三是他的课程本身就包含多恩讲解，四是宾夕法尼亚大学普遍重视人文教育。对多恩研究批评史而言，他的突出贡献是在指导布伦博之后出版的《伊丽莎白时代抒情诗集》（*A Book of Elizabethan Lyrics*，1895）。

《伊丽莎白时代抒情诗集》收录了多恩诗 9 首，包括《流星》《最甜美的爱》《爱的神性》《梦》《口信》《葬礼》《早安》《死神别得意》《爱的无限》（"Loves Infiniteness"）。在该书前言中，谢林把多恩看作严格意义上的伊丽莎白时代作家，并视之为继斯宾塞和莎士比亚之后最为重要的诗人。在他的眼中，多恩并非某个诗派的奠基者，也非某种品位的表达者，而是一个鲜明的原创诗人。多恩之难在于他的"建设性原创"，即他的诗"闪耀着奇怪的属于他自己的全部光亮"[2]。在论及诗性问题时，谢林针对多恩"不懂韵律"的说法，提出了截然相反的理论，把多恩阐释为"最独立的抒情格律诗人"[3]。哈斯金对谢林的理论作过如下精彩的总结：

① Dayton Haskin. *John Donne in the Nineteenth Century.* Oxford: Oxford UP, 2007, p. 259.

② Felix E. Schelling. *A Book of Elizabethan Lyrics.* Boston: Grinn and Co., 1895, p. xxii.

③ Felix E. Schelling. *A Book of Elizabethan Lyrics.* Boston: Grinn and Co., 1895, p. xlvii.

　　谢林认为，伊丽莎白时代的诗人都不可避免地受到了意大利诗歌传统的影响，锡德尼、斯宾塞、莎士比亚等都将那个传统与"真正的民族表达"融为一体。然而，多恩是那么具有原创性，以至于意大利的影响于他毫无用处，古典主义也是如此。多恩的原创性尽管有人模仿，但却永远无法超越，结果才使琼森式的古典主义成为诗的主要范式，并经由赫里克和桑迪斯而一直流传到德莱顿和蒲柏。①

　　谢林的这一理论之于德莱顿等对多恩的批评是一种彻底的颠覆，之于勃朗宁等对多恩的赞扬则是一种理性的深入。尤其重要的是，谢林不但特别看重多恩的原创性，而且他是从抒情诗的角度加以论证的，该方式较之于以往从爱情诗、讽刺诗、宗教诗等不同类型的划分与阐释，显得更加科学，也更具说服力。谢林的理论不只是学界的一家之言，还是写入教科书的基本内容，其对学生的影响可想而知。即便在今天，很多年轻学者依旧热衷于多恩的抒情诗，而上面的分析显示，这种热情实际上是对 19 世纪的一种延续。

　　上面的例子只是 19 世纪末的一个缩影。微观上，它们都与哈佛大学的学子有关，而且包含三种典型的类型：或继续在母校发挥影响，或把影响带到哈佛大学之外的其他高校，或从事更为专业的独立研究，其中最为重要的是第二种，即走出哈佛大学，走向更多高校，因为它把多恩带向了整个波士顿地区，甚至整个北美。宏观上，它们都显示，19 世纪末的多恩研究至少在波士顿已然形成热潮，非但不是可有可无，而且随着时代的进步和高校课程的不断拓展，多恩研究正逐步走向深入，甚至到 20 世纪才大行其道的心理分析、女性主义等的多恩研究都在当时就已初露端倪。之所以用"一个缩影"来形容，一是因为即便上述高校也不只有这里提及的人物，比如宾夕法尼亚大学就还有 J. E. 维特利（J. E. Whitney）教授等。事实上，每所高校都是一个团队。另一原因是其他高校，比如芝加哥大学，也都开设了类似的课堂。芝加哥大学的弗雷德里克·艾夫斯·卡彭特（Frederick Ives Carpenter）教授不仅在其《英国抒情诗 1500—1700》（*English Lyric Poetry 1500—1700*，1897）中编了谢林收录的多恩诗，还另外增加了《担保》（"The Undertaking"）、《花朵》等作品。在该书的导论中，他把多恩看作"伟大的革新者"②，为巧思注入了浓烈的象征意味，是比肩莎士比亚的唯一诗人，也是一个类似哈姆雷特的充满张力的诗人。③如此之多的著名高校纷纷开设包括多恩在内的课程，说明多恩已不再是一个边缘诗人，而且对多恩的相关研究也正逐步走向深入。

① Dayton Haskin. *John Donne in the Nineteenth Century*. Oxford: Oxford UP, 2007, p. 261.

② Frederick Ives Carpenter, Ed. *English Lyric Poetry 1500-1700*. New York: Charles Scibner's Sons, 1897, p. lviii.

③ Frederick Ives Carpenter, Ed. *English Lyric Poetry 1500-1700*. New York: Charles Scibner's Sons, 1897, pp. xlviii-xlix.

这种现象的出现与波士顿的文化氛围有着极大的关系。波士顿不但是独立战争的策源地，也是美国文化的发源地，而第一个真正意义上的美国文化的代表便是爱默生。他是美国超验主义哲学之父，对多恩也多有自己的见解。前面说到，哈佛大学的教授们要求学生在课外阅读时要结合当下的学术动态。什么是当下的学术动态呢？宏观地说，一是英国的近期发展态势，二是美国的自身发展潜势。前者如哈佛大学聘请戈斯前来讲学，后者便是爱默生等的多恩研究。

爱默生本身也是哈佛大学的毕业生，他对多恩的兴趣与评论前文已有论及，这里不再赘述。需要强调的是：第一，他早在中学时代就已在课外阅读中接触了多恩；第二，他在自己的日记中曾多次引用多恩诗，特别是《第一周年》；第三，他的诗作也像多恩诗一样常用非诗化的隐喻去探究人的精神实体；第四，他的超验哲学充满一系列对应关系，特别是人与自然的对应；第五，他对玄学派有着很高的评价，因而曾有人将他与玄学派诗人相提并论。[①]正是他的有关论述为北美（特别是波士顿）地区的多恩研究开启了先河，其直接影响之一便是梭罗。

梭罗也是众多哈佛大学的学子之一。他于 1837 年从哈佛大学毕业后，曾回到家乡马萨诸塞州的康科德小镇以教书为生。1841 年起他放弃教书转为写作，并协助爱默生编辑评论季刊《日晷》（*The Dial*）。梭罗比爱默生小 13 岁，两人既是校友，也是师生，还是朋友。尚在哈佛大学时，梭罗就对英国文学有所了解，但对多恩的兴趣则更多地得益于爱默生。在 1841 年和 1843 年，他在爱默生的鼓励、帮助与安排下，先后到哈佛大学图书馆和纽约图书馆继续研读英国文学。仅在哈佛大学图书馆，他就从查默思的 21 卷本《英国诗人作品集》（*The Works of the English Poets*）抄录了多恩、卡鲁、赫里克、拉夫雷斯等的数千诗行，其中"多恩诗约 100 行左右"[②]。他所摘录的某些诗行还被用在后来的著作中，比如《康科德与梅里马克河畔一周》（*A Week on the Concord and Merrimack Rivers*）中的"夏日的长袍变得暗淡，/如同染色的衣服一般"、"爱在万千美德中何以不见？/因为它们已全都融为一体"以及"你如此真实，只要想到你就足以/化梦幻为真实，化寓言为历史"等，就分别引自多恩的《第一周年》、《致亨廷顿伯爵夫人》（"To the Countesse of Huntingdon"）和《梦》。

梭罗对多恩等的兴趣，除了他的文学抱负外，还可能与他的思想追求有关。我们知道，梭罗深受爱默生的影响，被认为是超验主义哲学的伟大实践者。作为这一实践的结晶之一便是著名的《瓦尔登湖》（*Walden*）。该书的一条基本主线是探究人与自然的关系，进而探究人生的意义和价值，并把这种探究当作一项严肃的任务，视之为应尽的一种责任。多恩曾在《致爱德华·赫伯特爵士》（"To

---

① Norman A. Brittin."Emerson and the Metaphysical Poets."*American Literature* 8 (1936): pp. 1-21.

② Dayton Haskin. *John Donne in the Nineteenth Century*. Oxford: Oxford UP, 2007, p. 210.

Sir Edward Herbert at Julyers"）中写道："我们的责任是要矫正自然，/使其回归原本的模样。"①梭罗则以亲近自然的行为表达了同样的思想："首先让我们简单而安宁，如同大自然一样。"②事实上，他所摘录的诗行，大多属于名人名言之类，或因表达精美，或因思想深刻，或因二者合一，借用德·昆西"力量文学与知识文学"的概念，则梭罗摘录的基本都属近似于知识文学的"智慧文学"的范畴。这一方面与多恩的巧思有关，另一方面也与《瓦尔登湖》的主题有关。前者无须赘述；后者借梭罗自己的话说即"我步入丛林，因为我希望生活得有意义，我希望活的深刻，并汲取生命中所有的精华。然后从中学习，以免让我在生命终结时，却发现自己从来没有活过"③。在《更高的规律》（"Higher Laws"）一章中，梭罗曾这样写道：

> 我担心，在一定程度上，我们的一生就是我们的耻辱。——
> 这人何等快乐，斩除了脑中的林莽，
> 把内心的群兽驱逐到适当的地方。
> ……
> 能利用他的马、羊、狼和一切野兽，
> 而自己和其他动物相比，不算蠢驴。
> 否则，人不单单放牧一群猪猡，
> 而且也是这样那样的鬼怪妖魔，
> 使它们狂妄失性，使他们越来越坏。④

这里的诗句出自多恩《致爱德华·赫伯特爵士》的第 9—17 行。在梭罗看来，多恩笔下的爱德华·赫伯特是一个"何等快乐"的人，因为他"把内心的群兽驱逐到适当的地方"，从而在神性与兽性之间建立了一道隔墙。多恩的伟大之处，用梭罗的话说，在于塑造了一个很好的样板供人"斩除脑中的林莽"，并接近"更高的规律"。所谓"更高的规律"即人的精神境界，是在野性与善良的互动关系中探究精神生活的本能："我在我的内心发现，而且还继续发现，我有一种追求更高的生活，或者说探索精神生活的本能，对此许多人也都有过同感，但我另外还有一种追求原始的行列和野性生活的本能，这两者我都很尊敬。我之爱野性，不下于我之爱善良。"⑤正因为每个人的内心都既有一尊神灵，又有一只

---

① John Donne. "To Sir Edward Herbert at Julyers." In Herbert J. C. Grierson (Ed.), *The Poems of John Donne*. Vol. 1. Oxford: Clarendon, 1912, p. 194.

② 梭罗：《瓦尔登湖》，徐迟译，上海：上海译文出版社，2009 年，第 87 页。

③ 梭罗：《瓦尔登湖》，徐迟译，上海：上海译文出版社，2009 年，第 101 页。

④ 梭罗：《瓦尔登湖》，徐迟译，上海：上海译文出版社，2009 年，第 245 页。

⑤ 梭罗：《瓦尔登湖》，徐迟译，上海：上海译文出版社，2009 年，第 234 页。

野兽，所以才担心"我们的一生就是我们的耻辱"，也才更能体现爱德华·赫伯特的榜样力量。梭罗还特别提醒说，由于"我们的整个生命是惊人地精神性的"，所以善恶之间虽然从无一瞬休战，但"我们每弹拨一根弦，每移动一个音栓的时候，可爱的寓意便渗透了我们的心灵"①。梭罗的结论是"每一个人都是一座圣殿的建筑师[……]我们都是雕刻家与画家，用我们的血、肉、骨骼做材料"②。可见多恩的作品已经融入梭罗的思想深处，成为他亲近自然，反躬自省，提升境界的一个有机组成部分。

如果说梭罗对多恩的接受倾向于超验主义的解读，那么露易丝·伊摩琴·吉尼（Louise Imogen Guiney，1861—1920）则更多地属女性主义的阐释。吉尼是美国诗人、散文作家、编辑。她出生于美国罗得岛州的首府普罗维登斯，1872—1878年就读于艾姆赫斯特学院，仅在19世纪80—90年代就出版了诗集、文集十余种。在1894年的《英文小画廊》（A Little English Gallery）第一章，她以《沃尔顿名人传》、多恩的布道文和诗歌为依据，认为多恩与玛格达伦·赫伯特可能存在十分谨慎的爱恋关系，依据之一是赫伯特夫人的生平；之二是多恩的作品。在赫伯特夫人的生平方面，吉尼认为，赫伯特夫人与多恩是终生密友，只因安妮·莫尔的出现才保持着彼此的距离，安妮死后也没越雷池一步，而是在自己的丈夫死后改嫁比自己小20岁的约翰·丹弗斯（John Danvers）。在多恩作品方面，吉尼得出结论说，在《致玛格达伦·赫伯特夫人：论抹大拉的玛利亚》（"To the Lady Magdalen Herbert: Of St. Mary Magdalen"）中，多恩把赫伯特夫人比作抹大拉的玛利亚，是对赫伯特夫人之美德的高度赞扬，而在《致M. H.》（"To M. H."）中则是对赫伯特夫人之美貌的倾情仰慕，特别是她那"叫人困惑的眼光/分明在要求爱恋与敬重"更将谨慎的爱恋表现得淋漓尽致，除了让人想起赫伯特夫人的美丽金发，还想起《圣物》（"The Relique"）中那"骸骨上的金发手镯"、《葬礼》中那"精致的发辫"，甚至想起那些带有色情的挽歌作品。这些作品不但透露着诗人对赫伯特夫人的眷恋与敬仰，还彰显了赫伯特夫人对多恩一生的巨大影响。③这是出自女性、立足女性、研究女性的论著，既为探究多恩与赫伯特夫人的关系开启了先河，也是多恩研究领域的典型的女性主义研究成果。

无独有偶，女性主义阐释也同样见于男性批评家的笔下，比如亚瑟·西蒙斯（Arthur Symons）。1899年，西蒙斯在题为《约翰·多恩》（"John Donne"）的论文中，借华兹华斯的诗歌定义指出，多恩诗的美妙之处在于它们都似乎与某

---

① 梭罗：《瓦尔登湖》，徐迟译，上海：上海译文出版社，2009年，第243页。

② 梭罗：《瓦尔登湖》，徐迟译，上海：上海译文出版社，2009年，第246-247页。

③ Louise Imogen Guiney. *A Little English Gallery*. New York: Harper and Brothers, 1894, pp. 7-40.

种偶然事件有关，又都能抓住真实的激情，而之所以如此，是因为多恩具有透过自己看透对象的才能，但写作时却又故意与之保持距离，显示了对激情的冷静处理。[1]以此为基础，他针对德莱顿关于多恩是伟大的才子而非伟大的诗人的观点写道："如果女人们意识到自己的性别，那么她们读多恩就会说他写出了女人本身，写出了她们的愉悦、愤怒、绝望，而不是抽象的天使；她们会说他是一个了不起的情人，他懂得她们。"[2]西蒙斯和吉尼都取女性主义的视角，但西蒙斯的女性主义更多地带有读者反应的色彩，而吉尼的女性主义则更多地带有宗教阐释的味道。

正因为如此，通过对《致玛格达伦·赫伯特夫人：论抹大拉的玛利亚》的解读，吉尼得出结论认为，多恩诗有一种超凡脱俗的美感，其所表现的"谨慎的爱恋"有如《神曲》中的但丁之于贝雅特丽齐（Beatrice）的感情。在吉尼的笔下，多恩诗的根本特征在于艺术地呈现了灵与肉的关系，而其基础则是肉体所具有的死而复生的潜能，亦即圣餐仪式所体现的传统天主教概念。换言之，吉尼是从宗教信仰角度对多恩诗进行女性主义阐释的美国第一人。这让人联想到大洋彼岸的约瑟夫·B. 莱特福特（Joseph B. Lightfoot，1828—1889）。

莱特福特是著名的英国神学家，毕业于剑桥大学三一学院，作过皇室牧师、圣保罗大教堂执事、圣公会达勒姆教区主教。根据哈斯金的研究，1877 年，莱特福特曾作过一次演讲，那是他应圣詹姆斯教堂首席牧师约翰·爱德华·肯普（John Edward Kempe）之邀，为"英国历史上的伟大牧师"这一给定主题而作的，随即收录进肯普主编的《英国教会经典牧师》（The Classic Preachers of the English Church，1877）一书。因恰逢格罗萨特的《多恩诗全集》第 2 卷出版，莱特福特便以此为契机，将多恩定位为"诗人牧师"。现今仍在沿用的"诗人牧师"的概念便由此而来。莱特福特在其演讲中也引用了多恩的《致玛格达伦·赫伯特夫人：论抹大拉的玛利亚》，但他认为多恩用以与抹大拉的玛利亚进行比较的却并非赫伯特夫人，而是他本人，借以显示自己犯下了不可宽恕的罪行，所以诗中才充满自责。[3]他同时认为，使多恩获得拯救的是安妮·莫尔，"不论年轻的多恩曾在早年犯下怎样的罪，他的婚后生活显示他已彻底改变"[4]，因为"婚

---

① Arthur Symons. "John Donne." *Forthnightly Review* 66 (1899): p. 742.

② Arthur Symons. "John Donne." *Forthnightly Review* 66 (1899): p. 743.

③ Joseph B. Lightfoot. "John Donne, the Poet-Preacher." In John Edward Kempe (Ed.), *The Classic Preachers of the English Church: Lectures Delivered at St. James Church in 1877*. London: John Murry, 1877, pp. 7-8.

④ Joseph B. Lightfoot. "John Donne, the Poet-Preacher." In John Edward Kempe (Ed.), *The Classic Preachers of the English Church: Lectures Delivered at St. James Church in 1877*. London: John Murry, 1877, p. 8.

姻让他感受到自己，深入内心，领悟了基督的恩典"①。正因为如此，莱特福特以《路加福音》（Luke）第 7 章第 42 节为开篇②，将多恩的一生归结为"最具现代性的圣公会信徒"与"经典牧师第一人"③。

吉尼与莱特福特有着共同的宗教信仰，尽管吉尼是否读过莱特福特对多恩的评价不得而知，可她一定知道威廉·明托（William Minto），因为"明托的作品在 19 世纪 90 年代的新英格兰广为人知，是哈佛学界的重要参考文献"④。吉尼虽然没有上过哈佛大学，但他与新英格兰的关系却十分紧密，所以对明托的理论势必有所了解。明托有关多恩的论述主要见于《英语散文手册》（*Manuel of English Prose Literature*，1881）、《英国诗人的特征：从乔叟到雪莱》（*Characteristics of English Poets from Chaucer to Shirley*，1885）和《约翰·多恩》（"John Donne"，1880）。前两种是专著，对多恩也基本属于介绍性质，没有多少新意；后者虽然只是发表于创刊不久的《十九世纪》（*The Nineteenth Century*）杂志上的一篇论文，但却极具原创性，其新意集中体现在哈斯金的如下评语中：

> 明托开创了阅读多恩的很多最具建设性的视角——形式主义、新历史主义、读者反应——都在 20 世纪广为使用[……]与绝大多数读者主要通过诗的结果去认识多恩之于宗教史的地位不同，明托径直把多恩放在其诗歌创作的鼎盛时期，那是一个在英国文学史上无可比拟的时代，任何别的时代都不曾"用如此之大的心智去创作诗歌"。在读过诸如琼森和卡鲁、17 世纪 30 年代的赞美诗作者以及沃尔顿、约翰逊、德·昆西、柯勒律治和丹纳等重要的前辈作家对多恩的阐释之后，在以前所未有的独立思想对那些作家提出的众多问题进行深入探究之后，在把多恩诗放在其创作时的社会语境中加以仔细阅读之后，明托从诗歌的读者反应角度开始了他对多恩的探究。明托的论文实际上是对丹纳在约翰逊基础上发展而来的一种理论的反驳，根据那种理论，玄学诗代表着伊丽莎白时代文学的由盛而衰。明托的思想基于他所提出的一对重要概念，那是多恩研究者从来不曾想到的术语：宫廷诗与戏剧诗，前者流行于精英

① Joseph B. Lightfoot. "John Donne, the Poet-Preacher." In John Edward Kempe (Ed.), *The Classic Preachers of the English Church: Lectures Delivered at St. James Church in 1877*. London: John Murry, 1877, p. 10.

② 《路加福音》（7：41—42）为"耶稣说：'一个债主有两个人欠他的债，一个欠五十两银子，一个欠五两银子，因为他们无力偿还，债主就开恩免了他们两个人的债。这两个人哪一个更爱他呢？'"见《圣经》和合本，第 119 页。

③ Joseph B. Lightfoot. "John Donne, the Poet-Preacher." In John Edward Kempe (Ed.), *The Classic Preachers of the English Church: Lectures Delivered at St. James Church in 1877*. London: John Murry, 1877, p. 21.

④ Dayton Haskin. *John Donne in the Nineteenth Century*. Oxford: Oxford UP, 2007, p. 147.

人士之间的抄本中，后者出现在供大众消费的戏台上。①

在这段文字中，"新历史主义"主要体现在"把多恩放在其诗歌创作的鼎盛时期"加以考察，"读者反应"以考察总结以往研究的形式贯穿始终，而"形式主义"则体现在通过对多恩诗的"仔细阅读"而得出的"宫廷诗与戏剧诗"的结论中。在哈斯金看来，这是明托的《约翰·多恩》的最大贡献。

我们知道，英国文艺复兴时期是一个诗的时代。以莎士比亚为例，他本身是一位戏剧家，但却享有诗人的称谓，其根本原因并非他确有传世的诗歌，而是他的戏剧都是用诗来创作的，那就是人所尽知的无韵诗。正是在这一意义上，明托提出了两种诗歌的概念，界定了各自的使用范畴，论述了二者既可分道扬镳，也可彼此促进的特点。他将这一概念放回创作时的社会语境，认为较之于戏剧诗，宫廷诗除流行于精英人士的小圈子之外，"表达形式也更富掩饰、更错综复杂"②。他以多恩为例指出，多恩的很多诗都"早于莎士比亚的戏剧杰作"③，而约翰逊和柯勒律治等尽管对多恩的态度截然相反，却也都只看到宫廷诗的一面或戏剧诗的一面，而没能看到二者在多恩诗中相互促进与彼此互动的一面。④他引《无所谓》《女人的忠贞》《葬礼》为例，认为它们代表了多恩诗的基本特征，即整体上它们各自都只是一首诗，而细节上则其中的每一首又都包含戏剧诗与宫廷诗两种体裁。他的论述给人以这样的感觉：多恩诗大都是宫廷诗与戏剧诗的结合，具有一诗即两诗的属性。今天，人们都知道宫廷诗与戏剧诗的概念，也都熟悉哪些是宫廷诗人，哪些是戏剧诗人，甚至还在研究他们各自的特点、长处、发展、结局等，旨在将二者区别对待。但像明托这样将二者结合起来的开创性研究，则迄今为止依旧显得十分珍贵。他深入多恩的作品，阐释了"把杂乱无章的想法用蛮力硬凑在一起"的原因，不但回答了多恩诗何以"晦涩难懂"的问题，而且对今天仍在继续的有关多恩诗的张力研究、悖论研究等，仍然有着巨大的启示作用，甚至对普通意义上的文本细读也不乏有益的启迪。

明托还反思了多恩研究的历史进展，试图回答多恩的声誉何以会走向下滑的问题。在他看来，多恩的声誉有如《天路历程》（ *The Pilgrim's Progress* ）中的主人翁一样，曾经历过"绝望深渊"⑤，一是因为读者不读多恩的原诗而只读他人的评论，二是因为沃尔顿把多恩塑造成圣人而非诗人，三是因为多恩诗确有糟粕，令普通读者感到憎恶。但主要原因是第一条，因为"任何作品都总是受制于

① Dayton Haskin. *John Donne in the Nineteenth Century*. Oxford: Oxford UP, 2007, p. 144.

② William Minto. "John Donne." *The Nineteenth Century* 7 (1880): p. 847.

③ William Minto. "John Donne." *The Nineteenth Century* 7 (1880): p. 848.

④ William Minto. "John Donne." *The Nineteenth Century* 7 (1880): p. 857.

⑤ William Minto. "John Donne." *The Nineteenth Century* 7 (1880): p. 850.

读者的"①，但读者却没能理解多恩是在同一作品中游走于宫廷诗与戏剧诗之间，也没能认识到多恩诗实际上已经与单调的诗风分道扬镳。他以《灵的进程》以及讽刺诗、歌与十四行诗和诗信中的作品为例指出，它们都有一个共同特征，就是一种类似于灵魂出窍的狂喜，这种狂喜有的源自恋人之间，有的来自普通人之间，也有的处于"诗人与宇宙灵魂之间"②，它们往往难以为人所察觉，却正是多恩诗的价值所在。可见，明托至少在两个方面比当时的很多人都要超前：一是"任何作品都总是受制于读者"的论断；二是关于"诗人与宇宙灵魂"之间的狂喜。前者堪称 20 世纪读者反应理论的基础，后者则是 20 世纪结构主义的先声。

上面的分析显示：第一，称多恩是 20 世纪的发现完全是一种误解，因为多恩从来就不曾销声匿迹，而且在 19 世纪还形成了以美国波士顿和英国剑桥为核心的两个多恩热；第二，多恩研究也不是 20 世纪才有的，19 世纪就已较为深入，不但出版界与学术界积极参与其中，而且不同性别、不同宗教信仰、不同社会阶层的读者也都参与其中，并且出现了女性主义、新历史主义、读者反应等的研究成果；第三，多恩的此在性、原创性与诗性，连同其生平研究与作品研究，都达到了前所未有的高度；第四，也是最重要的，在诸多哈佛大学的学子中，但凡选修过与多恩有关的课程的，其影响大多在 20 世纪，这意味着 20 世纪的多恩研究，如果没有 19 世纪作为支撑，想必会是另外的样子。

这也进一步表明，任何一个有生命力的作家，抑或一部有生命力的作品，都不会淹没在历史的尘埃中，尽管读者的理解会因时代品位的变化而变化。如果说某位作家真的"被人发现"，那也不是将其从尘封的历史中重新发掘出来，而是在已有基础上的进一步深入，这是时代变迁的必然结果。具体到多恩研究批评史，或许在这样的意义上才能更好地阐释他何以会在历史的长河中一再地"被人发现"。因为对他的所谓"重新发现"，并非"打入冷宫"后的复活，而同样是历史变迁的必然结果，所以多恩一次又一次的"被人发现"，借用培根的话说，乃是一次又一次的"学术的进展"。

这样的学术进展必然是承前启后的，是在过去—现在—将来的时间链条中展现出来的。19 世纪的多恩研究，前承 17—18 世纪，后启 20 世纪，而自身则体现着鲜明的经典化倾向，并在宏观和微观两个层面同时体现出来。宏观上，哈罗德·布鲁姆（Harold Bloom）在《西方正典》（*The Western Canon*）中把"经典"（canon）定义为"教育机构所遴选的书"③，而多恩于 19 世纪末成为常青

---

① William Minto. "John Donne." *The Nineteenth Century* 7 (1880): p. 847.

② William Minto. "John Donne." *The Nineteenth Century* 7 (1880): p. 857.

③ 哈罗德·布鲁姆：《西方正典》，江宁康译，南京：译林出版社，2005 年，第 11 页。

藤大学的重要教学内容则本身就标志了其经典地位的最终确立。正因为如此，到
20 世纪初，格里厄森才会继续沿用"经典"的概念，并在标准版《多恩诗集》
下卷以专章的形式讨论文本的经典性问题。微观上，从世纪初的"亨特之问"到
世纪末的校园热，19 世纪自身的多恩研究俨然就是使多恩成为经典的中坚力
量。总之，19 世纪是多恩终成经典的时期，而 20 世纪的多恩研究，连同其中的
一系列理论争鸣，都是对这个已成经典的拓展和深化。

第五章　从绑架到多远：20 世纪的多恩研究

当诗人成了试金石，他的特长便会开始施展奇妙的法术，而目前的诗歌研究中，多恩就常常是这样的试金石[……]我们之于多恩的热情，在批评的理性化过程中表现为两个方面，但归根结底却是一个东西：我们绑架了他，从一开始就把他变成了一个哲学家兼诗人英雄。

——梅里特·Y. 休斯《绑架多恩》

1934 年，当梅里特·Y. 休斯（Merritt Y. Hughes）批评学界把多恩当作"试金石"、"哲学家"或"诗人英雄"（poet-hero）都是对多恩的"绑架"时，他所针对的仅仅是 20 世纪初的多恩研究，特别是新批评对多恩的种种阐释。但学界对多恩的"绑架"并未因梅里特·Y. 休斯的批评而结束，反而呈现出愈演愈烈的趋势，直到 20 世纪 80 年代中期集注版《多恩诗集》的编辑们发起成立美国多恩研究会之后，学界对多恩的纯理论探究才转而走向文本研究与理论研究的融合。这样的基本事实显示，20 世纪的多恩研究，大致经历了三个阶段：前 40 年为第一阶段，中间 40 年为第二阶段，后 20 年为第三阶段。说"大致"，一是因为罗伯茨等曾有过其他的划分；二是因为多恩研究虽在 19 世纪就已实现了经典化，但多恩的文学地位却是直到格里厄森和艾略特的出现才得以最终确立的，而此时的 20 世纪已经过去了 20 年，且多恩研究的真正热潮又是在艾略特的《论玄学诗人》之后。[①]说"大致"，还因为即便到 1989 年，理查德·道格拉斯·乔丹（Richard Douglas Jordan）在《沉默的英雄：斯宾塞、多恩、弥尔顿和乔伊斯作品中的节制现象》（*The Quiet Hero: Figures of Temperance in Spenser, Donne, Milton, and Joyce*）"前言"中曾开门见山地表示："近几年来，文学研究变得如此政治化，以至于批评家仅仅将自己的方法用于文本已经不够了；他必须首先公布自己的预想，并论证其有效性；而且他所认同的批评理论阵营很可能直接决定着他的

---

① 1912 年格里厄森《多恩诗集》问世时，爱德华·布里斯·里德（Edward Bliss Reed）在《伊丽莎白时代的抒情诗》中还公开指责多恩缺乏乐感、语言粗糙。1917 年，乔治·杰克逊（George Jackson）还在多种场合公开表示说多恩的诗只配与粪土为伴。T. S. 艾略特发表《论玄学诗人》的次年，A. J. 史密斯也承认多恩还不是一流诗人。

研究是否会受到人们的待见。"①较之于 17—19 世纪，20 世纪最为显著的特征是一系列"主义"的粉墨登场与竞相角逐。一方面，由于各种"主义"之间往往有着不可截然断开的诸多重叠，所以许多基本观点都是超越时间的。另一方面，20 世纪 80 年代成立的美国多恩研究会确实改变了此前的分散研究的状况，使多恩研究有了一个公认的国际平台。这些都是历史语境所致，而梅里特·Y. 休斯的"绑架"说，实际上就是对这一历史语境加以总结和反思的结果。

第一节　伟大的诗总是玄学的：格里厄森与回归文本

第一阶段以格里厄森和 T. S. 艾略特为代表，主要意义在于确定多恩的文学地位，区别只在侧重点各有不同，格里厄森以编辑为主，艾略特则以批评为重。1912 年，格里厄森编辑的《多恩诗集》出版，该书一经问世便赢得人们的一致好评，被誉为最权威的标准版。1921 年，他又选编了《十七世纪玄学诗集》，并在该书的序言中对玄学诗的特点做了精辟的分析。艾略特为后一著作所写的著名书评《论玄学诗人》也于 1921 年在《泰晤士报文学副刊》上发表。艾略特对格里厄森给予了高度评价，同时提出了著名的"感受力"理论，抨击了自弥尔顿以来的"感受力的涣散"，盛赞多恩那无与伦比的"感受力的统一"使诗歌创作达到了极高的境界。至此，无论是"玄学派诗歌"还是多恩作为一代大家的地位，都在 19 世纪的基础上得以最终的确立。此后，读多恩、评多恩逐渐成为一种时尚，不仅英美"学术界人人争说、创作圈纷纷仿效"②，而且许多大学也纷纷开设了相关课程。到 20 世纪 40 年代，"在整个文学界里，很多教师以及（我还应该说）绝大多数学生，都理所当然地认为多恩是一个比弥尔顿更有意思也更为重要的诗人，认为他使英国诗歌达到了一个很高的水准"③。海伦·加德纳在回顾这一阶段的盛况时的这段话，原本旨在说明她何以因研究多恩而获奖，但也在客观上成为前 40 年的多恩研究的一种概括。这一切都是以格里厄森与艾略特的贡献为基础的。因艾略特将在下节讨论，这里只对格里厄森的贡献加以探究。

格里厄森是著名英国学者、编辑、文论家，出生于苏格兰北部的设得兰群岛，先后就读于阿伯丁大学国王学院和牛津大学基督学院。他 1894—1915 年受聘为其母校阿伯丁大学英国文学教授，1915—1935 年出任爱丁堡大学奈特英国文

① Richard Douglas Jordan. *The Quiet Hero: Figures of Temperance in Spenser, Donne, Milton, and Joyce*. Washington: The Catholic University of America Press, 1989, p. vi.

② 傅浩：《译者序》//约翰·但恩《约翰·但恩诗选》，傅浩译，北京：外语教学与研究出版社，2004 年，第 11 页。

③ Helen Gardner, Ed. *John Donne: A Collection of Critical Essays*. London: Prentice Hall International, 1986, p. 1.

学教授（Knight Professor of English Literature）。他编辑出版了大量作品，但学界对他的最高赞誉则在于他对玄学诗的贡献，其最为直观的载体，一是两卷本标准版《多恩诗集》，二是《十七世纪玄学诗集》。在后一著作的前言中，他首次提出了"伟大的诗都是玄学的"这一重要命题：

> 德莱顿和蒲柏完美地结束了诙谐的诗。他们是那个时代最后的伟大诗人，那是一个思想活跃、充满张力的时代，神学的、玄学的、政治的[……]由于奥古斯都时期的和平，人们的心绪发生了改变，诗也不再是诙谐的，而是变得多愁善感了。但伟大的诗总是玄学的，天生就是对生命、爱与死的激情思考。①

格里厄森的标准版《多恩诗集》就是这一命题的先声。全书以 1633 年的首版《多恩诗集》为蓝本，分上下两卷，其副标题分别为"文本与附录"（"Text and Appendixes"）和"导论与评注"（"Introduction and Commentary"）。具体到上卷，其"文本"部分包括《歌与十四行诗》55 首、《警句诗》19 首、《挽歌》20 首、《祝婚曲》5 首、《讽刺诗》7 首、《诗信》34 首，然后是《世界的解剖》和《论灵的进程》，之后是《悼亡诗》8 首、《墓志铭》2 首、《灵的进程》、《神学诗》41 首、《献给作者的挽歌》16 首，共计 210 首。"附录"部分包括《拉丁诗与译诗》6 首、《主要手稿中的疑似多恩诗》9 首、《次要手稿中的疑似多恩诗》35 首，共计 50 首。两部分累计共 260 首。但《献给作者的挽歌》并非多恩所作，而是属于早期《多恩诗集》中那些对多恩的赞歌，所以"文本"部分实际出自多恩的诗只有 244 首。此外，那些"疑似多恩诗"中明确指出"可能作者"的，在附录 B 中有 6 首，而附录 C 中的全部作品，虽然来自 11 个不同的抄本，却几乎都被视为"伪作"②。以此计算，能够确定属于多恩诗的实际上只有 200 首，能够确定为他人之诗的共有 16 首，其余皆为存疑之作。究其原因，按格里厄森的说法，在于 1633 年版最为可信，其次为 1635 年版和 1639 年版，而后来的那些版本，连同各种抄本，如果不能相互佐证，则其中所谓的"多恩诗"便可能并非真的出自多恩之手。正是因为这样科学的严谨性，格里厄森的《多恩诗集》赢得了广泛的赞誉，被学界尊为标准版，但其给人的总体感受则更像是一个具有开放性质的版本。

---

① Herbert J. C. Grierson, Ed. *Metaphysical Lyrics and Poems of the Seventeenth Century: Donne to Butler*. Oxford: Oxford UP, 1921, p. lviii.

② 附录 B 和附录 C 中的一些诗歌，比如附录 B 中的《死神别得意》（"Death Be Not Proud"）和《破晓》以及附录 C 中的《爱的交换》（"Loves Exchange"）和《跳蚤》等，标题本身都在《歌与十四行诗集》和《神圣十四行诗集》中有着完全一致的重叠，但具体内容则完全不同。这可能是格里厄森判断它们为"伪作"的依据之一。

上卷结束部分有一个 6 页的"首行索引"，另有 3 幅多恩的画像和 6 首敬献诗。"首行索引"不但列出了全部诗作，还以"*"号和"†"号明确标注了存疑的或非多恩的作品。3 幅画像按时间先后顺序，分别为 1635 年版《多恩诗集》所附的雕刻画、1651 年版《致名人的信》所附的雕版像、1632 年版《死的决斗》所附的多恩身披裹尸布的铜板像。6 首敬献诗都是早期《多恩诗集》所附的短诗，包括 1633—1669 年版的《书商的六行诗》、1635—1669 年版的《致书商的六行诗》、1650—1669 年版新增的琼森的《致露西》（"To Lucy"）和 2 首《致多恩》，以及 1635 年、1639 年、1649 年、1650 年、1654 年版中的沃尔顿的《致多恩》。

上卷开始部分另有一个 11 页的"前言"，主要内容为该版《多恩诗集》的编辑原因和体例。关于原因，格里厄森是这样说的：

> 这个版本的多恩诗源自我的教学经历。1907 年春，我在出版了那卷 17 世纪早期文学之后，便给优生班开设了"玄学诗"课程。学生们发现多恩诗很难读懂，也无法鉴赏。于是我精选了部分多恩诗与他们共同阅读，一方面阐释那些困难的诗行，另一方面则用实例说明多恩的玄学特征，即巧思背后的经院哲学和科学原理[……]大约就在这时，彼得豪斯学院院长让我撰写《剑桥英国文学史》（Cambridge History of English Literature）的多恩一章。虽然我对多恩早有兴趣，在研究 17 世纪诗歌时也曾把他的诗看作最具影响力的作品，但我还是再次对他的文本开始了前所未有的仔细研读。①

可见，格里厄森是把多恩当作 17 世纪的玄学诗人看待的，而他眼中的"玄学诗"便是那些以"巧思"为表现形式、以"经院哲学"和"科学原理"为基本内容的具有"玄学特征"的诗。这样的看法与其说来自格里厄森本人，不如说来自当时的共识。原因之一在于它与学界的基本定位是一致的，因为所谓"那卷 17 世纪早期文学"即格里厄森编辑的《十七世纪早期文学》（Early Seventeenth Century Literature，1906），那是时任剑桥大学彼得豪斯学院院长的乔治·森茨伯里教授主编的《欧洲断代文学》（Periods of European Literature）中的第 7 卷。原因之二在于它与学生的阅读预期是一致的，因为即便是剑桥大学的优秀学生，也难以读懂多恩的巧思究竟表现了怎样的"经院哲学和科学原理"。但在格里厄森看来，学生们之所以感觉"多恩诗很难读懂"，除了多恩的"玄学特征"之外，更主要的问题在于版本本身。这是因为，虽然冠以《多恩诗集》之名的版本

---

① Herbert J. C. Grierson, Ed. *The Poems of John Donne*. Vol. 1. Oxford: Clarendon, 1912, p. iii.

此前已有 25 个之多①，但基本都只限于编辑与注释，加之各种版本在诗的分类、排印等方面也都不尽如人意，尤其是拼写和标点错误过多，才使得多恩诗成为学生们的阅读障碍。格里厄森以格罗萨特版、钱伯斯版和诺顿版为例指出，虽然它们都是颇具影响的《多恩诗集》，但也都存在这样或那样的问题。比如格罗萨特版的依据仅仅是一两个抄本，而不是各种版本；诺顿版则正好相反，虽然以版本为基础，却没有使用抄本，仅在附录中用了一个抄本；唯有钱伯斯版做到了二者兼顾，但却没能指出标点的变化与使用情况，而标点会直接影响对诗作的理解与赏析。②格里厄森实际上是从版本与抄本的角度，强调了 1633 年版《多恩诗集》的基础地位，同时也说明了何以要用其余版本和各种抄本来对 1633 年版加以修正的原因。

关于体例，格里厄森重点阐释了"注释"的两个目的：一是全面展示 1633—1669 年的各种"原始版本"（original editions）及其"变读情况"（variant readings）；二是以抄本为据对各种变读加以阐释，借以论证四个基本观点：或证明 1633 年版的权威性，或强调偶尔不用 1633 年版的理由，或表明有些诗具有多种形态，或说明抄写员对多恩诗的理解或误解。格里厄森还同时提及其《多恩诗集》的排序依据是 1635 年及其以后的版本；而排印上则严格遵循 1633 年版，比如保留了 u 和 v 以及 ʃ（即 s）的原始拼写，仅有个别字母如 m 和 n，则尽管原始拼写为缩略形式，但为了避免混淆而改为了完整形式，又比如原始拼写中的"&"，若因诗行长度原因而使用的，也一律改为 and 等。③为了直观地说明排印和"注释"的基本内容，这里以《爱的高利贷》（"Loves Usury"）的节选为例略作说明。在格里厄森的标准版中，该诗的标题为"Loves Vʃury"，其前 6 行如下：

> For every houre that thou wilt ʃpare mee now,
> I will allow,
> Ufurious God of Love, twenty to thee,
> When with my browne, my gray haires equall bee;
> Till then, Love, let my body raigne, and let
> Mee travell, fojourne, fnatch, plot, have, forget,

格里厄森的注释为：

---

① 不包括多恩生前的单行本和格里厄森的诗集，这 25 个集子是 17 世纪 9 个、18 世纪 3 个、19 世纪 11 个、20 世纪 2 个。其中，不是以多恩的个人名字出版的有 6 个，包括 17 世纪 1 个、18 世纪 2 个、19 世纪 3 个。

② Herbert J. C. Grierson, Ed. *The Poems of John Donne*. Vol. 1. Oxford: Clarendon, 1912, pp. v-vii.

③ Herbert J. C. Grierson, Ed. *The Poems of John Donne*. Vol. 1. Oxford: Clarendon, 1912, p. xiv.

Loves Vsury. 1633-69, L74: no title, B, Cy, D, H40, H49, Lec, O'F, P, S:
Elegie. S96　5 raigne, 1633, B, Cy, D, H40, H49, L74, Lec, P, S: range, 1633-
69, O'F, S96. See note 6 fnatch, 1633, 1669: match, 1635-54. ①

从诗行可以看出，U 在标题中变成了 V 的形式，在第 3 行则保留了 u 的形式；s 的拼写也有 s 和 f 两种。从注释则可以看出，标题在 1633—1669 年版本中是统一的，在个别抄本中没有标题，在多数抄本中标题则为"挽歌"；第 5 行的 raigne 出现于 1633 年版，在 1635—1654 年的版本中则为 range，但因绝大多数抄本皆为 raigne，所以正文中也用了 raigne 的形式。第 6 行的 fnatch 见于 1633 年版和 1669 年版，1635—1654 年的版本皆作 match，由于 1633 年版为权威版本，因此正文也用该词。

较之于以往的《多恩诗集》，格里厄森的标准版遵循两条基本原则：一是在语料使用上以 1633 年版为蓝本，以 1635—1669 年的早期版本为辅本，以各种抄本为进一步的佐证材料；二是在诗序排列上以 1635 年版为依据对所有诗歌加以分类，而在各类别之内则以 1633—1669 年的首版来决定内部顺序，比如属于爱情诗的《挽歌》（附录一）。这样的做法看似自相矛盾，因为既以首版《多恩诗集》为蓝本，那么 1635 年及其以后的版本就不该作为排序的依据。但格里厄森却将它们做了很好的衔接，并在下卷给出了明确的阐释，得到了学界的普遍认可。特别值得一提的是抄本的使用。恰如第一章第五节所说，多恩之所以有"圈内诗人"之称，在于多恩诗的抄本很多。格里厄森的标准版不但用了 37 个抄本（附录一），还将它们分为重要抄本和次要抄本两类：前者包括大英博物馆的"新增抄本"（A18）等 7 个；后者则包括其余 30 个抄本，其中既有机构和组织的藏本，也有戈斯等个人收藏的抄本。

对多恩诗集的编辑，从 17 世纪到 19 世纪从未有过间断。但对首版《多恩诗集》如此重视，对早期的各种版本与抄本加以如此细致的比较，对包括拼写和标点在内的一切细节给予如此严谨的深究与核对的，格里厄森还是第一人。他的努力充分彰显了其回归文本的企图，显示了一位学者的历史担当与责任担当。这种回归文本的企图，在格里厄森所列举的三种版本的比较中看得非常清楚。在格里厄森列举的版本中，唯有钱伯斯版既有版本也有抄本。那么钱伯斯版究竟是怎样的版本呢？它是在原 E. K. 钱伯斯主编的《缪斯书馆·多恩诗集》（*The Muses Library: Poems of John Donne's Poems*，1896）的基础上编辑而成的，由乔治·森茨伯里撰写"导论"，于 1901 年同时出版了伦敦版和纽约版。钱伯斯版与格里厄森版最为显著的区别在于钱伯斯版注释很少，比如《圣露西节之夜》（"A

---

① Herbert J. C. Grierson, Ed. *The Poems of John Donne*. Vol. 1. Oxford: Clarendon, 1912, p. 13.

Nocturnal Upon St. Lucy's Day, Being the Shortest Day"），钱伯斯版对全诗只有一个脚注，其所针对的是第 12 行中的 every dead thing，该脚注的全部内容为 So 1635; 1633, every dead thing，此外再无任何文字。[①]有的甚至没有脚注，比如《爱的炼金术》仅在书末有一个尾注对第 7 行的 th'elixir 的作用加以简要说明。[②]另外，钱伯斯虽然也用了 1633 年、1635 年、1650 年和 1669 年版《多恩诗集》，但他并不认为其中的某个版本比其他版本更具权威性，因而在编辑上"别无选择，只能折中处理"[③]。由此可见，格里厄森对自己的要求有多么严格。而他的成就则进一步增强了其《多恩诗集》的可信度，奠定了该书在整个 20 世纪多恩研究中的基础地位。在出版界，后来陆续出版过的很多《多恩诗集》大多遵循了格里厄森的编辑方略；在学术界，大量有关多恩诗的研究也都以格里厄森版为依据，直到集注版《多恩诗集》问世，才有越来越多的研究开始转而引用后者。

《多恩诗集》下卷由"导论"和"评注"两大部分构成，其中"导论"共153 页，其本身就是一篇颇具分量的研究专论。该"导论"包括"多恩之诗"和"文本与经典"两个主要内容，全面论述了多恩诗的特点、版本和经典化过程。在"多恩之诗"部分，格里厄森开门见山地写道，"多恩之于英国诗人的地位，考托普（Courthope）已从历史和科学的角度给出了令人信服的阐释[……]唯一尚待阐释的是多恩诗何以还能引起我们的浓厚兴趣，不是作为历史现象，而是作为诗歌本身"[④]。可见，格里厄森是从新批评的角度对多恩诗加以阐释的。当然，作为一种批评方法，"新批评"一词在格里厄森时代尚未正式进入学界的视野，但其精神实质却在格里厄森这里已经有了较为充分的体现，那就是把诗作为一种自足客体加以考察。这其实也很正常，因为把精力放在文本上乃是编辑的本职工作，与格里厄森回归文本的主旨也是完全吻合的。然而，把"诗歌本身"作为探究对象，则凸显了他最基本的学理思路与学术主张：

> 在我们和每个历史诗人或思想家之间，总是隔着一层或厚或薄的面纱，那是用破旧的时髦和常规织就而成的。生活依旧，但服饰变了；激情依旧，但意象表达变了；艺术依旧，但使用环境变了。对史学家而言，他的兴趣就是那些老式的服饰本身[……]对于热爱文学的人而言，则弄清所有的史实，也仅仅旨在不予考虑，否则那些史料就只能是不利因素，因为它们给作品带来的是一种无关紧要的奇怪感。他考察史实的

---

① E. K. Chambers, Ed. *Poems of John Donne*. London: A. H. Bullen, New York: Charles Scriber's Sons, 1901, p. 45.

② E. K. Chambers, Ed. *Poems of John Donne*. London: A. H. Bullen, New York: Charles Scriber's Sons, 1901, pp. 41, 227.

③ E. K. Chambers, Ed. *Poems of John Donne*. London: A. H. Bullen, New York: Charles Scriber's Sons, 1901, p. v.

④ Herbert J. C. Grierson, Ed. *The Poems of John Donne*. Vol. 2. Oxford: Clarendon, 1912, p. v.

目的在于熟悉它们、忘记它们，在于弄清究竟什么才具有永恒的价值，在于诗人的个体特点与艺术表达。[①]

这与约翰逊关于"才"是常变常新的概念可谓高度一致。不同的是，格里厄森更加看重"诗人的个体特点"。那么，多恩的个体特点究竟是什么呢？对此，不同的人有着不同的看法，而格里厄森则将其看作"才"。正因为如此，他在"多恩之诗"部分便紧扣"才"的概念展开，企图回答下列极具针对性的问题：

> 多恩的才在今天究竟具有怎样的价值？它何以能吸引一代又一代读者的兴致？较之于人们普遍认可的通常意义上的诗，较之于那些能激发想象、打动心灵的诗，那些寓教于乐的诗，那些语言优美、乐感强烈、出自天才诗人、能让有诗的耳朵的芸芸众生倾听激情时刻的诗，较之于这一切，它为什么毫不逊色？[②]

显然，这是从历时和共时两个角度，对多恩诗的一种概括性的认识。从历时角度来看，格里厄森以"一代又一代读者的兴致"做了总结；从共时角度来看，格里厄森则是以古典主义诗学原则加以总结的，因为他所列举的一系列概念，包括"有诗的耳朵"的读者，都是从古典主义视角出发的。无论取历时角度还是共时角度，多恩都是被观照的对象，焦点也都是他的"才"。所以，在接下来的篇幅中，格里厄森对多恩的"才"做了较为详细的阐释。纵观格里厄森的一系列阐释，我们会发现五个结合：整体与个体结合、传统与现代结合、批评与文本结合、核心与边缘结合、生平与创作结合。这些结合并非依据先后顺序逐一展开、分别探究的[③]，而是相互重叠、贯穿始终的。究其原因，一是虽属研究性质，但作为《多恩诗集》编辑本的一个部分，其核心功能在于呈现格里厄森的编辑思想及其对多恩诗的认识；二是因为下卷乃是上卷的延伸，所以其基本顺序是按照诗类来展开的，五个结合也就自然贯穿其间。鉴于按诗类的分析并非"多恩之诗"这一部分的突出特色，反倒在后面的"文本与经典"部分阐释得更加明确，同时鉴于格里厄森对五个结合只字未提，学界对格里厄森的引用又多限于上卷，所以下面的有关分析旨在进一步强调格里厄森的《多恩诗集》何以成为公认的标准文本的原因，而对五个结合的顺序则是依据格里厄森的文本给人的总体印象来确定的。

---

① Herbert J. C. Grierson, Ed. *The Poems of John Donne.* Vol. 2. Oxford: Clarendon, 1912, p. vi.

② Herbert J. C.. Grierson, Ed. *The Poems of John Donne.* Vol. 2. Oxford: Clarendon, 1912, P. ix.

③ 格里厄森自己的顺序是先确定"才"之于多恩诗的核心地位，而后梳理先贤对多恩的评论，最后分别以爱情诗、诗性、讽刺诗、挽歌、宗教诗为例，对多恩的"才"加以分析，其中所占篇幅最多的是多恩的爱情诗和宗教诗。

首先是整体与个体的结合，即在宏观层面将玄学诗与多恩诗相结合，在微观层面将多恩诗的类别划分与具体作品相结合，而处于两者之间的中观层面则将多恩的散文创作与其诗歌创作相结合。这是格里厄森的"多恩之诗"给人的最为突出的印象之一。在宏观层面，当格里厄森以"多恩之于英国诗人的地位"开始其论述时，他已经把多恩置于玄学诗这一大类之中了。他赞同考托普的分析，认为多恩诗"呈现在我们面前的是'玄才'与'自然'之间的关系，涉及人们的自然观，既错综复杂又影响深远，17世纪则因此成为人类思想史上自人类有思维以来最伟大的一个时代"[①]。所谓的"玄才"（metaphysical wit）就是多恩诗体现的玄学特征。这样的开篇既显示了宏观层面的主旨，也决定了后来一系列讨论的出发点和落脚点。微观层面的讨论可谓随处可见，比如在讨论"多恩的兴趣在于主题、爱和女人"[②]时，便引多恩的《早安》一诗，认为它以直接而简朴的语言表达了爱与被爱的"纯粹感受"，唯有勃朗宁的诗中才有类似表述。[③]中观层面的讨论则在下列文字中有着简明扼要的集中体现：

> 要全面理解多恩，就必须研究他的诗和文，包括充满悖论的《伪殉道者》，同样充满悖论但却更加怪异的《论自杀》，还有激情四溢、言辞精美的布道文，以及痛苦与才情水乳交融的《应急祷告》，快乐与忧伤共存、才气与智慧并举的《书信》。但多恩的众多品质都在其诗中留有鲜明的烙印，使之成为人们的兴趣中心，其价值已超越了仅仅作为诗的价值。[④]

其次是传统与现代的结合，用艾略特的术语即"传统与个人才能"的结合。这里的"传统"既包括历史传统，也包括当时盛行的诗歌传统。前者指向一般意义上的历史与现实，后者则指向诗学领域的常规与变异。我们知道，多恩诗（特别是爱情诗）与伊丽莎白时代的其他诗人的诗有着很大区别。格里厄森对此的解释是：较之于伊丽莎白时代的爱情诗，多恩的爱情诗具有两个显著的区别特征。一是表面上不及他们那么古典，比如田园意象与神话意象用得较少，更多的是诸如科学、哲学、旅游、航海、炼金术、星相学以及小学生、法律文书、曼陀罗、钱币等日常生活中的意象。二是实际上比他们更加古典，充满了感性、现实、轻蔑等拉丁诗人所擅长的内容与基调。[⑤]他还将多恩与奥维德做了比较，并结合但丁、彼特拉克、锡德尼、斯宾塞等的诗歌特点做了分析，认为多恩的《歌与十四

① Herbert J. C. Grierson, Ed. *The Poems of John Donne*. Vol. 2. Oxford: Clarendon, 1912, p. vi.

② Herbert J. C. Grierson, Ed. *The Poems of John Donne*. Vol. 2. Oxford: Clarendon, 1912, p. xlii.

③ Herbert J. C. Grierson, Ed. *The Poems of John Donne*. Vol. 2. Oxford: Clarendon, 1912, p. xliii.

④ Herbert J. C. Grierson, Ed. *The Poems of John Donne*. Vol. 2. Oxford: Clarendon, 1912, p. x.

⑤ Herbert J. C. Grierson, Ed. *The Poems of John Donne*. Vol. 2. Oxford: Clarendon, 1912, pp. xxxviii-xxxix.

行诗集》和《挽歌》，就其精神实质而言，也都更加贴近奥维德的《哀歌》，甚至在对社会伦理的反映上也颇为相似。"而且即便在那些更具愤世嫉俗与感官享受的诗中，细心的读者也会很快发现多恩与奥维德的不同。他会开始怀疑这位英国诗人是不是在模仿那位罗马诗人，诗中所呈现的腐化是不是一种反射性的腐化。"①类似的说法还有很多，但基本思想只有一个，就是把多恩看作现代的奥维德，在上至彼特拉克下至伊丽莎白时代的诗歌传统中加以分析，借以更好地揭示多恩诗的特点。

　　至于批评与文本结合，则在"多恩之诗"的起笔处就有了鲜明的体现："在过去的三百年间，诗人多恩的声誉历经了多次起伏。对于他的'才'及其范围与特点、博学与巧智等，所有时代的批评家都是有目共睹的。他们的分歧集中在这种'才'与他的诗歌的关系与实效上。"②在接下来的文字中，格里厄森以夹叙夹议的方式，对琼森、卡鲁、德莱顿、约翰逊、柯勒律治、德·昆西等的有关多恩的评论，作了简明扼要而又颇具针对性的梳理。有趣的是，正如前面的分析所示，学界普遍认为德莱顿只是简要地提及多恩好弄玄学，约翰逊的《考利传》才是真正意义上的玄学诗研究。但格里厄森则认为："约翰逊《考利传》中的那些著名段落，不过是德莱顿的回声与延展，对'玄学'一词的使用也更加模糊。德莱顿用以表示'哲学'是正确的，而约翰逊则仅仅用以表示'学识'。"③为什么说德莱顿是正确的而约翰逊就错了呢？格里厄森没有给出理由，但从字里行间可以看出：第一，他对约翰逊关于多恩等玄学诗人"并未成功地表现情感或打动读者"的看法显然是不以为然的，正如下面即将分析的关于生平与创作的结合所示；第二，他完全认同德莱顿关于"玄学诗"即"哲学诗"的说法，因为这与他关于"伟大的诗总是玄学的"这一看法是一脉相承的。在他看来，多恩的"才"内涵丰富，并不限于单纯的"玄才"，而是涉及很多方面的内容，甚至多恩的幽默也都包含了多种语气。他以多恩的爱情诗为例指出，"多恩诗显示了一种新的哲学，如果说它不及但丁来得更加超验，却反而因为少了辩证的概念与苦修的观念而更加恰当地表现了男女之爱的本质"④。这里，不但"新的哲学"，而且"超验""辩证""苦修""观念""本质"等，也都是哲学术语。他还以《歌与十四行诗》与《挽歌》中的具体作品为正例，以锡德尼、斯宾塞、莎士比亚、弥尔顿等的诗歌为反例，对他的观点加以证明，做到了批评与文本的紧密结合。值得注意的是，批评部分既有格里厄森的多恩批评，也有他人的多恩批评；同样

① Herbert J. C. Grierson, Ed. *The Poems of John Donne*. Vol. 2. Oxford: Clarendon, 1912, p. xi.

② Herbert J. C. Grierson, Ed. *The Poems of John Donne*. Vol. 2. Oxford: Clarendon, 1912, pp. vi-vii.

③ Herbert J. C. Grierson, Ed. *The Poems of John Donne*. Vol. 2. Oxford: Clarendon, 1912, p. viii.

④ Herbert J. C. Grierson, Ed. *The Poems of John Donne*. Vol. 2. Oxford: Clarendon, 1912, p. xxxvii.

地，文本部分既有多恩的文本，也有其他诗人的文本。所以批评与文本的结合，实际上是一种比较批评，正是这样具有比较批评性质的批评与文本的结合，使得格里厄森并不认可德莱顿关于"多恩是伟大的才子而非伟大的诗人"之说，因为在格里厄森看来，德莱顿的评语与其说是对多恩的公允评价，不如说是对"多赛特伯爵查尔斯（Charles，Earl of Dorset）的赤裸裸的恭维"①。

　　核心与边缘结合，或者说重点与非重点的结合，原本是选材上的通行做法。在格里厄森这里之所以值得特别注意，在于其对后来的多恩研究（乃至整个英国的玄学诗研究）有着特别重大的影响。在"多恩之诗"部分，格里厄森重点讨论的是爱情诗和宗教诗，对讽刺诗和诗信也有讨论，但所占篇幅较少，而警句诗、杂诗、墓志铭等其他诗歌，则甚至没有提及，更没有具体讨论。这表明，他把爱情诗和宗教诗置于核心地位，把讽刺诗与诗信置于次要地位，而对警句诗、杂诗、墓志铭等则作了边缘化处理。这样做的好处显而易见，就是可以集中有限的篇幅，对处于核心地位的多恩诗加以仔细分析，同时也对处于次要地位的诗给予一定的探究。比如他把多恩的诗信分为两组：一组是写给大学同学的，另一组是写给贵妇和恩主的，他认为它们的内容、风格、基调，连同"才"与"象"，都是截然不同的。又比如他把 17 世纪的挽歌从主题角度分为三类：献给逝者的极度赞扬、中世纪传统中的死亡主题、基督教信仰中的再生主题，他认为这三种类型的挽歌多恩全都写过，而且也都写得非常出色。如此等等，都是对多恩次要诗的分析。但更多的篇幅则是对多恩爱情诗与宗教诗的分析，特别是爱情诗。在格里厄森看来，诗乃言情之物，其母题便是爱，所以他从多恩诗的内在特征、"才"与"象"的基本关系、与传统爱情诗的比较、爱情哲学的表达等众多方面，对多恩的爱情诗做了较为详细的分析。不仅如此，他还紧扣一个"爱"字，探究了多恩的世俗爱与宗教爱，阐释了多恩诗从"爱人"到"爱神"的转变，分析了多恩的爱情诗与宗教诗在主题思想、艺术风格、意象选择等方面的异同。他的分析视野开阔，中心突出，言之有据，入情入理，达到了水乳交融的境界。在核心与边缘的结合上，格里厄森特别重视对核心的分析，这虽然有助于突出其中心，但也容易让人产生误解，认为多恩诗主要是爱情诗和宗教诗，其他的都不重要："如果我们希望评价多恩的诗人气质，就必须考察他的爱情诗和宗教诗。这是他引人入胜的独特天赋之所在，是他作为一个伟大诗人之成败的关键所在，也将是每个真正在乎他的人的共识之所在。"②这种误解的最直接后果之一便是学界争先恐后地研究多恩的爱情诗，只有在认为必须拓展内涵时才会研究多恩的宗教诗。时至今日，对多恩爱情诗的研究如火如荼，对其宗教诗的研究也有了一定

---

① Herbert J. C. Grierson, Ed. *The Poems of John Donne*. Vol. 2. Oxford: Clarendon, 1912, p. vii.

② Herbert J. C. Grierson, Ed. *The Poems of John Donne*. Vol. 2. Oxford: Clarendon, 1912, p. xxx.

的积淀，但是对他的其余诗作的研究则依然有待起步，这一定程度地反映了格里厄森的《多恩诗集》之于今天的多恩研究的影响。

生平与创作结合是一般性批评的常用策略，具体到格里厄森对"多恩之诗"的讨论，则表现为受沃尔顿《多恩传》的影响，格里厄森也像其他人一样，把多恩的一生分为前后两个时期，并用多恩诗为例加以佐证。不同的是，学界大多把多恩诗看作展示才学的方式，格里厄森则把它们看作诗人的真情表露："诗是激情的语言，让诗人不断感动的激情便是作诗的愉悦。"①在格里厄森看来：一个诗人，如果从来不曾爱过，就不可能写出令人信服的爱，即便是男女间的友情，一定程度上也是爱。由此出发，他认为多恩与赫伯特夫人的友情是《报春花》、《花朵》、《毒气》（"The Dampe"）以及《葬礼》和《圣物》等的共源，其中既有彼特拉克式的爱，也有柏拉图式的爱。格里厄森由此认为：

> 多恩的爱情诗是一个非常复杂的现象，但也有处于支配地位的两条主线：一条是辩证而精湛地展示其观点与才智的主线，博学而又古怪；另一条是鲜活的现实主义主线，其所记录的激情既不是理想主义的，也不是墨守成规的，既不源自宁静中的回忆，也非文学风尚的纯洁产品，而是真实的爱，是一种直接经历，包含着爱所蕴藏的全部情绪，即快乐与愤怒、鄙视与狂喜，甚至动人的柔情与极度的忧伤。②

在格里厄森看来，多恩诗的真正魅力是爱的欢乐，它来自两情相悦、惺惺相惜、彼此满足。约翰逊曾指出，玄学诗人不在乎思想情感的共性。格里厄森也认为，很多别的诗人已经做到的，的确都不是多恩所能做到的，但像多恩的《早安》《封圣》《爱的无限》等，能用如此简朴的语言表达如此真诚的欢乐，则只有在萨福（Sappho）、卡图卢斯（Catullus）、彭斯和勃朗宁的部分诗作中才可能有所发现。这实际上是否定了约翰逊关于玄学诗人"未成功地再现激情"的看法，而格里厄森用作支撑的例子便是多恩的爱情诗，特别是那些写给他妻子的诗，因为"在多恩的爱情诗中，那些更纯净、更柔情、更理想化的诗，都是表达对他妻子的爱的"③。格里厄森还结合莎士比亚的《维纳斯与阿多尼斯》（"Venus and Adonis"），马娄的《希罗与利安德》（"Hero and Leander"），特别是但丁的《神曲》，分析了多恩的爱情诗，明确认为：

> 托马斯·埃杰顿爵士的秘书之所以为爱私奔，并非无缘无故之举。

---

① Herbert J. C. Grierson, Ed. *The Poems of John Donne*. Vol. 2. Oxford: Clarendon, 1912, p. xxiii.

② Herbert J. C. Grierson, Ed. *The Poems of John Donne*. Vol. 2. Oxford: Clarendon, 1912, p. xxxiv.

③ Herbert J. C. Grierson, Ed. *The Poems of John Donne*. Vol. 2. Oxford: Clarendon, 1912, p. xlix.

对诗人但丁而言，他的妻子并不存在。多恩则因对妻子的爱而发现了爱的真正意义和无尽价值。在他后来的日子里，他或许因"崇拜世俗情人"（idolatry of profane mistress）而感到忧伤，但他从来不曾因为爱过而感到后悔。在他最感性化与最精神化的爱情诗之间并没有什么裂痕，更没有将自然的爱与但丁的爱截然分开，虽然但丁对贝雅特丽齐的爱最终属于神学。多恩《挽歌》中所燃烧的激情以及《祝婚曲》中的放荡，都并没有在他的《周年》或《封圣》中被驱逐出去，而是尽数吸收了，并因和谐地融入灵与肉的全部本性而获得净化与丰富。作为性欲的专属意识消失了，转而成为整体情感的组成部分，犹如混浊的溪水褪去颜色流入大海一般。①

从五个结合的角度阐释多恩的"才"，连同其专论性质的做法，都彰显着格里厄森对多恩诗的积极态度。在格里厄森看来，无论我们怎么看待多恩的诗，都不可能不对他的心智和品格产生异乎寻常的兴趣。原因之一是，多恩身处"巨人"辈出的伟大时代，虽然不及莎士比亚光彩照人，也不及培根富于哲学的创新，但他的内心却与他的诗文是相通的。原因之二是，较之于其他一些诗人，多恩似乎缺乏坚定的信念，不相信真理是不言自明的，也不相信真理是必定能够找到的；相反，无论他写什么，总有一种怀疑精神与悖论表达贯穿始终，仅在描写强烈的情感时才会出现例外，那是因为情感与信仰已然达至交合的境界，压制了他的怀疑精神与悖论表述，但他所真正呈现给我们的，恰如其爱情诗和宗教诗所示，乃是"幻象的力量"（power of vision）而非"智性的信念"（intellectual conviction）。②由于这些都是基于多恩的心智和品格的，所以格里厄森对多恩作出了如下的基本定位：

> 除了天赋的淳朴想象与智慧之外，多恩的内心力量无论怎么评价也都不显过分，比如他的才气、洞见、想象等；这些都是情感与学识的媒介，无论那些情感与学识是中世纪的，还是文艺复兴的，抑或是现代的，全都表现得如此怪异，以至于但凡落笔总能激起人们的好奇。[……]多恩诗的品质之一是才。批评家们对此有些忽视，仅限于"玄才"的定义和来源。而在我们的观念中，多恩的才就像斯威夫特的才或谢立丹的才。这样的才惯于伪装，无疑是过时的。更糟的是，在伊丽莎白时代，才总与幻想和情感愉快地混杂在一起，总有那么一点世俗的味道。然而，即便带着幻想，甚至有时还略带孩子气，多恩的才依旧引人

---

① Herbert J. C. Grierson, Ed. *The Poems of John Donne*. Vol. 2. Oxford: Clarendon, 1912, p. xlvi.

② Herbert J. C. Grierson, Ed. *The Poems of John Donne*. Vol. 2. Oxford: Clarendon, 1912, p. x.

入胜，是 18 世纪最为机敏、最为丰富的才，直到巴特勒的《休迪布拉斯》（*Hudibras*）为止。①

上述简析表明，格里厄森的《多恩诗集》不仅仅是一个常规意义上的编辑本，其本身就是一项严肃的学术成果，无论对普通读者还是对多恩专家都有着同等的重要性。对普通读者而言，格里厄森不仅提供了第一个标准版，而且还给出了详细的注释，很好地适应了他们的阅读需求，因而在 19 世纪末的多恩热的基础上，引发了新一轮的多恩热潮。对于研究者而言，它为 19 世纪以来的所谓的"重新发现"以及随之而来的全面评价，提供了一个很好的契机，并一定程度地再次催生了对整个玄学诗派的研究。

紧接"多恩之诗"的是"文本与经典"部分，包括"文本"与"经典"两个主题。前者通过回顾《多恩诗集》的早期版本的出版情况，进一步论证了首版《多恩诗集》的权威性；后者则借助 17 世纪的各种抄本，论证了多恩诗的真实性问题。鉴于两个主题所针对的都是编者，加之其主要内容与我们在第一章对多恩作品的出版情况的分析一致，所以这里不再赘述。需要特别指出的是：第一，在"文本"主题下，格里厄森除了对 17 世纪的七个《多恩诗集》作了逐一评价之外，还增加了 18 世纪的汤森版，但他的讨论重点则是他在当时所发现的 37 个抄本。②第二，在"经典"主题下，格里厄森旨在借"文本"部分的讨论结果来确定多恩诗的经典性质，即早期版本中归属多恩名下的诗是否真的出自多恩之手。正是对这一问题的探究，使格里厄森在其《多恩诗集》上卷专门列出了附录 B 和附录 C，用以区分多恩的经典作品和非经典作品。③第三，与"多恩之诗"一样，"文本与经典"同样显示了宽广的视野和严谨的学术担当，所以能在版本和抄本、风格与主题、生平与创作、群体与个体、传播与接受、抄本的性质与特点等多条主线的交合与互证中，对多恩诗的文本和经典性

---

① Herbert J. C. Grierson, Ed. *The Poems of John Donne*. Vol. 2. Oxford: Clarendon, 1912, p. x.

② 关于这些抄本的基本信息、具体分类、使用情况，见本书附录一之 4.1—4.3。

③ 比如《致亨廷登伯爵夫人》（"To the Countesse of Huntington"），在格里厄森的《多恩诗集》上卷中就有两首同名的诗，其中的一首归在《诗信》组诗名下，另一首则归在附录 B 中。这表明后者不具经典性，而格里厄森用了 6 页的篇幅，分别从出版（含版本和抄本）、传记、诗本身三个方面对此作了论证：第一，它不在 1633 年版本中，也不在 D、H49、Lec，以及 A18、N、TCC 和 TCD 抄本中，而是 1635 年添加到第二版《多恩诗集》中的，虽然抄本 P 和抄本 TCD 的杂集本中也有收录，但与核心抄本不能实现互证。第二，多恩与亨廷登伯爵夫人伊丽莎白·斯坦利（Elizabeth Stanley）的关系，各种《多恩传》都所涉寥寥，多恩的作品也所涉极少，有关多恩及其朋友间的书信往来有所提及，但所指并不明确。第三，诗歌本身很难确定是否出于多恩，因为就玄才而言，确乎非多恩莫属，但就口气而言，却又不属多恩；即便就风格而言，某些用词属于多恩，但贯穿其中的呈现模式，却又不像多恩。因此存疑，但又不能完全否认，故而放入附录 B 中。

加以最终确认。[①]

《多恩诗集》下卷的第二部分是"评注"，共计 275 页，比第一部分"导论"还多 100 多页。整个"评注"部分按"总论—类论—诗论"的方式展开。"总论"仅有 6 页，开始于"多恩是一个'玄学'诗人"[②]的基本定位，经由对多恩广博学识的认可与论证[③]，结束于评注所用的主要参考著作。"类论"与"诗论"彼此交互，是评注的主体部分。"类论"根据上卷对多恩诗的大类划分，对每个类别逐一加以简介；"诗论"则对每个类型下的具体作品给出必要的注释。较之于一般编著，"评注"部分具有两大特点：一是篇幅大，二是研究性强。前者主要是对上卷的注释部分的补充，旨在为初读者提供具体作品的背景信息，同时消除可能存在的语言障碍；后者则主要体现为每首诗的评注都是整体评价和细节注解的结合，因而每首诗的评注读起来都像是一篇微型论文，而整个评注部分则犹如无数微论文的合集。

由此可见，《多恩诗集》上下卷是一个有机整体，彼此关联而又相互独立。对于研究人员，尤其是熟悉多恩诗的人员，可以只看下卷的"导论"部分；对于普通读者，则既可只看上卷，也可借助下卷的导论和评注，特别是评注部分，去认识多恩及其作品。对多恩研究批判史而言，尤其重要的是导论部分，评注部分值得特别注意的是其开篇：

> 多恩是一个"玄学诗人"。这一术语很可能是德莱顿最先使用的，约翰逊只是借用[……]多恩的爱情诗在精神上通常都是古典的；他所呈现的意象也都是中世纪诗歌中的"玄象"，也都带有自己的个人特征与时代的科学兴趣。
>
> 玄学诗人，就该术语的完整意义而言，是这样一种人：他的灵感就在学识之中，这种学识无关他自己的世界或常识中的世界，而是有关科学发现或哲学研究中的世界。欧洲最伟大的两位玄学诗人是卢克莱修（Lucretius）和但丁。伊壁鸠鲁的哲学之于卢克莱修，恰似阿奎那（Aquinas）的学说之于但丁。他们的诗就是他们的学识的产品，因想象的缘故而焕然一新，所以要理解他们的诗，就得对他们的思想和知识有

---

① 比如 1635、1649、1650、1669 年版本中的共计 23 首在 1633 年版中是没有的，其中 7 首被放在附录 A 中，2 首被认为出自约翰·罗（John Roe）。而《告别爱》（"Farewell to Love"）虽只在 O'F 和 S96 两个抄本中才有，但因愤世嫉俗的情绪、浓密的意象使用、极具个性的玄学论题，甚至亚里士多德式的哲学等，都表明非多恩不能写出，因而被认定为多恩之作，挽歌第 7、8、9 也同样被认定为多恩之诗。可见"文本与经典"并非一律排除，也非一律认可，而是一项甚为严肃的涉及经典问题的学术工作。

② Herbert J. C. Grierson, Ed. *The Poems of John Donne*. Vol. 2. Oxford: Clarendon, 1912, p. 1.

③ 格里厄森引沃尔顿说，多恩读过的著作多达 1400 余种，全都留有多恩的笔迹，尤其是科学类、哲学类、神学类著作。

所研究。①

这是"评注"部分的开篇两段。其中的第一段是对多恩的基本定位，其直接依据是德莱顿和约翰逊的多恩研究。这样的定义，连同其论证方式，都表明格里厄森是把多恩认定为"玄学诗人"的。这一方面与上卷"前言"中关于开设玄学诗课程后学生们发现多恩很难读懂的描述相一致；另一方面也为下卷从玄学角度对多恩诗加以"评注"做了先行铺垫。以《梦》第7行为例，其在标准版《多恩诗集》上卷中，正文为"Thou art fo truth, that thoughts of thee fuffice"，脚注为"fo truth, 1633, A18, D, H49, L74. Lec. N, TC; fo true, 1635-69, A25, B, C, Cy, O'F, P, S"②，其在下卷的评注为：

> 众多抄本显示，truth 和 true 都是当时的流行文本，这也表明了1635—1669 年版本的不同。但 truth 更加难读，也更能体现多恩思想的精妙之处；true 则显然是校订的结果，出自那些不太注重玄学的抄写员和编辑之手。多恩的"爱"并非是与虚假相对的 true；而是与非真实的梦境、幻觉或想当然等相对的 truth，其本质就是 truth，如同上帝[……]将爱的对象加以神化是爱情诗的常见题材；多恩同样如此，他对经院神学的微妙之处了如指掌。在这首诗中，他将神的两种属性赋予了诗中的女子，（1）存在与本质的同一性，（2）直接读懂内心思想的能力。③

类似的例子还有很多，比如对《日出》《手镯》《天父颂》等的评注。在《多恩诗集》中，"玄学"一词共出现42次，上下卷几乎各占一半。上卷的核心是玄学之于"才"的关系，更多的属"玄才"的范畴；下卷的重点则是玄学之于作品的表现，更多的属"玄象"的范畴，二者的有机结合构成了"玄学诗"的全部内容。但从批判史的角度来看，"玄学诗"的概念虽在整部《多恩诗集》中皆有体现，但却并非该书的核心，只是其中的要素之一而已。根本原因在于，《多恩诗集》首先是个作品集，其次是一个权威的标准版，最后才是从创作背景、文化传统、语言表达等角度对多恩诗的注释，而玄学或玄学诗只是其中的一个点。正因为如此，格里厄森虽把多恩定位成玄学诗人，但却并未在书名中冠以"玄学"一词，在书名中直接使用"玄学"一词的，是他的《十七世纪玄学诗集》。

《十七世纪玄学诗集》1921 年由牛津大学克拉伦登出版社出版发行。较之于《多恩诗集》，本书具有两个显著特征。一是注释很少，仅占24 页；二是收录人

---

① Herbert J. C. Grierson, Ed. *The Poems of John Donne*. Vol. 2. Oxford: Clarendon, 1912, p. 1.

② Herbert J. C. Grierson, Ed. *The Poems of John Donne*. Vol. 1. Oxford: Clarendon, 1912, p. 37.

③ Herbert J. C. Grierson, Ed. *The Poems of John Donne*. Vol. 2. Oxford: Clarendon, 1912, pp. 33-34.

数虽然很多，但诗歌作品数却不及《多恩诗集》，而且全部都是短诗，所以篇幅并不大。然而，其影响之大甚至超过了标准版《多恩诗集》，原因之一是其首次将"玄学"纳入书名，且收录了共计 27 人的 137 首诗（附录一）；原因之二是艾略特为该书撰写的《论玄学诗人》一文在文学批判史上具有里程碑式的重要意义。两个原因的叠加，一方面将业已形成的多恩热潮再次推进了一步，另一方面则将以多恩为首的玄学诗人推向了历史的前台，使英国玄学派诗歌从此成为整个20 世纪的研究热点之一。时至今日，人们在谈到多恩或"玄学诗"时，往往认为其主要包括爱情诗和宗教诗，很少留意到其他题材，这也从另一方面说明了《十七世纪玄学诗集》的巨大影响。

对多恩研究批判史而言，《十七世纪玄学诗集》的意义在于格里厄森的序言。在长达 58 页的序言中，格里厄森对玄学诗的风格特点进行了较为全面的评说，除了提出"伟大的诗总是玄学的"这一著名论断，还以具体作品为例做了较为详细的阐释。在序言伊始，格里厄森就开门见山地给出了他对玄学诗的定义：

> 玄学诗，就该术语的完整意义而言，是这样一种诗：它就像《神曲》与《物性论》（De Rerum Natura），抑或歌德的《浮士德》（Faust），其灵感既源自对宇宙奥秘的哲学思考，也源自人文精神之于存在大戏（the great drama of existence）的角色定位。之所以要写这些诗，是因为对谜底的终结解释、伊壁鸠鲁关于原子在广袤的虚无空间任意运转的学说、圣阿奎那的口授教义及其所代表的学院派神学、斯宾诺莎（Spinoza）关于"永恒的形式下"的生命乃是超越善恶的理论等，都深深地吸引着一个伟大诗人的心智和想象。这一切都统一[在诗人身上]并点亮了他的生命感悟，强化并提升了他对欢乐与忧伤、希望与恐惧等的个人意识，拓展了它们的重要性，进而把短暂的自身灵魂看作人类命运这出大戏的精要。"诗是一切知识的起源和终结，它像人的心灵一样不朽。"其主题是用最简单的经历去表现忧伤与欢乐、爱与战争、国家的安宁、乡镇的喧嚣与躁动等生命的外在表征；但同样地，最大胆的观念、最深邃的直觉、最精妙也最复杂的各种"理性话语"，如果这些也都承载着诗人的感受力，那它们就会成为充满激情的经历，并以鲜活动人的意象、丰富多彩的和谐加以传递。①

这个定义，连同其遣词造句和论证方式，都与上引《多恩诗集》对"玄学诗人"的定义非常相似，显示了两部著作的相互关联。这一定义的显著特征是其中

---

① Herbert J. C. Grierson, Ed. *Metaphysical Lyrics and Poems of the Seventeenth Century: Donne to Butler*. Oxford: Oxford UP, 1921, p. xiii.

所包含的一系列重要信息，比如基本观念、创作目的、核心主题等。首先是基本观念，亦即人与宇宙的关系及其在历史上的表现。在格里厄森看来，玄学诗已突破了文艺复兴时期的主流诗歌，不再致力于表现天人对应关系，而是直接把人视为宇宙的精华，所以他用"存在大戏"取代"存在之链"（the chain of being），并将其与但丁的《神曲》、卢克来修的《物性论》、歌德的《浮士德》相提并论，意在突出玄学诗背后的信仰问题与人生追求。这就顺理成章地引出了玄学诗人的创作目的与核心主题：前者旨在"把短暂的自身灵魂看作人类命运这出大戏的精要"，亦即在宏观的宇宙之谜中去阐释人生的意义和价值，借以体现人是万物的尺度这一哲学命题；后者则直指生命本身，包括"忧伤与欢乐"等基本内容以及"理性话语"等表现形式。但这一切都是以诗的形式表现出来的。那么诗是什么呢？格里厄森的回答很简单，那便是华兹华斯在《抒情歌谣集》1800 年版序言中的一句话："诗是一切知识的起源和终结，它像人的心灵一样不朽。"①

格里厄森本身就是文学教授，他对玄学诗的定义包含浓重的诗的气质，其口气也与华兹华斯颇为类似。在《抒情歌谣集》序言中，华兹华斯曾论述过激情与感受力的关系，格里厄森将其总结为"激情思考"（passionate thinking），并视之为多恩诗的基本特征："多恩是玄学的，他的学究气是如此，他深度反映人生经历的兴趣也是如此，他的诗就是对这种经历的表达，是一种新的内心好奇促使他写了那些爱情诗和宗教诗。"②这与他在标准版《多恩诗集》中的有关论述是一脉相承的。不同之处在于，他以此为基础提出了"激情思考"与玄学的关系：

> 激情思考总是倾向于玄学的，总要深入经验、探究经验，那是思考的缘起。所有这些品质都在多恩的诗中，而多恩则是 17 世纪英国诗坛的伟大诗人。③

这是"伟大的诗总是玄学的"这一论断的依据，也是把多恩当作玄学诗魁首，把其他 26 位诗人当作玄学诗人（或写过玄学诗的诗人）的重要依据。在格里厄森看来，17 世纪的"伟大诗人"都自认为是了不起的哲理诗人或神学诗人，是有如但丁一样的人物。他以弥尔顿为例指出，《失乐园》旨在论证"天道的公正"，其基础是神学的，其细腻的表现方式也如同但丁的《神曲》；但弥尔

---

① 华兹华斯：《〈抒情歌谣集〉一八〇〇年版序言》，曹葆华译//武蠡甫、胡经之主编《西方文艺理论名著选编》（中卷），北京：北京大学出版社，1986 年，第 52 页。

② Herbert J. C. Grierson, Ed. *Metaphysical Lyrics and Poems of the Seventeenth Century: Donne to Butler*. Oxford: Oxford UP, 1921, p. xiv.

③ Herbert J. C. Grierson, Ed. *Metaphysical Lyrics and Poems of the Seventeenth Century: Donne to Butler*. Oxford: Oxford UP, 1921, p. xvi.

顿并不是一个哲学家，《失乐园》也并未证明什么，弥尔顿只是为一个伟大的创世神话提供了一种新的诠释，他的真正贡献在于感受力，在于那种感受力所激发的伟大心灵和超凡想象，所以才能借史诗的宏大叙事，成功地掩盖匿藏在圣经故事背后的叛经逆道，从而让普通读者仅仅专注于人的坠落与救赎。格里厄森把这样的作品看作具有玄学品质的宏大叙事，认为它虽然并非多恩等所追求的方式，但也有明显的相通之处，那就是强调内容的正当性，包括复兴玄学、传承意大利诗歌中的巧智、使用充满学术味的意象、解释微妙的内心情感、将感觉与推理融为一体等。①所有这一切，在格里厄森看来，都在多恩的诗中应有尽有，并以"激情思考"的形式呈现在读者眼前，而这也是他之所以把多恩看作英国玄学诗人的代表的重要原因之一。

在《多恩诗集》中，格里厄森曾使用过"激情心灵""激情节制""激情意识""激情放肆""激情尊严""激情忏悔"等一系列术语。②他还借德·昆西关于多恩诗的独特之处在于辩证地表达感情的说法，针对多恩诗所遭到的责难，提出过这样的反问："难道诗就不能激情洋溢而别出心裁，感觉真诚而妙趣横生，即充满思想，包括敏锐而抽象的思想，以及学究式的思辨？"③可见，"激情思考"也是格里厄森对多恩诗的一种提炼。可这种提炼却具有明显的二元论特征，因为"激情思考"这一术语虽属偏正结构，但激情与思考本身就是两个对立的概念，尽管格里厄森将二者作了融合，也不能将二者的对立全部抹平。由此而看他的长篇序言，我们就会发现，尽管他的具体评价非常之多，但贯穿其中的主线乃是基于"激情思考"的二元融合。他对玄学诗的论述是如此，对多恩诗的论述也是如此，对《玄学诗集》中的三类作品的评价还是如此。比如多恩的爱情诗，格里厄森就认为它们包含着两种特质，而且都与多恩的秉性有关：

> 多恩的才气、气质、学识等，使他的爱情诗具有了某些特质，并立刻引起了人们的注意，他的诗具有一种使人着迷与出人意料兼而有之的冲击力，尽管其措辞与和谐都有问题，也都在德莱顿以降的一个世纪里被认为是"偏离了诗的价值"。第一个特质是感情的深度和广度，那是伊丽莎白时代的绝大多数十四行诗和歌词作者都不为所知的。整体上，伊丽莎白时代的十四行诗或多或少都有翻译或模仿的痕迹。沃森

---

① Herbert J. C. Grierson, Ed. *Metaphysical Lyrics and Poems of the Seventeenth Century: Donne to Butler*. Oxford: Oxford UP, 1921, pp. xv-xvi.

② 原文分别作 "passionate mind, passionate temperance, passionate awareness, passionate audacity, passionate dignity, passionate penitence"。见 Herbert J. C. Grierson, Ed. *The Poems of John Donne*. Vol. 2. Oxford: Clarendon, 1912, pp. xx, xxiv, xxvii, xli, liii, respectively.

③ Herbert J. C. Grierson, Ed. *The Poems of John Donne*. Vol. 2. Oxford: Clarendon, 1912, p. xxxi.

（Watson）、锡德尼、丹尼尔（Daniel）、斯宾塞、德雷顿、洛奇（Lodge）等，虽然多少也都表现出一定的个体特征，但他们弹奏的都是彼特拉克的哀怨，他们叹息的是龙沙（Ronsard）的抑郁或德波特（Desportes）的悲切。的确，莎士比亚在他最伟大的十四行组诗中，以及德雷顿在一首罕见的十四行诗中，也都唱响过更深沉的曲调，更丰富地展现过复杂而对立的情感。但多恩对爱的处理却完全是不同寻常的，只有当他选择以半讽刺的方式去戏弄彼特拉克传统时才会例外。他的歌以不落俗套的诙谐语言表达了爱的全部情绪，那是爱的经历和诗的想象教给他的。[①]

什么是"爱的全部情绪"呢？格里厄森以多恩的具体作品为例给出了阐释，比如《幽灵》中那飘逸的才气和浓烈的感官享受，以及痴迷、奚落、愤怒的浑然一体；《周年》中那源自真爱的彼此包容、激情与欢乐；《最甜蜜的爱》中把离别的伤心比作快乐的阴影以及暂别婚姻生活而来的淡淡感伤；《圣露西节之夜》中那神秘、超凡、深刻的爱恋等。[②]以诗为例的方式表明，格里厄森不想（或不能）将"爱的全部情绪"尽数列出。其优势在于留有余地，能给研究者以足够的空间想象，但其劣势也是明显的，因为在没有列出的多恩诗中，是否也有同样的情绪呢？退而言之，即便多恩确实表现了"爱的全部情绪"，那么这样的作品是否就是真正的伟大诗歌呢？格里厄森并未忽视这样的问题，而是从创作角度给出了他的回答：如果多恩能完美地表达如此宽泛的强烈情感，如果他能像莎士比亚或德雷顿那样更加重视艺术的真实，如果他能在自己的天赋中增加艺术的美，那么他势必就将成为最伟大的爱情诗人。[③]

> 但是，他还有第二个特质，那便是他的玄才，这使他的诗成了一个时代的风尚，但却不利于对其的广泛接受[……]但这种玄才早在中世纪爱情诗中就已流行，伊丽莎白时代的十四行诗只是其传承。其在但丁及其诗派手中达到高峰，后在彼特拉克笔下演变成修辞，用以表现语言的精妙而非思想，又在提巴尔迪奥（Tebaldeo）、卡里提奥（Cariteo）、

---

① Herbert J. C. Grierson, Ed. *Metaphysical Lyrics and Poems of the Seventeenth Century: Donne to Butler.* Oxford: Oxford UP, 1921, pp. xviii-xix.

② 格里厄森具体例出的，分别是《幽灵》第 1—4 行，《周年》第 6—10 行，《最甜蜜的爱》第 33—40 行，《圣露西节之夜》第 10—14 行。值得注意的是，《幽灵》（"The Apparition"）一诗并未收录在《十七世纪玄学诗集》一书中。此外，这里的《周年》并非《周年诗》（"The Anniversaries"），而是《歌与十四行诗》中的一首爱情诗。

③ Herbert J. C. Grierson, Ed. *Metaphysical Lyrics and Poems of the Seventeenth Century: Donne to Butler.* Oxford: Oxford UP, 1921, p. xx.

塞拉菲诺（Serafino）的作品中进一步退化为半玄学的恣意挥霍（卖弄才学）。多恩无意要复兴但丁的玄学，只是有意玩弄幻象式的巧思与夸张，而这些在当时的整个欧洲乃是一种时尚。他带来的不仅有刚健的气质与敏锐的洞悉，还有广博的知识储备与天主教神学，它们是但丁思想的核心，但却已经打上了哥白尼新学的烙印。①

犹如在阐释第一个特质一样，格里厄森同样用了一系列具体作品来阐释多恩的第二个特质，只是不再引用诗行，而是仅用意象与名句。意象如用圆规的双脚比喻一对恋人，用否定的方式来对情人加以神化，用数以千计的生动形象来呈现对爱的奇思妙想：灵魂的合二为一、曼陀罗的根、天使的轻盈身姿、凤凰涅槃、炼金术与星象术、迟到的学生、法律合约等。名句则包括"看在上帝的份上，你闭嘴，让我爱"；"不论谁来装殓我，请勿弄脱/也不要多打听/那束纤细的头发，它戴在我手臂上"；"我渴望与某个老情人的鬼魂谈谈，他早已死在爱神出生之前"；等等。②在格里厄森看来，这些意象和名句全都既生动又简朴，也都既是现实的又是博学的，但正因为既生动又简朴、既现实又博学，所以其最终效果却显得古怪。可格里厄森并不认为这是一种失败，反而将其视为一种成功，因为"但凡伟大的诗都有别样的气质、强烈的情感、生动的想象等，因此都势必是古怪的"③。

格里厄森关于多恩爱情诗的两种分类，看似非常清楚，实则让人如坠云雾，难以真正把握。比如他说多恩的第一特征是"感情的深度和广度"，第二特征是"玄才"。然而，人们难免会问：难道"玄才"就不表现"情感的深度和广度"？又比如他在举例说明多恩的玄学特征后将其总结为"古怪"，这也势必让人产生这样的疑惑："古怪"怎么会成为"时代的风尚"呢？更重要的是，学界对《十七世纪玄学诗集》的态度也如对《多恩诗集》一样，只见褒奖而鲜见批评，这又究竟意味着什么呢？要回答这些问题，势必要回到 20 世纪初的文学批评这个特定的时代背景，回到多恩的诗本身。

首先是时代背景。我们知道，20 世纪初是形式主义的肇始阶段，而形式主义的核心概念便是"文学性"。在这之前，所谓"文学"更多的是指"诗学"。周小仪的《从形式回到历史》就始于对"文学性"的探讨，而他用作支撑的实例

---

① Herbert J. C. Grierson, Ed. *Metaphysical Lyrics and Poems of the Seventeenth Century: Donne to Butler*. Oxford: Oxford UP, 1921, pp. xx-xxi.

② Herbert J. C. Grierson, Ed. *Metaphysical Lyrics and Poems of the Seventeenth Century: Donne to Butler*. Oxford: Oxford UP, 1921, pp. xxi-xxii. 此处所引三处分别出自《封圣》第 1 行、《葬礼》第 1—3 行和《爱的神性》第 1—2 行。

③ Herbert J. C. Grierson, Ed. *Metaphysical Lyrics and Poems of the Seventeenth Century: Donne to Butler*. Oxford: Oxford UP, 1921, p. xxii.

之一便是特里·伊格尔顿（Terry Eagleton）用以通俗地阐释"诗学原则"的两个句子：一是济慈《希腊古瓮颂》（"Ode on a Grecian Urn"）中的"你委身于'寂静'的、完美的处子"，一是日常话语中的"你知道司机都罢工了吗"？伊格尔顿指出，前者是文学而后者不是；周小仪的解释为"第一句用语奇特，节奏起伏，意义深邃；第二句却平白如水，旨在传达信息"①。也就是说，当格里厄森用"古怪"一词来总结多恩诗时，他是从文学性角度加以审视的，因此他的评论并无自相矛盾之处，而且与 19 世纪的三大发现也是一脉相承的，所以才被学界广为接受。

其次是多恩诗本身，这是把握格里厄森有关论述的关键。在《多恩诗集》中，格里厄森也曾用二元的方式论述过多恩的爱情诗。前面在分析格里厄森的五个结合时曾引用过他所归纳的多恩爱情诗的两条主线："一条是辩证而精湛地展示其观点与才智的主线，博学而又古怪；另一条是鲜活的现实主义主线。"②这两条主线，根据格里厄森的思路，都可上溯到但丁与彼特拉克，他们既是格里厄森用以对多恩加以比较的两个诗人，也是学界的多恩研究每每用以作为对照的两个传统。但丁的传统属于柏拉图的精神爱，但求付出、不求回报；彼特拉克的传统则属于世俗爱，既有付出也有回报，而且是以婚姻为目的的，不然就是非道德的爱。两个传统都在多恩诗中有着鲜明的体现，这是多恩诗所展示的博学，而且是贯穿多恩的全部诗作的，是多恩诗的基本特征。不同的是，多恩的某些诗更倾向于但丁的传统，而另一些则更倾向于彼特拉克的传统。所以在多恩研究批判史上，既有专事多恩与但丁之相同的研究，也有专事他们之区别的研究；既有专事多恩与彼特拉克之联系的研究，也有专事他们之差异的研究。但在多恩的全部诗作中，这两个传统虽然重要，却只显示了多恩诗的两个极端，真正能代表多恩特色的并非其中的任何一个，而是处于二者之间的那些作品。它们既不属于任何一个传统，也不脱离任何一个传统，这不仅体现了多恩的博学，而且体现了他的巧思与才气。

由此观之，格里厄森关于多恩爱情诗的两个特质之说，实际上是从两个视角对上述两个传统的论述。正因为如此，他对每个特质的分析都是与历史密切联系的，也都是用比较的方式加以阐释的，而他用于评价多恩诗的具体话语，则几乎都是指向那些最能代表多恩之才气与巧思且又处于两个传统之间的诗歌作品。比如他对多恩诗的如下评价：

> 多恩诗自有一种强大的鬼魅般的和谐。多恩并不简单地满足于说出

---

① 周小仪：《从形式回到历史：20 世纪西方文论与学科体制探讨》，北京：北京大学出版社，2010 年，第 11-12 页。

② Herbert J. C. Grierson, Ed. *The Poems of John Donne*. Vol. 2. Oxford: Clarendon, 1912, p. xxxiv.

他的思想，也不满足于谨遵或突破已有的范式，任何诗人也都不会这样做的；他致力于找到一种节奏，用以表达饱满的内心激情，传递起伏多变的各种情绪。他的诗是得体的，他的语言是常规的，也是惊人的。他精心编织的诗节或诗段，将杂乱的诗行或短语合成到整体之中，使之获得卓有成效的艺术和谐。以这样的形式从事创作，他是最早的大师之一，也或许就是那位最早的大师。①

格里厄森还以同样的二元分析去阐释多恩的宗教诗："多恩的宗教诗也有两个特征，一是天主教的，一是个人的。他是英国的第一位盎格鲁/天主教诗人，也是第一位具有强烈个人色彩的宗教诗人。他表达的并不总是基督徒的心理，而是一个充满矛盾、困惑与渴望的灵魂，一颗敏锐而丰富的内心。"②他甚至用同样的方法去阐释诗歌创作："在必须要说的内容与已有的表达方式之间，诗总要保持一种平衡，有时甚至不惜做出妥协。"③即便在分析其他玄学诗人时，他也仍然持二元分析的方法，比如对玄学派的界定。前文说过，18世纪曾有过多恩派、意大利第三派、玄学派等称谓。在格里厄森看来，无论用什么名称，实际上都在强调多恩的影响，而"多恩的影响很快就被两类人感受到了，他们都与宫廷有着密切关联：一是老一辈诗人，二是年轻一辈[……]前者热衷于他的世俗诗；后者则敬慕他的悖论与胆量"④。他还进一步指出，17世纪的玄学诗人将两样东西合二为一：一是中世纪爱情诗中的辩证法，二是古典诗歌中的灵与肉的结合。⑤

格里厄森虽然用二分法统领他的"导论"，但他的论述非但并不肤浅，反而非常深入，而且易于为人接受。究其原因，他并未单就其中的任何一方进行点对点的阐释，而是始终在宏大的背景之中，结合多恩的独创性加以深入分析，他所强调的始终都是诗人的个性特色。在他看来，"诗不是因为有影响、有运动或有源头才写的。诗来自鲜活的人心"⑥。基于这样的认识，则多恩诗的核心并不是

---

① Herbert J. C. Grierson, Ed. *Metaphysical Lyrics and Poems of the Seventeenth Century: Donne to Butler*. Oxford: Oxford UP, 1921, p. xxiii.

② Herbert J. C. Grierson, Ed. *Metaphysical Lyrics and Poems of the Seventeenth Century: Donne to Butler*. Oxford: Oxford UP, 1921, p. xxvii.

③ Herbert J. C. Grierson, Ed. *Metaphysical Lyrics and Poems of the Seventeenth Century: Donne to Butler*. Oxford: Oxford UP, 1921, p. xxii.

④ Herbert J. C. Grierson, Ed. *Metaphysical Lyrics and Poems of the Seventeenth Century: Donne to Butler*. Oxford: Oxford UP, 1921, p. xxix.

⑤ Herbert J. C. Grierson, Ed. *Metaphysical Lyrics and Poems of the Seventeenth Century: Donne to Butler*. Oxford: Oxford UP, 1921, p. xxxiii.

⑥ Herbert J. C. Grierson, Ed. *Metaphysical Lyrics and Poems of the Seventeenth Century: Donne to Butler*. Oxford: Oxford UP, 1921, p. xvii.

传递某种思想，因为：

> 他的中心主题始终都是强烈的个人情感，那是他作为一个爱人、一个朋友、一个分析家的个人经验的凝练，既是世俗的也是宗教的。他的哲学不能将这些全都统一起来[……]把他视为"玄学诗人"也好，"怪诞诗人"也罢，这些都强调他必定是个"诗人"。无论他的媒介是韵文还是散文，多恩都始终是一个诗人，一个感情与想象的存在，他总在试图用生动的语言与多彩的和谐来表达自己，他那敏锐而精妙的才智是他的激情与想象的雇员，哪怕这个雇员有时难以控制。①

《十七世纪玄学诗集》是 20 世纪第一个以"玄学诗"冠名的具有重要影响的诗歌专集，所以即便在分析其他玄学诗人时，格里厄森也特别重视他们的个性特征。他称赫伯特从多恩那里学会了玄学，但赫伯特之所以不像多恩那样敢于使用学院派的教义，乃是因为"赫伯特对神学的兴趣不是玄学的，而是实用的、虔诚的，是道成肉身、基督大爱、耶稣复活、三位一体、洗礼仪式等反映在教会的各种节日、圣物、教义之中，并对心灵具有召唤意义的内容"②。他说考利的"玄才"不像多恩那么怪异，情感也不如多恩那么强烈，但个人特征依旧那么真实。③他称赞马维尔的诗最富个性，是多恩到德莱顿时代仅次于弥尔顿的诗人，而且其部分抒情诗"完美地表现了'玄学诗'的全部品质"④。类似的表述，在格里厄森的整个"导论"中可谓不胜枚举，显示了他对个性的极端重视。

正是因为对个性的极端重视，他把 17 世纪视为整个英国诗坛的真正繁荣时期，甚至认为当时英国抒情诗的成就堪称空前绝后，因为不仅爱情诗极具个性，宗教诗也同样如此："在宗教诗领域，17 世纪的英国天才们彰显的个性最为强烈。"⑤他承认有的诗人或许成就更高，比如但丁等中世纪诗人，但他们书写的乃是神秘的宗教感情，而非个人的宗教感受。"能产生如此具有个性、如此丰富多彩的虔诚之诗，而且都基于最基本的宗教体验，基于人们与上帝的异化与和

① Herbert J. C. Grierson, Ed. *Metaphysical Lyrics and Poems of the Seventeenth Century: Donne to Butler*. Oxford: Oxford UP, 1921, p. xxviii.

② Herbert J. C. Grierson, Ed. *Metaphysical Lyrics and Poems of the Seventeenth Century: Donne to Butler*. Oxford: Oxford UP, 1921, p. xlii.

③ Herbert J. C. Grierson, Ed. *Metaphysical Lyrics and Poems of the Seventeenth Century: Donne to Butler*. Oxford: Oxford UP, 1921, pp. lvi-lvii.

④ Herbert J. C. Grierson, Ed. *Metaphysical Lyrics and Poems of the Seventeenth Century: Donne to Butler*. Oxford: Oxford UP, 1921, p. xxvvii.

⑤ Herbert J. C. Grierson, Ed. *Metaphysical Lyrics and Poems of the Seventeenth Century: Donne to Butler*. Oxford: Oxford UP, 1921, p. xlix.

解，基于教会与个人之间的错综复杂的认识与阐释，则没有哪个国家，也没有哪个世纪，能比得上弗莱彻与多恩、赫伯特与沃恩、特拉赫恩（Traherne）与克拉肖，以及弥尔顿的国家和世纪。"[1]格里厄森的意思非常明确：17 世纪是一个彰显个性的时代，17 世纪的天空群星闪耀，而每一颗都极具个性，多恩就是其中最为耀眼的星星之一。

格里厄森的上述评价，一方面与 20 世纪初的诗人和批评家对个性的追求有着千丝万缕的联系，另一方面也彰显了他对多恩及其玄学诗派的深刻认识。如果说前者体现了浓厚的学术背景，那么后者则揭开了英国文学研究的崭新篇章，那便是对玄学诗派的重新定义、重新审视、重新挖掘。而这样做的先驱之一便是格里厄森。一方面，他先后编辑出版了《多恩诗集》与《玄学诗集》；另一方面，他用大量篇幅对多恩等玄学诗人进行了深入、系统、全面的分析，并在此基础上给出了自己的高度评价，不但提出了"伟大的诗总是玄学的"这一论断，还结合传统与创新、群体与个体、文本与文化、接受与批评等，对这一论断作了论证。格里厄森的论证似有言过其实之嫌，因为其中的很多评价，如上面的分析所示，不无由衷的赞美，甚至也不亚于 17 世纪的赞美。或许正因为如此，学界才会产生一种错觉，认为多恩是 20 世纪初的重新发现。但这却从另一角度证明，在 20 世纪的多恩研究批判史上，格里厄森功不可没。

第二节　感受力：艾略特引发的多恩革命

在 20 世纪的多恩研究批判史上，同样功不可没的还有 T. S. 艾略特。较之于格里厄森，他不仅影响更大，而且有着里程碑似的意义。在《批评批评家》（To Criticize the Critic, and Other Writings）中，艾略特曾把批评家分为四种不同的类型：一是职业批评家，如查尔斯·A. 圣伯夫（Charles A. Sainte-Beuve）、保罗·埃尔默·莫尔（Paul Elmer More）；二是偏重个人情趣爱好的批评家，如乔治·森茨伯里、查尔斯·威布雷（Charles Whibley）；三是学院派批评家和理论批评家，如 I. A. 瑞恰兹（I. A. Richards, 1893—1979）、E. M. 燕卜荪（E. M. Empson）、F. R. 利维斯（F. R. Leavis）；四是诗人批评家，如约翰逊、柯勒律治。他自己就属第四类中的一员，即"评论只是他创作活动的副产品"[2]。具体到多恩研究，艾略特最有影响的评论之一是他的《论玄学诗人》。这是针对格里

---

① Herbert J. C. Grierson, Ed. *Metaphysical Lyrics and Poems of the Seventeenth Century: Donne to Butler*. Oxford: Oxford UP, 1921, p. xlix.

② 艾略特：《批评批评家》，乔修峰译//陆建德主编《批评批评家》，上海：上海译文出版社，2012，第 5 页。

厄森《玄学诗集》的一篇书评，最先刊登在《泰晤士报文学副刊》上。虽然是篇书评，但正如赵萝蕤所说，"更加重要的是它阐述了作者自己对英国诗歌的见解"①。这种见解，在《论玄学诗人》的开篇就已跃然纸上：

> 格里厄森的选集本身即是一篇评论，而且会引发更多的评论；我们认为他收录那么多的多恩诗是完全正确的，尽管这些诗在别的地方（在为数不多的选本里），在所谓"玄学诗"的文献材料中也能见到。这种称谓曾长期被当作贬义词，或用作一个标签来指代那种古怪而愉悦的诗歌。问题在于，所谓的玄学诗人到底在多大程度上形成了一个流派（抑或我们现在所谓的"运动"）？这一所谓的流派或运动又到底离主流有多远？②

这里的两个问题，本质上属于定义问题与特色问题。关于玄学诗的定义问题，艾略特并没有给出一个明确的答案，用他自己的话说，"不仅给玄学诗下定义极度困难，即便要确定哪些诗人的哪些作品写了玄学也都困难重重"③。关于玄学诗的特色问题，他先后列举了"快速联想"（rapid association of thought）、"概念对比"（contrast of ideas）、"质感体悟"（sensuous apprehension）等。④但这些所谓的特色都并非艾略特的独到发现，而是对格里厄森的继承与发展。前文说到，格里厄森曾用二分法来统领他对 17 世纪英国玄学诗人的评价，艾略特的这些术语也具有明显的二维趋向性。他的重心不在于二分，而在于二者的契合，这与格里厄森将二者的结合看作多恩最佳作品的思想是一致的。此外，格里厄森还用"激情思考"来阐释华兹华斯关于激情与感受力的关系问题，并将感受力作为多恩诗的一个显著特征。艾略特也以同样的方式，结合文艺复兴以来的诗歌创作，对激情与感受力的关系加以阐释。不同的是，艾略特在具体的阐释过程中向前多走了一步，提出了著名的"感受力的统一"（unification of sensibility）与"感受力的涣散"（dissociation of sensibility，也译"感受力的分离""感受力的分化"）问题，彰显了《论玄学诗人》的真正创新之处与独到贡献。

在艾略特看来，文艺复兴时期的诗人都会在他们的戏剧诗中表现一定程度的

---

① 转引自王佐良等：《英国文学名篇选注》，北京：商务印书馆，1987 年，第 1245 页。

② T. S. Eliot. "The Metaphysical Poets." In T. S. Eliot, *The Sacred Wood and Major Early Essays*. Mineola: Dover Publications, 1998, p. 122.

③ T. S. Eliot. "The Metaphysical Poets." In T. S. Eliot, *The Sacred Wood and Major Early Essays*. Mineola: Dover Publications, 1998, p. 122.

④ T. S. Eliot. "The Metaphysical Poets." In T. S. Eliot, *The Sacred Wood and Major Early Essays*. Mineola: Dover Publications, 1998, pp. 123, 124, 126.

感受力，那是当时的散文所不具备的一种品质。他以查普曼为例，将这种感受力定义为"让思想直接产生美感，或把思想重塑为感情，而这正是我们在多恩诗中所发现的东西"[①]。他还将赫伯特、丁尼生、勃朗宁等加以比较，认为他们对感受力的处理发生了微妙的变化。这种变化既是时代变迁的产物，也因诗人的不同而不同。从更深的层次看，这种变化与其说是程度上的，不如说是心态上的，艾略特称之为"知性诗人"（the intellectual poet）与"思性诗人"（the reflective poet）的区别。基于这样的思路，他提出了如下著名论断：

> 丁尼生和勃朗宁都是诗人，他们也都思考，可他们却并没有立刻感受到他们的思想，就像闻到了玫瑰的芬芳一样。对于多恩来说，一个思想就是一种经验，它改变了他的感受力。一个诗人，当他的心智为创作做好完全的准备后，就会不断地聚合各种不同的经验，将之凝结成一个整体；而普通人的经验则是混乱的、不规则的、零碎的。他们或爱上某个人，或阅读斯宾诺莎，这完全是两种经验，彼此毫不相干，与打字的声音或烹调的气味也毫无关系；而在诗人的心智里，这些经验总是在不断地形成新的整体。

> 我们可以用下列理论来说明这种差异：17 世纪的诗人，也就是 16 世纪剧作家的后继者，具有一种感受机制，可以吞噬任何经验。他们或简单，或造作，或艰涩，就跟他们的前辈一样；较之于但丁、基多·卡瓦尔坎蒂（Guido Cavalcanti）、圭尼切利（Guinizelli）或奇诺（Cino），也都一丝不多，一毫不少。也是在 17 世纪，感受力的涣散开始了，我们至今也未能从中完全恢复。这种涣散的加剧，自然是受到了两个人的影响，他们就是当时最有号召力的伟大诗人弥尔顿和德莱顿。他们每个人都很好地发挥了诗的某些功能，也都成绩斐然，效果巨大，以至其他功能的欠缺也被掩饰了。语言继续发展，在某些方面有了进步；柯林斯（Collins）、格雷、约翰逊，甚至哥尔斯密（Goldsmith）等的最佳诗作，较之于多恩、马维尔或亨利·金的诗，也更能满足我们某些挑剔的要求。然而，语言虽然变得更精细了，情感却变得更粗糙了。[②]

这里的两段文字，集中体现了艾略特在《论玄学诗人》一文中的感受力理

---

① T. S. Eliot. "The Metaphysical Poets." In T. S. Eliot, *The Sacred Wood and Major Early Essays*. Mineola: Dover Publications, 1998, p. 126.

② T. S. Eliot. "The Metaphysical Poets." In T. S. Eliot, *The Sacred Wood and Major Early Essays*. Mineola: Dover Publications, 1998, pp. 127-128.

论。从中不难发现，他是把感受力作为诗歌的评价标准来看待的。为此，他不但聚焦于 16 世纪和 17 世纪的英国，而且还上溯到 13 世纪的意大利，上溯到但丁、基多·卡瓦尔坎蒂、圭尼切利、奇诺等诗人。那么，这一切又旨在说明什么呢？答案就蕴藏在上述文字的背后。

我们知道，自德莱顿于 17 世纪末提出"玄学诗"的概念以来，特别是约翰逊于 18 世纪明确提出"玄学诗人"的概念并对之加以深入分析之后，学界便一直致力于探究玄学诗的特征。艾略特也不例外，所以在《论玄学诗人》的开篇就写下了前文所引用的句子："不仅给玄学诗下定义极度困难，即便要确定哪些诗人的哪些作品写了玄学也都困难重重。"这里的引文显示，所谓"快速联想""概念对比""质感体悟"等，全都不过是"感受机制"的外在表现。更重要的是，它们无不具有悠久的历史，因而并非什么新奇的创作手法，只是"感受机制"外化为创作能力的体现，因为它们具有"吞噬任何经验"的特点，所以才具化为"感受力的统一"。以多恩为例，之所以一个思想就是一种经验，并能改变他的感受性，就在于他具有格里厄森所说的"激情思考"。其他所谓玄学诗人也是一样，他们都有"性格中的严肃的哲理倾向，深挚热烈的情操，生动、鲜明、真实的表达方法和高度创新而又强有力的、动人的、接近口语的语言风格"①。这些全都表现了"感受力的统一"，也全都受制于具有悠久历史传承的感受机制。因此，玄学诗之所以难以定义，在于它本身就属于传统、属于主流。相反，弥尔顿和德莱顿则不然，他们虽然也身处 17 世纪，但他们笔下却出现了"感受力的涣散"，这才是对主流传统的背离。

把玄学诗看作文学主流，是艾略特的《论玄学诗人》最为突出的特点。学界一般特别重视"感受力的涣散"，却忽视了这个最为突出的特点。重视"感受力的涣散"固然没错，因为那是艾略特的特殊贡献之一，并能借以阐释艾略特本人的诗学理论和诗歌创作，还能看出《论玄学诗人》的书评性质。前文说过，格里厄森曾在《多恩诗集》下卷用弥尔顿作为反例来论证多恩诗，因为格里厄森认为弥尔顿的宏大叙事，不及多恩那么自然、那么具有思想和感情的深度与广度。②格里厄森还在其《玄学诗集》序言中宣称"德莱顿主要是改变了风尚"③。艾略特完全赞同格里厄森的看法，所以他将德莱顿和弥尔顿称为"最有号召力的伟大诗人"④。可他比格里厄森走得更远。在他看来，弥尔顿和德莱顿的伟大并不属

---

① 赵萝蕤：《玄学诗人题解》//王佐良等《英国文学名篇选注》，北京：商务印书馆，1987 年，第 1245 页。

② Herbert J. C. Grierson, Ed. *The Poems of John Donne*. Vol. 2. Oxford: Clarendon, 1912, p. xxxvii.

③ Herbert J. C. Grierson, Ed. *Metaphysical Lyrics and Poems of the Seventeenth Century: Donne to Butler*. Oxford: Oxford UP, 1921, p. li.

④ T. S. Eliot. "The Metaphysical Poets." In T. S. Eliot, *The Sacred Wood and Major Early Essays*. Mineola: Dover Publications, 1998, p. 129.

于传统，而是对传统的背离。更糟的是，在艾略特看来，正是由于弥尔顿和德莱顿两人的巨大影响，"感受力的统一"才逐渐让位给"感受力的涣散"，其基本表现便是"语言虽然变得更精细了，情感却变得更粗糙了"。正是基于这样的基本表现，他才明确指出："也是在 17 世纪，感受力的涣散开始了，我们至今也未能从中完全恢复。"在这一陈述中，前半句所针对的就是这一基本表现，而后半句则显示，弥尔顿和德莱顿改变了英语诗歌的发展路径，对 18 世纪产生了不良的影响："18 世纪早期开始的感伤时代得以延续。诗人们起而反对理性，反对描述；他们的思考和感受忽断忽续，极不平衡；他们只是思索。"①相比之下，多恩等人则做到了"感受力的统一"，因此"既能把观念变成感觉，也能把观察所得化为思想状态"②。艾略特由此认定："我们这里所讨论的诗人，如同其他诗人一样，会有各式各样的缺点。但他们在最佳状态时总是致力于寻找适合各种思想情感的文字对应物。这意味着，较之于那些文才并不亚于他们的后起诗人，他们更为成熟，更为出色。"③

在《哈姆雷特和他的问题》（"Hamlet and His Problems"）一文中，艾略特曾指出："用艺术形式表现情感的唯一方法是寻找一个'客观对应物'；换句话说，是用一系列实物、场景，一连串事件来表现某种特定的情感，要做到最终形式必然是感觉经验的外部事实一旦出现，便能立刻唤起那种感情。"④艾略特后来意识到，"客观对应物"这个术语的广泛流行远远超出了他的料想，主要原因是适合了 20 世纪批评中的"非个性化"倾向。但他以《哈姆雷特》为例来进行阐释，并将他的阐释与"一个母亲的罪过"联系在一起的做法，却并不是每个人都能接受的，甚至"客观对应物"理论本身也受到多方面的质疑。比如艾利西奥·维瓦斯（Eliseo Vivas）就明确指出，现实中没有任何事物或情景本身是一种情感的对应，诗人真正感觉到的情感只能在诗里并透过诗才能精确地表达出来。

---

① T. S. Eliot. "The Metaphysical Poets." In T. S. Eliot, *The Sacred Wood and Major Early Essays*. Mineola: Dover Publications, 1998, p. 128.

② T. S. Eliot. "The Metaphysical Poets." In T. S. Eliot, *The Sacred Wood and Major Early Essays*. Mineola: Dover Publications, 1998, p. 129.

③ T. S. Eliot. "The Metaphysical Poets." In T. S. Eliot, *The Sacred Wood and Major Early Essays*. Mineola: Dover Publications, 1998, p. 128. 在艾略特的原文中，"文字对应物"为 verbal equivalent，"各种思想情感的文字对应物"为 the verbal equivalent for states of mind and feeling，"文才"为 literary ability。这样的用词表明，所谓的"客观对应物"是具有文明属性的，语言文字就是其表现之一，因此当他提出"现代诗必然是难懂的诗"时，既有社会的因素，也有语言的因素。

④ 艾略特：《哈姆雷特》，王恩衷译//陆建德主编《传统与个人才能》，上海：上海译文出版社，2012年，第180页。

也就是说，他必须在写作过程中去发掘他的真情实感。①艾略特的客观对应物理论，很多人都曾做过研究，将其与艾略特自己的有关论述结合起来，特别是"文字对应物"之说联系起来，则《论玄学诗人》中的"文字对应物"，在很大程度上就是"客观对应物"的另一种表述形式。从"感受力的涣散"这一概念中，我们可以看出艾略特对玄学诗与浪漫主义诗歌的鲜明态度，看出他的"客观对应物"与他自己的创作实践的关系。

把玄学诗看作文学主流，不但是艾略特《论玄学诗人》最为突出的特点之一，还是一个颇具革命性的结论。在 400 多年的多恩研究批判史上，每个时代、每个批评理论，都曾有过众多的深入研究。但真正称得上"革命性"突破的，或许只有三个。一是德莱顿的"好弄玄学"，二是约翰逊的"玄学派"，三是艾略特的"玄学诗乃传统诗"。德莱顿为学界引入了一个全新概念，人们看待 17 世纪英国诗歌的视角从此得以改变。约翰逊对玄学诗的人员构成、时间节点、创作特色（包括优点与缺点）等，从作者、读者、世界、文本结合的角度，进行了全方位的理论探讨，将人们领进了文学批评的一个全新天地。艾略特则把上千年的人类文化集于一体，把玄学诗从一个特殊流派演变为主流文化的代表，使其不再只处于后台或边缘，而是将其置于前台的中心位置：

> 如果诗歌的主流沿玄学诗的方向直接演变下来，就像它沿前一代直接演变下来一样，那么玄学诗的命运会怎样呢？它肯定不会被列为玄学诗歌。一个诗人，其兴趣可能是无限的；他的智性越强也就越好；智性越强则越可能有多方面的兴趣：我们的唯一条件就是他把它们转化为诗，而不仅仅是诗意地思考。哲理一旦进入诗中，其是否还是真理已不必深究，因为既已转化为诗，也就证明它是真理。[……]
>
> 诗人不必永远要对哲学或其他学科感兴趣。他们只能说，就我们目前的文明状况而言，诗人一定是令人费解的。我们的文明蕴涵着如此巨大的多样性和复杂性，而这种多样性和复杂性，在一个具有精细感受力的人身上起作用时，必然会产生多样而复杂的结果。诗人必然会越来越具涵容性、暗示性和间接性，以便强迫并在必要时打乱语言，使之变成脑海中所想的东西。②

这些评价，明显具有强烈的当下指向性，对于阐释以艾略特为代表的现代诗

---

① Eliseo Vivas. "The Objective Correlative of T. S. Eliot." In Robert W. Stallman (Ed.), *Critiques and Essays in Criticism*. New York: Ronald Press, 1949, pp. 389-400.

② T. S. Eliot. "The Metaphysical Poets." In T. S. Eliot, *The Sacred Wood and Major Early Essays*. Mineola: Dover Publications, 1998, p. 128.

也不无裨益，比如《普鲁弗洛克的情歌》（ "The Love Song of J. Alfred Prufrock" ，1915）或《荒原》（*The Waste Land*，1922）。在出版时间上，它们都与《论玄学诗人》非常接近；在诗歌内容上，它们都具有 "巨大的多样性和复杂性" ，也都 "越来越具涵容性、暗示性和间接性" ；在语言使用上，它们都十分 "艰涩" ，却也都表现着 "脑中所想的东西" 。这样的类比虽然过于简单、粗暴，但就多恩研究批判史而言，用以揭示艾略特的诗学观念与诗歌创作的关系，其学理思想还是能够成立的。这是因为《论玄学诗人》不仅只是一个书评，更是一篇 "探究一个理论的短论" 。①促成这种探究的不仅有格里厄森的《玄学诗集》，还有乔治·森茨伯里的《卡洛琳时代次要诗人作品集》（ *Minor Poets of the Caroline Period* ）和乔治·桑塔亚纳（George Santayana，1863—1952）的《哲学诗人三杰》（ *Three Philosophical Poets* ）等。

桑塔亚纳的《哲学诗人三杰》出版于 1910 年，艾略特在哈佛大学攻读印度哲学期间，曾认真读过该书，并提出过自己的看法：桑塔亚纳对卢克莱修、但丁和歌德的研究旨在揭示他们背后的哲学体系，而哲学诗人自己则致力于 "找到这个系统的具体的诗化对应物" ②，其中但丁的诗 "最为博学、最为有序地表现了丰富的激情" ③。这使艾略特开始认真思考英国诗歌中的玄学要素。1921 年，乔治·森茨伯里的三卷本《卡洛琳时代次要诗人作品集》出版，促使艾略特的思考变得更加深入、更加广泛。而格里厄森于同年出版的《玄学诗集》，特别是格里厄森在其长篇绪论中提出的 "激情思考" 概念和 "伟大的诗总是玄学的" 著名论断，使艾略特如遇知己，因为在艾略特看来，所谓的 "激情思考" 正是 "感性思想" （ sensuous thought ）或 "感觉思考" （ senses thinking ），那是但丁、朱尔斯·拉福格（Jules Laforgue）、多恩、查普曼等的共同品质： "这种品质并非多恩与查普曼所独有的[……伟大的诗人]都有某种程度的感性思想的品质，也可以说是通过五官感觉来思考，或叫感性思考，虽然这种思考的准确样式（ exact formula ）还有待探究。这种品质在雪莱或贝多斯等的作品中是没有的，尽管他们也有别的品质。" ④这与格里厄森的导论非常相似，所以格里厄森的《玄学诗集》及其导论，无异于为艾略特 "探究一个理论" 的初衷提供了强有力的支点。正因为如此，艾略特才在《论玄学诗人》的开篇即明确指出 "格里厄森的选集本身即是一篇评论" ，并同时提出了玄学诗 "到底离主流有多远" 的问题。在《论玄学诗人》中，艾略特虽然并未给出 "玄学诗" 的明确定义，但却较为明确地给

---

① T. S. Eliot. *Selected Essays*. London: Faber and Faber, 1951, p. 288.

② T. S. Eliot. *The Sacred Wood*. London: Methuen & Co., 1928, p. 161.

③ T. S. Eliot. *The Sacred Wood*. London: Methuen & Co., 1928, p. 168.

④ T. S. Eliot. *The Sacred Wood*. London: Methuen & Co., 1928, p. 23.

出了玄学诗与主流诗的关系问题：

> 　　对弥尔顿或德莱顿的"造作"感到不满的人，有时会告诫我们要
> "透视内心，然后再写"。但即便那样还是看得不够深刻，拉辛
> （Racine）或多恩都远远看透了内心。我们必须透视大脑皮层、神经系
> 统和消化管道。
> 　　所以，我们是不是可以这样下结论：多恩、克拉肖、沃恩、赫伯特
> 以及赫伯特勋爵、马维尔、亨利·金和考利等，他们的最佳作品都直接
> 属于英国诗歌的主流，他们的缺点也应根据这个标准加以批评，而不应
> 该根据对古人的偏爱而感到心仪。①

　　德莱顿和约翰逊都把玄学诗看作一个特例，所以德莱顿的评价具有点到为止的性质，即便约翰逊也致力于发掘玄学诗的典型特征。艾略特则与此相反，他认为玄学诗"直接属于英国诗歌的主流"。这一看法的革命性在于恢复玄学诗在文学史上的崇高地位，所以他论证玄学诗的方法就是传统的方法，也是当下的方法，甚至可以将其看作玄学诗研究的标准，即便批评他们的缺点"也应根据这个标准"。正是在这个意义上，罗纳德·舒哈德（Ronald Schuchard）明确指出，艾略特在《论玄学诗人》中提出的"既能把观念变成感觉，也能把观察所得化为思想状态"之说，旨在"纲要性地确立一个理论，其基础是三大玄学运动：13世纪的佛罗伦萨的但丁、17 世纪的伦敦的多恩、19 世纪的巴黎的拉福格。还暗含了即将来临的第四个运动，那就是 20 世纪的伦敦的艾略特"②。舒哈德这一评价是极为中肯的，但这一理论在《论玄学诗人》中确实只是"纲领性"的，其发挥则在《玄学诗的多样性》（*The Varieties of Metaphysical Poetry*）一书之中。

　　关于《玄学诗的多样性》，我们稍后再作探讨，这里需要强调的是：首先，艾略特是把玄学诗视为主流诗歌，而非诗歌特例的第一人，这也是其《论玄学诗人》的革命性的集中表现之一；其次，在宏大的历史框架中探究玄学诗的来龙去脉，并立足当下对之加以阐释，是《论玄学诗人》的革命性的表现之二；再次，指出诗歌创作"必须透视大脑皮层、神经系统和消化管道"，借以肯定现代诗的朦胧与深刻，既是对多恩诗的赞誉、对现代诗的说明，也是《论玄学诗人》的革命性的表现之三；又次，认为现代诗的艰涩源自现代社会的复杂性与多样性，所以"诗人必然会越来越具涵容性、暗示性和间接性，以便强迫并在必要时打乱语

---

① T. S. Eliot. "The Metaphysical Poets." In T. S. Eliot, *The Sacred Wood and Major Early Essays*. Mineola: Dover Publications, 1998, pp. 129-130.

② Ronald Schuchard. "Editor's Introduction." In Ronald Schuchard, *The Varieties of Metaphysical Poetry*. New York, San Diego and London: Harcourt Brace, 1993, p. 3.

言，使之变成脑中所想的东西"，这无异于以格里厄森的《玄学诗集》为契机，明确指出了现代诗的思想内容和表现方式，同时也是《论玄学诗人》的革命性的第四个表现；最后，《论玄学诗人》是以格里厄森的《玄学诗集》为蓝本的，也是于同年在《泰晤士报文学副刊》发表的，所以与格里尔森的选集一道，在 20 世纪初的玄学诗研究中形成了选集与批评互为补充、彼此呼应的客观事实，对于包括多恩在内的英国玄学诗的研究起到了巨大的促进作用。这些都可以看作《论玄学诗人》的革命性所产生的直接结果。

正因为如此，学界普遍认为，艾略特的《论玄学诗人》一文，对于多恩等玄学派诗人在 20 世纪的全面复兴，具有举足轻重的作用，甚至把多恩看作 20 世纪"重新发现的诗人"。比如曾艳兵在为熊毅的专著所作的"序"中，就引用布鲁克斯的评价说："我们的世纪庆幸重新发现了约翰·多恩。"①著名古典学者海伦·加德纳在对截至 1960 年的多恩研究加以总结时，也明确认为"多恩的伟大是 20 世纪的一个重新发现"②。马里奥·普拉茨（Mario Praz）则说得更具针对性："艾略特对多恩的重新发现人所尽知。"③类似的说法不胜枚举，尽管具体表述不尽相同，但基本思想却是一目了然的：多恩在经历了 18—19 世纪的寂寞之后，于 20 世纪初被人"重新发现"，而艾略特便是这个"重新发现"的首功人员。这样的看法虽是学界的公论，但事实却并非如此。对此，前文我们已用两个专章作了论述，这里需要补充的一点是，艾略特自己对此也是并不认可的，比如在《批评批评家》中，他就这样说过：

> 有时候，人们说是我使多恩等玄学派诗人以及伊丽莎白时代和詹姆斯时期的次要剧作家风行起来。但实际上，这些诗人并不是我发掘出来的。柯勒律治就很欣赏多恩，其后又有勃朗宁，也对多恩仰慕不已；至于早期的剧作家们，兰姆早就有过评论，斯温伯恩那热情洋溢的赞美之辞也绝非毫无批评价值。即便在我们这个时代，约翰·多恩也没有被冷落。戈斯的两卷本《传记与书信》一八九九年就问世了。我记得，还是在哈佛大学读一年级时，布里格斯教授就在推介多恩的诗歌，他对多恩很是心仪；格里尔森编的两卷本《多恩诗选》于一九一二年出版，也正是因为要评论格里尔森的《玄学派诗歌》，我平生第一次写起了多恩。如果说我写玄学派诗人还写得不错，那完全是因为我的灵感就是他们给

---

① 曾艳兵：《序》//熊毅《多恩及其诗歌的现代性研究》，湘潭：湘潭大学出版社，2011 年，第 3 页。

② Helen Gardner. "Introduction." In Helen Gardner, *John Donne: A Collection of Critical Essays*. London: Prentice-Hall International, 1986, p. 1.

③ Mario Praz. "The Critical Importance of the Revived Interest in Seventeenth Century Metaphysical Poetry." In John R. Roberts (Ed.), *Essential Articles for the Study of John Donne's Poetry*. Hamden: Archon Books, 1975, p. 5.

的。如果说，就唤起更多人对他们产生兴趣而言，我还有那么丁点儿作用，那也是因为，之前赞美他们的诗人都没有像我这样受他们影响如此之深。随着我的诗歌逐渐受到欢迎，那些深深影响过我、我也评论过的诗人也就逐渐为人所喜爱了。他们的诗和我的诗都与那个时代很相投。我有时候也在想，那个时代是不是还没有结束。①

这段文字言简意赅地回顾了《论玄学诗人》的写作背景及其价值。其中值得特别注意的，一是艾略特否认了自己的"发掘"之功，却明确承认了与玄学诗的高度的精神契合（"我的灵感就是他们给的"）；二是指出了诗歌创作与时代背景的关系，亦即传统与个人才能的关系（"我有时候也在想，那个时代是不是还没结束"）。前者属学界的广泛共识，后者则暗示着艾略特的诗学思想，特别是他的感受力理论："诗人应该知道得愈多愈好，只要不妨害他必须的感受性和必须的懒散性"②；"《哈姆雷特》一文中的'客观对应物'体现了我对莎士比亚更为成熟的戏剧的偏见[……]'感性的脱节'也许可以代表我对多恩和玄学派诗人的挚爱，以及对弥尔顿的厌弃。"③前一引语出自 1919 年的《传统与个人才能》（"Tradition and the Individual Talent"），其所表现的是感受力之于诗人的学识的意义；后一引语出自 1965 年的《批评批评家》，其所表现的则是感受力对于读者的意义。二者分别出版于《论玄学诗人》发表的前后，而且时间跨度长达数十年，对感受力的重视却始终如一。特别是后者，所谓"感性的脱节"就是"感受力的涣散"。艾略特是将其作为提喻来用的，其原义就是感受力，因而能用以代表"对多恩和玄学派诗人的挚爱，以及对弥尔顿的厌弃"。这也表现了艾略特对多恩等玄学诗人的"挚爱"是持续的。然而，具体到多恩研究（而非玄学诗研究），则艾略特有关感受力的理论，在《论玄学诗人》中还只算是概要，真正的展开论述则见于《玄学诗的多样性》。

《玄学诗的多样性》的主体是《克拉克讲稿》（"The Clark Lectures"）和《特恩布尔讲稿》（"The Turnbull Lectures"），前者是全书的基础，后者是对前者的浓缩与调整。该书由舒哈德编辑出版。他是美国科学艺术研究院院士、伦敦大学艾略特国际暑期学校负责人、美国埃默里大学教授古德里奇·怀特（Goodrich White）。在该书的"编者导论"中，舒哈德开门见山地写道：

---

① 艾略特：《批评批评家》，乔修峰译//陆建德主编《批评批评家》，上海：上海译文出版社，2012 年，第 15-16 页。

② 艾略特：《传统与个人才能》，卞之琳译//陆建德主编《传统与个人才能》，上海：上海译文出版社，2012 年，第 5 页。

③ 艾略特：《批评批评家》，乔修峰译//陆建德主编《批评批评家》，上海：上海译文出版社，2012，第 11 页。

早在哈佛大学时，T. S. 艾略特就曾一度潜心于但丁、多恩和拉福格的诗的研究，这使他逐渐形成了一套有关玄学诗的重要理论，直接关乎他在伦敦头十年的诗歌创作与批评。尽管其发展动力在于背后的批判性阅读和诗歌创作实践，但理论本身却一直都是碎片式的，散见于他的各种文学评论之中，直到他的《克拉克讲稿》才给出了系统阐释。《克拉克讲稿》也叫《论 17 世纪玄学诗，特别是多恩、克拉肖和考利》，是他于 1926 年在剑桥大学三一学院所作的八场讲座的讲稿。他曾计划对它们加以修改，并以《多恩派》为书名交付出版，但这个计划后来却拖了下来，最后被很不情愿地放弃了。部分幸运的学者能在剑桥大学国王学院读到 184 页的打印稿，或在哈佛大学读到其复印本。另有部分学者在研究他的作品时，也对讲稿的部分内容有过引用或释义。但艾略特的绝大多数读者却无缘见识他的这一非凡的学术著作。这是在他皈依圣公会的头一年写成的，那时的他压力巨大，处于他世俗生活的艰难时期，但这个文本却是他精神生活的一份重要文献：前二十年的阅读与创作大多进入其中，后二十年的文学批评大多基于其上。它们是在他的人生转折点写成并演讲的：在他身后已有《圣林》（1920）和《荒原》（1922）；他面对的是作为诗人和剧作家的自己，他将不会再有机会撰写如此长度的东西，用以阐释那些铸就了他的作品形态的诗学与哲学的历史潮流。或许，出版艾略特论述玄学诗的《克拉克讲稿》，对于我们重新评价他的批评思想，如同他的复制版《荒原》（1971）对于我们理解他的诗歌创作，具有同等重要的意义。①

这段文字内容极为丰富，但核心思想却只有两个。第一是《克拉克讲稿》的重要性，亦即该段的后半部分的内容。舒哈德称之为"非凡的学术著作"，将其与《荒原》相提并论，认为这些讲稿代表了艾略特 40 年的文学思想，是他的前 20 年学术实践的结晶，也是他的后 20 年学术发展的基础，其中的诗学理论和哲学思想也最能阐释艾略特自己的文学创作和文学批评。第二是《克拉克讲稿》的形成过程，其中特别列举了一个细节：艾略特曾计划对他的讲稿加以修改，然后以《多恩派》为书名出版。通读全书可以发现，这一细节就来自艾略特本人对其《克拉克讲稿》的反思与打算。

作者有意重写这些讲稿，使之成为一本书。除了对话风格和不断重复需要删除，整个论点还需要调整，有些断言需要证明，不少事实的细

---

① Ronald Schuchard. "Editor's Introduction." In Ronald Schuchard, *The Varieties of Metaphysical Poetry*. New York, San Diego, London: Harcourt Brace & Company, 1994, pp. 1-2.

节和权威性必须补充。各部分必须更连贯。我意识到目前这个状态，我的一些基本思想还相当晦涩。尤其是，我的论据全部建立在我对《新生》（*Vita Nuova*）的理解上，那只在第三讲中有所暗示。还有对但丁的童年时代的理解，这部分必须大力充实。

完成后的书《多恩派》会比这些讲稿长很多，还要包括同时代的其他诗人的作品的详细阐释，他们在这里仅一笔带过。事实上，它将作为"智力的解体"三部曲中的一卷。另两卷将讨论《伊丽莎白时代的戏剧》及其技术发展、音律化、文化背景等；以及《琼森派》——人文主义的发展、其与英国国教思想的关系、霍布斯与海德的出现。三卷将一同构成完整的英国文艺复兴批评。①

由此也可看出《克拉克讲稿》在艾略特心目中的分量与地位。他试图用"智力的解体"（the disintegration of the intellect）来统领整个英国文艺复兴文学，并从"多恩派"（the school of Donne）、"琼森派"（the sons of Ben）与"伊丽莎白时代的戏剧"（Elizabethan drama）三个方面加以全面论述，其中处于基础地位的是"多恩派"。那么，《克拉克讲稿》究竟包括哪些内容呢？其核心思想又是什么呢？与《论玄学诗人》有着怎样的关联呢？艾略特又为什么对它提出那么多的不足呢？

根据舒哈德的介绍，"克拉克讲座"是以威廉·乔治·克拉克（William George Clark，1821—1878）的名义于 1884 年设立的，在英语系设立之前，该讲座具有填补课程空档的性质。②克拉克出生于英格兰达灵顿，曾在剑桥大学三一学院攻读古典学，后又长期在三一学院执教，是著名的英国古典学者。因他曾捐资三一学院，用于开设文学讲座，所以在莱斯利·史蒂芬（Leslie Stephen）的倡议下，将讲座命名为"克拉克讲座"。可以荣登克拉克讲座的教授原则上首选三一学院的教师，其次才是卓有成效的院外人员。从 1884 年到 1924 年，共有 20 多位学者受聘出任克拉克讲座教授。③通常每个教授需要作共 6 场讲座，艾略特则作了 8 场。这些讲座的题目为：

讲座一　导论：论玄学诗的定义

① 这段文字据称是艾略特在做完讲座后，在打字机上打印出来，用以提醒自己的。舒哈德在《玄学诗的多样性》中将其编在《克拉克讲稿》的前面。见 T. S. Eliot. *The Varieties of Metaphysical Poetry*. Ed. Ronald Schuchard. New York, San Diego, London: Harcourt Brace & Company, 1994, p. 41.

② Ronald Schuchard. "Editor's Introduction." In Ronald Schuchard, *The Varieties of Metaphysical Poetry*. New York, San Diego, London: Harcourt Brace & Company, 1994, p. 8.

③ Ronald Schuchard. "Appendix II Clark Lecturers." In Ronald Schuchard, *The Varieties of Metaphysical Poetry*. New York, San Diego, London: Harcourt Brace & Company, 1994, pp. 319-320.

从中可以看出，多恩是艾略特讲座的绝对重点。而这与《克拉克讲稿》的另一名称《论 17 世纪玄学诗，特别是多恩、克拉肖和考利》（ *On the Metaphysical Poetry of the Seventeenth Century with Special Reference to Donne, Crashaw and Cowley* ）也是完全吻合的。然而，艾略特的总体目标却并不在于这三位诗人，而在于寻找 "玄学诗" 的定义。这在《讲座一》的开篇就有十分明确的交代：

> 我这几个讲座的目标，是尽可能系统地描述 17 世纪英国诗歌中所公认的玄学诗的共同特征，进而为那些具备玄学性质的所有诗歌寻找一个定义。如果我的选题有（我相信有）某种现实性和当下指向性，那么我的目标就实现了。[……]我们的当代诗人们常被他们的崇拜者比作多恩或克拉肖，其中的一些无疑对这些作家进行过深思熟虑的研究，故意选出他们来显示所受的影响；很多人也都认为，目前的时代就是一个玄学的时代。①

这无异于开门见山地指出了全部讲稿的目标及其与当下的联系。在这之后，艾略特并未给出玄学诗的定义，而是就玄学与当下的关系作了一个两可推断。一是肯定推断：如果认为我们的时代就是玄学的时代，那么理解 17 世纪的诗就显得尤为重要，因为它将有助于我们认识我们的时代和我们自身。二是否定推断：如果认为我们的时代不是玄学的时代，那么就有必要理清我们的时代与 17 世纪的不同，因为这将有助于我们理解究竟是什么让我们变得不同，并进而认识我们究竟为什么喜欢这个时代或是那个时代。②这样的推断式思辨是艾略特在 "克拉克讲座" 中的基本方式之一。以这里的推断为例，因为正反两个方面都已包括，因此看似比较全面，没有漏洞可钻，但实际答案却只有一个：无论肯定还是否定，全都指向研究玄学诗之于当下的必要性。

---

① T. S. Eliot. *The Varieties of Metaphysical Poetry*. Ed. Ronald Schuchard. New York, San Diego and London: Harcourt Brace, 1993, p. 43.

② T. S. Eliot. *The Varieties of Metaphysical Poetry*. Ed. Ronald Schuchard. New York, San Diego and London: Harcourt Brace, 1993, pp. 43-44.

　　既然是立足当下，就必然要对当下有所认识。那么当下的情况怎么样呢？我们知道，早在 1905 年进入哈佛大学读书时，艾略特就对桑塔亚纳的怀疑论哲学颇感兴趣，1910 年他到巴黎后，又聆听过后来的诺贝尔奖得主亨利·柏格森（Henri Bergson，1859—1941）主讲的哲学，再后来又重返哈佛大学攻读哲学博士学位。所以这个问题，对艾略特来说实在是再简单不过：

> 在我们这个时代，我们有更多的社会圈子，比但丁的《地狱》（"Inferno"）还多；我们有更多的哲学家，包括完全的、不完全的、半完全的哲学家，比巴比塔的建筑者还多；我们有更多的理论、更多的品位；民族间的物质交流近乎完美，而精神交流则几乎消亡；于是要找到一个公分母也就自然更难。但它应该能够找到，犹如天赋总有天赋的一致性，平庸也总有平庸的相似性。①

　　如此煞费苦心地寻找的那个公分母，究竟是什么呢？答案显而易见，是玄学诗的共同特征。这是整个上下文所决定的，事实上也是如此。但这样的表述方式只能是我们的，而非艾略特的；艾略特的表述方式近似于但丁的。前文在分析《论玄学诗人》时，曾引用其中的一句话："17 世纪的诗人，也就是 16 世纪剧作家的后继者，具有一种感受机制。"艾略特在《讲稿一》中以此为基础，却又作了进一步发挥，认为这种机制不只属于诗人，还属于读者，所以一个诗人，即便其所表达的是个人感情，也要能使之成为人类的共同感受。与此同时，他还将《论玄学诗人》中的"立刻感受到他们的思想，就像感受到玫瑰的芳香"一句，凝聚为一种"瞬间经验"（immediate experience）。于是他就能在感受力、思想和瞬间经验等不同角度对诗歌加以分类，而每种划分也都必然或多或少地包括感受力、思想和瞬间经验。比如从思想角度，艾略特把诗分为三类：一是用诗的形式表达思想，二是用散文的形式表现思想，三是用哲学的形式表现思想。艾略特还认为，这三类诗的典范都是但丁，因为：

> 无论其中的哪一种，但丁都比任何其他诗人写得更加出色。
> 然而，但丁并不是他那时代的唯一诗人，而我要定义的那种诗的力量是他的同时代诗人所共有的，也都是得到充分表现的。他们都不同程度地拥有将感觉与思考融为一体的能力。②

　　这实际上是重复了《论玄学诗人》中对多恩的一个基本评论："聚合各种不

---

① T. S. Eliot. *The Varieties of Metaphysical Poetry*. Ed. Ronald Schuchard. New York, San Diego and London: Harcourt Brace, 1993, p. 52.

② T. S. Eliot. *The Varieties of Metaphysical Poetry*. Ed. Ronald Schuchard. New York, San Diego and London: Harcourt Brace, 1993, p. 58.

同的经验，将之凝聚成一个整体。"所以他接着说：

> 　　我得首先承认，对玄学诗的任何定义都只能取得部分成功，这是由选题的本质决定的。这也将体现我对代表性诗人的选择：多恩、克拉肖和考利。我有意选择他们三位，目的是要最大限度地表明我的定义。对玄学诗人的任何划分，多恩都必将处于领头的位置；多恩就是一个固点。一方面，多恩几乎就是典范，能代表他们中的任何一个；另一方面，他又太具个性，难以代表任何一个类型。现在的任何理论，如果对多恩不适用，那么对任何其他人也将不会适用。理由如下。如果你是从精神层面去定义一个流派，那么你就会发现，你的定义要么太大，足以包括超出那个流派的人，从而毫无用处；要么它又太窄，几乎能将全体成员尽数排除，仅能用于那个领袖。流派不完全是靠精神才聚为一体的，包括进来的成员越多，将他们连在一起的精神就越弱。流派也是靠文字聚为一体的，靠他们所用的共同语言、共同词汇、共同风格。就我们的研究而言，我们将探究 17 世纪的这种共同语言：夸张的使用、典故的使用、巧思的使用。但如果我们仅仅只在语言和音律中去找寻定义、去发现我们的统一性原则，那么我们充其量只会获得一份目录或一张表格，那个目录或表格只有相似性，永远无法让我们接近一个定义。我们必须找出导致这些相似性的种种原因，以及它们的结果。导致相似性的原因，在同时代的人那里，大致有三种：同一时期的共同的文化遗产；对同一时期的相同影响的共同表达；以及它们彼此之间的相互影响，包括人格与思想，也包括创作技巧。而且还必须记住，文字也如精神一样是有生命的。比如考利，通过模仿多恩的风格、选用多恩的题材，也能在精神和形式方面都做得很像，尽管从本性上说，没有谁比他更缺才气。然而，我也得在此表明，考利并不满足我对玄学诗的定义。他没能将词语化为血肉，却常常将其化为瘦骨。①

《讲座一》共有 23 页之多，通篇都在讨论玄学诗的定义问题。然而，如果我们真要从中找出艾略特的定义，则会感到一头雾水，因为他并未给出自己的明确定义。他提到了德莱顿的定义和约翰逊的定义，认为它们都过于狭隘。②他也提

---

① T. S. Eliot. *The Varieties of Metaphysical Poetry*. Ed. Ronald Schuchard. New York, San Diego and London: Harcourt Brace, 1993, pp. 60-61.

② T. S. Eliot. *The Varieties of Metaphysical Poetry*. Ed. Ronald Schuchard. New York, San Diego and London: Harcourt Brace, 1993, pp. 45-47.

到桑塔亚纳的定义，认为桑塔亚纳更感兴趣的是诗化的哲学，而非哲学化的诗。[①]
他还提到蒲柏与威廉·布莱克，认为他们讲的只是理想状态，所以同样不能令人
满意。[②]在他看来，"之所以还没有令人满意的定义[……]在于绝大多数的定义
都毁掉了它们企图定义的对象"[③]。根据他的阐释，一方面，"玄学诗"这个术
语让我们有了一个概念，能借以描述某种文学现象，另一方面，我们又有大量的
文学作品，所以只要依据玄学诗的定义，把玄学诗人与非玄学诗人加以区分，或
进一步把具有玄学特征的部分从作品中挑选出来加以分析，则一切似乎就都尽善
尽美了。可艾略特同时也指出，如果仔细斟酌便会发现，德莱顿和约翰逊都不是
玄学诗人，也都没想到过卢克莱修或但丁，而且他们所圈定的诗人同时也都是抒
情诗人，甚至他们有关玄学诗品质的论述也都值得商榷。他进一步指出，桑塔亚
纳虽然研究了三个诗人，但都是用于支撑其论著的核心目标的，即系统论证个
人与宇宙的关系，因而其所探究的并非严格意义上的"玄学诗人"，而是"哲
学诗人"。

　　回到前面说到的"立足当下"的问题，结合上面的分析，就《讲座一》而
言，艾略特实际上是给自己设定了一个两难命题。一方面，他企图给玄学诗下一
个普适性的定义，找到那个"公分母"；另一方面，玄学诗又有很多，而且每一
首也都具有强烈的特殊性。普适性与特殊性如何才能实现平衡呢？平衡之后是否
还能包括普适性与特殊性呢？这些问题都是大问题，也都是哲学问题，同时也是
核心问题。因为是大问题，所以他不得不面对这些问题，使得《讲座一》通篇都
给人以开题报告的感觉。又因为是哲学问题，所以全文充满了思辨色彩，甚至一
再使用"我相信""我认为""我承认"等词语。至于核心问题则无须赘述，因
为全部讲稿就是围绕玄学诗而展开的。

　　那么，在《讲座一》中，艾略特究竟有没有自己的定义呢？答案是肯定的，
但却没有明确提出，而是间接提到的。在对以往的定义作了批评性的梳理之后，
艾略特转向诗的功能，认为诗应该是部分与整体的结合，而诗的最基本的功能就
是把部分加以整合，使之成为一体，包括行为的一体，比如史诗或戏剧诗中的叙
事，也包括形式的一体，比如音韵、意义和抒情的结合。在各式各样的一体化进
程中，所有事物都与经验联系在一起。

[①] T. S. Eliot. *The Varieties of Metaphysical Poetry*. Ed. Ronald Schuchard. New York, San Diego and London: Harcourt Brace, 1993, pp. 48-49.

[②] T. S. Eliot. *The Varieties of Metaphysical Poetry*. Ed. Ronald Schuchard. New York, San Diego and London: Harcourt Brace, 1993, p. 50.

[③] T. S. Eliot. *The Varieties of Metaphysical Poetry*. Ed. Ronald Schuchard. New York, San Diego and London: Harcourt Brace, 1993, p. 45.

比如萨福的那首伟大颂诗,你会看到人类意识的真正进程、真正发展。它就在那儿,就在诗里;它就是经验的一致性,是以前所不曾意识到的存在。在记录某种情感的伴随物的过程中,它改变了那种情感。[1]

根据舒哈德的注释,所谓"萨福的那首伟大颂诗",指萨福的《安娜多丽雅颂》("Ode to Anactoria")。[2]他还特别提到朗吉努斯(Longinus)和艾略特对该诗的高度评价:朗吉努斯称赞它为令人称奇的作品,因为萨福所表现的诸如内心、身体、双耳、舌头、双眼、皮肤等,都如同四散各地、不为所知的一系列元素,而萨福却在一个特殊的时刻,让经验把它们全都聚在一起;艾略特则把这首诗看作伟大作品的表率,认为是用恰到好处而又极为干练的笔调写出的一种特殊情感。[3]事实上,即便对萨福的诗一无所知,我们也能从这里的所引看出两点:一是末尾的"在记录某种情感的伴随物的过程中,它改变了那种情感"一句,与《论玄学诗人》中的"对于多恩来说,一个思想是一种经验,它改变了他的感受力"如出一辙;二是贯穿其中的基本思想,实际上就是《论玄学诗人》中所提出的"感受力的统一"。

为了说明这种感受力的统一,艾略特还列举了希腊诗人卡图卢斯、意大利诗人但丁、法国诗人夏尔·皮埃尔·波德莱尔(Charles Pierre Baudelaire),以及英国的刘易斯·卡罗尔(Lewis Carroll)、勃朗宁、莎士比亚等。在对他们加以比较后,艾略特发现,只有但丁最具代表性,因此在说到玄学诗的表现时,他这样写道:

> 我将把但丁的时期作为一个代表,把多恩的时期作为另一个代表。我还要找第三个时期,虽然尚不明确,也更加复杂,但却能明显代表我所认为的"玄学"。第三时期之父是波德莱尔,这一时期是1870—1890年的法兰西,其中的重要诗人,就我的目标而言,有朱尔斯·拉福格、阿蒂尔·兰波(Arthur Rimbaud)和特里斯坦·科比埃尔(Tristan Corbiere)。而且我也将用这一阶段来帮助我考察17世纪。[4]

所以在《讲座一》中,艾略特并不急于给玄学诗下定义,也不是在下定义,

---

① T. S. Eliot. *The Varieties of Metaphysical Poetry*. Ed. Ronald Schuchard. New York, San Diego and London: Harcourt Brace, 1993, p. 51.

② 该诗的英文版有好几种,舒哈德提供的是朗吉努斯在《论崇高》(*On the Sublime*)中的版本,英译者为 J. A. 西蒙兹(J. A. Symonds)。

③ T. S. Eliot. *The Varieties of Metaphysical Poetry*. Ed. Ronald Schuchard. New York, San Diego and London: Harcourt Brace, 1993, p. 45.

④ T. S. Eliot. *The Varieties of Metaphysical Poetry*. Ed. Ronald Schuchard. New York, San Diego and London: Harcourt Brace, 1993, p. 59.

而是在论定义，旨在从历史发展角度，紧扣感受力这一中心，论证"智力的解体"三部曲中的第一部。在艾略特看来，"玄学诗"不仅仅是一个"方便的术语"①，而且"其最初的构想就存在本质问题"②。他还进而指出，"玄学诗"有两个含义，一是指玄学诗歌，即该术语的本义；二是指玄学诗人，即格里厄森《玄学诗集》中所收录的那些诗人。在后一含义上，即便不用"玄学诗人"也未尝不可，比如用"哲学诗人"或"心理学诗人"之类。

> 为什么还叫"玄学诗人"？为什么不叫"17 世纪抒情诗人"？甚至"心理学诗人"？这个嘛，有很多理由，我希望我能在接下来的几讲中展开来说。至于为什么不是"玄学诗人"，也有很多理由，如果用我的定义（我说过了，那部分是人为强加给他们的）。简而言之，我旨在准确地说明，14 世纪意大利神秘主义诗人都不是心理学诗人，而作为一个术语，如果明显排除了意大利诗人，则会剥夺我的三角尺中的一个角。之所以把 17 世纪称为"玄学的"，在于这个术语已在使用中得到确认。"哲学的"一词反而比"玄学的"更加矫饰，而且在过去两个半世纪的使用中，还暗含"荒诞""夸张"之义，而这些含义是不该抹去的。③

在《讲座一》的最后部分，艾略特再次回到三个时期的划分，强调以多恩为重点、上接 14 世纪的意大利、下接 19 世纪的波德莱尔、立足 20 世纪的当下诗歌的基本思想，以推荐 11 种书籍结束了整个《讲座一》。前文曾引用艾略特对《克拉克讲稿》的反思与打算。从上面的分析可以发现，作为克拉克讲座的宣读稿，《克拉克讲稿》的确存在较多的"对话风格和不断重复"，也的确有"不少事实的细节"需要补充，至于"权威性必须补充"则是因为他的"有些断言需要证明"，而更重要的则在于"一些基本思想还相当晦涩"，比如究竟什么是玄学诗的问题，不但《讲座一》只是间接提到，而且在接下来的几个讲座中也都表述得较为模糊。更有甚者，虽然每个讲座都有一个题目，但讲座题目与实际内容却并不完全对应。对此，艾略特当然是心知肚明的，而我们之所以能够了解其中的缘由，则是因为他对《克拉克讲稿》的反思保存至今，并刊印在《玄学诗的多样性》一书中。由于这些原因，我们对《讲座一》做了较为详尽的分析；还是由于

---

① T. S. Eliot. *The Varieties of Metaphysical Poetry*. Ed. Ronald Schuchard. New York, San Diego and London: Harcourt Brace, 1993, p. 46.

② T. S. Eliot. *The Varieties of Metaphysical Poetry*. Ed. Ronald Schuchard. New York, San Diego and London: Harcourt Brace, 1993, p. 45.

③ T. S. Eliot. *The Varieties of Metaphysical Poetry*. Ed. Ronald Schuchard. New York, San Diego and London: Harcourt Brace, 1993, p. 61.

这些原因，在下面的分析中，我们仍将遵循他的思路，但不再列举那些重复的部分，而是重点讨论每个讲稿的核心内容。

如前所述，《讲座二》的标题为《多恩与中世纪》。较之于《讲座一》，这一讲简单了许多，一是因为减少了《讲座一》那种哲学思辨，二是因为讲座伊始就开门见山地交代了中心主题："在本讲中，我将讨论多恩的研究及其对他的心灵和诗歌的影响。为了这一目的，我将主要使用上一讲中提到的玛丽·拉姆齐的著作。"[①]在艾略特的原文中，"多恩的研究"为 the studies of Donne，给人以"多恩研究"之感，但实际上则指"多恩的研读"，即多恩在其一生中所阅读过的书籍。而"玛丽·拉姆齐的著作"，根据艾略特在《讲座一》中的文字，指的是玛丽·巴顿·拉姆齐（Mary Paton Ramsay）的《多恩作品里的中世纪思想》（*Les Doctrines Mediavales Chez Donne*）。[②]也就是说，艾略特在其《讲座二》中，旨在以拉姆齐的思想为切入点，结合多恩的知识背景来揭示多恩的思想与创作，借以探究多恩与中世纪的关系。

拉姆齐的《多恩作品里的中世纪思想》全称《英国玄学诗人多恩作品里的中世纪思想》（*Les Doctrines Mediavales Chez Donne, le Poete Metaphysician de L'Angeterre*），1916 年由牛津大学出版社出版，1919 年曾获"克劳谢玫瑰奖"[③]，这是英国官方授予从事文学研究的女性学者的最高成就奖。该书在 1924 年出版了第二版。艾略特对该书给予了高度肯定，但对其中的某些结论却有不同的看法："拉姆齐女士的观点，正如她在前言中所说，是这样的：多恩具备'十分完备'的哲学体系和深刻的神秘主义，他的宇宙观和哲学方法本质上都是中世纪的。而我要考察的，正是她的这些主张。"[④]

沃尔顿曾在《多恩传》中动情地记述过多恩孜孜不倦的阅读情况；多恩的生前好友以及后来的一些朋友，包括曾打算重写《多恩传》的亨利·沃顿爵士等，也都对多恩的学识赞赏有加。在整个多恩研究批评史上，无论褒扬还是贬低，所有人都完全认可多恩的博学多才。而拉姆齐则以考证的方法，较为详尽地考察了多恩的阅读书目，最为显眼的是她以 5 个附录共 29 页的篇幅，分别列举了多恩在《论自杀》《伪殉道者》《依纳爵的加冕》《布道文集》《神学文集》中所直

① T. S. Eliot. *The Varieties of Metaphysical Poetry*. Ed. Ronald Schuchard. New York, San Diego and London: Harcourt Brace, 1993, p. 67.

② T. S. Eliot. *The Varieties of Metaphysical Poetry*. Ed. Ronald Schuchard. New York, San Diego and London: Harcourt Brace, 1993, p. 62.

③ "克劳谢玫瑰奖"（Rose Mary Crawshay Prize）的设置、颁奖以及迄今为止的获奖者名单，可以从网上获得，见 https://en.wikipedia.org/wiki/Rose_Mary_Crawshay_Prize。

④ T. S. Eliot. *The Varieties of Metaphysical Poetry*. Ed. Ronald Schuchard. New York, San Diego and London: Harcourt Brace, 1993, p. 67.

接引用过的作家。①艾略特对拉姆齐的这一工作高度认可，但却进一步指出，多恩的阅读书目不仅包括中世纪的教父们的神性著作，也包括中世纪以后的神学家、心理学家和文学家的许多著作。艾略特的依据，一是拉姆齐所列举的书目中，相当一部分属 1500 年以后的作家，而拉姆齐则只重视了 1500 年以前的那个部分；二是沃尔顿曾在《多恩传》中提到多恩在 19 岁时就读过枢机主教贝拉明（Cardinal Bellarmine）的著作，而这位主教仅比多恩年长三十岁，而且当时依旧健在；三是多恩还同时阅读了很多文学作品，并参与当时的文学活动；四是多恩的家庭背景，特别是耶稣会背景与当时的宗教改革，使他阅读了当下的著作；五是多恩曾就读于当时最为著名的律师学院，对法律知识必然十分清楚，而且他所追求的原本就是世俗之路；六是多恩还有相当的心理学知识，而且一定意义上甚至堪称心理学家。艾略特由此得出以下结论：

> 拉姆齐女士的判断基于多恩的学识和他所用的（学院式）术语，所以认为他的心智是中世纪的。我的判断（除他的大量阅读根本不属中世纪之外）则基于他的读书方式，所以认定他根本就属于他自己的时代。我们都清楚地知道，多恩的阅读量极大，但都没有什么顺序可言，也都没有特别的价值可言，而且他思考的时候也都是断断续续的、碎片式的。对他来说，传统真的不太重要。他什么都读，也什么都用，根本不问来处，也不在意是否连贯。迈蒙尼提斯（Maimonides）或阿威罗伊斯（Averroes）的概念，在多恩的心中，完全可以和阿奎那所吸收改造过的同一个概念并存不悖。各种各样的伪狄奥尼修斯（Pseudo-Dionysius），有时就像真的狄奥尼修斯（Dionysius）一样地复活，就如同在 15 世纪的埃克哈特（Eckhardt）的思想里那样。这样的区别还可以有更好的说法。拉姆齐女士或许会说，多恩的心是中世纪的，尽管他的情感是文艺复兴的。而我要说的是，情感在哪儿，心也会在哪儿；你不能想得和阿奎那一个样，除非你的情感能和他的一样。所以我将在他的注意力和兴趣所及之处，在他的真实观察所看到的地方，去寻找他的内心，去探究他的感觉、思想和感情。②

在确定了这样的方向之后，艾略特以多恩的《早安》第 1—7 行为例，对他的上述说法加以证明。在艾略特看来，在注意力、兴趣和观察所及之处去发掘内

---

① Mary Paton Ramsay. *Les Dicrines Mediavales Chez Donne, le poete metaphysician de l'Angleterre*. London: Oxford UP, 1917, pp. 271-297.

② T. S. Eliot. *The Varieties of Metaphysical Poetry*. Ed. Ronald Schuchard. New York, San Diego and London: Harcourt Brace, 1993, pp. 83-84.

心世界，是一个巨大的创作空间，但却一直都是一片尚未开垦的处女地，而多恩则是走向这片处女地的最早的诗人之一。"从某种角度说，将注意力转向内心就是一种创造，因为客体由于观察而发生了改变。深入地思考一个思想观念，观察它的感情投入，对之加以反复玩味，而不是将其仅仅看作单纯的意义，则往往会有新奇而美丽的发现。"①多恩的《早安》一诗，在艾略特看来，就是"玩味思想"的一个很好的例子。

> 多恩不是要追求思想的意义，也不是要让它流入思想的常规序列，而是要捕获它，要榨取它可能拥有的全部感情，一丝一毫也不留下。多恩的这种思想，有时会令人不知所云，会产生某种模糊感，因为它们不只是简单的意义，也没有明确的指向性。但通过这种方式去捕获意义，多恩却常常都能成功地揭示某一思想的诸多方面和联系，而这是用其他方式所不能做到的。他注入了一剂铋，让小肠的位置清晰地显示在 X 光屏上。②

艾略特还将多恩的《早安》与让·拉辛（Jean Racine）的《费德拉》（*Phaedra*）、荷马的《奥德赛》和但丁的《炼狱》（*Purgatorio*）三部作品中的部分诗行加以比较，认为它们都是"玩味思想"的佳作，都各有独到的发展，也都具有外在指向性，因而都不是什么幻想，也都并未脱离事实依据。通过这样的比较，艾略特一方面揭示了每个诗人都是时代的产物，另一方面也显示了不同时代之间的共同特征。前者拓宽了拉姆齐的研究；后者则同时指向了 20 世纪的诗歌创作，因为不同时代既各有不同，也有相同之处："那是新与旧的区别；而在一系列的不同之中，也解释了或在因果关联上解释了我们这个时代的诸多形象。"③更为重要的是，在艾略特看来，"玩味思想"与阅读之间是存在关联的，这个关联不仅涉及小写的"思想史"（history of ideas），而且涉及大写的"感受史"（History of Sensibility）。④这意味着，《讲座二》也如同《讲座一》一样，最后的落脚点依旧是感受力。《讲座二》基于拉姆齐的观点而又发展了拉姆齐的观点，这是文本本身所明显指出的。但这种发展，从本质上说，在于拉姆齐虽然深

---

① T. S. Eliot. *The Varieties of Metaphysical Poetry*. Ed. Ronald Schuchard. New York, San Diego and London: Harcourt Brace, 1993, p. 85.

② T. S. Eliot. *The Varieties of Metaphysical Poetry*. Ed. Ronald Schuchard. New York, San Diego and London: Harcourt Brace, 1993, pp. 85-86.

③ T. S. Eliot. *The Varieties of Metaphysical Poetry*. Ed. Ronald Schuchard. New York, San Diego and London: Harcourt Brace, 1993, p. 91.

④ T. S. Eliot. *The Varieties of Metaphysical Poetry*. Ed. Ronald Schuchard. New York, San Diego and London: Harcourt Brace, 1993, p. 92.

入分析了多恩与中世纪的关系，却没有将其与当下联系起来，原因就在于她忽视了多恩的感受力，从而把多恩的思想与情感看作两样可以截然分开的品质。艾略特则立足当下，既看到了小写的"思想史"，也看到了大写的"感受史"，并在"感受史"的层面将多恩的思想和情感做了很好的关联。这是他之所以选择多恩的《早安》这首爱情诗，而不是《论自杀》等散文的重要原因。

从论点本身看，艾略特对拉姆齐的批评并无不对；但从论点与论据的关系看，艾略特的批评能否成立还另当别论，因为拉姆齐的基本观点与她所选的多恩作品是一致的，而艾略特的论点虽然基于对拉姆齐的批评，可他所选择的多恩作品却并非散文，而是爱情诗。如果艾略特同样选择多恩的《论自杀》等散文作品，则结论究竟如何就不得而知了，这或许是他在反思其讲稿时所说的"整个论点还需要调整"的地方之一。就《讲座二》看，除了这个瑕疵，艾略特的论述，连同其基本观点和材料选择，不但依旧具有自身的一致性，而且还为《讲座三》做了必要的铺垫。

《讲座三》的谋篇布局和论证方式都与《讲座二》完全相同，即以某个批评家的某一观点为开篇，从中引出新的观点，然后再用多恩诗加以论证。《讲座三》的开篇是雷米·德·古尔蒙（Remy de Gourmont）的《但丁、贝雅特丽齐和爱情诗》（*Dante, Beatrice et la Poesie Amoureuse*），特别是其中所指出的普罗旺斯和佛罗伦萨诗歌对爱的不同态度。古尔蒙被誉为"法国象征主义运动中最明智的评论家之一[……]他的文学评论完全以充实的美学基础为依据"[1]。根据古尔蒙的总结，普罗旺斯诗人笔下的女子有着高贵的出身，美丽动人，有权有势，身边聚集大批骑士供她选择，而一旦选定便必须彼此忠贞，终生厮守，唯有死亡才能将彼此分开，所以爱情是以婚姻为目的的，普罗旺斯女性也并非什么天使之类。而新的佛罗伦萨派诗歌则不同，它改变了这样的爱情观，因此，在他们的笔下，爱是纯洁的，近乎非个人的，而且爱的客体也不再是一个女子，而是美，是女性气质，是一种人格化的理想存在。古尔蒙把这种改变看成人类情感的进步，既是向着真理迈出的坚定步伐，也是巨大的社会进步，更包括新的审美要素。

我们知道，但丁就出生于佛罗伦萨，对法国骑士文学和普罗旺斯抒情诗皆有接触，但他的《新生》则属于以圭尼切利和卡瓦尔坎蒂为代表的"温柔新诗体"，用他在《炼狱》中的话说，"每逢爱向我启发，我便把它录下，/就像它是我心中的主宰，让我如实地表现出来"[2]。艾略特对但丁有着别样的热情，曾

---

① 美国不列颠百科全书公司：《不列颠百科全书》（国际中文版 修订版 第 7 卷），北京：中国大百科全书出版社，2007 年，第 231 页。

② 但丁：《神曲·炼狱篇》，黄文捷译，南京：译林出版社，2005 年，第 278 页。

于 1950 年公开表示深受但丁的影响。[①]他还在 1929 年出版的小册子《但丁》中，对《神曲》《新生》等有过专门研究，并批评古尔蒙是 "由于偏见而误入学究态度"[②]的人。这一批评的源头便是古尔蒙的《但丁、贝雅特丽齐和爱情诗》。早在 1910 年，艾略特就读过该书，认为古尔蒙 "由于偏见" 而把但丁仅仅局限于中世纪，没有拓展到更为广阔的时空维度上，包括 17 世纪的英国。基于这样的思想，艾略特明确指出：

> 对爱有三种态度，普罗旺斯的、意大利的、英国 17 世纪的，它们之间的区别代表着人类精神，大得难以给出恰当的评价，属于每个人每天都会有的那种区别，即便在我们中随便找几个人，也都会有不可逾越的障碍。作为一个文学批评家，我只能通过文学果实来判断它们。[③]

而艾略特所选择的 "文学果实"，在《讲座三》中便是但丁的《新生》，以及多恩的《出神》和赫伯特的《颂》（ "An Ode" ），因为在他看来，这些作品都属宫廷诗的范畴，也都不同程度地表现了 14 世纪意大利艺术中的神秘主义思想。[④]根据艾略特的研究，但丁等佛罗伦萨诗人的神秘主义属于欧洲的文学主流，其源头是 12—13 世纪的拉丁文化，其主要表现便是 "玩味思想"。他以但丁的《新生》为例指出，那是基于真实经验，却又被重新定义的作品，而古尔蒙的著作则只说对了一部分，即那是对但丁的一段情感的记录；而另一部分则值得怀疑，即那段感情的产生很可能并非在但丁 9 岁时，而有可能更早。更为重要的是，那段情感对于但丁来说，是那么刻骨铭心，以至于他的一生都因此改变。[⑤]这与人们的共识没有区别，比如 "在诗人的笔下，贝雅特丽齐这位年轻、美丽、

---

① 艾略特：《但丁于我的意义》//陆建德主编《批评批评家》，上海：上海译文出版社，2012 年，第 151-164页。

② 艾略特：《传统与个人才能》，卞之琳、李赋宁等译//陆建德主编《批评批评家》，上海：上海译文出版社，2012 年，第 347 页。

③ T. S. Eliot. *The Varieties of Metaphysical Poetry*. Ed. Ronald Schuchard. New York, San Diego and London: Harcourt Brace, 1993, p. 95.

④ "14 世纪意大利艺术中的神秘主义" 一词，艾略特的原文是 trecento。根据 OED 的解释，trecento 的字面意义为 300，是 mil trecento（1300）的缩写形式，义为 "14 世纪"，尤指 14 世纪的意大利艺术、建筑等，见 *OED*（Vol. 18. Oxford: Clarendon, 1989.）第 467 页。但在《讲座二》中，艾略特却用以概括了 12—14 世纪的 300 年时间，应该是在字面意义上来使用这一术语的。另外，根据舒哈德的注释，该讲座稿曾于 1927 年被译为法文，而其法文标题《两种神秘主义态度：但丁与多恩》（ "Deux Attitudes Mystiques: Dante et Donne" ）是艾略特所认可的，见 T. S. Eliot. *The Varieties of Metaphysical Poetry*. Ed. Ronald Schuchard. New York, San Diego and London: Harcourt Brace, 1993, p. 93.

⑤ T. S. Eliot. *The Varieties of Metaphysical Poetry*. Ed. Ronald Schuchard. New York, San Diego and London: Harcourt Brace, 1993, pp. 97-99.

高贵的女子，是崇高的道德力量的化身，是上帝派到人世间来拯救他的灵魂的天使。这种爱是理想中的、精神的爱，带有中古时期的神秘色彩"[①]。艾略特的独特之处在于，他认为但丁的爱情诗旨在玩味思想，而这种玩味本身就是一种神秘主义；至于美与高贵等含义，连同作品的特殊表达方式，都不过是这种神秘主义的外在表现。在艾略特看来，这样的诗直接来自诗人的内心，但丁的成就是后来的诗人难以企及的，而多恩的《出神》则是但丁《新生》之后的又一成功典范。

多恩的《出神》共计 19 节，每节 4 行，艾略特用了 7 页的篇幅，引用了其中的第 1—5、11、13、17—19 节，并在对但丁的神秘主义的分析基础上，结合柏拉图的《会饮篇》（Le Banquet）、亚里士多德的《灵魂论》（De Anima）、阿奎那的《神学大全》（Summa Theologica）等有关灵与肉的论述，对引用的《出神》诗作了逐节分析，认为多恩所玩味的思想与其说是灵与肉的对立，不如说是努力通向完美的一种企图：

> 以这种方式呈现的灵与肉的分离是一个现代概念，我能想到的唯一能够与之匹配的例子是普罗提诺（Plotinus）对肉体的态度，而那还是出自波菲利（Porphyry）的引用；多恩所用的形式则代表一种哲学思辨，其所呈现的心态远比阿奎那更加粗糙。"赞美肉体"是不少多恩迷所热捧的，但它实际上却只是一个清教徒的态度，何况两个灵魂的合一与出窍这种构想，不仅在哲学上是粗糙的，在情感上也是有限的。爱即对被爱对象的冥想，这种表述不但更像亚里士多德，也更像柏拉图，因为那是对至美至善的冥想，是通过令人愉悦的有限客体而部分地揭示出来的。对多恩意味着什么呢？处于出神状态的合一是完全的、终结的；两个人类，什么也不需要，只有彼此，凭愉悦的情感依偎在一起。但情感是不能停歇的，渴望必须渐浓，否则就会枯萎。多恩这个现代人，因拥抱自己的感觉而陷入囹圄。爱慕谈不上，崇拜更谈不上。像多恩这样的态度，其所导致的结果自然是二者必取其一：要么是丁尼生式的幸福婚姻（与多恩自己的差别不大），那就是一种破产；要么是英雄的崩塌，好比于斯曼斯（Huysmans）的《在路上》（En Route）中的主人翁的感慨"主啊，这有多蠢"。其所导致的实际上就是现代文学，因为无论你要找寻的"绝对"在于婚姻还是通奸，抑或是恣情享乐，它们全都是合为一体的，而你却找错了地方。[②]

---

① 吕同六：《序言》//但丁《神曲·地狱篇》，黄文捷译，南京：译林出版社，2005 年，第 6 页。

② T. S. Eliot. The Varieties of Metaphysical Poetry. Ed. Ronald Schuchard. New York, San Diego and London: Harcourt Brace, 1993, pp. 114-115.

《讲座三》的标题是《多恩与神秘主义》，可究竟是什么样的神秘主义，艾略特却并未交代清楚。在分析多恩的《出神》之前，他曾说到神秘主义的不同种类，包括 12 世纪的神秘主义、伯特兰·罗素（Bertrand Russell）的神秘主义、D. H. 劳伦斯（D. H. Lawrence）的神秘主义。①他还简要地提及了圣维克多的理查德（Richard of St. Victor）的神秘主义、阿奎那与但丁的神秘主义、西班牙诗人的神秘主义、克拉肖的神秘主义、耶稣会的神秘主义，他认为有必要对它们加以区别，因为"亚里士多德-维克多-但丁的神秘主义是本体论的，而西班牙的神秘主义则是心理学的。我把前者称为古典的，把后者称为浪漫的"②。然而他并未说明多恩的神秘主义属于哪一种。即便是在用大量篇幅分析了《出神》之后，他也没有具体归纳多恩的神秘主义，而是在上引评论之后，直接进入赫伯特的《颂》，原因是多恩《出神》中的那种"通过固化瞬息而找寻永恒的徒劳努力，在赫伯特伯爵的《颂》中有着华丽的重复。乍看之下，它比多恩的《出神》还好，但那是在它令人吃惊的时候；略加严肃思考便会发现，它比多恩诗更实在、更牢固、更有技巧美，也更具不可宽恕的瑕疵"③。

17 世纪英国玄学诗人中有两个赫伯特，一是乔治·赫伯特，另一个则是"自然神论之父"爱德华·赫伯特伯爵。艾略特选了赫伯特伯爵的《颂》，用以和多恩的《出神》进行比较。多恩的《出神》共 19 节，每节 4 行④，艾略特重点分析了其中的第 1—5、11、13、17—19 节，共计 40 行。赫伯特伯爵的《颂》共 35 节，每节 4 行，艾略特选引了其中的第 17、18、30 节。对后者，艾略特更多的是引用，评价相对较少，虽然也将其与但丁的《新生》作了对照，如同他对《出神》的分析一样，但结论却不在赫伯特，而在但丁、多恩和拉福格。在艾略特看来，《新生》的素材就是青春期的经历，是经过成年人按照某种哲学加以处理的结果。这样的青春期经历，多恩在写，拉福格也在写，可他们都没有按照某种哲学进行处理。"拉福格大约才 27 岁便过世了；多恩直到 40 岁左右还在写；而但丁则是永恒的[……]从《新生》的第一行到《天堂篇》（"Paradiso"）的

① T. S. Eliot. *The Varieties of Metaphysical Poetry*. Ed. Ronald Schuchard. New York, San Diego and London: Harcourt Brace, 1993, p. 100.

② T. S. Eliot. *The Varieties of Metaphysical Poetry*. Ed. Ronald Schuchard. New York, San Diego and London: Harcourt Brace, 1993, p. 104.

③ T. S. Eliot. *The Varieties of Metaphysical Poetry*. Ed. Ronald Schuchard. New York, San Diego and London: Harcourt Brace, 1993, p. 115.

④ 见 John Donne. *John Donne's Poetry*. Ed. Donald R. Dickson. New York and London: Norton and Company, 2007, pp.100-102. 在《十七世纪玄学诗集》中，格里厄森没有对之分节，见 Herbert J. C. Grierson, Ed. *Metaphysical Lyrics and Poems of the Seventeenth Century: Donne to Butler*. Oxford: Oxford UP, 1921, pp. 16-18. 这里为了方便分析，采用诺顿版的划分。

最后一行，始终没有间断，没有冲动，没有浪费。"①

这样的结尾彰显着艾略特对但丁的崇敬，同时也体现了"智力的解体"这一核心思想。但就讲座本身而言，特别是就《多恩与神秘主义》这一标题而言，依旧给人以言而未尽之感。事实上，艾略特自己对此也是十分清楚的，这在他的反思中有明确的表述："我的论据全部建立在我对《新生》的理解上，那只在第三讲中有所暗示。还有对但丁的童年时代的理解，这部分必须大力充实。"《讲座三》中的这一缺憾，在《讲座四》的开篇有所弥补。那就是 12—13 世纪的拉丁哲学与 13 世纪的普罗旺斯诗歌结合在一起，于 14 世纪产生的一种全新的爱情观，那种爱情观拓展了情感的范围，包括了诸如青春期这样的素材。具体到但丁的《新生》，艾略特指出，其表现不但与以往大相径庭，而且较之于多恩、丁尼生和拉福格的诗，也都更具精神性，同时也更具世俗性。他把多恩的《出神》看作经验世界的压缩版，认为其基本内容与其说是灵与肉的融合，不如说是灵与肉的调和。他还提醒我们，但丁与多恩各有不同的神秘主义，无须把他们中的任何一个称为神秘的。这些思想尽管让《讲座三》有了一定程度的完整性，但却依旧没能表述到位。

比较而言，《讲座四》要清楚得多，但同样没能表述到位。《讲座四》的题目叫《多恩的巧思》，可究竟什么是"巧思"却没有给出严格的定义，而是将其作为一种辞格来讨论的："我现在想表明，如果我能的话，接受系统有序的思想感情，在但丁及其朋友那里是如何成为简单、直接、淳朴的话语风格的，而保持悬念（对那些喜欢的而非相信的哲学和态度以及钟爱的理论等），在多恩和我们的某些当代诗人这里又是如何成为矫饰的、扭曲的，常常也是浮夸而精美的话语风格的。"②这样的开篇，似有将但丁与多恩放在历时的横轴上加以对照的企图，但实际上却是将他们放在共时的纵轴上加以比较的：

> 如果你考察但丁所用的辞格，或卡瓦尔坎蒂等其他优秀诗人所用的辞格，我想你就会发现，他们的意象和多恩的区别在于兴趣的焦点。但丁的兴趣在于观念和情感的传递，意象总能使观念和情感更容易理解。在多恩那里，兴趣是分散的，它可能在于通过特殊意象精准地传递观念，意象本身可能比观念更难理解；也可能在于一时的冲动，而不是发现某些相似性。其乐趣部分地在于天然的不协调，那种不协调实际上已被成功克服；其感觉则部分地在于"感觉"某一观念，而不是"感受"

① T. S. Eliot. *The Varieties of Metaphysical Poetry*. Ed. Ronald Schuchard. New York, San Diego and London: Harcourt Brace, 1993, pp. 116-117.

② T. S. Eliot. *The Varieties of Metaphysical Poetry*. Ed. Ronald Schuchard. New York, San Diego and London: Harcourt Brace, 1993, p. 120.

某个靠那种观念生活的人。它是一种失调的和谐。①

用"失调的和谐"（harmony of dissonance）来指代多恩的意象是艾略特的一个创举。所谓"失调的和谐"，根据艾略特的解释，是与"绝对的必然"（absolute necessity）相对的一个概念。他以但丁的《天堂篇》为例指出，但丁的意象都有明确的指向性，即便是传递某种超感官的体验，也最接近于他所要传递的信息，比如对抵达月球天时的描述。②其中的"修辞性意象"（rhetorical images）既不是为了装饰，也不是为了兴趣，而是为了含义，渗透着一种"理性的必然"（rational necessity），是但丁的所有比喻的共同特征。他还以此为据指出，意象有"绝对的必然"与"极端的巧思"（extreme conceit）之别，但它们分属意象序列中的两个极端，其间还有无数等级。"对于伊丽莎白时代的诗人，很难说他们的许多意象究竟是服务性的还是装饰性的，因为它们通常都表示强调而非阐释，所以我把它们称为修辞性意象，其效果也是修辞性效果。"③

很明显，艾略特是把巧思当作比喻来看待的，这让人想起德·昆西，因为德·昆西就曾明确地把多恩视为英国文学中的第一修辞学家。然而，艾略特虽继承了德·昆西的思想，但他用以判断的标准却是比喻所产生的意象。正因为如此，他说"比喻的种类很多，有带巧思的，也有不带巧思的"④。他引莎士比亚在《安东尼与克莉奥佩特拉》（Antony and Cleopatra）中把死去的克莉奥佩特拉比作睡眠⑤，然后指出：这样的意象并不具有但丁的意象中那种"理性的必然"，却以另外的方式传递了必然性；它是但丁所想象不到的，却集中体现了克莉奥佩特拉的全部灾难性力量。⑥艾略特引用这个例子旨在说明巧思这种辞格是不能用时间来判断的，而且也不是所有的辞格都具有巧思的性质。为了说明这一

---

① T. S. Eliot. *The Varieties of Metaphysical Poetry*. Ed. Ronald Schuchard. New York, San Diego and London: Harcourt Brace, 1993, p. 120.

② 作为例子，他引用了《天堂篇》第 2 首第 31—36 行，包括但丁的诗歌原文和特普尔的散文英译。汉语中也有大致对应的诗体翻译和散文体翻译。诗体翻译如黄文捷译《神曲·天国篇》，南京：译林出版社，2005 年；散文体翻译如田德望译《神曲·天国篇》，北京：人民文学出版社，2016 年。

③ T. S. Eliot. *The Varieties of Metaphysical Poetry*. Ed. Ronald Schuchard. New York, San Diego and London: Harcourt Brace, 1993, p. 121.

④ T. S. Eliot. *The Varieties of Metaphysical Poetry*. Ed. Ronald Schuchard. New York, San Diego and London: Harcourt Brace, 1993, p. 123.

⑤ 那是莎士比亚借凯撒之口说出的一个比喻，原文为"she looks like sleep,/As she would catch another Antony/In her strong toil of grace"。语出第五幕第二场第 345—347 行。朱生豪的译文为"瞧她好像睡眠一般，似乎在她温柔而强力的最后挣扎之中，她要捉住另外一个安东尼的样了"，见《莎士比亚全集》，朱生豪译，长春：时代文艺出版社，1996 年，第 1127 页。

⑥ T. S. Eliot. *The Varieties of Metaphysical Poetry*. Ed. Ronald Schuchard. New York, San Diego and London: Harcourt Brace, 1993, p. 123.

点，他特别选择了多恩的《葬礼》《圣物》《花朵》《赠别：节哀》《第二周年》等诗进行分析。但从他的具体分析看，他的真正目的却并非在于研究巧思究竟是怎样的一种辞格，而在于对巧思的不同特性加以说明。

比如对《葬礼》的分析便旨在说明多恩的巧思之于诗歌的谋篇布局的意义。多恩的爱情诗《葬礼》共 3 节，每节 8 行，艾略特主要针对其第 1 节的意象做了分析，他认为前 3 行较为简单，易于理解，唯一的瑕疵是动词 crown 的比喻用法，由于它的强调功能显得有些过分，所以会转移读者的注意力。

> 但是，从第 5 行开始，他完全变成了典型的巧思：你置身于一堆的灵魂、副灵魂、国王、总督、行省之中。尽管毫不相关，尽管是贬损了而不是发展了思想，尽管代表着内在的混乱与分类，但它却是令人愉悦的。为了能领略多恩的全部品位，你的理解必须是分析性的，你的鉴赏必须是综合性的；你必须让所有要素都在你的心中保持悬念和延续，就像他所做的那样。你还要意识到，他对巧思的运用是严肃的，就如同他在别的方面一样。至于这些诗行中的"才"是如何演变为我们所知道的"才"（从并置到具有讽刺对照）的，那是我们以后要讨论的问题。这里只需指出的是，我们常说多恩的才、德莱顿的才、斯威夫特的才，以及我们自己的珍贵之才，并不是同一个东西，也不是不同的东西，而是同一个东西的发展变化和不同阶段。①

艾略特对《圣物》一诗的分析，则在于指出多恩的巧思具有象征的特点，而这种象征只是一种表象，实际则是一种"观念的游戏"（play of ideas）。在艾略特看来，聚焦于打开坟墓的瞬间发现信物，而非装殓尸体的时候，多恩的这一视角本身就足以让情感获得永恒的价值，而"骸骨上的金发手镯"一行，更是任何其他诗人都无法获得的绝妙意象，具有很强的象征性。这种象征到第二节便与前文说到的神秘主义联系在一起，所以艾略特说：

> 他[多恩]不再专注于骸骨上的手镯这一概念的意义，而是专注于它的可能后果。我认为我们完全可以这样说：多恩的方法常常是从大到小，从中心到边缘，从激情到反思。所以他能诚实地面对他的内心，也能让我们感同身受。激情总有耗尽的时候，除非其淳朴和别致都令人惊叹，除非其维持被某种高雅的哲学阐释为别的东西。可在多恩那里，激情却幻化为观念的游戏。在那片耗尽与幻化的边地，多恩

① T. S. Eliot. *The Varieties of Metaphysical Poetry*. Ed. Ronald Schuchard. New York, San Diego and London: Harcourt Brace, 1993, p. 124.

是它的伟大统治者。①

艾略特对《花朵》的分析，旨在揭示多恩巧思中所蕴藏的愤世嫉俗的思想及其现代性。《花朵》共 5 节，艾略特选择了其中的最后 2 节，因为在他看来，前 3 节与后 2 节形成了一种虎头蛇尾的对照关系。如果说前 3 节的时不我待主题与文艺复兴时代能够产生共鸣，那么后 2 节的愤世嫉俗思想则更能在 20 世纪的当下产生共鸣：

> 在这些诗行里——有人宁愿坐牢十年，只要能写出这么好的诗——包含大量的堪称愤世嫉俗的东西，那是一种非常现代的愤世嫉俗的思想。用"少女"替换多恩的成年女子，它就成了拉福格的诗；用别的词语替换"木乃伊，拥有"，它又成了另一人的诗。愤世嫉俗所表现的总是心智的混乱，起码是心智的分离与缺乏统一。在多恩的这些诗行里，既有大量现代人《对于绝对的探索》（*La Recherche de l'Absolu*），还有令人失望的浪漫主义，以及发现这个世界并非希望的世界后的烦恼不安。幻灭的文学是不成熟的文学。正是在这一点上，我想努力表明但丁比多恩更懂这个世界。他知道他能得到什么，他拿过来吃下，没有怪罪牙齿的状况。②

这里，艾略特犯了一个小小的错误，因为"木乃伊，拥有"并不是《花朵》中的而是《爱的炼金术》中的文字。但他这种行云流水般的评价方式，连同巴尔扎克（Honoré de Balzac）《对于绝对的探索》这一哲学著作的嵌入，以及对幻灭文学的态度、对但丁的评价等，都与他在克拉克讲座前出版的《荒原》极为相似，暗示了多恩诗之于现代诗的积极意义。这也为他旗帜鲜明地赞美多恩，进而阐释多恩的巧思辞格，作了必要的铺垫，同时与他的"智力的解体"这一核心思想也是相通的。正因为如此，他说多恩虽不及但丁那么懂得这个世界——

> 但是，从局限到赞美，多恩的遣词多么绝妙！韵律多么无可挑剔！他业已作出的改变多么深刻！就此而论，他是琼森的孩子，是德莱顿的父亲，是蒲柏、戈德史密斯和约翰逊的祖先。从普罗旺斯到早期意大利，诗风从抒情的变成了哲学的；从伊丽莎白时代到詹姆斯一世时代，则从抒情的变成了修辞的。请注意，我是尽量准确地使用"修辞的"这

---

① T. S. Eliot. *The Varieties of Metaphysical Poetry*. Ed. Ronald Schuchard. New York, San Diego and London: Harcourt Brace, 1993, pp. 126-127.

② T. S. Eliot. *The Varieties of Metaphysical Poetry*. Ed. Ronald Schuchard. New York, San Diego and London: Harcourt Brace, 1993, p. 128.

一术语的，没有丝毫赞扬或贬损的意思。它的区别在于类型，不在好坏。①

而且，

> 修辞可以只是会话的发展：西塞罗"谈"他的论著，伊丽莎白时代的剧作家们则"嚷"他们的作品；任何一种文学风格都是从会话发展而来的[……]伊丽莎白时代的风格更接近于"歌"，甚至在戏剧诗里也比 17 世纪的风格更像"歌"。那是因为焦点变了。焦点从声音转向了意义；从单词的发音转向了词义的声音；如果你喜欢，也可以说声音的意义或者意义的声音；从词的声音转向对词义的明确意识，以及对具有那个意义的那个声音的乐趣——再微妙的词语也无法表述这一转变的差异。类似的焦点转变是从玄学转向心理学；词不仅仅是声音，像在抒情诗中那样，也不仅仅是意义，像在哲学诗里似的；词的趣味在于它自身的意义，也在于作家想要表达的内容。换句话说，巧思这种风格实际上是那些谴责它的人的风格的源头，比如德莱顿和约翰逊就是它的主要评判者。②

这段话颇有绕口令的感觉，或许是因为考虑到讲座的氛围，艾略特故意把讲稿写成这样的；也或许是讲座中临时添加了内容，而打字员将其一并记录下来所致。具体原因不得而知。但这段文字的意义其实很简单：修辞是会话的发展，在传递意义的同时势必涉及事实与细节；而作为辞格的巧思则势必打上夸张、比喻等烙印。他对《赠别：节哀》和《第二周年》的分析，正是在这一基础上进行的。他说多恩的《赠别：节哀》不仅是英国诗坛中"最为成功的拓展巧思之一"③，而且其中的意象还与 14 世纪神秘主义有着千丝万缕的联系：

> 多恩不是最伟大的那一个，他不是莎士比亚，不是但丁，不是基多，不是卡图卢斯。但在另一层面上，他却是一个无可争议的大师。他心中的 14 世纪神秘主义是无序的；他体验并记录了许多超感官的感觉，只是这些感觉都出自内心的混乱，而非内心的秩序。瞬间的体验逐渐转化为思想，而这个思想却并非为了信念，而是立刻又转化为另一感

---

① T. S. Eliot. *The Varieties of Metaphysical Poetry*. Ed. Ronald Schuchard. New York, San Diego and London: Harcourt Brace, 1993, pp. 128-129.

② T. S. Eliot. *The Varieties of Metaphysical Poetry*. Ed. Ronald Schuchard. New York, San Diego and London: Harcourt Brace, 1993, pp. 129-130.

③ T. S. Eliot. *The Varieties of Metaphysical Poetry*. Ed. Ronald Schuchard. New York, San Diego and London: Harcourt Brace, 1993, p. 131.

觉的客体。如果你乐意，你也可以把这种思想称为"虚假的"，因为它并未达到信念的地步。但这种思想的感觉则完全是真挚的。把思想分离出来，使之成为感觉的客体，这在 17 世纪之前是难以想象的。[①]

至于《第二周年》，或许是另有专门讨论的原因，艾略特在《讲座四》中只引用了其第 9—20 行，除了指出"红海"这一意象的塑造以及双韵体的使用都恰到好处之外，并无进一步的分析。值得注意的是讲座结尾时的如下总结：

> 巧思是比喻的极限，其使用是为了自身，而不是为了更清楚地表达一个观念或一种激情。巧思并非多恩的特殊心智的唯一产物，早在伊丽莎白时代就已经准备妥当。然而，由于心态各不相同，16 世纪的浮夸与 17 世纪的巧思完全是两个不同的现象。巧思也出现在意大利；而意大利的巧思，其起源与巴洛克的起源相似[……]诗歌中的玄学精神，在 17 世纪的背景下（我在第二讲中纲要性地提及过），总会倾向于巧思。另一方面，常见的玩笑类语言也会催生常见的惯性思想和感情；而且任何一个善于巧思的诗人，也都多少是玄学诗人。多恩对三种诗人有影响：写应酬诗的宫廷诗人如卡鲁和萨克林，以及后来的罗彻斯特伯爵（Earl of Rochester）和马修·普赖尔；奇幻派诗人如约翰·克利夫兰和爱德华·本洛斯（Edward Benlowes）；以及考利。[②]

这段文字之所以值得注意，一是因为它在《讲座四》中首次明确给出了巧思的定义（"巧思是比喻的极限"），二是因为它的实质是以思想为核心的修辞手法。前者包括了明喻与暗喻；后者则相当于我们所熟悉的"奇喻"，国内学者用"奇喻"指称多恩的巧思，这里便是源头所在。此外，从 19 世纪至今，学界都有人专门研究多恩诗的巴洛克风格[③]，而艾略特则在这里明确指出，巴洛克风格并非多恩诗的特征，而是多恩的部分后继者作品中的可能特点之一。

《讲座五》的主题是多恩的长诗，包括了讽刺诗、诗信以及《世界的解剖》和《灵的进程》等，因为"探讨这些诗究竟有多少玄学，又有多少巧思，并不是没有益处的"[④]。这样的开篇显示，他对多恩的长诗似乎并无很高的评价，讲稿

---

① T. S. Eliot. *The Varieties of Metaphysical Poetry*. Ed. Ronald Schuchard. New York, San Diego and London: Harcourt Brace, 1993, p. 133.

② T. S. Eliot. *The Varieties of Metaphysical Poetry*. Ed. Ronald Schuchard. New York, San Diego and London: Harcourt Brace, 1993, p. 138.

③ 比如刘立辉曾主持国家社科基金课题"英国 16、17 世纪巴洛克文学研究"，其同名成果中的很大篇幅就涉及多恩，见刘立辉等：《英国 16、17 世纪巴罗克文学研究》，北京：科学出版社，2016 年。

④ T. S. Eliot. *The Varieties of Metaphysical Poetry*. Ed. Ronald Schuchard. New York, San Diego and London: Harcourt Brace, 1993, p. 139.

本身的内容显示也似乎的确如此。比如讽刺诗，艾略特只节选了《讽刺诗Ⅰ》和
《讽刺诗Ⅱ》，而且也仅仅用以说明多恩与其他讽刺诗人的共性。我们知道，在
整个 18 世纪，多恩的讽刺诗既是人们的最爱，也是人们讨论的焦点。但在艾略
特的论述中，值得一提的分别是对"讽刺"的划分和对"讽刺诗的精神"的表
述。首先是划分。在他看来，"讽刺"一词具有两个含义，一是诗的类型，二是
诗人的态度："作为一种类型，讽刺诗的源头是佩尔西乌斯（Persius）和尤维纳
利斯（Juvenal），只有在与这些作家（特别是佩尔西乌斯）的关系中，才能明白
多恩的讽刺诗。"①其次是讽刺诗的精神："讽刺诗的精神不是简单的，而是复
杂的，但也正是它的一些特征，也可能是缺点，才成就了讽刺诗人。这些特征之
一，是主动推理的心智，其兴趣在于各种各样的题材，而非用这些题材来表现某
种意图。另一特征是敏锐的观察力，而非泛泛的观察。这两个特征多恩都有。"②
艾略特节选的两首讽刺诗，也仅仅旨在说明他的这一看法，所以既没指出多恩的
独到之处，也没对所选作品加以具体分析。

　　有趣的是，虽然他在《讲座五》的开篇没有将挽歌列入长诗的范畴，但却分
析了多恩的两首挽歌：《嫉妒》（"Jealosie"）和《他的画像》（"On His
Picture"）。这里所说的挽歌，并非献给逝者的哀歌，而是被称为"艳情诗"的
爱情诗。③艾略特之所以讨论多恩的挽歌，在于他把挽歌看得比讽刺诗更加重
要，因为他认为从中可以看出其与布道文的关联。比如他在全文引用了《嫉妒》
后指出：

　　　　在这里，我们听到了牧师的声音。用以比较多恩关于地狱的布道
　　文，或詹姆斯·乔伊斯（James Joyce）在《一个青年艺术家的画像》
　　（Portrait of the Artist as a Young Man）中那末经删节的关于地狱的布道，
　　你就会立刻发现，多恩总在转移他的注意力，首先是把观念转为形象，
　　然后又把形象转为那个形象所指代的观念。在这首挽歌中，他的巧智太
　　过活跃，不足以紧扣主题。事实上，多恩诗的特殊魅力就在于把流动的
　　思想表现为稀奇的把戏，似乎他的主题从邻居那里选择了尽可能得体的
　　意象和怪诞的思想，然后就变得无法识别了，就像海神格劳克斯

---

①　T. S. Eliot. *The Varieties of Metaphysical Poetry*. Ed. Ronald Schuchard. New York, San Diego and London: Harcourt Brace, 1993, p. 141.

②　T. S. Eliot. *The Varieties of Metaphysical Poetry*. Ed. Ronald Schuchard. New York, San Diego and London: Harcourt Brace, 1993, p. 142.

③　学者曾建纲将多恩的《挽歌集》译为《哀歌集》，见邓约翰：《哀歌集》，曾建纲译，台北：联经出版事业股份有限公司，2011 年。

（Glaucus）一样。①

他还以《他的画像》为例，分析了其中的"流动合一"（unity in flux）：

> 在多恩这里，激情或感觉并不简单地停在某个点上，然后连篇累牍便开始了。相反，从来没有什么连篇累牍，因为总有某种激情或感觉会现身而出。我们看到的是一个奇怪的感情万花筒，各种意象、各种巧思，应有尽有。情感总在融化，总在变成另一情感。我们看到的是一种流动的合一，那就是多恩。没有思想的框架，但每个思想都能被感知，每个意象都有它的特殊感觉。②

另一有趣之处是，艾略特虽将多恩的诗信也列入长诗范畴，但他分析的却仅限于《风暴》和《宁静》两首，并不包含多恩的其他诗信。多恩真正的长诗是《灵的进程》、《第一周年》和《第二周年》。大概因为如此，所以他引《风暴》一诗，用以说明其中的"才"代表多恩的个人性情之后，便转向了《灵的进程》。更加有趣的是，他对这首长诗的分析，在整个《克拉克讲稿》中或许是最富启发性的，因为他不但为后来的多恩研究预留了巨大的探索空间，而且还指出了进入那个空间的可能路径：

> 多恩其人，在一定意义上说，部分是耶稣会的信徒，部分是加尔文的信徒。我有个贸然的提议：认真探究这两种教义，并平等地对待这两位嘉宾，如果这样做没能要了探究者的命，那么对认识多恩的心智或将有所裨益。在他的诗中，最困难、最讨厌、最闹心、最满意，或者说具有最多的惊人诗行的，就是那首显然尚未完成的《灵的进程》。我只能说我自己根本无力理解这幅字谜；我请教过的批评家们也没有任何人能给我丝毫帮助。对我来说，它就是一次远航，是在感觉的海洋中的一次奇怪的远航。但从中获得的感觉，我却不能界定，也不能与某种意义建立明显的关联。我完全无法理解那漂浮不定的灵魂变形史，它一会儿在苹果里，一会儿又在鱼肚里、在鲸鱼里、在猴子的身上。③

琼森曾有过一个著名的判断，称多恩《灵的进程》旨在揭示伊丽莎白女王的

---

① T. S. Eliot. *The Varieties of Metaphysical Poetry*. Ed. Ronald Schuchard. New York, San Diego and London: Harcourt Brace, 1993, p. 147.

② T. S. Eliot. *The Varieties of Metaphysical Poetry*. Ed. Ronald Schuchard. New York, San Diego and London: Harcourt Brace, 1993, p. 148.

③ T. S. Eliot. *The Varieties of Metaphysical Poetry*. Ed. Ronald Schuchard. New York, San Diego and London: Harcourt Brace, 1993, pp. 149-150.

灵魂。在前面的两章，我们曾对此做过分析。事实上，格里厄森也持同样的看法，并结合多恩的信仰加以确认："伊丽莎白女王就是灵魂的最后寄主，不可能给第 7 节以别的任何意义。"①艾略特认可格里厄森关于多恩信仰的说法，但并不认可他和琼森对灵魂的推断。他说他从第 7 节中没能读出伊丽莎白女王："我就是穷尽一生，也看不出本节的那个诗行是指女王的。但整首诗的走向是清晰的：就是走向智性的混乱。"②

艾略特表面上似乎对《灵的进程》一筹莫展，实际上则为《第一周年》的阐释提供了很好的基础。自德莱顿以降，人们就普遍认为多恩诗晦涩难懂。事实上，真正晦涩难懂的并不是他的爱情诗、讽刺诗、宗教诗等，而恰恰是他的三首长诗，即《灵的进程》、《第一周年》和《第二周年》。在对《灵的进程》的分析中，艾略特正是抓住了"混乱"这一核心，并以"漂浮不定的灵魂变形史"揭示了碎片性这一现代主义诗学特征，而"混乱"也正是他用以阐释《第一周年》的关键词。

> 多恩诗的特点是秩序的缺场，是一个思想分解为无数的思想。多恩是个诗人，真正的诗人，甚至是非常伟大的诗人，一个写混乱的大诗人。将一个思想分解为许多思想意味着，能把他的那些诗（或他的任何一首诗）凝聚起来的唯一的东西，就是我们所谓的多恩的人格。在这个意义上，他是一个现代诗人。但人格并不是一个令人满意的术语，我们用它来表示的，或看似表示的，或认为能表示的，其实都是不能令人满意的。③

前面说过，《第一周年》也叫《世界的解剖》，早在多恩生前就一度引发过高度关注，针对琼森"亵渎神灵"的指责，多恩曾回应称他写的是"女人的理念"，这是多恩破天荒地为自己的诗进行的唯一辩护。该诗最初面世时，其篇名为《世界的解剖》，1611 年与《第二周年》同期刊行时改称《第一周年》。格里厄森的《多恩诗集》将《世界的解剖》和《第一周年》分别用作该诗的正副标题，艾略特在其讲稿中也在同时使用两个标题，尽管不在同一句子中。较之于多恩的其他作品，《第一周年》的一大特点是旁注。从第 1 行开始，全诗就给出了10 个旁注："导人""尚存的现世生活""无可救药的世界""生命的短促""人生的渺小""大自然的腐朽""各部分的解体""世界的无序""缺乏天地

---

① Herbert J. C. Grierson, Ed. *The Poems of John Donne*. Vol. 2. London: Forgotten Books, 2015, p. 219.

② T. S. Eliot. *The Varieties of Metaphysical Poetry*. Ed. Ronald Schuchard. New York, San Diego and London: Harcourt Brace, 1993, p. 150.

③ T. S. Eliot. *The Varieties of Metaphysical Poetry*. Ed. Ronald Schuchard. New York, San Diego and London: Harcourt Brace, 1993, p. 155.

对应导致的脆弱""结论"①。这些旁注表明，多恩把"世界的解剖"这一主旨分解为 8 个方面。但进入作品便会发现，这 8 个方面全都与解体、死亡、破碎等密切相关，而且也全都是无序的。艾略特用"秩序的缺场"加以概括，可谓一语中的。

后现代主义的核心概念之一就是"缺场"，但艾略特的"秩序的缺场"则仅仅是"混乱"的另一表达方式，其依据也仅仅限于多恩的《第一周年》，因此不能推而广之地用于其他作品，包括多恩的其他作品，甚至《第一周年》是否真的旨在表现"混乱"或"秩序的缺场"，也都是见仁见智的。对此，后文将结合对路易斯·L. 马茨（Louis L. Martz）的分析加以阐释。具体到艾略特的评价，他读到的无疑就是混乱，而他的认定既是基于该诗本身的，也是与他对《第二周年》的阐释彼此呼应的。

《第二周年》也像《第一周年》一样有 10 个旁注："导入""对现世的公道藐视""临终对现状的沉思""灵魂的不适于肉体""她因死而自由""她的无知于现世和有知于下世""我们在今生与来世的伙伴""今生与来世的本质欢乐""两地的意外欢乐""结论"②。与《第一周年》不同的是，《第二周年》有着更强的对比，基调也有根本的转变。艾略特对两首诗作了比较后明确指出：

> 《第二周年》比《第一周年》凝聚了更多的美，其特点在后来的克拉肖那里有，在意大利和西班牙那里有，甚至在荷兰的巴洛克时代还将聚集更多的美。但我认为，只有在多恩这两首诗里，才达到了如此巨大的堪称挥霍的地步。也只有在这儿，他的语言美和音韵美双双达到了艺术的顶峰。我们在他的抒情诗中所找到的一切，在他的布道文中所找到的一切，全都在这儿。③

前面曾提到，艾略特对多恩的长诗似乎评价不高。但在这里我们却发现，他对多恩的两首周年诗却给出了极高的评价。琼森曾批评多恩这两首长诗"亵渎神灵"，因为多恩过于夸张，把一个夭折的少女写得有如圣母一般。而在艾略特看来，夸张是多恩故意为之的结果，源自他的"神经探查"（exploration of the nerves）："它是一个思想深刻、心智缜密之人的作品；对于他，思想已经丧失了它本该拥有的最初价值；一个钟情于思想的人，如同西班牙的圣特蕾莎（St. Theresa）和圣十字约翰（St. John of the Cross）等钟情于宗教的人一样，不顾一

---

① Herbert J. C. Grierson, Ed. *The Poems of John Donne*. Vol. 1. London: Forgotten Books, 2015, pp. 231-248.

② Herbert J. C. Grierson, Ed. *The Poems of John Donne*. Vol. 2. London: Forgotten Books, 2015, pp. 251-266.

③ T. S. Eliot. *The Varieties of Metaphysical Poetry*. Ed. Ronald Schuchard. New York, San Diego and London: Harcourt Brace, 1993, p. 157.

切地扮演他的角色——因为在文明的毁灭中，每个人的角色都是小角色。"①这与艾略特在《论玄学诗人》中关于"必须透视大脑皮层、神经系统和消化管道"才能理解多恩诗的论述如出一辙，与他关于"智力的解体"的框架构想也是一脉相承的。

在《克拉克讲稿》中，艾略特对多恩的专题讨论到此为止，但对玄学诗的讨论却并未结束，甚至对玄学诗的定义也都尚未明确给出。其原因在于他试图在人类文化发展史的宏观视野中，以多恩为中心，上接但丁，下至拉福格等 19 世纪诗人，来论证"智力的解体"究竟是如何发生的，又是如何与当下发生关联的。

《讲座六》的题目叫《克拉肖》，旨在用克拉肖与多恩对照。在整篇讲稿中，艾略特先后引用的作品包括但丁的《天堂篇》，约翰·克利夫兰的《致朱莉》（"To Julia to Expedite her Promise"），马维尔的《阿普尔顿庄园》（"Upon Appleton House"）、《花园》（"The Garden"）、《哀叹幼鹿之死的仙女》（"The Nymph Complaining for the Death of Her Fawn"），雪莱的《致云雀》（"To a Skylark"）、《希腊》（"Hellas"）等。引用最多的自然是克拉肖的诗，包括《圣十字架颂》（"Vexilla Regis, the Hymn to the Holy Cross"）、《眼泪》（"The Tear"）、《哭泣者》（"The Weeper"）、《假定的情人》（"The Supposed Mistress"，也叫作"Wishes to His Supposed Mistress"），以及献给圣特蕾莎的《致名誉和荣誉》（"To the Name and Honour"）和《致书与画像》（"To the Book and Picture"）②。其视野之广，由此可见一斑；其具体论述不仅是由远及近的，也是紧扣 14 世纪神秘主义艺术的，与他对多恩的论述一样。他引用与分析这么多作品，并非为了比较克拉肖与那些诗人的优劣，而是为了探究克拉肖与多恩的巧思究竟各有哪些特色。在经过一系列分析之后，艾略特进行了如下总结：

> 多恩笔下的那种流动的思想，到克拉肖笔下几乎成了一种乖僻的情感。克拉肖的巧思更简洁，给人的震撼与惊奇却更剧烈，也更频繁，几乎就是一种节奏的常态。智性的努力被限定在其自身的范围内，而又被浓缩为一种魔术戏法，一种警句似的作品。多恩给人的印象是散漫的，因为他从中感受到一种不由自主的愉悦；克拉肖给人的印象则是动态的，是以某种模式刻意表现的。克拉肖显得更"做作"，假如"做作"

---

① T. S. Eliot. *The Varieties of Metaphysical Poetry*. Ed. Ronald Schuchard. New York, San Diego and London: Harcourt Brace, 1993, p. 158.

② 献给圣特蕾莎的两首诗，在艾略特的原文中都是简称，原文也如这里所示，我们从之。两诗的全称分别为《赞可敬的圣特蕾莎的名字和荣誉》（"A Hymn to the Name and Honour of the Admirable Saint Teresa"）、《论天使般的圣特蕾莎的书和画像》（"Upon the Book and Picture of the Seraphical Saint Teresa"）。

一词不会产生误解的话。在多恩那里，思想的分裂产生巧思，而巧思是
从原初的思想里蹦跳出来的；在克拉肖这里，思想的分裂，因受意大利
模式的影响，几乎变成了一种审美。多恩在思考，并不在乎他的思考能
否形成巧思；克拉肖也思考，但却是在巧思中为巧思而思考的。这样的
巧思是走不远的。①

在《讲座五》中，艾略特的结论之一是多恩钟情于思想；在《讲座六》中，
他的上述总结，事实上就是这一结论的延续：

> 多恩可以说是钟情于思想的人，克拉肖则可以说是钟情于感性的
> 人。较之于他那些意大利模式，他天分更高，情感更浓。在他那个时代
> 的所有诗人中，他是最接近于圣特蕾莎的感受力的那一位。多恩进入他
> 的心智，意大利进入他的语言，圣特蕾莎则进入并占有他的内心，因为
> 她不能占有他那冷漠的意大利原型。煽情之于马里诺（Marino）似乎是
> 故意的，之于克拉肖则似乎是无意的。多恩把一个思想分解成很多思
> 想，逐一审视与玩味；克拉肖也把一个情感分解成很多情感。所以在一
> 首完整的诗里，你发现的不是一个情感，而是一个又一个情感的层叠，
> 好比一个人因担心不会醉倒而喝酒那样。像多恩一样，他也总在转动，
> 总在分散。思想，我一直都叫思想，稍后我会叫才气，其作用是用来刺
> 激情感的，甚至还是过度刺激，以免它衰退下去。②

艾略特的最终结论是："在多恩笔下，你得到一系列思想，都是可以感觉
的；在克拉肖笔下，如果勉强用对仗加以表述的话，你得到一系列感情，都是可
思考的。"③这一系列论述都表明，艾略特的考察是紧扣思想与情感的关系进行
的。在他看来，多恩和克拉肖拥有众多的相似之处，比如都是各自时代的产物，
都受 14 世纪神秘主义艺术的影响，都有很强的感受性等；他们的主要区别在于
对思想与情感的处理，而这种区别，即思想与情感的关系，这也是《讲座七》的
核心。

> 因此，我们不得不认为，玄学诗的引力中心处于多恩与克拉肖之
> 间，但更接近于前者而非后者。我在开头时所提到的那些诗人，或主要

---

① T. S. Eliot. *The Varieties of Metaphysical Poetry*. Ed. Ronald Schuchard. New York, San Diego and London: Harcourt Brace, 1993, p. 181.

② T. S. Eliot. *The Varieties of Metaphysical Poetry*. Ed. Ronald Schuchard. New York, San Diego and London: Harcourt Brace, 1993, pp. 168-169.

③ T. S. Eliot. *The Varieties of Metaphysical Poetry*. Ed. Ronald Schuchard. New York, San Diego and London: Harcourt Brace, 1993, p. 183.

划归克拉肖名下，或主要划归多恩名下，也都一定程度地具有另一人的影子。我把多恩和克拉肖看作玄学的，是基于他们的心智，所以他们所写的一切，几乎都是玄学的。其余诗人则在某个时刻是玄学的，或对某些思想的相关表述是玄学的，或有时根本就不是玄学的。其中最综合也最费解的是马维尔，最纯净也最优雅的是乔治·赫伯特。①

《讲座七》的题目叫《考利与过渡》，那么多恩又在哪里呢？考利又是怎样的人呢？他为什么能成为玄学诗的过渡呢？在《讲座七》的开篇，也就是上述引文之前，艾略特已经就这三个问题给出了明确回答：

> 我不知道还有谁像考利一样既那么平凡又那么重要。在他的许多作品中，他是多恩最忠实的信徒和模仿者；另一方面，他又是 17 世纪末 18 世纪初的文人的原型。多恩以他的伟大，克拉肖以他的天主教文化，而成为现代欧洲的象征；考利则是 17 世纪到 18 世纪的英国转型时期的象征。在考利这里，一切问题都是小问题，都能简化处理。②

这段引文堪称《讲座七》的核心，文字虽然简短，却包含丰富而深刻的思想内容。首先是对考利的定位：在多恩与克拉肖之间，考利"更接近于前者而非后者"，因为"他是多恩最忠实的信徒和模仿者"，这回答了多恩在哪里的问题。其次是对考利的评价：考利"是 17 世纪末 18 世纪初的文人的原型"，或者说"是 17 世纪到 18 世纪的英国转型时期的象征"，这回答了考利是什么样的人的问题。再次，也是最为重要的，是明确了考利诗的基本特点："在考利这里，一切问题都是小问题，都能简化处理。"亦即说考利那种化大为小、化繁为简的方式，正是玄学诗的发展方向，这进一步回答了考利为什么能够成为过渡性诗人的问题。但是，如果要理解这段言简意赅的文字，则必须再进一步追问：究竟什么是化大为小、化繁为简？

在艾略特看来，多恩之所以钟情于思想，是因为他能用激情处理思想，所以我们能在他的情感中找到思想作为其客观对应物。多恩的思想可能是抽象的，可能是多元的，比如有些思想属于当代科学，有些则属于当代神学，但无论多么抽象、多元，他都能做到一视同仁，加以同样对待、平等处理。而在考利这里，类似当代科学之类的思想是见不到的，尽管我们也能发现一些科学的表述，但却并非是他所认可的，更不是他所玩味的。如果我们还能从多恩那里发现许多高度抽

---

① T. S. Eliot. *The Varieties of Metaphysical Poetry*. Ed. Ronald Schuchard. New York, San Diego and London: Harcourt Brace, 1993, p. 199.

② T. S. Eliot. *The Varieties of Metaphysical Poetry*. Ed. Ronald Schuchard. New York, San Diego and London: Harcourt Brace, 1993, p. 185.

象的思想作为情感的对应的话，那么在考利这里，在德莱顿、蒲柏、斯威夫特等后来的作家中，就找不到类似的对应了，只能找到秩序化、条理化、模块化的思想。根据艾略特的阐释，导致这一现象的根本原因，在于人们不再像多恩那样玩味思想，不再具有多恩那样的深邃的感受力，而是把科学、神学、文学等加以较为严格的区分，使它们各自位居人为圈定的范畴，而不是彼此交融。

这样的分析，用今天的话说，不正是社会进步、分工细化、科学发展的结果吗？不正是历史的趋势所致吗？事实上，艾略特并未否认这样的趋势，而是高度认可的。问题是面对这种趋势，究竟该持怎样的态度？逻辑上说，这是综合与分析的问题：综合则大，分析则小；综合则繁，分析则简。化大为小、化繁为简，就是从综合走向分析、从整体走向个体、从一般走向特殊。当思想与情感综合的时候，我们可以找到彼此的对应；而当思想与情感分离之后，我们便无从找到彼此的对应了。用艾略特的话说即"如果你不再有能力表达情感，你也就不再拥有情感"①。这就是艾略特的态度，正是基于这样的态度，所以他说"在考利这里，一切问题都是小问题，都能简化处理"。

诗是语言的艺术。是否化大为小或化繁为简，势必只有作品才能检验。对此，艾略特的下列文字，很好地做了说明：

> 1580—1680 年，词——动词、名词和形容词——发生了巨大变化，要理解这一巨变，可以比较多恩的语言和马娄的语言，然后比较多恩的语言和德莱顿的语言。在诗歌发展史上，一个显著的例子是，常常很难区分"反应"与"传统"。对我们来说，19 世纪早期的浪漫主义诗人只是以更为激进的方式延续了 18 世纪后半叶的语言和情感；对他们自己来说，他们就是揭竿而起。进一步说，对一种风格做出"反应"便意味着被它影响。多恩以其对当时之现状的兴趣，以他的精准观察，以他的科学知识和哲学知识，以及来自希腊神话的未加修饰的朴实言语，既是伊丽莎白时代的语言的改革者，也是那种语言的延续者。德莱顿以其单纯的善意、理性的内心、清楚的界别，以及对牵强附会的夸张的反感，一方面起而反对多恩，一方面却又延续着多恩的影响。
>
> [……]在詹姆斯一世时代的诗中，语言常常是简朴的，短句也是清新而直接的，这比任何时代都更加常见。折腾的是思想，而不是语言。多恩的影响与新的意大利影响结合，形成了第二种类型的玄学诗，其最优秀、最全面的代表是克拉肖。克拉肖对风格没有产生什么直接影响，因为你们已经看到，考利才是玄学诗得以传播的载体，但他却转而使用

---

① T. S. Eliot. *The Varieties of Metaphysical Poetry*. Ed. Ronald Schuchard. New York, San Diego and London: Harcourt Brace, 1993, p. 200.

了多恩的风格。①

那么，大小或繁简又指什么呢？当然是思想和感情。艾略特以考利的《饮食》（"My Dyet"）为例，将其与多恩的《早安》加以比较，指出："在多恩那里，你总会感到一种激情的延续，一种动态感，从中心到边缘、从情感到思想、再到对那种思想的感觉，如此等等；而且即便是逆转或突降，情感所传递的意义依旧存在，对于原有的冲动也不是什么破坏，而是进一步的丰富与充实。在多恩那里，巧思是情感的需要；在马里诺和克拉肖那里，巧思就在情感中；而在考利这里，巧思是借以重构思想和情感的奇怪混合物的一种努力。考利是低级的彼特拉克，是那个德莱顿所尊敬的，但却是人们一无所知，也不屑一顾的彼特拉克。"②他还以考利的《柏拉图之爱》（"Platonic Love"）和多恩的《出神》为例指出："我说过，从但丁的《新生》到多恩的《出神》是智性与精神的衰落。还有什么必要指出从《出神》到考利的《柏拉图之爱》是进一步的衰落呢？"③

艾略特并不隐瞒他对考利的态度。他把考利看作"低级的彼特拉克"，把《柏拉图之爱》看作诗歌的"进一步衰落"，同时把他看作"德莱顿所尊敬的"，其目的就在于证明考利是一个过渡性的诗人。由此而重新审视"在考利这里，一切问题都是小问题，都能简化处理"，则化大为小、化繁为简，不仅是形式的（语言），也是内容的（思想感情），是整个英语诗歌的。正因为如此，艾略特认为：18 世纪的诗歌，因德莱顿和蒲柏的引导，不但变得更加有序了，而且也更加有限了。人们因追求得体而把自己局限于一个狭窄的所谓诗类之中。他还进一步指出：德莱顿写模拟英雄（mock-heroic），也写滑稽讽刺诗（burlesque），但这两种作品，无论他写了多少，也都是有限的，将他的《一切为了爱》（"All for Love"）与莎士比亚的《安东尼与克莉奥佩特拉》比较，则他的诗明显缺乏生活的丰富多彩。"你得到的不是诗，而是诗的体裁。读弥尔顿，你发现他是限于一种体裁的最伟大的作家。弥尔顿的诗、德莱顿的诗、蒲柏的诗，都是各自体裁的上佳之作，也都无不令人满意，但却又都不可避免地导致感伤的最终爆发。"④

由此可见，考利之所以成为过渡，不仅因为他是多恩"最忠实的信徒和模仿

---

① T. S. Eliot. *The Varieties of Metaphysical Poetry*. Ed. Ronald Schuchard. New York, San Diego and London: Harcourt Brace, 1993, pp. 198-199.

② T. S. Eliot. *The Varieties of Metaphysical Poetry*. Ed. Ronald Schuchard. New York, San Diego and London: Harcourt Brace, 1993, p. 189.

③ T. S. Eliot. *The Varieties of Metaphysical Poetry*. Ed. Ronald Schuchard. New York, San Diego and London: Harcourt Brace, 1993, p. 190.

④ T. S. Eliot. *The Varieties of Metaphysical Poetry*. Ed. Ronald Schuchard. New York, San Diego and London: Harcourt Brace, 1993, p. 201.

者”，还因为自德莱顿和约翰逊以来，人们都把他视为玄学诗的代表，更因为他的诗从内容到形式都上承多恩而下接 18 世纪。所有这一切，既是他的平凡所在，也是他的重要所在，而艾略特之所以把他称为“低级的彼特拉克”，则在于他的诗虽然是“进一步的衰落”，却仍旧保留了一定的思想与情感。

思想与情感，同样是《讲座八》的核心内容。不同之处在于，《讲座七》以语言和体裁为切入点，而《讲座八》的切入点则是信仰，或者说是对善与恶的态度，所以他一开始就明确指出“19—20 世纪的真正的玄学诗出于对善与恶的信仰”①。《讲座八》的题目叫《十九世纪：小结与比较》，而玄学诗又是“智力的解体”三部曲之一，因此用思想与情感作为“小结”的核心内容，显然旨在说明“智力的解体”这一构想；而“比较”则主要是诗人间的比较，特别是多恩与拉福格的比较和克拉肖与科比埃尔的比较。

> “智力的解体”在多恩那里就有了，在拉福格这里则发展到一个新的阶段。在拉福格的眼中，生活明显是由思想和情感组成的，但他的情感是需要智性才能满足的；福音和他所信奉的哲学体系都是可以感知的，也都是需要感性支撑才能完善的。它们并不匹配，因此拉福格的玄学性便走向了两个方向：感情的智性化与观念的激情化。二者一旦相遇便会发生冲突，所以拉福格的嘲讽，那个针对自己的嘲讽，便应运而生。②

> 既然我们能把拉福格与多恩加以比较，我们就能把科比埃尔与克拉肖加以比较[⋯⋯]科比埃尔同样描写“思想—感情”和“感情—思想”。像克拉肖一样，科比埃尔的引力中心更接近于词和句，因此他的一些话会在我们的比较中让我们想起克拉肖那浓缩的巧思。③

> 用拉福格和科比埃尔仅仅为了表明，19 世纪存在着一种玄学诗。这些诗人就像 14 世纪神秘主义艺术和 17 世纪诗人一样，在他们的意识层面和无意识层面，都致力于表现思想和情感的关系[⋯⋯]我的玄学诗理论是，在我称为智力的解体的过程中，13 世纪、17 世纪和 19 世纪各有自己的一席之地。这是一个信仰史问题，对于一个文人而言，肩负这一理论会感觉很重。

---

① T. S. Eliot. *The Varieties of Metaphysical Poetry*. Ed. Ronald Schuchard. New York, San Diego and London: Harcourt Brace, 1993, p. 211.

② T. S. Eliot. *The Varieties of Metaphysical Poetry*. Ed. Ronald Schuchard. New York, San Diego and London: Harcourt Brace, 1993, pp. 212-213.

③ T. S. Eliot. *The Varieties of Metaphysical Poetry*. Ed. Ronald Schuchard. New York, San Diego and London: Harcourt Brace, 1993, p. 217.

　　你们明白了，我说的玄学诗是这样一种诗，通常只有通过思想才能
理解的东西，被交付情感来把握，或通常只有通过情感才能理解的东
西，被转化成思想而又不失其感觉。①

　　这里的三段文字，完整地说明了《讲座八》的两个主题：小结和比较，甚至
都用不着另加阐释。因为如果再加阐释，则除了简要介绍拉福格和科比埃尔这两
位 19 世纪法国诗人，除了明确"智力的解体"这个概念，又能增加什么新意
呢？关于两位法国诗人，艾略特在其讲稿中本来就有介绍；至于"智力的解
体"，则是艾略特用以统领整个英国文艺复兴文学的术语。具体到《克拉克讲
稿》，需要补充的是艾略特在《讲座八》中的如下发挥：

　　信仰，在 13 世纪，17 世纪，19 世纪，是个完全不同的东西。多恩
"信仰"圣公会神学的方式不同于但丁对阿奎那神学的信仰，拉福格对
叔本华（Schopenhauer）或哈特曼（Hartmann）的"信仰"也是各不相
同的。

　　而我所说的"智力的解体"，在我看来是个不可避免的过程[……]
我们不能抗拒科技发展所带来的改变。可悲的是，宗教价值和艺术价值
竟然也都不能脱离知识与信息的发展洪流。假如某个神学家、心理学
家，或道学家能把它们分列出来，那么这个世界必将截然不同。②

　　亦即说，"智力的解体"是科技发展对人文科学的巨大冲击所带来的必然结
果，是无法抗拒的历史进程，是不可避免的当下生活状态。艾略特的言下之意
是，包括他本人在内的现代诗人，全都身处"智力的解体"之中，无处遁形。反
应当下生活是现代作家的应尽义务，一如但丁、多恩和拉福格所做的一样。多恩
曾说过，"没有人是与世隔绝的孤岛"③，艾略特则试图从社会、政治、神学和
信仰等角度，立足文学批评，在文化发展的多维历史画卷中，为现代主义诗歌找
寻应有的坐标与价值：

　　我尽力所做的，是坚守文学价值之于这幅画卷的中心位置，是通过
诗的价值来重新审视不同时期的诗，是指出超文学的原因何以导致文学
价值的各有不同。在这一过程中，我指出了一种理论，我称之为"智力
的解体"。这种解体，在我看来，就是自 13 世纪以来的表现在这个方

① T. S. Eliot. *The Varieties of Metaphysical Poetry*. Ed. Ronald Schuchard. New York, San Diego and London: Harcourt Brace, 1993, p. 220.

② T. S. Eliot. *The Varieties of Metaphysical Poetry*. Ed. Ronald Schuchard. New York, San Diego and London: Harcourt Brace, 1993, p. 223.

③ 约翰·多恩：《丧钟为谁而鸣：生死边缘的沉思录》，林和生译，北京：新星出版社，2009 年，第 142 页。

面或那个方面的一种"渐进性恶化"（progressive deterioration）。如果我对诗的看法是对的，那么这种恶化很可能仅仅只是普遍恶化的一个方面，其他方面的恶化或许会令其他领域的工作者感到有趣。[1]

这段文字，既是《讲座八》的小结，也是整个《克拉克讲稿》的总结。它直接将我们带回《讲座一》的开篇："我这几个讲座的目标，是尽可能系统地描述17世纪英国诗歌中所公认的玄学诗的共同特征，进而为那些具备玄学性质的所有诗歌寻找一个定义。如果我的选题有（我相信有）某种现实性和当下指向性，那么我的目标就实现了。"[2]那么，他的目标是否实现了呢？

从前面对每个讲座的讲稿的逐一分析中可以看出，他的目标应该已经实现了。他重点描述了17世纪的英国玄学诗，确定了多恩的"固点"性质，指出了以多恩和克拉肖为代表的两个"引力中心"，明确了考利在英语诗歌发展史上的过渡性。他以14世纪神秘主义为依据，以17世纪和19世纪为代表，厘清了自但丁以来的清晰的文学发展大潮，提出了以"思想—情感""情感—思想"为核心内容的玄学诗概念，彻底改变了玄学诗只是一个非主流诗派的传统观念，将玄学诗置于整个文学发展史的中心位置。他提出了"智力的解体"这一全新概念，并在诸如"14世纪神秘主义艺术""拓展巧思""浓缩巧思""玄学性""心智"等一系列概念的基础上，进一步将其阐释为"渐进性恶化"，为以碎片性为基本特征的现代诗确立了自身的文学价值。

但这些目标究竟又是靠什么统一起来的呢？艾略特的回答是感受力。对此，我们在前文曾多有论及，这里不再赘述。需要特别强调的是，纵观八份讲稿可以发现，《克拉克讲座》实际上是论述了英国玄学诗的发展历程，或者说是追溯了欧洲玄学诗的宏观历史，并在这样的历史传统中论述了英国玄学诗的缘起与发展。早在《讲座一》中，艾略特就指出了"将瞬间感受加以放大是诗的基本功能"[3]之说；《讲座二》讨论多恩的博学，称"多恩在某种意义上就是一个确定的心理学家"[4]；《讲座三》论诗与生活的关系，说诗是"对感官知觉的发现与

① T. S. Eliot. *The Varieties of Metaphysical Poetry*. Ed. Ronald Schuchard. New York, San Diego and London: Harcourt Brace, 1993, p. 227.

② T. S. Eliot. *The Varieties of Metaphysical Poetry*. Ed. Ronald Schuchard. New York, San Diego and London: Harcourt Brace, 1993, p. 43.

③ T. S. Eliot. *The Varieties of Metaphysical Poetry*. Ed. Ronald Schuchard. New York, San Diego and London: Harcourt Brace, 1993, p. 55.

④ T. S. Eliot. *The Varieties of Metaphysical Poetry*. Ed. Ronald Schuchard. New York, San Diego and London: Harcourt Brace, 1993, p. 80.

记录"①；以及《讲座四》开始的对"思想"和"情感"的一系列论述，也都是基于他的感受力理论的。把《克拉克讲稿》作为一个整体，我们就会发现其中贯穿着这样一条主线：在神本主义至上的中世纪，人们主要听从神的旨意；12 世纪的神秘主义为 13 世纪的神秘主义运动做了铺垫，最终形成了 14 世纪的神秘主义艺术，但丁的《新生》就是这种艺术的典型代表。但丁少年时对贝雅特丽齐的一见钟情，就是一种瞬间感受，但他将其永恒化，将对贝雅特丽齐内化于心、外化为神，这表现了他深邃的艺术感受力，成就了《新生》《神曲》那样的旷世杰作。这是玄学诗的第一阶段。

玄学诗的第二阶段是以多恩为代表的 17 世纪。多恩的博学众所周知，但博学并非多恩的个人特点，而是当时的普遍现象，所以那是一个盛产才子的时代，典型代表是多恩和克拉肖。多恩出生于耶稣会家庭，罗耀拉的《神操》（Spiritual Exercises）是他们的必读之书，而《神操》的主旨就在于通过灵性操练建立人与神的关系，这是一种与感受力密切相关的操练。在诸如《出神》那样的诗篇中就有类似但丁《新生》中的艺术感受力。可多恩诗更多的是可感的思想，一如克拉肖的诗是可思的情感，已不再具有但丁诗那种更为全面、更为高雅、更为纯洁的感受性。如果多恩堪比太阳，那么克拉肖则堪比月亮。多恩在 17 世纪即享有"才界君主"的美誉，这一方面说明了他的"固点"性和代表性，另一方面也说明了诗歌本身的恶化，两个方面的共同指向都是诗人的感受力。

玄学诗的第三阶段的代表是 19 世纪的法国诗人拉福格和科比埃尔。他们都很难比肩克拉肖，更难比肩多恩，因为他们的作品与其说是玄学的，不如说是玄学性的，或哲学的，甚至象征主义的。②而拉福格"在观念暗含的感觉与感觉暗含的观念之间处于不断的煎熬之中"③则表明，即便是感受力本身，在艾略特看来，也都已然处于分化之中，而这正好反映了艾略特要论证的"智力的解体"。这种解体并非个人原因造成，而是历史发展的必然，也是 20 世纪初的包括艾略特在内的现代诗人的重要主题。

这一主线的核心思想，实际上就是五年前的《论玄学诗人》的核心思想。进一步也可以说是对桑塔亚纳《哲学诗人三杰》的发挥。在那部著作中，卢克莱修的诗被誉为想象力的杰作，"旨在激发伟大诗歌对万物的构想"④；但丁虽

① T. S. Eliot. *The Varieties of Metaphysical Poetry*. Ed. Ronald Schuchard. New York, San Diego and London: Harcourt Brace, 1993, p. 95.

② T. S. Eliot. *The Varieties of Metaphysical Poetry*. Ed. Ronald Schuchard. New York, San Diego and London: Harcourt Brace, 1993, p. 212.

③ T. S. Eliot. *The Varieties of Metaphysical Poetry*. Ed. Ronald Schuchard. New York, San Diego and London: Harcourt Brace, 1993, p. 215.

④ George Santayana. *Three Philosophical Poets: Lucretius, Dante and Goethe*. Cambridge: Harvard UP, 1944, p. 21.

被尊为"化境的诗人",但却不能像卢克莱修那样"成为一个终极的人类代言人"①;而歌德则"终其一生是斯宾诺莎的信徒"②。桑塔亚纳实际上已经涉及"恶化"问题,而艾略特又曾是桑塔亚纳的学生。这也可以从反面证明艾略特对传统与个人才能的重视。如果说《论玄学诗人》明确地提出了感受力的统一与感受力的涣散等观点,那么《克拉克讲稿》则在宏大的历史轮廓中,对感受力的来龙去脉做了深入分析,成为艾略特玄学诗研究的另一重要著作。

然而,《克拉克讲稿》也存在众多问题。其中的个别小问题,前文在分析过程中曾有提及;其中的大问题,则集中体现在艾略特本人对《克拉克讲稿》的反思中,这在前面已经做过全文引用。但核心问题却是概念的混淆。首先是"才"与"像",艾略特非但未加说明,反而有混为一谈之嫌。比如《讲座三》的中心论点被设定为"巧思",可实际上却是"奇喻",而且还把"奇喻""巧思""才气""意象"全都纳入其中。其次是"玄学的"与"玄学性"的混淆。《克拉克讲稿》虽更多的是讲"玄学的",但同样也讲到"玄学性",可它们的具体内涵和外延究竟都有哪些区别、每个概念的适应性究竟如何、对感受力又有怎样的影响等,也都含混不清。最后是感受力问题。艾略特始终没有说明何为感受力,或许是因为他认为人人皆知,但作为一个核心概念,却又不予明确界定,尽管他一再重复14世纪意大利神秘主义,但也并未对之加以界定。

前面在总结《克拉克讲座》时,我们曾提出艾略特是否实现了他的目标的问题,并给出了"应该已经实现"的答案。如果将那个问题改为:他是否真的实现了他的目标?那么答案就是:没有。因为他不但没能分清某些核心概念,甚至都未能完成他的基本任务,即"为具备玄学性质的所有诗寻找一个定义"。从《讲座一》开始,直到《讲座八》结束,包括中间的每个讲座,艾略特都在试图下定义,可又都在论述定义应该具备的性质。事实上,直到七年后的《特恩布尔讲稿》,他都依然在寻找一个具有玄学性质的能够用于所有诗的定义。

1933年,艾略特应邀到约翰斯·霍普金斯大学,以"特恩布尔讲座"的形式为本科一年级学生讲授现代诗歌。"特恩布尔讲座"是劳伦斯·特恩布尔(Lawrence Turnbull)夫妇为纪念他们夭折的儿子,于1889年捐资设立的,旨在邀请著名作家或诗歌批评家以诗歌为题进行的系列讲座。艾略特的《特恩布尔讲稿》就是"特恩布尔讲座"的文稿。

《特恩布尔讲稿》包括《走向玄学诗的定义》("Toward a Definition of Metaphysical Poetry")、《多恩与克拉肖的巧思》("The Conceit in Donne and Crashaw")和《拉福格与科比埃尔在我们的时代》("Laforgue and Corbiere in

---

① George Santayana. *Three Philosophical Poets: Lucretius, Dante and Goethe*. Cambridge: Harvard UP, 1944, p. 131.

② George Santayana. *Three Philosophical Poets: Lucretius, Dante and Goethe*. Cambridge: Harvard UP, 1944, p. 139.

our Time"）三篇。第一篇基于《克拉克讲稿》的前三讲，第二篇基于第三、四、六讲，第三篇基于第八讲，同时使用了第一、三讲的部分内容。亦即说《特恩布尔讲稿》实际上是《克拉克讲稿》的重复与调整，由于基本思想并无改变，与其逐一分析每个讲稿，不如将其主要思想归纳如下。

第一，三个讲座分别对应三个历史时期：以佛罗伦萨为代表的 13 世纪、以伦敦为代表的 17 世纪、以巴黎为代表的 19 世纪。第二，玄学诗人都具有超常的感受力，那是一种将思想化为情感、将情感化为思想的能力。第三，感受力的涣散从 13 世纪就已开始，一直延续至今，如果将其加以理论概括，也可称之为"智力的解体"。第四，"智力的解体"既有历史的原因，也有文化的原因，两者的结合使某些东西在现代社会变得模糊不清，甚至毫无意义，所以现代诗的晦涩难懂是不可避免的。第五，晦涩难懂绝非诗人的个人经历所致，而是每个人所找到的客观对应物不尽相同。

需要特别指出的是，上述五点是贯穿整部《特恩布尔讲稿》的，也都是围绕"玄学性"而展开的，还是紧扣 13 世纪、17 世纪、19 世纪三个时间节点而呈现的，具有主题鲜明、层次清楚的显著特征。这或许与其听众为大一年级第二学期的学生有关。尽管如此，《特恩布尔讲稿》也不仅仅只是《克拉克讲稿》的简单压缩与调整，而是一种重构。这种重构的最显著特征，一是把核心概念由"玄学诗"（metaphysical poetry）转变为"玄学性"（metaphysicality），二是把最终目标设定为个人情感与主体性在诗歌中的地位。正因为如此，我们发现该讲座的第一篇虽然名为《玄学诗的定义》，但其主旨却已经转向了"玄学性"，其"最终目的也不是要'强加'一个意义，而是要'发现'它"[1]。有趣的是，艾略特最为重要的发现，便是全体玄学诗人共有的神秘主义和感受力：

> 在他们所有人中，思想都是可感知的，情感都是转化为思想的。在但丁及其朋友们背后，是理查德和圣维克多的修（Hugh of St.Victor）的神秘主义；在多恩及其时代的背后，是罗耀拉和圣特蕾莎的神秘主义；在拉福格的背后，是哈特曼和叔本华的神秘主义。你会发现，这些神秘主义并不具有相同的品质。你还必须注意的是，在这三个时期里，我们会发现神秘主义哲学影响下的感受力具有不同的类型和深度。[2]

到第二篇，虽然重心是"多恩和克拉肖的巧思"，但依然是从历史发展角

---

① T. S. Eliot. *The Varieties of Metaphysical Poetry*. Ed. Ronald Schuchard. New York, San Diego and London: Harcourt Brace, 1993, p. 249.

② T. S. Eliot. *The Varieties of Metaphysical Poetry*. Ed. Ronald Schuchard. New York, San Diego and London: Harcourt Brace, 1993, p. 257.

度，结合辞格使用和意象塑造来论述的。在艾略特看来，但丁给予我们的是完美的连贯性和完整性，多恩给予的是完整性的解体，拉福格给予的是刻意的反讽以及情感与理想的张力，属于另一个阶段的解体。所以他们在意象塑造上的不同在于他们的兴趣不同："但丁的兴趣在于传递思想情感，其意象塑造旨在让思想更容易理解，让感情更容易把握，让意象更加清晰可见。在多恩身上，兴趣可能分散在通过形象传达思想的巧妙性上；形象可能比思想更难；兴趣则可能在于制造相同，而不是发现相似。"①

到第三篇，艾略特简要分析了拉福格的"玄学性"及其两种趋势，一是感性的理智化，二是思想的情感化。艾略特将拉福格与弥尔顿、D. H. 劳伦斯、莎士比亚、拜伦等加以比较后认为，若要创作有意义的诗歌，势必需要存在三重关系：诗人的个人经历、一般条件、读者的私人经验。相应地，对所谓"大诗人"（great poet）的看法和对"玄学性"的找寻，也需要着眼于这样的三重关系。有趣的是，当艾略特着眼于这三重关系，并对历史加以梳理后，却把玄学诗的"玄学性"聚焦于 17 世纪，而且——

> 要发现 17 世纪的玄学性究竟是什么，我们就得深入研究多恩。17世纪诗人们的共性是：首先他们都生活于 17 世纪，其次他们都受到多恩的影响。考利之所以是一个玄学诗人，在于我们认为他与多恩有关；而一旦我们否认了这种关系，那他就根本不是玄学诗人。②

可见，《特恩布尔讲稿》一方面强化了感受力之于玄学诗的极端重要性，另一方面也彰显了多恩之于整个玄学诗的历史地位。然而，对多恩研究批评史而言，更为重要的不是这个讲稿的内容，而是那些听艾略特讲座的人。这是因为讲稿内容在之前的《克拉克讲座》中阐述得更加充分，而出席这次讲座的听众则不仅有数以百计的学生③，还有不少的教师，包括一些名满天下的教授。他们或在当时就对艾略特的讲座给出了各种评价，或在后来出版了受艾略特启发而成的不少专著，形成了各式各样的回应。在这些回应中，既有认同的，也有不认同的。比如燕卜荪就是当时聆听艾略特的"特恩布尔讲座"的学生之一，他后来回忆当时的情况时曾说道："可怜的艾略特遭到许多人的取笑，因为他说多恩能感受到

---

① T. S. Eliot. *The Varieties of Metaphysical Poetry*. Ed. Ronald Schuchard. New York, San Diego and London: Harcourt Brace, 1993, p. 265.

② T. S. Eliot. *The Varieties of Metaphysical Poetry*. Ed. Ronald Schuchard. New York, San Diego and London: Harcourt Brace, 1993, p. 291.

③ 根据舒哈德，布恩特尔讲座的开场第一讲，就有 400 多人前来聆听；而聆听克拉克讲座的则挤满了整个大厅，位于后面的听众，甚至在声音很难听到的地方认真地做笔记。见 T. S. Eliot. *The Varieties of Metaphysical Poetry*. Ed. Ronald Schuchard. New York, San Diego and London: Harcourt Brace, 1993, pp. 13, 257.

思想[……]可我觉得他说得很好。"①但他却并不认可艾略特的某些概念："我根本不信，也从来没相信过，有什么'感受力的涣散'在社会学或文学中出现过。"②另一位聆听艾略特的"克拉克讲座"的是 A. E.豪斯曼（A. E. Housman）教授，他既是一位诗人，也是一位古典学者，正是因为他谢绝出任克拉克讲座教授，才给了艾略特登上讲台的机会。在他看来，玄学诗就是一种轻浮之诗，他还批评艾略特是在故意拔高，旨在论述他自己的诗歌创作。③

对我们的研究而言，《玄学诗的多样性》一书，特别是其中的《克拉克讲稿》部分，之所以具有特殊意义，在于它把多恩作为整个玄学诗的"固点"，不但用四个专题对之加以专门探究，而且其余四个专题也都同样是以他为"固点"的，即便对但丁进行研究，也是为了说明多恩及其 17 世纪玄学诗的。所以正如穆里尔·布拉德布鲁克（Muriel Bradbrook）于 1927 年所说，艾略特"炫目地引领了潮流"④。虽然艾略特否认是他让多恩获得复兴的，但他的玄学诗研究，对于促进多恩研究的深入发展，对于 20 世纪掀起的新一轮多恩热，甚至对于 21 世纪的多恩和玄学诗研究，都具有重要的标志性意义。虽然在面临持续不衰的多恩热时，他说多恩仅仅属于过去，并不属于将来⑤，但人们并未就此停下脚步。随着时间的推移，包括他提出的心理分析，也包括他不曾提出的诸如女性主义，几乎每一种文学理论，都把多恩作为自己的研究对象，也都结出了丰硕的果实。其中最具基础性的，也是与艾略特关系最为密切的，是新批评的多恩研究。艾略特有关多恩的其他论述，我们将在后文中，结合相关讨论加以探究。这里仅需补充的是，1931 年以后，他已不再将多恩视为最重要的诗人，但他对多恩和玄学诗的研究，却并没有因此而失去意义，反而在新批评的多恩研究中成了坚实的起点，而他本人也因此被视为 20 世纪多恩研究的第一人。

第三节　精致的瓮：新批评的多恩研究基调

首先需要指出的是，这里所说的新批评是个一般概念，既包括美国新批评，也包括英国实用主义批评，还包括俄国形式主义。正如大卫·H. 里克特（David

---

① William Empson. *Essays on Renaissance Literature. Vol. 1. Donne and the New Philosophy*. Ed. John Haffenden. Oxford: Oxford UP, 1995, p. 72.

② William Empson. *Essays on Renaissance Literature. Vol. 1. Donne and the New Philosophy*. Ed. John Haffenden. Oxford: Oxford UP, 1995, pp. 279-280.

③ Alfred Edward Housman. *The Name and Nature of Poetry*. New York: Macmillan, 1933, pp. 10-13.

④ Muriel Bradbrook. *T. S. Eliot: A Study of His Writings by Several Hands*. Ed. Balachandra Rajan. London: Dennis Dobson, 1947, p. 120.

⑤ T. S. Eliot. "Donne in Our Time." In Theodore Spencer (Ed.), *A Garland for John Donne*. Oxford: Oxford UP, 1932, p. 4.

H. Richter）所说，"新批评"这一术语源自约翰·克娄·兰色姆（John Crowe Ransom）于 1941 年出版的《新批评》（*The New Criticism*），该书论述的瑞恰兹、燕卜荪、艾略特、伊沃尔·温特斯（Yvor Winters）等都被视为新批评的代表；而兰色姆本人和艾伦·泰特（Allen Tate）、布鲁克斯、罗伯特·潘·沃伦（Robert Penn Warren）、韦勒克等，则被视为新批评的集大成者；其他重要成员包括 R. P. 布莱克默（R. P. Blackmur）、罗伯特·海尔曼（Robert Heilman）、奥斯丁·沃伦（Austin Warren）、莫瑞·克里格（Murray Krieger）等。[①]但其中的瑞恰兹、燕卜荪都是英国实用主义批评的核心人员，兰色姆、沃伦等皆是美国新批评的代表，艾略特则出生于美国，1927 年加入英国国籍，所以也有人用"英美新批评"一词来指称英国的实用主义批评和美国的新批评。"这类评论家利用仔细研读这种技巧，对作品中语词的含蓄意义和联想价值，以及形象语言的多种功能，如象征、隐喻、形象比喻，均予以特别强调，力图对诗的构思和语言的特性予以界说并作出定论。"[②]但这些都是俄国形式主义的继承与发展，所以也有人把新批评称为形式主义批评，而查尔斯·E. 布莱斯勒（Charles E. Bressler）的《文学批评：理论与实践导论》（*Literary Criticism: An Introduction to Theory and Practice*），则把"俄国形式主义与新批评"作为全书第三章的标题。[③]俄国形式主义包括以罗曼·雅各布森（Roman Jakobson）为首的莫斯科语言学派，以及以维克多·什克洛夫斯基（Victor Shklovsky）为首的彼得堡诗歌语言学派。俄国形式主义强调，文学研究的核心不是文学，而是文学性，也就是那些使某一作品成为文学的东西。而新批评的"象征""隐喻""形象比喻"等，实际上都是"文学性"的具体表现。

其次需要指出的是，这里所说的新批评也是一个限定概念，指用新批评的基本原理或方法对多恩及其作品的研究。人们普遍认为，新批评的"新"是针对传统批评而言的。19 世纪以前的批评，包括 20 世纪 20 年代在内，其主要任务是探究社会现实、作家生平和作品主题之间的关系，强调的是内容；而新批评则把文学作为独立的客体加以研究，强调的是形式。这种由内容到形式的转变首先发生于俄国，无论雅各布森的"文学性"，还是什克洛夫斯基的"陌生化"，都旨在突出文学的本质。威廉·维姆萨特（William Wimsatt）和门罗·比尔兹利（Monroe Beardsley）还提出了"意图谬误"和"感受谬误"，用以突出文本在研究过程中的核心地位。其他如燕卜荪的"歧义"、布鲁克斯的"悖论"、艾

---

① David H. Richter, Ed. *The Critical Tradition: Classic Texts and Contemporary Trends*. New York: St Martin's Press, 1989, p.726.

② 美国不列颠百科全书公司：《不列颠百科全书》（国际中文版 修订版 第 12 卷），北京：中国大百科全书出版社，2007 年，第 110 页。

③ 布莱斯勒：《文学批评：理论与实践导论》（第 5 版），赵勇等译，北京：中国人民大学出版社，2014 年。

伦·泰特的"张力"、沃伦的"讽刺"、布莱克默的"象征"、克里格的"暗喻"等，都是针对文学的特殊表现形式而言的，也都是把文学文本作为独立的研究对象的。亦即说，虽然人们普遍认为，新批评是一种形式主义研究，但实际上，形式研究只是表象，本质研究才是根本，因此当用"新批评"（而非形式主义）作为本节的标题时，我们旨在探究新批评究竟是如何看待多恩诗的，而不仅仅是怎样分析多恩诗的。

一般性与限定性的结合，意味着我们的研究将包括如下内容：第一，新批评家们的多恩研究，比如布鲁克斯、燕卜荪等对多恩诗的探究；第二，新批评时代的多恩研究，特别是 20 世纪中叶的代表性研究成果；第三，用新批评的概念或方法展开的多恩研究，比如从"悖论""张力""陌生化"等角度对多恩的解读。一般性与限定性的结合，同时意味着我们的研究将不包括以下内容：第一，20 世纪以前和 20 世纪以后的批评，因为它们分属不同的时间段，从批判史的角度来看，应当归属各自的时段；第二，不包括文本细读，尽管它被认为是新批评的突出特点，但实际上则是任何文学研究的基础；第三，不包括新批评理论本身，那是另一课题的范畴。我们之所以要探究新批评的多恩研究，一是因为它的一系列概念被后人广泛采用，对多恩研究具有基础性意义；二是因为它是 20 世纪的第一个重要理论，对其他众多理论的发展演变具有基础性意义。这种双基础性本身就决定了它的极端重要性，而业已取得的成果也显示，新批评的多恩研究，不仅在方法上，而且在结论上，都不但是多恩研究的重要组成部分，还为后来的多恩研究奠定了基调。基于这样的思路，下面将从探究性、语境性、专题性和基础性四个方面，对新批评的多恩研究加以总结。

新批评之多恩研究的第一个特点是探究性。我们知道，20 世纪初是一个辉煌与毁灭并存的时代。科技革命的迅速发展深刻地改变了人们的生活①，但现实生活却每每让人感到惊奇、兴奋、不安、痛苦，甚至彷徨②，文学界则呈现强烈的探究性特点，比如庞德的意象诗和胡适的白话文学，它们虽然一西一东，却正是当时的真实写照。这种探究都有革命的性质，也都有探索的性质，包括理论的

---

① 比如 1903 年莱特兄弟成功完成首次飞行、1904 年罗斯福发出首次环球电报、同年英国科学家弗莱明发明电子管、1905 年爱因斯坦创立狭义相对论、1907 年无线电广播开始、1908 年法国科学家科夫斯基提出四维时间，以及 1913 年巴拿马运河开通、1921 年爱因斯坦宣布他能测量宇宙、1926 年首枚液体燃料火箭发射成功、1927 年福特公司第 1500 万辆轿车下线、1929 年纽约到洛杉矶的航班正式通航、1931 年纽约帝国大厦正式启用、1932 年电子显微镜研制成功、1933 年人工合成维生素 C 研制成功、1938 年静电复印技术发明成功等等。

② 特别是垄断资本主义的发展、极为惨烈的两次世界大战、风起云涌的民族主义运动，以及一系列其他事件如 1912 年的泰坦尼克号事件、1918—1919 年夺走数千万性命的西班牙流感、20 世纪 30 年代的经济大萧条，以及洛杉矶大地震和关东大地震等。

探究和方法的探究。①这种探究的结果，于创作是"新诗"的出现，于理论则是"新批评"的发展。韦勒克是新批评的重要成员之一，尽管他自称只是同情新批评的立场。②在《现代文学批判史》（*A History of Modern Criticism*，也译作《近代文学批判史》）中，他以"新批评派以前的批评"为开篇第一章，给人的第一印象是现代文学批评就是新批评。可他还另用 7 章的篇幅论述了新人文主义、学院派及马克思主义等，然后才进入新批评（第 8—16 章）。该书实际上论述了截至 20 世纪 80 年代的文学批评。从中可以发现，20 世纪早期，文学的地位远远不及科学，很多大学甚至直到 30 年代都并未开设美国文学课程，而文学批评则被贬低为更低等的东西。韦勒克把新批评之前的批评归纳为四大趋势：审美意象主义批评、人文主义运动、自然主义小说、大萧条时期的马克思主义者。③事实上，无论是这些趋势，还是新批评本身，他们都在探讨文学的本质、文学与历史的关系、文学与社会生活的关系等，真正具有革命性洞见的，是被布莱斯勒称为新批评"两位先驱者"④的艾略特和瑞恰兹。艾略特的主要贡献是感受力理论，瑞恰兹的则是《文学批评原理》（*Principles of Literary Criticism*）与《实用批评》（*Practical Criticism*）。

瑞恰兹是著名的英国批评家、诗人、新批评的先驱、英国形式主义的理论创始人，是对中国情有独钟、为中国的英语教育呕心沥血的实践家，也是中国学者最为熟悉的蜚声世界的文坛领袖之一。他的《文学批评原理》出版于 1924 年，比艾略特的《克拉克讲稿》还早一年，影响也更大，因为《克拉克讲稿》直到 1993 年才出版。《文学批评原理》共计 35 章，另加 1 个前言、2 个附录和 1 个索引。在"前言"中，他开宗明义地指出："文学批评，就我对它的理解，就是努力甄别各种经验，进而作出价值判断。要实现这一点，就得对经验的本质有所了解，就得需要价值理论和交流理论。"⑤根据瑞恰兹的理论，文学的核心是价值，但文学价值是通过文本传承的，所以是潜在的，需要通过细读文本，把握作品的内在结构和意义，才能达到交流目的，使文学的潜在价值转化为实际价值，借以慰藉读者的心灵。这是《文学批评原理》的基本思想。在具体论述文学价值的第 6 章，瑞恰兹用作引子的便是多恩《空气与天使》（"Aire and Angels"）

---

① 就英语文学而言，最具影响的，除了庞德及其意象诗和漩涡诗，就是艾略特、瑞恰兹等新批评成员。他们都在努力地创作诗歌，也都在努力地认识诗歌，包括理论认识和实践认识。

② 韦勒克：《近代文学批评史》（第 6 卷），杨自伍译，上海：上海译文出版社，2005 年，第 264 页。

③ 韦勒克：《近代文学批评史》（第 6 卷），杨自伍译，上海：上海译文出版社，2005 年，第 244-245 页。

④ 布莱斯勒：《文学批评：理论与实践导论》（第 5 版），赵勇等译，北京：中国人民大学出版社，2014 年，第 89 页。

⑤ I. A. Richards. *Principles of Literary Criticism*. New York: Harcourt, Brace & World. 1925, p. 2.

中的第 6 行 "我看到了美好而荣耀的虚无"①。但这并不能说明他对多恩的特别重视，因为他并未对这个诗行给出哪怕只言片语的解读，而只是用以引出对 "善" 和 "美" 的讨论。通观全书，瑞恰兹主要在三个地方提到多恩的名字（他引《空气与天使》时未提多恩的名）：一是第 27 章论述阅读反映的层次时用多恩、弥尔顿、布莱克、沃尔特·萨维奇·兰多（Walter Savage Landor）、司汤达（Stendhal）、亨利·詹姆斯（Henry James）、波德莱尔等为例，说明读者虽千差万别，可并不妨碍他们对作品的鉴赏；二是第 31 章讨论艺术、戏剧和文明时用莎士比亚、多恩、济慈为例，说明艺术教育与唯美主义之间的关系；三是第 32 章讨论想象时提到《爱的哲学》（"Love's Philosophy"），但多恩的名字则与丁尼生、司各特、雪莱等一样，是放在脚注里的。②可见，瑞恰兹甚至都没有把多恩作为主要例子，用得更多的是莎士比亚、弥尔顿、雪莱；这与艾略特拔高多恩、打压弥尔顿及其以后的诗人的做法截然相反。

在《文学批评原理》前言中，瑞恰兹说他正准备该书的姊妹卷，打算将极好的诗和极差的诗全都 "不记名" 地摆在读者目前。③那个姊妹篇就是 1929 年出版的《实用批评》。《实用批评》全称《实用批评：文学判断研究》（*Practical Criticism: A Study of Literary Judgment*），由四个部分组成：导言、汇编、分析、总结与建议，另有 1 个序言、4 个附录和 1 个索引。此书的最大特点是实验与阐释的结合。第二部分的主要内容是 13 首诗歌的实验结果的材料汇集、精选与初步印象，属实验部分；第三部分则是对实验结果的理论阐释，包括意义类型、文学语言、理解与感觉、诗歌形式、联想与反应、伤感与压抑、诗歌理论、技巧与批评八个主题。多恩出现在第二部分第 3 章的开篇，入选作品是《在这圆形大地假想的四角》（"At the Round Earth's Imagined Corners Blow"）。像所有其他诗一样，瑞恰兹抹去了诗人的名字，并将拼写作了现代化处理，以便让学生真实地写出他们的读后感（他称之为 "草稿"）。④第 3 章选录汇集的 "草稿" 共 22 份，瑞恰兹将其分为 7 类，但涉及的主要问题是两个：一是诗人究竟想说什么？二是诗中的感情是否真诚？⑤从学生的反馈看，两个问题的回答都是否定的：一是不懂诗人在说什么，二是认为诗中的感情不够真诚。原因何在呢？第三部分就

---

① I. A. Richards. *Principles of Literary Criticism*. New York: Harcourt, Brace & World, 1925, pp. 38-43.

② I. A. Richards. *Principles of Literary Criticism*. New York: Harcourt, Brace & World, 1925, pp. 211, 229, 250.

③ I. A. Richards. *Principles of Literary Criticism*. New York: Harcourt, Brace & World, 1925, p. 4.

④ 原文为 protocols。相应地，学生被称为 "草稿作者"（protocol writers），也隐去了名字和性别，一律统称为 "他"。根据他的介绍，学生主要为本科生，也有少数研究生和校外人员，男女比例大致相等。见 I. A. Richards. *Practical Criticism: A Study of Literary Judgment*. New York: Harcourt, Brace & World, 1929, pp. 4-11.

⑤ I. A. Richards. *Practical Criticism: A Study of Literary Judgment*. New York: Harcourt, Brace & World, 1929, pp. 40-48.

旨在对此加以阐释，比如在该部分的第 7 章里，瑞恰兹就从 17 个方面，以"真诚"为核心，对实验结果加以理论阐释。其中令人印象最为深刻的是以《中庸》为依据，而且是成片引用，比如：

> 下面这些《中庸》的摘录与我们的讨论有着最为密切的关系。
> "诚者，天之道也；诚之者，人之道也。诚者，不勉而中，不思而得，从容中道，圣人也。诚之者，择善而固执之者也"（理雅各，第 20 章，18）。"诚者自诚也，而道自道也"（理雅各，第 25 章，1）。"诚者，非自诚己而已也，所以成物也[……]合外内之道也"（第 25 章，3）。"《诗》云：'伐柯伐柯，其则不远。'执柯以伐柯，睨而视之，犹以为远"（第 13 章，2）。"诚身有道：不明乎善，不诚乎身也"（第 20 章，17）。"自诚明，谓之性；自明诚，谓之教。诚则明矣，明则诚矣"（第 21 章）。如果我们比较最后一段的更为直白的翻译就会明白，任何用英语或其他现代西方语言所作的详细而准确的阐释，离原文究竟有多远："真则明，那是本性；明则真，那是教育。凡是真的就会光明，凡是光明的就会成真。"（赖发洛和经乾堑，第 16 页）①

在这之前，他已把"中庸"解释为"和谐"；而在这之后的篇幅中，他一方面对上引段落加以阐释，另一方面仍在继续引用《中庸》，同时也引用《大学》，来对多恩诗引起的"不够真诚"加以深度剖析。他还从读者层面，就何以产生误解给出了他称为"技术原因"的解释，并列举了如下 5 个题目，让读者加以仔细而缓慢的冥想，以便体会宗教诗所传递的感情：

> i. 人的孤独（陷入处境的隔离状态）。
> ii. 莫名的生与死等事实。
> iii. 不可思议的浩瀚宇宙。
> iv. 人在时间视角中的位置。
> v. 巨大的无知。②

可见，瑞恰兹对于实验和阐释，即他所谓的"汇编"与"分析"，都是做了充分准备的。但他并未批评学生的"误解"，而是对之加以发挥，旨在表明任何一首诗，一旦脱离作者，便有了自己的生命，而误解则是一种正常的阅读感悟。

---

① I. A. Richards. *Practical Criticism: A Study of Literary Judgment*. New York: Harcourt, Brace & World, 1929, pp. 267-268.

② I. A. Richards. *Practical Criticism: A Study of Literary Judgment*. New York: Harcourt, Brace & World, 1929, p. 273.

他对原诗的尊重见于他的字里行间，但他对读者也有同样的尊重。他所努力的只是首先呈现实验结果，而后加以学理阐释。在这一过程中，多恩只是一个例子。他的目标是努力构建一种"科学化"的文学批评理论和方法，所以他讨论的中心始终是概念，而不是诗人，这从各章的标题就能看出。

需要特别指出的是，第一，瑞恰兹以丰富的第一手材料，说明了诗人、诗歌与读者之间的巨大张力，他本人也因此被誉为"张力诗学"的奠基人，新批评的许多概念，比如"反讽""悖论""含混"等，都是对此的继承与深化。第二，他引入了现代语义学和现代心理学两门学科，用前者阐释艺术作品的语言特征（包括语言与思想情感的间接性与非同步性等，借以把握作品的内在结构和艺术特征）；用后者阐释作品的用典、情感、歧义等影响交流的因素，实现作品的直接价值。这种内外结合的研究思路，体现了三方面的启迪：一是文学价值理论，即文学的价值在于使读者的心理经验得到平衡和协调；二是文学交流理论，即文学交流是实现文学价值的必要途径，所以批评家理应努力把作家的经验通过文本传递给读者；三是文本中介理论，即文本是文学交流的媒介，意义重大而客观，需要对之加以科学分析。第三，他提出了文学问题首先是语言问题的观点，区分了语言的两种用法（一是科学的，二是情感的），指出两种用法虽然都能达到交流目的，但文学语言主要是情感用法。为此他提出了"意义"的四个含义：意思（sense）、情感（feeling）、基调（tone）和用意（intention），主张在通过分析这些意义的基础上，结合语境的意义和作用来分析和把握作品。第四，他提出了阅读之于鉴赏和批评的重要性，提出并验证了"细读"的方法、过程、结果、作用与意义。在这一过程中，他既强调了作品的独立性，也突出了读者的反应，既是对浪漫主义传统的继承，也是对浪漫主义传统的突破，既彰显了人文与科学的对立，也突出了诗的独特社会价值。

所有这些，一方面体现了瑞恰兹本人的人文主义精神，另一方面也对接受美学、结构主义等产生了重要影响。但对多恩研究批判史而言，我们看到的更多的是瑞恰兹建构理论与方法的一种探究性的努力，多恩只是这种努力的一个案例。有趣的是，随着瑞恰兹的理论与方法被广为接受，多恩从一个普通案例演变为一个核心案例，并在部分新批评家那里成为检验理论与方法的验金石。这个演变的根本基础既有瑞恰兹的努力，也有艾略特的贡献。由于他们都有强烈的探究性，也都有近似的主张，所以被视为新批评的先驱。可他们的观点和做法有时却是完全不同的，甚至是尖锐对立的。他们的不同之处彰显了英国实用主义与美国新批评的区别；他们的共同之处则代表了 20 世纪初人们对诗歌创作和诗学发展的探究。具体到多恩研究，当时的众多评论或倾向于瑞恰兹，或倾向于艾略特，或对他们的观点提出异议，或在他们的基础上加以拓展，这些都是 20 世纪初多恩研究的重要组成部分。其中，最具特色的是在理论与方法、科学与人文、哲学与诗人三个方面的深化。由于这些方面同时也是后来的其他理论的研究内容，加之对艾略特和瑞恰兹的分析中已有一定的涉及，所以这里暂不深究，而是在后文的有关部分再作总结。

新批评之多恩研究的第二个特点是语境性，亦即把作品当作结构完整的审美对象加以研究。① 德莱顿曾说多恩"用精密的哲学思辨把女士们的头脑弄糊涂了"，瑞恰兹的实验也表明多恩诗确实不易理解。考托普对此的解释是"要追求新奇与悖论，诗人就会走向表达的晦涩；而读者则会被激怒，因为他们发现他们所耗费的一切努力全都白费了，诗的意义竟然匿藏在复杂的句法和难测的诗行背后"②。对普通读者来说，多恩诗晦涩难懂；对艾略特来说，晦涩难懂正是现代诗最为显著的特征，因为文明的多样性与复杂性决定了诗人的涵容性、暗示性和间接性。艾略特的见解与瑞恰兹的实验结果不谋而合，所以很多人都认同艾略特的看法，比如黛博拉·奥尔德里希·拉森（Deborah Aldrich Larson）就告诉我们："《伦敦水星》（*London Mercury*）、《都柏林杂志》（*Dublin Magazine*）、《新政治家》（*The New Statesman*）等流行刊物的评论，以及文学学者都表示'多恩身上确有一些东西是针对我们这个时代的'。"③但艾略特的阐释，正如鲍尔德所指出的，在于"阐释他自己的诗"④，因此难免让人产生牵强附会之嫌。比如豪斯曼在听过艾略特的玄学诗讲座后就颇具针对性地指出："玄学诗无非是明喻和暗喻的堆砌，根本没有诗味可言。"⑤美国诗人路易斯·昂特迈耶（Louis Untermeyer）也持同样的观点，认为多恩诗缺乏幽默，充满变态、易怒、焦虑等描写，"难怪我们这个艰涩而焦虑的世界会向它们看齐，用以表现我们自己的真正混乱。一种淫荡的、玩世不恭的、心醉神迷的东西正在侵入

---

① "语境"是当下的热门术语之一，在 CNKI 中以"语境"为关键词搜索可以发现，自 1999 年起，每年都有数百条之多。我们这里所说的只是与新批评有关的语境，即 J. A. 库顿（J. A. Cuddon）在《文学术语词典》中的定义："新批评中的一个术语，指来自文学作品（或对之作出反应）的一种特殊的审美经验，作品被经验为一个自足的人工制品，具有一个充满张力的客体那种彼此对立的力量，阻止我们逃出它的语境和世界"，见 J. A. Cuddon. *A Dictionary of Literary Terms*. New York: Doubleday & Company, 1979, p. 154. 艾布拉姆斯和哈珀姆则用"语境批评"，比如《文学术语词典》第 10 版对"语境批评"的定义是："新批评分析的基本方向和方式，也适合套用于艾利西斯·维瓦斯和默里·克里格创建的语境批评。克里格将语境主义定义为：'宣称诗歌是一种结构严谨、强制，最终封闭式的前后关系'，这就阻止'我们逃到所涉及的世界和行动之外'，它要求我们'把一部作品的效用当做一个审美对象来加以评价'"，见 M. H. 艾布拉姆斯，杰弗里·高尔特·哈珀姆：《文学术语词典》（中英对照），北京：北京大学出版社，2014 年，第 487 页。

② W. J. Courthope. *A History of English Poetry*. Vol. 3. New York and London: Macmillan, 1903, p. 167.

③ Deborah Aldrich Larson. *John Donne and Twentieth-Century Criticism*. London: Associated UP, 1989, p. 92.

④ R. C. Bald. *Donne's Influence in English Literature*. Gloucester: Peter Smith, 1965, p. 58.

⑤ Alfred Edward Housman. *The Name and Nature of Poetry*. New York: Macmillan, 1933, p. 45.

我们的现实，把智慧变成逃避，荒唐可笑，令人悲哀"①。所以，阐释多恩诗本身的艺术性，而不仅仅是它的现代指向性，在当时是个引人入胜的话题。许多学者也都结合不同的语境，对多恩及其玄学诗做过广泛深入的研究，比如鲍尔德的《多恩对英国文学的影响》（Donne's Influence in English Literature）和 A. 阿尔瓦雷斯（A. Alvarez）的《多恩派》（The School of Donne）。

《多恩对英国文学的影响》原是鲍尔德 1931 年在澳大利亚阿德莱德大学所作的讲座的讲稿，后于 1932 年正式出版，1965 年重印。鲍尔德用以统领全书的是巧思，但他是在诗学语境中对之加以阐释的。他阐释的问题主要有两个：一是多恩影响了哪些诗人？二是这种影响是如何消退的？关于第一个问题，他首先指出多恩的巧思具有四个典型特征：厚颜无耻的虚假情感、强有力的修辞手段、有效的口语表达、大量的逻辑思辨，其中"以第二种风格的影响最为广泛"②，这显然是针对多恩的风格特点而言的。以此为基础，他指出多恩对约翰·克利夫兰、威廉·卡特怀特（William Cartwright）、约翰·霍尔（John Hall）、卡鲁、拉夫雷斯和萨克林的影响主要是爱情诗；而对赫伯特的影响，以及对被赫伯特影响的亨利·沃恩和克拉肖的影响，则主要是宗教诗；他还认为真正体现玄学诗风格的与其说是考利，不如说是马维尔。③关于多恩影响的消退问题，鲍尔德将其归因于王政复辟之后德莱顿所引领的"更规整、更克制的风格与诗律"④。至于多恩诗为什么在 20 世纪具有那么大的影响力，则在于"多恩的艺术不是伟大诗人们那种安宁的艺术；我们的时代也不是一个安宁的时代，而是一个焦躁的、幻灭的时代"⑤。鲍尔德的著作并不长，但却给出了一个宏观的历史语境，并在这个语境中，以巧思为核心，清晰地阐释了多恩在英国文学史上的地位及其变化。

《多恩派》是在阿尔瓦雷斯于 1958 年在普林斯顿大学的 6 个讲座稿的基础上整理、补充、完善而成的，最初于 1961 年出版，1967 年再版。全书共 8 章，另加 1 个导论、2 个附录和 1 个索引。全书最吸引人的文字是印在封底的如下评介：

> 多恩是英国诗歌中的第一个智慧现实主义者。他的那些充满悖论的
> 意象、他对智力与激情的惊人并置、他那不落俗套的诗歌节奏，尤其是
> 他对二元对立和错综复杂的人类动机的深刻洞见，为 20 世纪的伟大诗

---

① Louis Untermeyer. "Wit and Sensibility." In Deborah Aldrich Larson (Ed.), *John Donne and Twentieth-Century Criticism*. London: Associated UP, 1989, p. 102.

② R. C. Bald. *Donne's Influence in English Literature*. Gloucester: Peter Smith, 1965, p. 13.

③ R. C. Bald. *Donne's Influence in English Literature*. Gloucester: Peter Smith, 1965, pp. 15-44.

④ R. C. Bald. *Donne's Influence in English Literature*. Gloucester: Peter Smith, 1965, p. 45.

⑤ R. C. Bald. *Donne's Influence in English Literature*. Gloucester: Peter Smith, 1965, pp. 52-53.

人开了先河。①

这一评介集中体现了阿尔瓦雷斯的多恩研究的精华。但阿尔瓦雷斯对多恩的集中论述仅在第 1 章《多恩与理解者》（"Donne and the Understander"）和导论中，其余章节分别论述的是赫伯特、沃恩、克拉肖、马维尔、考利，以及侍臣诗人的风格、才气、玄学诗与玄学。纵观全书可以发现：第一，阿尔瓦雷斯似乎并不知道蒲柏的"多恩派"，因为通篇都没有提及，否则很可能换用别的术语，比如"玄学派"之类。第二，他认为多恩之难在于理解，而理解之难在于是否有理想的理解者，"这个问题简单地说就是诗人权威的问题，是诗人与读者的关系问题，也是诗人与材料的关系问题"②，可见阿尔瓦雷斯的基本思路与艾布拉姆斯在《镜与灯》中的思路是一样的，但突出诗人的权威性则显示了他对多恩加以阐释的必要性。第三，他认为多恩是中产阶级弄潮儿的典型代表，代表着那些"年轻的、受过良好教育的、中产阶级的智者精英"③，因为他们至少有四个共同特征：

> 首先，他们像多恩一样，都经历过同样的教育磨炼，先在牛津大学或剑桥大学，后又在律师学院；其次，他们都谋到了最令人羡慕的职业如外交、法律、政治、宗教，最差的也是军队；第三，他们都没有出生于位高权重的贵族之家，他们中的绝大多数都像多恩一样，出生在富有的中产阶级或乡绅阶层家庭，如果他们受封骑士，像他们中的很多人那样，也主要是因为他们的付出，而不是他们的出生；第四，他们几乎全都写诗，但严肃地出版诗作的却只有一个，就是吉尔平，还是剽窃多恩才做成的。④

正是在这个意义上，阿尔瓦雷斯认为，当卡鲁称赞多恩为"才界君主"时，至少表明了这样几个意思：第一，卡鲁眼中的多恩只是中产阶级精英王国里的君主；第二，在那个并非职业诗人的国度里，多恩诗并不晦涩；第三，多恩不屑于谨遵"寓教于乐"的传统文艺观念，既能随心所欲地表达自己的思想感情，也能无所顾忌地反映现实生活，更能以自己认可的语言入诗，所以他是英国文学中的第一位"智慧现实主义者"（intellectual realist）。阿尔费雷斯因此认为，多恩派只是一流的非正统诗派，他们的诗需要大量的智慧与训练才能写出，同时多恩派的诗也容易被正统诗人当作没有诗味的东西而加以忽视，愿意接受多恩风格的主

---

① A. Alvarez. *The School of Donne*. New York and London: New American Library, 1967, cover page.

② A. Alvarez. *The School of Donne*. New York and London: New American Library, 1967, p. 26.

③ A. Alvarez. *The School of Donne*. New York and London: New American Library, 1967, p. 35.

④ A. Alvarez. *The School of Donne*. New York and London: New American Library, 1967, pp. 34-35.

要是宫廷诗人、神学诗人和大学才子，他们都有一个近乎通用的模式。"这一模式开始于一个问题，通常是个人的、复杂的、与激情相关的，然后用与之对应的逻辑来回答，并以应景式的巧思对论点加以支撑。"①可见，阿尔瓦雷斯也像鲍尔德一样，是从历史文化的语境中去研究多恩派的，所以他化用约翰逊的名言说"按多恩的计划来写，至少必须要有生活与写作；按斯宾塞的计划来写，则只需要阅读与写作"②。在宏大的历史语境中解读多恩，一方面用以说明多恩诗是现代诗的一个重要组成部分，另一方面也论证多恩诗并非英语诗歌主流，这是鲍尔德与阿尔瓦雷斯的共同之处。燕卜荪同样在宏大的历史语境中阐释多恩，但在他的笔下，多恩就是一个拢天地万物于笔端的伟大诗人，多恩诗不但属于英语诗歌的主流，而且就是那个主流，甚至还暗示了这样的可能，即我们有理由把 17 世纪初称为多恩的时代。

　　燕卜荪是瑞恰兹的弟子③，而"多恩及其诗歌是他终其一生的所爱"④。艾略特作"特恩布尔讲座"时，他还是大一新生，却也是校方精选出来陪同艾略特共进午餐的六位本科生之一。艾略特的系列讲座对他产生了巨大影响，也加深了他对多恩的兴趣。他对此有过很多回忆，比如在《歧义的七种类型》（*Seven Types of Ambiguity*，又译《复义七型》或《朦胧的七种类型》）第 2 版的序言中，他就这样写道："当时有两条交叉的思路分散了我的注意力。一方面是 T. S. 艾略特的具体的批评理论，另一方面是一般的时代精神的理论。"⑤《歧义的七种类型》最初出版于 1930 年⑥，它不仅仅是燕卜荪的成名作，更被誉为"20 世纪前半期最有影响的评论文章之一[……]帮助奠定了很有影响的新批评派的基础"⑦。在这部著作中，燕卜荪大量引用了多恩的作品，其中第 4 章还以较大篇

① A. Alvarez. *The School of Donne*. New York and London: New American Library, 1967, p. 52.

② A. Alvarez. *The School of Donne*. New York and London: New American Library, 1967, p. 40.

③ 燕卜荪也像他的老师瑞恰兹一样，对中国有着深厚的感情。他曾两度来到中国，第一次是 1937—1939 年受聘担任北京大学西语系教授，其间因平津沦陷，他随北大、清华、南开师生一路辛苦，辗转抵达昆明，成了联大的教授。第二次是 1947—1952 年再度受聘为北京大学教授。王佐良、李赋宁、赵瑞蕻、杨周翰、周珏良等都是他的学生，也都撰文怀念他。哈芬登的 2 卷本《威廉·燕卜荪传》已由张剑等译为汉语，其中第 1 卷《在名流中间》已由外语教学与研究出版社于 2016 年出版。

④ John Haffenden. "Preface." In John Haffenden (Ed.), *Donne and the New Philosophy by William Empson*. Cambridge: Cambridge UP, 1993, p. xi.

⑤ 威廉·燕卜荪：《朦胧的七种类型》，周邦宪、王作红、邓鹏译，杭州：中国美术学院出版社，1996 年，第 2 页。

⑥ 关于该书的形成，参见约翰·哈芬登：《威廉·燕卜荪传》（第 1 卷），张剑、王伟滨译，北京：外语教学与研究出版社，2016 年，第 202-255 页。

⑦ 美国不列颠百科全书公司：《不列颠百科全书》（国际中文版 修订版 第 6 卷），北京：中国大百科全书出版社，2007 年，第 65 页。这里将《歧义的七种类型》译为"文章之一"显然是一种误译。

幅对多恩的《赠别：哭泣》作了逐节分析，用以说明第四种类型的歧义究竟是怎样的：

> 这首诗意思朦胧是因为男主角的各种感情是痛苦地混杂着的，而且他觉得在这样的时候将它们清楚地一一回味只是心胸狭窄的表现。对离别这一明显事实表示忧伤，就使他心中的骚动得到适当缓解，由于心事重重而产生的各种互不相关、互不相容的感受，能够修饰和丰富这简朴的抒情画，使它更令人难以忘怀。①

燕卜荪所要表示的是，在多恩这里，有如在莎士比亚那里一样，"好几种感情，对复杂局面的诸种反应，都由作者统一和集中起来，读者从而承认它们是个统一整体"②。值得注意的是，《歧义的七种类型》虽有艾略特的巨大影响，但其主要是在瑞恰兹的启发和鼓励下完成的，所以尽管"主要内容是语言的分析方法"③，但本质上说是对瑞恰兹的歧义理论的发挥，反映的是"一般的时代精神"。正因为如此，燕卜荪虽多次提到多恩，但依旧是把他作为例子使用的，把多恩作为时代典型的是他的《多恩与新学》（Donne and the New Philosophy）。

《多恩与新学》是燕卜荪的 2 卷本《文艺复兴文学文集》（Essays on Renaissance Literature）的第 1 卷，由约翰·哈芬登（John Haffenden）编辑而成，1993 年由剑桥大学出版社出版。全书主体部分共 8 篇论文，其中 4 篇都曾单独发表过。第 1 篇《多恩与修辞传统》（"Donne and the Rhetorical Tradition"）最初发表于 1949 年秋季的《肯永评论》（The Kenyon Review），基本内容是以多恩的《周年诗》为主要对象，结合莎士比亚的艺术和语言特点，在伊丽莎白时代的意象与玄学诗的意象两大系统中，研究多恩与传统修辞的关系。第 2 篇《太空人多恩》（"Donne the Space Man"）最初发表于 1957 年夏季的《肯永评论》，主要研究"天人对应"思想之于多恩爱情诗中的空间意象的重要意义。第 3 篇《新版里的多恩》（"Donne in the New Edition"）最初发表于 1966 年八月出版的《批评季刊》（Critical Quarterly），基本内容是针对海伦·加德纳主编的《多恩爱情诗集》（The Elegies and The Songs and Sonnets, 1965），批评海伦·加德纳对多恩诗的文本处理和日期确定两个方面的错误。第 4 篇《拯救多恩》（"Rescuing Donne"）曾被收入 1972 年出版的《如此荣幸：

---

① 威廉·燕卜荪：《朦胧的七种类型》，周邦宪、王作红、邓鹏译，杭州：中国美术学院出版社，1996 年，第 226 页。

② 威廉·燕卜荪：《朦胧的七种类型》，周邦宪、王作红、邓鹏译，杭州：中国美术学院出版社，1996 年，第 299 页。

③ 威廉·燕卜荪：《朦胧的七种类型》，周邦宪、王作红、邓鹏译，杭州：中国美术学院出版社，1996 年，第 2 页。

多恩诞辰四百周年纪念文集》（*Just So Much Honor: Essays Commemorating the Four Hundredth Anniversary of the Birth of John Donne*），文章以米尔盖特主编的《多恩的讽刺诗、警句诗和诗信》（*The Satires, Epigrams and Verse Letters*，1967）为引子，比较了它与之前的格里厄森版和加德纳版多恩诗的异同，认为应该拯救的既有多恩诗，更有我们自己。

其余几篇和附录都是燕卜荪未曾发表过的论文，篇幅比前 4 篇明显要少，但均写于 1972 年前后。《多恩的远见》（"Donne's Foresight"）一文企图说明多恩早在伽利略（Galileo Galilei）出版《星际使者》（*Sidereal Messenger*，1610）之前就已经意识到别的星球也存在生命，并将这样的思想写进他的爱情诗中。《哥白尼学说与出版审查》（"Copernicanism and the Censor"）意在说明 16 世纪末17 世纪初虽有严格的审查制度，但哥白尼学说却并未因此而在英国遭到彻底遗弃。《托马斯·迪格斯的无限宇宙》（"Thomas Digges His Infinite Universe"）旨在说明迪格斯的宇宙无限说尽管被天文学家所摒弃，但其中有关多重世界的思想却是多恩所认可的，所以多恩常常在其爱情诗中借用其他星球上的生命，用以象征地球上的恋人也能拥有属于他们的恋爱王国。《戈德温的月球之旅》（"Godwin's Voyage to the Moon"）主要讨论弗朗西斯·戈德温（Francis Godwin）的乌托邦小说《月球上的人》（*The Man in the Moon*）①及其与多恩的诗歌创作之间的内在联系，认为戈德温极有可能曾将他的小说让比他小 10 岁的多恩读过。②附录的标题为《论伽利略》（"On Galileo"），但实际上只简要分析了伽利略在《关于托勒密和哥白尼两大世界体系的对话》（*Dialogue Concerning the Two Chief World Systems, Ptolemaic and Copernican*）中第一天"对话"的 3 小段，用以论证伽利略公开放弃个人主张、接受教会处置的做法，体现了他的最高信仰和行事原则。③

---

① 具体写作年代不详，1638 年匿名出版时则《月球上的人，或多明戈·刚萨雷斯谈一次远航》（*The Man in the Moone: or a Discourse of a Voyage thither by Domingo Gonsales the Speedy Messenger*）。燕卜荪在其论文中将这一书名用作副标题。约翰·威尔金斯（John Wilkins）的《月球上发现的新世界》（*The Discovery of a New World in the Moon*，1638）、斯威夫特《格列佛游记》（*Gulliver's Travels*，1726）都有该书的影子。

② William Empson. *Donne and the New Philosophy*. Ed. John Haffenden. Cambridge: Cambridge UP, 1993, p. 252.

③ 伽利略的《关于托勒密和哥白尼两大世界体系的对话》以三人对话的形式，就托勒密天文学和哥白尼天文学两大体系展开讨论。全书共 4 章，分别为"第一天""第二天""第三天""第四天"。参与讨论的三人为萨尔维阿蒂（Salviati）、沙格列陀（Sagredo）和辛普利邱（Simplicio）。燕卜荪所引 3 个小段出自辛普利邱和萨尔维阿蒂之口。在燕卜荪笔下，辛普利邱代表亚里士多德派，萨尔维阿蒂是伽利略的代言人，参见 William Empson. *Donne and the New Philosophy*. Ed. John Haffenden. Cambridge: Cambridge UP, 1993, p. 255. 而在伽利略著作的中文版"导读"中，辛普利邱和萨尔维阿蒂被认为分别代表托勒密和哥白尼，参见伽利略：《关于托勒密和哥白尼两大世界体系的对话》，周熙良等译，北京：北京大学出版社，2006 年，第 11 页。尽管对人物的理解不尽相同，但两大体系的分野则是明确无误的。

纵观全书可以发现，横贯始终的主线是哥白尼学说，而这也正是书名《多恩与新学》所要传递的基本信息，因为所谓"新学"就是哥白尼的日心说。对这一问题的探究直接关乎多恩的宗教信仰，用燕卜荪自己的话说"多恩从少年时代起便对另一星球充满兴趣，就像今天的孩子们一样；他把这一思想实实在在地写进他全部最好的爱情诗里，并带着一种大胆而自由的情感。但它的意义远远不止于此；因为距哥白尼和布鲁诺（Bruno）不久，它还意味着自己不是一个基督徒，而且在某一特别意义上，还意味着否认耶稣的特性"①。正因为如此，全书始终保持了一种极为严肃的语气，并以这样的语气去阐释多恩的诗歌创作。比如他说"如果你从第一首开始，即从《早安》一诗开始，则一个分离的星球就会从页面跳跃而出"②。再如《挽歌第19首》（"Elegy XIX"）中的"我的亚美利加，我的新发现的大陆"，燕卜荪对其的解读是"这首诗很可能是多恩第一次接近他那分离的星球"③。显然，燕卜荪是把多恩的全部爱情诗作为一个整体，从它们的内在结构与运思走向的角度，对多恩诗加以通盘阐释的，否则就不可能得出这样的结论。这既体现了他与导师瑞恰兹之间的学理渊源，也彰显了他从全新角度所做的积极努力。前者属人文分析，后者属科学分析，都是在已有基础上的拓展。至于这种结论是否意味着否认耶稣的特性，燕卜荪是这样阐释的：

> 哥白尼学说起初被人拒之门外，那是因为它把人从宇宙的中心给移走了，打击了人的自傲，这已经成了一种近乎传统的说法。然而，那个中心只被视为一个低品位的地方；而对人的任何贬低，都只是悖论的一半，表明人依旧是按照神的意象缔造的。④

因此他说：

> 当多恩把自己表现为一个非神圣的恋人时，他是向人们暗示：即便是这样的一对情侣，也像基督和他的教会一样，具备同等的资格享受天生的自主权力；所以他也能把宗教的语言用在他们身上，而且他所传递的意义，远比直接的、令人吃惊的表述更加丰富。他所做的一切，你可以这样看，就是把爱比作宗教，那是一种不可能有丝毫新意的修辞格，其历史几乎像人类一样久远，起码在柏拉图和行吟歌手那里就有显著的

---

① William Empson. *Donne and the New Philosophy*. Ed. John Haffenden. Cambridge: Cambridge UP, 1993, pp. 78-79.

② William Empson. *Donne and the New Philosophy*. Ed. John Haffenden. Cambridge: Cambridge UP, 1993, p. 95. 燕卜荪在这里所说的版本指的是格里厄森的标准版《多恩诗集》。

③ William Empson. *Donne and the New Philosophy*. Ed. John Haffenden. Cambridge: Cambridge UP, 1993, p. 98.

④ William Empson. *Donne and the New Philosophy*. Ed. John Haffenden. Cambridge: Cambridge UP, 1993, p. 81.

资源。但他则努力将等式给翻转了过来，他不是通过与公共机构的比较来提升个人尊严的，而是把公共机构当作个人尊严的苍白模仿。①

燕卜荪不仅将哥白尼学说用于多恩的爱情诗，而且还将其用于多恩的其他诗作，比如《世界的解剖》。前文多次提到，琼森曾批评该诗把一个夭折的少女写得有如圣女是亵渎神灵的行为，多恩则用"女人的理念"作答。燕卜荪的解释则是，那个所谓的理念就是罗格斯。但他同时指出，多恩的两首《周年诗》确有亵渎神灵之嫌，因为诗中似乎透着两种可能：一是任何人都可以成为那个罗格斯；二是万物的分崩离析可以不通过神的行动而只需通过人的精神丧失。但燕卜荪认为那只是从修辞角度得到的感觉，要获得正确的解释，就得把诗作为整体来看：

> 多恩诗那令人难忘、挥之不去的品质，大多由于他写的是整体情境，他并不在意其中究竟有多少会进到他的语言中去，甚至都不在意他那纵横交错的感情究竟是什么；他就像一团雷雨云，还是电闪雷鸣的那种。②

燕卜荪的这一比喻旨在说明，多恩的思想包罗万象，他表述出来的只是其中的一个部分，因为多恩是从天主教耶稣会皈依圣公会的，所以他的诗势必表现天主教的普世思想。他以《哭泣》和《神圣十四行诗 5》为例指出，前者传递了一旦分别便不再忠诚的观念，后者则在赎罪的希望中夹杂着泯灭与逃避，"二者的主导意象都是分离的星球[……]星球隐喻在开头时并不需要，但却透彻地阐明了人对孤独的恐惧；如果他努力想与他的星球彼此拥有，他就不该受到责备；因为恋人们一旦分离就是绝对分离"③。《周年诗》所表达的思想，在燕卜荪看来正是这样的思想：多恩颂扬的是"罗格斯"，是表示美与德的一个抽象概念，也是每个人都拥有的基本品质，所以他说多恩真诚地认为，德鲁里小姐之死真的导致了其余世界的解体。④这样的阐释给人以两个深刻的印象：一是先从哥白尼学说化出一个"星球隐喻"，再用这个隐喻去阐释多恩诗的特点；二是认为多恩诗的特点与诗人所要表现的"整体情境"密切相关。前者是否成立另当别论⑤；后者则集中体现了新批评关于作品分析应是语境分析的理论，借克里格的定义即"诗

---

① William Empson. *Donne and the New Philosophy*. Ed. John Haffenden. Cambridge: Cambridge UP, 1993, p. 86.

② William Empson. *Donne and the New Philosophy*. Ed. John Haffenden. Cambridge: Cambridge UP, 1993, p. 70.

③ William Empson. *Donne and the New Philosophy*. Ed. John Haffenden. Cambridge: Cambridge UP, 1993, p. 71.

④ William Empson. *Donne and the New Philosophy*. Ed. John Haffenden. Cambridge: Cambridge UP, 1993, pp. 74-75.

⑤ 比如约翰·凯里就明确指出"燕卜荪关于多恩与新学的说法完全是错误的。多恩确实听说过哥白尼，也开玩笑地说起过开普勒、第谷和伽利略。但他对世界的认识完全是前哥白尼的"。见 John Carey. "Empson: The Critic as Genius." In *An Appetite for Poetry*. London: William Collins, 1989, pp. 127-128.

歌是一种结构严谨、强制，最终封闭式的前后关系"①，因为他的整部《多恩与新学》就是在哥白尼的"星球隐喻"这一语境下对多恩诗（特别是爱情诗）进行的一次"结构严谨、强制、封闭式"的探究。前面曾说到，瑞恰兹和艾略特都被尊为新批评的先驱，可他们的观点有时却相去甚远，甚至还彼此对立。但燕卜荪却能将他们的观点结合起来，并在批判史上留下自己的独特贡献。这种贡献之于多恩研究的具体表现，如上面的分析所示，在于他的研究与瑞恰兹、艾略特、鲍尔德、阿尔瓦雷斯一样，都旨在探究多恩诗的艺术特点，进而阐释多恩及其玄学诗的晦涩性，也都是在通过宏大的历史文化语境完成的。

　　新批评之多恩研究的第三个特点是专题性。新批评留给后人的丰富遗产中，最突出的是"悖论""张力""反讽""歧义"等一系列概念。一方面，这些概念都有强烈的语言指向性，另一方面，它们又都是文学批评中的重要术语，而且也都旨在探究具体作品的文学性，因而最能体现形式主义与新批评的契合。比如布鲁克斯，他是举世公认的新批评的代表人物，正如韦勒克告诉我们的："在美国批评家眼中，真正的'形式主义者'是克林斯·布鲁克斯。"②韦勒克还告诉我们，兰色姆对其弟子布鲁克斯的评价为"我们所拥有的力透纸背而最有影响的诗歌批评家"③。布鲁克斯才华横溢，思维敏捷，条理严密，不少著作都对后人产生了深远影响。较之于前面提到的瑞恰兹、燕卜荪等，布鲁克斯不是通过宏大的历史语境，而是通过具体的某个支点来实现的，所以更多地表现为专题性质的研究，比如《精致的瓮》（*The Well Wrought Urn*）。

　　《精致的瓮》全称《精致的瓮：诗歌结构研究》（*The Well Wrought Urn: Studies in the Structure of Poetry*），是布鲁克斯的代表作，也是新批评理论的一部经典著作。全书由 11 篇论文组成，其中前 10 篇的研究对象，按其在书中的先后顺序，分别为多恩、莎士比亚、弥尔顿、赫里克、蒲柏、格雷、华兹华斯、济慈、丁尼生和叶芝。根据布鲁克斯自己的说法，《精致的瓮》中的"绝大多数章节曾是单独发表的论文，但现在呈现给读者的并非一个杂集，而是一本书，一本有着明确目标和缜密计划的书"④。从具体内容看，《精致的瓮》涵盖了从文艺复兴到 20 世纪初的英国诗歌创作；但从研究对象的排序看则有一个问题，那就是处于开始之位的不该是多恩，而应该是比多恩更早的莎士比亚。那么，布鲁克

---

① 转引自艾布拉姆斯，哈珀姆：《文学术语词典》（中英对照），北京：北京大学出版社，2014 年，第487 页。

② 勒内·韦勒克：《批评的诸种概念》，罗钢、王馨钵、杨德友译，上海：上海人民出版社，2015 年，第67 页。

③ 韦勒克：《近代文学批评史》（第 6 卷），杨自伍译，上海：上海译文出版社，2005 年，第 281 页。

④ Cleanth Brooks. *The Well Wrought Urn: Studies in the Structure of Poetry*. New York: Harcourt, Brace & World, 1947, p. ix.

斯为什么要把多恩置于开篇的位置呢？其"明确目标和缜密计划"究竟是什么呢？这样的排序与他的目标和计划究竟有着怎样的关系呢？

要回答这些问题，就得回到《精致的瓮》这一书名。通常情况下，如果是文集，很多人都会选择其中一篇的篇名作为书名，可《精致的瓮》中却没有任何一篇同名文章。这意味着书名是另取的，也是能够覆盖全书的。这个能体现全书的"明确目标和缜密计划"的书名源自多恩《封圣》中的下列诗行：

> 倘不能因爱生，我们可以因爱死；
> 倘若我们的传奇不适合
> 墓碑和棺盖，那将适合诗歌；
> 倘若我们不印证一段历史，
> 就将在情诗中建筑华屋；
> 精致的瓮如墓地半亩，
> 同样适合最伟大人物的遗骨；
> 凭这些赞诗，人人将赞成
> 我们已因爱封圣。①

这是多恩《封圣》中的第 4 节，书名便出自其中的第 6 行。在多恩的诗歌原文中，第 4—7 行原本为一句，布鲁克斯所用的多恩诗原文为：

> And if no peece of Chronicle wee prove,
> We'll build in sonnets pretty roomes;
> As well a well wrought urne becomes
> The greatest ashes, as halfe-acre tombes②

其大意为：

> 如果我们不能印证一段编年史，
> 那就在商籁诗中构筑华美小屋；
> 好似那精致的瓮也会化作
> 巨大的骨灰，像半顷墓地，

布鲁克斯对《封圣》这几行的解读是：

---

① 约翰·但恩：《约翰·但恩诗选》，傅浩译，北京：外语教学与研究出版社，2014 年，第 31 页。

② 多恩的《封圣》，连同布鲁克斯分析的其他作品，都放在《精致的瓮》附录 3 中。这里的引用便出自该附录，见 Cleanth Brooks. *The Well Wrought Urn: Studies in the Structure of Poetry.* New York: Harcourt, Brace & World, 1947, p. 268.

[关于]诗有诗的主张的学说，这首诗就是一个例子。本诗就是那个主张，也是对那个主张的实现。就在我们的双目注视下，多恩在诗里构筑了一间令恋人们心满意足的"华美小屋"。这首诗本身就是那精致的瓮，它不但能装殓恋人们的骨灰，而且也丝毫不亚于王子的"半顷墓地"。①

所谓"诗有诗的主张的学说"，即对诗歌的阐释就是诗歌本身，就是走进诗里。诗的主题就是诗，所以诗"就是那个主张"；诗的艺术就在诗中，所以诗也是"那个主张的实现"。我们知道，《理解诗歌》（*Understanding Poetry*）是布鲁克斯和罗伯特·潘·沃伦合著的具有重大影响的教科书，其导言"作为言说方式的诗"便化自什克洛夫斯基《作为技巧的艺术》（"Art as Technique"）中对诗的定义："诗是一种特殊的思考方法，准确地说，就是一种用意象思考的方式。"②什克洛夫斯基也像其他俄国形式主义一样，主张诗是一个自足的客体，他的名言是"艺术永远是独立于生活的，它从不反映飘扬在城堡上空的旗帜的颜色"③。而这个名言实际上就是什克洛夫斯基理论的另一种说法。布鲁克斯之所以用"精致的瓮"这一具体意象旨在重复"诗有诗的主张"的理论。

问题是，为什么用多恩而不用别人？比如济慈，其《希腊古瓮颂》不就是专写古瓮的传世佳作吗？它不同样是布鲁克斯的重点研究对象吗？难道它不能表述同样的思想？对这些问题的回答已鲜明地体现在第 1 章的标题中，那就是"悖论的语言"（the language of paradox）。也就是说，布鲁克斯的主旨不仅仅在于诗的内容，更在于诗的语言，在于诗中的"悖论"。诗的艺术就是语言的艺术，布鲁克斯则在此基础上更进一步，指出："诗的语言就是悖论的语言[……]科学家为了他的真理，需要把悖论从语言中清理出去，不留一丝痕迹；而诗人为了他的真理，则明显只有一个办法才能奏效，就是使用悖论。"④要表达某种思想感情，诗人完全可以诉诸各种各样的陈述。布鲁克斯对此并不否认，但他认为只有悖论才能包容所有的陈述，所以在列举了一系列的可能陈述之后，他这样写道：

> 我承认，诗人能表达"封圣"的唯一办法，只有通过悖论。更直接

① Cleanth Brooks. *The Well Wrought Urn: Studies in the Structure of Poetry.* New York: Harcourt, Brace & World, 1947, p. 17.

② Victor Shklovsky. "Art as Technique." In David H. Richter (Ed.), *The Critical Tradition: Classic Texts and Contemporary Trends.* New York: St Martin's Press, 1989, p. 738.

③ 转引自张中载、王逢振、赵国新：《20 世纪西方文论选读》，北京：外语教学与研究出版社，2002 年，第 1 页。

④ Cleanth Brooks. *The Well Wrought Urn: Studies in the Structure of Poetry.* New York: Harcourt, Brace & World, 1947, p. 3.

的方式或许也很诱人，但它们全都会削弱、扭曲所要表达的内容。如果我们发现诗人不得不用悖论才能表达的东西竟然那么丰富，那么他的这一表述也就不那么令人吃惊了。恋人们的语言大都如此，《封圣》是个好例子；绝大多数的宗教语言同样如此，比如"拯救生命的人必将失去生命""后来者居先"等。事实上，任何一个重要的洞见，但凡足以成为一首伟大诗篇的，显然都需要这类术语。①

"诗的语言就是悖论的语言"是布鲁克斯用以概括诗的本质的一句名言。反观济慈的《希腊古瓮颂》，它无疑也是一首极美的诗，不但突出了"美即真，真即美"的主题，而且也是从悖论开始的。但在布鲁克斯看来，就《希腊古瓮颂》的表现方式而言，该诗最为重要的东西是其最后陈述与整个语境的关系，济慈展现了一种有意识的谜一样的悖论，而且还以人们能够想到的最清晰的例证，逐一揭开了那个谜底。他还进一步指出："通观全诗，诗人强调的是会说话的古瓮这一悖论。首先，古瓮本身可以讲述故事，可以展示历史。再者，古瓮上刻画的各种人物能奏乐、讲故事、唱歌。如果我们注意到这些，那么对于古瓮的再一次讲话我们可能不会感到吃惊，不是让它讲故事——这是一个相当容易接受的隐喻——而是让它站在一个更高的角度上讲话，让它对自己的本质做一番评说。"②可见，布鲁克斯对《希腊古瓮颂》的评价是极高的，但他并未将其与多恩的《封圣》加以比较，只在《悖论的语言》中提到一句，即莎士比亚的《凤凰与斑鸠》（"The Phoenix and the Turtle"）、济慈的《希腊古瓮颂》，都像多恩那精致的瓮"它就是诗本身"③。这实际上是应和了艾略特的"固点"理论，即"现在的任何理论，如果对多恩不适用，那么对任何其他人也将不会适用"④。所以布鲁克斯用"精致的瓮"只是一个隐喻，旨在彰显诗是一个自足的客体。这也是为什么他既有"诗本身就是诗"与"诗就是诗本身"之说的根本原因。晚年的布鲁克斯在回应他人的指责时，曾有过这样的解释："我当时认为对于力求发现一切真诗所共有的一个结构这样一本论著来说，借用多恩所赞美的一个精制客体是合适的，尽管很不起眼。归根结底，他所举的精制的瓮的对立面的是庸俗铺张的'半顷墓地'。"⑤这进一步表明，布鲁克斯走进诗里的主张并不是要切断作品与社

---

① Cleanth Brooks. *The Well Wrought Urn: Studies in the Structure of Poetry*. New York: Harcourt, Brace & World, 1947, pp. 17-18.

② 布鲁克斯：《精致的瓮》，郭乙瑶等译，上海：上海人民出版社，2008年，第156页。

③ Cleanth Brooks. *The Well Wrought Urn: Studies in the Structure of Poetry*. New York: Harcourt, Brace & World, 1947, p. 21.

④ T. S. Eliot. *The Varieties of Metaphysical Poetry*. Ed. Ronald Schuchard. New York, San Diego and London: Harcourt Brace, 1993, p. 60.

⑤ 转引自韦勒克：《近代文学批评史》（第6卷），杨自伍译，上海：上海译文出版社，2005年，第314页。

会生活的联系，也不是要割裂一首诗与其他诗的联系。事实上，如果真的割裂了，那么"固点"也就不复存在了。

基于同样的理由，我们也把布鲁克斯作为一个"固点"，用他来代表新批评的多恩研究。这不是因为他的多恩研究最有成效、最有特点、最具代表性，而是因为他所用的"精致的瓮"的比喻，无论是内容、来源还是喻指关系，都最能体现多恩研究批判史这一主题。而且新批评内部的异同，以及新批评所受的外来批评，也都集中体现在《精致的瓮》上。借用多恩的圆规比喻，不妨以《精致的瓮》作为圆规的定脚，把其他多恩研究作为动脚，在以布鲁克斯为"固点"的圆周内，重点讨论新批评的多恩研究的三个基本问题：态度、内容和特点。

将多恩作为"固点"的构想贯穿整个《精致的瓮》。以其第 2 章为例，虽然主题已由悖论转向了意象，例子也转为了莎士比亚的《麦克白》（*Macbeth*），但开始却是多恩："既然'新批评'的中心一直倾向于修复多恩的声誉与多恩的传统，我认为特别需要强调后一点。"[1]言下之意，莎士比亚的伟大，要根据"多恩的传统"来判断，因此"对多恩的阅读或许将有助于对莎士比亚的阅读，尽管我努力要说明我无意把莎士比亚变成多恩，或者愚蠢地想把多恩置于莎士比亚之上"[2]。再以具有总结性质的第 11 章为例，在谈到暗喻时，布鲁克斯还这样写道："多恩近来被推崇为隐喻大师，他赋予意象以清晰的逻辑；相比之下，莎士比亚十四行诗中的意象安排就显得零乱而松散。"[3]甚至到附录 1 论述批判史时，他还明确表示："我不希望别人产生这样的想法，即我认为诗歌止步于多恩之死。"[4]类似的表述还有很多，但仅就这些便足以说明，在《精致的瓮》中，多恩就是文艺复兴以来的诗歌典范，特别是悖论、隐喻和意象方面的典范。

早在《精致的瓮》之前，他就在与沃伦合著的《理解诗歌》中把多恩作为重要的例子来使用。《理解诗歌》是一部影响巨大的教科书，首版出版于 1938 年，1950 年、1960 年两次再版，1976 年又出版了扩充版，2004 年外语教学与研究出版社在中国出版了其中的第 4 版。胡家峦在该版《导读》中简要介绍了《理解诗歌》的基本内容，特别提到"本书收录的诗歌数量多达 345 首[……]文学史

① Cleanth Brooks. *The Well Wrought Urn: Studies in the Structure of Poetry*. New York: Harcourt, Brace & World, 1947, p. 22.

② Cleanth Brooks. *The Well Wrought Urn: Studies in the Structure of Poetry*. New York: Harcourt, Brace & World, 1947, p. 28.

③ Cleanth Brooks. *The Well Wrought Urn: Studies in the Structure of Poetry*. New York: Harcourt, Brace & World, 1947, p. 211.

④ Cleanth Brooks. *The Well Wrought Urn: Studies in the Structure of Poetry*. New York: Harcourt, Brace & World, 1947, p. 224.

上知名诗人 157 位之多"[1]。但在众多诗人中，被收录 5 首及以上的诗人却只有 11 位，多恩便是其中之一。在多恩的 5 首入选诗歌中，《封圣》的所占篇幅就多达 4 页，其中的隐喻、悖论、戏剧独白和重复手法，还是重点分析的内容。[2] 亦即说《理解诗歌》是《精致的瓮》的前奏，而《精致的瓮》则是《理解诗歌》的继续。

《精致的瓮》也是新批评理论的一次伟大实践。首先是因为悖论几乎在所有诗歌中普遍存在，包括古代诗与现代诗、宗教诗与世俗诗、抒情诗与叙事诗等；其次是因为悖论不但有助于从理论上总结思想与情感、真实与虚假、伟大与卑微等作品内容，而且有助于从审美角度阐释晦涩、比喻、张力、反讽、双关、冲突、对比等一系列作品技巧方面的特色。所以借用"精致的瓮"这一意象，将其作为诗歌的内在结构，布鲁克斯不但向我们展示了专题研究的魅力，还以小见大地证明了悖论不仅适用于多恩研究，也同样适用于莎士比亚、弥尔顿、赫里克、蒲柏，以及格雷、华兹华斯、济慈、丁尼生和叶芝等风格迥异的诗人。

有人批评《精致的瓮》是以一概全，把丰富多彩的文学作品看成静止不变的人工制品，是对艺术的歪曲。[3]可在多恩的《封圣》中，"精致的瓮"前后还各有一个比喻："商籁诗"和"半顷墓地"。我们知道，英语诗歌的形式有"闭合式"（closed form）和"开放式"（open form）之分，而"商籁诗"便是英语诗歌中要求最严的一种"闭合式"，从形式到内容，包括诗节、行数、音韵、格律模式、起承转合等，都必须严格遵守给定的范式，比任何其他文类的诗更具高度的自我完整性。诗中的主人翁渴望与恋人一道，在商籁诗中构筑他们的"华美小屋"，充分彰显了艺术的闭合式和真爱的排他性，体现了新批评关于诗应该是一个自足的客体的理念。"半顷墓地"则是"商籁诗"之外的另一客体，与广袤的万千世界联系在一起，并与"华美小屋"形成空间张力。"精致的瓮"处于二者之间，与"华美小屋"一道则强化诗的封闭性，与"半顷墓地"一道则强化诗的开放性。从这个意义上说，"精致的瓮"就是一件精致的艺术品，既是闭合的、静态的、人为的，也是开放的、动态的、自然的。布鲁克斯用多恩"精致的瓮"为标题，用"诗歌的结构研究"为副标题，充分显示了新批评的专题研究之于文学理论的重要意义，这也是他把多恩作为英语诗歌的标杆的重要原因。

新批评之多恩研究的第四个特点是基础性。我们在前面曾提到"双基础"的概念，提到新批评不仅在方法上，而且在结论上，都为后来的多恩研究奠定了基

---

① 胡家峦：《导读》//沃伦《理解诗歌》，北京：外语教学与研究出版社，2004 年，第 1 页。

② Cleanth Brooks, Robert Penn Warren. *Understanding Poetry*. Beijing: Foreign Language Teaching and Research Press, 2004, pp. 134-137.

③ 参见韦勒克：《近代文学批评史》（第 6 卷），杨自伍译，上海：上海译文出版社，2005 年，第 314 页。

础。事实上，我们刚刚讨论的探究性、语境性和专题性，广义地说，也都是这种基础性的组成部分，因为它们都并未止步于新批评，而是都在后来的多恩研究中一再重复。但这里将要讨论的是另外三个问题：一是学理问题，二是方法论问题，三是基调问题。因为它们同样为后来的多恩研究奠定了厚实的基础。

首先是学理基础，特别是科学与人文、哲人与诗人的关系问题。众所周知，新批评是 20 世纪第一个具有国际影响的批评理论，也是第一个主张对文学作品加以科学分析的理论。但新批评的"科学"包含两个基本含义，一是"科学技术"意义上的，二是"人文科学"意义上的，二者都在兰色姆的《新批评》中有所论及。对于科学技术，兰色姆是这样说的：

> 我认为，诗歌作为一种话语的根本特征是本体性的。诗歌表现现实生活的一个层面，反映客观世界的一个等级，而对于这样一个层面和等级，科学话语无能为力。
>
> 这一点不难理解。我们生活于其中的这个世界不同于我们在科学话语中所描述的那个世界或者说那些世界（因为科学描绘的世界是多种多样的），科学世界是生活世界经过了约简，它们不再鲜活，而且易于驾驭。诗歌试图恢复我们通过感知与记忆粗略认识到的那个更丰富多彩也更难驾驭的本原世界。①

关于人文科学，兰色姆是这样说的："在莫里斯看来，科学不需要有多少语用意识，而在我们看来，艺术同样如此。事实上，只有技术，或者说应用科学，才是真正实用的。"②他还就二者的关系做了如下阐释：

> 可以预见的世界是科学话语的有限世界，它的限制性法则是：一次揭示一种价值。艺术的世界是现实的世界，它不受限制，至少它敢于公然蔑视科学的限制性，其表现内容之丰富足以使我们感觉自己面对的是真实的物体，由现实物体构成的世界具有科学所没有的一种丰富质感或丰富价值所在，而致力于系统记录这一世界的话语就是艺术。③

这就意味着，对多恩的研究，犹如对其他作家的研究一样，既要有科学性，又要有人文性，而且还要区分它们之间的异同，因为科学世界与艺术世界既是各不相同的，也是相互联系的。具体到诗歌，创作是诗人的事，批评则是批评家的事，而批评家理应在诗的世界中找出作品的"本源世界"。这种"本源世界"还

---

① 兰色姆：《新批评》，王腊宝、张哲译，北京：文化艺术出版社，2010 年，第 170 页。
② 兰色姆：《新批评》，王腊宝、张哲译，北京：文化艺术出版社，2010 年，第 171 页。
③ 兰色姆：《新批评》，王腊宝、张哲译，北京：文化艺术出版社，2010 年，第 177 页。

很可能与哲学相关："如果一个诗人是一个哲学家——他很可能是个哲学家，他在自己的作品中明确或含蓄地探讨伦理，或至少是与人有关的问题，那么，讨论他的'思想意识'或许是非常重要的，因为我们所从事的是对系统观念的批判。"①

我们之所以较多地引用兰色姆，而不是一语概括，是因为人们常常误以为新批评割裂了形式与内容的关系。事实上，新批评的形式分析只是手段，而不是内容，更不是目标。他们强调形式分析，是要找出艺术话语的特点，发现诗歌作品的"丰富质感和丰富价值"，用兰色姆的话说即"批评是一门科学，而一门科学必须明白它在做些什么"②。前面说过，多恩曾有"牧师诗人"之称，所以多恩研究势必涉及兰色姆所说的"思想意识"问题和"系统观念的评判"问题。从这个意义上说，包括女性主义、叙事学、新历史主义等的多恩研究，也都并未完全脱离新批评的影响。

其次是方法论基础，即走入文本与走出文本的问题、文本与文化的问题，以及比较分析的问题。前文在分析布鲁克斯《精致的瓮》时，对此已经有所涉猎，因为"精致的瓮"既关乎"华美小屋"（走入文本），也关乎"半顷墓地"（走出文本），其适用性已经涉及文本与文化的关系，而其专题研究的特性则本身就是一个方法论的范例。这里不妨仍旧以兰色姆的《新批评》为例，对方法论问题略加补充。兰色姆在《新批评》第 2 章提出了一个有趣的观点，他以艾略特等文学精英为例说："我相信他们的正确性，但我怀疑他们的正义性，因为他们并不打算与这个世界发生关系。"③这就有力的回答了为什么要走出文本的问题。至于为什么要走入文本，则涉及他的"本体批评"。在他看来，诗人需要煞费苦心地找寻一种格律优美、意义到位的语言，因为"格律与意义的动态互动过程就是诗歌的全部有机活动，它包含了诗歌所有的重要特征"④。相应地，诗学理论就应该对这个最基本、最直接的特征做出解释。他用一个简图把"诗篇"及"取其意义的文字"和"取其声音的文字"⑤，连同他们的相互关系，做了系统说明；同时还对确定的意义、不确定的意义、确定的格律、不确定的格律等做了分析，并总结了意义与声音的动态作用：

> 意义必须适应格律，于是就产生了意义中的肌质，而格律必须适应

① 兰色姆：《新批评》，王腊宝、张哲译，北京：文化艺术出版社，2010 年，第 182 页。
② 兰色姆：《星期六文学评论》，转引自韦勒克：《近代文学批评史》（第 6 卷），杨自伍译，上海：上海译文出版社，2005 年，第 279 页。
③ 兰色姆：《新批评》，王腊宝、张哲译，北京：文化艺术出版社，2010 年，第 121 页。
④ 兰色姆：《新批评》，王腊宝、张哲译，北京：文化艺术出版社，2010 年，第 179 页。
⑤ 兰色姆：《新批评》，王腊宝、张哲译，北京：文化艺术出版社，2010 年，第 181 页。

意义，又产生了格律中的肌质。当他无法再用更加严整的格律语言来表达意义时，他就接受"最后一稿"，听任格律的变异保留下来[……]我们既然习惯于从一首诗中读出许多的意义，如果我们不去体察其中的本体性考虑，那将是致命的。①

兰色姆实际上提出了方法论的三条检验标准：正确性、正当性、有机性。从兰色姆以及布鲁克斯等的有关论述与实践中可以发现，三条标准中，每一条都涉及比较研究，而这种比较与其说是科学的，不如说是人文的。正因为如此，韦勒克明确指出："新批评派中没有一人会认为他们的细读方法是'科学的'，也不会把批评与'细读'等同视之。"②具体到多恩研究，瑞恰兹、鲍尔德、阿尔瓦雷斯等都把多恩视为二流诗人，而艾略特、燕卜荪、布鲁克斯等则把多恩视为一流大师，这就涉及比较。关键是，抬高一个诗人，特别是一个曾经有过定论的诗人，往往意味着原有的批评标准需要重新评价。任何形式的重新评价都意味着改变，其在理论上至少有两个结果，一是对原有标准的微调，二是对原有标准的大调，包括重新洗牌。多恩研究显示两种情况皆有出现，也都在我们前面的分析中有所涉及，比如布鲁克斯就宣称，他"无意把莎士比亚变成多恩，或者愚蠢地想把多恩置于莎士比亚之上"。但拉森却告诉我们，"在新批评派信徒中，打压多恩之外的任何其他诗人的做法甚嚣尘上；很快地，不仅弥尔顿和 19 世纪诗人，而且用彼特拉克体十四行诗进行创作的诗人，其他玄学派诗人，甚至莎士比亚，全都成了位低一等的诗人"③。可见，方法论的问题，如果离开正当性与有机性，仅靠正确性来判断，很可能走向正确性的反面，成为一个悖论。

除了学理基础和方法论基础，新批评还为多恩研究奠定了另一基础，那就是基调，而这远比其他方面更为重要。瑞恰兹在《批评原理》中对基调的定义是叙述者的态度："叙述者通常向读者表达他的一种态度。他会随着读者的不同而选择和使用不同的词语，自动地或深思熟虑地表现他与读者的关系。叙述者的基调反映出他意识到了这种关系，意识到他该如何对听众说话。"④布鲁克斯和沃伦在《理解诗歌》中，专章讨论诗的基调问题："诗的基调表现着叙述者的态度，那个态度是针对他的主题和他的听众的，有时也是针对他自己的。"⑤由于瑞恰兹把基调作为意义的一个部分看待，而意义又与诗类和主题紧密联系，所以布鲁

① 兰色姆：《新批评》，王腊宝、张哲译，北京：文化艺术出版社，2010 年，第 194 页。

② 韦勒克：《近代文学批评史》（第 6 卷），杨自伍译，上海：上海译文出版社，2005 年，第 256 页。

③ Deborah Aldrich Larson. *John Donne and Twentieth-Century Criticism*. London: Associated UP, 1989, p. 96.

④ I. A. Richards. *Principles of Literary Criticism*. New York: Harcourt, Brace & World, 1925, p. 175.

⑤ Cleanth Brooks, Robert Penn Warren. *Understanding Poetry*. Beijing: Foreign Language Teaching and Research Press, 2004, p. 112.

克斯和沃伦还从叙述者、读者和意义三个方面，用 10 个主题的 53 首具体作品，就诗的基调做了充分的讨论与示范，其中就包括多恩的《封圣》。①艾布拉姆斯和杰弗里·高尔特·哈珀姆（Geoffrey Galt Harpham）结合瑞恰兹和米哈伊尔·巴赫金（Bakhtin Michael）的定义，明确指出了基调的使用："由于说话人与描述对象及听众的关系和对他们的态度可能存在无穷多的微妙差异，言语的格调可以是评判的或称许的、一本正经的或亲昵的、直率的或寡言的、庄严的或戏谑的、傲慢的或诚恳的、愤怒的或慈爱的、严肃的或讽刺的、谦卑的或诌媚的。"②仅这些论述就足以说明，基调问题几乎涉及文学研究的方方面面，自然也包括诗歌研究："作为诗的一个区别特征，基调比其他特征更不容易讨论，其重要性也很容易被忽视。"③

具体到多恩研究，新批评奠定的基调主要涉及风格与情感。风格主要包括多恩诗的现代性、多恩与叙述者的关系、才气与巧思的界定、节奏与韵律、感受力、宗教诗与世俗诗等。情感则包括欢快、忧愁、激愤、坚守节操、玩世不恭、自我中心等。风格与情感既是彼此不同也是相互联系的两个概念，因为它们都必须由作品本身来具体呈现。自艾略特以来，多恩的感受力与多恩诗的现代性特征举世公认，但其他问题则至今仍然有待进一步的探究。以多恩与叙述者的关系为例，诗中的"我"究竟是不是多恩本人？如何确定？其与"我们"又如何界定？与诗中的欢乐与忧伤等情感，甚至玩世不恭与坚守节操的并置又有多大关系？他的世俗诗与宗教诗究竟哪个更接近多恩本人？再如诗中的"你"，究竟是情人还是妻子？抑或就是一个理念？

对这些问题的回答，在新批评内部形成了认同与不认同两个极端，更多的人则处于这两个极端的中间，并催生了诗类划分与科学术语之间的交锋，这是因为新批评既是一种科学研究，也是一种人文研究，所以即便面对相同的诗和相同的概念，也可能有完全不同的看法。比如兰色姆就针对艾略特的"感受力统一"指出，"我努力在 17 世纪的诗人那里寻找艾略特所说的那种东西，却遍寻不获，所以我便倾向于认为，他们根本就没有那种东西[……]我唯一能想到的诗歌的法则，就是需有不完全囿于人的动物意志和科学意志的从容甚至是浮想联翩的思考"④。在兰色姆的本体批评中，诗的决定因素不是感受力，而是格律："将格律的不确定性推向极致的当属多恩的诗歌，多恩的诗有时大有颠覆抑扬格正统之

---

① Cleanth Brooks, Robert Penn Warren. *Understanding Poetry*. Beijing: Foreign Language Teaching and Research Press, 2004, pp. 112-195.

② 艾布拉姆斯、哈珀姆：《文学术语词典》（中英对照），北京：北京大学出版社，2014 年，第 575 页。

③ I. A. Richards. *Principles of Literary Criticism*. New York: Harcourt, Brace & World. 1925, p. 197.

④ 兰色姆：《新批评》，王腊宝、张哲译，北京：文化艺术出版社，2010 年，第 109-110 页。

势。"①他以多恩诗行 "Two graves must hide thine and my corse" 为例说，它让人"不禁想起多恩的乖张，这种乖张常常使他嘲弄规则，但从技术上说他并不违背规则"②。他引多恩诗行 "Blasted with sighs, and surrounded with tears"，对之加以分析后说："恰恰是这行诗的意义决定了格律的变化，但我们发现它的这一意义并没有破坏格律，那是一种决定性的意义。"③他所得出的一个重要结论是：玄学诗"用一个单一的隐喻来结构全诗或其中一段完整的诗文。多恩等人颇多此类诗作，它们在结构特点上与别的诗作之间似乎有明显差异"④。

新批评的目标，并非为了找寻这些差异，而是为了寻找诗的基调，包括音律是否正统、语义是否达义、态度是否真诚，也包括内容的处理、主题的选择、风格的变化，还包括诗的本质及其与世界的关系、与诗人的关系、与读者的关系，以及通过这些关系所表现的哲学、伦理、诗学等的丰富内容。"新批评派没有一人会相信语言的牢笼[……]他们相信存在诗歌的有机性，而且在实践中不断地推究态度、调门、张力、讽刺和悖论。"⑤在新批评的全盛时期，多恩研究成果大量问世，其深度和广度都有极大拓展，比如理查德·E. 休斯（Richard E. Hughes）的《灵的进程：多恩的内心历程》（*The Progress of the Soul: The Interior Career of John Donne*，1968）就立足于悖论，将多恩的作品与生平作为一个自足的系统加以研究的；而佐安·韦柏（Joan Webber）的《相反的音乐：多恩的散文风格》（*Contrary Music: The Prose Style of John Donne*，1963）则将新批评的基本原理和方法，用于对多恩散文的研究中。即便在新批评萌发时期，除了上面分析的成果，还有乔治·威廉姆斯（George Williamson）的《多恩传统：从多恩到考利之死的英国文学研究》（*The Donne Tradition: A Study of English Poetry from Donne to the Death of Cowley*，1930）、弥尔顿·鲁格夫（Milton Rugoff）的《多恩的意象：创造性的源流研究》（*Donne's Imagery: A Study in Creative Sources*，1939）、罗伯特·莱思罗普·夏普（Robert Lathrop Sharp）的《从多恩到德莱顿：反抗玄学诗》（*From Donne to Dryden: The Revolt against Metaphysical Poetry*，1940）等。它们或将多恩作为一种新的诗歌范式的开拓者，或从巧思的角度探究诗歌创作的文化与艺术渊源，或在不同的传统之间挖掘玄学诗的美学思想，这都是基于诗歌的有机性而展开的，无不彰显着新批评定下的基调。所有这些，连同新批评留下的一系列著作，都是后起的各种理论的多恩研究的宝贵财富和重要起点。

---

① 兰色姆：《新批评》，王腊宝、张哲译，北京：文化艺术出版社，2010年，第196页。

② 兰色姆：《新批评》，王腊宝、张哲译，北京：文化艺术出版社，2010年，第196页。

③ 兰色姆：《新批评》，王腊宝、张哲译，北京：文化艺术出版社，2010年，第197页。

④ 兰色姆：《新批评》，王腊宝、张哲译，北京：文化艺术出版社，2010年，第110页。

⑤ 韦勒克：《近代文学批评史》（第6卷），杨自伍译，上海：上海译文出版社，2005年，第253-254页。

第四节　欲望世界：心理分析的多恩情缘

兰色姆的《新批评》共有 4 章，其中第 1 章的标题便是 "I. A. 瑞恰兹：心理学批评家"，因为他认为瑞恰兹就是 "从一个心理学家的角度研究诗歌" 的人。[①]事实上，艾略特的感受力理论同样是一个心理学命题。新批评十分重视文本的语言，这是毫无问题的，但新批评并不排斥文本的意义，有时甚至要求互文性研究，比如艾略特就告诫我们，"我们不可能完全理解《炼狱篇》的第三十歌，除非我们对《新生》有所了解"[②]。新批评之所以把一个文本视为自足的客体，是因为任何文本都是一个有机体，既包括了语言，也包括了语义。后来，其中的语言部分更多地被结构主义继承，语义部分则更多地被心理分析继承。这里我们首先讨论心理分析的多恩研究，结构主义的多恩研究则将在下一节另行讨论。

"心理分析" 是西格蒙德·弗洛伊德（Sigmund Freud，1856—1939）于 19 世纪末提出的一个概念，比兰色姆提出 "新批评" 的概念还早 40 多年。1895 年，弗洛伊德与约瑟夫·布罗伊尔（Josef Breuer）合作出版的《歇斯底里研究》（*Studien uber Hysterie*）被视为第一部重要的精神分析著作，"无意识" 的概念便出自其中。1899 年，弗洛伊德在《梦的解析》（*Die Traumdeutung*）中把心灵的能量称为 "力比多"（libido），并提出了梦的四种基本功能：凝聚、置换、象征与再修饰。1909 年，弗洛伊德应邀到美国克拉克大学演讲，其讲稿以《精神分析的起源和发展》（*Uber Psychoanalyse*）为题，后于 1910 年出版，他的思想才逐渐广为人知；而 "心理分析" 开始真正用于文学研究，则是他出版了《超越快乐原则》（*Jenseits des Lustprinzips*，1920）和《自我与本文》（*Das Ich und das Es*，1923）之后的事。所以艾略特在《克拉克讲稿》中虽多次提到心理学将有助于文本分析，却仅在第 2 讲提到弗洛伊德的名字而已；瑞恰兹在《文学批评原理》中虽然引用弗洛伊德《超越快乐原则》中的文字为第三部分第 3 章的题引，却在第四部分第 2 章对 "心理分析家" 滥用 "动机" "性诉求" 等概念的做法提出了严肃批评。[③]不过，正如布莱斯勒所说，心理分析 "最恰当的定位是一种文学阐释的方法，而非一个特定的批评流派"[④]。

关于心理分析的方法，人们众说纷纭，但从根本上说其属个案研究的范畴，

---

① 兰色姆：《新批评》，王腊宝、张哲译，北京：文化艺术出版社，2010 年，第 6 页。

② 艾略特：《传统与个人才能》，陆建德主编，上海：上海译文出版社，2012 年，第 336 页。

③ I. A. Richards. *Principles of Literary Criticism*. New York: Harcourt, Brace & World, 1925, pp. 196, 302.

④ 布莱斯勒：《文学批评：理论与实践导论》（第 5 版），赵勇等译，北京：中国人民大学出版社，2014 年，第 152 页。

至于"压抑""移情""动机""性诉求",以及"无意识""本能""欲望""俄狄浦斯情结"等一系列概念则更多地属于内容的范畴,这也是心理分析区别于其他学派的特点,还都是针对主体性而言的。所以较之于新批评或结构主义,心理分析的突出特点是主体研究。在这个意义上说,布莱斯勒所说的"文学阐释的方法"也就是文学主体性的阐释方法。关于文学的主体性问题,有种理论称其发端于20世纪80年代①,但显然是在不考虑整个学术界而只考虑某个单一文化在某个特殊时期的表现之后得出的结果。因为主体性不但是浪漫主义文学的核心,而且还可以上溯到新理性主义,直至亚里士多德的《诗学》(*Poetics*)。事实上,主体始终是学术界的一个重点讨论话题,即便在解构主义盛行之时也不曾真的被消解。具体到心理分析,其主体性之所以是个案研究,在于弗洛伊德的一系列著作都是基于个案的,是对个案探究的提炼与理论阐释,而且始终处于不断的修正与完善之中。对此,还可以进一步以弗洛伊德及其两大弟子关于"人格结构"的模型变化加以说明。

弗洛伊德模式:

> 动力模型(1分为2)意识:
> 无意识(欲望、野心、恐惧、激情):生的本能
>   死的本能
> 经济模型(2原则)快乐原则:渴望本能冲动
>   现实原则:社会规范
> 解剖模型(1分为3)意识:秩序感,外部世界的纽带
>   潜意识:记忆储存器
>   无意识:被压抑的欲望、思想等
> 结构模型(解剖模型的修正):超我(Super-ego)
>   自我(Ego)
>   本我(Id)

文学创作是作者对其无意识的外化;恋母情结、创作动机、被压抑的欲望。

荣格模式:

> 个体意识
> 个体无意识(与个体意识合为第一系统,意识思考的起点)
> 集体无意识(第二系统,存在形式为原型如影子、阿尼玛或阿尼姆

---

① https://baike.baidu.com/item/文学主体性/7125924?fr=aladdin。

斯等）

在文学中表现为情节模式、意象模式、性格类型等。

拉康模式：

> 想象界：前语言期（愿望、幻想）与镜像期（对象 a）：母亲主宰
> 符号界：语言期（学会识别性征）：父亲主宰
> 实在界：宇宙万物（含人所不及之愿望、知识）
> 文学语言能唤起快乐、恐怖、欲望等无意识深处的东西，让人回忆
> 曾经的完美

也就是说，心理分析之于文学研究具有不同层面，因此既可套用以上模式，也可不予套用；既可选择其中的一种或一个点，也可选择两种或多种而集中于某一共核，比如"欲望""性别"；当然也可综合使用上述模式，用文学作品的分析结果对之加以修改，甚至开发新的模式，比如茱莉亚·克里斯蒂娃（Julia Kristeva）就在拉康模式基础上提出了符号学模式。具体到文学研究，更多的是借用心理分析的基本原理和方法，因此有倾向弗洛伊德而研究性指向的，有倾向卡尔·古斯塔夫·荣格（Carl Gustav Jung，1875—1961）而研究原型的，也有倾向雅克·拉康（Jacques Lacan，1901—1981）而研究表征的。此外还有其他多种倾向与研究视角，不一而足。再具体到多恩研究，则是以多恩诗的表达方式为依据，以死亡、爱情、欲望、真诚、焦虑为对象，以弗洛伊德的无意识理论为指导，在一定的"话语体系"中，对多恩的感受力和多恩诗的晦涩、悖论等加以解读的。所以多恩研究中的心理分析与其说是理论或模式，不如说是策略和手段，用露西·伊丽加莱（Lucy Irigary）的话说，"弗洛伊德的话语代表着一种特殊的社会文化，那是自希腊时代就存在于西方世界的[……]就此而论，弗洛伊德所做的解释还是有用的"[1]。正是由于这种功能性特征，心理分析大多旨在探究多恩诗究竟说了什么，它体现了诗人怎样的内心真相。这两个问题分别指向两种研究：前者指向文本研究，后者指向作者研究；前者从多恩诗的角度挖掘主体性，后者从主体性的角度解码作品中的心理描写；前者着重探究意象的象征性，后者则表现为心理传记的阐释性。

这两种研究的直接原因是新批评理论家把多恩视为标杆式的诗人，但其思想基础却早在新批评之前就已奠定。在上一章的第六节，我们曾分析过杰索普与戈斯。杰索普在《圣保罗前教长约翰·多恩》的前言中直言不讳地表示，他本人"没有足够的热情去把握作为诗人的多恩；而多恩的声誉之所以延续至今，则恰

---

[1] Luce Irigaray. "Women's Exile: Interview with Luce Irigaray". In Deberah Cameron (Ed.), *The Feminist Critique of Language: A Reader*. London: Routledge, 1990, p. 82.

好因为他是一个诗人"[1]，所以他把辛苦收集的材料转交戈斯，因为他相信只有戈斯才能胜任这一工作。杰索普的兴趣在于多恩的教长身份而非诗人身份，戈斯则将多恩的两重身份结合起来，出版了《多恩的生平与书信集》。但戈斯也遇到了一个难题，就是如何阐释多恩诗中的玩世不恭。杰索普的办法是避而不谈；戈斯则以多恩的爱情诗为语料，杜撰了多恩与一位已婚妇女的暧昧关系的故事，用以解释"可爱的女人啊，你多想你的丈夫能死去"（《嫉妒》第1行）和"当我死于你的轻蔑，啊，女杀手"（《幽灵》第1行）等诗行，因为在他看来，这样的诗行感情强烈、现实主义色彩极为浓厚，非有婚外情不能写出。这个杜撰虽已成为多恩研究的一个笑柄，但戈斯却开启了以诗释人的先河。他不像杰索普只把多恩看作一位了不起的圣徒，而是把多恩看作一个真正的普通人。杰索普认为《上床》《幽灵》这样的作品，语气并不真诚，说明多恩在本质上是虔诚的；戈斯则认为这些作品的语气非常真诚，因为它们反映着多恩的坦诚、直率、焦虑、欲望、抱负，是把隐藏于心的激情与冲动，亦即别的诗人不愿袒露的潜在意识，毫无保留地呈现在读者面前，这是只有真诚地面对自己、真诚地面对读者、真诚地揭示内心秘密的人才能做到的。尽管戈斯不像弗洛伊德把多恩视为一个精神病人，但他的方式却已经涉及探究意识与无意识之间的关系。

在20世纪前半叶，人们虽然对戈斯所杜撰的故事嗤之以鼻，但至少对于直至20年代的大多数读者而言，他们都相信戈斯的基本结论，即多恩的《歌与十四行诗集》《挽歌集》《讽刺诗集》和《神学诗集》清晰地反映了多恩的生平、真实地记录了多恩所经历的具体事件和情感变化。比如凯伦·T. 塞科姆（Karen T. Seccombe）和 J. W. 奥尔登（J. W. Alden）就在他们合著的《莎士比亚时代》（The Age of Shakespeare, 1903）中认为"多恩尽管怪诞，却写出了自己的经验。他的抒情诗不是纯粹的激情，他也不可能爱得简单"[2]。贺拉斯·安斯沃思·伊顿（Horace Ainsworth Eaton）在《多恩的〈歌与十四行诗集〉》（"The 'Songs and Sonnets' of John Donne"，1914）中也认为，多恩的爱情诗真实地反映了多恩的青春时代，无论痛心于女性的不忠，还是醉心于打情骂俏，即便是对伴侣的斥责，也全都写得非常逼真，并由此得出结论说："多恩的肉体和灵魂都受制于强烈的青春期激情，他的诗充满了多变而复杂的感官色彩，而使他脱颖而出的是一种更高的情感，那是一种神秘的情感，是他心中的人性。"[3]这些评论全都旨在通过作品来揭示多恩的人格，因此也都具有强烈的主体性特征。

进入20世纪30年代以后，因新批评的影响越来越大，主体性探究逐渐让位

---

① Augustus Jessopp. *John Donne: Sometime Dean of St Paul's A. D. 1621-1731*. London: Methuen, 1905, p. viii.

② T. Seccombe, J. W. Allen. *The Age of Shakespeare*. Vol. 1. London: George Bell and Sons, 1903, p. 166.

③ Horace Ainsworth Eaton. "The 'Songs and Sonnets' of John Donne." *Swansea Review* 22 (1914): p. 72.

于客体研究。1936 年，海伦·C. 怀特（Helen C. White）就在《玄学诗人：宗教体验研究》（ *The Metaphysical Poets: A Study in Religious Experience* ）中，针对从传记角度进行的诗歌阐释提出过这样的警告："用传记阐释诗歌是个立竿见影的诱惑；较之于绝大多数诗人，多恩的例子中有着更为充分的借口。"[①]但具体到多恩研究，主体性探究并未停止。对此，拉森在她的《多恩与 20 世纪批评》（ *John Donne and Twentieth Century-Criticism* ，1989）中有过专门论述，并列举了1931—1979 年的部分实例为据，包括约翰·斯帕罗（John Sparrow）论《上床》（1931）、梅里特·Y. 休斯论《出神》（1932）、乔治·R. 波特论多恩的婚外情（1936）、道格拉斯·帕特森（Douglas Peterson）论多恩的《歌与十四行诗集》（1967）、鲍尔德论《日出》与《封圣》（1970），以及马罗蒂论《出神》（1974）等。拉森对它们的评价是：全都有一个共同主题，即"多恩与其他诗人不同。他的人生和他的诗歌有那么多的相同点，要想避免传记式的阅读是完全不可能的，哪怕这些阅读在多恩的例子中导致更多的混乱而非启迪，依据常常也都是关于诗人的态度与行为的早已有之的观点"[②]。

拉森还以较大的篇幅，以《圣露西节之夜》为例，就诗中的主人翁究竟是谁的问题所给出的多种解读以及由此而来的有关该诗的具体创作时间的各种看法，给出了她自己的评价。其中便包括了克雷·亨特（Clay Hunt）的"焦虑说"、海伦·C. 怀特的"精神斗争说"、辛普森的"忧郁说"、鲍尔德的"欲望说"、约翰·凯里的"叛教说"等。[③]对这些说法的讨论，看上去颇像专题研究而非心理传记，这是因为拉森在论述过程中已经将传记与文本编辑和文本研究联系在一起。事实上，即便是传记也确实带上了研究的性质。比如约翰·凯里的《约翰·多恩：生平、心理和艺术》（ *John Donne: Life, Mind and Art* ，1981）。作为一部传记作品，其书名和章节名都颇似研究性著作：全书共计 9 章，除"导论"外，各章的标题依次为"叛教""叛教的艺术""抱负""抱负的艺术""肉身""变化""死""理性的危机""想象的角落"。这样的标题本身就显示，这是一本与众不同的传记作品。在该书的"导论"中，约翰·凯里以"本研究"为起笔，对他的写作计划做了言简意赅的说明：

> 本研究将努力显示，多恩有关原罪、神的选择、复活、死后的灵魂状态等焦点问题的思想，就像他那些有关爱情和女人的诗一样，都是从完全相同的想象中创造出来的。它们并不是什么乏味的支线，而是生机

① Helen C. White. *The Metaphysical Poets: A Study in Religious Experience*. New York: Macmillan, 1936, p. 102.

② Deborah Aldrich Larson. *John Donne and Twentieth-Century Criticism*. London: Associated UP, 1989, p. 75.

③ Deborah Aldrich Larson. *John Donne and Twentieth-Century Criticism*. London: Associated UP, 1989, pp. 79-82.

勃勃的整体中的成员，彼此照耀，也彼此被照耀。[①]

为了这一目标，他在书中经常地、大量地、贯穿始终地引用多恩的作品。关于多恩的作品，这里需要补充说明的是，自格里厄森的《多恩诗集》之后，20世纪对多恩诗的编辑出现了一个新的趋势，那便是把不同题材或不同体裁的诗单列出来，比如海伦·加德纳就先后主编了《多恩神学诗集》（*John Donne: Devine Poems*，1952）与《多恩挽歌集》（*John Donne: The Elegies and the Songs and Sonnets*，1965）。此外还有西奥多·雷德帕思（Theodore Redpath）主编的《多恩的歌与十四行诗集》（*The Songs and Sonnets of John Donne*，1983），以及前面提到的米尔盖特主编的《多恩的讽刺诗、警句诗与诗信》等。拉森除了引用这些新的作品集之外，还引用了《论自杀》《应急祷告》《神学文集》《依纳爵的加冕》《伪殉道者》以及乔治·R.波特和辛普森主编的 10 卷本《布道文集》、格里厄森主编的 2 卷本《多恩诗集》、赫福德和辛普森主编的 11 卷本《琼森文集》、辛普森主编的《多恩散文选》（*John Donne: Selected Prose*）和鲍尔德的《多恩传》。

鲍尔德的《多恩传》同样经常地、大量地、贯穿始终地引用多恩的上述作品，而且引用版本更多，同时还引用了别的著作，如沃尔顿的《多恩传》、杰索普的《圣保罗前教长约翰·多恩》，以及包括《英国人物传记词典》在内的 18 种其他历史文献。但他的《多恩传》共计 17 个章节，是严格依据多恩的生平来安排的，而且还有 4 个非常实在的附录。全书不但史料更加充实，语气也更为客观。比如多恩的宗教信仰问题，鲍尔德使用的术语为"走向圣殿"（step to the temple）、"接受圣职"（take Holy orders）、"进入教会"（enter the Church）、"转向教会"（turn to the Church）等。[②]而约翰·凯里用的则是"变节"（Apostasy）。"变节"是个明显具有贬义色彩的术语，不仅仅只是开头两章的标题用语，更是鱼贯全书的一条基本主线。约翰·凯里的用意非常明确，多恩一生都承受着背叛与不忠的折磨。正因为如此，多恩的爱情诗，在约翰·凯里笔下，也大都表现的是背叛与不忠的主题，充满了"没有一个女子忠贞而美丽"的思想，就连《封圣》这样的诗也"伴随着对亵渎神灵的愤怒"[③]。甚至多恩的宗教诗，在约翰·凯里的笔下，也充满矛盾、分裂与痛苦："多恩的'神圣十四行诗'源于他重新进入宗教氛围的痛苦体验。虽然他从来没有否认自己是个基督徒，但他却似乎感觉到自己已经失去了上帝。"[④]他说《特威克楠花园》貌似是

---

① John Carey. *John Donne: Life, Mind and Art.* New York: Oxford UP, 1981, p. 14.

② R. C. Bald. *John Donne: A Life.* New York and Oxford: Oxford UP, 1970, pp. 263-301.

③ John Carey. *John Donne: Life, Mind and Art.* New York: Oxford UP, 1981, p. 43.

④ John Carey. *John Donne: Life, Mind and Art.* New York: Oxford UP, 1981, p. 46.

献给贝德福德伯爵夫人的诗，实际上"取而代之的是多恩的自我"①。类似的例子俯拾皆是。

约翰·凯里《约翰·多恩：生平、心理和艺术》第 1 章的起句是"关于多恩，需要记住的第一件事是他是一个天主教徒，第二件是他背叛了他的信仰"②。最后一章的（也是全书的）结束句为"多恩坚信'没有人是座孤岛'，这与他创作中的自我中心（egotism）一道，表明了他融入人类的迫切愿望与无处逃遁的个人品性（selfhood）的彼此激励与彼此阻挠"③。该书中间的每一章都围绕一个主题，每个主题也都以内心的彷徨、焦虑、挣扎、煎熬为重点。这并不是说约翰·凯里没有记录多恩的阳光与积极的一面，但阳光与积极却并非全书的重点，比如第 3 章就是以"抱负"为题、以多恩的世俗进取为中心展开的，但结论却是"当我们想到《歌与十四行诗集》的作者时，涌上心头的形象不应该只包括年轻的浪子和叛教者，还应该包括颜面尽失的侍臣"④。从书名到章节名，从基本主线到实例分析，整部著作都打上了心理传记的烙印，堪称拉康的人格结构理论的一次形象诠释，尽管落脚点却是弗洛伊德的"自我"。

约翰·凯里笔下的心理分析性质，如果与约翰·斯塔布斯或罗宾斯比较，则更加明显。约翰·斯塔布斯的《多恩：革新的灵魂》首次在西方学者中明确提出多恩生平三阶段划分，以通俗的文笔和 23 章的篇幅讲述了多恩的成长史，其给人的总体感觉是书中的多恩诗几乎可以忽略不计，一是因为引用不多，二是即便引用也大多限于一个诗节，全诗引用的只有《天父颂》。⑤罗宾斯的《多恩的诗人生涯》按惯例做法分 11 章，其最大特点是：在 139 页的篇幅中，近乎一半都是多恩诗，而且都与多恩的生平全然吻合，比如他说多恩出生于天主教耶稣会家庭，所以就写了《圣物》⑥，又比如他认为多恩因与安妮结婚，于是写了《封圣》《上床》《日出》⑦，而且都说得有如铁板钉钉一样，并且只有引用而没有任何阐释。抛开这三部传记的高低不论，仅就传主的主体性而言，约翰·凯里的《约翰·多恩：生平、心理和艺术》是迄今为止最为突出的一部，也是走入传主内心最深的一部。约翰·斯塔布斯与罗宾斯的传记都写于 21 世纪，这更加彰显了约翰·凯里的难能可贵。

即便较之于 20 世纪的各种《多恩传》，约翰·凯里的作品也是最接近心理

---

① John Carey. *John Donne: Life, Mind and Art*. New York: Oxford UP, 1981, p. 49.

② John Carey. *John Donne: Life, Mind and Art*. New York: Oxford UP, 1981, p. 15.

③ John Carey. *John Donne: Life, Mind and Art*. New York: Oxford UP, 1981, p. 279.

④ John Carey. *John Donne: Life, Mind and Art*. New York: Oxford UP, 1981, p. 93.

⑤ John Stubbs. *Donne: The Reformed Soul*. London: Penguin Books, 2006, p. 405.

⑥ Nicholas Robins. *Poetic Lives: Donne*. London: Hesperus Press Ltd., 2011, pp. 9-10.

⑦ Nicholas Robins. *Poetic Lives: Donne*. London: Hesperus Press Ltd., 2011, pp. 64-69.

分析的一部，其不但直接使用了"自我"（ego）、"意识"（conscious）、"无意识"（unconscious）之类的术语，而且全书都体现着弗洛伊德的本能欲望、荣格的生死原型、拉康的失落与回忆等思想。比如荣格就这样说过"我们最好把创作过程看成是一种扎根在人心中的有生命的东西。在分析心理学的语言中，这种有生命的东西就叫做自主情结（autonomous complex）。它是心理中分裂了的一部分，在意识的统治集团之外过着自己的生活"[1]。但从本质上说，约翰·凯里撰写的《约翰·多恩：生平、心理和艺术》，并非基于弗洛伊德、荣格、拉康，他只是以多恩的改宗为主线，突出了这一事件之于多恩的巨大心理作用及其在多恩诗中的再现。以往的《多恩传》都将多恩的一生分为前后两个阶段，约翰·凯里则认为多恩是始终如一、前后一致的。他突显多恩的改宗，聚焦于多恩的顾虑，大量引用多恩的作品，或许旨在表明"每一个富于创造性的人，都是两种或多种矛盾倾向的统一体"[2]，而多恩就是这样的人，多恩诗是他"心中有什么的东西"。由于心理传记的主人翁是传主，所以心理传记的突出优势在于彰显传主的主体性，但其明显的劣势则在于往往将诗人和说话者混为一谈。

与心理传记从作者角度去阐释文本不同，心理分析倾向于从文本角度去阐释多恩的欲望世界。需要特别指出的是，由于文本的开放性，这一视角的研究往往与其他理论联系在一起，比如文化批评或女性主义等。此外，较之于心理传记的系统性，这一视角的研究更多地倾向于某一方面的探究，因而具有更强的专题性，比如亚瑟·L. 克莱门茨（Arthur L. Clements）对多恩《歌与十四行诗集》中的"厄洛斯"（eros）的研究。

在弗洛伊德的"人格结构"动力模型中，人格的非理性部分是欲望、野心、恐惧、激情等的隐藏之所，包括人的两种本能，一是生的本能，一是死的本能。弗洛伊德把前者称为厄洛斯或性本能（sexual instinct），把后者称为毁灭性本能（destructive instinct）或侵略性本能（aggressive instinct），弗洛伊德后来把性本能改称"力比多"。在弗洛伊德那里，厄洛斯、性本能或"力比多"都是存在于无意识之中的，往往以做梦、口误、失忆、放错东西、读错文字、行为倒错等方式呈现于意识层面，而文学艺术则是厄洛斯这种本能的形象表达之一。克莱门茨在其《冥想诗：多恩、赫伯特、沃恩与现代》（*Poetry of Contemplation: John Donne, George Herbert, Henry Vaughan, and the Modern Period*，1990）中讨论多恩的爱情诗时，专门论述了其中的"厄洛斯"主题，其中的部分内容在两年后以《〈歌与十四行诗集〉中的厄洛斯》（"Eros in *The Songs and Sonnets*"）为题，收录进由他主编的诺顿批评版《多恩诗集》（1992）所附的"批评文选"

---

[1] 荣格：《心理学与文学》，冯川、苏克译，南京：译林出版社，2014年，第78页。

[2] 荣格：《心理学与文学》，冯川、苏克译，南京：译林出版社，2014年，第103页。

（Criticism）中。

在赫西俄德（Hesiod）的《神谱》（*Theogony*）中，爱神厄洛斯是原始神之一："在不朽的诸神中数她最美，能使所有的神和所有的人销魂荡魄呆若木鸡，使他们丧失理智，心里没了主意。"①在柏拉图的《会饮篇》中，爱神既是原始神，也不是原始神，依据则是他的出生："年长的那一位不是从母亲的子宫里产出来的，而来自苍天本身，我们称之为天上的阿佛洛狄忒（Aphrodite）；年轻的那一位是宙斯（Zeus）和狄俄涅（Dione）生的，我们称之为地下的阿佛洛狄忒。由此可见，爱在这两位女神的陪伴下才起作用，因此爱也应当分为天上的爱和地下的爱。"②在《圣经》中，亚当（Adam）和夏娃（Eve）被逐出伊甸园意味着既有一个完美的世界，也有一个堕落的世界，而耶稣基督就是这两个世界的桥梁。英国文学史上，对爱之于这两个世界的最富想象力的再现的，当属弥尔顿的《失乐园》，它把以伊甸园为代表的纯洁无瑕的自然界、以撒旦为代表的自大虚伪的堕落世界，以及亚当夏娃的爱情故事和对他们的命运的艰难抉择，写成了前无古人后无来者的史诗绝唱。C. S. 刘易斯（C. S. Lewis）则从基督教的大爱角度，写出了著名的《四种爱》（*The Four Loves*, 1960）：亲情之爱（Storge）、友情之爱（Philia）、欲望之爱（Eros）和仁慈之爱（Agape）。③这些论述，或是科学的或是神学的，或是文学的或是历史的，全都涉及爱与世界的关系，比如在汪咏梅的译本中，C. S. 路易斯的《四种爱》就在目录页之前的插页用多恩的诗句为全书的题句："爱不会扼杀我们，/也不会自行消殒。"④克莱门茨就是在这样的背景中来研究多恩的爱情诗的。

克莱门茨的独特之处在于，第一，他把多恩的爱情诗分为三个组别：第一组是表现爱的无常、虚伪和残缺的诗，属于反彼特拉克传统，核心是肉体之爱；第二组是表现真爱的诗，既写肉体也写精神，都以忠贞不渝为主题；第三组则是表现柏拉图式的爱的诗，没有性爱指向性，在一定程度上属于彼特拉克传统，核心

---

① 赫西俄德：《工作与时日·神谱》，张竹明、蒋平译，北京：商务印书馆，2015 年，第 31 页。

② 柏拉图：《柏拉图全集》（第 2 卷），王晓朝译，北京：人民出版社，2003 年，第 217 页。

③ 刘易斯的《四种爱》有多种汉译本，每种译本都在目录页显示为五种爱，译名也不完全统一。有的译为"对低于人类的事物的喜欢和爱""慈爱""友爱""情爱""仁爱"，见刘易斯：《四种爱》，王鹏译，北京：外语教学与研究出版社，2010 年。有的译为"物爱""情爱""友爱""爱情""仁爱"，见路易斯：《四种爱》，汪咏梅译，上海：华东师范大学出版社，2013 年。有的译为"物爱""慈爱""友爱""情爱""仁爱"，见刘易斯：《四种爱》，曹晓玲译，成都：四川文艺出版社，2014 年。刘易斯所谓的"四种爱"指的是后面四种。

④ 路易斯：《四种爱》，汪咏梅译，上海：华东师范大学出版社，2013 年，目录前插页。

是精神之爱。[①]第二，他所讨论的主题是"厄洛斯"，亦即欲望之爱，或弗洛伊德的生命本能，因此主要内容是多恩的第二组爱情诗。

> 第一组大多是写于 1599 年前的诗，第二组大多写于 1599 年或之后，这样的可能性意味着多恩很可能真的经历了等同于一个"信仰转换"的历程，它通过厄洛斯的幻象（the Vision of Eros）的形式，实现了真爱的根本转变。他的诗就是实现这种转化的可能性（如果不是确切性的话）的有力证据。[②]

克莱门茨以多恩的《封圣》为例指出，诗中的一对恋人宁愿为爱而死，说明该诗是一首表现性爱的作品，但诗人却在这一过程中呈现了两个世界，分别对应于两个自我：一个是完美的自然界，包括各种各样的造物；另一个则是坠落的世界，虚伪、自大、不真。我们知道，《封圣》的开头 2 节以虚伪为主，到第 3 节则笔锋陡转，通过惯用的巧思和悖论引出了一个严肃的思想，即人间的爱既是世俗的，也是神圣的。在克莱门茨的组别划分中，《封圣》的开篇 2 节在意象上是反彼特拉克的，属于第一组；而在主题上则接近柏拉图式的爱，属于第三组。克莱门茨还进一步指出：当读者被诗的开篇 2 节带入一个误区，认为这对恋人的爱无足轻重的时候，第 3 节却将那种误解彻底扭转过来，并依据文艺复兴时期所公认的存在链观念，开始自下而上地呈现两位恋人的转型与升华。在此基础上，克莱门茨逐一分析了"蜉蝣""灯芯""雄鹰""鸽子""凤凰"的象征意义，尤其是凤凰所象征的基督的复活，他指出：

> 所以两位恋人因为爱而成为一体，他们在火一样的激情中耗尽了自己，却又重拾元气，经历了一个死而复生的过程。[……]《封圣》不仅仅是愤世嫉俗地用些充满神秘色彩的术语去智慧而理性地论证说话者的爱（他的朋友也许会称之为肉欲）。毋宁说，它是一首关于爱的巨大力量的诗，那种力量能将卑微化作伟大，能把存在链上的至低之物提升为至高之物，能使灯芯、蜉蝣以及所有罪人都神秘地转化为端坐在上帝身旁的圣徒。那个朋友确实应该看在上帝的份上闭嘴，让这对恋人相恋。[③]

---

① 格里厄森也曾把多恩诗分为三组，第一组是那些玩世不恭的诗，第二组是表达真爱的诗，第三组是彼特拉克式的宫廷诗。见格里厄森《多恩诗集》（1912 年）下卷第 9—10 页。格里厄森是按风格和内容来划分的，克莱门茨则转而按时间来划分。

② Arthur L. Clements. "Eros in The Songs and Sonnets." In Arthur L. Clements (Ed.), *A Norton Critical Tradition: John Donne's Poetry*. New York and London: W.W. Norton & Company, 1996, p. 241.

③ Arthur L. Clements. "Eros in The Songs and Sonnets." In Arthur L. Clements (Ed.), *A Norton Critical Tradition: John Donne's Poetry*. New York and London: W.W. Norton & Company, 1996, p. 235.

克莱门茨把《封圣》看作第二组的代表，所以该诗的思想和艺术特征也被当作《赠别：我的名字在窗上》（"A Valediction: Of My Name in the Window"）、《出神》、《赠别：节哀》、《爱的无限》、《日出》、《周年》等的共同特征。克莱门茨把真爱看作肉欲与神圣的结合，小宇宙与大宇宙的彼此交融，自我认识的途径，认为真爱具有超越时空的、宛若基督一般的品质，充满了欢乐、安宁、神佑、激情等，这就是"厄洛斯的幻象"。他还用以关照第一组作品，认为《爱的高利贷》《流星》《诅咒》《爱的炼金术》等"一般都缺乏'精神的'品质[……]此外，也没有忠诚、温柔，以及神佑的幸福联合等第一组的内容。第一组所呈现的是变节、愤怒、苦涩、恶意、嘲弄、蔑视、复仇、憎恨、妒忌、敌意，以及一种绝望的或烦躁的乐趣"①。究其原因，克莱门茨的解释如下：

> 这些诗都是坠落世界里的分裂而焦虑的心灵（psyche），被驱使着要抓住今朝（当然是出于伟大的巧智，但归根结底是出于对死亡的恐惧），在脆弱的肉体腐烂之前努力找寻绝望的快乐。这些分裂的诗呈现的是幻象的失败，看不到爱人的优点和真相，只满足于看到一个活体（soma）而占有她、抛弃她。相反，第二组则意识到主体与客体的关系是完全真实的，因而两个恋人就是一个人，享有神佑，没有惧怕，只有安宁的永恒当下（eternal now-moment），所以它们所呈现的是一体化的诗，是复活后的自我，通过具有统摄力的厄洛斯幻象实现了灵魂与肉体的和解与升华，能将爱人看成他或她自身：神圣、有如基督一般、自身的本质存在。②

克莱门茨的突出特征，与其说是从文本角度去探究多恩的爱情诗，不如说是从厄洛斯的角度去探究多恩诗的真爱主题。克莱门茨的主题其实并不复杂，说白了就是灵与肉的统一乃爱的本质，这本身就是文艺复兴诗人的共识，因此并无多少新意。但将其归入厄洛斯的幻象，并对之进行如此深入的分析，还据此而把多恩的爱情诗细分为三个组别，这却是其他人所不曾做过的。此外，厄洛斯的故事具有多个版本，其源头虽是古典的，其源流却与至爱有关，这就为克莱门茨从基督教的角度重新诠释厄洛斯之爱提供了可能，使他能最终在耶稣基督的身上体现至爱的伟大力量，从而利用基督的神子与人子的双重身份，顺理成章地突出多恩

---

① Arthur L. Clements. "Eros in The Songs and Sonnets." In Arthur L. Clements (Ed.), *A Norton Critical Tradition: John Donne's Poetry*. Clements. New York and London: W.W. Norton & Company, 1996, p. 240.

② Arthur L. Clements. "Eros in The Songs and Sonnets." In Arthur L. Clements (Ed.), *A Norton Critical Tradition: John Donne's Poetry*. Clements. New York and London: W.W. Norton & Company, 1996, p. 241.

诗的世俗爱与宗教爱的紧密结合。最后，克莱门茨的章节名，连同这里所引的焦虑、快乐、真相等术语，以及全文的具体展开，都明显具有心理分析的特色。

在《无意识心理学》（*The Unconscious Psychology*，1917）中，荣格提出了"阿尼玛"（anima）的概念。后来他又在《心理类型》（*Psychological Types*，1920）中把"某种纯粹的心理因素"或"无意识内容的化身"称为"阿尼玛"，用以界定"男性的女性意象"。①他还对"灵魂意象"作了这样的解释："有时这些意象完全不为我们所知，或者是神话的人物。就男人来说，阿尼玛通常被无意识人格化为一个女性；而对女人来说，其阿尼姆斯则通常常被人格化为一位男性。"②我们知道，拉丁语的名词有 7 个格和 5 种变格法，anima（阿尼玛）是第一变格法单数主格，animus（阿尼姆斯）为第二变格法单数主格，二者都表示"灵魂"之义，相当于英语的 psyche 或 soul，《柯林斯拉丁语—英语双向词典》（*Collins Latin Dictionary & Grammar*）对 anima 和 animus 的解释，分别用了 8 个和 17 个英文单词，其中 soul、mind、spirit 便是共有词汇。③在《心理学与文学》（*Psychology and Literature*）中，荣格不但把阿尼玛作为三大原型之一，认为它"可以在人格化的形式中被直接地体验到"④，而且还正确地指出"拉丁语中 animus（精神）和 anima（灵魂）与希腊语 anemos（风）是同一个词"⑤。也就是说，仅在学理层面，从柏拉图到荣格的漫长时间里，都有人认为灵魂具有雌雄同体的特点。所以即便在女性主义内部，也有人从雌雄同体角度理解阿尼玛与阿尼姆斯。弗吉尼亚·拉姆齐·莫林斯科特（Virginia Ramey Mollenkott）的《约翰·多恩与雌雄同体的局限》（"John Donne and the Limitations of Androgyny"，1981）就与此有关，但她的主旨却正如她的文章标题所示，在于探究"雌雄同体的局限"。

莫林斯科特首先指出了雌雄同体概念的源头，包括《圣经》中的神人结合以及基督与教会，也包括彼特拉克传统、新柏拉图主义、炼金术等，并对雌雄同体的类型作了简要的归纳，包括"平衡/辩证"型、"阴阳人"型和"小宇宙"型等。⑥但是，学术上的归类是一回事，文学创作是另一回事，所以我们发现，莫林斯科特在分析多恩作品时，更倾向于"二合一"这一基本思路，是从意象角度进行的。比如她把《封圣》视为"平衡"型，把《出神》、《早安》、《情人节

---

① 荣格：《心理类型》，吴康译，南京：译林出版社，2014 年，第 245 页。

② 荣格：《心理类型》，吴康译，南京：译林出版社，2014 年，第 516 页。

③ 《柯林斯拉丁语—英语双向词典》，北京：世界图书出版公司，2013 年，第 14 页。

④ 荣格：《心理学与文学》，冯川、苏克译，南京：译林出版社，2014 年，第 57 页。

⑤ 荣格：《心理学与文学》，冯川、苏克译，南京：译林出版社，2014 年，第 8 页。

⑥ Virginia Ramey Mollenkott. "John Donne and the Limitations of Androgyny." *Journal of English and Germanic Philology* 80.1 (1981): pp. 23-24.

祝婚曲》和《解体》（"The Dissolution"）视为"小宇宙"型，把《担保》、《圣物》、《致贝德福德夫人的挽歌》（"Elegy to the Countesses of Bedford"）和《萨福致菲莱尼斯》看作"柏拉图式"，把《神圣十四行诗 18》（"Holy Sonnet XVIII"）以及散文《应急祷告》和《布道文集》中的部分描写，看作"圣经模式"等。①但莫林斯科特也同时指出："多恩尊重并使用雌雄同体的诸多意象，包括圣经的意象和新柏拉图主义的意象，但他却没能做到平等地加以使用，因为他戴着类型化的固有的男尊女卑这副有色眼镜。当他紧扣圣经意象时，他能超越男尊女卑的等级观念，能意识到完美的融合不是作为个体的男女之间的结合，而是个体内部的阴阳结合，甚至神的本质的内在结合，但他自己却依旧是个性别主义者。"②莫林斯科特的结论是：

> 多恩能如此自由地用雌雄同体，可又未就蕴藏其中的平等主义做出回应，这就迫使我们必须重新教育自己，重新审视有关男女平等的价值问题。只有尊重彼此的完整价值，文明才有可能抵制那种把一种价值观纳入另一种价值观的企图。对于诸如"男性化的"光明与温暖或"女性化的"阴暗与冷漠之类，如果不能确定它们的价值，我们也要提醒自己，这些关系都是数百年的父权制的产物，也都是父权制制造出来的。③

可见，莫林斯科特的针对性是双向的，一是多恩作品中的使用，二是批评界的理解。前者的局限在于它们都囿于传统的类型化概念之中，唯有《布道文》中的某些意象能摆脱那种成见；后者的局限则在于"荣格认为，每个人都是雌雄同体的"④，但理解这一理论之于现代的意义则表现了不同的价值取向。根据莫林斯科特所言，关于雌雄同体，现在存在两种趋势。一种趋势是企图彻底消除传统的性别特征，包括那些与自然现象和人类特征相关的象征性表述，转而创造一种全新的神话，把一切角色与属性都仅仅看作人性的，而非性别的。在莫林斯科特看来，这种企图的最大问题是会在现代人与传统文化之间挖一条巨大的鸿沟，而我们的后人则将无从理解文学、艺术、炼金术、占星术、《圣经》等所蕴藏的两性特征及其价值。另一种趋势则是企图探究和重新诠释雌雄同体意象，借以重新

---

① Virginia Ramey Mollenkott. "John Donne and the Limitations of Androgyny." *Journal of English and Germanic Philology* 80.1 (1981): pp. 24-31.

② Virginia Ramey Mollenkott. "John Donne and the Limitations of Androgyny." *Journal of English and Germanic Philology* 80.1 (1981): p. 34.

③ Virginia Ramey Mollenkott. "John Donne and the Limitations of Androgyny." *Journal of English and Germanic Philology* 80.1 (1981): p. 37.

④ Virginia Ramey Mollenkott. "John Donne and the Limitations of Androgyny." *Journal of English and Germanic Philology* 80.1 (1981): p. 28.

评估我们的价值观。莫林斯科特认为，某些意象无疑具有负面的评价性特点，理应加以拒绝，但重视传统文化关于两性品质的评价却能丰富我们的人性，所以"通过重新阐释、重新塑造、重新评估传统的两性关系与雌雄同体，现代男人便可享受他们的身体之根与激情之根，现代女人也能享受她们的智慧力量与精神力量"①。莫林斯科特实际上是从创造与继承两个角度，总结了现代人对雌雄同体的基本态度，并以多恩的作品为例加以阐释。

这种阐释的结果，连同雌雄同体的概念本身，都并非心理分析的主流，但阐释本身却是包括心理分析在内的几乎所有文学批评的基本方法。所以进入 20 世纪 80 年代后，人们对多恩的各种阐释性解读可谓方兴未艾，其中自然不乏从心理分析角度进行的各种解读。以穆斯勒主编的《当代多恩研究文集》为例，全书共收录 10 篇文章，其中 5 篇都涉及心理分析，占了全书一半的篇幅，包括娅乔萨·桂伯瑞（Achsah Guibbory）的《"哦，别让我这样侍候"：多恩〈挽歌集〉中之爱的政治》（"'Oh, Let Mee Not Serve So': The Politics of Love in Donne's *Elegies*"）、凯瑟琳·贝尔西（Catherine Belsey）的《约翰·多恩的欲望世界》（"John Donne's World of Desire"）、芭芭拉·耶斯特林（Barbara Estrin）的《小改变：对彼特拉克与斯宾塞诗学的背叛》（"Small Change: Defections from Petrarchan and Spenserian Poetics"）、伊丽莎白·哈维（Elizabeth Harvey）的《矩阵隐喻：助产术与声音概念》（"Matrix as Metaphor: Midwifery and Conception of Voice"）和斯坦利·费什（Stanley Fish）的《男性说服力：多恩与语言力量》（"Masculine Persuasive Force: Donne and Verbal Power"）。仅从这些标题就可看出，5 篇文章中，有倾向于弗洛伊德的，比如伊丽莎白·哈维和贝尔西；有倾向于荣格的，比如桂伯瑞；还有跨越这种倾向的，比如斯坦利·费什。所谓"倾向于"是指重心，而非排除其他倾向，比如克莱门茨就更倾向于荣格，因为厄洛斯本身就带有原型的特点。所谓"跨越"也不是抛弃，而是基于几种模式基础之上的拓展，比如克莱门茨就将厄洛斯拓展到基督。也就是说，穆斯勒文集中的 5 篇文章，从心理分析的策略角度看都不是结论性的，这是因为心理分析的结论往往是流动的，犹如那个被称为二主一仆的"自我"。在这些文章中，最能体现欲望主题的是贝尔西的《约翰·多恩的欲望世界》。

贝尔西是英国著名的文艺复兴文学专家和文学批评家，《约翰·多恩的欲望世界》出自她 1994 年出版的《欲望：西方文化中的爱情故事》（*Desire: Love Stories in Western Culture*）一书。全书由两个部分共计 8 章组成，即第一部分"现在的欲望"，包括"绪论：书写欲望""阅读爱情故事""理论中的欲望：

---

① Virginia Ramey Mollenkott. "John Donne and the Limitations of Androgyny." *Journal of English and Germanic Philology* 80.1 (1981): p. 38.

弗洛伊德、拉康、德里达" "后现代爱情"；第二部分"他时代的欲望"，包括
"亚瑟王宫里的通奸" "多恩的欲望世界" "恶魔情人们" "未来：欲望与乌托
邦"。横贯全书的基本思想是：欲望是人的本能，而文学则是欲望主题的最为严
肃的呈现方式。为了说明这一思想，她从当代的流行作品入手，以颂扬真爱的浪
漫故事为切入点，在分析了后现代小说中的怀疑态度之后，进而探究历史上的作
家们对激情的表现方式，包括克雷蒂安·德·特罗亚（Chretien de Troyes）、马
洛里、斯宾塞、莎士比亚、多恩、济慈、坡、丁尼生和布莱姆·斯托克（Bram
Stoker）等。她还探讨了欲望之于柏拉图、莫尔、莫里斯等的乌托邦书写的意
义，以及夏洛特·珀金斯·吉尔曼（Charlotte Perkins Gilman）、玛吉·皮尔斯
（Marge Piercy）等女性先锋作家对欲望的处理。可见这是一部在历史的时间轴上
讨论文学中的欲望主题的专门论著。

　　《约翰·多恩的欲望世界》属于原书第 6 章，亦即历史线索的中间阶段；在
穆斯利的文集中则属于该书第 3 章，亦即第一组的 4 篇文章之一。在贝尔西看
来，欲望是人的本能，也是随历史的变化而变化的。具体到身处历史线索中段的
多恩，她认为其欲望具有一种强烈的帝国色彩，打上了英国殖民扩张的烙印，并
对《上床》、《日出》和《早安》作了重点分析。根据贝尔西的分析，在多恩的
《上床》中，欲望无处不在，毫无节制而又迫不及待，甚至一系列祈使句的使用
也都无不彰显着命令的口吻，如第 1 行的"来，女士，来吧，我的精力蔑视休
闲"、第 5—6 行的"解下那腰带，仿佛天河璀璨/环抱一个更美的世界"、第 9
行的"打开你自己"、第 25 行的"特许我漫游的双手"等。在这首著名的诗
中，诗人把他的女友比作人间天堂（第 21 行），比作新发现的大陆（第 27
行），蕴藏着全部欢乐（第 33 行）。对于这样一首诗，贝尔西的问题是：

　　　　这是一种怎样的爱？为何要用发现与测图、宇宙志（cosmography）
　　与征服这样的意象？为什么一定要为自己找出一个意义？欲望世界的本
　　质是什么？为什么在 17 世纪早期的爱情诗中频繁出现各种欲望？表现
　　在文本中的性别政治是什么？历史地看，作为家庭生活与家庭价值观的
　　基础，强烈的色情体验此时恰好处于被调整与认可的过程之中。异性之
　　间的彼此渴望，作为动荡的政治经济的一种稳定之源，此时正处于社会
　　的中心位置。可爱情本身与疆土、财富或征服又有什么关系呢？①

　　贝尔西的回答是：在爱情诗中，人与人的关系不仅仅是男人与女人在语义上
的不同，还有男性与女性在功能上的差异。在贝尔西看来，女性往往是文本的客

---

① Catherine Belsey. "John Donne's Worlds of Desire." In Andrew Mousley (Ed.), *John Donne: Contemporary Critical Essays*. New York: St. Martin's Press, 1999, pp.63-64.

体，是男性的话语对象，也是男性意欲拥有的对象，因此诗中所表现的欲望是先于性别的，也是作为想象的触发条件。基于这样的思想，贝尔西指出："性别政治就是欲望政治本身，其中的权力既包括性别，也超越了性别。欲望，我认为，有它自身的政治史，而多恩的诗则尤其能代表其现代性的阈值。"①

那么，这个"现代性的阈值"究竟是什么呢？它又是怎么形成的呢？贝尔西认为，欲望所具有的"现代性的阈值"，就是认可异性恋的社会价值，将建立在真爱基础上的核心家庭，作为社会的基本单位，并视之为政治稳定、经济发展、国家强盛的起点。因为这样的认识始于 17 世纪之初，直到维多利亚时代才得以最终确立，所以贝尔西说"性别政治就是欲望政治本身"。贝尔西的解释到此结束，但给人以不知所云之感，我们不妨以多恩自己的话略加阐释。在《内瑟索尔爵士结婚布道文》（"Sermon Preached at Sir Francis Nethersole's Marriage"）中，多恩曾这样写道：

> 尽管男人们的社会在成长壮大，他们走入各个集镇、各个城市、各个王国施展才干，然而，所有的社会，其根都在家里，在男人和妻子、父母和孩子、主人和仆人之间的关系里[……]无论世俗社会还是精神社会，第一根基都是家庭；家庭的第一根基是结婚；而结婚的第一根基，则出自这个文本，出自其中的这几个词语：神说，那人独居不好。②

至于其现代性的形成，贝尔西认为与米歇尔·福柯（Michel Foucault）的理论有关。她说自福柯以降，性别的问题才越来越受到关注，人们也才开始特别留意诸如同性恋的问题或自恋的问题。贝尔西的这一说法，历史地看，确有其正当性，因为从心理分析的角度来看，性与性别并不相同。性是一种本能冲动，性别则是一种身份认定。作为一种本能冲动，性的对象不一定是异性，完全可以是同性，甚至其他别的什么；同样地，作为一种身份认定，性与爱虽然密切相关，但爱的对象也不一定是异性，而完全可以是同性，甚至就是自己。正是因为性取向的差异，才导致了所谓的异性恋、同性恋、自恋等。

这里不妨以安东尼·伊斯托普（Antony Easthope）对《上床》一诗的解读为例，因为贝尔西对多恩的欲望世界的分析，很大程度上就是基于伊斯托普的解读。在伊斯托普看来，多恩在《上床》中所表现的主题之一便是典型的男性窥淫癖的自恋行为，因为诗中的女性身体与性没有直接关系，反倒与天堂、草原、新

---

① Catherine Belsey. "John Donne's Worlds of Desire." In Andrew Mousley (Ed.), *John Donne: Contemporary Critical Essays*. New York: St. Martin's Press, 1999, p.64.

② John Donne. *The Sermons of John Donne*. Vol. 2. Eds. George R. Potter, Evelyn M. Simpson. Berkeley and Los Angeles: University of California Press, 1955, p. 336.

大陆等直接关联，而且呈现方式也渐行渐远。更为重要的是，根据伊斯托普的分析，随着诗行的逐渐展开，性对象也处于不断"被阉割"的过程之中；代之而起的是各种知识，包括神学知识、地理知识、古典传说等，而这些知识都与性欲没有任何关系。真正与性欲有关的是"站立"（第 4 行）、"矗立"（第 24 行）和"我裸露"（第 47 行）等词语，可这些词语却又全部都是指向说话者本人的。伊斯托普由此得出结论，《上床》一诗中的女性纯属想象的产物，是男性用以反观自身的一面镜子：

> 这首《挽歌》中的说话者所做的主要是观看他的欲望客体；为了使其看起来非常真实，他必须让它"呈现"在自己眼前，以便能完整地"知道"它的全貌。他所渴望的并不是那个女子，也不是性的满足，而是一个超验的客体，一个脱离了时间概念的完美意象，这个意象能以同样完美的方式反馈到说话者的身上，成为他自己的一个完美形象。①

伊斯托普的这一评价，与拉康的镜像理论极为相似，与福柯的"可见的身体"理论也颇为近似："难以理解的身体，可渗透的不透明的身体，敞开又关闭的身体，乌托邦的身体。在某种意义上，绝对可见的身体。我很清楚，它被别的人从头到脚打量着。"②贝尔西也认为，伊斯托普从自恋角度对《上床》一诗的上述解读非常精妙，颇有弗洛伊德的风范。但她同时认为，弗洛伊德并不认同自恋，因为弗洛伊德曾在《论自恋》（"On Narcissism"）中说过，只有那些"力比多"受到扰乱的人，比如性反常者或性倒错者，才会出现自恋。更重要的是，弗洛伊德的论述大多是基于精神病人的，多恩显然不是一个精神病患者。对此，贝尔西自然是非常清楚的，所以她追溯了自恋观从弗洛伊德到拉康，再到克里斯蒂娃等的发展演变，用以支撑伊斯托普的正确性。

伊斯托普还将多恩的《上床》与奥维德的《喜获科琳娜的青睐》（"His Delight at Having Obtained Cirinna's Favours"，又译《科琳娜委身于诗人》）加以比较，认为在奥维德的诗中，歌咏诗人最终收获了欲望的满足；而在多恩的诗中，说话者直到诗歌结束也仍然在劝说，并未得到性的满足。因此，多恩诗虽属奥维德模式，但旨趣却已相去甚远，因为在多恩这里，除了一系列的幻想，什么也没发生。贝尔西就是在这个点上，与伊斯托普发生了意见分歧。在贝尔西看来，多恩诗的根本特征，并不在于是否真的满足了肉体的欲望，而在于是否满足了语言的欲望。也就是说，《上床》所表现的欲望世界，与其说是内容的，不如

---

① Antony Easthope. *Poetry and Phantasy*. Cambridge: Cambridge UP, 1989, p. 58.

② 福柯：《乌托邦身体》，尉光吉译//《声名狼藉者的生活：福柯文集》（1），北京：北京大学出版社，2015 年，第 191 页。

说是文本的："这首挽歌是一个文本的欲望。按照定义，欲望是没有满足的：你想要的都是你所欠缺的，欲望的预设条件是缺乏。奥维德的诗是一个关于性爱之乐的文本，根本就不是同一件事。欲望能令人兴奋、害怕、狂喜，但与快乐没有必然联系。"①她以《上床》第 39—45 行为例②，强调这些诗行旨在从语言的角度表明对客体的占有，并引拉康的"我所呈现的东西乃是属于我的"，结合有关测图的概念指出，在多恩这首诗中，"文本所测图的并非说明人体，也非完整的一次在场，而是作为象征的一次观看，是引发欲望的一种缺失"③。也就是说，奥维德的《喜获科琳娜的青睐》算不上真正的欲望，因为里面有科琳娜的在场；而多恩的《上床》则是货真价实的欲望，因为里面根本没有女友的在场，有的只是说话者的语言。

那么，这种没有女友的爱又怎么会成为欲望呢？根据布鲁克斯的理论，这就是悖论。可悖论依然无法解释语言的欲望何以成为真正的欲望的问题。贝尔西对此问题的回答是克里斯蒂娃的"第三方"理论："通过与第三方的交谈，小孩成了母亲的'所爱'。'他多可爱'或'我为你骄傲'之类的表述，之所以能够表述母爱，就在于它们涉及第三方。正是在第三方的眼中，母亲所说的小孩变成了'他'；也正是在与第三方的关系中，她才会对小孩说'我为你骄傲'。"④贝尔西以此为据指出：

> 多恩的挽歌也是指向第三方的。"她美吗？"对此，诗歌本身所希望的回答，也是我们几乎被其说服的回答是：她美、应该美、会美的、必须美。但文本却并未给出证明，反而在实质性的时刻戛然而止。正是在这个意义上，本诗所表现的是爱本身，而不是那个被爱的女人。与此同时，欲望却在自恋的镜子之外，在爱的客体之外，幻象不能及，再现也不能及，而且超越了需求，包括对爱的需求。由此可见，欲望就是对他者的欲望（即言语调度的核心），那个他者象征着主体的归属，也是受制于欲望的源泉。欲望的终极目标是无须中介、无从想象、无可想象

---

① Catherine Belsey. "John Donne's Worlds of Desire." In Andrew Mousley (Ed.), *John Donne: Contemporary Critical Essays*. New York: St. Martin's Press, 1999, p.65.

② 多恩的原文为 "Like pictures, or like books' gay coverings, made/For laymen, are all women thus array'd. /Themselves are mystic books, which only we/(Whom their imputed grace will dignify)/Must see reveal'd. Then, since I may know, /As liberally as to a midwife show/ Thy self"。参见 John Donne. *John Donne's Poetry*. Ed. Donald R. Dickson. New York and London, Norton and Company, 2007, pp. 39-40.

③ Catherine Belsey. "John Donne's Worlds of Desire." In Andrew Mousley (Ed.), *John Donne: Contemporary Critical Essays*. New York: St. Martin's Press, 1999, p.67.

④ Julia Kristeva. *Tales of Love*. Trans. Leon R. Roudiez. New York: Columbia UP, 1987, p. 34.

的"我在"。①

欲望的终极目标是"我在"，并不是要回到笛卡儿的"我思故我在"，因为贝尔西笔下的《上床》乃是语言的欲望。语言是交流的工具，所以"我"可以是任何一个我；也正因为语言是交流的根据，而离开了语言就无从实现交流，所以"我"也可能不是任何一个我，而是语言本身。在前一个意义上，多恩诗突出了主体；在后一个意义上，多恩诗又消解了主体。所以在贝尔西笔下，"第三方"和"他者"都是大写的，意味着主体与第三方处于彼此的互动之中，第三方也就是任何形式的"我在"，并无明确的所指，唯有语言的象征性是明确的。

同样的思想贯穿着《约翰·多恩的欲望世界》，包括对《日出》和《早安》的分析。不同之处在于，贝尔西认为《日出》是对奥维德《他恳求曙光女神》（"He Entreats the Dawn"）一诗的模仿，因而属于"欧巴德"（aubade）传统。"欧巴德"是晨歌或晨曲中的一种，据说起源于西班牙，原本是中世纪吟唱诗人所唱的情感，传到欧洲各地之后，逐渐演变为具有田园风味的抒情诗。贝尔西认为，晨歌诗一般都是恋人责备曙光女神打扰了他们的幸福时光，并引莎士比亚的《罗密欧与朱丽叶》第 3 幕第 5 场第 27—35 行为例，用以说明黎明意味着分别的常规写法。可多恩的《日出》则给人留下了巨大的想象空间，甚至是否分别都不得而知，在贝尔西看来，正是这种不确定性，使得《日出》的欲望变得越发的扑朔迷离。至于《早安》一诗，贝尔西认为它开篇的满足、中间的两个半球的比喻、结尾的乌托邦式的永恒，形成了一个由恋人、女人、诗歌所构成的三角关系。这种关系表明，欲望就是渴望在场，但最后的"死"字表明，理想而平等的真爱只能是凝固的在场，有如希腊古瓮一样。

贝尔西从欲望的现代性阈值入手，通过对《上床》、《日出》和《早安》三首诗的分析，揭示了语言之于人类欲望的关系。通常情况下，对欲望的分析都特别重视欲望的客体，贝尔西则结合语言分析的方法，用弗洛伊德、拉康、雅克·德里达（Jacques Derrida）和朱莉娅·克莉斯蒂娃有关欲望的理论，去阐释多恩的"欲望世界"。在她看来，欲望就是语言挑逗起来的对满足感的无尽延缓，而在多恩作品中，仅仅一个"你"和"我"就近乎反映了人类的全部差异，第三方的加入则在强化这种差异的同时，又彰显了"我在"的主体地位。因为语言是没有终结的，所以"我"只是一个无尽的可分离的话语。正因为如此，她认为多恩诗的全部意义就在于将"我"置于差异的中心，在体验语言的延缓性的过程中，发现个人的而非语言的欲望。因此她称多恩在其诗中营造了一个乌托邦式的空间，企图借以实现欲望的全方位的释放。然而，欲望一旦真的实现了全方

---

① Catherine Belsey. "John Donne's Worlds of Desire." In Andrew Mousley (Ed.), *John Donne: Contemporary Critical Essays*. New York: St. Martin's Press, 1999, pp. 68-69.

位的释放，那么它就将丧失殆尽。多恩诗之所以成为"现代性的阈值"，恰好在于诗中的欲望世界，从《上床》到《日出》和《早安》，始终存在着很强的不确定性。哪怕最终真的实现了，也不过一间"华美小屋"而已，而非欲望本身。

上面的分析显示，无论克莱门茨与贝尔西的文本分析，还是约翰·凯里等的传记，都有一个共同特征，就是旨在揭示多恩诗的主体性，心理分析只是视角与手段。正因为如此，心理分析的多恩研究具有两个明显特征：一是与新批评相对立，二是与女性主义相对应。前者旨在突破过于重视文本的倾向；后者则与女性主义具有许多重叠之处，特别是方法论上的继承与发展。比如贝尔西本身就被认为是一位女性主义批评家，她借以阐释多恩的"欲望世界"的伦理之一是克里斯蒂娃的欲望理论，而克里斯蒂娃则是在符号学、语言学、哲学、文学理论、精神分析、女性主义等领域都有重大建树的著名理论家。

前面曾说到，穆斯勒主编的《当代多恩研究文集》中涉及心理分析的有 5 篇，贝尔西的《约翰·多恩的欲望世界》只是其中之一。在穆斯勒的导论中，他把桂伯瑞的《"哦，别让我这样侍候"：多恩〈挽歌集〉中之爱的政治》、蒂洛塔玛·拉扬（Tilottama Rajan）的《"没有什么破得更快"：多恩〈歌与十四行诗集〉中的自我消化艺术》（"'Nothing Sooner Broke': Donne's *Songs and Sonets* as Self-Consuming Artifact"）、贝尔西的《约翰·多恩的欲望世界》和芭芭拉·耶斯特林的《小改变：对彼特拉克与斯宾塞诗学的背叛》四篇列为第一组，理由是"四篇论文代表了四种颇具影响的现代理论的文学批评：新历史主义、后结构主义、心理分析和女性主义[……]而它们每一篇也都结合了不同的理论视角"[①]。他把伊丽莎白·哈维的《矩阵隐喻：助产术与声音概念》与斯坦利·费什的《男性说服力：多恩与语言力量》作为另外一组，认为它们"代表了女性主义研究的深入，同时又发展了前几篇文章的观点，特别是历史、语言和心理分析"[②]。有鉴于此，有关心理分析的多恩研究，这里将不再继续，除了已经探讨的部分之外，其余方面的研究，包括穆斯勒没有提到的著述，也包括对荣格的阿尼玛原型，将在接下来的分析中，结合女性主义等其他理论的研究一并加以讨论。

第五节　爱的策略：女性主义对多恩的诠释

女性主义批评对多恩的研究，大多基于对多恩诗中的男性话语的不同理解，

---

① Andrew Mousley. "Introduction." In Andrew Mousley (Ed.), *John Donne: Contemporary Critical Essays*. New York: St. Martin's Press, 1999, p. 11.

② Andrew Mousley. "Introduction." In Andrew Mousley (Ed.), *John Donne: Contemporary Critical Essays*. New York: St. Martin's Press, 1999, p. 17.

时间上略晚于心理分析的研究。据 H. L. 米金（H. L. Meakin）的看法，到 20 世纪 80 年代，针对多恩诗的性别研究成果，依然寥寥无几。①这一看法不无道理，以彼得·阿马德乌斯·菲奥里（Peter Amadeus Fiore）主编的《如此荣幸：多恩诞辰四百周年纪念文集》（1972）为例，虽然全书共收录 11 篇文章，但却没有 1 篇是女性主义的，尽管有两位女性作者，但她们的话语和思想都是主流的，也都是男性的：罗莎莉·L. 科利（Rosalie L. Colie）对《周年诗》的分析，在谈到身体时也都用"人体"（human body）②，而非"女性身体"之类；约瑟芬·迈尔斯（Josephine Miles）则更多地从编辑角度谈多恩诗的语言与思想。③而到 1999 年穆斯勒主编《当代多恩研究文集》时，则专门列举了 20 种从女性主义角度进行的多恩研究（含专著 2 本）④，其中并不包含我们在上节已经提到的 5 篇心理分析文章（也都是女性主义视角）。仅此便可看出，进入 20 世纪 80 年代以后，女性主义的多恩研究取得了极为丰硕的成果。这是我们将心理分析与女性主义分而述之的原因之一。另一原因在于，心理分析的核心是主体性，而女性主义则更强调权力，尽管二者都涉及性别政治，也大多以多恩的爱情诗为主要对象。第三个原因则是女性主义的研究范围更大：研究队伍中男女研究人员都有；研究对象上男女形象都有；而研究主题上则思想艺术都有。更为重要的是，女性主义在理论上更具包容性，比如托马斯·赫斯特主编的《约翰·多恩的"莫尔欲望"：多恩诗中的安妮·莫尔·多恩》（John Donne's "Desire of More": The Subject of Anne More Donne in His Poetry，1996），其中的 13 篇文章就涉及历史主义女性主义、结构主义女性主义、解构主义女性主义等；即便米金的《约翰·多恩的女性表达》（John Donne's Articulations of the Feminine），也涉及古典主义女性主义、基督教女性主义和符号学女性主义；而上节重点讨论的贝尔西便是以解构女性主义著称的文学理论家。之所以说女性主义的多恩研究到 20 世纪 80 年代才真正开始，是因为虽然"整个 20 世纪 70 年代，用具有女性气质的术语界定女性作品的书籍很丰富"⑤，但研究对象主要是狄更斯、华兹华斯、纳撒尼尔·霍桑（Nathaniel Hawthorne）、马克·吐温（Mark Twain）等，主要目的也大多在于揭示作品中的"菲勒斯中心主义"（Phallocentrism），主张必须重视弗吉尼亚·伍尔

---

① H. L. Meakin. *John Donne's Articulations of the Feminine*. Oxford: Clarendon Press, 1998, p. 3.

② Rosalie L. Colie. " 'All in Peeces': Problems of Interpretation in Donne's Anniversary Poems." In Peter Amandeus Fiore (Ed.), *Just So Much Honor*.University Park and London: Pennsylvania State UP, 1972, pp. 189-218.

③ Josephine Miles. "Ifs, Ands, Buts: For the Reader of Donne." In Peter Amandeus Fiore (Ed.), *Just So Much Honor*. University Park and London: Pennsylvania State UP, 1972, pp. 273-291.

④ Andrew Mousley, Ed. *John Donne: Contemporary Critical Essays*. New York: St. Martin's Press, 1999, pp.221-222.

⑤ 布莱斯：《文学批评：理论与实践导论》（第 5 版），赵勇等译，北京：中国人民大学出版社，2014 年，第 185 页。

夫（Virginia Woolf）等女性作家之于文学创作积极意义。而多恩当时还没有成为女性主义研究的重点对象，到多恩成为女性主义批评家的研究对象时，女性主义已经不再局限于西蒙娜·德·波伏娃（Simone de Beauvoir）、凯特·米莉特（Kate Millett）等的经典女性主义，而且已然打上了浓厚的后现代特征。

我们知道，女性主义的先驱是沃斯通克拉夫特和伍尔夫。沃斯通克拉夫特的《女权辩护》针对埃德蒙·伯克（Edmund Burke）《对法国大革命的反思》（*Reflections on the Revolution in France*，1790）中关于女性只需接受家庭教育的观点，提出女性应该接受与她们的社会角色相称的教育，因此所谓的"女权"实际上是女性的教育权。在她看来，女性扮演着极为重要的社会角色，她们承担着教育子女的责任，而不仅仅只是丈夫的伴侣，所以她不认为女性只是社会的装饰和财富，而是与男性一样的人，理应享受与男性同等的权利。她还提出女性要为争取自身权利而一马当先，抛弃那种女人比男人低级的父权制预设，自己决定自身的角色定位。伍尔夫的《一个自己的房间》（*A Room of One's Own*，1929）通过一个女性作家的遭遇，发展并深化了沃斯通克拉夫特的思想。在伍尔夫看来，女性之所以需要定位自己的角色，是因为男性界定了女性，决定了女性在政治、经济、社会、文化等众多领域的次要地位，但这一切都是偏见，是对女性的个人价值和艺术才华的漠视，因此她强调必须拒绝对女性特质的社会建构，主张要有一套女性话语来确定女性的身份地位。

那么，究竟什么样的女性话语，才有助于女性身份的确定呢？米金的《约翰·多恩的女性表达》一书，堪称对这一问题的深度探究。全书共有 4 章，基点则是多恩的《萨福致菲莱尼斯》的第 19—20 行：

> For, if we justly call each other silly man
> A little world, what shall we call thee then？

其大意是：

> 如果我们彼此称对方为愚蠢的男子
> 一个小世界，那我们又该怎样称呼你？

米金认为，这两行是萨福向菲莱尼斯提出的问题，而萨福的这一提问，不但具有典型的多恩式特点，而且蕴藏深刻的思想内容，这是因为：

> 在这两行诗中，多恩巧妙地涉及了至少四个诗学常识：将被爱的人比作自然和宇宙的基本要素；主张被爱的人是无可比拟的（通常较之于其他女人）；承认诗人无力描述他的爱人；表达了人即小宇宙的世

界观。①

然而，这里却有一个语言上的问题：萨福和菲莱尼斯都是女的，却为什么要互称"男子"呢？米金的解释是："男人"（man）是语言中用以指代"人类"（human being）的词，意指男人的智性高于女人，所以更有资格被称为"小宇宙"。可是，既然男人比女人更有智慧，那就意味着男女有别，因此用"男人"指代"人类"就只能是一个虚假的预设。米金由此认为，多恩的伟大之处在于，一方面揭示了语言的虚伪，另一方面又不得不用语言来思考。萨福的提问也许是无意识的，但却显示了在那约定俗成的、男性中心的话语体系中，即便萨福也只能将女人比作男人才能表达"小宇宙"的概念。米金所要探讨的正是这样的问题：多恩是如何在男性的话语体系中做到"女性表达"的？

米金所用的核心术语是"表达"（articulation），其理论依据主要是法国著名学者吕斯·伊里加雷（Luce Irigaray）的有关论述，以及伊丽莎白·格罗斯（Elisabeth Grosz）、托马斯·拉克尔（Thomas Laqueur）等其他法国女性主义批评家的有关阐释。伊里加雷曾追随拉康，但在 1974 年公开出版的《窥探他者女人》（*Speculum of the Other Woman*，也译作《他者女人的窥镜》）中，他却对弗洛伊德和拉康的理论提出了严厉批评。伊里加雷指出，在弗洛伊德和拉康那里，女性总被看作男性的对立面，看作低人一等的"他者"，似乎只有女性是多变的，男性则不然，这纯属菲勒斯中心主义的偏见。②在这之后，她的研究除了心理分析，还扩展到哲学、语言、伦理、政治等众多领域，但全部都是从女性主义角度切入、以语言为中心加以展开的。这或许与她的女性身份和她的心理分析训练有关。她曾做过许多实验，证明语言会消解女性的主体性。比如在《性别的伦理》（*An Ethics of Sexual Difference*，1984）中，她就认为欧洲文化并不存在什么公正的伦理，因为语言是父权制的产物，反过来又是对父权制的一种强化，即便是"中性的言语也仅仅在忘记其强力的时候才会有所显现"③。在三年后出版的《两性与宗谱》（*Sexes and Geneologies*，1987）中，她进一步论证了这一观点："性别是主体性的索引与标记，反映着说话者的立场[……]它在人的内心深处构建起一种不可调和的差异。性别代表着不容更换的"你"和"我"及其各种各样的表达方式。"④后来的批评家，如伊丽莎白·格罗斯，把伊里加雷的理论总结为具有自律性质的 A 和 B，认为伊里加雷的颠覆性在于：心理分析常把男女之间的差异看作 A 与 B 的差异，而伊里加雷则揭露了心理分析把女性看作对男性的

① H. L. Meakin. *John Donne's Articulations of the Feminine*. Oxford: Clarendon Press, 1998, p. 12.

② Luce Irigaray. *Speculum of the Other Woman*. Trans. Gillian Gill. Ithaca, NY: Cornell UP, 1985, pp. 32-34.

③ Luce Irigaray. *An Ethics of Sexual Difference*. Trans. Carolyn Burke, Gillian Gill. Ithaca: Cornell UP, 1993, p. 129.

④ Luce Irigaray. *Sexes and Geneologies*. Trans. Gillian Gill. New York: Columbia UP, 1993, p. 169.

否定，指出了两性间的差异实质上是 A 与-A 的差异，这个-A 既可以是 B，也可以是 C 或 D。以此观之，心理分析所谓的欲望、焦虑等，实际上是菲勒斯的欲望与焦虑，是菲勒斯在面临具有无限可能性的女性时所产生的恐惧与担忧。在米金看来，多恩《萨福致菲莱尼斯》中的"我们该怎样称呼你"的问题，实质上就是-A 的问题。一方面，-A 意味着 B、C、D 等无限可能性；另一方面，-A 又必须使用 A 的语言。那么多恩是如何让 A、-A、B、C、D 等"表述"为 A 的？又是如何让"不可调和的差异"成为诗的载体的？

为了回答这些问题，米金从四个方面展开了具体研究。每个方面构成一章，每一章都围绕一个原型展开，每个原型及其基本含义也都在章节的标题中有所反应。第 1 章"多恩的家务缪斯：在早期诗信中生产诗"（"Donne's Domestic Muse: Engendering Poetry in the Early Verse Letters"），其原型为缪斯；第 2 章"'渴望贴近'：《萨福致菲莱尼斯》中的同性恋'相似性'"（"'The Desire for the Proximate': Lesbian 'Likeness' in 'Sapho to Philaenis'"），其原型是萨福；第 3 章"母亲在饥饿的洞穴"：婚姻、谋杀与母爱（"'The Mother in the Hungry Crave': Marriage, Murder, and the Maternal"），其原型为夏娃；第 4 章"他歌唱身体宝矿：再识伊丽莎白·德鲁里"（"He Sings the Body Electrum: Re-membering Elizabeth Drury"），其原型为伊丽莎白·德鲁里。在米金的原文中，每个章节标题都带有双关的含义，比如第 1 章中的"生产诗"（engendering poetry）喻指向诗中注入社会性别；第 2 章的"渴望贴近"（the desire for the proximate）出自伊里加雷的《这种性并非唯一》（This Sex Which Is Not One, 1985），其原文"the desire for the proximate rather than for the property"[1]特指女性通过自慰行为（self touching）来解构任何形式的中心主义，因而既可以指时间、场合、秩序、成员关系等最为接近或亲近的关系，也可以指法律上的直接因果关系；第 3 章的"母亲在饥饿的洞穴"（The Mother in the hungry grave）出自多恩《手镯》第 80—81 行，原文为"as her onely sonne/The Mother in the hungry grave doth lay"[2]，傅浩的翻译为"圣母把她唯一的儿子放进/饥饿的墓穴"[3]，这里喻指男性对女性的恐惧[4]；第 4 章的"再识"（Re-membering）既表示"记忆"，也暗示"组装"或"再次成为社会一员"；等等。这里仅仅是表面翻译。此外，前两章与后两章还包含从古典主义到基督教的过渡这一思路，而这一思路不但反映了米金的历史意识，更在理论层面反映了心理分析女性主义、原型批评

① Luce Irigaray. *This Sex Which Is Not One*. Trans. Catherine Porter. Ithaca: Cornwall UP, 1985, p. 79.

② John Donne. "The Bracelet." In Herbert J. C. Grierson (Ed.), *The Poems of John Donne*. Vol. 1. Oxford: Clarendon, 1912, p. 99.

③ 约翰·但恩：《艳情诗与神学诗》，傅浩译，北京：中国对外翻译出版公司，1999 年，第 153 页。

④ H. L. Meakin. *John Donne's Articulations of the Feminine*. Oxford: Clarendon Press, 1998, p. 193.

女性主义、历史女性主义、文化女性主义、后现代女性主义等的研究视角，而米金选择多恩的《诗信集》、《挽歌集》和《周年诗》为核心文本，同时结合多恩的其他抒情诗，则透露出她努力探寻多恩诗的思想艺术的宏大企图。米金的《约翰·多恩的女性表达》无疑是一部值得关注的力作，但因为它出版于 20 世纪末，所以从批判史的角度，在对其加以进一步的分析之前，有必要首先探究以往的其他女性主义视角的多恩研究。需要特别说明的是，这种回溯不是作为米金的背景的，而是作为多恩研究的内容的，因为它们本身就是女性主义的多恩研究的重要组成部分。

　　20 世纪的多恩研究中，最先从女性主义视角解读多恩诗的专著之一，是 T. 安东尼·佩里（T. Anthony Perry）的《厄洛斯精神》（*Erotic Spirituality*，1980）。该书比米金的著作早近 20 年，比穆斯勒列举的第一篇女性主义论文也早 3 年。《厄洛斯精神》全书共 9 章，其宗旨就在导论开篇的第一句中"本研究旨在阐明'爱的哲学'在埃布里奥的《爱的对话》中有着重要的哲学表达，并在多恩的《出神》中有着深刻的诗化表达"[1]。里昂·埃布里奥（Leone Ebreo）的《爱的对话》（"Dialoghi d'Amore"，1535）是 16 世纪的一首以爱为主题的长诗，由主人翁菲洛尼（Filone）与其恋人索菲娅（Sofia）的对话组成。T. 安东尼·佩里认为，这首长诗大致包括三个主题：对话一通过人所能及的各种可爱之物定义爱与欲望的本质，属本体论性质；对话二通过其他万物拓展爱的范畴，属于宇宙论；对话三通过创世纪论证上帝之爱及其与人世的关系，属于神学论；而全诗的基点就在开篇时菲洛尼的一句话："我知道了你，哦，索菲娅，我便孕育了爱与欲。"[2]T. 安东尼·佩里认为，这句话至少表现了知识与爱的关系（完美的爱取决于对被爱者的知识）、爱与欲的关系（亦即孕育与性爱）、主体与客体的关系（即男性与女性）。此外，它还在形而上的层面暗示了"智慧"的意思，因为在说话者与听话者之间形成了 Filo-Sofia 的关系，而 Filo-Sofia 与 philosopher（智者）谐音。[3]换言之，索菲娅的重要性在于，她既是菲洛尼的认知客体，也是菲洛尼的智慧启迪者。在对话三中，菲洛尼曾一度陷入对索菲娅的沉思。在那段沉思中，菲洛尼完全忘记了索菲娅的身体，甚至也忘却了他自己的存在。T. 安东尼·佩里将其与多恩的《出神》做了对比，借以彰显"厄洛斯精神"之于埃布里奥和多恩的不同。在 T. 安东尼·佩里看来，埃布里奥的出神具有两个特征：

---

① T. Anthony Perry. *Erotic Spirituality: The Integrative Tradition from Leone Ebreo to John Donne*. Tuscaloosa, Alabama: University of Alabama Press, 1980, p. 1.

② T. Anthony Perry. *Erotic Spirituality: The Integrative Tradition from Leone Ebreo to John Donne*. Tuscaloosa, Alabama: University of Alabama Press, 1980, p. 10.

③ T. Anthony Perry. *Erotic Spirituality: The Integrative Tradition from Leone Ebreo to John Donne*. Tuscaloosa, Alabama: University of Alabama Press, 1980, p. 281.

一是灵魂从肉身中分离，而非肉身从灵魂中分离；二是出神属于认知体验，尽管也有强烈的激情参与其间。多恩的出神同样二者皆有，但从"我们是两具肉身"到"我们是这一新的灵魂"再到"我们是新的智慧"则表现了一个不断升华与消除差异的过程，彰显了从埃布里奥的分离到多恩的整合的转变。①

这个转变就是《厄洛斯精神》所要论证的核心，所以其副标题叫《从埃布里奥到多恩的整合传统》（*The Integrative Tradition from Leone Ebreo to John Donne*）。为了支撑这一核心，T. 安东尼·佩里还分析了多恩的《出神》中"手心出汗"与"河岸怀孕"两个意象，认为前者象征着对爱的满足，后者则体现了源自上界的精神势必引发下界的应和的思想。②T. 安东尼·佩里用 9 章的篇幅，探讨了从 16 世纪到 17 世纪初的文学作品，包括莎士比亚的《李尔王》（*King Lear*）对爱情主题的表现，还追述了柏拉图以降的哲学家们的有关论述，论证了所谓"爱的哲学"即爱是灵与肉的完美结合这一思想。"爱的哲学"出自多恩《关于影子的一课》的第 2 行。在 20 世纪，这一概念因格里厄森的《多恩诗集》而广为人知③，埃布里奥《爱的对话》与多恩《出神》之间的关系则是加德纳提出的。④之所以把 T. 安东尼·佩里的著作看作女性主义视角的开始，一是因为格里厄森和加德纳都没有取女性主义视角；二是因为 T. 安东尼·佩里不仅在其书名《厄洛斯精神》中暗含女性主义，更在于整部著作透露着较为鲜明的父权思想（如贯穿全书的主体/客体、主人/仆人、自我/他者、真爱/欲望、精神/肉体等一系列对立的概念），而且这一思想贯穿第 1—7 章，直到第 8 章才在多恩《出神》的分析中得以"整合"，达致"忘却他与她"的境界。此外，全书的出发点和结论，连同中间的论证，都是基于《爱的对话》的。所谓对话，用苏珊娜·B. 明茨（Susannah B. Mintz）的话说，就是"协商"与"再协商"⑤，其基本内容始终是男性与女性的身份问题，亦即自我与他者的关系问题，而 T. 安东尼·佩里所欲"整合"的也恰好就是这些问题。

在 20 世纪的多恩研究中，最先从女性主义视角解读多恩诗的论文之一，是

---

① T. Anthony Perry. *Erotic Spirituality: The Integrative Tradition from Leone Ebreo to John Donne*. Tuscaloosa, Alabama: University of Alabama Press, 1980, p. 91.

② T. Anthony Perry. *Erotic Spirituality: The Integrative Tradition from Leone Ebreo to John Donne*. Tuscaloosa, Alabama: University of Alabama Press, 1980, p. 95.

③ 格里厄森在《多恩诗集》下卷专门论述过多恩的"爱的哲学"，见 Herbert J. C. Grierson, Ed. *The Poems of John Donne*. Vol. 2. Oxford: Clarendon, 1912, pp. xxxi-xlix.

④ Helen Gardner. "The Argument about 'The Ecstasy'." In John R. Roberts (Ed.), *Essential Articles for the Study of John Donne's Poetry*. Hamden: Archon Books, 1975, p. 248.

⑤ Susannah B. Mintz. *Negotiating the Threshold: Self-Other Dynamics in Milton, Herbert, and Donne*. Diss. Rice University, Houston, Texas, 1996, p. 10.

理查德・E. 休斯的《多恩〈周年诗〉中的女人》（"The Woman in Donne's *Anniversaries*"，1967），它比 T. 安东尼・佩里的《厄洛斯精神》还早 13 年。但因为它以周年诗为对象，而后文将集中讨论周年诗，所以这里暂且转向与 T. 安东尼・佩里同时期的伊洛娜・贝尔（Ilona Bell）。伊洛娜・贝尔曾是美国多恩研究会 2005—2006 年度会长。在《多恩〈歌与十四行诗集〉中那位女士的角色》一文中，她的主旨不在于"那位女士"究竟是谁，而在于两性的平等地位，因为"那位女士"在诗中扮演着"决定性的角色[……]多恩也从来不曾藐视女人的视角"①。比如《女人的忠贞》，其思想常被认为是讽刺女人的不忠，贝尔则认为它实际上正好相反，是对忠贞的辩护，而且就出自女性之口，因为听者是个"自负的白痴"，所以诗中的"我"是"以智慧而非巫术去教导这位白痴的，说他不仅仅受她的影响，还受他自身那个狭隘的传统女性观的影响，他应该学会认识并超越那些偏见"②。再比如《日出》，该诗中的"我"宣称"一眨眼"就能将阳光遮蔽，却又不禁"要看她的容颜"，贝尔认为这是"我"在宣称自己比太阳更强大的同时，也承认"她"比自己更强大。③类似的例子很多，贝尔的最后结论是：

> 德莱顿说，爱情诗理应受自然情感的约束，他却用精密的哲学思辨把女士们的头脑给弄糊涂了，而不是着力于她们的内心。我敢说反过来更为真实：多恩把男士和女士的头脑都弄糊涂了，用的是女人的美妙思辨。那些思辨理应作用于他们的内心，如果他们愿意接受费解的哲学思辨，抑或是"爱的柔情"。多恩不同于他的那些彼特拉克派前辈，他笔下的爱都不是臆想的爱或提纯的美，而是爱与被爱，有时还写恨与被恨。他也不写那些敬而远之的女士们，而是写近在咫尺的某个女士，她能爱、能批评、能判断、能赞赏。

> 弗吉尼亚・伍尔夫曾说《米德尔马契》（*Middlemarch*）是第一部成人小说。我想多恩的《歌与十四行诗集》是文艺复兴时期的第一部成人诗集，充满了爱与同情，足以体现男性和女性视角的平等特征。伍尔夫是我知道的第一个，也是最后一个停下来描写多恩诗中的那个女士的人，而且描述十分恰当："她是棕色的，但也是美丽的；她是孤独的，但也是合群的；她来自乡下，但也喜欢城市生活；她虔诚而又疑心、热情而又保守——总之，她善变而复杂，就像多恩本人。"④

---

① Ilona Bell. "The Role of the Lady in Donne's *Songs and Sonnets*." *Studies in English Literature* 23.1 (1983): p. 116.

② Ilona Bell. "The Role of the Lady in Donne's *Songs and Sonnets*." *Studies in English Literature* 23.1 (1983): p. 118.

③ Ilona Bell. "The Role of the Lady in Donne's *Songs and Sonnets*." *Studies in English Literature* 23.1 (1983): p. 120.

④ Ilona Bell. "The Role of the Lady in Donne's *Songs and Sonnets*." *Studies in English Literature* 23.1 (1983): p. 129.

贝尔以《歌与十四行诗集》为例，把多恩看作一个颇具现代水准的诗人，没有自我与他者的对立、没有父权制、没有厌女情结，甚至都没有身份问题，更没有文化差异，但却把一个连名姓都没有的女性形象推到了舞台的中央，以强烈的（却又隐匿的）个性特征决定着每首诗的运思走向和艺术表达，彰显着多恩诗的丰富性、现代性和复杂性。这是典型的女性主义视角，而非女权主义视角；是把"她"和"他"看作彼此独立而又彼此呼应的两个半球。在这个意义上说，没有"她"的爱与批评、判断与赞赏，就没有多恩的《歌与十四行诗集》。

同样的思想，或者说近似的思想，也表现在戴安娜·特雷维诺·本尼特（Diana Trevino Benet）的《多恩〈挽歌集〉中的性别超越》（"Sexual Transgression in Donne's *Elegies*"，1994）中，其区别只在于研究内容由《歌与十四行诗集》转向了《挽歌集》。本尼特是美国多恩研究会 1991—1992 年度会长。在《多恩〈挽歌集〉中的性别超越》中，本尼特反复强调的一点是：多恩的《挽歌集》不是爱情诗，所以要对它们做出实质性的解读，就必须"意识到它们的类型、关注点和主题"[①]。本尼特认为，在多恩的《挽歌集》中，那些所谓的"恋人"大都不是诗人的欲望客体，甚至都不是他的兴趣所在，她们要么就是主体本身，触发了某些特定的观念，使得诗歌能够借题发挥；要么只是一个空白点，而诗中的各种人物则围绕这些空白点，以性别互换的方式展开讨论。本尼特同时认为，多恩的绝大多数挽歌，都是有关男人的本质和女人的本质的，也都是探讨男女双方之于家庭与社会的关系的。多恩之所以在其诗中探讨这些具有哲学意味的话题，在本尼特看来，是因为文艺复兴导致了多方面的变化，使得女性地位获得了空前提升。本尼特列举了五个方面的变化：一是市场经济的发展需要大批女性从事制衣与养殖；二是更多的妻子走出家门，与她们的丈夫一道当起了店主或商人；三是清教思想视婚姻为伴侣，视妻子是家庭的核心；四是政治上出现了女性君主；五是詹姆斯一世时代的重商政策使英国走向一个非骑士的市区社会。本尼特指出，这些变化都给女性提供了更大的自由空间，使女性变得更加独立，然而却也在文学领域引发了对女性的各种争议："小说、布道文、小册子、诗歌、戏剧、小品文和讽刺作品等，都提出了两个基本问题：女人的本质是什么？男人和女人的真正区别又是什么？"[②]本尼特认为，这两个基本问题都涉及更多的下一层面的问题，比如男女的本性是固定不变的吗？什么样的言行举止或着装打扮才是符合男女之道的？如何将真实的女人写入作品？她能够成为理想的诗化之美吗？"这些问题导致了各种主题与题材，都直接关乎性别角色的翻转[……]男性化的女人也好，女性化的男人也罢，都以不同的方式表现出对性别的

---

① Diana Trevino Benet. "Sexual Transgression in Donne's *Elegies*." *Modern Philology* 92 (1994): p. 14.

② Diana Trevino Benet. "Sexual Transgression in Donne's *Elegies*." *Modern Philology* 92 (1994): p. 21.

超越。女性的易装、不从、冒犯和乱性等，成了社会稳定的一种威胁；另一威胁则是男性的喜好时尚、放纵、被动与娘娘腔。"①

本尼特在这里提出了自己的基本思想"性别超越"，并借 16 世纪的《女子学校》（*The Schoolhouse of Women*）中的"雄性女"（haec vir）和"雌性男"（hic mulier）两个术语去关照 16 世纪末到 17 世纪初的英国文学，发现它们多少都会涉及"雌男—雄女"这一主题，比如莎士比亚的《维洛那二绅士》（*The Two Gentlemen of Verona*）、《麦克白》和《安东尼与克莉奥佩特拉》，以及琼森的《狐狸》（*Volpone*）和《沉默的女人》（*The Silent Woman*）等。②具体到多恩的《挽歌集》，本尼特对之作了大致分类：挽歌 1 强调要避开多疑的丈夫；挽歌 2、8 是对丑女的夸张描写；挽歌 3 主要写背叛；挽歌 4 是抱怨父母对女儿的监视；挽歌 5、6、12、15、16、19 和《萨福致菲莱尼斯》才是写爱情的。③本尼特对《萨福致菲莱尼斯》作了文本细读后指出，在该诗中，多恩通过对欲望与激情的描写，一方面揭示了激情之于男女都是共有的感情，另一方面也探讨了男女对激情的不同感受，二者在当时是有悖于主流文化的，也是极为前卫的。在本尼特笔下，《萨福致菲莱尼斯》只是一个典型，因为《挽歌集》中的其他作品也都围绕人们所认定的、制度化的性别角色的定位，通过不同的类型、主题和题材，一方面反映了旨在超越性别的创作其他，另一方面也借以探讨了所谓的"女性问题"：

> 性别倒转的形象见于挽歌 1《妒忌》、挽歌 3《嬗变》（"Change"）、挽歌 4《香料》、挽歌 5《他的画像》、挽歌 7《天生的白痴》（"Natures Lay Ideot"）和挽歌 16《他的女友》（"On His Mistris"）。在这些挽歌中，女人更大胆、更性欲、更不贞、更男人，全都具有传统意义上的男性的行为特征[……]挽歌 1、3、4 和挽歌 6《哦，别让我这样侍候》表现了进取型的女人；而不屈从或以牙还牙（给人戴绿帽、欺骗父母不从管教、背叛恋人等）则表现在挽歌 1、3、4、6、7 和挽歌 12《他与她的别离》（"His Parting from Her"）中。这些诗中的好几首，明目张胆地说出了其他诗所暗示的内容：一个叛逆的女人就是社会巨变的报信者。④

本尼特以《香料》为例指出，诗人把那个无法掌控其好色的（libidinous）女

---

① Diana Trevino Benet. "Sexual Transgression in Donne's *Elegies*." *Modern Philology* 92 (1994): p. 21.

② Diana Trevino Benet. "Sexual Transgression in Donne's *Elegies*." *Modern Philology* 92 (1994): p. 14.

③ Diana Trevino Benet. "Sexual Transgression in Donne's *Elegies*." *Modern Philology* 92 (1994): p. 19.

④ Diana Trevino Benet. "Sexual Transgression in Donne's *Elegies*." *Modern Philology* 92 (1994): p. 27.

儿的父亲比作"一个暴君"（第 43 行），称她的母亲时刻留意女儿是否犯下"精力过旺的罪过"（第 24 行），抱怨其情人在被人发现与自己独处时将"所有的越轨罪名都推到我的头上"（第 2 行），然而却依旧对她赞赏有加"爱情把这些巫术破除，鼓励/你为了我的爱而哄骗你的母亲"（第 25—26 行），表示"情愿拿出我所有的香料"（第 71 行）。这样的叙述，根据本尼特的阐释，说明在诗人笔下，不但他的恋人已经"颠覆了她的家庭结构"，而且还给人们展现了"一个勇敢又好色的年轻女子，一个无畏而沉溺于时尚的少年，一个权威遭到践踏的受骗的父亲。性别角色的逆转，连同对父权制的挑战，都在这首诗中有着清晰的关联"①。本尼特还以新批评的文本细读法，重点分析了其他几首挽歌，包括《他的画像》《爱的战争》等。她的最后结论是：历史文化为不同的性别赋予了不同的角色，多恩则颠覆了那种传统，创造了一个丰富多彩的世界，那是男男女女们都有可能实现的全新世界。②

　　本尼特没有使用"性别政治"这一术语，但"性别政治"的内涵却跃然纸上；她也没有揭露"父权压抑"这个说法，因为"父权"俨然就是被嘲弄的对象。像贝尔一样，本尼特强调了男女平等之于多恩诗的重要性；像贝尔西一样，本尼特以"叛逆的女人就是社会巨变的报信者"的评语喻指了多恩《挽歌集》的"现代性的阈值"。正因为如此，本尼特的论文看似是一种文化探究，实则是文化女性主义的典型代表。另外，她特别引出"雌男—雄女"的主题，还带上了亚马逊女性主义的影子，虽然亚马逊女性主义主要针对文学艺术中的女运动员，而在方法论上则又与新批评的细度紧密结合，所以全文具有较强的说服力。至于其读者是否真的被说服则另当别论，但她关于"性别超越"的想法却在《被和谐的声音》（"Harmonized Voices"）一文中有所体现。《被和谐的声音》是克莱门茨与吉拉尔德·加伦特（Gerald Gallant）合作发表的论文，全称《多恩〈歌与十四行诗集〉中被和谐的声音：以〈毒气〉为例》（"Harmonized Voices in Donne's *Songs and Sonnets*: 'The Dampe'"）。在加伦特和克莱门茨的文章中，"被和谐的声音"主要指诗的基调，即一首诗的基调可以是玩世不恭的，也可以是真心实意的，还可以是阿谀奉承的。在他们看来，多恩的《毒气》就是这样的诗，而对《毒气》的分析，不仅有助于看清其本身的艺术特点，还有助于对《歌与十四行诗集》中的其他作品的解读。③文章标题显示，他们似乎有法国女性主义理论家埃莱娜·西苏（Helene Cixous）所说的"通过声音写作"的意思，但他

---

① Diana Trevino Benet. "Sexual Transgression in Donne's *Elegies*." *Modern Philology* 92 (1994): p. 22.

② Diana Trevino Benet. "Sexual Transgression in Donne's *Elegies*." *Modern Philology* 92 (1994): p. 35.

③ Gerald Gallant and A. L. Clements. "Harmonized Voices in Donne's *Songs and Sonets*: 'The Dampe'." *Studies in English Literature* 15.1 (1975): p. 72.

们的真正研究视角却并非女性主义，而是新批评。从女性主义角度进行的、像本尼特一样以《挽歌集》为对象的研究，是桂伯瑞的《"哦，别让我这样侍候"：多恩〈挽歌集〉中之爱的政治》。

桂伯瑞曾是 1996—1997 年度美国多恩研究会的会长，其《"哦，别让我这样侍候"：多恩〈挽歌集〉中之爱的政治》曾荣获美国多恩研究会 1990 年度"杰出成就奖"①，收入穆斯勒主编的《当代多恩研究文集》后，是该文集的开篇之作。桂伯瑞的基本观点是，在多恩的爱情诗中，"爱不是政治的隐喻；爱本身就是政治的，涉及男女之间的权利交换"②。这一观点是对马罗蒂的修正。在《圈内诗人多恩》一书中，马罗蒂分析了文艺复兴时期的社会、经济、政治背景，提出应该把多恩看作一个"圈内诗人"，即一个宫廷诗人，因为他不但像别的宫廷诗人一样追求世俗功名，而且他的诗歌语言也都打上了宫廷诗的政治烙印，在创作爱情诗时尤其如此。③桂伯瑞则认为，马罗蒂看到诗与政治的关系无疑是正确的，但他没有揭示出诗与政治的交互关系，仅仅把诗当作政治的隐喻则是一个遗憾，因为在这样的隐喻中，"爱仅仅是喻体，本体则是政治；在解码政治意义的过程中，男女之间的亲密关系几乎丧失殆尽"④。正因为如此，桂伯瑞才强调爱本身的政治性。她引用马克思《1844 年经济学哲学手稿》（*Economics and Philosophic Manuscripts of 1844*）中的"人与人之间直接的、自然的、必然的关系是男女之间的关系"指出，在多恩的《挽歌集》中：

> 尽管语言是马克思的，但观念则是文艺复兴时期广为人知的。如同弥尔顿所刻画的亚当夏娃的"社会"所显示的，男女之间的关系是社会的基本结构单位[……]在《失乐园》中，弥尔顿对亚当夏娃的描写表明他已意识到人际关系、性关系中的政治维度。多恩同样深知两性关系中的政治维度，并在《挽歌集》中对之作了探究。在这些诗中，多恩不断

---

① 美国多恩研究会于 1989 年首次颁发"杰出成就奖"（Award for Distinguished Publication），用以表彰在多恩研究领域作出突出贡献的专著或论文。当年的奖项是戴顿·哈斯金（Dayton Haskin）的《从格罗萨特到诺顿之多恩复兴的新历史主义语境》（"New Historical Contexts for Appraising the Donne Revival from A. B. Grosart to Charles Eliot Norton." *ELH* (1989): pp. 869-895）。1990 年的获奖作品共 2 件，除了桂伯瑞的这篇论文，另一篇是安东尼·洛（Anthony Low）的《多恩与爱的再发明》["Donne and the Reinvention of Love." *ELR* 20 (1990): pp. 465-486]。杰出成就奖也有空缺，比如 1997 年度。1996 年，加里·斯特林格（Gary Stringer）因总主编集注出版《多恩诗集》而荣获"杰出成就奖"是迄今为止唯一的"特别奖"（Special Award）。

② Achsah Guibbory. " 'Oh, Let Mee Not Serve So': The Politics of Love in Donne's *Elegies*." In Andrew Mousley (Ed.), *John Donne: Contemporary Critical Essays*. New York: St. Martin's Press, 1999, p. 26.

③ Arthur F. Marotti. *John Donne, Coterie Poet*. Madison: University of Wisconsin Press, 1986.

④ Achsah Guibbory. " 'Oh, Let Mee Not Serve So': The Politics of Love in Donne's *Elegies*." In Andrew Mousley (Ed.), *John Donne: Contemporary Critical Essays*. New York: St. Martin's Press, 1999, pp. 25-26.

地把两性关系想象为一个冲突场所，通过它来反映社会现实，揭示人们对权利底线与权利界定的焦虑。[1]

这显示了桂伯瑞的基本观点，即性既是人际关系的基础，也是两性关系的基础。在前一意义上，它与经济政治和国家的概念息息相关，核心是治权；在后一意义上，它与人的本能与激情紧密联系，核心是身体。二者相互渗透、彼此影响，处于互动关系之中。所以"多恩对身体的再现，连同对两性关系的描写，都具有社会政治的指向性"[2]。这种指向性，在桂伯瑞看来，就是伊丽莎白女王，因为"对男人而言，屈从于一个女王的权威，在权力属于男人的文化里，必然产生巨大的张力"[3]。桂伯瑞认为，多恩的巧妙之处，就在于通过刻画低贱的、不真的，甚至令人厌恶的女性，含沙射影地表达了他的政治思想。桂伯瑞以挽歌 2《字谜》为例指出，诗中的弗拉维娅（Flavia）拥有一切，唯独缺乏美，全诗貌似是对彼特拉克式宫廷诗的嘲弄，"但多恩诗的细节也可能指向年迈的伊丽莎白女王的身形，她晚年显出明显的蛀牙，还戴红色假发"[4]。回到《字谜》本身，桂伯瑞指出，既然弗拉维娅拥有一切，那么我们就可以像玩字谜游戏一样，变换出一个令人愉悦的美人，这无疑表达了重塑男性中心的思想。在普通读者的心中，《字谜》就是一首爱情诗，而桂伯瑞则指出：

> 多恩对诗类的选择不仅仅反映他的文学品位，而且还反映他的政治立场，因为他要远离伊丽莎白的宫廷。在 16 世纪 90 年代，他没有选择表达宫廷爱的十四行诗，而是选用了讽刺诗和挽歌，而挽歌的标志是厌女，是坚持男性的控制权[……]多恩的反彼特拉克传统以及对性别关系的修正，暴露出对女性君王领导下的政治结构的不满（实际是拒绝）。私密的两性关系与身体政治的权力结构彼此投影、彼此强化。既然私密与公众的联系如此紧密，那么私密领域内的关系改变，也有可能引发政治世界的相应改变。[5]

① Achsah Guibbory. " 'Oh, Let Mee Not Serve So': The Politics of Love in Donne's *Elegies*." In Andrew Mousley (Ed.), *John Donne: Contemporary Critical Essays*. New York: St. Martin's Press, 1999, p. 26.

② Achsah Guibbory. " 'Oh, Let Mee Not Serve So': The Politics of Love in Donne's *Elegies*." In Andrew Mousley (Ed.), *John Donne: Contemporary Critical Essays*. New York: St. Martin's Press, 1999, p. 26.

③ Achsah Guibbory. " 'Oh, Let Mee Not Serve So': The Politics of Love in Donne's *Elegies*." In Andrew Mousley (Ed.), *John Donne: Contemporary Critical Essays*. New York: St. Martin's Press, 1999, p. 28.

④ Achsah Guibbory. " 'Oh, Let Mee Not Serve So': The Politics of Love in Donne's *Elegies*." In Andrew Mousley (Ed.), *John Donne: Contemporary Critical Essays*. New York: St. Martin's Press, 1999, p. 29.

⑤ Achsah Guibbory. " 'Oh, Let Mee Not Serve So': The Politics of Love in Donne's *Elegies*." In Andrew Mousley (Ed.), *John Donne: Contemporary Critical Essays*. New York: St. Martin's Press, 1999, pp. 31-32.

桂伯瑞还进一步以挽歌《上床》为例指出，作品通过在床榻与政治之间的轻易游走，揭示了当时的政治维度。在桂伯瑞看来，多恩借叙述者令其女友宽衣而表达把权力从女人手中剥离出来，因为诗中的种种恭维之词，实际上都是以男性对女性的渴望、占有，甚至奴役为落脚点的。桂伯瑞还针对第 25—32 行，分析了其中的男性治权：

> 在本节的开头，女人就是颁发特许状的君主；但就在她发出特许状的瞬间，她便丧失了她至高无上的君权。最初的含义现在终于清楚了。男人不但成了探险家，还是一位征服者，而她则成了他的土地和王国。表示所有格的词汇一再重复，进一步强化了他的优越感；到本节结束时，他已然成了君主，正在加盖他的玺印。当然，自我膨胀是大多数多恩诗的特征，甚至宗教诗也如此，但这几行中的隐喻和意象则具有特别的政治回声，因为它们废黜了女人，恢复了男人的至高无上的君权。①

桂伯瑞的意思非常明确，多恩的挽歌是借爱情之名而行政治之实。事实上，这一基本观点，桂伯瑞在其文章开篇就已交代清楚，对《字谜》和《上床》的分析也表明她的确是言之有理的。不过这里也有一个问题，这样的分析是不是有点牵强附会？以《字谜》为例，诗中明明说的是弗拉维娅，怎么就成了伊丽莎白女王呢？在《上床》中，诗人并未提及那个女友究竟是谁，怎么也成了伊丽莎白女王呢？照此逻辑，岂不所有"女士"都可以是伊丽莎白女王？既然并无任何凭据可以证明，难道不怕被批信口雌黄？退一步说，多恩迟迟不愿接受圣职，不就是希望能在仕途上施展才华吗？他不是曾做过议员吗？再退一步说，假如多恩真的对当朝君主表示不满，甚至拒绝，这难道不是自绝于世？甚至还可以再退一步，即便伊丽莎白女王已日薄西山，多恩希望另寻君主，难道新的君主不是从君王世家而来？难道不怕新主产生别的想法？事实上，所有这些都有可能，但也都不能推翻桂伯瑞的基本思想：多恩《挽歌集》中的那些女性，无论以怎样的形象出现，其身份始终是"他者"。我们可以把她视为伊丽莎白女王，也可以把她视为别的什么女人（比如普通贵妇或乡下丑女），但诗中无处不在的辩论性语气，连同戏剧独白等表达特点、一波三折的诗行推进等，全都不同程度地彰显着两性在行为方式、话语方式、思维方式等众多方面的差异。借伍尔夫的话说，无论她们多么"善变而复杂"，她们都是男性的欲望对象。

桂伯瑞对"爱的政治"的揭示，所占篇幅最多，与文章标题关系最紧的，是对《挽歌 6》（"Elegy 6"）的分析。该诗原本没有标题，相当于汉语中的"无

---

① Achsah Guibbory. "'Oh, Let Mee Not Serve So': The Politics of Love in Donne's *Elegies*." In Andrew Mousley (Ed.), *John Donne: Contemporary Critical Essays*. New York: St. Martin's Press, 1999, p. 33.

题"。格里厄森的《多恩诗集》第 1 卷（1912）目录中的标题是该诗第 1 行前半句中的"哦，别让我"；加德纳在《多恩〈挽歌集〉和〈歌与十四行诗集〉》（*John Donne: The Elegies and the Songs and Sonnets*, 1965）中建议用"不从"为题；肖克罗斯的《多恩英诗全集》（1967）用"哦，别让我这样侍候"为题；斯特林格总主编的集注版《多恩诗集》第 2 卷（2000）也用"哦，别让我这样侍候"为题。桂伯瑞用的是肖克罗斯的标题，不是因为集注版中的"我"为 me，肖克罗斯版为 mee，而是因为桂伯瑞的论文发表时，集注版第 2 卷尚未出版。桂伯瑞的标题出自《挽歌 6》的第一行，但因她的分析一开始就涉及前 10 行，所以为了更好地理解她的分析，不妨将其汉译摘录如下：

> 哦，别让我侍候，像那些人一样侍候，
> 荣誉的烟云使他们同时既饱肥又馁瘦；
> 可怜地从大人物的言语或脸色获得充实；
> 也别这样把我的名字写入你的情人录里，
> 像那些崇拜偶像的谄媚者，他们总好
> 以许多邦国完善他们的王子的尊号，
> 其实在那里他们既无统治权也得不到贡物。
> 我所提供的那种服务将会是付出
> 自身，我厌憎死的名字：呵，那就让我
> 做常任的宠臣，要么干脆不做。（傅浩译）①

在桂伯瑞看来，多恩在这 10 个诗行中把爱情与政治作了类比，内容丰富，情感复杂，而且较之于其他诗行，这里对于侍候一个女人的不满，表达得近乎明目张胆：

> 与其他诗人不同，多恩在政治和爱情两个领域，都拒绝那样一种侍候：恋人/追求者是被动的，一味阿谀奉承而不求回报；女人则被虚伪地理想化，成为仰慕她的人的偶像。与此相反，多恩宁愿提供一种截然不同的侍候：明显是性欲的，是为女人而"付出"（而不是《挽歌 18》中的为女人的钱包增添"某物"），还得有所回报。这种侍候能重振男人的尊严，因为它不是服侍，而是主宰。但主宰却是欲望，而非成

---

① 约翰·但恩：《艳情诗与神学诗》，傅浩译，北京：中国对外翻译出版公司，1999 年，第 136 页。在傅浩的译文中，该诗标题为《抗拒》，遵从的应该就是加德纳（傅浩译"伽德纳"，见该书第 xxviii 页）。

就，因为诗化的虚构语境是发现他的女友原来不真。①

在接下来的分析中，桂伯瑞通过文本细读与比较，认为多恩之所以把女人比作具有毁灭性的"涡流"（第 16 行）和"溪流"（第 21 行），而把自己比作"粗心的花朵"任由涡流的"吸允""拥抱""淹没"（第 15—17 行），都旨在说明女人的主动与攻击性，用以对照自己的被动与脆弱。这种对传统的角色定位的刻意颠覆，在第 29—34 行达到高峰，诸如"豪壮"（brave）、"侠义"（gallant）等表示阳刚之气的词语，都用在了女人身上。这些词语与其说是对传统两性观的质疑，不如说是对那种观念的强化，是通过女人的做派与虚伪，强化了传统两性观的对立。在这个意义上，多恩的两性观，在桂伯瑞看来，非但不是现代的，反而"是保守的，甚至是反动的"②。在桂伯瑞笔下，所谓的"反动"（reactionary）是指有悖历史潮流的极端保守，所以她将多恩与亚里士多德加以比较，认为两人都坚持性别差异是天生的、不容倒错的。

> 但是，亚里士多德认定两性分属固定的不可动摇的两个范畴；多恩诗则对超越两性间的等级差别表现了强烈的焦虑。在一个生理和社会都不再可能固定不变的文化中，那种焦虑是可以理解的。事实上，伊丽莎白女王本身就在有效地瓦解（destablish）那些清晰的性别差异。她要面向大众树立一个雌雄同体的个人形象，既是一个令人垂涎欲滴、任由追求的少女；又是一个强大的、好战的统治者；一个能掌控她的所有臣民，并以品性刚强、审时度势著称于世的君王。
>
> 在多恩的《挽歌 6》中，那个叛逆的女人，被想象成既是火又是水，已然超越了被认为是自然的、合适的两性之间的种种界限[……]她所吸收的"阳性"气质已然有效地将男人"阴性化"（他就像一朵鲜花，或是一条溪流）。多恩的策略是：首先揭露性别界限的模糊性，将它视为不自然的，而后再修复那些界限，重申男性的治权。③

我们知道，《挽歌 6》共计 46 行，由两个部分组成：第一部分为 1—34 行，第二部分为 35—46 行。两个部分的内容和语气截然不同，因而用转折词 Yet 连接。若按"承启转合"划分，则第一部分包含"承"（第 1—14 行）与"启"

① Achsah Guibbory. " 'Oh, Let Mee Not Serve So': The Politics of Love in Donne's *Elegies*." In Andrew Mousley (Ed.), *John Donne: Contemporary Critical Essays*. New York: St. Martin's Press, 1999, p. 35.

② Achsah Guibbory. " 'Oh, Let Mee Not Serve So': The Politics of Love in Donne's *Elegies*." In Andrew Mousley (Ed.), *John Donne: Contemporary Critical Essays*. New York: St. Martin's Press, 1999, p. 37.

③ Achsah Guibbory. " 'Oh, Let Mee Not Serve So': The Politics of Love in Donne's *Elegies*." In Andrew Mousley (Ed.), *John Donne: Contemporary Critical Essays*. New York: St. Martin's Press, 1999, p. 37.

（第 15—34 行）；第二部分则只有"转"而没有"合"。桂伯瑞所谓的"重申男性的治权"，特指《挽歌 6》的第 35—46 行①，亦即第二部分。由于第一部分从"承"到"启"步步深入，所以第二部分的"转"而不"合"便显得特别抢眼。正因为如此，桂伯瑞称这是诗人在向男性化的女人"重申男性的治权"。至于如何重申的问题，或许是因为诗歌本身已经表达得非常清楚，桂伯瑞没有给出具体分析，只是画龙点睛地指出：诗人警告女人称，她的美貌、她的权力、她对他的管控，都取决他。但对于这种重申的意义，桂伯瑞则结合末行之"革除教门又怎能伤害了我"的反问，给出了她的独到阐释：

> 在这首将爱情、政治、宗教融为一体的诗中，这些诗行包含着危险的颠覆性的潜台词。回望开篇时的性爱侍候与政治侍候，这样的结尾则暗示着：正如情妇的权力取决于她那善心的恋人（一如罗马教廷的权力取决于心甘情愿的各国），女王的权力也取决于她的臣民。②

这不就是我们常说的"以民为本"的思想吗？桂伯瑞的回答是否定的，或者说她并未对之加以阐释，因为她所强调的是爱情与政治的类比。在这种类比中，臣服于一个女性是"错误的，有如让动物统治人类"③一样，只有"追随男性君主"④才是臣民的正确选择。这就是桂伯瑞之所以选择多恩的"哦，别让我这样侍候"作为其论文标题的根本原因。然而，桂伯瑞也意识到："诗中的政治含义，即对一个女人的崇拜/臣服应该让位给对一个国王的忠诚，就连伊丽莎白时代的读者也不会毫无察觉。但即便在伊丽莎白的统治结束之后，本诗依然可能引发不安，因为其结尾处对女性的抨击已然扩大到君权问题。"⑤从这个意义上说，桂伯瑞的突出贡献是在"爱的哲学"的影响下，提出并论证了"爱

---

① 傅浩的译文："然而别让你深沉的苛酷在我心里/产生无所谓的绝望，因为那会激起/我的心意轻蔑；呵，因痛苦而迟钝的爱/绝不如鄙视聪明，或武装得那么厉害。/于是我将以新的眼光审视你，/在你脸上看出死亡，在你眼中看出阴翳。/虽说希望曾孕育信仰和爱情；受过如此教化，/我还是将背叛你的爱，犹如各国背叛罗马。/我的憎恨之情将超过你的，我/将完全弃绝与你的调笑：如果我/是不奉教者，态度那么坚决，/革出教门又怎能伤害了我？"见约翰·但恩：《艳情诗与神学诗》，傅浩译，北京：中国对外翻译出版公司，1999 年，第 137 页。

② Achsah Guibbory. " 'Oh, Let Mee Not Serve So': The Politics of Love in Donne's *Elegies*." In Andrew Mousley (Ed.), *John Donne: Contemporary Critical Essays*. New York: St. Martin's Press, 1999, p. 38.

③ Achsah Guibbory. " 'Oh, Let Mee Not Serve So': The Politics of Love in Donne's *Elegies*." In Andrew Mousley (Ed.), *John Donne: Contemporary Critical Essays*. New York: St. Martin's Press, 1999, p. 35.

④ Achsah Guibbory. " 'Oh, Let Mee Not Serve So': The Politics of Love in Donne's *Elegies*." In Andrew Mousley (Ed.), *John Donne: Contemporary Critical Essays*. New York: St. Martin's Press, 1999, p. 38.

⑤ Achsah Guibbory. " 'Oh, Let Mee Not Serve So': The Politics of Love in Donne's *Elegies*." In Andrew Mousley (Ed.), *John Donne: Contemporary Critical Essays*. New York: St. Martin's Press, 1999, p. 39.

的政治"。

顺着这样的思路走下去，则多恩挽歌中的"爱"必然是"华美小屋"与政治世界的统一。既然一个女王能轻易地游走在床榻与政治之间，那么任何国王自然也能做到；既然一个女王的统治取决于她的臣民，那么任何一个国王的统治也同样取决于她的臣民。桂伯瑞对挽歌《嬗变》的解读正是如此。

> 在对权力的重新审视中，多恩那些挽歌都具有政治上的颠覆性，而这也有助于说明多恩为什么不想出版他的诗（至少是后悔没有将它们尽数销毁）。1633年出版《多恩诗集》时，他的5首挽歌（包括《爱的进程》和《上床》）便没能获准与其他诗一道出版。或许不只是因为其中的艳情让人生厌。多恩的那些挽歌，不仅在伊丽莎白时代看起来十分危险，即便在詹姆斯一世及查理一世时代，在多恩最终在教堂里谋得了一个显赫的职位之后，似乎也同样如此，因为那些诗一再地反复暗示这样的思想：效忠可以收回，君主可以废黜，而查理一世的命运恰好就是这样的。①

穆斯勒称赞桂伯瑞的文章是"再历史化著作的一个范例"②。穆斯勒所说的"再历史化"（rehistoricizing）实际上就是新历史主义。亦即说，桂伯瑞是从新历史主义女性主义的角度，对多恩的《挽歌集》加以政治阐释的。从上面的分析可以看出，桂伯瑞的基本思想，正如她在论文开篇时所指出的（也是穆斯勒在《当代多恩研究文集》的导言中所强调的）③，是这样一种观念：在一个信奉等级制的社会里，人与人之间的关系是确定的，这种确定性一旦受到威胁，就不可避免地会引起人们内心的强烈焦虑，伊丽莎白女王就是对原有确定性的威胁，而多恩的《挽歌集》则是对这种威胁的回应。正是基于这样的思想，桂伯瑞紧扣伊丽莎白女王，把多恩《挽歌集》中的女性都视为伊丽莎白女王的化身，首先解析诗中的丑女、恶女，然后解析诗中的烈女，最后的落脚点则是重拾传统的性别归属，将之视为与生俱来的，因而也是自然的、理当遵从的、最为基本的两性关系。为此，桂伯瑞一开始就对私密空间与公众空间对立、爱情诗与政治诗对立等现代概念提出质疑，对多恩的现代性也表示怀疑。她把多恩的两性观与亚里士多德的两性观加以比较，用多恩的《挽歌集》为例子，通过论证性别超越能产生焦虑，一方面肯定了亚里士多德的正确性，颇具针对性地指出了多恩的两性观"是

---

① Achsah Guibbory. " 'Oh, Let Mee Not Serve So': The Politics of Love in Donne's *Elegies*." In Andrew Mousley (Ed.), *John Donne: Contemporary Critical Essays*. New York: St. Martin's Press, 1999, p. 39.

② Andrew Mousley, Ed. *John Donne: Contemporary Critical Essays*. New York: St. Martin's Press, 1999, p. 40.

③ Andrew Mousley, Ed. *John Donne: Contemporary Critical Essays*. New York: St. Martin's Press, 1999, p. 12.

保守的，甚至是反动的"；另一方面也暗示了多恩诗的先进性，甚至是革命性，还以查理一世的宿命暗示了多恩诗的预见性。

从 T. 安东尼·佩里的《厄洛斯精神》，到伊洛娜·贝尔的《多恩〈歌与十四行诗集〉中那位女士的角色》，再到戴安娜·本尼特的《多恩〈挽歌集〉中的性别超越》，再到桂伯瑞的《"哦，别让我这样侍候"：多恩〈挽歌集〉中之爱的政治》，连同这里尚未提及的许多其他研究，虽然主旨、选材、方法、重心、结论等都不尽相同，但也都具有一个显著的相同趋势，即他们的女性主义从来就不是一个单一视角，而是多个视角的结合。以此而反观米金的《约翰·多恩的女性表达》，则她所用的多重视角，实际上就是女性主义多恩研究的传统做法，显示着女性主义的开放性特征。

前面曾说到，米金的《约翰·多恩的女性表达》共由 4 章组成，每章都围绕一个原型展开，这明显具有原型批评的性质。我们知道，在《批评的解剖》（*Anatomy of Criticism*，1957）中，诺斯罗普·弗莱（Northrop Frye）借用荣格的"原型"一词，创立了自己的原型批评理论。在这之前，莫德·博德金（Maud Bodkin）出版了《诗中的原型模式》（*Archetypal Patterns in Poetry*，1934）；在这之后，则出现了女性主义原型批评理论，比如安妮斯·普拉特（Annis Pratt）的《女性小说中的原型模式》（*Archetypal Patterns in Women's Fiction*，1981）、埃斯特拉·劳特（Estella Lauter）的《创造神话的妇女：20 世纪的女性诗歌与视觉艺术》（*Women as Mythmakers: Poetry and Visual Art by Twentieth-Century Women*，1984），以及埃斯特拉·劳特与卡罗尔·施赖尔·鲁普雷希特（Carol Schreier Rupprecht）合著的《女性主义原型理论：跨学科的荣格思想》（*Feminist Archetypal Theory: Interdisciplinary Re-Visions of Jungian Thought*，1985）等。正如艾布拉姆斯所说，"1980 年代女性主义批评者发展了各种原型批评形式，着手修订了荣格和其他原型批评理论家的男性视野和偏见"[1]。荣格在论及阿尼玛的四个发展阶段时，曾用夏娃、海伦、玛丽和索菲娅作为象征；米金则用缪斯、萨福、夏娃和伊丽莎白为象征。弗莱将"基本主题"具化为春、夏、秋、冬四季；米金则将其具化为家庭、同性恋、母子、社会四个层面。他们之所以都用"四"，很可能与西方的"四行"概念有关，也就是与传统的宇宙概念有关，因为"四行"乃宇宙万物的基本元素。具体到米金的《约翰·多恩的女性表达》，则她对"其他原型批评理论家"的发展的核心，是在遵循原型的集体无意识的前提下更加注重意识层面的旨趣，也更加注重与现实生活的联系。

所以除大量文本细读，以及前面提到的各种女性主义之外，米金还将历史、文化、神学等传统学科以及语言学、分析心理学、解构主义等的前沿理论，一并

---

[1] 艾布拉姆斯，哈珀姆：《文学术语词典》（中英对照），北京：北京大学出版社，2014 年，第 37 页。

加以运用，借以回答多恩究竟是怎样实现"女性表达"这一核心问题的。在米金看来，这一问题的回答，早在多恩的早期诗信中就已初现端倪，那便是文艺复兴的诗歌传统之一：吁请缪斯（the invocation of the Muse）。①米金以多恩写给其朋友的诗信为例，分析了他们之间关于诗歌的一些基本看法，比较了他们之间的异同，结合当时的文化氛围、批评界的主流看法，以及多恩"少狎诗歌、老娶神学"的基本生平，得出了这样的结论：

> 在从古老的宗教源头分离出来之后，缪斯成了男性作家用以表现他们的女性气质的一个重要的想象载体。虽然缪斯从来没有获得个性，没能成为美狄亚（Medea）、巴斯妇、麦克白夫人，但"她"却就在那儿，"从头到尾"都在。迈克尔·帕克（Michael Parker）说多恩自己取代了世俗缪斯的位置。但即便是多恩的菲勒斯"幻象"，也从来没能把阴性的缪斯从他的男性朋友中赶走。尽管他们标榜自我认同，可女性气质，无论作为缪斯的化身和象征，还是作为一个又一个具体诗人的抽象的性别立场（如多恩的"我真的很美慕"②），对于诗歌创作与同性爱文化，仍然是不可或缺的，"她"既在那儿，又不在那儿，既已死去，却又活着，处于"内心流放"状态。③

这里的"内心流放"（internal exile），按米金自己的阐释，是伊里加雷的术语，属于一种悖论表述，指女性处于无家可归、却又被人监禁在家的一种象征性表述。米金借以作为"女性表达"的一种策略，因为按马丁·海德格尔（Martin Heidegger）的说法，语言乃存在之屋，所以把一个女人监禁在家，就是把她放到语言中去。在伊里加雷那里，"内心流放"是与破败、无能与溺职等概念联系起来的，所以米金即便将女性监禁在语言的家园里也是一种肢解化的监禁。米金显然对这一理论很感兴趣，所以还从语源角度，点明了"表达"（articulate）在拉丁语中的寓意为"碎片"之后指出："表达是悖论性的，因为其完整性之所以是完整的，取决于其自身的不同部分是完整的或连贯的。"④然而，无论女性在语言中是否具有完整性或连贯性，只要把她监禁起来，就已然表现了男女的对立。这种对立的原因，在米金看来，在于男性对女性的不理解，具体地说是男性对"作为女人的女人"（woman as woman）的不理解，而不是对

---

① H. L. Meakin. *John Donne's Articulations of the Feminine.* Oxford: Clarendon Press, 1998, p. 25.

② 语出多恩的诗信《致 R. W. 先生》（"To Mr R.W."），其开头两行为 "Kindly I envy thy songs perfection/ Built of all th'elements as our bodyes are"，大意是"我真的很羡慕你的歌完美无瑕/像我们的身体一样用各种元素组成"。

③ H. L. Meakin. *John Donne's Articulations of the Feminine.* Oxford: Clarendon Press, 1998, p. 84.

④ H. L. Meakin. *John Donne's Articulations of the Feminine.* Oxford: Clarendon Press, 1998, p. 20.

"为了男性的女人"（woman for man）的不理解。根据米金，"内心流放"在多恩作品中的表现，就是用借助语言来表达"作为女人的女人"的种种难以理解、难以言说的形象。正因为缪斯是被监禁在家的，所以在多恩的作品中，她自然就是"多恩的家务缪斯"，而多恩的家务之一恰好便是用女性话语为建材来构筑他的"语言之家"①。

为了更进一步说明多恩究竟是如何使用女性话语来建构语言之家，实现"女性表达"这一目标，米金专章讨论了多恩的《萨福致菲莱尼斯》，核心则是前文所指出的那个问题："如果我们彼此称对方为愚蠢的男子/一个小世界，那我们又该怎样称呼你？"米金用了较大的篇幅，从"缪斯的第十个妹妹""多重的理论视角""古典主义与文艺复兴时期的萨福与菲莱尼斯""多恩与奥维德的比较"等不同方面，展开了旁征博引的分析、比较与探究。但在这一章中（第2章），米金似乎更在意《萨福致菲莱尼斯》的女同性恋特征，所以不惜以多恩"发明了爱"为结束，而真正有关如何实现"女性表达"的问题，即下面的文字，则被淹没在第5节中。

> 通过女同性恋者萨福，即第十位缪斯的话语，多恩似乎想要建构一个可能的诗的世界，一个没有"变化"与"疾病"的世界，一个女同性恋的自然本性所象征的世界，正如萨福所说那是"自然作品，依自然规律"[……]萨福在为多恩言说，通过她在诗中所表达的性爱，而当多恩在这里把她用作缪斯时，便发生了一种双向救赎：多恩代表了甜蜜芬芳的莱斯博斯的骄傲，而非马提亚尔的同性恋；萨福把多恩从堕落的世界拯救了出来。②

事实上，米金怎样结束第2章并不重要，重要的是她选择了具有"第十位缪斯"美誉的萨福。③众所周知，多恩没有留下有关诗歌创作的只言片语，但他的《萨福致菲莱尼斯》却一定程度地揭示了他的诗学观。全诗共计64行，开篇4行为：

> Where is that holy fire, which verse is said
> To have, is that enchanting force decay'd?
> Verse that draws nature's works, from nature's law,
> Thee, her nest work, to her work cannot draw.④

---

① H. L. Meakin. *John Donne's Articulations of the Feminine*. Oxford: Clarendon Press, 1998, p. 25.

② H. L. Meakin. *John Donne's Articulations of the Feminine*. Oxford: Clarendon Press, 1998, pp. 132-133.

③ 萨福具有"第十位缪斯"的美誉；而菲莱尼斯（Philaenis）则被认为是《爱的艺术》的作者。

④ John Donne. *John Donne's Poetry*. Ed. Donald R. Dickson. New York and London: W. W. Norton and Company, 2007, p. 44.

台湾学者曾建纲的译文为：

> 皆云诗歌有圣火，而今安在？
> 那施以魔咒的威力恐已颓败？
> 诗歌，依自然之律，临摹造物，
> 无力迫你，自然之最，同我爱慕。①

这样的开篇明显具有"诗论"的性质。第 1—2 行俨然就是对诗的定义；第 3—4 行则不仅堪称蒲柏《论诗》的先河，还与爱情诗《梦》中之"你如此真实，以至于想想你就足以/使梦幻变成现实，寓言成历史"②如出一辙。在接下来的诗行中，多恩又借萨福之口，在对恋人的长篇累牍的歌颂中，以提喻的手法，就诗人的定义（"创造者"，第 8 行）、诗的过往发展（"昔日的诗火"，第 5 行）、诗的功能（"一切的悦乐"，第 36 行）、作诗的基本手法（"比拟"，第 47 行）、诗的主题（"女人的嫉妒，男人的爱意"，第 62 行）等，给出了画龙点睛的（抑或是蜻蜓点水似的）诗化阐释。遗憾的是，这些内容米金并未提及。但她选择《萨福致菲莱尼斯》，则让我们自然联想到是诗人（萨福也好，多恩也罢）在谈诗歌。在这个意义上，多恩笔下的萨福，有如柏拉图笔下的苏格拉底（Socrates），都在表述特定的思想内容，也都以自己的方式在言说。这是米金整部著作最具价值的地方。

如果说米金的《约翰·多恩的女性表达》前两章的重点是古典主义，那么其后两章的重点则转向了基督教。第 3 章意欲回答两个问题，一是为什么要创造女人？二是女人是如何创造的？米金的主旨在于通过多恩对夏娃的呈现，探讨多恩因认可基督徒婚姻中的女性角色而积极投身于父权制的建构。米金给出的依据是伊里加雷关于"整个西方文化的基础就是弑母"③的理论，而所用的主要材料则是多恩的《内瑟索尔爵士结婚布道文》和《林肯律师学院祝婚曲》。前者为散文，后者为诗歌，二者的文本基础都是《圣经》经文"因此，人需要离开父母与妻子联合，二人成为一体"[《创世纪》（Genesis）2：24]。米金对之加以分析的文化基础，是一个不太引人注意的细节，即在文艺复兴婚姻观中，女性的角色定位依据她们的婚姻状况，有个隐形的模式：少女/妻子/寡妇/婊子。④庞德的《诗章》（The Cantos）中也有类似的思想，比如该书第 1 章呈现的三个女神就代

---

① 邓约翰：《哀歌集》，曾建纲译，台北：联经出版事业股份有限公司，2011 年，第 207-208 页。

② 语出第 7—8 行，见约翰·但恩：《约翰·但恩诗选》，傅浩译，北京：外语教学与研究出版社，2014 年，第 95 页。

③ H. L. Meakin. *John Donne's Articulations of the Feminine*. Oxford: Clarendon Press, 1998, p. 140.

④ H. L. Meakin. *John Donne's Articulations of the Feminine*. Oxford: Clarendon Press, 1998, p. 148.

表着"具有原型意义的三位一体，代表着女巫、女儿和恋人三种身份"①，第 28 章甚至让史诗女神和真理女神互骂"贱货"和"婊子"②。所以，米金选择这样的文化基础来分析，已然表明了自己的立场，所以她所选择的两个文本，无非是作为印证其主旨的支撑材料。

特别值得注意的是：在米金看来，《内瑟索尔爵士结婚布道文》代表了多恩对圣经文本的理解，即基督教传统所定义的性别基础是"创造夏娃"；而《林肯律师学院祝婚曲》则代表了多恩对婚事即"拼死搏斗"（a fight to the death）这一流行概念的回应。弗朗西斯·内瑟索尔（Francis Nethersole）是多恩的好友，其新婚妻子露西·古德伊尔（Lucy Goodyear）则是多恩的密友亨利·古德伊尔之女，也是多恩的长女康丝坦丝（Constance）的闺蜜，还是多恩的恩人贝德福德伯爵夫人最为疼爱的教子。多恩的《内瑟索尔爵士结婚布道文》很长，在乔治·R. 波特和辛普森的 10 卷本《多恩布道文集》（1955）第 2 卷中占了 13 页之多。全文基于《圣经》之"神说，那人独居不好，我要为他造一个配偶帮助他"（《创世纪》2：18），从上帝创世开始，以"她必须只能是她丈夫的帮手，就像上帝创造夏娃一样"③，几乎就是对《创世纪》中的神道与人道的诠释，因而把男性抬得很高，把女性则说得很低。米金因此认为多恩是父权制的维护者："女人势必勉强出场[……]女人的身体被作为话语，而后抹去。"④至于《林肯律师学院祝婚曲》，米金认为其"拼死搏斗"概念的背后透露出两个更深层次的含义：一是新娘自愿为父权制献身；二是新郎既担心被阉割与性无能，也害怕其男性身份被巨噬的母性吞咽。米金还特别引用第 40—41 行的尾韵（womb/tomb），认为多恩诗喻指了婚姻所蕴含的生与死的概念，以及这一概念背后的弑母意图："从圣女到母亲，新娘转化了角色，却没有给自身的主体性留下空间。"⑤这表明，米金的解读带有极为典型的女权主义思想，并以这样的思想回答了两个问题：为什么创造女人？为了父权制得以继续；女人是如何制造的？通过结婚所象征的死亡与再生。

到第 4 章，米金不再试图回答任何问题，转而提供解读《周年诗》的方式，即把诗中的伊丽莎白小姐的美德与清白之身看作多恩借以表现其精湛的语言力量的载体：

---

① 晏清皓：《庞德〈三十章草〉中的女性形象研究》，北京：科学出版社，2018 年，第 78 页。

② Ezra Pound. *The Cantos of Ezra Pound*. New York: New Directions. 1995, p. 28.

③ John Donne. *The Sermons of John Donne*. Vol. 2. Eds. George R. Potter, Evelyn M. Simpson. Berkeley and Los Angeles: University of California Press, 1955, p. 346.

④ H. L. Meakin. *John Donne's Articulations of the Feminine*. Oxford: Clarendon Press, 1998, p. 181.

⑤ H. L. Meakin. *John Donne's Articulations of the Feminine*. Oxford: Clarendon Press, 1998, p. 198.

在多恩和父权制的眼中，伊丽莎白提前关闭了她的纯洁之身，这是一种"延宕之策"（strategy of dilatio），一种"延展的厄洛斯学"（erotics of prolongation），它推迟了那不可避免的婚姻[……]避免了女人的定义功能。上帝那"生养众多"的命令，亦即那句至理名言，也适用于修辞的延宕或话语的夸张，在宣讲浓缩而"封闭"的经文时尤其如此。通过将伊丽莎白的身体作为文本加以宣讲，多恩激活了那种延宕的修辞，使她成了善良的基督徒所效仿的榜样；于是，在多恩的帮助下，她以一个文本的形式，遵从了"生养众多"的神谕。她的早逝在命运之书里留下的空白必须填补。填补空白的行为就是修辞意义上的摘花行为；而每一次的摘花都是对多恩诗的一次阅读，也都是对伊丽莎白的榜样力的一次主动效仿。①

正是在这个意义上，米金指出多恩以其精湛的语言，构筑了他那具有的巴比塔性质的《周年诗》。米金的意思很明显，借用今天的流行话语即多恩把不可能变成了可能。所以在全书的结论部分，米金先是把萨福的提问调整为"那我们该怎样称呼多恩？"并立刻给出了自己的回答："不仅仅是男性巨无霸。"②而后米金又依据柯勒律治的建议给出了自己的建议："柯勒律治曾说：'如果你想要教一个高级学者如何阅读，那么你就选多恩。'我也建议：如果你想要教一个高级[女性]学者如何阅读，那么你就选多恩。"③

我们对米金的专著做了较为详细的分析讨论，不是因为她有多少创建，而是因为她涉及许多视角，颇能作为女性主义多恩研究的一个缩影。比如她的理论依据主要是伊里加雷，而她对雌雄同体与爱情—死亡概念的分析，则在更早就已发表的 A. R. 齐里罗（A. R. Cirillo）的《美丽的赫耳玛佛洛狄忒》（"The Fair Hermaphrodite"，又译《美丽的雌雄同体》，1969）中就有了。在这篇米金没有提及的文章中，齐里罗追溯了完美之爱的来龙去脉，明确提出了"爱—死"概念④，并对《出神》作了详细分析。更重要的是，米金的主要论点，即"女性表达"，也早在莫琳·萨宾（Maureen Sabine）的《女性信仰》（Feminine Engendered Faith，1992）中就有了较为系统的探究。萨宾从女性主义角度出发，结合心理分析与文本细读，特别是宗教研究，揭示了"女性力量"（the power of the feminine）之于多恩与斯宾塞的重要性。在这部被称为"中心突出、研究深

---

① H. L. Meakin. *John Donne's Articulations of the Feminine*. Oxford: Clarendon Press, 1998, p. 218.

② H. L. Meakin. *John Donne's Articulations of the Feminine*. Oxford: Clarendon Press, 1998, p. 238.

③ H. L. Meakin. *John Donne's Articulations of the Feminine*. Oxford: Clarendon Press, 1998, p. 239.

④ A. R. Cirillo. "The Fair Hermaphrodite: Love-Union in the Poetry of Donne and Spenser." *Studies of English Literature* 9.1 (1969): p. 90.

人"①的著作中，萨宾用 3 个章节的篇幅，讨论了多恩的宗教诗以及《歌与十四行诗集》《诗信集》《周年诗》。萨宾从多恩的洛锡安画像和他的碑文入手，强调打开多恩诗的"阐释学钥匙"（hermeneutical key）便是多恩心目中的圣母形象。②萨宾认为圣母既是多恩与其信奉天主教的母亲保持联系的根源，也是多恩诗的思想基础和情感基础。萨宾指出，圣母与圣子之间的关系，在多恩宗教诗中的表现无疑是最为明显的，但在其世俗诗中也有体现，比如《特威克楠花园》《报春花》《周年诗》等。她还认为《花冠》组诗实际上是献给赫伯特夫人的，因为后者几乎就是前者的母亲，而之所以假借了一套外衣，则在于避免不必要的麻烦。③她还认为《周年诗》的歌颂对象就是圣母玛利亚。④萨宾与米金各自研究的重点对象虽然不同，但基本思想是相通的。

事实上，米金的许多观点，也都与以往的女性研究是相通的。比如对《萨福致菲莱尼斯》一诗的研究，仅在 1995 年就有保拉·布兰克（Paula Blank）的《把萨福比作菲莱尼斯：多恩的同族诗学》（"Comparing Saphho to Philaenis: John Donne's 'Homopoetics'"）、巴巴拉·科雷尔（Barbara Correll）的《象征经济与零和色情：多恩〈萨福致菲莱尼斯〉》（"Symbolic Economies and the Zero-Sum Erotics: Donne's 'Sapho to Philaenis'"）等成果。此外，伊丽莎白·哈维以及詹姆斯·豪尔斯顿（James Holstun）等也都有过各自的不同比较研究。前者在多恩与奥维德之间比较，认为都是最真实的内心写照⑤；后者在不同时代之间比较，认为该诗就是多恩的"同性诗学"，即把他者看作自我、把自我看作他者。⑥再比如对《周年诗》的研究，莫琳·萨宾就结合新历史主义角度，将其与《连祷》等一并加以研究，更进一步扩大了女性主义的研究视野。⑦我们之所以选择以米金的《约翰·多恩的女性表达》作为女性主义多恩研究的结语，直接原因在于它出版于 20 世纪末；而我们之所以对之作了较多的分析，则在于它直接切

---

① Paul A. Parrish. "Feminine Engendered Faith: A Review." *Journal of English and Germanic Philology* 94.2 (1995): p. 246.

② Maureen Sabine. *Feminine Engendered Faith: The Poetry of John Donne and Richard Crashaw*. London: Macmillan, 1992, p. x.

③ Maureen Sabine. *Feminine Engendered Faith: The Poetry of John Donne and Richard Crashaw*. London: Macmillan, 1992, p. 47.

④ Maureen Sabine. *Feminine Engendered Faith: The Poetry of John Donne and Richard Crashaw*. London: Macmillan, 1992, pp. 81-84.

⑤ Elizabeth D. Harvey. "Ventriloquizing Sappho: Ovid, Donne, and the Erotics of the Feminine Voice." *Criticism* 31.2 (1989): pp. 115-138.

⑥ James Holstun. "'Will You Rent Our Ancient Love Asunder?': Lesbian Elegy in Donne, Marvell and Milton". *ELH* 54.5 (1987): pp. 835-868.

⑦ Maureen Sabine. *Feminine Engendered Faith: the Poetry of John Donne and Richard Crashaw*. London: Macmillan, 1992.

入女性主义的关注焦点，即一套新的话语体系；而且她的研究就是在这套话语体系的基础上展开的，因而能从中看出女性主义多恩研究的基本特点：开放、包容、争辩、发展，特别是独立姿态。这些特点当然不限于女性主义，也同样反映在下面将要讨论的其他理论的多恩研究中。

第六节　结构即价值：结构主义与多恩诗的结构重建

在文学批评中，结构主义是新批评的进一步发展，因为"结构主义者认为，就像语言一样，文学是由语言构成的封闭的规则系统"①，这与新批评对文学的基本看法完全一致。另外，就像新批评一样，结构主义也具有强烈的方法论性质，所以在圣经阐释以及语言学、心理学、神话学、民俗学等社会文化研究中，都可以看到其"规则系统"的巨大作用。学界普遍认为，结构主义的基础是索绪尔的《普通语言学教程》，因为结构主义"规则系统"的一系列概念都与之相关，特别是二元对立概念，如"所指"与"能指"、"形式"与"意义"、"动态"与"静态"等就直接出自该书。罗兰·巴特（Roland Barthes）在《今日神话》（"Myth Today"）一文中，还直观地呈现了结构主义与索绪尔之间的关系。②

此外，学界有时也把结构主义与符号学放在同一层面，比如伊格尔顿的《文学理论导读》（*Literary Theory: An Introduction*）第 3 章和大卫·H. 里克特的《批评传统：经典文本与当代趋势》（*The Critical Tradition: Classic Texts and Contemporary Trends*）第二部分第 4 章，都把标题取名为"结构主义与符号学"③，而这同样来自索绪尔的《普通语言学教程》。在《普通语言学教程》的绪论第 3 章，索绪尔曾明确写道："我们可以设想有一门研究社会生活中符号生命的科学；它将构成社会心理学的一部分，因而也是普通心理学的一部分；我们管它叫符号学。"④索绪尔将"语言"（langue）和"言语"（parole）做了严格区分，并专章讨论了"语言的语言学与言语的语言学"⑤。这从源头上说明"符号学"就是一种话语科学，因而也有人将结构主义与"话语分析"和"语篇分析"放在

---

① 布莱斯勒：《文学批评：理论与实践导论》（第 5 版），赵勇等译，北京：中国人民大学出版社，2014 年，第 123 页。

② Roland Barthes. "Myth Today." In Robert A. Segal (Ed.), *Theories of Myth*. New York and London: Garland Publishing, 1996, p. 7.

③ Terry Eagleton. *Literary Theory: An Introduction*. Beijing: Foreign Language Teaching and Research Press, 2004, p. 79; David H. Richter, Ed. *The Critical Tradition: Classic Texts and Contemporary Trends*. New York: St. Martin's Press, 1989, p. 847.

④ 费尔迪南·德·索绪尔：《普通语言学教程》，高名凯译，北京：商务印书馆，2004 年，第 38 页。

⑤ 费尔迪南·德·索绪尔：《普通语言学教程》，高名凯译，北京：商务印书馆，2004 年，第 40-42 页。

一起。后面将要分析的多恩诗的结构重建，就具有浓烈的语篇分析的性质。

结构主义曾被誉为 20 世纪的一场"科学革命"①，其"科学志向旨在发现那些支撑一切人类社会和实践活动的密码、规则和系统"②。克洛德·列维-施特劳斯（Claude Levi-Strauss）是最具影响力的结构主义理论家之一，不仅因为他是"最早将索绪尔的语言学原则用于叙事话语的学者型研究者"③，而且因为他的结构理论还同时彰显着诺姆·乔姆斯基（Noam Chomsky）的深层语法思想。他的神话结构研究具有标杆意义，产生了深远影响。罗伯特·A. 西格尔（Robert A. Segal）于 1996 年编辑出版的 6 卷本《神话理论》（*Theories of Myth*），在很大程度上，这既是整个 20 世纪神话研究的一次检验，也是对数千年人类文明的一种礼赞，其中第 6 卷就是列维-施特劳斯等主笔的《神话中的结构主义》（*Structuralism in Myth*）。④该卷具有向列维-施特劳斯致敬的性质，因为在共计 15 篇论文中，列维-施特劳斯独占 2 篇，以列维-施特劳斯为题的有 2 篇，另外 11 篇也全都论及他的重要贡献。其原因西格尔在"引言"中说得很清楚："从 20 世纪 50 年代开始，人类学家克洛德·列维-施特劳斯就将语言学的结构主义原则最先用于神话研究中。对列维-施特劳斯来说，神话所表达的是心灵的形式或结构。在他看来，首要的不是神话的内容，而是神话的结构[……]这种结构是对神话里的核心要素之间的各种关系的一系列重述。"⑤

在《神话中的结构主义》中，列维-施特劳斯的 2 篇论文分别是《神话的结构研究》（"The Structural Study of Myth"）和《阿斯迪瓦尔的故事》（"The Story of Asdiwal"）。对中国读者而言，在这两篇文章中，最熟悉的当数《神话的结构研究》。该文于 1955 年在《美国民俗杂志》（*Journal of American Folklore*）⑥首发，现已成为结构主义的经典文献，是几乎所有现当代西方文论汇编的必选作品之一。列维-施特劳斯的基本观点是：我们可以在历时维度上重构

---

① 赵一凡：《结构主义》，《外国文学》，2002 年第 1 期，第 6 页。

② Raman Selden, Peter Widdowson and Peter Brooker. *A Reader's Guide to Contemporary Literary Theory*. Beijing: Foreign Language Teaching and Research Press, 2004, p. 85.

③ 布莱斯勒：《文学批评：理论与实践导论》（第 5 版），赵勇等译，北京：中国人民大学出版社，2014 年，第 124 页。

④ 全套《神话理论》共收入论文 113 篇，分为 6 本，另 5 卷依次为《心理学与神话》（*Psychology and Myth*）、《人类学、民俗学与神话》（*Anthropology, Folklore, and Myth*）、《哲学、宗教研究与神话》（*Philosophy, Religious Studies, and Myth*）、《文学批评与神话》（*Literary Criticism and Myth*）和《礼仪与神话》（*Ritual and Myth*）。

⑤ Robert A. Segal. "Introduction." In Robert A. Segal (Ed.), *Structuralism in Myth*. New York and London: Garland Publishing, 1996, p. xiii.

⑥ 该杂志在汉语中有"美国民俗学杂志""美国民俗学学报"等汉译名，中国社会科学网发布的"AandHCI—民俗学（Folklore）2015 年收录期刊"的译名为《美国民俗杂志》，此处从之。

神话，使之在共时的维度被人阅读，因为神话的深层结构是通过重复呈现的方式反映出来的。①这实际上是一种可以被称为"推倒重构"的策略，具有认识论与方法论的双重价值。全文的精彩之处是他对俄狄浦斯神话（Oedipus myth）的分析。首先，他从索绪尔的"语素"概念中创设了"神话素"（mytheme），并以管弦乐谱为类比，用以推翻故事的历时结构，以便将文本中的"神话素"剥离出来。然后，他分析了四组具有二元对立特征的"神话素"，将历时和共时关系呈现为组合与聚合关系。再后，他通过梳理故事结构，提炼出一组二维图，并使之具有三维变体的可能。最后，他将抽象出的结构原理用于分析更多的神话，并对欧美神话做了比较。从故事到原理，从具体到抽象的表述，是该文的最大亮点，大卫·H. 里克特称之为"列维-施特劳斯方法的最纯洁形式，即通过分析具体言语（parole）来重构神话语言（langue）的做法"②。从此以后，关注抽象的而非具体的结构，成为结构主义的本质特征。

但结构主义也具有开放性的特点，恰如西格尔在《神话中的结构主义》中的"引言"所说："本卷里的选文不仅有列维-施特劳斯及其追随者和批评家的，也有罗兰·巴特、乔治·迪梅齐尔（Georges Dumezil）和弗拉基米尔·普洛普（Vladimir Propp）的。这三位理论家都是'结构主义者'，但他们的研究则独立于列维-施特劳斯。"③西格尔的这个说明，原本旨在彰显其选文的客观性、科学性、公正性，却也透露出结构主义因国别、时代、研究对象等的不同而不同的事实。早期的结构主义更多地与索绪尔联系在一起，试图客观描述全部社会与文化活动，重点是组合关系，亦即话语背后的语言；后期的结构主义则与符号学、文体学、叙事学、文化研究等密切结合，主要体现在形式结构的分析中。

结构主义的基本特征，根据伊格尔顿的总结，主要是两个：一是分析性而非批评性；二是挖掘潜在的深层结构而不是阐释文本的表面含义。④两个特征都明显是方法论的，而且"无论结构主义的方法是什么，结构主义强调的都是形式和结构，而非文本的实际内容"⑤。在我们即将讨论的有关多恩诗的结构重建中，

① Claude Levi-Strauss. "The Structural Study of Myth." In Robert A. Segal (Ed.), *Structuralism in Myth*. New York and London: Garland Publishing, 1996, p.133.

② David H. Richter, Ed. *The Critical Tradition: Classic Texts and Contemporary Trends*. New York: St. Martin's Press, 1989, p. 852.

③ Robert A. Segal. "Introduction." In Robert A. Segal (Ed.), *Structuralism in Myth*. New York and London: Garland Publishing, 1996, p. xiii.

④ 转引自张中载、王逢振、赵国新：《20 世纪西方文论选读》，北京：外语教学与研究出版社，2002 年，第 146 页。

⑤ 布莱斯特：《文学批评：理论与实践导论》（第 5 版），赵勇等译，北京：中国人民大学出版社，2014年，第 123、130 页。

最突出的特征恰好就是形式和结构问题。尽管与列维-施特劳斯的方式完全不同，但却像威尔弗雷德·L. 古尔灵（Wilfred L. Guerin）等所说："结构主义，至少看起来是科学而客观的。它识别结构，也就是系统关系，它赋予符号（如词语）或项目（如衣着、车辆、餐桌礼仪、礼节仪式）以特质和意义，并让我们知道我们的思考方式。"①每个人都有自己的"思考方式"，可以是列维-施特劳斯式的，也可以是罗兰·巴特等所谓"独立"式的。另一方面，结构主义的研究对象，无论其终极目标是否是抽象的普遍结构，其方法都具有"推倒重构"的特点，是破与立的结合。

这种"推倒重构"特点的突出表现，具体到多恩研究批评史，就是马茨对多恩《周年诗》的研究。由于结构主义最适合于叙事文本，而多恩诗中最具叙事性的作品就是他的《周年诗》，所以我们将重点讨论马茨的研究，同时辅之以 W. M. 莱班斯（W. M. Lebans）、莱瓦尔斯基和爱德华·W. 泰勒等的回应，来探究人们究竟是如何对多恩诗加以结构重建的。

前文说过，《周年诗》是《第一周年》与《第二周年》的合称。《第一周年》原叫《世界的解剖》，全称《世界的解剖，借此：因伊丽莎白·德鲁里小姐之青春早逝，整个世界的脆弱与腐朽得以再现》（"An Antomie of the World. Wherein, By Occasion of the Untimely Death of Mistris Elizabeth Drury, the Frailty and Decay of This World is Represented"），1612 年与《第二周年》同期刊行时增加了"第一周年"的字样。《第二周年》全称《论灵的进程，借此：因伊丽莎白·德鲁里小姐的宗教之死，灵之不适于此生及灵之净化于下世，得以沉思》。这样的标题本身就明确地告诉我们两个基本信息：第一，两部作品都以德鲁里小姐为契机；第二，两部作品的重心各不相同，即《第一周年》写"青春早逝"，借以"再现"尘世的"脆弱与腐朽"，《第二周年》写"宗教之死"，借以"沉思"灵魂的"净化于下世"。

关于这两首诗的结构研究②，影响最大的就是马茨教授。马茨最先在其《冥想中的多恩：〈周年诗〉》（"John Donne in Meditation: The *Anniversaries*"）一文中，对两首诗的结构作了明确划分，该文发表于 1947 年 10 月的《英国文学史杂志》（*ELH: A Journal of English Literary History*）。随着他本人研究的深入，他意识到"冥想"不仅是多恩的也是许多其他作家所用的一种创作形式，于是他将 17 世纪的另一些诗人也一并纳入，同时将"冥想风格"（meditative style）更

---

① Wilfred L. Guerin, et al. *A Handbook of Critical Approaches to Literature*. Beijing: Foreign Language Teaching and Research Press, 1996, p. 323.

② 下面的有些表述，借鉴了晏奎《多恩灵魂三部曲研究》（北京：科学出版社，2016 年）第二章中的部分文字。特此说明。

名为"冥想诗"（poetry of meditation），并于 1954 年出版了《冥想诗：十七世纪英国宗教文学研究》（*The Poetry of Meditation: A Study in English Religious Literature of the Seventeenth Century*），其中收入了《冥想中的多恩：〈周年诗〉》，列为第 6 章。该书于 1962 年再版，修改增加了部分内容，到 1978 年已经印刷 9 次之多，其影响之大，由此可见一斑。从 1947 年的杂志文章到 1954 年的专著章节，尽管内容有了很大丰富，但其对《周年诗》的结构划分却始终未变。因其影响巨大，不妨将其中的结构框架部分全文翻译出来。首先是《第一周年》的结构：

导论，1—90①：世界病了，"是的，死了，腐了"，因为她是它的"内在香脂"和"防腐剂"，是它的美德的典型榜样，而她已经死了。

第 1 部分，91—190："人这渺小之物多么可怜"

1，冥想，91—170：因为原罪，人的生命短了、身材矮了、智力弱了；

2，颂词，171—182：少女伊丽莎白乃完美的品德，净化了自己，并能净化他人；

3，叠句与寓意，183—190：我们唯一的希望在于宗教。

第 2 部分，191—246："世界这跛子多么腐朽"

1，冥想，191—218：因为天使的坠落，"宇宙之榫"被毁坏了，现在的宇宙、王国、家庭，"全部成了碎片，全部没了关联"；

2，颂词，219—236：唯有这位少女才可能整合这破碎的世界；

3，叠句与寓意，237—246：要蔑视和避免这个病入膏肓的世界。

第 3 部分，247—338："世界这妖怪多么丑陋"

1，冥想，247—304：均衡，美的首要因素，宇宙中再也不会有了；

2，颂词，305—324：这位少女是"一切对称的尺度"，是和谐；

3，叠句与寓意，325—338：人类行为必须"适当而相称"。

第 4 部分，339—376："世界这幽灵多么苍白"

1，冥想，339—358："美的其他第二要素，色彩，还有光泽，也已所剩无几"；

2，颂词，359—368：这位少女拥有完美的色彩，并将色彩赋予世界；

3，叠句与寓意，369—376：丑陋的世界没有丝毫快乐，用假色彩是一种邪恶。

---

① 这里的阿拉伯数字为多恩诗的行数，下同。

第 5 部分, 377—434: "世界这渣滓多么枯干"

1, 冥想, 377—398: 上天对大地的"影响"已被削弱;

2, 颂词, 399—426: 由于天地间的"影响"都已削弱, 这位少女的美德于我们已微乎其微; 事实上, 堕落的世界早在她生前就已削弱了她的作用;

3, 叠句与寓意, 427—434: 没有什么"值得我们为之辛苦、忧伤、死去", 除了宗教美德之乐。

结论, 435—474。[1]

在马茨看来,《第一周年》虽然写了一个少女, 但其意义却不在所歌颂的对象, 而在结构本身, 因为这个结构反映了天主教耶稣会普遍遵循的"精神冥想", 特别是罗耀拉《神操》中第二周的内容。从马茨的具体表述看, 他实际上是为《第一周年》重构了一个"5—3"结构。但这个结构是在一系列考证的基础上建构起来的。第一, 他将《第一周年》的 5 个叠句剥离出来, 确立为具有主题性质的核心要素。第二, 他总结了《神操》的框架结构, 即在一个月的时间里, 每天坚持 5 次精神冥想, 每次通常有 3 个要点。第三, 他分析了天主教的《玫瑰经》(Rosario)及其与耶稣会用五瓣玫瑰作为圣母的圣花的关系。第四, 他比较了多恩在《报春花》中用报春花喻指女性的诗行。第五, 他回顾了中世纪以来的圣母颂中往往把 15 个颂辞分为三组、每组 5 个的传统做法。第六, 他以《第一周年》的全称为依据, 确立了伊丽莎白小姐为多恩诗的冥想对象。正是在这一切的基础上, 他建构了"5—3"结构, 将全诗分为 5 个部分, 每个部分 3 个层次, 分别对应冥想、颂词和叠句。根据他的阐释, 冥想、颂词和叠句是"灵魂的三大力量"[2]: 冥想意在沉思现世的脆弱和腐朽, 颂词是把德鲁里小姐看作完人, 叠句则旨在引入道德观念。由于这一切都凝聚于"她的美德", 因而"5—3"结构的实质是"5—3—1"结构。

作为进一步阐释, 马茨还追述了《玫瑰经》在英国的流传情况, 并附上了阿尔贝托·卡斯泰罗(Alberto Castello)在《荣耀圣母玛利亚玫瑰经》(Rosario della Gloriosa Vergine Maria, 1564)中的《玫瑰圣母图》(Rose of Mary)。[3]该图即俗称的《五瓣梅花圣母图》, 有内外两圈, 外圈 5 个圆, 每个圆都有 3 个意

---

① Louis L. Martz. *The Poetry of Meditation: A Study of English Religious Literature of the Seventeenth Century*. New Haven and London: Yale UP, 1954, pp. 222-223.

② Louis L. Martz. *The Poetry of Meditation: A Study of English Religious Literature of the Seventeenth Century*. New Haven and London: Yale UP, 1954, p. xxiii.

③ Louis L. Martz. *The Poetry of Meditation: A Study of English Religious Literature of the Seventeenth Century*. New Haven and London: Yale UP, 1954, p. 225.

象，是视觉化的"5—3"结构。值得注意的是，图中的每个圆都是指向圣母的悲伤时刻的，因为它们所呈现的都是耶稣，分别为耶稣被捕、鞭打基督、荆棘之冠、背负十字架和被钉十字架，也就是圣母的"痛苦五端"（five dolorous mysteries）。还需注意的是，"5—3"结构之内还有一个圆，内容是圣母把死去的耶稣抱在怀里。这说明，"5—3"结构是一个外结构，内结构则是内圈所包含的基本思想，即圣母的崇高美德，那是圣母的"痛苦五端"与圣子的合二为一，相当于一生二、二生三、三生万物的"一"。从内外圈的意象可以发现，《玫瑰圣母图》是借圣子来彰显圣母的至爱的一种冥想策略。如果说马茨以耶稣会的"精神冥想"去回应多恩关于《第一周年》旨在歌颂"女人的理念"之说，那么我们也可以把"5—3"结构看作诗的显在结构，把其内圈那个具有发生学意义的"女人的理念"看作隐藏的"1"。换言之，通过引入《神操》的每天 5 次冥想、每次 3 个要点的基本要求来揭示 1 个创作主旨，马茨的"5—3"结构还蕴藏着这样的内在逻辑：《第一周年》由外而内的完整结构乃是"5—3—1"的结构模式。

另一值得注意的是，马茨并没有宣称自己的划分根据什么理论，只是简单地称之为基于《神操》的"阅读发现"。然而，它引发的巨大反响，却让人想到列维-施特劳斯及其《亲属制的基本结构》（*The Elementary Structures of Kinship*，1949）。《亲属制的基本结构》是一部通过语言实证来研究亲属制的著作。它原是作者的一篇博士学位论文，因其提出亲属制的基础并非阿尔弗雷德·拉德克利夫-布朗（Alfred Radcliffe-Brown）所说的世袭传承而是婚姻联盟这一全新观点，所以一经出版便受到广泛关注。列维-施特劳斯在撰写过程中发现了一个有趣的现象：亲属关系的远近与句法关系的繁简成反比。当他将其扩展到其他方面时，他发现社会生活与象征符号之间也有类似关系，比如很多象征符号的表层结构可能相去甚远，但它们的结合方式（句法）却可能指向一个相似的深层结构。后来，他将这一发现用于研究神话这一象征符号最为丰富的领域，先后出版了许多著作，涉及哲学、人类学、心理学、神话学、民俗学等众多领域，其中最具代表性的是"神话逻辑学"（"Mythologies"）系列丛书：《生食与熟食》（*The Raw and the Cooked*，1964）、《从蜂蜜到烟灰》（*From Honey to Ashes*，1966）、《餐桌礼仪的起源》（*The Origin of Table Manners*，1968）和《裸人》（*L'Homme Nu*，1971）。根据大卫·H. 里克特的阐释，四部著作全都贯穿着这样的核心思想："神话是原始心灵（不是原始人的心灵，而是人人都有的未经驯化的心灵）赋予整个世界以秩序的方式。"①

---

① David H. Richter, Ed. *The Critical Tradition: Classic Texts and Contemporary Trends*. New York: St. Martin's Press, 1989, p. 852.

这意味着结构主义的灵魂就是"发现"。列维-施特劳斯在神话研究领域"发现"，马茨在诗歌研究领域"发现"，二人都取得了开拓性的成就，其"发现"也都具有建构的性质。聚焦到马茨，他的"发现"是在文本细读、话语分析、文化阐释和宗教寓意的基础上，经过选择与类比而重新建构起来的。其选择性突出表现在对旁注的使用上，而其类比则集中在《神操》与《第一周年》的呼应中。因此，所谓的"阅读发现"，与其说出自作品本身，不如说出自多种元素的碰撞，是这种碰撞的结果，更是对多恩《第一周年》加以结构重建的结果。根据马茨的思路，结合他在书中的其他分析，便可以将他的上述结构重构如图 5.1 所示：

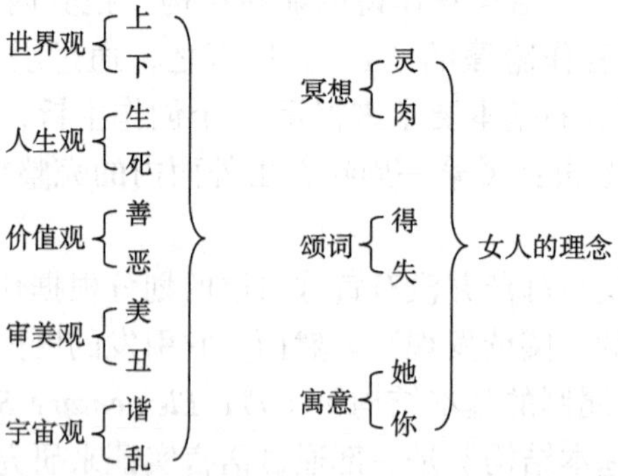

图 5.1　马茨笔下的多恩《第一周年》的 5-3-1 结构图

这是一个典型的二元对立的思维模式，彰显着告慰死者、劝慰生者的创作意图。因为以德鲁里小姐的夭折为契机展开，所以全诗用力最多的是现世的脆弱与腐朽；因为把德鲁里小姐比作锋利的手术刀，所以能用以解剖整个世界；因为青春早逝的德鲁里已经成为基督的新娘，所以她并未真的死去，而是进入了永福的天堂，真正死去的是我们仍然生活于其中的这个世界。这一切都基于生与死的悖论，而德鲁里小姐又与正在死去的现世处于悖论之中，所以德鲁里小姐已然就是人生的尺度，而芸芸众生则是丈量的客体。换言之，全诗所呈现的实际上就是"她"与"你"的二元关系，将这种关系重构为结构模式后，其具体内容便不再局限于一个具体的人，而是有了无限可能：可以是伊丽莎白、圣母、罗格斯。这是多恩之所以用"女人的理念"回应琼森的批评的根本原因。与此相应地，她与你、灵与肉、得与失，以及上与下、生与死、善与恶、美与丑、谐与乱，也都处于所指与能指的互动中，处于深层与表层的转化中，这是多恩之所以能以德鲁里小姐的"青春早逝"为契机，多维度地"再现"尘世的"脆弱与腐朽"的根本原因。

马茨这一研究是 20 世纪最为重要的多恩研究成果之一。爱德华·W. 泰勒在评价马茨的贡献时写道："他[马茨]的成就，恰当地评估的话，应该能改变我们对其他多恩诗的理解；还可能提供一些不同的策略去解决整个文艺复兴文学。"[①] 的确，后来的一些很有影响的批评家，比如莱班斯和莱瓦尔斯基，都以马茨为起点而各有自己的贡献。罗伯特·V. 杨（Robert V. Young）把他的《17 世纪诗歌中的教义与奉献》（*Doctrine and Devotion in Seventeenth-Century Poetry*，2000）献给马茨，献词为"路易·马茨——最可敬的领袖，我在艺术方面的一切，我所知道的一切，都归功于他"[②]。但马茨给《第一周年》的最终结论却是：一方面是严谨完美的结构及其浓郁的宗教寓意，另一方面是十四岁的少女德鲁里，二者存在巨大反差，因为后者无法承担前者的寓意，而且与冥想并无实质关联，所以作为一个整体，全诗缺乏应有的统一主题，只能算是"失败之作"[③]。换句话说，马茨发现了《第一周年》的宏大结构，却在总结时批评多恩以如此的结构写出了一首失败的诗。但他的批评是针对作品的冥想对象的，而不是作品的结构本身。

此外，由于给每个部分都设定了主题，加之使用了多恩诗的话语，马茨的结构分析显得极有说服力。对此，泰勒曾从阐释学结构主义角度总结说："这样夸张的结构，那么仔细，那么清楚，给我们提供了一个很好的切入点去解决那复杂的两难命题，即要充分把握细节的重要，必须首先领会整体的结构；要充分领略结构的重要，必须首先理解细节的功能。"[④]泰勒的评价不可谓不高，也不是没有根据，比如斯坦利·阿彻尔（Stanley Archer）就从三个层次，对多恩宗教诗进行了分析。

在《多恩〈神圣十四行诗集〉的冥想与结构》（"Meditation and the Structure of Donne's 'Holy Sonnets'"，1961）中，阿彻尔借助马茨的三个层次，重点分析了多恩的《神圣十四行诗》。他以其中的第 7 首《在这圆形大地假想的四角》为例指出，"马茨先生的分析与之完全吻合"[⑤]。在完整地引用该诗后，阿彻尔简要分析了其中的结构，认为前 4 行戏剧性地呈现了冥想素材，接下来的 4 行写了对死的理性思考，最后 6 行则是针对前面内容的祈祷。阿彻尔的问题是，除了马茨提出的《神操》之外，是否还有其他原因导致多恩诗的三层结构模式？

---

① Edward W. Tayler. *Donne's Idea of A Woman: Structure and Meaning in The Anniversaries*. New York: Columbia UP, 1991, p. 76.

② Robert V. Young. *Doctrine and Devotion in Seventeenth-Century Poetry*. Cambridge: D. S. Brewer, 2000.

③ 马茨在对《第一周年》作了一系列分析之后，专门用了一节的篇幅对全诗加以总结，该节标题为"《第一周年》的失败：神与俗的矛盾"。但到 1990 年，当他重新审视了各种评价之后，又改称《第一周年》非常成功，因为它缺乏统一的主题，所以正好符合"解剖"（anatomy）一词的原义。

④ Edward W. Tayler. *Donne's Idea of A Woman: Structure and Meaning in The Anniversaries*. New York: Columbia UP, 1991, p. 77.

⑤ Stanley Archer. "Meditation and the Structure of Donne's *Holy Sonnets*." *ELH* 28.2 (1961): p. 140.

回答是肯定的，比如古典主义的影响，这也正好进一步验证了马茨在结构划分上的正确性，只是具体内容有所拓展。作为佐证，阿彻尔还分析了多恩的其他诗，比如《赠别：节哀》和《日出》等。根据阿彻尔的分析，《赠别：节哀》第 1 节鲜活地呈现了记忆中的眼泪，第 2 节以夸张的手法探究这些眼泪的重要意义，第 3 节则是对爱的诉求。阿彻尔将《日出》的结构分析为：第 1 节通过诉求呈现了爱的主题，第 2 节通过理性分析揭示了爱的本性和力量，第 3 节通过爱的作用肯定了爱的价值。阿彻尔的结论是："《歌与十四行诗集》里的其他诗歌也都是这样的结构，这表明那些'神圣十四行诗'都出自诗人多恩，而非圣人多恩。"[①]阿彻尔的指向很明确：马茨的三层结构完全正确。阿彻尔还以同样的方式，分析了多恩的讽刺诗和挽歌，确认了它们所共有的"三层结构"。

然而，回到马茨对《第一周年》的分析，我们会发现，马茨似乎过于看重形式，因为他给出的基于罗耀拉《神操》的"5—3"结构，直接决定着他对诗歌内容和细节的作用与走向的解释，而不是根据内容归纳出结构。于是我们不禁要问：以一个外在的概念去寻觅作品的潜在结构，进而又以先入为主的形式发现去判断诗人所创造的艺术世界，是否会割裂形式与内容的关系？读者所发现的形式和作家所运用的形式究竟在多大程度上是吻合的？如果不是全然吻合的话，又该如何看待作品的意义与形式之间的关系？具体到多恩研究，这种"发现"是否会混淆宗教与艺术的界限？

要回答上述问题，无疑涉及许多方面。就《第一周年》而言，人们已经普遍接受了马茨的划分，所以后起的研究大多以此为基点去寻求诗的意义，用以对马茨的结构进行内容的填充。比如弗兰克·曼利（Frank Manley）、哈罗德·洛夫（Harold Love）、帕特里克·马哈尼（Patrick Mahoney）等。曼利在其主编的《约翰·多恩的〈周年诗〉》（John Donne: The Anniversaries，1963）的"导言"中完全认可了马茨的划分："正如路易·马茨所指出的那样，每首《周年诗》都分为三大结构单位。"[②]哈罗德·洛夫与帕特里克·马哈尼的共同特点都是在马茨的结构中填充意义，前者加入的是论据，恰似司法官一样的具有说服力的论据；后者加入的是色彩，亦即夸张藻饰等的巨大心理作用力。与此同时，由于马茨教授没有给出"结论"的主题，尤其是"失败之作"的最后判断，也引起了人们对上述问题的思考，出现了针对马茨的不同的划分，其中较有影响的是莱班斯和莱瓦尔斯基。

1972 年，莱班斯发表专文，认为《第一周年》并非基于罗耀拉的《神操》，而是基于传统的"古典挽歌"，所以它必然包括古典挽歌的三个要素：哀

---

① Stanley Archer. "Meditation and the Structure of Donne's *Holy Sonnets*." *ELH* 28.2 (1961): p. 142.

② Frank Manley, Ed. *John Donne: The Anniversaries*. Baltimore: Johns Hopkins Press, 1963, p. 41.

悼、颂扬和安慰。根据这样的思路，莱班斯给出了自己的结构划分：

　　I. 安慰性开篇：1—10
　　　　　看见天堂里的灵魂
　　II. 一般化哀悼与相关颂词：　　11—90
　　　　i. 她的死之于世界的影响，11—30
　　　　　 等同于田园诗中的自然倒错
　　　　ii. 她的出现能获得什么　 31—66
　　　　iii. 仍然留在世上的生活　67—90
　　III. 具体化哀悼和颂词　　91—434
　　　　Ai. 悼健康之不可能
　　　　　　　生命之短促
　　　　　　　身材之收缩　　　　　　91—170
　　　　　ii. 运用于她之死，并颂词　171—190
　　　　Bi. 悼世界的腐朽　　　191—218
　　　　　ii. 她之死的原因，颂词　219—246
　　　　Ci. 悼比例的丧失　　　247—304
　　　　　ii. 她之死的原因，颂词　305—338
　　　　Di. 悼色彩的丧失　　339—358
　　　　　ii. 她之死的原因，颂词　359—376
　　　　Ei. 悼关联的缺失　　377—398
　　　　　ii. 她之死的原因，颂词　399—434
　　IV. 总结性颂词与安慰　　435—474①

　　莱班斯的独特之处，在于从《神操》回归现实，即《第一周年》只是多恩用以缅怀伊丽莎白小姐、安慰其父母的一首挽歌。后来的批评家认为，莱班斯的挽歌说是对马茨的冥想说的挑战。但莱班斯却似乎不以为然，至少在对《第一周年》的结构上是如此，因为他曾明确指出"我所用的术语（在'具体化哀悼'部分）是'悼''运用'与'颂词'，亦即马茨所用的'冥想''颂词'与'叠句和寓意'"②。莱班斯与马茨的真正区别在于对歌颂对象的不同认识。在马茨的眼中，《第一周年》中的"她"并不是诗人意欲歌颂的夭折少女德鲁里；而在莱班斯的眼中，"诗中的'她'既是伊丽莎白·德鲁里的美化，也是美化背后那个

---

① W. M. Lebans. "Donne's *Anniversaries* and the Tradition of Funeral Elegy." *ELH* 39.4 (1972): pp. 550-551.

② W. M. Lebans. "Donne's *Anniversaries* and the Tradition of Funeral Elegy." *ELH* 39.4 (1972): p. 551.

真实的伊丽莎白·德鲁里"①。

莱瓦尔斯基则更加明确地表达了与马茨的区别。在《多恩的《〈周年诗〉与赞美诗传统：象征模式的创造》（*Donne's* Anniversaries *and the Poetry of Praise: The Creation of a Symbolic Mode*）一书中，莱瓦尔斯基用 7 章的篇幅，追述了赞美诗（the poetry of praise）的历史发展，包括诗人的立场、神学的语境、选材的象征性等。莱瓦尔斯基以此为基础，把多恩的《周年诗》作为 17 世纪赞美诗之"象征模式"的典型代表。她的基本思想是，多恩借伊丽莎白·德鲁里之死这一契机，分析了死只是自然规律而已。根据莱瓦尔斯基，这个自然规律的实质就是摩西五经的基本思想，即败坏、罪孽、死亡、上帝的审判②；而伊丽莎白之死则是"以解剖的方式探究原罪之结果的合适之机，因为所有的死都是原罪的结果，而一个青春初开的童贞女的夭折尤其能体现最初的死亡寓意"③。所以莱瓦尔斯基回归《第一周年》的完整标题，把"解剖"作为切入点，结合当时的各种解剖类作品，分析了全诗的结构：

> 结构上，"解剖"的主题是从四大方面展开的，其中的第三个方面又分为两个部分。尽管不同类型的材料组织也都能在诗中看出，但诗的基本结构，我认为，是一种四级分解与分析，因其与解剖类作品对各个部分的"肉体"加以分析的做法完全一致，所以并非马茨教授所说的五部分冥想。第一部分（第 90—190 行）所关切的主要是小宇宙：人的材质和机能双双恶化腐化，接近原初的虚无。这样的绝望境地源于心的丧失与消亡，而心正好是解剖课上最为关注的核心器官。第二部分（第 191—246 行）显示的是大宇宙，这个"世界的整体框架"因其心（人）的失落、腐烂而患上疾病，走向败坏与解体。第三部分（第 247—376 行）关注世界之美，亦即世界的躯体（含大宇宙和小宇宙）中"最微妙的非物质部分"，它们是比例与色彩，是美的两个要素，在解剖中对应于肉身的各种外在特征和视觉影像。第四部分（第 377—434 行）分析宇宙的"肉身"，包括天地间的相似性被打乱、上天对世界的影响近乎停止，以及天恩之于自然规律的作用近乎中断。在每个部分内部，在对世界的腐败与瓦解加以分析之后，接着是对其原始的完美加以描写，并在伊丽莎白身上重拾一个再生之灵：她的夭折因此而成为一种载体，既

---

① W. M. Lebans. "Donne's *Anniversaries* and the Tradition of Funeral Elegy." *ELH* 39.4 (1972): p. 559.

② Barbara Kiefer Lewalsky. *Donne's* Anniversaries *and the Poetry of Praise: The Creation of a Symbolic Mode*. Princton: Princeton UP, 1973, p. 240.

③ Barbara Kiefer Lewalsky. *Donne's* Anniversaries *and the Poetry of Praise: The Creation of a Symbolic Mode*. Princton: Princeton UP, 1973, p. 244.

完整地显示了世界迷失于其最初的天真（first innocence）之死，也显示了世界的毫无希望，因为再生之灵的死去，使世界丧失了希望复苏的任何可能性。每个部分的结尾，都是说话者对自然规律和病态世界的超越，也是他意欲使其读者所具有的超越，那才是这一系列解剖的价值所在。对价值的这种安排，就是《解剖》一诗的明确目的，并在引入部分的结尾处做了明确表述："因为性情之故，人们或放弃／或觊觎万物，当他们认识了真价值。"①

莱瓦尔斯基根据诗的标题《世界的解剖》，从主题角度对其加以研究，认为该诗走出了三段论的框架，呈现为"四点论"的解剖，这一看法貌似是针对莱班斯的，实际则是针对马茨的，这在她的书中说得非常清楚，因此也才有上引文字中的"并非马茨教授所说的五部分冥想"之说。仔细比较可以发现，莱瓦尔斯基是将马茨的第三和第四部分合并为一了，因为这两个部分都有一个共同主题，那就是"美"，至于其他部分则没有什么区别。莱瓦尔斯基的做法遭到了泰勒的强烈批评，泰勒的理由之一是，作品的论点和结构不一定非要吻合；理由之二是，既然承认受马茨的影响，又怎么可能增加作品的引入部分从而失去了第一部分的三个层次划分呢？②

泰勒对莱瓦尔斯基的批评，并不代表他对莱瓦尔斯基的全盘否定，也不代表他对马茨的完全接受。所以我们发现，他之所以极力为马茨辩护，实际上是为马茨提出的五部分划分之说辩护，而不是马茨的具体内容，更不是马茨赖以划分的思想基础。在马茨的眼中，《第一周年》不算完美之作，《第二周年》才是真正的成功。而在泰勒看来，有必要把两首《周年诗》联系在一起，才能更好地解释多恩的创作意图和艺术特点，而要实现这一目标，就应该借鉴"所罗门方法"，即把现世的爱直接转到下世。因为他不同意马茨对《第二周年》的划分，所以他反其道而行之，以《第二周年》的结构来对应《第一周年》，从而得出了自己的五部分划分。③由于泰勒认为多恩的两首《周年诗》必须放在同一层面加以认识，所以在分析泰勒之前，不妨首先看看其他人对《第二周年》的结构分析。

为了便于比较，我们仍旧以上述文本为基础。首先是马茨的结构划分。尽管

① Barbara Kiefer Lewalsky. *Donne's* Anniversaries *and the Poetry of Praise: The Creation of a Symbolic Mode.* Princton: Princeton UP, 1973, pp. 248-249.

② Edward W. Tayler. *Donne's Idea of A Woman: Structure and Meaning in The Anniversaries.* New York: Columbia UP, 1991, p. 173.

③ 泰勒的用词虽然不同于马茨，但他全然是依据马茨才这样的划分的，对此，他在字里行间多有明确表示。但正因为如此，所以尽管在具体断行上仍然有些不一样，他却将之掩盖在描述中，没有放在结构图里。而放在结构里的却又自相矛盾，比如第三部分，他加了个括号，说"本部分讲'均衡'，下部分讲'色彩'"，究竟算一个还是两个部分呢？他没有明说，但在马茨那里却同属一个部分。

他也认为应该把两首《周年诗》放在一起加以研究，但他并不认为两首诗同属一个模式，因为"每首诗都是作为一个整体而特意设计的；每首诗的完整意义也都是由各自那精心选择的结构而表现出来的"①。在马茨看来，《第二周年》已不再是伊丽莎白的"青春早逝"，而是她的"宗教之死"；相应地，其基本结构也不再是五部分划分，而是如下的七部分划分：

> 导论，1—44。
> 第 1 部分，45—84
> 　　1，冥想，45—64；
> 　　2，颂词，65—80；
> 　　3，叠句与寓意，81—84。
> 第 2 部分，85—156
> 　　1，冥想，85—120；
> 　　2，颂词，121—146；
> 　　3，寓意，147—156。
> 第 3 部分，157—250
> 　　1，冥想，157—219；
> 　　2，颂词，220—250。
> 第 4 部分，251—320
> 　　1，冥想，251—300；
> 　　2，颂词，301—320。
> 第 5 部分，321—382
> 　　1，冥想，321—355；
> 　　2，颂词，356—382。
> 第 6 部分，383—470
> 　　1，冥想，383—446；
> 　　2，颂词，447—470。
> 第 7 部分，471—510
> 　　1，冥想，471—496；
> 　　2，颂词，497—510。
> 结论，511—528。②

① Louis L. Martz. "John Donne in Meditation: The Anniversaries." *ELH* 14.4 (1947): p. 248.

② Louis L. Martz. *The Poetry of Meditation: A Study in English Religious Literature of the Seventeenth Century*. New Haven and London: Yale UP, 1954, p. 237.

　　这样的结构显示，两首《周年诗》的基本框架是一致的。但在《第二周年》中，第 3—7 部分却不再有"叠句与寓意"，马茨将这种变化称为多恩的"创作自由"①。这种自由，根据马茨的阐释，表现在两个方面：一是诗人无须严格遵循《第一周年》的模式；二是读者更能顺畅地从一个部分读到另一部分，从而更好地享受阅读之乐而无须承受"寓意"之重。马茨认为，第 1 部分之所以仍旧保留了"叠句与寓意"，旨在显示两首《周年诗》的联系；第 2 部分只有"寓意"而无"叠句"则显示出从《第一周年》到《第二周年》的过渡，亦即从伊丽莎白的"青春早逝"到她的"宗教之死"的过渡。

　　按照马茨的思路，我们可以把《第二周年》之于《第一周年》的关系看作既是"继承"，也是"超越"，即前 2 个部分是对《第一周年》的延续，表明两部作品的联系，属于"继承"；后 5 个部分因为集中于"宗教之死"，无须对现世进行解剖，因此省去了寓意，只留下颂词，所以是"超越"。这种"超越"使各部分之间的过渡更为方便，因为无须对诗中的少女进行过度的夸张，只需使用华丽的意象，把她看作神的象征，就足以表达其"宗教之死"的主题了。正因为如此，所以我们发现马茨对《第二周年》的结构划分，一是没有像对《第一周年》那样给出复杂的解释，二是他更加看好这种更为简单的七部分结构模式，认为七部分的结构模式远比五部分的结构模式更有意义，也更具重要性，因为在全欧洲，每日两次的冥想正好延续七天，而且诗歌本身的内容与之对应，所以"七是划分宗教冥想的最佳数[……]是灵向着出神和与神结合的历程"②。

　　在莱班斯看来，两首《周年诗》都属同一范畴，它们的区别在于：哀悼与颂词之于《第二周年》显得更加精妙，而情感则不如《第一周年》那么浓烈。就结构本身而言，两首《周年诗》的主干部分依旧由一般化与具体化两个要素组成。具体到《第二周年》，莱班斯对其的结构划分为：

> I. 导入与哀悼：　　　　　　　　　1—48
> 　　i. 重申她之死对世界的影响　7—29
> 　　ii. 本诗意图　　　　　　　　30—48
> II. 一般化哀悼与相关颂词：　49—84
> 　　i. 世界的腐朽性　　　　　　49—64
> 　　ii. 比较她在天堂的状态　　　65—84
> III. 具体安慰，并颂词　　　　　85—510

---

　　① Louis L. Martz. *The Poetry of Meditation: A Study in English Religious Literature of the Seventeenth Century.* New Haven and London: Yale UP, 1954, p. 237.

　　② Louis L. Martz. *The Poetry of Meditation: A Study in English Religious Literature of the Seventeenth Century.* New Haven and London: Yale UP, 1954, p. 247.

　　如果说莱班斯与马茨真有不同的话，那么他们的区别就在于对《第二周年》的结构的认识上，而这也同样反映在莱瓦尔斯基的分析中。像马茨一样，莱瓦尔斯基也认为《第二周年》与《第一周年》属不同性质的诗，"其标题和导入都确定了一套新的术语[……]相应地，诗的方法也不再是解剖[世界的]肉身，而是沉思灵魂，是对灵魂的冥想式分析"[2]。基于这样的思想，莱瓦尔斯基对《第二周年》的结构作了这样的分析说明：

　　　　诗的基本观点是从六个方面展开的，而不是七个方面：它开始于对临终床的冥想（第 85 行），而后通过一系列逻辑关联进而去沉思灵魂之死的各种好处；这种逻辑关联就是把伊丽莎白提升为一个象征完美的前所未有的典型形象。对于这后六个方面，我完全赞同马茨教授的中肯

① W. M. Lebans. "Donne's *Anniversaries* and the Tradition of Funeral Elegy." *ELH* 39.4 (1972): p. 551.
② Barbara Kiefer Lewalsky. *Donne's Anniversaries and the Poetry of Praise: The Creation of a Symbolic Mode*. Princton: Princeton UP, 1973, p. 265.

分析，尽管我发现他的结构范式之于每个部分的冥想、颂词（有时为寓意），尚不能完全说明它们的组织材料。①

那么，怎样才能完全说明诗的组织材料呢？莱瓦尔斯基的回答是"四点论"，即每个部分都包括四个论点：一是灵魂之于世界的有限性；二是将这种有限性与天堂的快乐加以对照；三是把伊丽莎白看作联系天地的象征性纽带；四是叙述者的伦理总结。于是，莱瓦尔斯基重构了一个包含六个部分与四个论点的"6—4"结构框架。在具体论述中，莱瓦尔斯基并没有像处理《第一周年》那样集中论述她的六个部分与四个点论，而是分开论述，分别阐释的。为了使她的思想更加集中，这里根据她的相关论述，就有关《第二周年》的"6—4"结构框架归纳如下：

引入，1—84

第 1 部分，85—156：对死的冥想

　　1. 死是人们通往天堂的途径，也是天堂通往人间的途径；

　　2，伊丽莎白的一生表明了她的不朽，因为她象征着平衡与和谐；

　　3，即便她也必须死才能收获天堂的真正永恒。

第 2 部分，157—250：沉思灵魂的自由

　　1，在此生中，灵魂因被禁于肉身而受到拖累；

　　2，在天堂里，灵魂不受任何的物质干扰，享有完全而高贵的自由；

　　3，伊丽莎白的美丽肉身是灵魂的最佳栖身之所，堪比灵魂的人间天堂；

　　4，她死去才能让灵魂获得更好的居所，我们更应该渴望经由死而离开我们的肉身。

第 3 部分，251—320：沉思灵魂能将对现世的无知转化为对天堂的知识

　　1，我们对现世的一无所知以及我们获取知识的方法缺陷；

　　2，天堂里的知识完整性；

　　3，伊丽莎白象征现世知识的完美，预示着可能的天堂知识；

　　4，即便她也要死去才能获得天堂的完美知识。

第 4 部分，321—382：用腐朽的现世交换完美的天堂

　　1，灵魂在现世的腐败伴侣；

① Barbara Kiefer Lewalsky. *Donne's Anniversaries and the Poetry of Praise: The Creation of a Symbolic Mode*. Princton: Princeton UP, 1973, p. 285.

        2，灵魂在天堂的完美伴侣如天使与圣徒；

        3，伊丽莎白已然获得了达至完美的恩德；

        4，她的去往天堂激励我们找寻完美无暇的社会。

    第 5 部分，383—470：用虚幻的现世之乐交换天堂的本质之乐

        1，讽刺能在现世找到真正快乐的想法；

        2，指出本质的欢乐在天堂；

        3，伊丽莎白因看见上帝而享受了那种欢乐；

        4，她为世人树立了良好榜样。

    第 6 部分，471—510：主题总结

        1，地球的现状；

        2，天堂的现状；

        3，伊丽莎白的现状；

        4，世人的生活目标。

    结论，511—528[1]

    莱瓦尔斯基的这种结构分析，与马茨并无根本区别，都是基于二元思想的。较之于对《第一周年》的分析，她对《第二周年》的分析存在某些并不一致之处，比如第 6 部分实际上就无新的内容，连她自己也认为是"华丽地返回天堂之乐"[2]。此外，莱瓦尔斯基在坚持四点论的同时，也承认第 1 部分"是个例外，这里的论点只有三个，而非四个"[3]。泰勒批评莱瓦尔斯基既然承认马茨的正确，却又修正马茨的划分，这很大程度上就是针对莱瓦尔斯基关于《第二周年》的结构分析的。对于多恩研究批判史而言，值得特别注意的，不是泰勒的批评，而是莱瓦尔斯基的分析。莱瓦尔斯基虽在具体分析中反复使用伊丽莎白，但在阐释过程中，特别是在进入结构分析之前，她一直强调的都是《第二周年》对上帝的赞美。正因为如此，莱瓦尔斯基特别提醒我们，《第二周年》中的伊丽莎白实际上也是一个读者，另一个读者则是诗人的灵魂。[4]

    这个提醒的重要性在于，从中我们可以至少得出三个基本结论：第一，多恩的《第二周年》，恰如其另一标题所示，的确是"论灵的进程"，因为它是诗人

---

① Barbara Kiefer Lewalsky. *Donne's Anniversaries and the Poetry of Praise: The Creation of a Symbolic Mode*. Princton: Princeton UP, 1973, pp. 280-302.

② Barbara Kiefer Lewalsky. *Donne's Anniversaries and the Poetry of Praise: The Creation of a Symbolic Mode*. Princton: Princeton UP, 1973, p. 288.

③ Barbara Kiefer Lewalsky. *Donne's Anniversaries and the Poetry of Praise: The Creation of a Symbolic Mode*. Princton: Princeton UP, 1973, p. 286.

④ Barbara Kiefer Lewalsky. *Donne's Anniversaries and the Poetry of Praise: The Creation of a Symbolic Mode*. Princton: Princeton UP, 1973, pp. 272-273.

对自己灵魂的一次检验；第二，它也是读者的一次"灵的进程"，因为莱瓦尔斯基的结构分析，如同其他人的分析一样，都是基于作品的主题思想的，而这个主题思想，在不同的批评家那里，有着截然不同的理解；第三，结构主义的多恩研究，即便在最为形式的层面上，也从来不是形式主义的。这三个基本结论，在前面的分析中已然显现，在下面对泰勒的分析中同样如此。

前面曾提到，泰勒主张把《第一周年》和《第二周年》并置一处加以分析和比较。此外，他还认为提纲式的结构自有其优点，而他的这一看法很可能与马茨有关。马茨对《周年诗》的结构划分有一个显著的区别，即《第一周年》显得丰满，《第二周年》则显得干练。在泰勒看来，前者有可能因为丰满而产生误导；后者则恰好因为干练而更能彰显结构本身，他称之为"骨架结构"（skeletal structure）：

> 骨架结构的概略性呈现，对于《周年诗》来说，将有助于准确揭示多恩究竟是如何从一首诗转向另一首诗的。这种大纲似的结构还能提供一种平面图的效果，用以说明诗人有意识地加载于各种材料之上的组织安排，并能显示，这种结构即便没有各种理论的支撑也能为人理解，无论那些理论是有关语言的，还是有关耶稣会的，抑或是有关挽歌的。最为重要的是，纲要性呈现还有助于人们清楚地看到：在谋篇布局上，《第二周年》以对《第一周年》的故意模仿为开始，以一系列有悖于前者的定型常规的多种变异为展开，以令人惊叹而又极为重要的背离那个常规为结束。结构将因此而开口说话，其所传递的意义绝非常规论述之所及。①

那么，该怎么让结构说话呢？泰勒认为就是使用多恩的"所罗门方法"。《1620 年 4 月 2 日白厅布道文》（"A Sermon Preached at White-Hall, April 2, 1620"）是多恩的著名散文之一。这篇布道文的主题为"名利"，经文则取自《圣经·传道书》（Ecclesiastes）之"我看见日光之下，有一宗大罪，就是财主积存赀财，反害自己。因遭遇祸患，这些赀财就消灭，那人若生了儿子，手里也一无所有"（《圣经·传道书》5：13—14）。在这篇布道文中，多恩所说的"名利"指"名利中的名利"，亦即财富积累所带来的各种烦恼、焦虑与疲惫。多恩并不否认现世的伟大，但他也像其他基督徒一样认为现世终将消亡，只有天国才是恒久的。在开篇第 2 段中，多恩提到了"所罗门方法"：

> 因为人没有第三样东西可以爱，所以他只考虑现世和下世，就像他

---

① Edward W. Tayler. *Donne's Idea of A Woman: Structure and Meaning in The Anniversaries.* New York: Columbia UP, 1991, pp. 89-90.

有两只眼睛一样，所以他也有两个目标，如果我们的爱可以从这个世界获得，则"第一个自愿行为便是爱"，人的爱从来不是空的，总要指向某个东西。所罗门则直接将其指向下一个世界，所以请以这样的方式来考虑所罗门的方法和智慧[……]所罗门在你眼前把世界抖碎、肢解、切片，以便你能更清楚地"看见"那个东西多么可怜，那个特别的东西，不管它是什么。①

由此可知，所谓的"所罗门方法"就是解剖。在泰勒看来，这实际上就是多恩自己的方法，而且多恩不但将其用于布道文，还将其用于诗歌，创作了著名的《第一周年》。由于《第一周年》的最初标题为《世界的解剖》，所以泰勒认为，多恩的"所罗门方法"还表达了这样的旨趣："人必须学会借助'解剖'去'看见'这个世界的真相。然后，因为他只有'两个目标'，所以有如在解剖课上一样，他必须把他的凝视从'现世'转移到'下世'。这意味着我们也要把我们的凝视从《第一周年》转移到《第二周年》。"②这也是泰勒主张将两首《周年诗》并置考察的根本原因。换句话说，泰勒眼中的《周年诗》就是姊妹篇。其中的《第一周年》用"所罗门方法"，通过对世界进行"解剖"而确立一个基本"范式"（norm）；《第二周年》则针对《第一周年》所确立的范式加以发挥，或作为变体，或作为对比，抑或是作为对立。由此，泰勒给出了《周年诗》的结构，如表5.1所示。

表 5.1 《周年诗》的结构

《第一周年》	《第二周年》
（1）"没有健康"属于人这个小宇宙	（1）"渴望那个时间吧，啊，我永不知足的灵魂"，因为"唯一的健康"是"忘却这腐烂的世界"
如果人曾是什么，那么他现在什么都不是	"向上看吧，向她看，她的幸福之状
（因为"她"的死让"他已失去了心"）	我们唯有庆贺，而非悲痛"
"她，她死了；她死了：当你知道这一点，	"她，她去了；她去了；当你知道这一点，
你就知道人这渺小之物多么可怜	这垃圾的世界有多么破碎
并因我们的解剖而收获良多……"	你若知道，那它根本就不值一想……"
（2）"于是，作为人类，世界的整个框架……"	（2）"于是想想吧，我的灵魂，死不过新郎"，点亮通往"天堂"的路径
"这就是世界的现状，现在	"愉快地想想这些吧：假如你

---

① John Donne. *The Sermons of John Donne*. Eds. George R. Potter, Evelyn M. Simpson. Vol. 3. Berkeley and Los Angeles: University of California Press, 1962, p. 48.

② Edward W. Tayler. *Donne's Idea of A Woman: Structure and Meaning in The Anniversaries*. New York: Columbia UP, 1991, p. 89.

续表

《第一周年》	《第二周年》
她本该将所有部分联合，却弯曲了"	感到困倦或懒散，那就想想她……"
"她，她死了；她死了：当你知道这一点， 你就知道世界这肚子多么腐朽 并因我们的解剖而收获良多……"	"她，她拥抱了疾病，给它肉食， 最纯的鲜血，还有气息，让它去吃 并教导我们……"
（3）"世界之美腐朽了，去了"（本节专论 "比例"，下节论"色彩"）	（3）"继续想想你自己吧，我的灵魂，想想你最初怎么被 造就，但眨眼之间……"
"美之最的比例死了"，她这"一切匀称之标 尺"也死了	"为了推进这些思想，记住她吧，是她，她，她的美丽身 躯不是这样的监狱……"
"她，她死了；她死了：当你知道这一点，你 就知道世界这妖怪多么丑陋 并因我们的解剖而收获良多……"	"她，她，如此丰满，偌大的殿堂，去了：斥责我们这些 迟缓的蜗牛……"
（4）"但美的其他第二要素色彩，还有光泽， 也已所剩无几"	（4）"可怜的灵魂啊，在你这肉体中你知道什么？你对自 己的所知是如此之少……"
"或许这世界有可能康复 如果我们哀悼的她没有死去"	"你在那儿（不比任何其他学堂）或许 有可能知道得……像她那样……"
"她，她死了；她死了：当你知道这一点， 你就知道世界这幽灵多么苍白 并因我们的解剖而收获良多……"	"她，她，因为厌倦了所有的等待 （因为那么多知识……），已经去了， 尽情地享受，以获完美，并号召我们跟随她……"
（5）"也不再有更多现世腐败的出现"更胜于 缺乏"天地之间的对应"。	（5）"不要回头，我的灵魂，继续这样的出神 并冥想你将会成为……"
"假如天地间的这种交换"没有丧失，那么 "她"和她的"美德"还可能"作用于我们"	"向上，向上，因为那编队中就生活着 她，她……"
"她，她死了；她死了：当你知道这一点， 你就知道世界这渣滓多么枯干 并因我们的解剖而收获良多……"	"她，她确实离开了，并通过死而在天堂 留存了一切，无论为了什么，他如果不努力 更多，因为她已在那里，他就不知……"[1]

列维-施特劳斯在《神话的结构研究》中，就《俄狄浦斯王》（*Oedipus Rex*）的结构给出了一个图标阐释[2]；泰勒则在这里给出了一组文字提示，但他们的所指都是纵向阅读与横向阅读，也就是索绪尔的组合与聚合。在泰勒的上述结

① Edward W. Tayler. *Donne's Idea of A Woman: Structure and Meaning in The Anniversaries*. New York: Columbia UP, 1991, pp. 96-97.

② Claude Levi-Strauss. "The Structural Study of Myth." In David H. Richer (Ed.), *The Critical Tradition: Classical Texts and Contemporary Trends*. New York: St. Martin's Press, 1989, p. 874.

构中，从左到右既是从"范式"到"变体"或"对比"或"对立"，亦即从"这个世界"到"下一个世界"；而从上到下则是《周年诗》的具体结构模式。仅从表面可以得出两个印象：第一，泰勒与马茨对《第一周年》的结构具有相同的看法，都是"5—3"结构；第二，泰勒与马茨的区别仅在对《第二周年》的不同认识上，即马茨认为是 7 个部分，泰勒则依旧坚持 5 个部分。关于第二点，泰勒是这样说的："在第 2 部分，马茨似乎漏读了叠句，原因或许是它的表述与《第一周年》不同；而在第 3、4、5 部分，马茨则忽视了修饰后的叠句和寓意（247—253、315—320 和 379—382）[……]至于第 6、7 部分，我认为它们在马茨的意义上根本就不存在。"①关于第一点，仔细分析便会发现，泰勒与马茨对《第一周年》的结构的看法，在具体内容上并不完全相同。在马茨笔下是"冥想"、"颂词"和"寓意"；在泰勒笔下则是"理性"、"记忆"和"意志"，并以多恩的布道文作为支撑："神在我们心中创造了三位一体；它们是我们的灵魂的三个官能：理解、记忆、意志。"②这三个概念是曼利最先提出的。在《约翰·多恩的〈周年诗〉》的"导论"中，曼利曾这样评价马茨对《第一周年》的分析：

> 对于马茨的划分，我认为完全正确，但他却没有注意到，虽然在其他章节中提到，本诗一再出现的理性灵的三个部分：记忆、理解和意志。在马茨所谓的"冥想"中，多恩将心思回溯到伊甸园时代。通过世界的腐败这一传统（作为传统，它代表着人类的集体记忆），多恩"记起了"地球曾经的完美时日，并找寻导致当下腐败的原因，然后转向智性。在所谓的"颂词"里，他探究一个年轻女孩之死的意义，从中发现了导致腐败的原因。她是理解人类失去完美的灵魂、失去伊甸园中的神恩的一条路径，那种理解不是逻辑的，而是情感的，以象征性语言表达的。最后，从记忆与理解的结合中，多恩抵达了意志行为：忘却这腐烂的世界，因为她已经死了。③

泰勒认为，曼利的言下之意是《第一周年》是根据耶稣会主张的顺序展开的，即记忆/理解/意志。泰勒因为其所引的多恩布道文正好显示为理解/记忆/意志，所以他认为"《第一周年》五个部分中，多恩都通过'解剖'而使用'理性'官能；然后通过追忆'她'的美德而唤醒'记忆'官能；最后他所得出的寓

① Edward W. Tayler. *Donne's Idea of A Woman: Structure and Meaning in The Anniversaries*. New York: Columbia UP, 1991, pp. 80-81.

② Edward W. Tayler. *Donne's Idea of A Woman: Structure and Meaning in The Anniversaries*. New York: Columbia UP, 1991, p. 84.

③ Frank Manley, Ed. *John Donne: The Anniversaries*. Baltimore: Johns Hopkins Press, 1963, p. 41.

意则一再地勉励'意志'去拒绝这个世界"①。泰勒还就这个顺序做了大量的文本细读，证明它就是《第一周年》的"范式"，而《第二周年》则是对这一范式的继续、变异、对比、对照、逆转。反过来说，《第二周年》也是基于理解、记忆、意志这灵魂的三个官能的，从头到尾都是如此，只是用词略有不同而已：

> 到《第二周年》的最后部分，灵魂的"三位一体"——理解、记忆、意志——变成了"一"或信仰的"三位一体"。灵魂所对应的官能之力，《第一周年》所召唤的"看见、判断与跟随所值"，在《第二周年》不再是曾经分开的三个分支，转而呈现为灵魂出窍般的融为一体，使灵魂在诗化的想象中获得了"出窍之见"。结构开口，讲述了"不可言说的喜悦"。②

较之于其他人的研究，泰勒最突出的特征是重视《周年诗》的旁注。马茨对《第一周年》的旁注置若罔闻，但对《第二周年》的旁注则多有关注；泰勒则对两首诗的旁注皆有利用，加之几乎都用原诗的话语，所以看起来更为接近多恩诗的意图，用他的话说即做到了让"结构开口"。但是，他分析出的结构也有一个很大的问题，那就是每个部分都只有开始而无结束。根据他的结果，我们可以认定他克服了内容与形式脱离的一贯倾向，但却看不出结构本身的存在，他的所谓结构反倒更像一个故事概要。③结合多恩的《周年诗》，泰勒给我们的"结构"只能是（图 5.2）：

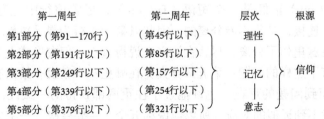

图 5.2　泰勒笔下的多恩《周年诗》的 5-3-1 结构图

这同样是一个"5—3—1"结构，可这样的结构并非真正的结构，尽管它能

---

① Edward W. Tayler. *Donne's Idea of A Woman: Structure and Meaning in The Anniversaries.* New York: Columbia UP, 1991, p. 87.

② Edward W. Tayler. *Donne's Idea of A Woman: Structure and Meaning in The Anniversaries.* New York: Columbia UP, 1991, p. 112.

③ 犹如克雷·亨特对多恩《上床》的分析："（a）因为基本等式：肉身=衣服，灵魂（或精神实质）=裸体；（b）所以，普通的感性的恋人=满足于穿上衣服的女人的恋人，启智的柏拉图式的恋人=像说话者一样想要裸体女人的恋人；（c）最后，神=情人的裸体，极乐境界=性高潮"。见 Clay Hunt. "Elegy 19: To His Mistress Going to Bed." In Arthur L. Clements (Ed.), *John Donne's Poetry.* New York and London: W. W. Norton & Co., 1996, p. 208.

够"开口",并"讲述'不可言说的喜悦'"。泰勒批评莱瓦尔斯基,说她一方面认可马茨,另一方面却要对之加以修正。实际上,将这样的批评用到泰勒自己身上似乎也并无不当。因为他不认可马茨对《第二周年》的划分,便借马茨对《第一周年》的分析,特别是对诗中"叠句"的使用,借以找寻《第二周年》的叠句。然后再用《第二周年》的叠句反观《第一周年》,以多恩在《白厅布道文》中的"所罗门方法"为基础,重新阐释《周年诗》的结构。这样做的缺点是显而易见的,因为它无异于认定先有后来的结构(《白厅布道文》作于 1620年),后有已写成的作品(《周年诗》作于 1611—1612 年)。

泰勒的分析还有一个特点,即把《第二周年》的前 383 行看作一个更大的部分,认为它正好划分成五个主要层次,每个主要层次又包含三个次要层次,这是一种"结构中的结构",彰显着《第二周年》与《第一周年》的运思关系。[1]应该说,两部作品的联系是显而易见的,因为标题已然彰显了这种联系,但逐一加以对应、并用作品本身说话的,泰勒还是第一人。但在对两部作品进行对比时,他却将"五个主要层次"等同于"五个部分"了。比如作品《第二周年》的 383—384 行:

> But pause, my soule; and study, ere thou fall
> On accidentall joyes, th'essentiall.

这里,第 383 行只是一个跨行,而不是结束行,其最后一个字(fall)与下行第一个字(on)正好是一个短语(fall on),尽管该行中也有分号,但以"并"(and)连接,又是不能分离的,因此以第 383 行为界是决然不可能的。但泰勒却偏偏在这里作了分离,尽管在语义上说得过去,但在形式上却是说不过去的。于是就有了这样的问题:第五部分究竟在哪里?泰勒没有给出答案,也许他根本没有意识到问题的存在,也许他过于注重两部长诗的一致性,也许他在第 383 行以后找不到近似的对应,所以他说第五个"主要层次"一结束,作品就表现出"诗性的魔术",让"很多人感到莫衷一是"[2]。泰勒提到的批评家包括莱瓦尔斯基等"很多人",但他之所以特别针对马茨,其用意是要把马茨的后三个部分整合起来。然而当他本人在这样做过后却发现自己也找不到强有力的根据,所以他把前 383 行看作一段,而把后面的部分统统划归"变体",视之为从"常规"到"变异"的"离析"。但他最终还是回到了马茨提出的《神操》旧路,而

① Edward W. Tayler. *Donne's Idea of A Woman: Structure and Meaning in The Anniversaries*. New York: Columbia UP, 1991, pp. 99-103.

② Edward W. Tayler. *Donne's Idea of A Woman: Structure and Meaning in The Anniversaries*. New York: Columbia UP, 1991, pp. 103-104.

他用以区别于马茨的便是他自己的新视角，即《第二周年》第 306 行的"至美"（beauty's best），并用以串联《第一周年》和《第二周年》。

在《结构主义诗学》（*Structuralist Poetics*）一书中，乔纳森·卡勒（Jonathan Culler）将乔姆斯基的"语言能力"引入文学理论，提出了"文学能力"的概念，主张诗学的真正目标不是作品本身，而是作品理解。他还提出了"能力读者"的概念，认为"诗学从本质上说就是一种阅读理论"[1]。从马茨到泰勒，他们对多恩《周年诗》的结构分析，很大程度上都出自他们对作品的理解，也都关乎各自的阅读发现。所以他们呈现在我们眼前的，与其说是多恩诗的结构本身，不如说是多恩诗的结构重建，而且是一再重建的结果。相应地，他们填充到这种结构里的那些意义，即便出自多恩的原诗，也都更多地显示着他们各自的理解，而不一定就是作品的本义。

上面的分析显示，对多恩诗的结构重建，已在很大程度上成了批评家用以建构自己的结构观的重要舞台，借泰勒的话说即"我们所赋予诗歌的各种意义都取决于我们所发现的诗的结构[……]结构成为价值，价值成为结构"[2]。但是，诗的结构、意义和价值三者并不是等同的。比如汉语中的五律或七律，抑或是英语中的十四行诗，在不同的诗人笔下，或者同一诗人笔下，尽管结构也有细微差别，但意义和价值都相去甚远，很难做到同日而语。再比如狄更斯的《雾都孤儿》（*Oliver Twist*）和乔伊斯的《尤利西斯》（*Ulysses*），虽然结构差别巨大，但意义和价值几乎完全可以相互匹敌。就泰勒本人的这一推论而言，因为其是从具体作品的分析中得出的，又是基于厚重的文化、史学、神学、诗学等基础上的，所以其学术性毋庸置疑；但具体到多恩的《周年诗》，则泰勒所发现的结构，一如在他之前的批评家们那样，也都属于马茨式的"阅读发现"，加之泰勒的出发点是多恩之"女人的理念"，而那个理念本身就是多元的，所以泰勒的结构分析只能代表一家之言。换句话说，在 20 世纪，没有任何理论可以独霸天下，也没有任何理论是单纯的。这意味着，结构主义没有终结性，只有探究性；对多恩诗的结构重建也因人而异，因卡勒所说的"读者能力"而异。以此观之，则泰勒的结论值得商榷，但却彰显了结构探究与多恩研究之间的一种微妙关系。孤立地看，对多恩诗的结构重建，可以视为一种专题研究；而将其放在结构主义的背景下，则多恩因结构主义而进一步走向深入，结构主义则因多恩而多了一个范例。

---

[1] Jonathan Culler. "Literary Competence." In David H. Richter (Ed.), *The Critical Tradition: Classic Texts and Contemporary Trends*. New York: St. Martin's Press, 1989, p. 927.

[2] Edward W. Tayler. *Donne's Idea of A Woman: Structure and Meaning in The Anniversaries*. New York: Columbia UP, 1991, pp. 81-82.

第七节 一剂药方：解构主义与多恩诗的结构重建

1966 年 10 月，在约翰斯·霍普金斯大学人文研究中心举行的"批评语言与人类科学"研讨会上，德里达宣读了他的《人类科学话语中的结构、符号和游戏》（"Structure, Sign, and Play in the Discourse of the Human Sciences"）。盛宁说"此文不仅是一篇向结构主义发难的檄文，其实也标示出了结构主义向后结构主义（亦即解构主义）转变的肇始"①。弗兰克·伦特里奇亚（Frank Lentricchia）将该文誉为"无可争议地成为里程碑"式的作品，因为它不仅对"传统批评温和地评判了一番，尤其对当时以克洛德·列维-施特劳斯为代表的结构主义进行了直接的批评"②，而且开创了一种全新的文学阐释方式，成为解构主义的经典文献。布莱斯勒对解构主义的论述，比如"解构发展史""解构的假设""方法论""文本分析的解构式假定""问题分析""批评与回应"等，也主要是围绕德里达展开的，特别是他的上述文章。③布莱斯勒还在书后所附的"文学批评阅读材料"中，将其列为 5 种材料之一，借以突出该文的极端重要性。

指出这样的基本事实旨在说明，当我们用"解构主义"这个概念时，我们是在一个较为宽泛，同时也较为狭窄的意义上来使用的。所谓"宽泛"，指运用德里达开创的学理思路对作品加以阐释的做法，其中也涉及后结构主义、后现代主义、符号学等相关内容，这是因为德里达本来就是从语言入手，以索绪尔的"符号""能指""所指"等诸多概念为重点对象的。所谓"狭窄"则仅限于使用解构主义的基本方法对多恩的作品加以阅读的做法。在多恩研究批判史上，解构主义视角的研究起步较晚，但所取得的成果则异常突出。其中最突出的是穆斯勒特别推荐的两本专著，一是杜乔蒂的《多恩解读》（1986），二是詹姆斯·S. 鲍姆林（James S. Baumlin）的《多恩与文艺复兴话语修辞》（*John Donne and the Rhetorics of Renaissance Discourse*，1991）。有鉴于此，下面将以这两部著作为主，同时结合其他有关研究，就解构主义对多恩的阐释加以总结和分析。

杜乔蒂是英国华威大学资深教授，曾先后执教于牛津大学、都柏林大学、肯特大学等著名学府。他的研究领域包括文学、哲学、文化史、批评理论等，并在牛津大学出版社、劳特里奇出版公司、哥伦比亚大学出版社、爱丁堡大学出版社、斯坦福大学出版社、布鲁姆斯伯里出版公司、里特菲尔德国际出版公司等出版单位，先后出版了近 20 种著作。《多恩解读》便是其中之一。全书共 7 章，

---

① 盛宁：《〈论解构〉导读》//乔纳森·卡勒《论解构》，北京：外语教学与研究出版社，2004 年，第 1 页。

② 伦特里奇亚：《新批评之后》，王丽明等译，南京：南京大学出版社，2017 年，第 201 页。

③ 布莱斯勒：《文学批评：理论与实践导论》（第 5 版），赵勇等译，北京：中国人民大学出版社，2014 年，第 131-149 页。

另加 1 个导论和 1 个附录，其章节目录如下：

导论：解开多恩

第一部分：问题与悖论

第 1 章：位移与偏离：与历史的斗争

第 2 章：女人问题：权威、权力、交际

第 3 章：危机与虚伪：失败的再现

空位

第 4 章：身份与区别：个体的背叛

第二部分：治疗与（非）决断

第 5 章：游戏、诗、祷告："多恩"的"使命"

第 6 张：多恩的愚人颂

第 7 章：作为治疗的书写：可疑的故事与蛆虫餐[①]

附录

　　贯穿全书的中心思想是：哥白尼的新学对人们的宇宙观造成了巨大冲击，彻底改变了人们的认知系统，包括对世界的认识和对自身的认识；多恩就是在这一背景下创作的，所谓的"戏剧性""玄学性""原创性""模糊性"等，也都是那个特定时代的产物。基于这一思想，杜乔蒂力图以"更科学的批评阅读，并广泛结合后结构主义理论，从三个方面阐释多恩作品中的文化问题和历史问题：科学话语对世俗历史的介入、社会文化中女人对男性诗人的挑战、审美情趣上的模仿变得越发难以理解"[②]。这里的"三个方面"也就是全书的三个目标：科学话语、社会文化、审美情趣。三个目标，三个层次，彼此呼应，贯穿全书，构成《多恩解读》的一大特色。

　　三个目标中，处于核心地位的是"科学话语"，即哥白尼新学。杜乔蒂也像很多人一样，把 1543 年看作现代历史的元年，因为这一年哥白尼的《天体运行论》公开面世。我们知道，《天体运行论》的外文为 *De Revolutionibus Orbium Coelestium*，其中的 revolutionibus 在拉丁语中为"运行"之义，在英语中则有"革命"之义。当人们用"哥白尼革命"（Copernican revolution）作为新学的代称时，实际上也有两个含义：一是天文学意义上的"运行"，二是社会学意义上的"革命"。杜乔蒂更多的是在后一意义上使用的，因此在《多恩解读》中，他将哥白尼的日心说称为"新学"，用以作为"旧学"的对立，亦即托勒密的地心说的对立。他引哥白尼关于地球是"游走的星球之一"的比喻指出：

[①] 多乔泰的原文包含大量双关，汉语都无法全面反映，这里只能根据全书的基本思想勉强译出。

[②] Thomas Docherty. *John Donne Undone*. London and New York: Methuen, 1986, p. 1.

在哥白尼的拉丁文本中，"游走的星"为 errantium syderum。在这个意义上，"游走"等同于"失误"或"偏离正途"。所谓"星球的失误"，其实就是星相计算所得的理论位置与经验观察所得的位置之间的距差；似乎这个星球已从其理所应当的地方"游走"了一般。这种语言上的表述是至关重要的。既然地球处于"失误"或游走的状态，那么与其说人类因某种意外而可能导致失误，毋宁说失误本身就是栖身地球的人类的基本状况。①

根据杜乔蒂的分析，由于地球不过一颗"游走的星"，所以原有的固定不动的人类家园的思想，也就不复处于宇宙中心了，导致的结果是多维的，其中之一是"失误和恒变主导下的诗性想象。"②同样是由于地球的游走，许多原本固定的关系也都随之改变，不再明确了。代之而起的是"位移"，即宇宙万物那原本固定的位置发生了偏离，作为小宇宙的人也同样如此。所以他说"自哥白尼以来，人便不再处于世界的中心了，科斯摩斯（cosmos）也不再是为他而安排的"③。可见，所谓"位移"实际上就是解构主义"去中心化"的另一表达形式。在天文学的层面，这是很好理解的，因为从"地心说"到"日心说"就是以地球为中心让位于以太阳为中心，是中心的"位移"。但在社会学意义上则另当别论，所以杜乔蒂将"位移"与时间挂钩，把 1543 年看作神圣时间转向世俗时间的节点。在他看来，1543 年之前，人们很容易相信宇宙是神创造的，而且是为人而创造的，人享受着神圣时间；但在 1543 年之后，宇宙不再是人的唯一寓所，这意味着人脱离了宇宙的中心。杜乔蒂将这种脱离称为"坠落"（fall），认为人既然已从宇宙的中心坠落，便只能承受当下的世俗时间，因而日心说的实质便是人类从此而"坠入历史"（fall into history）：

> 1543 年之后，我们都"坠入历史"，坠入世俗化。位移需要的是暂时性，而历史则是其必然：为了确立我们之于众多空间位置的某种关系，我们就需要一个时间维度作为基本关联。人类现在就生活在时间之中。
>
> 然而，这样的坠入历史却带着可能的"失误"，其形式是不恒定的、不确定的、相对的：人与地点、文本与语境、事件与环境、人与人，或者

---

① Thomas Docherty. *John Donne Undone*. London and New York: Methuen, 1986, p. 18. 多乔泰称，哥白尼的原话出自《给保罗三世教皇阁下的献词》，但在叶世辉的译文里，却没有找到这段话，见哥白尼：《天体运行论》，叶世辉译，武汉：武汉出版社，1992 年，第 xxix-xxxiii 页。在李启斌的译文里也没找到，见哥白尼：《天体运行论》，李启斌译，北京：科学出版社，1973 年，第 1-7 页。

② Thomas Docherty. *John Donne Undone*. London and New York: Methuen, 1986, p. 19.

③ Thomas Docherty. *John Donne Undone*. London and New York: Methuen, 1986, p. 24.

"我"与"我"，其间的关系也都不再固定，不再有任何保障。①

为了说明这一思想，杜乔蒂列举了很多诗，其中既有别人的，也有多恩的。前者如托马斯·卡鲁的《挽圣保罗教长多恩博士》；后者如多恩的《日出》和《第一周年》。在第二章第 2 节，我们曾引用过卡鲁赞美多恩的四个诗行："缪斯的花园杂草丛生，/是你将其迂腐净化；/你拔除低贱模仿的懒惰种子，/播种下清新的发明。"杜乔蒂对此的评价是：

> 这几行诗通常被认为是多恩给诗歌艺术平添了新的贡献。但它却暗含着某些更为基础的东西，那便是偏离性或古怪性，即偏离了现存范式，所以看起来显得怪异。这种偏离固然重要，但更为重要的或许是，这种变异真正体现着多恩众多文本的结构一致性。那些诗都有一种延宕，是对它们自身的变异[……]多恩诗看似在说一件事，但通常又潜在地透露或揭示着许多其他意义。②

布莱斯勒在谈到解构主义"方法论"时指出：延宕是"解构的关键"，因为它破除了"先验所指"，使得"所有涉及生命、自我认同和知识的阐释，都是合理的、可能的和合法的"③。杜乔蒂对《日出》的分析正好体现了这样的思想，同时也体现了他关于"坠入历史"后的各种关系都已"不再固定"的思想，因为既然各种关系都是相对的，那么任何一部作品，其意义也就不可能只有一种。具体到《日出》，杜乔蒂承认它是一首"有关"太阳的诗，但也是一首有关时间与空间关系的诗，而且但凡"关系"都势必涉及至少两个"点"，所以也是有关比喻的诗。杜乔蒂认为，正是在这种比喻关系中，诗人把整个宇宙浓缩成一个房间或一张床，一对恋人取代太阳而处于宇宙的中心位置。"他们成了固点，其余的一切都围绕他们在转，一切时间也都跟随他们在走，唯有他们保持着那种被认为能够超越历史的姿态。"④这是杜乔蒂对以往评价的总结。在接下来的文字中，他对整首诗作了一系列的分析，包括时间与空间、男人与女人、天文学与占星术、意识与无意识、日食与月食、安全与威胁、此地与他处、死亡与再生等众多二元关系的转换，特别是 sun 与 son 的双关及其所蕴含的神与俗的二元关系。在此基础上，他将《日出》阐释为"变异之诗"：

> 坠入世俗时间就是坠入变异。世界被切分为一系列非连续的实体，

---

① Thomas Docherty. *John Donne Undone*. London and New York: Methuen, 1986, pp. 23-24.

② Thomas Docherty. *John Donne Undone*. London and New York: Methuen, 1986, pp. 28-29.

③ 布莱斯勒：《文学批评：理论与实践导论》（第 5 版），赵勇等译，北京：中国人民大学出版社，2014 年，第 140 页。

④ Thomas Docherty. *John Donne Undone*. London and New York: Methuen, 1986, pp. 30-31.

取代了原有的统一性假定，即存在某种超然状态的原初与永恒的东西。统一性既然受到威胁，那么内战的冲突便成了可能：变异与分歧于是支配了意识。而且，人类意识用以组织整个世界的那些单元，比如民族、现在等，也已处于碎片化的威胁之中。

这意味着，人类主体，或意识本身，或第一人称的"我"，转而处于危机之中，会被其自身肢解为主体性的一系列实体化样本。以前的那个"自我"，因其能超越单纯的历史偶然性而一度对各种各样的自我身份提供过必要保障；但现在的状况则是根本没有这样的自我身份，也不能对之做出任何保障或确定。自我曾被认为是某种神秘的"在场"，但现在却没有了；取而代之的不过是自我的各种"再现"，它正开始（在概念上）建构自己的地位。这是在时间、世俗历史中的一种生活体验；而抗拒历史，则旨在改组或重建某种半永恒的（或半本质的）超验的"在场"或"自我"，借以保障个人的自我统一与自我身份。①

在这里，杜乔蒂表现的是一种宇宙人生意识，这也是贯穿全书的一条基本主线。值得注意的是，在整部著作中，杜乔蒂始终没有使用"宇宙人生"这一术语。这看起来颇为奇怪。其原因或许是他认为"宇宙人生"是显而易见的，所以无须提及；也或许是放弃"宇宙人生"的概念将有助于揭示各种各样的"在场"与"缺场"。但回到他的三个目标，则他之所以不用"宇宙人生"，也或许是因为他把"宇宙人生"看作 17 世纪社会文化的一个部分。换句话说，"坠入时间"是他的第一目标的代名词，"坠入变异"是他第二目标的代名词，而他的第三目标则是在此基础上的多恩诗阐释。比如《日出》一诗。根据他的阐释，虽然诗人声称只需一眨眼睛就能将太阳遮蔽，但这并不表明诗人在表现"我"的强大。既然是"时间中"的体验，那么改组的或重建的"自我"势必承受被时间分割的现实，因为"我"需要眨眼才能将阳光遮蔽，所以"我"的每次再现，实际上都是"我"的再次消解，而且太阳那周而复始的不断西沉，也意味着世俗时间的消亡，以至于生活于世俗历史中的"我"也处于不断的消亡之中，所以"自我"赖以确保身份的一次次"在场"，也就不断地处于一次次的"缺场"状态。真正在场的只有语言，而语言的能指又因其所指的不确定性而处于永恒的流动状态中。这意味着，《日出》的审美情趣是世俗时间的流变性或不确定性。

为了进一步证明世俗时间的不确定性，杜乔蒂还引用了多恩的《第一周年》。原因其实非常简单，因为《第一周年》本身就在谈论新学，比如"还有那

---

① Thomas Docherty. *John Donne Undone*. London and New York: Methuen, 1986, pp. 37-38.

新学，叫人怀疑所有的一切"。杜乔蒂在引用了该诗第 205—218 行①后指出：这些诗行体现了诗人对历史的怀疑与悲观；凤凰的意象表明诗人并未超越历史，只是改变了对历史的态度，视之为一系列间隙式的死亡与再生，借以实现对时间与空间的掌控。这种掌控能使"在场"出现于任何地点、任何时刻，比如，将恋人之间的距离等同于两块大陆之间的距离，将一滴眼泪幻化成汪洋大海，将六年时间变成仅有一秒，等等。但诗人实际掌控的却并非时间与空间，而只是"词汇的力量，亦即词汇所具有的使动能力"②。杜乔蒂由此而解构了诗人掌控时空的企图，也解构了自我的所谓"在场"。在他看来，诗人之所以企图掌控时空，在于他具有强烈的焦虑，害怕自己随着地球这颗"游走的星"而失落在浩渺的太空之中。这里，我们再次看到了宇宙人生的问题，也再次看到了《第一周年》的审美情趣，那便是在后哥白尼时代的特定语境下：

> 问题不再是多恩说了什么，也不是文本究竟说了什么（多恩的文本都是无声的）；而是作为文本工匠的我们能说什么，以及我们如何从文本提供的原材料中建构历史意义。我们最先建构的似乎是作为历史的、差异化的、"位移"的实体的我们自己。相应地，我们能够确定的任何文本意义，也并不取决于我们自身意识的稳定或中心，因为它也是去中心的，也遵循延宕原则[……]多恩的文本具有强烈的流动性、开放性、怀疑性，其本质是历史的。③

汉语有"排忧解难"之说，指的是"排除忧愁、解除困难"。杜乔蒂的《多恩解读》也有强烈的"排忧解难"倾向，但其旨趣却是"排列忧愁、解向困难"。杜乔蒂认为，多恩诗的基本特点就是一个"难"字："因为它打乱语言以适合意义，对多恩的诗歌语言而言，晦涩的而非清晰的表述似乎才是更为有用的一种描述方式。"④这里的"打乱语言以适合意义"，出自艾略特的《论玄学诗人》。在那篇文章中，艾略特曾明确指出：由于文明本身的复杂多样，诗人"必然会变得越来越具涵容性、暗示性和间接性，以便迫使（如果需要也可以打乱）

---

① 这些诗行的大意为："还有那新学，叫人怀疑所有的一切，/而火的元素啊，已经被人全然扑灭；/太阳弄丢了，接着是地球，没有人，/能凭自身的智慧，去为它指点行程。/人们一致承认，这个世界已然丧尽，/哪怕搜遍了苍天，以及所有的行星，/想找寻些许新的线索，也徒是枉然，/连搜寻本身也都崩溃成无数的尘寰。/一切皆是碎片，所有关联都以失去，/一切都不过替补，一切都只是宗教：/王子、臣民、父子，万物都以忘却，/每个人都自以为会摇身一变，成为/一个涅槃的凤凰，实际上谁也不能/成为那个凤凰，他也只能是他自己。"

② Thomas Docherty. *John Donne Undone*. London and New York: Methuen, 1986, p. 40.

③ Thomas Docherty. *John Donne Undone*. London and New York: Methuen, 1986, p. 47.

④ Thomas Docherty. *John Donne Undone*. London and New York: Methuen, 1986, p. 5.

语言适合自己的意思"①。在艾略特和杜乔蒂两人的原文中，多恩诗的"难"和"晦涩"都是同一个词 difficult，也都与科学相关，只是科学的内涵则各不相同。在艾略特那里主要是 20 世纪的科学技术；在杜乔蒂这里则是哥白尼的日心说。换句话说，在杜乔蒂看来，是哥白尼的新学导致了多恩诗的涵容性、暗示性与间接性；而杜乔蒂的三个目标，就是力图在哥白尼的科学话语体系中、在 17 世纪的社会文化里、在模仿论的审美框架内，对多恩诗加以重新解读。

杜乔蒂就是以这种"解向困难"的方式对多恩诗加以解构的，其基本理念，正如上面的分析所示，是掌控时空的企图与失败。将这样的理念用于人，便是掌控"他者"的企图与失败。这个"他者"，在杜乔蒂看来，就是多恩诗中的女性形象："女人，作为'另一空间'或'他处'，似乎给多恩造成了很大困难。"②他以《跳蚤》为例指出，诗人的运思明显具有使用天文望远镜的喻指，因为正是望远镜的出现才使微小之物清晰可见；而且第 10 行的"一只跳蚤三条生命"既有三位一体的指向，也有将跳蚤比作完整宇宙的寓意；但第 15 行的"活生生墨玉般的四壁"则一方面让跳蚤的空间变得模棱两可，另一方面又暗示了诗中的性爱意图。这一切表明，有关"他者"的知识取决于能否掌控他者。杜乔蒂由此认为，《跳蚤》给人以两个明显的启示：一是他者的特征总是女性的，或至少是"非男性的"，所以对自我或人类的定义理当是男性的；二是有关他者的知识是由男性定义的，是为了彰显男性的权威。前者体现诗的创造性，后者体现传统的权力观，二者都喻指诗人的语言近似圣经的语言，"于是我们所看到的，恰如德里达会说的，是多恩书写中的菲勒斯中心主义"③。杜乔蒂用大量篇幅对《跳蚤》中的"多恩书写"及"自我身份"进行建构，但他的最后结论却是：为了确保菲勒斯中心主义，多恩需要不断地更新他的语言，而每次更新都使"自我"的观念变得更加模糊，那种超验的权威反而成了质疑的对象；相应地，他越是努力地加以诗化表达，也就越是深刻地揭示了权威的缺乏，同时也越加彰显了"位移"之于诗歌的意义。

这样的书写让人怀疑，多恩对他的文本及其意义是否具有任何权威，因为里面根本就没有能够识别的"多恩"，也没有任何可以辨识的能决定文本意义的缘由或权威。他写得越多，也就必须写得越多[……]多恩总在自行表达各种不同，文本也总是越来越偏离任何的权威性。就像法国象征主义诗人阿蒂尔·兰波后来所说"我是他者"，多恩一直就

① T. S. Eliot. *The Sacred Wood and Major Early Essays*. Mineola: Dover Publications, 1998, p. 128.

② Thomas Docherty. *John Donne Undone*. London and New York: Methuen, 1986, p. 52.

③ Thomas Docherty. *John Donne Undone*. London and New York: Methuen, 1986, p. 59.

是自我的那个他者。①

不仅如此，杜乔蒂还认为，多恩诗中的女人有可能根本就不存在，因为在后哥白尼的宇宙里，位移意味着万物因失去支点而势必处于不断的幻化之中。他以《字谜》为例指出，诗中的女人只是一种拼图游戏或填字游戏，需要借助别人之手才能完成。读者无从知道她是谁，她没有身份，没有能够辨识的脸面或身体，只是诗人的一种创作游戏，一个纯粹的文本，一个字面上的女人，一张拼贴而成的面孔，"或者说是形式上的脸孔的理念。它是图像的图像，没有任何实质，既不是自然的，也无任何真实可言"②，而且"脸面的符号也极端不稳，其所指代的对象，以及那个女人，已在一定意义上完全消失"③。即便《上床》，在杜乔蒂看来，也不是真的在写女人，因为整首诗所铺垫起来的一切，都在最末的两行被彻底消解：

> 多恩也好，女人也罢，文本中的两个主人翁，都并未在我们眼前真的"在场"，这突显了文学模仿的难以实现。在一个变化的世界里，没有什么会始终待在一个地方，所有的"在场"都总在移动之中，被"发现"的人性也都是实体性的对象，要做到"再现"则充满了不尽的困难。即便"当下"也变得难以企及，因为它总在自行位移、自行变化、自行遮盖。④

这里，杜乔蒂不但解构了诗中的人物形象，而且也解构了古典主义的模仿观。在他看来，"哥白尼革命"不仅强化了人们的"位移"概念，而且改变了人们的诗学观念。在古典主义那里，诗是客观世界的再现；但在杜乔蒂看来，由于新学的冲击，客观世界已然被世俗时间分割为一系列碎片，所以"诗常常只能围绕某个时刻展开，那个时刻或许可称为'革命的当下'。换句话说，诗的谋篇布局就是围绕一个时刻，从一种状态转向另一状态，最为简单的理解即在一个想象的未来和一个假设的过去之间，夹着一个推定的'当下'"⑤。他认为"您造就了我，您的作品可将会朽坏？/现在就修理我吧"⑥就包括了过去时、将来时和现在时。他还列举了多恩《歌与十四行诗集》和《神圣十四行诗集》中的其他作

---

① Thomas Docherty. *John Donne Undone*. London and New York: Methuen, 1986, p. 60.

② Thomas Docherty. *John Donne Undone*. London and New York: Methuen, 1986, p. 66.

③ Thomas Docherty. *John Donne Undone*. London and New York: Methuen, 1986, p. 67.

④ Thomas Docherty. *John Donne Undone*. London and New York: Methuen, 1986, p. 83.

⑤ Thomas Docherty. *John Donne Undone*. London and New York: Methuen, 1986, p. 94.

⑥ 出自多恩《神圣十四行诗》第 1 首，原文 Thou hast made me, and shall thy work decay? /Repair me now… 这里的译文由傅浩译出，见约翰·但恩：《约翰·但恩诗选》，傅浩译，北京：外语教学与研究出版社，2014 年，第 215 页。

品，用以证明"当下"时刻的难以定位，比如他说《关于影子的一课》企图通过投射到地上的阴影来建构当下，通过影子的"在场"暗示恋人的在场；又比如说《出神》貌似在说一对恋人，实则只有两种人格的描写，并无任何人物的"在场"；再比如说《日出》妄想能用一个永恒的固点来展示绝对的权威；等等。他的主要论点是，由于新学的冲击，"当下"概念已然消失，模仿说已不再适用于诗歌创作；相应地，社会文化深陷信仰的危机，真实被虚伪取代，现世被语言取代，想象被幻象取代，时空被打碎，万物处于彼此的异化之中，甚至灵与肉的关系也已异化。多恩诗就是这种危机与虚幻、位移与异化的典型代表，因此他主张"对多恩的文本阐释远比对多恩的性格探究更为重要，因为，如果说那些文本代表了多恩的某个方面的话，那么它们所代表的或揭示的也唯有他的'缺场'，而不是他的材料"①。

按照杜乔蒂的思路，多恩解构了中心，解构了女人，解构了文学理论，而且只能不断地书写下去。那么，这种书写还有什么意义呢？这也是杜乔蒂企图回答的问题，而他的回答就在他对多恩《诱饵》一诗的处理中，也就是《多恩解读》第 7 章的标题"作为治疗的书写：可疑的故事与蛆虫餐"中。"蛆虫餐"原文为 a diet of worms，语出莎士比亚《哈姆雷特》第四幕第三场中的"a certain convocation of politic worms are e'en at him"，朱生豪的译文为"一群精明的蛆虫正在他身上大吃特吃"②。那是哈姆雷特回答国王"特波洛涅斯何在"时的一段话，意思是"一个人可以拿一条吃过国王的蛆虫去钓鱼，再吃那吃过那条蛆虫的鱼"。这种"吃"与"被吃"的关系，在杜乔蒂看来，就是多恩《诱饵》中的"诱"与"被诱"的思想，而艺术特点都是双关。根据杜乔蒂的解读，《诱饵》的开篇虽毫无新意，但第 3 行的"金色沙滩，水晶般的溪流"（christall brookes）却暗含一个双关，即 christall 与 Christ。杜乔蒂还进而以莎士比亚的《一报还一报》、《圣经》中的《马太福音》和多恩的《论自杀》为据，用以彰显语言、故事和多恩生平之间的彼此关联，然后他结合《诱饵》第 2 节指出："这些鱼儿都有献身意愿，就像基督教之原型意义上的'鱼儿'，那个'水晶般'的基督。"③杜乔蒂接着对第 3 节做了分析，认为诗人在这里笔锋一转，让诗中的女人成了一个钓鱼的人，并希望她自己成为被人垂钓的对象，于是"追求者与被追求者、猎捕者与被猎捕者，因此而互换了位置[……]在这种圣餐式的变体中，女人自己化身成了一个女性基督：她既是鱼饵也是鱼儿"④。在接下来的

① Thomas Docherty. *John Donne Undone*. London and New York: Methuen, 1986, p. 113.

② 莎士比亚：《莎士比亚全集》（下），朱生豪译，长春：时代文艺出版社，1996 年，第 832 页，下一引语出自同书第 833 页。

③ Thomas Docherty. *John Donne Undone*. London and New York: Methuen, 1986, p. 237.

④ Thomas Docherty. *John Donne Undone*. London and New York: Methuen, 1986, p. 237.

分析中，杜乔蒂再次从多恩所擅长的双关角度，将"蛆虫餐"与"沃尔姆斯会议"（the Diet of Worms）①和"圣餐"联系在一起，认为诗中的鱼儿/女人形象，作为"圣餐"的另一表现形式，表明多恩一方面企图靠拢路德宗，另一方面又企图与之保持距离。

> 这对多恩来说至关重要，因为吃鱼的行为，即圣餐中的基督圣体的标志，其重要性与其说是圣餐本身，不如说是圣餐的领受者。通过成为圣餐的一个点，成为教会的组成部分或基督的身体，他们变得健康。但是，这个打动多恩的基本的变形[化身]，同时也是带来神学意义上之健康的圣餐，却是那个使他成为垂钓者的变形，那个在《诱饵》中被女人捉住的垂钓者。因为，以这样的方式被捉住，他不但成了猎捕者，就像那个女人一样，同时也是被猎捕的对象。②

通过这样的阐释，杜乔蒂旨在说明，多恩诗最为显著的特征是充满变数。一方面，这些变数很可能是实质性的，但不同的读者却可能产生不同的理解，有如人们对圣餐的阐释一样。另一方面，多恩貌似在写此物或此人，实际则可能在写他物或他者，反之亦然。在前一意义上，杜乔蒂显然是把他的"解向困难"作为一种新解看待的；在后一意义上，他则把多恩诗的晦涩归因于哥白尼新学的冲击，所以他认为多恩诗就是一种自我书写，但因中心丧失，身份流动，所以他的自我并未获得真正的表现。换言之，多恩力图尝试自我的建构，最后却以自我的消解而告终，因为他的"自我"，好比《诱饵》中的鱼儿/女人，假如没有神性参与，则连变化都是无从实现的。用杜乔蒂在第 2 章里的话说，由于新学的发展，多恩诗充满各种问题，比如"女人问题"，而所有问题的核心都是"他者"的问题，多恩试图通过掌控时空来掌控"他者"，却又每每丧失对"他者"的掌控，因此只能对"他者"加以解构。但在多恩诗中，几乎所有的"他者"都是"自我"的对象，所以解构"他者"的最终结果只能是解构"自我"③。杜乔蒂以他的"解向困难"的方式，实现了对多恩诗的全方位解构，这或许就是他将其专著命名为《多恩解读》的原因，因为多恩就像地球这颗"游走的星"一样，尚未完成对自己的定位：多恩没有做成自己（John Donne Undone），多恩尚待发掘（John Donne Undone）。

前面曾说到《多恩解读》的宇宙人生意识与三个目标。上文的分析显示，在

---

① 指 1521 年初在德国小镇沃尔姆斯举行的宗教大会，因马丁·路德的赴会受审和抗辩而著名。

② Thomas Docherty. *John Donne Undone*. London and New York: Methuen, 1986, p. 238.

③ William Empson. *Donne and the New Philosophy*. Ed. John Haffenden. Cambridge: Cambridge UP, 1993, pp. 74-87.

三个目标中，科学话语是第一层目标，也是另外两个目标的基础；社会文化是第二层目标，既是基于科学话语的，又是审美情趣的基础；审美情趣则是第三层目标，也是基于前两个目标的。这样的目标层次进一步彰显了全书的宇宙人生意识，因为第一个目标已然决定了杜乔蒂是在哥白尼新学的大背景下来研究多恩及其作品的。杜乔蒂之所以特别强调"位移"的概念，也明显是基于哥白尼的"新学"与托勒密的"旧学"之间的对比；而他用以表示"坠入历史"的一系列其他术语，比如失误、放逐、游走、偏离等，也都具有宇宙人生的指向性。因此，虽然杜乔蒂没有使用"宇宙人生"这一术语，但"宇宙人生"的指向却是显而易见的。

宇宙人生问题势必涉及天文与人文，而这正是整部《多恩解读》的具体内容。我们知道，在英语中，"天文学"为 astronomy，"天文学家"为 astronomer，二者都源自希腊语 astronomia，而 astronomia 又是 astron（星）和 nemo（列序）构成的复合词，所以从词源的角度来看，"天文学家"即排列星序之人，相应地，"天文学"就是排列星序之学，二者的重心都在一个"星"字。我们还知道，在英语中，宇宙也叫 cosmos，源自希腊文，本义为"和谐""秩序"。最先用科斯摩斯来指称宇宙的，据说是毕达哥拉斯（Pythagoras）[①]；而毕氏的科斯摩斯则被认为是"太阳、月亮、行星作匀速圆周运动的地方"[②]。这意味着，天文学家所排列的就是宇宙诸星，目的是彰显科斯摩斯的和谐与秩序。这就是天文角度的大宇宙，与之对应的则是人文角度的小宇宙，借托马斯·布朗的话说即"我们是上帝的呼吸、上帝的形象，这一点不可置疑，并已载入《圣经》；不过我们却自称'小宇宙'或'小世界'。"[③]这样的宇宙观，必然体现着宇宙人生意识。多恩就在其诗中有过"人即世界""我即小小世界""将人称为小世界太过小气[……]人乃大千世界"[④]等表述，这些表述也都明显带有宇宙人生的意识；而他的《应急祷告》的下述话语，则与《易经·系辞》"在天成象、在地成形、变化见矣"的天道观，具有异曲同工之妙。

> 地是我肉体的中心，天是我灵魂的中心；天地是灵肉的天然归属，
> 但灵与肉的升降却并不相同：肉身的沦落无须借助推力，灵魂的上升则

---

① 胡家峦：《历史的星空》，北京：北京大学出版社，2001年，第13页。

② 宣焕灿：《天文学史》，北京：高等教育出版社，1992年，第83页。

③ Thomas Browne. "Religio Medici." In M. H. Abrams (Ed.), *The Norton Anthology of English Literature*. Vol. 1. New York and London: W. W. Norton & Company, 1986, p. 1723.

④ 分别出自《挽马科翰姆夫人》（"Elegie on Lady Markham"）、神圣十四行诗《我是一个小小世界》（"I Am a Little World"）和《应急祷告》。

必须借助拉力。[1]

　　然而，神悬我于天地之间，犹如一颗流星；我不在天，因为泥的躯碑着；我也不在地，因为天的灵系着。[2]

应该说，多恩的宇宙人生意识，早在 17 世纪就获得了相当的认同。这一点，从首版《多恩诗集》所附的一系列挽歌中就可以看得比较清楚。但将其作为研究对象，则是 20 世纪的事，而且是与哥白尼日心说紧密联系的。1912 年，格里厄森教授在其两卷本标准版《多恩诗集》中说，新学是多恩诗最为有趣的主题之一，因为与丁尼生的《纪念》和弥尔顿的《丽西达斯》（"Lycidas"）相比，多恩更倾向于前者，也更关注"科学的进步"[3]。格里厄森所说的"科学"便是哥白尼的日心说，也就是新学；之所以"最为有趣"，是因为在格里厄森看来，丁尼生和多恩都承认新学对旧学的冲击，也都有着强烈的怀疑态度，但二人的怀疑对象却截然不同：丁尼生怀疑宗教信仰，而多恩则怀疑科学。在格里厄森之前，考托普也曾论述过多恩诗中"新学与神学的冲突"以及由此而来的"普遍的怀疑主义"[4]。在考托普那里，所谓"新学"就是哥白尼的"日心说"，而"神学"则是以地心说为基础的神学。就此而论，格里厄森只是继承了考托普的观点，但格里厄森在继承的同时也作了引申，并将其放到整个 17 世纪的大背景中加以分析，从而得出了这样的结论："新学"取代"旧学"之后，地球的空间位置发生了"位移"，动摇了各要素的向心性，影响了 17 世纪所有诗人，而多恩则是他们中"最有警性的"，所以只有在他的作品中，才可以找到"旅行家、天文家、生理学家和医生等的种种全新发现"[5]。

自此以后，许多编辑和批评家都在多恩身上或多或少地看到了新学的影子，也都有过或深或浅的介绍和评价。[6]但他们大多"点到为止"，只有查尔斯·M.科芬（Charles M. Coffin）和杜乔蒂等极少数人以专著形式作过专门研究。科芬的《多恩与新学》（*John Donne and the New Philosophy*）出版于 1937 年。在他看来，多恩之所以关注"科学的进步"，得益于剑桥大学的学术氛围、自身的刻苦努力和初现端倪的新学。但这个新学并非哥白尼天文学，因为哥白尼的著作之所

---

① John Donne. *Devotions upon Emergent Occasions: Together with Death's Duel.* Ann Arbor: U of Michigan P., 1959, pp. 12-13.

② John Donne. *Devotions upon Emergent Occasions: Together with Death's Duel.* Ann Arbor: U of Michigan P., 1959, pp. 20-21.

③ Herbert J. C. Grierson, Ed. *The Poems of John Donne.* Vol. 2. Oxford: Clarendon, 1912, p. xxviii.

④ W. J. Courthope. *A History of English Poetry.* Vol. 3. New York and London: Macmillan, 1903, p. 162.

⑤ Herbert J. C. Grierson, Ed. *The Poems of John Donne.* Vol. 2. Oxford: Clarendon, 1912, p. 189.

⑥ Gary A. Stringer, gen. Ed. *The Variorum Edition of the Poetry of John Donne.* Vol. 6. Bloomington and Indianapolis: Indiana UP, 1995, pp. 403-411.

以为人接受，在于它又一次证明了毕达哥拉斯和新柏拉图主义的信念，即自然的神性就体现在宇宙的和谐之中，并以数理和几何结构的形式呈现于世人面前。从这个意义上说，所谓"新学"首先是对自然现象的一种观察，是一种知识的积累，而不是一种真正的"学说"，其之所以对诗人产生吸引力，归因于约翰尼斯·开普勒（Johannes Kepler）、伽利略，以及著名医生威廉·吉尔伯特（William Gilbert）等人，是他们将其与经验相结合，从而为"诗性想象"开辟了全新途径。在此基础上，科芬分析了新学在《第一周年》和《第二周年》中的运用：于前者，新学是冲破旧的世界模式的力；于后者则是灵魂与新近发现的世界相互协调的基础；二者都出于德鲁里小姐的早逝，而诗人的才气则源自伽利略和开普勒的宇宙观。[1]由此可见，科芬实际所关心的并不是新学，而是多恩的才气，亦即"诗性想象"及其在两部长诗中的表现。更为重要的是，科芬走的是建构主义之路，而非解构主义。

杜乔蒂则走的解构主义之路，所以他强调的不是伽利略而是哥白尼。在《多恩解读》中，杜乔蒂的三个目标实际上就是对以往研究的继承、提升与转化。杜乔蒂与科芬一样，也肯定新学对诗人的想象有着巨大作用，所以将多恩诗称为"失误和恒变主导下的诗性想象"[2]，认定文本与内容的关系、事件与环境的关系、人与人的关系等都因"位移"而变得模糊，变得不再明确。关于"位移"的问题，乔丹也曾做过专门研究。乔丹还借当代德国著名哲学家汉斯·布鲁门伯格（Hans Blumenberg）《现时代的合法性》（*The Legitimacy of the Modern Age*）中的话，将其归于"哥白尼革命"所带来的"宇宙重建"，因此他说正是由于这种"位移"，才使"宇宙秩序的建构成为后中世纪人的唯一基本主题"[3]；相应地，"哥白尼以后，欧洲文明史演变成了一系列的企图，旨在使地球回归中心、回归稳定"[4]。杜乔蒂本人对多恩的研究，便是在这样的认识前提下展开的。但他并未提到乔丹，因为乔丹的著作比他的晚了三年。我们在这里把他们略作比较，旨在突出他们的写作背景，同时彰显这样一个基本事实，即乔丹也像科芬一样属于建构主义，而杜乔蒂自己则与之相反，属于解构主义。

杜乔蒂的解构性阅读，即便在《多恩解读》的章节安排上也有明显反映。首先是大量双关词语的使用。比如第二部分的标题"Therapies and (ir) resolutions"中的后一个单词，杜乔蒂的用词至少包含两个意义：一个是 solution（出路、办

---

① Charles Monroe Coffin. *John Donne and the New Philosophy*. New York: Columbia UP, 1937, pp. 38-101.

② Thomas Docherty. *John Donne Undone*. London and New York: Methuen, 1986, p. 19.

③ Richard Douglas Jordan. *The Quiet Hero: Figures of Temperance in Spenser, Donne, Milton, and Joyce*. Washington: Catholic University of America Press, 1989, p. 24.

④ Richard Douglas Jordan. *The Quiet Hero: Figures of Temperance in Spenser, Donne, Milton, and Joyce*. Washington: Catholic University of America Press, 1989, p. 26.

法），另一个是 resolution（坚定、决断）。在前一意义上，该词的含义为"（非）又一出路、（非）再次解决"；在后一意义上，该词的含义为"（非）坚决、（非）决断"。又比如第 5 章的副标题"the 'vocation' of 'Donne'"，把 Donne 放入引号之内，意味着它是 done 的变形，又是 Donne 本身。再比如第 7 章的最后一个词组 a diet of worms，仅字面含义就有两个，一是日常饮食，二是历史事件，前者即字面意义上的"蛆虫餐"，后者则指"沃尔姆斯大会"。甚至导论部分的标题"Undoing Donne"的意义也是两可的，或者多义的，比如undoing 就有"打开""消除""毁灭"等含义。

其次是章节安排。一方面，从导论到第 1 部分再到第 2 部分的先后顺序显得十分自然。另一方面，章节之间却刻意地制造出断裂，比如在第 3 章与第 4 章之间加入"空位"。实际上它也真的就是一个"空位"，因为除了"空位"这个单词，根本没有任何内容，反倒像第 4 章的上级标题，可第 4 章的上级标题却并非"空位"，而是"问题与悖论"。章节安排还显示，全书有导论，有部分和章节，甚至也有索引，但却没有结论。杜乔蒂用以结束全书的就是第 7 章"作为治疗的书写"。杜乔蒂似乎在以这样的谋篇布局告诉我们，《多恩解读》是一个没有结论的解读，"打开多恩"等于没有"打开多恩"、"消除多恩"或"毁灭多恩"。

而我们的分析也显示，杜乔蒂在一定意义上就是把多恩诗看作潘多拉的魔盒一般的东西，因此才体现出"解向困难"的策略。作为解构主义批评中最有代表性的成果之一，杜乔蒂的《多恩解读》从哥白尼的"科学话语"入手，在 17 世纪的"社会文化"中阐释多恩诗的"审美趣味"，旨在揭示这样的核心内容：哥白尼的日心说动摇了原来被认定的一切，带来了一系列困惑与悖论，包括"位移"问题、偏离问题和历史问题，也包括与自我的权威、权力和交流等紧密关联的所谓"女人问题"，还包括由此而来的身份认同与艺术表达的危机与虚假。所有这一切，在杜乔蒂看来，都动摇了诗人的自我身份，解构了诗歌的审美情趣，即便诗中的具体内容也都呈现出较强的游戏性，比如两性关系、血统关系等。杜乔蒂因此认为，多恩所面临的悖论是以混乱为背景的、以不忠为要素的忠诚，多恩解决这一悖论的方式是将审美转化成忠诚，但其结果却迫使诗人不得不超越病态的自我，在神学的领域求得安慰。杜乔蒂因此把多恩的作品看成一剂药方，而不是灵药本身，因为它反而带出了更多的连诗人自己也无法解答的疑难。这样的解读，在杜乔蒂看来，是一种尚待起步的阐释，所以他用 John Donne Undone 作为全书的标题。这个蕴含"双关"的书名，既暗示没人做过，也暗示无法做到。在前一意义上，《多恩解读》本身就是一种创新，而在后一意义上，《多恩解读》也是对自身的一种解构。

与杜乔蒂从外部关系角度的研究不同，鲍姆林是从内部关系的角度来研究多恩的。鲍姆林是美国密苏里州立大学教授,其《多恩与文艺复兴话语修辞》旨在回答这样一个问题:"现代方式是否对理解多恩一无是处?"[①]《多恩与文艺复兴话语修辞》的主体由 2 个部分构成,每个部分 4 章,另加 1 个"前奏"(prelude)和 1 个"尾声"(coda),该书整体上显得中规中矩,同时又带有音乐研究的特性。主体部分之前另有 1 个前言(preface)和 1 个多恩著作的缩语表;主体部分之后另附 1 个参考书目和 1 个索引。整部著作看上去就是一个典型的建构主义作品,那么鲍姆林究竟是如何解构多恩的呢?

布莱斯勒在《文学批评:理论与实践导论》中指出,"解构式阅读的第一步是识别我们思维中的二元对立的存在及其运作。根据德里达的看法,源自柏拉图和亚里士多德思想的最为'粗暴的等级制'(violent hierarchies)是言说/书写,且言说占据优先地位"[②]。鲍姆林的解构正是从文本与阐释的二元对立开始的。他首先设定了 2 组二元对立,一是"语言理论中的对立"(opposition in language theory),二是"认识论中的对立"(opposition in epistemology)。前者的二元为"(+)语言是强大的,能准确反映现实"与"(-)语言是弱小的,不能准确反映现实";后者的二元为"(+)世界是稳定的,真理是可知的"与"(-)世界是不稳定的,真理是不可知的"。以此为基础,他假定了第 3 组二元对立,即根据当下的修辞教学(或写作教学),将前 2 组对立结合起来,从智者论(sophism)、化身论(incarnationism)、超验论(transcendence)和怀疑论(skepticism)四个维度组成一套彼此关联的"语言认识论"(linguistic epistemologies),其中的每个维度也都基于同样的二元对立,即"(+)语言"与"(-)知识"。为了直观地呈现这 3 组二元对立及其相互关系,他还特意绘制了相应的 3 个"视图模式"(visual schema),并对这些"视图"的含义,同时也是全书的核心思想以及对多恩加以解构的基本策略,给出了如下阐释:

> 我不是要把话语变成一个静态的系统或结构,而是要跟踪文本/阐释的四种策略及其动态关系。一个文本可以在其主题的展开过程中同时呈现全部四种模式,也可以不必有意识地全都呈现在"书写之中"。但作为阅读与阐释策略,则全部四种模式都是尽数在场的。于是,一个文本或一种阐释也可以说是"经过了"各种修辞的,就像一只曲谱得经过键盘一样。以视图 3 为例,当按顺时针方向阅读时,它就会呈现为一种典型的运动[……]智者论可以在任何文本中幻化出一个世界(即词汇的

---

① James S. Baumlin. *John Donne and the Rhetorics of Renaissance Discourse*. Columbia and London: U of Missouri P, 1991, p. ix.

② 布莱斯勒:《文学批评:理论与实践导论》(第 5 版),赵勇等译,北京:中国人民大学出版社,2014年,第 137 页。

世界，或怀疑者所说的"虚假创造"），它是在怀疑的基础上做到的；动态地说，怀疑论通常是先于智者论的，也是为智者论铺路的，他们的词汇世界自负地（也或许幼稚地）想要成为真理本身，亦即希望为人采信。从那个时刻起，这样的话语便企图越过劝说而直接指向"真理"，并通过语言对之加以赞扬、维系和辩护。在这里，智者论清楚地表现出化身论的修辞特色。而在某些关键时刻，化身论的文本却会发现，某些领域的经验是不能诉诸语言的，这时的公开庆贺于是便很可能转变为具有自我抹去性质的超验语言。接着是从超验走向怀疑，其特征是暴力的，但怀疑论的精髓却已经注入那些不足以对经验世界加以确认的任何文本，尤其当经验与现实都超越了五官感觉的时候。当然，怀疑论会质疑超验的可能性，并将所有的类似表述都交付令人窒息的怀疑。而一旦产生怀疑，则有关稳定的、永恒的（抑或不可言喻的）现实信仰便会招致毁灭，我们于是便走过了一个完整的圆：随着信仰的被摧毁，人们习惯地开始塑造另一个全新的世界（依旧是文字的世界）。从怀疑论，我们又回到了智者论。[1]

这里，鲍姆林实际上将他的修辞理论作了简要说明。值得注意的是，所谓修辞模式或策略，就是写作模式或策略，因而属广义的"文本/阐释"（text/interpretation），而非狭义的"辞格"（figures of speech）；相应地，所谓"世界"也是"词汇世界"（a world of words），因而与杜乔蒂所说的世界截然不同。在杜乔蒂那里，多恩诗无法模仿世界，因为世界是流变的。在鲍姆林这里，多恩根本无须模仿，只需表达即可；我们也无须把握社会历史，只需对多恩的文本给出自己的阐释即可；而且无论多恩的表述还是我们的阐释，都既可以包括全部四种模式，也可以只涉及其中的部分内容，甚至仅仅只涉及一个内容，比如怀疑论。在鲍姆林看来，一旦立足于怀疑论，则怀疑论也同时成了选定的视角。从这个视角出发阐释多恩，既关乎多恩的信仰如天主教与国教，也关乎多恩的文体选择如讽刺诗或抒情诗。

另一值得注意之处是，按鲍姆林的阐释，四种模式之间的关系是辩证的。他举例说，怀疑论往往通过质疑的方式而解构化身论，如《赠别：我的名字在窗上》；超验论则通过虔诚的沉默而另寻落脚之处，如《封圣》；智者论更看重那些能创造出语言世界的行为和可能性，甚至把自身也看作圣灵一般的创造者，如《日出》。他还特别针对智者论指出：智者论可以是否定的，也可以是肯定的。前者通常聚焦于话语控制，语言带有欺骗性，以便让主人翁占据上风；后者更重

---

[1] James S. Baumlin. *John Donne and the Rhetorics of Renaissance Discourse.* Columbia and London: U of Missouri P, 1991, p. 9.

视语言的创造性，追求的是如何让对象化身为具体的形象，借多恩的原话即"使梦境变成真实，寓言变成历史"①。但鲍姆林也同时提醒我们："从智者论到化身论，就是通过罗格斯来改变世界与自我，而且四种模式都具有神学特征，都仿拟司仪神父，都使用神秘的不可知论者的言语行为，也都把自己看作创造神。而我们只需记住，希腊哲学家用于说服人的术语，到了基督教神学家这里则只用于表述对神的信仰[……]也就是阐释与回应。"②

具体到多恩，鲍姆林认为，多恩研究的实质就是"阐释与回应"。他认为，现代读者倾向于把修辞看作获取读者认同的工具，那是希腊哲学家的阐释与回应，而多恩的文本却显示着多种多样的阐释可能性，无论是爱情诗还是宗教诗，都存在是否为真的问题，因此阅读多恩就是"一场信与不信的游戏，它诉诸两种态度，却典型地共存于同一作品。所以，多恩的悖论都要求读者的'拒绝'或'找出更好的相反理由'"③。他以《歌与十四行诗集》为例指出：诗人不断地用各种比喻来描述他的创作，包括书籍、传说、编年史、合同、传记、遗嘱、书信、诅咒、徽章等，也都不断地故意突出自我的存在、自我的声音、自我的诉求。但实际上，每个文本都是主题性的，也都是反主题性的，二者悖论性地彼此共存着；每个文本也都在极力地压抑主题性。

> 辩证地看，所有的论点都会衍生自己的反证，并以此确认罗格斯或理性论点经由了二元对立之双重论证（dissoi logoi）的观点。因为生平的复杂性，多恩的作品在天主教与新教的神学、理性主义与怀疑主义的论争，以及教条的保守主义与反传统的自由思想、追求必然性与承认或然性之间，不断地来回摇摆。④

正是基于多恩作品的"来回摇摆"与阐释思路的"双重论证"，鲍姆林对多恩《书信集》《布道文集》《应急祷告》《讽刺诗集》《歌与十四行诗集》《神学诗集》等，根据他的四种修辞模式，给出了他自己的"阐释与回应"。但在整部著作中，他对多恩散文的分析，比如《书信集》、《布道文集》和《应急祷告》，更多的是着眼于其中的思想之于诗歌创作的意义，所以从解构的角度来

---

① 语出多恩的《梦》第 8 行，傅浩译，见约翰·但恩：《艳情诗与神学诗》，傅浩译，北京：中国对外翻译出版公司，1999 年，第 54 页。

② James S. Baumlin. *John Donne and the Rhetorics of Renaissance Discourse*. Columbia and London: U of Missouri P, 1991, p. 13.

③ James S. Baumlin. *John Donne and the Rhetorics of Renaissance Discourse*. Columbia and London: U of Missouri P, 1991, p. 17.

④ James S. Baumlin. *John Donne and the Rhetorics of Renaissance Discourse*. Columbia and London: U of Missouri P, 1991, p. 9.

看，他实际上只是解构了它们的散文性。真正代表全书的解构意图的是他对多恩诗的阐释，比如《圣物》。在鲍姆林看来，《圣物》第 2 行的 ghest 与 ghost 以及 entertain 与 inter 都是双关，第 1 节将"墓穴"比作乱伦之床则既是诙谐的也是亵渎的，而第 2 节中的"你将是抹大拉的玛利亚/我是别的东西"则明显是把"我"自比耶稣基督，可这一切都与第 13 行的"迷-信"（mis-devotion）密切相关。他的问题是：为什么"迷-信"能统领全诗？是否是时代使然？是否是人们相信圣物与神奇之事？它真的属于诗人吗？究竟谁会发现那条臂膀？掘墓者真的会取得主教或国王的好感？显然，这些问题大多不是真的，所以鲍姆林指出：事实上，本诗承认了双重失败，一是语言的失败，二是爱的失败。前者意味着语言化身论的观念无能为力，后者则同时暗示了没有真诚的爱情可言。这种双重失败消解了诗歌的字面表达，使得与之相关的其他思想，比如真爱与虔诚等，也都随着诗歌对奇迹的消解而一道消解。①

如果说，鲍姆林对《圣物》的分析只是解构了其内容，那么他对《赠别：论书》（"A Valediction: Of the Booke"）的分析则连诗歌本身也都一并做了解构。《赠别：论书》是以"赠别"为总题的诗歌之一，学界通常都将"赠别"组诗定位为多恩临出门时写给妻子的诗，其基本主题为爱的坚贞。鲍姆林则基于他的二元对立模式认为，该诗根本没有保持爱的意思，也没有爱的行为或记忆，只有诗人敦促其女友记录自己的话语。根据鲍姆林的解读，该诗还表现了多恩"赠别"组诗的共同特征，那就是书写与言说之间的张力。具体到《赠别：论书》，鲍姆林做了这样的解构：诗人在第 1 行"告诉"她该写什么，有什么意义，却完全忽视了话语的书写性质，所以即便她真的写下了，那也是"她的"文本，而不是"他的"原话；何况第 53 行还明确地说"在你这部书里"，这表明诗人压根就没有宣称是自己的书。鲍姆林进一步指出，该诗所说的爱也并不存在于该诗本身，而仅仅存在于她的书写之后，隐藏在她所写下的新书之中，因为只有在那里才会出现第 19 行所说的"长存如四大元素"的真爱。可即便这样也需要满足一定的条件，一是她必须得写出"她的"书；二是即使她真的写出了，读者也必须能读出其中的真爱。然而，即便两个条件都已满足，也可能如第 53—54 行所说："从你这部书里，有种人会看到虚无，/犹如在《圣经》里，有人竟能发现炼金术。"根据鲍姆林的阐释，这最后两行旨在说明这样的思想：《圣经》里没有炼金术，"她的书里"也没有真爱。鲍姆林还引多恩《神学文集》中关于有些书稿必须被抹去的思想，认为多恩已然表达了德里达的"擦除"（erasure）概念。鲍姆林的最后结论是：

---

① James S. Baumlin. *John Donne and the Rhetorics of Renaissance Discourse*. Columbia and London: U of Missouri P, 1991, p. 173.

　　表面上，《赠别：论书》的主题是坚信女人的忠贞及恋人间的牢固关系；但在表象之下，在言过其实的表述背后，那彼特拉克式的赞扬却是对女人的挑战，是挑战她的爱不会因他的离开而有丝毫的减缓。这一挑战是诗所发出的，但其结果却是诗所不能保证的，因此末尾的"日食的黑斑"给之前的全部诗行蒙上了一层阴影，把岌岌可危的真相摆在恋人们面前，同时也摆在了读者面前。诗人借辞别之机，探讨了诗的问题，尤其是诗之于人生、忠诚等的（无）能为力，这些问题涉及的不仅仅是女人，而更是书写本身。因为诗所处理的不仅仅是恋人之间的分别，也不仅仅是精神与肉体的分离；诗要处理的终结问题是语言与现实的分离，是把诗人和女人这两个关键能指（crucial signifiers）通过化身论而变成语言的肉身（flesh of language），使之实实在在地进入语言，成为文本所说的"记载"（records）。要是这样的化身论被谢绝了呢？这种圣典似的在场，犹如诗化语言的炼金术一般，如果一旦化为记忆，又会发生什么呢？书写所能提供的补偿微不足道，缺场也不会有任何解药……[1]

　　前面说过，杜乔蒂把多恩作品只看作一剂药方，而不是灵药本身；在鲍姆林这里，我们发现了同样的思想，唯一区别只在文字表述，即把药方改为了补偿、把灵药改成了解药。如果说这一改动有什么理论意义的话，也不过越发彰显着解构主义的特色，因为"补偿"本身就是德里达用以描述二元对立的不稳定关系的术语。[2]但基本思想并无实质性的区别，这也是我们将解构主义的多恩研究看作一剂药方的根本原因。至于这剂药方究竟包含什么内容，以及是否真的有效、在什么层面有效、有效到何等程度等，则因解构主义本身也是一种阅读阐释而各有区别，甚至在同一人的阅读阐释中也不会完全相同。

　　回到鲍姆林，即便在他的解构里，也至少包含四种类型的解构，而《赠别：论书》也仅仅只是其化身论模式的解构。同样属于化身论模式，同样属于多恩的"赠别诗"，同样出于鲍姆林之手，《赠别：哭泣》则被阐释为从"在场"到"缺场"再到"虚无"的过程，从而也如《赠别：论书》一样，是对诗歌本身的消解。在鲍姆林看来，多恩的《赠别：哭泣》不仅揭示了恋人之间能否实现精神层面的合二为一的问题，更在于玄学层面的分与合、同与异、在场与缺场。他说在《赠别：哭泣》第 1 节中，诗人竭尽所能想要抑制悲伤，但悲伤却反而越发强

---

① James S. Baumlin. *John Donne and the Rhetorics of Renaissance Discourse*. Columbia and London: U of Missouri P, 1991, pp. 189-190.

② Jacques Derrida. "Structure, Sign, and Play in the Discourse of the Human Sciences." In David H. Richter (Ed.), *The Critical Tradition: Classical Texts and Contemporary Trends*. New York: St. Martin's Press, 1989, p. 968.

烈。尽管两位恋人彼此在场，但实际上那种在场却不过泪水映衬的意象，是"他的泪水"通过化身论的方式所象征的他的"肉体-泪水"（body-tear）与她的"灵魂-意象"（image-soul）①，所以正如诗人所说，"一颗泪跌落时，所孕育的你也坠地，/同样你我将化为虚无，当天各一方之时"②。针对该诗第 7 行"我的泪是多愁的果实，更愁的标志"，鲍姆林追问道，诗人的泪水能否既是果实又是标志呢？他的回答是：

> 这两个术语看上去是互为支撑的，但它们的实际诉求却大相径庭，因为每个术语都暗示着诗人之泪与女人之形（imago）之间的不同关系。作为"果实"，泪水直接"孕育"了她的灵魂，似乎是她的灵魂为他的泪水赋予了生命，将它们转化成"人"（homunculi）。作为"标志"，他的泪水却又是没有生命的，女人的在场也因此而转化为一种表面图像（surface image），而泪水则相应地转化为一系列的铸件（coins），只能成为爱的再现，不能成为爱的化身。亦即说，早在别离之前，诗中的女人就已被分解为一系列的能指，表明她实际上已经缺场，并已脱离了文本空间。③

这里，鲍姆林已经把"在场"解构为"缺场"，而接下来对第 2—3 节的阐释，则进一步把"缺场"解构为"虚无"。在鲍姆林的分析中，这些诗行都是"果实"与"标记"两个意象的继续，探究的既是"果实"与"标记"的分离，更是"真实"与"再现"的分离。由于诗歌已转入月球之于世界的影响，所以鲍姆林指出，诗人的泪水已然化身为整个世界，而女人也因此具有了如神一般的力量（godlike powers），但与此同时，这些诗行本身也在质疑其种种夸张，并在这些质疑中消解了"她的"全部神力，唯有"他的"悲伤依稀可见。鲍姆林对第 2—3 节的总体评价是："诗人企图克服他的悲伤，可又找不到任何方式（至少语言不行）去保障恋人之间的彼此忠诚，甚至也不能缓解那些恐惧，这些都源于她的在场。所以彼此分离，而非诗歌，才是治疗悲伤的解药。"④鲍姆林对《赠别：哭泣》的最后结论是：

---

① James S. Baumlin. *John Donne and the Rhetorics of Renaissance Discourse*. Columbia and London: U of Missouri P, 1991, p. 194.

② 出自该诗第 8—9 行，傅浩译，见约翰·但恩：《约翰·但恩诗选》，傅浩译，北京：外语教学与研究出版社，2014 年，第 99 页。

③ James S. Baumlin. *John Donne and the Rhetorics of Renaissance Discourse*. Columbia and London: U of Missouri P, 1991, pp. 194-195.

④ James S. Baumlin. *John Donne and the Rhetorics of Renaissance Discourse*. Columbia and London: U of Missouri P, 1991, p. 196.

全诗没能在其空间里让那个女人（或诗人）成为一个鲜活的、言说的在场；而是将一对恋人变成了天各一方的虚无。事实上，诗人也好，女人也罢，他们一直都是"虚无"，早已化作语言的些许痕迹或结果，化作了标志、镜像、铸件、死亡、地图。诗歌非但没有消除离别、缺场与死亡，反而镌刻了缺场，那是一种缺场诗学（a poetics of absence），它消解了诗人自己的天真的化身理论。①

鲍姆林以"缺场诗学"指称《赠别：哭泣》，广义上符合"赠别诗"的性质，因为赠别诗一定是以分离为题的诗；而狭义上则特指本诗中"天各一方的虚无"的比喻。在前一意义上，鲍姆林总结了多恩的全部赠别诗；在后一意义上，鲍姆林则突出了"虚无"之于"缺场"的决定作用，进一步把"缺场"解构为"虚无"。

特别值得一提的还有鲍姆林对《赠别：节哀》的阐释。我们知道，这是多恩最为著名的爱情诗之一，其中的圆规比喻可谓人人皆知，已然就是多恩诗（甚至玄学诗）的代名词。柯勒律治称它"令人叫绝，非多恩不能写出"②；胡家峦教授甚至将其视为西方传统宇宙论的诗化表达。③一般地，人们都把多恩的圆规看作真爱的象征，因为它的双脚代表着相爱的两人，它所画出的圆则代表爱的完美。但鲍姆林则给出了截然相反的结论。他并不否认圆是完美的象征，但认为那很可能只是诗人的一个承诺而已，即诗人承诺他会返回原地，而且这一承诺势必需要对他自己充满信心，同时也必须对女士的忠贞充满信心，才会想象她的"定脚"能确保他的"动脚"实现回归，只有这样才能在诗的神圣空间里与他的恋人达致完美的结合。

然而，我们必须要问，这些诗行是在断言诗人的持续在场与恋人之间的合一吗？抑或是它们不过表达了一个诺言（即诗人的回归承诺）与诉求，因而是恳请他的恋人能继续保存忠贞？尽管诗看上去画了一个完整的圆，保证了恋人的迅速回归，但诗里的圆规形象却让人对那神奇的合一立刻产生了疑惑。与锤炼黄金所得的完整性不同，圆规的两点要构成完整性或合一性可谓困难重重。如果第二只脚不围绕第一只转圈，也不最终接触或加入同一个点，那会怎么样？假如其出发与返回的运动是螺旋形的或椭圆形的，那么如此金贵的统一就将不复存在，甚至整一性

① James S. Baumlin. *John Donne and the Rhetorics of Renaissance Discourse*. Columbia and London: U of Missouri P, 1991, p. 196.

② Samuel Taylor Coleridge. *Notes Theological, Political, and Miscellaneous*. London: E. Moxon, 1853, p. 261.

③ 胡家峦：《圆规"终止在出发的地点"——文艺复兴时期英国诗人宇宙观管窥》，《国外文献》，1997年第3期，31-39页。

的圆本身都将毁灭。圆规的形象与其说强化了不如说检验了这样的事实，承认了恋人的灵魂还应该是"两个"（第 25 行），他们的生活仍旧是二元的、分离的。①

值得特别注意的是，在这里的引文中，鲍姆林用的是"圆规形象"（the compass figure）而非"圆的意象"（the round image），也就是说，他是从工具的角度而非结果的角度对多恩诗加以阐释的。这意味着他对圆规的解构，更多的是针对读者而言的。这与卡勒的做法类似。在《论解构》（On Deconstruction）一书中，卡勒针对布鲁克斯《精致的瓮》指出，布鲁克斯告诉我们，多恩在我们眼前构筑了一间华美小屋，多恩诗本身就是那精致的瓮，但"如果真是这样，如果诗就是瓮，那么这只古瓮的主要特征之一便是它刻画了人们对古瓮的反应。如果古瓮或颂歌就是诗本身，那么对颂诗的可以预见的反应便是对颂诗的反应的再现"②。卡勒的意思是说，解构主义在很大意义上是对已有研究成果的一种反思。从这个意义上说，鲍姆林的解构已经超越了多恩的文本范畴，是对以往的多恩研究成果的一种解构。

回到多恩诗本身，则鲍姆林所解构的主要是多恩的语言表达，亦即他所说的"话语修辞"。在解构了圆规形象之后，鲍姆林进一步指出，《赠别：节哀》显示，爱的"缺场"仅在话语层面就能看出。这是因为，尽管金箔的意象表明语言具有幻化和显示的力量，但多恩的巧智却因"假如"（if）、"好似"（as）、"就像"（like）等的使用而被完全解构，真正展现于读者面前的仅仅只是类比，它表明诗的世界只是诗人的语言世界，而非真实的现实世界，更非现实本身，甚至都不是那个想象中的圆。"事实上，如果诗真是圆形的，真的结束于开始的地方，那么我们就应该能够回到开篇的诗节[……]连同其余诗节，甚至多恩那些最为大胆的化身主义悖论，都显示诗旨在让恋人冥想寂静，同时也在提醒读者要冥想寂静。这首诗本身就是对诗的一种抹杀。"③

在鲍姆林的上述引文中，最后一句的原文为"The poem is itself an effacement of poetry"，其中的 poetry 是个类别概念，所以其"抹杀"的不仅仅是《赠别：节哀》这一首诗，也不仅仅是多恩的诗，而是全部的诗。鲍姆林对圆规的解构，最后却以这样的结论告终，未免难以服众。但既然从文本内部加以解构，得出这

---

① James S. Baumlin. *John Donne and the Rhetorics of Renaissance Discourse*. Columbia and London: U of Missouri P, 1991, p. 201.

② Jonathan Culler. *On Deconstruction: Theory and Criticism after Structuralism*. Beijing: Foreign Language Teaching and Research Press, 2004, p. 203.

③ James S. Baumlin. *John Donne and the Rhetorics of Renaissance Discourse*. Columbia and London: U of Missouri P, 1991, p. 202.

样的结论也在预料之中。事实上，但凡解构也大多如此，无非是最终结论各有不同而已。比如前面曾提到过的拉扬。拉扬结合索绪尔关于词汇只能在语境中才有意义的思想，分析了多恩作品的"无能为力性"，认为在多恩的诗里，无论自我还是上帝，无论社会还是文化，也无论爱情还是人生境况，没有一样获得了真正的表达，因此如果说还有什么东西的话，那就是空洞，所以他把多恩的《歌与十四行诗集》称为"自耗的作品"①。富兰克·科尔默德（Frank Kermode）对多恩《圣露西节之夜》的分析也得出了相近的结论：虚无。②彼德·康拉德（Peter Conrad）与科尔默德一样，也认为多恩诗充满了无处不在的可怕的"虚无"③。

罗兰·巴特曾指出，评判"本质上是一种活动，即一系列批评家进行的思想行为，这些思想行为全都介入了批评家自己所处的历史和主体存在"④。上面的分析显示，解构主义的多恩研究，无论鲍姆林还是杜乔蒂，抑或是拉扬、科尔默德、康拉德等，都明显地注入了他们各自的"思想行为"，所以在很大程度上这些研究既是对多恩的阐释，也是对他们自身的阐释。究其原因，正如卡勒所说，解构主义"一旦用于文学作品就能产生迄今未知的新意[……]它将新的注意力投向阅读活动，试图说明我们如何读出文本的意义，说明作为一门科学的文学究竟建立在哪些阐释过程的基础之上"⑤。具体到我们所重点分析的杜乔蒂和鲍姆林，前者的基础因为是宏观宇宙，故而其整个阐释过程也相应地显得较为宏大；后者的基础则因为是话语修辞，所以其阐释过程也相应地显得更加精细。但无论宏大还是精细，我们都能从中感受到如下特征。

第一是理论的延续性、开创性、不确定性。首先，杜乔蒂也好，鲍姆林也罢，他们都并未完全脱离以往的理论。比如杜乔蒂在分析多恩《字谜》时就涉及新柏拉图主义的理念论⑥，而在阐释多恩诗何以是愚人颂的过程中，更是涉及哲学、逻辑学和修辞理论。⑦鲍姆林在建构其四种模式时，甚至将亚里士多德的知

---

① Tilottama Rajan. "Donne's *Songs and Sonnets* as Self-Consuming Artifact." In Andrew Mousley (Ed.), *John Donne: Contemporary Critical Essays*. New York: St. Martin's Press, 1999, pp. 45-62.

② Frank Kermode. *Shakespeare, Spenser and Donne*. London: Oxford UP, 1971, p. 132. 需要注意的是：拉扬和富兰克·科尔默德二人的用词略有不同：前者用 emptiness；后者也用过 emptiness，但更多的时候却是 nothingness 和 nihilism。

③ Peter Conrad. *The Everyman History of English Literature*. London and Melbourne: J. M. Donne & Sons Ltd., 1985, pp. 325-344.

④ Roland Barthes. *Critical Essays*. Trans. Richard Howard. Evanston: Northwestern UP, 1972, p. 257.

⑤ Jonathan Culler. *On Deconstruction: Theory and Criticism after Structuralism*. Beijing: Foreign Language Teaching and Research Press, 2004, p. 5.

⑥ Thomas Docherty. *John Donne Undone*. London and New York: Methuen, 1986, p. 66.

⑦ Thomas Docherty. *John Donne Undone*, London and New York: Methuen. 1986, p. 192.

识论作为其认识论的基础①，对柏拉图的利用则更是多达近 30 处。这些都显示了他们对传统理论的继承。与此同时，他们又都在继承的基础上有众多突破，其中最为突出的就是去中心化，这与一般解构主义没有区别，这里不再举例说明。继承与开拓与前面已经讨论的女性主义、结构主义、新批评等，在理论层面没有区别。他们之区别于以往理论的最大特点是不确定性。正因为如此，我们发现他们对多恩诗的阐释与回应，不仅有杜乔蒂的"解向困难"的特点，而且还有鲍姆林的"解向虚无"的思想。

第二是文本的开放性、动态性、互文性、读者性。在杜乔蒂和鲍姆林的研究中，多恩的文本都是开放的，不仅伦理、历史、语言等都有待读者的进入与挖掘，而且诸如死亡、爱情、"你"、"我"等单词也都不具专门所指，因为所有的意义也都是开放的，或者说是从文本中制造出来的，体现着"从文本中制造意义"的结构主义语义观。杜乔蒂从位移角度阐释多恩诗，鲍姆林虽给出四种模式但却并未给出起始模式，这都显示着他们眼中的文本是动态的而非静态的。他们都大量引用多恩的诗和文，也大量引用其他作家的作品如莎士比亚等，还不时引用艾略特等批评家的相关论述，这些都在彰显继承、创新、深化的同时，显示了较强的互文性。但最为显著的特征则是读者性。以著名的圆规比喻为例，杜乔蒂的阐释为对"他者"的担忧，圆规的双脚互为中心②；而鲍姆林的阐释则如上文所示是"对诗的抹杀"。同一文本似乎成了两个文本，彰显了解构主义的"读者文本"理念。③

第三是结果的个体性、多元性、互补性。无论杜乔蒂还是鲍姆林，他们都宣称自己从现代理论角度，结合时代背景和文化特征，对多恩加以阅读阐释，可他们在多恩作品的选择、理论视角的切入、分析过程中的展开等几乎每个方面，都体现着极强的个体性。与此同时，他们的最终结论也都彰显着强烈的多元性与互补性，比如鲍姆林的《多恩与文艺复兴话语修辞》虽然有"尾声"，但却没有对全书的结论；而杜乔蒂的《多恩解读》则既没有结论，也没有"跋"或"尾声"。两部著作都似乎还在进行之中。

这三个特征说明，解构主义的多恩研究似乎有待深入，甚至给人刚刚起步之感。但即便如此，杜乔蒂与鲍姆林的两部专著已显示，解构主义之于多恩同样适用，或者说，多恩给解构主义提供了一个试验场，借助这个试验场，人们可以把多恩的诗和文变成自己的诗和文，把对多恩的解构变成对理论的审视、对文学的

---

① James S. Baumlin. *John Donne and the Rhetorics of Renaissance Discourse*. Columbia and London: U of Missouri P, 1991, p. 263.

② Thomas Docherty. *John Donne Undone*, London and New York: Methuen. 1986, pp. 72-77.

③ 布莱斯勒：《文学批评：理论与实践导论》（第 5 版），赵勇等译，北京：中国人民大学出版社，2014 年，第 12 页。

审视、对自己的审视。更为重要的是，在这样的审视中，读者可以忘记对错，通过游戏多恩的文字来释放自己。在这个意义上，多恩可以变成每个人，每个人也可以变成多恩。

第八节　没有谁是一座孤岛：新历史主义的多恩研究

学界普遍认为，新历史主义的概念是斯蒂芬·格林布拉特（Stephen Greenblatt）于 1982 年最先提出的，所以是 20 世纪 80 年代初问世的，并把格林布拉特看作当然的新历史主义者。然而，格林布拉特本人却更倾向于把自己看作一个文化学者，并于 1986 年发表了《走向文化诗学》（"Towards a Poetics of Culture"），他主张从历史、文化和社会的角度去研究文学。1988 年，他出版了《莎士比亚式的协商》（*Shakespearean Negotiations: The Circulation of Social Energy in Renaissance England*）一书，认为在研究文学与社会的关系时，文化诗学（Cultural Poetics）比新历史主义更贴近研究者的学术关怀。在此之后，学界便出现了两个术语，一个是新历史主义，一个是文化诗学。相应地，有人将它们作为两个理论看待，也有人将它们作为一个理论看待。前者认为，新历史主义的影响主要在美国，是文化诗学在美国的分支；而文化诗学的影响则主要在英国，并产生了文化唯物主义（Cultural Materialism）这一分支。后者认为，两个概念只是称谓不同，并无本质区别，尽管文化诗学听起来更加综合，但新历史主义同样是综合的。鉴于一般理论著作都在新历史主义条目下讨论文化诗学，也鉴于两个术语都是在研究文艺复兴文学的基础上建立起来的，加之国内更为流行的说法是新历史主义，所以我们将在后一意义上使用"新历史主义"，亦即下面的分析也包含了文化诗学对多恩的研究。

新历史主义的核心是"回归历史"，其基本原则，也可称为基本策略或基本方法，是"历史的文本化"和"文本的历史化"。就其核心思想而言，它与传统历史主义一脉相承，都注重历史事实；但在基本原则上却与传统历史主义相去甚远。传统历史主义只关注历史事件本身，新历史主义则更关注历史的有关记载，所以"他们研究的对象是当时和事后的历史书、历史小说、文献资料、民间传说、文学作品等如何反映、记载、阐释历史事件，并从中了解它们所反映的当时当地的政治、思想和文化背景"[①]。

作为解构主义之后的一种新的理论和批评方式，新历史主义很快表现出强劲的发展势头，虽然其理论研究的高潮在 20 世纪 90 年代，但其巨大影响却一直延续至今，其突出表现不仅具有层出不穷的以新历史主义为视角的研究成果，而且

①　张中载、王逢振、赵国新：《20 世纪西方文论选读》，北京：外语教学与研究出版社，2002 年，第 593 页。

也超越了文化诗学的范畴。比如格林布拉特于 2017 年出版的《亚当夏娃的兴衰》（*The Rise and Fall of Adam and Eve*），就以 14 个章节、400 多页的篇幅，对《圣经》中的人类始祖进行了深入探究，涉及"地质学、古生物学、人类学、进化生物学"①等众多学科，以及从史前文化到后达尔文时代的人们对整个西方文化的认识历程。

但凡说到新历史主义，人们首先想到的是它与传统历史主义的区别，其次是与新批评、结构主义、解构主义等形式主义批评的区别。然而，作为一种相对后起的批评模式，它与以往其他模式的区别固然存在，但与它们的联系也同样存在，比如保罗·H. 弗莱（Paul H. Fry）就告诉他的学生说："新历史主义在很大程度上挪用了先锋派理论的语言[……]也接受了结构主义的某些有用的观念。"②因此，重视区别无疑是正确的，而忽视联系则是错误的。事实上，新历史主义不但接受了先锋派和新批评的"有用的观念"，而且还吸纳了很多心理分析、女性主义、解构主义、读者反应等的"有用的观念"。正因为如此，新历史主义主从来不是封闭的，而是开放的、多模式的。而且，随着解构批评向多种阐释模式的拓展，有关文学与历史、文学与政治、文学与意识形态等的各种理论，也都不同程度地汇入新历史主义的文化潮流。结果是：新历史主义一方面关注文学的政治倾向和意识形态，另一方面也强调文学与历史的互文性，探讨文学与历史的关系，重视主体向历史的介入、干预、改写。这就是历史的文本化和文本的历史化，其目的不仅仅是把文学研究从"内部"转向"外部"，还要把"内部"和"外部"结合起来，回到当时的历史语境，并在那个语境中对文学文本加以阐释。

新历史主义虽然出现较晚，但其视阈下的多恩研究却成果丰富。在新历史主义问世后的十余年间，据我们的不完全统计，以多恩为题的新历史主义研究中，仅英文成果便有 80 余篇（部），这还不包括非英文成果，也不包括那些虽有多恩却不以他为题的成果。在 20 世纪的最后 10 年间，相关成果更是成倍增长，这足以说明多恩研究已经成为新历史主义的一个组成部分。

新历史主义的多恩研究，除了数量激增之外，还呈现出三个主要特点：角度多样、主题集中、选材宽泛。首先是角度多样。新历史主义突破了不同学科之间的界限，体现出跨学科的多方位的解读特征，所以"原先那种只局限于封闭的文本研究的文学观念开始向历史学、社会学、政治学、伦理学、人类学、民族学、精神分析学开放，拓展出多维的研究空间"③。这些空间基本上都有多恩研究成果的问世。其次是主题集中。新历史主义的多恩研究，尽管角度多样，但主题却

---

① Stephen Greenblatt. *The Rise and Fall of Adam and Eve*. New York and London: W. W. Norton, 2017, p. 3.
② 保罗·H. 弗莱：《耶鲁大学公开课：文学理论》，吕黎译，北京：北京联合出版公司，2017 年，第 274 页。
③ 陆贵山：《新历史主义文艺思潮解析》，《中国人民大学学报》，2005 年第 5 期，第 131 页。

大多集中于文本与历史以及文本与政治这两大部分，而且往往是结构与建构并行的。从具体篇目的研究到某个诗类的研究，直至多恩的整体创作，也大多如此。最后是选材宽泛。以往的多恩研究，一般都集中在诗上，新历史主义的选材则涵盖多恩的各类作品，包括人们耳熟能详的《歌与十四行诗集》，也包括很少有人通读的《布道文集》，甚至包括早已被人忘却的《依纳爵的加冕》。

从历史走向上看，新历史主义的多恩研究，连同其丰富的成果和三个主要特征，大致分为三个阶段：20 世纪 80 年代的起始期、90 年代的发展期，以及 21 世纪的持续期。每个阶段既呈现出各自时代的独有特点，也交融着一些共同特征，呈现出丰富与统一并存的状态。由于 21 世纪不属本书的讨论范围，更由于批评史的属性，所以下面的分析将集中在 20 世纪 80 年代和 90 年代两个时段，以约翰·凯里和泰德-拉里·佩布沃斯（Ted-Larry Pebworth）为 20 世纪 80 年代的重点，以雷蒙-让·弗朗坦（Raymond-Jean Frontain）为 20 世纪 90 年代的重点，融合上述三个主要特征，从历史的文本化和文本的历史化两个方面加以展开。

首先是 20 世纪 80 年代的研究。根据乔纳森·多利莫尔（Jonathan Dollimore）所言，早在 80 年代初，劳罗·马提尼斯（Lauro Martines）就将多恩重新放到当时的社会环境中，对其作品加以历史化解读，认为它们艺术地展现了 17 世纪初的种种社会情境，比如伦敦的街区、林肯律师学院的环境、动荡的宗教背景、社会精英圈的较量、变化无常的赞助人，以及人们对宫廷日益增长的幻灭感、在财富和地位之间的摇摆、经济和事业的压力，还有中世纪晚期哲学和科学对新旧天文学的应用等。但它们全都与多恩的想象有着极大的关系，并具体表现为文字中的思辨特征、诗歌的口语化、稍显极端的立场、韵律的自由度等。马提尼斯力图在多恩成长的历史环境中，为多恩的写作特点寻找证据，而正是因为这个背景的涉及面极其宽泛，作者在其中发现了一种错综复杂的状态，认为"这一切在主体性的构建过程中，在不稳定的、变迁的困扰迷乱中，都呈现为权力、暴力和欲望之间的复杂联系"[1]。

由此可见，20 世纪 80 年代虽然只是起始阶段，但对多恩的研究却已经比较深入。新历史主义认为，历史不是一个客观的时间运行过程，也不是文学发生的一个背景，而是像文学一样承载着厚重的文本功能。换句话说，作为一种特定的文本，历史和文学都是语言符号系统的表现形式。历史以文本作为呈现形式，同时又制约着文本的作用；每个文本都不可能脱离自身的历史背景，都是对那段历

---

[1] Jonathan Dollimore. *Radical Tragedy: Religion, Ideology and Power in the Drama of Shakespeare and His Contemporaries*. Chicago: University of Chicago Press, 1984, p. 180.这段中的文字，借鉴了张缨的表述，见张缨：《多恩的内在承继与思辨书写》，广州：世界图书出版广东有限公司，2014 年，第 113-114 页。

史的介入、重现与改造。"新历史主义文论强调了历史与文本的密切关系，既注意到历史的文本性内涵，又拓展了文本的多维历史视野，从而为文学研究提供了更为充实的历史依据。"①正因为如此，新历史主义视阈下的多恩研究，从一开始就集中体现了文本和历史的关系，体现了"文本的历史化"对于文本在历史长河中的基本特点。

历史与文本的关系，具体到多恩研究，首先是多恩的生平问题，因为在他身上有着太多的不确定的要素，迄今为止仍然还存在诸多谜团，包括他的改宗之谜、婚姻之谜、与宫廷的关系之谜等。这些谜团都是沃尔顿的《多恩传》留下的，许多研究者都曾不得不在谜团中求索，寻找各种各样的证据，这成为多恩研究的一道独特风景，其突出表现之一便是多恩的传记研究，比如约翰·凯里的《约翰·多恩：生平、心理和艺术》和马罗蒂的《圈内诗人多恩》等。

约翰·凯里的《约翰·多恩：生平、心理和艺术》，我们曾在前面说过，是一部具有强烈的心理分析特征的著作，其中第1章的开篇第一句便是："多恩的同代人都把他看作一个完全创新的、无与伦比的诗人，是'诗界哥白尼'，比维吉尔、卢坎、塔索合在一起还要伟大。"②这里的"诗界哥白尼"虽直接引自20世纪的米尔盖特，但其最初来源却是17世纪的佩斯特尔。1650年版《多恩诗集》曾收录佩斯特尔献给多恩的挽歌，其中就有我们在第二章第二节引用过的"多恩/已故的诗界哥白尼"。约翰·凯里用以作为开篇，表明他不仅把多恩放在当时的历史中加以研究，同时也是把他放在他人的语境中加以评判的，是在历史和人文两条主线上将多恩的生平、心灵和艺术作为三位一体的对象加以考查和重构的。所以他呈现在我们面前的，既是一部传记作品，也是一部研究专著。对此，仅仅从各章的标题就可以看得很清楚。

《约翰·多恩：生平、心理和艺术》共计9章，各章的标题依次为"叛教""叛教的艺术""抱负""抱负的艺术""肉身""变化""死""理性的危机""想象的角落"。作为一部传记作品，其章节安排理应是按时间顺序来安排的，而约翰·凯里却是按思想建构来排序的。全书还在具体陈述过程中大量引用多恩的诗和文来做支撑。比如多恩的改宗之谜。在沃尔顿的《多恩传》中，我们看到的是一个博学多才、情操高尚、心地善良、极端虔诚、乐于奉献的圣奥古斯丁式的圣人多恩，因而其改宗是从天主教耶稣会"皈依"英国国教。但在《约翰·多恩：生平、心理和艺术》一书中，约翰·凯里则将多恩的改宗定性为"叛教"，而他用以支撑自己观点的材料便是多恩的诗和文，特别是讽刺诗《仁慈的怜悯扼住了我的脾脏》（"Kinde Pitty Chokes My Spleene"）和散文《伪殉道

---

① 刘萍：《历史与文本——论新历史主义文论的历史观》，《湘潭大学学报》，2011年第1期，第143页。

② John Carey. *John Donne: Life, Mind and Art*. New York: Oxford UP, 1981, p. 9.

者》。①两者一诗一文，都是以宗教信仰为主题的作品，用它们做支持，是典型的"历史的文本化"。类似的例子在整部作品中比比皆是，给人的总体印象，与其说是一本传记，不如说是一部作品研究。

约翰·凯里的著作出版后，立刻引发了毁誉参半的许多评论。威廉·H. 普里查德（William H. Pritchard）不乏欣喜地写道："虽然才过半年，但我敢肯定地说，约翰·凯里的多恩专著也许是 1981 年我们所能看到的最丰富、最饱满、最智慧地描述一个文学巨匠的著作。"②他给出的三大理由是：脚注很有价值，显示了深厚的学术功底；方法前所未有，特别是章节标题令人耳目一新；语气颇有个性，而且一贯而终。"总之，这是一部能让人坐下来，先用一个月去读多恩，而后再读凯里著作的书。"③乔治·克拉维特（George Klawitter）也给出了近似的评价，认为它"将多恩的生平与他的诗歌和散文做了很好的整合，除了极高的学术性，还有极强的可读性"④。而曼利和爱德华·泰勒（Edward Tayler）则在肯定的同时也提出了尖锐的批评。曼利认为该书"可能是过去十年中有关多恩研究的最重要的著作，风格清晰但却古怪而随意，很多怪论令人震惊，很多判断令人奇怪[……]人们不禁纳闷，多恩诗是否真的就是如此。如果是真的，为什么还要读呢？更确切地说，为什么要写呢？就像马维尔《花园》中的那些神一样，他们喜欢追可爱的女子，竟然只是为了把她们变成树枝和芦苇"⑤。爱德华·泰勒也指出，"该书的基调很不友善，似乎作者对其他大多数批评家，甚至对他的研究主体，都有某种蔑视，已经激起很多愤懑，不过凯里的成就也不该转移我们对该书的注意：他关注的不仅仅是多恩其人其诗，还有那颗能产出布道文和论说文的心"⑥。爱德华·泰勒在对约翰·凯里的全书做了简要介绍后总结道："凯里就像伊阿古（Iago），有着极强的分析能力，却倾向于把人之常情幻化为一种情欲，一种意志。有巧智而无幽默，有讥讽而无反讽。"⑦

这些评论，无论赞扬还是批评，都体现了约翰·凯里在多恩研究中的新历史主义转向。作为海伦·加德纳的高足，约翰·凯里一方面继承了老师的纯学术研

① John Carey. *John Donne: Life, Mind and Art*. New York: Oxford UP, 1981, pp. 15-36.

② William H. Pritchard. "Review of *John Donne: Life, Mind and Art* by John Carey." *The Hudson Review* 34.3 (1981): p. 413.

③ William H. Pritchard. "Review of *John Donne: Life, Mind and Art* by John Carey." *The Hudson Review* 34.3 (1981): p. 415.

④ George Klawitter. "Review of *John Donne: Life, Mind and Art* by John Carey." *Bulletin of the Midwest Modern Language Association* 15.1 (1982): p. 76

⑤ Frank Manley. "Two Ghosts." *The Sewanee Review* 89.4 (1981): pp. 636-637.

⑥ Edward Tayler. "Review of *John Donne: Life, Mind and Art* by John Carey." *Renaissance Quarterly* 36.1 (1983): p. 148.

⑦ Edward Tayler. "Review of *John Donne: Life, Mind and Art* by John Carey." *Renaissance Quarterly* 36.1 (1983): p. 151.

究传统，另一方面又在向新历史主义转向，因此引发各种声音并不奇怪。爱德华·泰勒批评约翰·凯里对其他批评家的不敬，甚至蔑视。事实上，约翰·凯里很少引用别的批评家，他的书甚至连参考文献都没有列。全书 9 章，可分为两个部分，前 4 章以多恩生平和多恩研究为主，围绕宗教信仰和世俗追求展开；之后的 4 章以多恩的创作和信仰为主，围绕身体、变化、死亡和理性的危机展开；最后的第 9 章以激情为主，旨在说明只有激情才是"使多恩成为多恩的唯一而基本的品质"①。可见，约翰·凯里已经有了去中心、去权威的思想，企图通过多恩的生平探究多恩诗的意义。然而，在具体分析中，他又并未坚持去中心、去权威的原则。比如他尽管很少引用他人，但却引用了 D. L. 彼得森（D. L. Peterson）对多恩诗的总结，并针对那个总结写道："如果多恩诗真能按其诗行所暗示的那样来总结便丧失了阅读的意义。事实上，它们的内在不协调与模棱两可的基调，都使它们拒绝任何形式的总结，那才是它们的价值所在。"②类似的说法比比皆是，已然构成基本风格，难怪约翰·凯里的书会"激起愤懑"。然而，由于新历史主义的介入，特别是"历史的文本化"的处理方式，该书现已成了一部具有里程碑意义的作品。

约翰·凯里从"历史的文本化"角度撰写多恩的生平，佩布沃斯则从"文本的历史化"角度探究多恩的诗。作为集注版《多恩诗集》的文本编辑之一，佩布沃斯必定更注重文本本身，这是他之所以将文本历史化的根本原因。蒲柏曾用"编辑的枯燥职责"（the dull duty of an editor）③来形容繁重的编辑工作，而佩布沃斯之所以要履行这样的枯燥职责，是因为"多恩对自己的诗和文都偏向于抄本而不是印本，这一偏好对研究他的文本具有重大影响"④。集注版《多恩诗集》的目标是直面多恩批评传统，处理 400 年的有关条目，促进多恩诗的进一步研读。前面说过，这是一个至今仍未完成的巨大工程，从已经出版的情况看，每卷都涉及多恩的原诗、学术界的有关评论、编辑的各种注解等。它们相对独立而又彼此关联，其中的每个内容都充满挑战。仅以多恩原诗为例，其中又涉及众多抄本、印本、复本等问题，涉及各种版本的信度问题，比如来源、拼写、标点、排列等。这就势必需要处理好文本选择与基本方略、编辑原则与编辑手段、语料呈现与风格确立等一系列其他问题，而这些还只是前期准备。真正的"枯燥"之处在于解读多恩原诗，包括甄别其真伪、把握其主旨和风格、确立其作者权威等，因为只有这样，才能更好地识别 400 年来的众多评论，才能尽到编辑的"职

---

① John Carey. *John Donne: Life, Mind and Art*. New York: Oxford UP, 1981, p. 14.

② John Carey. *John Donne: Life, Mind and Art*. New York: Oxford UP, 1981, pp. 190-191.

③ James R. Sutherland. "The Dull Duty of an Editor." *The Review of English Studies* 21. 83 (1945):p. 207.

④ Ted-Larry Pebworth. "The Text of Donne's Writings." In Achsah Guibbory (Ed.), *The Cambridge Companion to John Donne*. Cambridge: Cambridge UP, 2006, p. 23.

责”，实现预定的编辑目标。

通常意义上，这一切毕竟都是谨守"枯燥职责"的编辑的本分工作，不会因新历史主义的有无而发生变化，普通读者也不会因为是否有注解而认为某书是否属于新历史主义。然而，当一个编辑从研究的角度看待问题并以论文的形式加以呈现时，其成果就有可能是结构主义的、女性主义的、心理分析的，而佩布沃斯于 1989 年发表的论文《多恩、圈内诗人和作为表演的文本》（"John Donne, Coterie Poetry, and the Text as Performance"）则是新历史主义的。

在该文的题目中，最抢眼的关键词是"圈内诗人"和"作为表演的文本"（text as performance）。前者出自马罗蒂于 1986 年出版的《圈内诗人多恩》，后者则与文艺复兴时期的文化背景密切相关。马罗蒂的著作是一部具有新历史主义性质的作品，其"圈内诗人"之说是在分析了文艺复兴时期的社会、经济、政治背景后提出的。文艺复兴时期，文化特征最突出的是以莎士比亚为代表的英国戏剧。以"圈内诗人"为关键词，把多恩诗阐释为表演文本，对于一个谨慎的诗歌编辑来说，佩布沃斯的立意之新已经跃然纸上。对我们来说，他的细密首先体现在严谨的数据考证上。比如他把多恩诗分为两个部分，一是生前公开出版的部分，二是私下流传的部分。前者只有 7 首，共计 1302 行，占已知多恩诗的14%；后者有 187 首，共计 7960 行，占了已知多恩诗的 86%，[1]所以理当将多恩看作典型的圈内诗人。他的细密还体现在支撑材料上。他不仅走出了多恩，甚至走出了欧洲传统。比如在对"圈内诗人"进行解释时，他就使用了中国的科举制：

> 有能力作诗便能报效伊丽莎白王朝与詹姆斯一世王朝，就像帝制时代的中国通过科举考核古典文献来选拔为朝廷效劳的人才一样。用现代的术语说，它为求职者进入公职提供了一种筛选程序；而求职者则能借以展现自己的敏捷才思和写作能力，做到卓有成效而又优雅得体。结果，16 世纪 90 年代，有政治抱负的年轻人都三五成群地在宫廷之中聚首，一边作诗，一边彼此传阅，同时也送给那些有权有势的朝臣们，希望他们能举荐自己出任政府雇员。他们已在事实上形成一个圈子，其成员不断变化，或因新成员的加入，或因某些老成员的退出，而对于那些有权有势的朝臣们而言，他们的变化，或者说他们的得失，都与王室的影响直接相关。[2]

---

① Ted-Larry Pebworth. "John Donne, Coterie Poetry, and the Text as Performance." *Studies in English Literature* 29.1 (1989): p. 61.

② Ted-Larry Pebworth. "John Donne, Coterie Poetry, and the Text as Performance." *Studies in English Literature* 29.1 (1989): p. 62.

　　这段文字中，"科举制"无须解释，"报效伊丽莎白王朝与詹姆斯一世王朝"是特别针对多恩的，而"16 世纪 90 年代"则特指早期的多恩，因此佩布沃斯在书中列举了当时一些著名的"圈内诗人"，他们都是多恩的同侪。基于这样的历史背景，佩布沃斯分析了"圈内诗人"的两大特点：一是非专业性，二是应酬性。通过多方对比，佩布沃斯认为多恩并不把诗看得很重，反倒是锡德尼、斯宾塞、琼森、赫里克、弥尔顿等更看重诗，所以多恩从不把诗人看作"预言的先知"（vatic prophet），也从不相信诗具有"超验的力量"（transcendent power）。佩布沃斯还发现，"圈内诗人"的诗之所以大多以庆生、婚礼、葬礼等为题，是因为它们一般都是应邀而作的，旨在反映婚丧嫁娶之于人生的重要意义。这类诗都具有应景诗的特点，所以基本都是写好后放在信封里亲手送给对方的，只在少数人面前才会口头朗诵。他还发现，那些诗大多具有礼物的性质，而且由于对象、主题、事件等的不同（比如为了纪念某人之死，或为了讽刺某种现象），风格也是多变的。佩布沃斯特别指出，应景诗本身就具有可变性，好比一个画家每天都在画街景，但每天画的也都略有差异，加之应景诗是送人的，收藏者或抄写者都可能对之略作变通，所以本质上都是"作为表演的诗"（poems as performance）。由此，他得出了这样的重要结论："多恩诗的矛盾性，包括爱情、哲理、神学等的前后不一，并非多恩的特色，而是因为它本身就是一种表演。正式出版的诗具有终结性，而表演的诗则不然。前者是艺术品，后者是对话。"[1]

　　在我们的惯性思维中，诗是言情的或言志的；诗还可以怨、可以哀、可以兴、可以观、可以吟。但诗可以演则很少听说，几大类诗都是表演性质的则更少听说，至少在多恩研究领域是如此。在多恩的传世作品中，庆生诗极少，悼亡诗和讽刺诗则很多，而传统历史主义的研究往往旨在说明诗中的悼亡对象和讽刺对象，挖掘诗歌的艺术特色。另外，多恩死后两年内，他的诗就已结集出版，仅在 17 世纪就先后出过 7 次，多恩的挽歌作者们更把他推上了神坛。这从另一方面显示了多恩在当时就有极高的声誉。佩布沃斯的研究在很大程度上动摇了传统历史主义的这些结论，而使他获得成功的关键，就是对多恩诗的历史化处理。此外，他的关于"表演的诗"具有"对话"的性质的结论，令人信服地解释了多恩诗所具有的强烈的口语化特征。仅此而言，佩布沃斯的论文已经达到甚至超越了一部专著的分量。

　　在整个 20 世纪 80 年代，新历史主义的多恩研究还有很多，鉴于基本都像约翰·凯里一样采用"历史的文本化"，或像佩布沃斯一样采用"文本的历史化"，因此不再赘述。到 90 年代，两种取向仍在继续，但研究的内容则显得更

---

[1] Ted-Larry Pebworth. "John Donne, Coterie Poetry, and the Text as Performance." *Studies in English Literature* 29.1 (1989): p. 66.

加精细。其中的一个重要原因在于，多恩是一个复杂的诗人，这必然导致对他的研究也是复杂的。一方面，多恩身份的多重性使新历史主义视角的研究能够涵盖更多内容。另一方面，多恩生平中一些仍待揭开的谜团，比如他的宗教信仰、他的文学创作、他的情感生活、他与王室的关系等，也都可以在历史化与文本化的关系中加以探讨。这样的探讨自然会涉及与政治、历史的关系，其中不仅有皇权问题，还有神权问题。因此我们发现，90 年代新历史主义的多恩研究，不仅沿袭了 80 年代对多恩生平和历史文化的关注，还在研究多恩诗中的政治、历史、神学和哲学等方面，也都显示出更为开阔的视野和更大的包容性，同时也彰显着更强的反思精神。

早在 20 世纪 80 年代末期，大卫·尼科尔斯（David Nicholls）就在《多恩的政治神学》（"The Political Theology of John Donne"）一文中，探讨了英格兰的政治和社会结构对多恩的神学意象、语言表达和思想内容，尤其是对他的布道所产生的重要影响。尼克尔森根据文艺复兴时期的文化传统，认为多恩将国王与国家的关系类比为上帝与宇宙的关系，是对 17 世纪神学发展的巨大贡献，因为这能给予神学更大的关联性而不是一个笼统的感知，同时多恩对当时政治政策的批评，也是以上帝的宇宙这一惯例为立场的。[1]这一看法在 90 年代成为共识，并得到进一步的研究。盖尔·H. 卡里瑟斯（Gale H. Carrithers）是美国多恩研究会2003—2004 年会长，1992 年，他与詹姆斯·D. 哈代（James D. Hardy）联合撰文，就多恩的政治倾向做了专门研究，认为多恩作为一位牧师事实上就是一个"政治人物"，只是"他的政治主张，在很大程度上，是建立在他的神学和礼拜仪式、宗教生活等的比喻和对话之上的"[2]。根据卡里瑟斯和哈代的研究，多恩的政治导向是神学的，集中体现了诗人与上帝的关系，尤其是上帝对爱的呼唤以及诗人的回应。通过分析多恩的布道文，两位作者指出，即便当多恩批评詹姆斯一世的宫廷时，他也依然保持着自己的立场和自由，所以对于所有的政治分歧，多恩的劝诫一如既往地表现了圣经的、圣奥古斯丁式的爱的秩序。

在整个 20 世纪 90 年代，新历史主义视野下的多恩研究，大都有着鲜明的神学与哲学基调。其中，具有代表性的批评家，除了弗朗坦，就是贝蒂·安娜·德布勒（Bettie Anne Doebler）和弗林。德布勒在《根深蒂固的悲伤：死亡与早期现代英国》（"Rooted Sorrow": Dying in Early Modern England，1994）中讨论了 17 世纪文学中的死亡、绝望与慰藉主题，强调了"社会和历史语境之于神学、文学

[1] David Nicholls. "The Political Theology of John Donne." *Theological Studies* 49 (1988): pp. 45–66.

[2] Gale H. Carrithers, James D. Hardy. "Love, Power, Dust Royall, Gavelkinde: Donne's Politics." *John Donne Journal* 11.1-2 (1992): p. 39.

和哲学的重要性"①。德布勒认为多恩无论在诗歌中或还是布道文中，都将死亡作为作品的中心，而他本人则是人类的一个代表。她的基本思想是，多恩以丰富的表现形式，在生与死的关系中寻求人生的意义。在此基础上，她讨论了"慰籍诗学"在散文中的表现，认为多恩在《应急祷告》和晚期的布道文中，不仅反映了脱离天主教信仰、转而信奉国教的事实，而且还再现了重构个体与群体和国家的关系，继而在更广阔的领域融入社会的内心真实。她还特别以《应急祷告》为例指出，"没有谁是座孤岛"的思想以及多恩敲响的丧钟，在当时的历史语境下，足以催生读者的情感共鸣，引发读者对生命真谛的求索与反思。

弗林是《牛津约翰·多恩指南》（*The Oxford Guide to John Donne*）的主编之一。他的《约翰·多恩与古老的天主教贵族》（*John Donne and the Ancient Catholic Nobility*, 1995）将多恩的成长岁月与他的天主教背景结合起来，讨论了这一背景之于多恩的生活与创作的重要意义。其中的大量材料，比如画像、档案资料、文学作品等，将原本看似毫无关联的历史和传记整合为彼此连贯的统一体，展现了"小历史"的巨大说服力，已不再限于阐释多恩的生平与创作的背景资料。全书首先"追述多恩家族积极参与反抗都铎王朝的宗教改革"，而后探讨"多恩家族与佩西家族和斯坦利家族联合反抗当时的宗教迫害"②。弗林之所以特别在意这些细节，是因为要突出多恩思想中的家族荣誉观念。为此他还引用了多恩的拉丁文警句诗，认为它们与多恩的 1591 年画像一样，都与家族荣誉相关，也都是都铎王朝时期的天主教家庭的特殊历史政治处境的产物。他还对多恩于1584—1591 年那段近乎不为所知的生平作了探究，认为那是宗教迫害最为严重的时期，多恩则因为跑到巴黎而躲过了难关。至于"圈内诗人"的说法，在附录也给出了新的阐释，特别强调早在多恩出生之前，他的家族就与贵族阶层有着非常密切的关系，多恩自己返回伦敦之后也长期与宫廷保持着密切联系，这足以说明多恩并非为了仕途通达才去接近宫廷。弗林实际上无异于重写了多恩的早年生活，所以也主张重新审视多恩的早期生活及其创作："我们不应该再将多恩的生平和创作，与他的家族宗教迫害和逃亡欧洲分开。"③

多恩出生于虔诚的天主教耶稣会之家，其母亲始终坚持着家族的耶稣会传统，而多恩晚年还将母亲接到自己身边，所以弗林对多恩的家庭背景特别重视，这有助于读者更客观地理解多恩的一些与宫廷相关的文字。马罗蒂评价弗林的《约翰·多恩与古老的天主教贵族》具有两大贡献，一是重新考察了英国文学中

---

① Bettie Anne Doebler. *"Rooted Sorrow": Dying in Early Modern England*. Rutherford, NJ: Fairleigh Dickinson UP; London: Associated UP.1994, p. 11.

② Dennis Flynn. *John Donne and the Ancient Catholic Nobility*. Bloomington: Indiana UP, 1995, pp. 15-16.

③ Dennis Flynn. *John Donne and the Ancient Catholic Nobility*. Bloomington: Indiana UP, 1995, p. 176.

的天主教主题，二是"从新历史主义和文化唯物主义批评角度回应了宗教之重要性的低估"①。但马罗蒂也针对第二个贡献的可信度提出了商榷，指出弗林因无确凿证据表明多恩于 1584—1591 年究竟身在何处、做了什么，所以往往使用模棱两可的表述，比如"无疑"（no doubt）、"可能"（probably）、"最可能"（most probably）、"也可能"（might well have）、"相当肯定"（fairly certainly）等。这意味着，无论"历史的文本化"还是"文本的历史化"，都需要高信度的语料支撑。

弗朗坦的研究则显示了新历史主义与结构主义和解构主义的结合。弗朗坦是美国中阿肯色大学教授，长期致力于多恩研究，其丰富的多恩研究成果，基本都可归入新历史主义的研究范畴。这里我们仅以《向天而译》（"Translating Heavenwards"）为例略作分析。该文讨论了翻译与创作和阅读的关系，选题本身就比较新颖，是以往的多恩研究所忽略的话题。《向天而译》全称《向天而译：〈诗篇翻译赞〉和多恩的赞美诗学》（"Translating Heavenwards: 'Upon the Translation of the Psalmes' and John Donne's Poetics of Praise"），1996 年发表于《文艺复兴文化研究》（*Explorations in Renaissance Culture*）杂志，属典型的"文本的历史化"的研究成果。题目中的"诗篇翻译赞"出自多恩的《菲利普·锡德尼爵士及其妹妹彭布罗克伯爵夫人的诗篇翻译赞》（"Upon the Translation of the Psalms by Sir Philip Sidney, and the Countess of Pembroke, His Sister"，以下简称《诗篇翻译赞》）。在《向天而译》中，弗朗坦将多恩的《诗篇翻译赞》放在 16—17 世纪的历史语境加以阐释。为此，他首先考查了锡德尼兄妹翻译《圣经·诗篇》（*The Book of Psalms*）的具体时间及其政治、宗教、人文环境，分析了诗篇翻译的目的、作用和流传，同时也分析了多恩创作《诗篇翻译赞》的时间及其对多恩改宗的影响。然后，他对《诗篇翻译赞》中的用词做了大量的互文研究，比如与多恩的《罗马书》（"Candlemas Day Sermon"）布道文以及《花冠》《周年诗》《应急祷告》《封圣》《连祷》等的互文研究、与《创世纪》中关于言词的创造力以及《新约》（*The New Testament*）和《旧约》（*The Old Testament*）中有关语言能力的表述的互文研究等。他还把互文与比较结合起来，将锡德尼兄妹的翻译与历史上的《诗篇》翻译结合起来，考查了圣公会坎特伯雷大主教托马斯·克兰默（Archbishop Thomas Cranmer, 1489—1556）下令全体教会背诵《诗篇》以及不从国教者的抗议和由此引发的教会间的进一步分裂。对多恩诗的类似考察、比较与阐释比比皆是，而贯穿始终的主线则是《诗篇翻译赞》的下列诗行：

> 两人都告诉我们该做什么，怎么做。

① Arthur F. Marotti. "Review of John Donne and the Ancient Catholic Nobility by Dennis Flynn." *Journal of English and Germanic Philology* 96.4 (1997): p. 610.

　　向我们岛民显示我们的欢乐，我们的王，

　　教导我们为什么要唱、又该怎么去唱。①

　　弗朗坦的一系列考证分析，都是由这条主线串起来的。而当他把所有内容综合起来时，便顺理成章地得出了一个他称为"赞美圈"（circle of praise）的赞美诗学，并给出了相应的示意图（图 5.3）。借用这个赞美圈图，弗朗坦形象地表达了这样的基本含义：神圣的天庭缪斯把诗篇给了大卫；大卫将其唱给他的子民，包括锡德尼兄妹；锡德尼兄妹让其在英国这个新耶路撒冷的国教会广为人知；而多恩赞美锡德尼兄妹的才华则能激活人们的向善情感，认识上帝的仁慈，唱出对上帝的赞歌；这反过来又感动天庭的缪斯，他们在众人的感染下也一同歌唱；世俗的心灵流溢着诗篇的旋律，成为天庭唱诗班的一员，并在那里齐唱永恒的诗篇，赞美至善的上帝。"这个'赞美圈'描绘了一个完美和谐的宇宙，其中的每个唱诗班都被另一个唱诗班所激励。唱诗班彼此激励，一切又将成为一切，世界将再次和谐而完整，就像在初创的时刻。"②

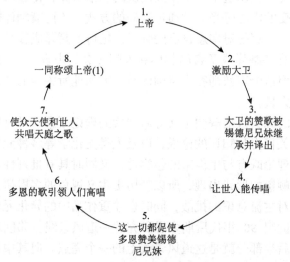

图 5.3　弗朗坦提出的多恩《诗篇翻译赞》中的赞美圈

　　但凡熟悉多恩诗的人，都会立刻想到他的《赠别：节哀》，特别是其中那个令人称奇的圆规比喻。但在《诗篇翻译赞》里却没有圆规，也就没有定脚的意象，更没有那只动脚潜在的无法回归起点的任何可能。这里只有一条线，其起点

① John Donne. *John Donne's Poetry*. Ed. Donald R. Dickson. New York and London: W. W. Norton and Company, 2007, p. 151.

② Raymond-Jean Frontain. "Translating Heavenwards: 'Upon the Translation of the Psalmes' and John Donne's Poetics of Praise." *Explorations in Renaissance Culture* 22 (1996): p. 113.

和终点都是明确的，表现了对《诗篇》翻译的"向天而去"的必然性。这或许是弗朗坦之所以把他的论文命名为"向天而译"的根本原因。此外，研究多恩的人还会想到他的《周年诗》，想到夭折的少女伊丽莎白那"向天而去"的灵魂，而这同样也可能是弗朗坦把其论文称为"向天而译"的重要原因之一。

然而，弗朗坦并未停止在"赞美圈"的概念上，而是以此为基础，进一步考查了锡德尼兄妹所翻译的《诗篇》的实际影响力，结果发现：第一，《诗篇》的翻译是锡德尼的妹妹彭布罗克伯爵夫人（the Countess of Pembroke）独自完成的；第二，其影响仅限于彭布罗克伯爵夫人的朋友圈，知道的人主要是这个圈子里的诗人，而且其译文直到 1823 年才得以正式出版；第三，该译文从未在任何礼拜上用过；第四，人们也从未把锡德尼所译的《诗篇》看作他的代表作。弗朗坦因而认为，多恩的赞美诗学，至少在《诗篇翻译赞》这首诗里，并没有获得完全的成功，他并在诗中找出了多条证据作为支撑。弗朗坦的最后结论是：《诗篇翻译赞》的力量并不来自锡德尼的翻译，而来自语言本身的力量。这种力量重塑了一个隐喻的上帝，也创造了一个普天同庆的和谐世界，传递出多恩从抒情诗人到教会牧师的转变的内心感受。"通过这样的方式，《诗篇翻译赞》记录了一个终结性的'翻译'：那是对多恩自己的翻译，把诗人翻译成牧师和教长，把通过韵律实现的与神合一翻译成圣言的载体和人间教会的声音。"[1]弗朗坦的阐释虽然以宗教为主，但这个宗教却特指英国国教，因而他所关涉的"语言力量"也同时表现了政治的力量。

新历史主义的源头包括解构主义等后现代的理论概念、马克思主义的社会批评理论、福柯有关权力和知识的论说，以及人类文化学等多种元素。这样的生成过程决定了这一理论既有与生俱来的包容性，又同时具有批判性。后者更多地以质疑的形式而非颠覆的形式出现，所以新历史主义视角的多恩研究，体现出既注重传统又充满了对主流意识的挑战，同时也注重作品中的异化元素等特点。质疑与反思成为 20 世纪 90 年代后期多恩研究的一道风景线。弗朗坦对《诗篇翻译赞》的分析，其后半部分就是这道风景线上的一个亮点。但其中所涉及的政治因素，却不如理查德·斯特里尔（Richard Strier）来得直接。在《多恩与祷告政治》（"Donne and the Politics of Devotion"，1996）一文中，斯特里尔认为，一些针对多恩后期宗教散文《应急祷告》的评价，一直在错误的地点以错误的方式和错误的感觉寻找错误的东西。在他看来，评论家总在支离破碎的文本中寻找相反的东西，误将文本中的政治与对国家和政府权力的话语等同起来，而不是与神学相联系，给人以支离破碎的感觉。他以多恩的《应急祷告》为例指出，尽管作

---

[1] Raymond-Jean Frontain. "Translating Heavenwards: 'Upon the Translation of the Psalmes' and John Donne's Poetics of Praise." *Explorations in Renaissance Culture* 22 (1996): p. 118.

品涉及一些和政府相关的话语，但其政治内容主要与对教会的态度相关，其政治性并非出自政治学，而是出自祈祷本身，所以只有在这个前提下，它的政治性才可能更为深邃而持久。[1]斯特里尔在这里所讨论的政治与神学的联系，如果结合多恩的宗教身份，则虽然看似"独辟蹊径"的解读，却也入情入理。

新历史主义的多恩研究，不仅体现在某部作品的解读上，也涉及多恩的各类作品，比如格林·鲍曼（Glen Bowman）的《每个人都是自己的教会》（"Every Man Is a Church in Himself"）。该文的副标题是《多恩的个人良知与人类权威关系思想的发展》（"The Development of Donne's Ideas on the Relationship Between Individual Conscience and Human Authority"），研究对象是多恩的《讽刺诗 3》《伪殉道者》《布道文集》。它们原本属于不同的类别，鲍曼却将它们放在一起，探索了它们何以成为多恩作为道德神学家和哲学家在学识进步方面的基石，认为它们是将宗教神学、政治学、个人信仰、话语权力等集于一体的连贯的三部曲。至于原因的问题，鲍曼的回答是，它们"有着两个共同主题：个体对于真正宗教的求索应当反映人类权力的范围；良知本身就是道德和灵性权利的重要来源"[2]。也就是说，鲍曼跨越了文类的区别，从主题角度探究了多恩从世俗到神圣的演变历程，其基本策略与弗朗坦一样，都是对作品加以历史化的处理。虽然弗朗坦偏重隐喻，而鲍曼偏重史实，但他们都在"文本的历史化"的过程中，显示出新历史主义关于读者的介入与主体的构建问题。

对这一问题的最具代表性的探究之一，是诺纳尔德·科尔特尔（Ronald Corthell）的《文艺复兴诗歌中的意识形态和欲望：多恩的主体研究》（*Ideology and Desire in Renaissance Poetry: The Subject of Donne*, 1997）。在这部著作中，科尔特尔并没有像大多数学者那样聚焦于权力本身的研究，而是采用了新历史主义的分析方法去探究多恩的作品，认为多恩的许多文本实际上已经表明了文学和历史的关系。这种文本实践，又因为读者的介入，在原来的基础上进行拓展和发扬，进入文艺复兴研究的学术领域之中，从而对文学意识的产生发挥了重要作用。文学意识正是我们思考主体和历史的关系的重要途径。科尔特尔的研究涉及两个重要方面：主体的含义和主体的建构。首先，他拓展了多恩作品的主体含义，将文本的叙说主体、阅读主体、学术主体一并纳入，因为他认为对多恩诗的研究，实际上就是研究在文学主体性产生过程中的叙事主体和阅读主体。其次，他将主体的建构看作主体的定位过程，具有矛盾与阻力并存、遏制与支配合一的

---

① Richard Strier. "Donne and Politics of Devotion." *Religion, Literature, and Politics in Post-Reformation England, 1540–1688*. Ed. Donna B. Hamilton and Richard Strier. Cambridge: Cambridge UP, 1996, pp. 93-114.

② Glen Bowman. "Every Man Is a Church in Himself: The Development of Donne's Ideas on the Relationship Between Individual Conscience and Human Authority." *Fides et Historia* 28(1997): p. 58.

性质，从而使主体的欲望和意识获得有效的文学表现形式，因此他力图通过阅读来重现历史的作用，而不是在对过去的重构中限制历史的意义。透过新历史主义的滤网，科尔特尔发现，在多恩的讽刺诗中，由于主体沉迷于探索道德权利，所以往往具有边缘性和不稳定性的特征，反映着多恩自己对主体性的思考。科尔特尔还从新历史主义的角度，对爱的政治化也进行了探讨，发现新教在其中发挥了重要的作用，而将私生活构建于文学的做法，则对文学文本的演变产生持续的影响。[①]

科尔特尔的著作出版后引起了学界的广泛关注，在 20 世纪 90 年代末掀起了一股新历史主义视野的多恩文本实践性的探讨热潮，而且无论在思想意识层面还是在文本实践层面，也都较 80 年代更加深入具体。由于质疑与坚守并存，所以批评者能更清楚地意识到自己的阐释者地位，在文学批评的方法上也具有更强的自觉意识。这种自觉意识一直持续至今，并主要表现为向内和向外两条思考路线，前者表现出在意识层面探索的内向性，后者体现了多恩研究在形式上的开放性和边缘性。较之于以往的新历史主义视野下的多恩研究，当下的研究呈现出更加明显的多元倾向。

格林布拉特的新历史主义理论告诉我们，批评者需要对自己的阐释者地位有较为清醒的意识，因为在进行文学批评时伴随着强烈的自觉意识，所以没有绝对的客观批评，任何阐释都是阐释者主体在当下语境中努力去重建历史语境的一种表达。我们认为，由于每个阐释者的"自我语境"不同，在阐释时所选取的学科元素必然有所差异。"主体性"是新历史主义的一个特点，这一特点决定了评论者在阐释某个文本时拥有的属于个体的自由度和开放性。从这个意义上说，任何阐释都可以看作多恩研究的一个进步。

传统历史主义认为，文学是历史的产物。借用新批评的术语，则文学以历史为背景、而历史则以文学为前景。但新历史主义者却更倾向于突破二者的界限，他们并不排斥文学与阶级、权力、性别、经济等的关系，但却更在乎文学自身的人性价值。比如桂伯瑞就提出了"爱的策略"的问题，并称多恩的《挽歌集》是一种权力的补偿。在她看来，由于受女性君王的统治，男性的政治权力被剥夺了；多恩诗之所以在充满性爱的氛围中故意贬低女人，就是企图恢复男性的原有权力，是对男性价值在政治上无法实现的一种情感补偿。但她同时也认为多恩的企图并没有完全达到，只是获得了部分成功，因为无论从策略本身的角度来看，还是从对爱情、政治、宗教的认知的角度来看，男性和女性都双双处于一种流变的动态关联之中。因此她得出结论说，多恩诗所呈现的是对人性价值的深切感

---

① Ronald Corthell. *Ideology and Desire in Renaissance Poetry: The Subject of Donne*. Detroit: Wayne State UP, 1997.

受。①其他从新历史主义角度加以阐释的学者，如大卫·艾拉（David Aera）和冈瑟·克雷斯（Gunther Kress）也持有近似的看法，他们认为历史与文本的关系不是前后的，而是互换的。②理查德·哈裴恩（Richard Halpern）将历史主义与新批评结合起来，则是另一种形式的新历史主义。在《信息领域的抒情诗：多恩〈歌与十四行诗集〉的诗法与历史》（"The Lyric in the Field of Information: Autopoiesis and History in Donne's *Songs and Sonnets*"）一文中，哈裴恩认为多恩对暗喻的非常规使用属于文艺复兴时期的一个特点，但其用意却不在于将爱情展现在公众面前，而在于将爱情隐蔽在公众无法窥探的空间之中。他举《赠别：节哀》为例说，暗喻不是窗户，能让有窥淫狂的人凝视爱的小屋；暗喻是一面镜子，它把公众的形象反射回公众自身。③

上述分析显示，新历史主义的多恩研究，与新历史主义的莎士比亚研究一样，一方面丰富了多恩研究的类别和内容，另一方面也丰富和发展了新历史主义本身。梳理 1980 年以来的多恩研究成果可以发现，新历史主义的多恩研究紧扣多恩文本，力图在历史语境中阐释多恩作品的主体性，所以特别强调政治观念、权利意识、社会形态、宗教理念等之于多恩及其创作的相互关系。然而，多恩的生平虽然如鲍尔德所说较为清楚，但其中仍然存在许多令人困惑之处，包括多恩在进入牛津大学之后与定居伦敦之前的 10 年"模糊期"，也包括他在林肯律师学院期间的社交生活，还包括多恩何以能顺利避开严酷的宗教迫害等。弗林重塑的多恩早期生平出版后，评论者近乎褒贬各半，便是困惑仍旧存在的证明，它意味着多恩文本中的宗教理念、权力意识、政治概念等，近乎是难以厘清的。另外，包括宗教理念、权力意识、政治概念在内的一系列知识，根据新历史主义的一般原理，并不存在主次之分，甚至历史和文学也都没有所谓"前景"与"背景"的关系，而是共同处于更大的文化网络中的。这个更大的文化网络，连同历史意识、政治观念、权力意识、社会形态、宗教信仰等，在本质上又都是文本的，需要加以不断阅读与阐释的，所以文学并不是一个自治领域，也需要参与其他文本的对话。

将上述两个方面结合起来，则多恩的作品就是与现代读者的对话；反之则现代读者的研究就是与多恩作品的对话。对话总是两个人之间或两种人格之间的交流方式，在前一意义上，它是过去与现在、多恩与读者之间的沟通；在后一意义

① Achsah Guibbory. " 'Oh, let mee not serve so': The Politics of Love in Donne's *Elegies*." In Andrew Mousley (Ed.), *John Donne: Contemporary Critical Essays*. New York: St. Martin's Press, 1999, pp. 25-44.

② David Aers, Gunther Kress. "'Dark texts need notes': Version of Self in Donne's Verse Epistles." In Andrew Mousley (Ed.), *John Donne: Contemporary Critical Essays*. New York: St. Martin's Press, 1999, pp. 122-134.

③ Richard Halpern. "The Lyric in the Field of Information: Autopoiesis and History in Donne's *Songs and Sonnets*." In Andrew Mousley (Ed.), *John Donne: Contemporary Critical Essays*. New York: St. Martin's Press, 1999, pp. 104-121.

上，它是多恩与多恩、读者与读者之间的互动。但无论在哪个意义上，都离不开文本。在历经解构主义的消解之后，所有文本都是主观的、历史的，也都是经过重新意识化的。这又意味着，新历史主义已经很难回归大历史而获得满足，反倒是在多恩那充满悖论、隐喻、模糊的文本中，新历史主义找到了验证自身理论的试金石。多恩再次成为新历史主义的试验场，并与新历史主义一道处于不断的对话和循环之中。多恩研究因新历史主义而获得了更加丰富的内涵，新历史主义则因多恩研究而获得了进一步的验证。

从新批评对多恩的绑架，到对心理分析和结构主义的挖掘，再到对解构主义和新历史主义的反思与深化，20 世纪的多恩研究走过了一条从单一到多元的探究之路。艾略特曾于 1932 年宣称多恩只属于过去而不属于未来①，可上述分析显示，多恩既属于过去，也属于未来，而且更多地属于未来。较之于 17—19 世纪的每个世纪都有的兴起—沉落—再兴的起伏线路，20 世纪的多恩研究始终走在拓展、提升、争论的学术之路上。虽然也有否定，而且还是多次的否定，但针对的都是理论本身，而非多恩及其作品。宏观上，20 世纪的多恩研究是众多理论在自我确立、自我反省、自我更新过程中的一种自我进步；微观上，20 世纪的多恩研究在这条从未间断的理论发展史的宏观和微观层面，不可避免、不可复制、不可替代地走上了从绑架到多元的探究之路。在可以预见的将来，多恩还会被绑架，多恩研究也还会更加深入，并在绑架—深入的进程中循环往复，释放更多信息，走向更加多元。

---

① T. S. Eliot. "Donne in Our Time." In Theodore Spencer (Ed.), *A Garland for John Donne*. Oxford: Oxford UP, 1932, p. 4.

结　语

历经 400 年的不断阐释之后，多恩已经成了一个典型的文化符号，多恩研究则成了文学理论的一块试金石。成为典型的文化符号，主要体现在 17—19 世纪；成为文学理论的试金石，则主要表现在 20 世纪。说"主要"是因为二者并没有截然断开，而是彼此呼应的；也都并非一朝一夕之功，而是在历史的长河中逐渐形成的，是一个不曾间断的历史化过程的结果。在这一历史化的过程中，有多恩作品本身的价值，也有新古典主义及其以降的各种理论的积极参与，因此，多恩研究批评史既是一个作家走向经典的演变史，也是文学理论发展的一部索引史与见证史。

首先是经典化历程。这里所说的"经典"即布鲁姆在《西方正典》中提出的"经典"。在那部影响深远的著作中，正如我们在本书第四章所提到的，布鲁姆把经典定义为"教育机构所遴选的书"[①]，而遴选的核心依据便是"完全认同而不再视为异端的原创性"[②]。以此而论，多恩的经典地位到 19 世纪末已经确立，一是因为多恩的作品在 19 世纪末已正式进入教育机构，二是因为多恩的"原创性"处于 19 世纪三大发现的核心。此外，布鲁姆以但丁为经典之源、以莎士比亚为经典中心的做法与艾略特以但丁为源头、以多恩为中心来论述英国玄学诗的做法[③]，在框架结构、基本策略、方法选择、思路走向、学理建构等方面都是一脉相承的，这进一步说明多恩的经典地位已在 20 世纪初获得了人们的广泛共识。或许正因如此，在布鲁姆的《西方正典》中，多恩虽不在 26 个代表作家之列，却在所附的 400 位经典作家之中。[④]

任何经典都是在建构与解构的张力中逐步确立的，因而也都是经典化的结果。艾布拉姆斯曾指出："文学经典的界定在任何时期都是不确定的、有争议的，即便同属经典作家，有些处于核心位置，有些则处于边缘。有时，长期处于经典边缘位置，甚至是经典圈子之外的作家，又会成为杰出的经典作家。约翰·多恩就是一个显著的例子，自从 18 世纪以来，他就一直被视为是一位有趣

---

① 哈罗德·布鲁姆：《西方正典》，江宁康译，南京：译林出版社，2005 年，第 11 页。

② 哈罗德·布鲁姆：《西方正典》，江宁康译，南京：译林出版社，2005 年，第 1 页。

③ T. S. Eliot. *The Varieties of Metaphysical Poetry*. Ed. Ronald Schuchard. New York, San Diego and London: Harcourt Brace, 1993.

④ 哈罗德·布鲁姆：《西方正典》，江宁康译，南京：译林出版社，2005 年，第 423 页。

的行为怪诞的诗人。"①艾布拉姆斯认同约翰逊关于检验文学价值需要一个世纪的时间的观点，所以当他把多恩作为"显著的例子"时，不但明确了多恩是从圈外走向圈内、从边缘走向中心的"杰出的经典作家"，而且强调了经典化历程中的建构与解构的张力，暗示了多恩的经典化历程远比其他经典作家更为复杂，所用时间也更多。由于多恩早在 17 世纪就已赢得很高的声誉，所以我们发现当艾布拉姆斯说多恩自 18 世纪便被视为"怪诞的诗人"时，其立论基础不但与布鲁姆的经典遴选原则完全一致，而且与我们在前面各章的分析也完全吻合。这意味着，多恩的经典地位并非如艾布拉姆斯所说是在新批评出现后才确立的，也非如布鲁姆所暗示的是在对已有经典的质疑与反叛背景下产生的，而是在 17—19 世纪那长达三百年的历史长河中逐渐形成的，其经典地位的确立是一个不曾间断的肯定与否定、建构与解构、追捧与反思的历史过程。

对作家作品的研究，往往并不仅仅是在研究作家，也不仅仅是在研究他的作品，而更多的是在研究自己。多恩的诗文还是那些诗文，但对之的研究则因人而异。琼森是多恩研究的开拓者，但最具经典化特征的批评家是约翰逊。"约翰逊是玄学派经典化历史上产生过举足轻重影响的一位批评家[……]回应了当时关于玄学诗歌成就或经典地位的争议。"②约翰逊在德莱顿的基础上论证了玄学诗的基本特征及其来龙去脉，确定了多恩之于玄学诗派的鼻祖地位。约翰逊并非玄学诗人，却因多恩的经典化而使自己在玄学诗研究中获得了经典地位，以至于艾略特尽管是现代诗的一座巅峰，却也只能被认为是多恩的发现者，并以这样的身份而进入玄学诗的经典化历史。前面各章的梳理显示，多恩的经典化历程具有如下显著特征。

第一，时间跨度长。其他作家的经典化可能只需一代人或两代人，比如莎士比亚，而多恩则走过了三个世纪。布鲁姆说莎士比亚"经受了自 18 世纪德莱顿、蒲柏、约翰逊直到浪漫主义阶段开始的经典化过程，这也是一个神化莎士比亚的运动"③。多恩研究经历了同样的过程，但对之的神化却早在 17 世纪就已达到高峰，其突出表现是首版《多恩诗集》那些挽歌作者对多恩的无以复加的颂扬。18 世纪对多恩的经典化更多的是在一系列比较、反思与批评中进行的，具有对 17 世纪的极端称颂加以反拨的性质，而 19 世纪末的多恩热则又表现出对 18 世纪的否定派的反拨。这种反拨已然具有建构、解构、再建构的特点，与 17 世纪的品评、颂扬、反思相呼应。前者以世纪为单位，是多恩经典化的架构；后

---

① 艾布拉姆斯，哈珀姆：《文学术语词典》（中英对照），北京：北京大学出版社，2014 年，第 85 页。

② 叶丽贤：《"玄学巧智"：塞缪尔·约翰逊与玄学派经典化历史》，《外国文学》，2016 年第 2 期，第 21 页。

③ 哈罗德·布鲁姆：《西方正典》，江宁康译，南京：译林出版社，2005 年，第 40 页。

者以阶段为单位，是多恩经典化的内涵。所以宏观上，每个世纪都包括了品评、颂扬与反思三个阶段，微观历史上，品评、颂扬与反思在不同的世纪具有不同的先后顺序和不同的具体表现。二者的结合显示，多恩研究批评史实际上就是一部持续不断的再经典化的历史。

第二，立场观点鲜明。褒扬和鞭挞交互作用、贯穿始终，是多恩研究的大格局。每个时代，甚至每个批评家，对同一个阅读对象往往既有肯定也有否定，这是多恩研究的小格局。无论大格局层面的褒扬与鞭挞，还是小格局层面的肯定与否定，人们的立场观点无不跃然纸上。比如多恩的"才"，没人否认它的出类拔萃，但推崇备至者有之，斥为滥用者也有之。又比如多恩的"象"，有人视之为"才"的具体表现，也有人将其作为独立要素看待。再比如多恩的"律"，有人赞其开辟了诗歌创作的崭新范式，也有人据此否认多恩的诗人资格。凡此种种都因时而异、因人而异，但其立场观点则是极其鲜明的。在一些批评家笔下，立场观点可能相去甚远，所用语料却往往是相同的；在另一些批评家笔下，立场观点近乎一样，所用语料则截然不同。这表明，批评家们虽以多恩的语料为基础，但他们的研究却不是围绕多恩，而是围绕自己展开的。从中可以发现，每个时代有每个时代的多恩，每个人也有每个人自己的多恩。大小两个格局，总体上都在肯定与否定两个极端之间各有自己的贡献，也都彰显着多恩研究批评史的再经典化的性质。

第三，材料选择明确。无论哪个世纪及其阶段，对多恩作品的选择都是明确的。所谓选择即布鲁姆在《西方正典》中所说的遴选。在多恩的众多作品中，出版版次最多的是他诗，评论最集中的也是他的诗。这表明，多恩虽是圣保罗大教堂的教长[1]，但在其经典化的历程中，诗却扮演着极为重要的角色。这种角色随着时间的推移不断强化，到 19 世纪末，多恩的教长身份已淡出人们的视野，取而代之的是他的诗人身份。另一方面，即便是他的诗，也大多集中在爱情诗、讽刺诗、宗教诗和两首周年诗的范围，而婚颂、诗信、杂诗等则较少涉及。材料的选择反映着特定的审美取向，包括时代的、社会的、个人的和文化的；而选择的结果，作为经典化的组成部分，则反映着阅读与批评的出发点和语料支撑，因而也是不断经典化的佐证。这一现象在 17 世纪就已出现，经由 18 世纪的延续与19 世纪的强化，成为多恩经典化历程中的典型趋势。这样的趋势一直延续至今，所以我们发现，经常研究的作品一再反复，很少研究的作品渐渐淡出，不常

----

[1] 根据布鲁斯·金，"直到 1668 年为止，英国的 26 个主教都自以为他们与国王的兴趣是近似的，为了证明他们的权力，还协助推翻了查理一世和詹姆斯一世"。见 Bruce King. *Seventeenth Century English Literature*. London and Basingstoke: Macmillan Press Ltd., 1982, p. 1. 由此看来，詹姆斯一世当初执意让多恩进入教职，除了看重后者的学识，还很可能出于配合权力的考虑，因为圣保罗大教堂是英国最具影响力的教堂之一。换句话说，至少从王室的角度，多恩应该是个保皇派。

研究的作品则近乎无人知晓。但这正是经典化的必然，体现着经典的权威性与代表性，反映了经典化过程是一个建构、解构、重构的过程。

第四，符号化特征显著。自德莱顿以来，多恩的名字就与"玄学"联系在一起，成为诗人与诗派融合得最为紧密的研究对象。莎士比亚研究、弥尔顿研究等，都不曾有过这样的紧密度。唯有荷马研究能够与之相比，但荷马也如莎士比亚或弥尔顿一样，自身就是耀眼的孤星，因而他们虽然成就卓著、影响巨大，却并未出现诸如荷马派、莎士比亚派或弥尔顿派之类的诗派。多恩则不然，他只是星群中的一个成员，却因文学批评而成为英国玄学派诗歌的泰斗。多恩似乎并没有把自己当作诗人，他的同侪也应该没有，所以他曾后悔发表他的两首《周年诗》，而《多恩诗集》中的挽歌作者也都往往把他尊为"多恩博士"。多恩甚至都没把自己看作了不起的才子，尽管他对自己的才气充满自信，他那"才界君主"的称号是别人追加的。这一切表明，多恩的经典化历程就是一个符号化的历程，而多恩研究批评史则是对这个符号进行不断阐释的历史。

第五，权威导向明显。这主要体现在理论流派上。17—19 世纪最重要的理论有新古典主义、浪漫主义、现实主义和象征主义，此外还有早期的心理分析、文化研究和女性主义，而多恩就是在这些理论的演化中被不断经典化的。每种理论都各有自己的核心概念、理论假设、分析方法和基本判断。单独地看，一个又一个批评家笔下的多恩都是独特的，但从理论的角度来看则已经出现了新古典主义的多恩、浪漫主义的多恩、现实主义的多恩、象征主义的多恩，以及心理分析的多恩、文化研究的多恩、女性主义的多恩等。因此我们发现，17—19 世纪的许多评论，在很大程度上都是理论视野中的多恩研究成果。艾略特说多恩属于过去，虽早已成为笑柄，却真实地反映了 20 世纪前的多恩研究概貌。随着历史的发展，理论的多元化特征变得越发明显，加之各种权威之间所具有的包容和被包容的关系，所以越是往后，多恩研究的成果也越是多样。这种趋势同样延续至今，其后果之一是在 20 世纪出现了各种现当代文学理论对多恩的强行绑架。[①]

上述特征彼此关联、动态融合、相互彰显、水乳交融、一贯而终。此外还有一些其他特征，比如社会风尚的转变、创作技巧的更新、审美趣味的改变、版本考证的细化等。但仅仅上述几个特征也足以说明，17—19 世纪的多恩研究之路就是一条漫长的走向经典之路。在这条路上，众多批评家以各自的立场、方法和视角彼此对话，由此而来的成果涵盖了肯定与赞扬、否定与鞭挞、阐释与分析、颠覆与重构等众多方面。从中可以看出，人们对多恩的兴趣不但因时而异、因人而异，而且还因主题而异、因题材而异、因审美取向和价值判断而异。正是由于

---

① 参见 Merritt Y. Hughes. "Kidnapping Donne." In John R. Roberts (Ed.), *Essential Articles for the Study of John Donne's Poetry*. Hamden: Archon Books, 1975, pp. 37-57.

这些差异，所以在 18—19 世纪，多恩非但没被遗忘，反而逐渐从边缘走向中心、从特例走向普适、从个案走向范式，成为英国玄学诗派的一代宗师。这种走向在 17 世纪就已初现端倪，经由 18 世纪的拓展与深化，到 19 世纪得以进一步强化。最终结果是，多恩已由一个诗人演变为一个符号、一种象征、一面镜子。迄今为止的多恩研究，很大程度上就是对这个符号的建构、对这种象征的解读、对这面镜子的阐释。

在多恩的经典之路上，学界的阐释举足轻重，但多恩作品本身的因素也至关重要。布鲁姆曾明确指出："经典的形成涉及一个深刻的真理：它既不是由批评家也不是由学术界，更不是由政治家来进行的。作家、艺术家和作曲家们自己决定了经典，因为他们把最出色的前辈和最重要的后来者联系了起来。"①的确，虽然没有任何资料显示多恩自己决定了经典，但他流传于世的作品却为经典化备足了条件。

一是作品丰富多样。多恩究竟写了多少作品现已无从考证，仅就流传至今的作品而言，正如我们在第一章所总结的，就涉及诗歌、散文、小说，以及布道文、神学著作和翻译等文类，而且几乎每一类别都包括丰富的内容。比如诗歌，除了脍炙人口的爱情诗和闻名遐迩的宗教诗，还有大量颇具特色的讽刺诗、冥想诗、挽歌、警句诗、祝婚曲、诗信、碑文诗等。再如散文，多恩的《少年习作》《伪殉道者》《论自杀》《书信集》《应急祷告》都很有特色，其中《伪殉道者》《论自杀》《应急祷告》还产生了深远影响，包括对自身的影响、对社会和后世的影响。虽然多恩的小说仅有一部，对它的翻译也较少，但布道文却数量庞大。多恩的创作伴随他的一生，涵盖了伊丽莎白一世、詹姆斯一世和查理一世三个王朝的政治生态、文化背景、社会生活、信仰危机和艺术品位等众多内容。经典是遴选出来的作品，所以作品的丰富多样是多恩经典化的基础。

二是版本经典化。斯蒂文·托托西（Steven Totosy）曾指出，"经典化产生在一个累积形成的模式里"②。所谓"累积形成的模式"就是作品的出版，特别是对开本的面世，因为"雅致而稀有的对开本是印刷业对作家实行'经典化'的重要表征"③。多恩的《应急祷告》《布道文八十篇》《布道文五十篇》《布道文二十六篇》都早在 17 世纪 20 年代、40 年代和 60 年代就出版了各自的对开本，这说明多恩的经典化历程虽始于他的诗，但最初的确立却得益于他的散文。这是一个具有反讽意味的文化现象，却与"经典"一词的原初意义正好吻合，因

---

① 哈罗德·布鲁姆：《西方正典》，江宁康译，南京：译林出版社，2005 年，第 412 页。

② 斯蒂文·托托西：《文学研究的合法化》，马瑞琦译，北京：北京大学出版社，1997 年，第 44 页。

③ 周百义：《出版在经典建构中的作用：经典、经典化与出版功能研究》，《出版科学》，2017 年第 6 期，第 6 页。

为"经典"的本义就是宗教作品，后来才逐渐用于世俗作品。这一现象还同时反映了经典的时代特征，即每个时代都有基于各自的审美取向、价值标准和读者对象的经典范式，所以出版物是衡量一个作家是否属于当下经典的重要指标，从中既可看出作品的流传，也可看出经典化的路径。布鲁姆在评价莎士比亚第二对开本时，称其中收录的弥尔顿"献给莎氏的诗属于经典互文，实际上具有自我经典化的意义"[①]。这让人想起多恩的《封圣》和各个时代所出版的《多恩诗集》。前者的英文为 canonization，其本义就是"经典化"。后者自 1633 年的首版《多恩诗集》到 1912 年的标准版《多恩诗集》都有名叫"致作者之死"的献给多恩的挽歌，这些挽歌与布鲁姆所说的"自我经典化"属于同样的性质，所以人们至今仍在探究它们之于多恩经典化的意义和价值。多恩的作品在每个世纪都有出版，但从类别、版次、印数，以及读者评价等角度来看，诗歌的出版与流传都远远超过散文，其中 1912 年的 2 卷本标准版《多恩诗集》堪称现代的对开本。

三是情理兼并。德莱顿称多恩的爱情诗用精密的哲学思辨把女士们的头脑给弄糊涂了，这虽是一种批评，却集中体现了多恩情理兼并的创作特色。这种特色贯穿多恩的全部作品，所以他不但在抒情诗中玩弄哲学，在哲理诗中表现情感，而且在诸如《应急祷告》等散文以及全部的布道文中，也都是情理兼并的。情理兼并是文学创作的共性，多恩的独特之处在于直面情感从不故作、直面理性从不避讳。两个直面与两个从不，往往给人以强烈的诧异感。这种诧异感就是布鲁姆所说的"原创性"。多恩的原创性或许真的隐藏着深奥的诗学意蕴，也或许根本就没有什么言外之意，而仅仅是情之所至、理之所及而已，但却很好地揭示了诗与思、生活与心境、诗人与生活的种种纠结，写出了诗人与自我、与他人、与生活等的错综复杂的关系，揭示了情与理的对立完全可以达致"杂乱和谐"的境界，因而正好体现了布鲁姆对经典的定义。在创作层面，多恩的爱情诗没有着力于表现女士们的芳心，却通过揭示自己的内心真实而捕获了女士的芳心。在诗学层面，深入到最为隐秘的内心世界，敢爱敢恨，勇于解剖，凝情于理，融理于情，这不仅是多恩爱情诗的艺术魅力，更是多恩全部作品的基调，是其经典化的核心要素之一。

四是宗教与世俗交融。多恩的作品虽有世俗与宗教之分，但它们却近乎天然地联系在一起，而且在他的全部诗作中，成就最高的都是世俗与宗教完美融合的作品，比如《封圣》《出神》《周年诗》《应急祷告》等。以《应急祷告》为例，从谋篇布局到内心透析，从情感传递到风格呈现，从意象塑造到主题思想，世俗与宗教的交织无处不在；甚至苦难与欢乐、健康与疾患、生与死、拯救与神恩等，都在字里行间自由流动，呼之欲出。《应急祷告》是巴洛克散文的杰作，

---

① 哈罗德·布鲁姆：《西方正典》，江宁康译，南京：译林出版社，2005 年，第 40 页。

也是宗教与世俗合而为一的典范。其他作品如《依纳爵的加冕》、《神学文集》和《布道文集》等，同样有着厚重的人文关怀和强烈的世俗元素，其中《布道文集》与其说是宣扬了基督之道，不如说是借基督之道昭示了世俗的价值追求，其突出特征是在对经文的当下阐释中，全面展示了他那天马行空般的想象力。[①]宗教与世俗貌似是两个不同的领域，实则是人的精神世界的有机组成部分，是人区别于其他动物的根本标示，也是多恩经典化的又一核心要素。

五是传统与创新对接。艾略特曾指出，"诗人，任何艺术家，谁也不能单独具有他完全的意义。他的重要性以及我们对他的鉴赏，就是鉴赏他和以往诗人以及艺术家的关系"[②]。这种关系就是传统与个人才能的关系，也是传统与创新的关系，其在多恩作品中的表现极为明显。比如《祝婚曲》、《诱饵》和《周年诗》就分别属于斯宾塞传统、马娄传统和悼亡诗传统，但《祝婚曲》和《诱饵》更多地表现为对各自传统的延续与发展，《周年诗》则更多地彰显着对悼亡诗传统的突破与创新。类似的例子在多恩的作品中比比皆是，不但在诗中是如此，在散文作品中同样如此传承与出新是多恩经典化的共性部分。多恩经典化的特殊部分是其作品中的此在性、原创性和诗性。两个部分的结合再次说明，即便所谓的"好弄玄学"也并非无中生有的原创，而是对传统诗学的延续、发展、突破与创新。将传统与创新天衣无缝地对接在一起，是多恩诗能够穿越历史，进入经典行列的另一重要原因。

六是个体与群体关联。多恩的《伪殉道者》《论自杀》都曾被认为是自传性作品，《应急祷告》具有同样的性质，而且自传性还是全书的基线。但从文本本身的角度来看，三部作品都是将个人经历、家族传统、宗教信仰、历史文化、国家认同等集于一体，以家国情怀为基调，以思想观念为统领，立足当下、放眼长远的适时性著作，也是个体与群体彼此关联的著述。事实上，多恩的全部作品都不同程度地显示出了个体与群体的关联，只是在程度上有所差异而已。对于多恩的散文、书信、布道文和神学著作，个体与群体的关联较好识别，但对他的诗就另当别论了。迄今为止，仍有人从多恩的生平出发来解读他的诗，也有人用他的诗来说明他的生平，出发点虽截然相反，结论却只有一个，那便是：多恩的一生就是少狎诗歌、老娶神学的一生。这无异于将诗中的"我"等同于多恩本人，忽视了"我"也是一种指代，从而导致许多误读，比如把《日出》中的女性说话者"我"也解读成诗人多恩。误读的产生，正好说明了个体与群体的关联是多恩

① 有关多恩的宗教想象的研究，参见 Raymond-Jean Frontain, Frances M. Malpezzi, Eds. *John Donne's Religious Imagination: Essays in Honor of John T. Shawcross.* Conway, AR: UCA Press, 1995.
② 艾略特：《传统与个人才能》，卞之琳、李赋宁等译，陆建德主编，上海：上海译文出版社，2012 年，第 3 页。

诗的一种显著特征，同时也从另一角度显示了经典化过程也是一个读者参与的过程。

七是文学与生活互鉴。自赫拉克利特（Herakleitus）提出艺术模仿自然的观点后，模仿说一直是西方文学的核心概念。柏拉图把模仿作为艺术的本质；亚里士多德则把模仿解释为通过语言来再现人的行动，从而既强化了模仿说，又突出了艺术源于生活的反映论思想。从模仿说的角度来看，多恩的作品有超越前辈的，也有纯属原创的，但都是基于生活的；从反映论的角度来看，多恩的作品有高于生活的，也有低于生活的，但总体上同样是基于生活的。多恩的时代是一个变革的时代，更是一个科学的时代，前者的最大特点是民族国家的形成和权力从宗教到世俗的转化；后者的突出表现则如亚伯拉罕·沃尔夫（Abraham Wolf）所说，包括了天文学、力学、数学、物理学（含光学、热学、声学、磁学和电学）、气象学、化学、地质学、生命科学（含植物学、动物学、解剖学、生理学、显微生物学）、医学、心理学、社会学、哲学，以及技术（含农业技术、纺织、建筑、矿业、机械等）都取得了前所未有的突破。[①]所有这些都对人们的日常生活，包括信仰、行为、话语模式等，产生了巨大而深远的影响，也都在多恩笔下有着错综复杂的反映，而且这些反映比当时的其他任何作家都表现得更鲜明、更突出、更丰富。约翰逊称多恩把杂乱无章的思想用蛮力硬凑在一起，这虽是一种批评，却也揭示了文学与生活的互鉴是贯穿多恩作品的主线这一事实。

上述七个特征都是贯穿多恩作品的，处于彼此融合、动态关联、相互并举的互动关联中。[②]正因为如此，多恩的作品往往给人以强烈的思辨性，这是他之所以被贴上"玄学诗人"这一标签的根本原因。但思辨性的背后却是强烈的主体意识、话语意识和身份意识。主体意识和话语意识决定了作品的价值观和表现方式；而身份意识，包括身份的困境、构建、解构与认同，则决定了作品的主题与趣味。以多恩的爱情诗为例，叙事者基本都是男性，其自我意识强烈，有明确的思维方式、社会角色和身份定位；女性虽基本处于失语状态，却有着强烈的在场感，而且还如《跳蚤》所示，她们非但不受男性控制，反而控制着男性的话语方式。较之于锡德尼的诗集《爱星者与星》（"Astrophel and Stella"），多恩的《歌与十四行诗集》有着更强的多样性，尽管没有贯穿始终的自我代言人，但谁都可以从中看出自己的影子，而且诗中的那些人物，无论男女，都在以各自的方式彰显自己的在场、传递自己的态度，很难用一套既定的道德标准加以判断。我

---

① 参见亚·沃尔夫：《十六、十七世纪科学、技术和哲学史》（上下册），周昌忠等译，商务印书馆，2011 年。

② 后来的批评家，包括今天中国学者在内，往往借用新批评的术语，把它们看作"张力"，属于读者层面的而非作者场面的表述。

们可以称他（她）们为虚无主义者、游戏主义者、变态狂、行尸走肉、心灵巫师。但无论怎么称呼，他（她）们都充满了激情。他（她）们不求花前月下的恬静与浪漫，但求爱的坦诚、直率、热烈与爱在当下。以真爱为题的诗是如此，以言语的、性欲的、诡辩的和虚假的爱为题的诗也大都如此。这样的爱情自然不会涉及家庭和孩子，却为整个诗坛增添了一抹亮色；嬉笑怒骂的表现方式往往令人倍感困惑，却以生命的张力诠释着爱的真谛，成为多恩的原创性即经典化的重要内容。

多恩爱情诗的风格延及他的讽刺诗、宗教诗和散文，特别是布道文。因布道文是基于宗教文本或教义的，而布道又是"经典"的本义所指，所以反过来又促成了世俗诗的经典化，这是为什么早在 17 世纪就已具有经典地位的多恩的布道文，后来会逐渐让位给他的诗歌的根本原因，也是他的世俗作品之所以具有宗教味，而宗教作品又具有世俗味的根本原因。但这在他的小说中则表现得完全不同，其小说风格虽然依旧，读者却难以受其感染，因为《依纳爵的加冕》虽是一部小说，给人的印象却更像一个反讽或一个隐喻。尽管这恰好表现了作品的陌生性，但要将其树为经典，恐怕没人会坦然接受，因为它的人物形象太过死板、互动关联太过做作、场景设置太过单一、价值取向太过明显。较之于布道文中的人物形象与情感表达，《依纳爵的加冕》只能算道士说梦。这从另一方面显示，多恩的经典化是以古典化、人性化、艺术化为基本取向的，这大概是布鲁姆只将《多恩诗集》和《布道文集》作为多恩的经典作品的根本原因。

在多恩的作品中，将爱情、讽刺、叙事、哲理、布道、劝慰，以及丰富的想象、高超的艺术、惊人的原创等全都集于一体的，当属他的两首《周年诗》。诗中的德鲁里小姐颇似但丁的贝雅特丽齐，都是夭折的少女，都没有原罪和错误，也都从死亡直接化身成圣。《神曲》没有提及贝雅特丽齐的升天过程；《周年诗》则集中展现了德鲁里升入月球天、金星天、水星天、太阳天、火星天，直至永恒天的全部历程，是把夭折的少女加以抽象化、理想化、神圣化和审美化的结果。其着力点并非德鲁里的美德，而是诗人的想象力和表现力，所以德鲁里与多恩是否相识并不重要，重要的是她承载了多恩的理想。《神曲》中处处都有贝雅特丽齐的形象；《周年诗》中则根本没有德鲁里的身影，只有一个"她"字贯穿始终，而且还有单拼和双拼之别。她的姓名只在标题中出现，却以死亡—再生的观念而成为世俗与宗教的结合，还将圣母的生命意识与圣子的拯救意识集于一身。这一切又与新旧天文学、医学解剖学，以及通过赞美逝者而劝慰生者的创作意图水乳交融，既给作品打上了历史、文化、现实、伦理和科学等众多烙印，也使德鲁里小姐在诗中获得了不朽。可这种不朽并非因为德鲁里本人，她的意义在于她自身之外，所以当多恩不再续写时，她的不朽也就成了定格。同时定格的还有多恩的全部诗作，它们使《多恩诗集》中的那些挽歌作者自愧不如，也使多恩及其作品成为彼此书写的对象。《周年诗》的特殊之处在于它的代表性，而其丰富内容和独特手法，连同给读者带来的巨大冲击力，在他的其他诗作中同样存在。多恩创作了那些诗，也被那些诗所创造，这是多恩原创性即经典化的根本原因。

一方面是批评，另一方面是作品，多恩的经典化历程堪称二者的合谋历程。在这一历程中，多恩的创作无疑把"最出色的前辈和最重要的后来者联系了起来"。然而，真正使多恩成为承上启下的大诗人，使其诗成为英语诗歌发展史上的转折点，并作为艾略特已降的英美现代主义诗歌的参照系，则是学界的多恩研究，因为较之于多恩的创作，学界的互动性批评显得更为主动、更加积极、更有作为。这是多恩研究批评史给予我们的最基本、最核心、最突出的内容。

有种理论认为，经典要有一定的高度、长度和广度。"'高度'，即思想学术价值，审美价值；'广度'，指作品影响的范围，不仅在本民族的文化语境下有影响，还要能为世界上不同民族所接受；'长度'即指作品经过漫长时间的检验，穿越黑暗的隧道而能传之后世。"①根据这样的标准，首版《多恩诗集》中的挽歌作者将多恩推向神坛、惠更斯用荷兰语对多恩诗的翻译与介绍，以及从琼森的《致多恩》到德莱顿的《论讽刺诗的起源和发展》之间的众多读者对多恩的评价与反思，便可分别看作多恩诗在 17 世纪的高度、广度与长度。但这样的对应难免给人牵强附会之感，同时还会引出一系列其他问题，比如多恩作品的七大特征与三个维度有何关系？是每个特征都彰显了三个维度还是每个维度都体现着七个特征？抑或是存在其他关系？能否将这些特征归到不同的维度中？如果能，该怎么归类？各自的内外关系如何？形成肌理怎样？如果不能，那么各种特征除了彼此之间的相互作用，是否还有别的意义？这些问题全都关乎文学批评，而"文学批评关注的主要对象不是一般的流行作品，而是通过对前代的文学经典进行重评、对当时代的文学作品进行经典化的建构而进行的"②。18—19 世纪的多恩研究，历史地继承了 17 世纪的反思精神，本质上就是对多恩加以"重评"与"建构"的不断探究与持续深化。

这种探究与深化一直延续到 20 世纪。由于多恩的经典化历程到 19 世纪末已经确立，所以 20 世纪的多恩研究，除了继续经典化之外，最显著的特征便是企图从理论上回答上述问题。继续经典化的集中体现是格里厄森的标准版《多恩诗集》和《十七世纪玄学诗集》，二者都是教材性质的，而且从 1912 年的《多恩诗集》到 1921 年的《十七世纪玄学诗集》，还体现了"从一到多"的路径走

---

① 周百义：《出版在经典建构中的作用：经典、经典化与出版功能研究》，《出版科学》，2017 年第 6 期，第 5 页。

② 李松：《十七年文学批评史研究与经典化批评》，《文艺评论》，2017 年第 9 期，第 41 页。

向，反映了把多恩从个体推向群体，并在群体中加以突显的意图。理论回答的集中体现是艾略特的《论玄学诗人》和《克拉克讲座》，尽管重心都是多恩，但从1921 年的《论玄学诗人》到 1926 年的《克拉克讲座》则是一条"从多到一"的路径，表现为从面到点的深入，并由此而确立了多恩在英语诗歌发展史上的"固点"地位。接踵而至的一系列研究，本质上就是围绕这个"固点"展开的。

20 世纪是一个毁灭的时代，也是一个繁荣的时代，世界格局和思维范式双双发生了巨变，各种思潮风起云涌，各种主义层出不穷。从太空探索到心理分析，几乎所有领域都发生了结构性和系统性的认知转向。文学研究同样如此。较之于 17—19 世纪，20 世纪的文学研究，其显著特征大致可以概括为"四个转向"：人员结构由以文学家为主转向以哲学家为主；研究对象由以作家作品为主转向以理论建构为主；基本属性由以知识系统为主转向以思想体系为主；基本功能由以辅助深化为主转向以本体探究为主。四个转向的显性表征是层出不穷的现当代理论，具体到多恩研究则如梅里特·Y. 休斯所说，出现了各式各样的理论"绑架"，也就是"把他变成了一个哲学家兼诗人英雄"①。这是"四个转向"的个案，却反映了现当代理论刻意用多恩这块试金石来进行自我磨砺的企图。

这种企图的学理基础是新批评理论。新批评理论的核心是把作品视为自足的客体，以文本细读为手段，经过对变异的分析与归纳得出结论，具有解构与建构并存的特征。多恩诗的丰富性为文本细读提供了有力支撑，多恩的原创性又与新批评的变异说不谋而合，加之艾略特已把多恩看作"固点"，因此多恩及其创作自然成为新批评的研究对象。布鲁克斯是新批评的代表人物之一。1947 年，当他从多恩的《封圣》一诗中摘取"精致的瓮"作为核心论点，并将其看作"诗本身"时，他已经对多恩实施了绑架，使其成为"悖论"说的理想范式。在这之前的 1930 年，燕卜荪也已把多恩作为"歧义"说的重要范例；在这之后的 1972 年，颇具影响的《如此荣幸：多恩诞辰四百周年纪念文集》则本身就是以新批评为理论依据的。在新批评派的眼中，"悖论""张力""歧义""反讽"等是文学的基本要素，也是诗所特有的区别特征，还是其自足性的集中体现。他们认为，文学，尤其是诗，其价值之所以能够体现，就在于它的自足性，因为这种自足性能让人作不断的阅读发现，体现着"诗的自治性"，而悖论等要素则能将普通的语言浓缩成"诗的语言"，形成"全新的语义综合体"，用以"整合全然不同的经历"，为读者的特殊发现提供持续不断的文本支撑。这一切，在新批评看来，正好是多恩诗的艺术魅力所在。因此，成功揭示多恩诗的自治性，不但能强化多恩的"固点"地位，还能证明新批评的认识论价值和方法论价值。由此可

---

① Merritt Y. Hughes. "Kidnapping Donne." In John R. Roberts (Ed.), *Essential Articles for the Study of John Donne's Poetry*. Hamden: Archon Books, 1975, pp. 37-57.

见，新批评对多恩的绑架，成功实现了两个目标：一是突显了多恩的艺术魅力；二是建构了自身的方法论体系及其科学性。如果说前者更多地属于继承的话，那么后者则为 20 世纪的其他理论搭建了一个平台，20 世纪的多恩研究也因此而具有了两个显著特征：新批评的基调和理论的自我表现。

首先是新批评的基调。绝大多数研究都集中在"玄学诗特点"或"多恩特色"上，即浓密的意象、奇特的联想、突兀的类比，以及思辨性、戏剧性、陌生化、模糊、悖论、张力等，而这些在本质上都是新批评的。在人们看来，最能代表这些特色的莫过于《歌与十四行诗集》《神圣十四行诗集》《耶稣受难节 1613》《赞美诗》，而这些也是新批评所圈定的。英美各大学所讲授的多恩诗，包括中国大学里的英国文学教材，也大多只选了这些作品，而这同样还是新批评的。可以说绝大多数学者的研究，都是将多恩压缩进新批评所确立的"多恩特色"之中的。对此，罗伯茨曾有过严厉的批评，认为那无异于以部分代替整体，似乎那个部分事实上就是整体。由此导致的结果是，文史家、批评家、教师都一代又一代地重复多恩的诗，尽管是不完全的、部分的、误导性的，有时甚至是错误的，但却建立了一个强有力的事实，一个庄严的空洞传统。罗伯茨的批评并非无中生有，因为除了新批评从"本质主义批评"角度寻找"多恩特色"之外，后起的各种"主义"大多将这些特色看作某种思想的外化。从这个意义上来看，新批评为 20 世纪的多恩研究定下了基调，而后来的研究也自觉或不自觉地认可、接受、发扬了这种基调。

其次是理论的自我表现。在多恩研究领域，这种表现主要体现在理论流派上。早在 17—19 世纪，新古典主义、浪漫主义、现实主义和象征主义等，就曾深度介入多恩研究，并在多恩的经典化过程中起过重要作用。进入 20 世纪后，几乎所有理论流派都纷纷涉足多恩研究，并做出了独到的贡献。但是，正如前面所说，由于切入点的原因，这些理论的介入，与其说是在研究多恩，不如说是在表现自己。对此，罗伯茨同样有过严厉的批评，认为多恩常常给批评论战提供一个良机，但中心通常都不是多恩，而是那些非常抽象又高度理论化的东西，除了对手，一般人是没有什么兴趣的。他还借用梅里特·Y. 休斯的"绑架"说指出，对多恩实施"绑架"的，是批评家而不是诗人，他们把多恩研究演变成一种几乎可以匹敌弥尔顿的能使自我长存的事业。从罗伯茨的批评可以看出，到 20 世纪，文学理论已然取代了文学批评，多恩批评已经演变为理论建构的一个组成部分。回到梅里特·Y. 休斯的"绑架"说可以发现，新批评及其已降的多恩研究，确实已把多恩变成了不同类型的哲学家兼诗人英雄。可这些类型，与其说出自多恩及其作品，不如说出自理论本身，是对多恩进行理论"绑架"的结果。换言之，多恩研究已经成为一个演出平台，主角则是各种理论。随着历史的发展，理论的多元化特征变得越发明显，加之各种权威之间所具有的包容和被包容的关系，所以越是往后，多恩研究的类型也越是多样。

　　每一种研究都有一定的理论武器，即便将批评划归阅读、把阅读比做探索，但阅读也需要指导、探索也需要装备。各个时代必然产生自己的理论和方法，给人以新的洞见，给传统注入新的活力，也给后人留下新的财富。具体到多恩研究，无论"本质主义"还是"非本质主义"，哪怕新批评派，相当一部分都是把多恩作为自我佐证、自我辩护的一个范例来看待的。这再次说明，对作家作品的研究，更多地演变成了理论自身的争鸣与研究。正因为如此，20 世纪末一些批评家，才重新回到人本主义立场，将多恩看作普通人加以研究，最典型的例子是2001 年出版的大卫·爱德华兹的《常人多恩》（*John Donne: Man of Flesh and Spirit*），而这时，历史已经跨入了 21 世纪。

　　从 17—19 世纪的经典化历程到 20 世纪的理论绑架，多恩研究批评史的历程清楚地表明：人们所认识的多恩，与其说是诗人多恩或圣人多恩，不如说是批评家眼中那个已经变了形的多恩，而这种变形早在德莱顿时代就已经开始了。这说明一个诗人，他的作品一旦传世，就已经独立于他的愿望之外，并具有了无限的可解读性，而批评则是其中最直接、最集中、最有影响力的解读，因为它不仅为作品注入了全新的理念和内容，而且还左右着历代读者的自主解读。换言之，诗人、作品、读者之间，围绕作品的内容和形式，或称思想和艺术，有着一种不以个人意志为转移的、属于文学自身的特殊规律。这种规律，与诗人所处的时代、社会文化的发展、读者的审美态度和价值取向等有着密切的联系，因而是动态的，而非静止的，犹如大海的波涛一般，不仅将创作与批评卷入其中，而且还促使创作与批评始终处于既相互独立又相互依存的互动关系之中。

　　那么，这究竟是一种什么样的互动关系呢？纵观 400 年的多恩研究，其主线始终是创作与批评的交织，所以不妨从创作和批评两个方面对互动关系加以说明。首先，在创作层面，即便那些标榜不要传统，只要个性的先锋作品，不论其如何张扬自我、如何与众不同、如何将荒诞推向极致，也没有超越作家与作品的关系。其次，在批评层面，艾布拉姆斯的《镜与灯》就曾区分出四个要素：世界、作者、作品、读者，认为历史上各种文艺理论的区别，就在于如何分析这四个要素间的关系。叶维廉的《比较诗学》虽增加了文化、历史、语言等，但也承认四者为最基本的要素。刘若愚在《中国的文学理论》中也同样肯定了四要素。结构主义也好，解构主义也罢，多恩研究中的各种理论，借用艾布拉姆斯的话说，也不过是柏拉图主义者或亚里士多德主义者，因此也同样没有超出作品与生活的关系。所以，当我们说约翰逊关于玄学诗的评论仍旧是迄今为止的经典著作时，并不意味着要回到新古典主义，也不意味着必然放弃后来的各种理论。事实上，我们已经既不可能回到新古典主义，也不可能否定后来的各种主义，所以更多的是一种反思。比如解构主义之于结构主义，德里达的初衷实际上就是对结构主义的反思；再比如 20 世纪 80 年代后对多恩诗中的女性形象的研究，实际上则显示了女性主义对形式主义的反思。如此等等，不一而足。但这里起码有三点值得我们特别注意：第一，各种反思大多是在给定的理论基础上展开的；第二，这种反思的结果大多是对某一批评原则推向极致的发挥；第三，这种反思的对象是创作与批评以及它们内部的各种要素。将这一切并在一起来考查多恩研究批评史，我们可以发现创作与批评的彼此互动是多维的，而不是双向的，其基本表现是文学各要素的综合作用。这种"综合"并非各要素的简单相加，更重要的是它们的相互作用。而这些作用也不仅表现为各要素的相互依存，更表现为各要素间的相互促进，因此是始终处于变动过程之中的具有规律性的"综合互动关系"。

文学的互动规律，从多恩研究批评史所揭示的内容看，包括三个基本内容，即历时互动、泛时互动与共时互动。历时互动揭示出文学的历史发展进程和民族性，泛时互动体现着文学的全球属性或称世界性、全民性，共时互动制约着文学的创作实践活动或主体性。文学的一般发展规律，即互动规律，就是三个基本内容之综合作用的规律。这种具有三位一体性质的互动规律，在不同的文化里有着各自不同的表现形态，需要作具体的分析与研究。但从整体上说，其三个基本内容，大致可以作这样的粗略概括：历时互动是"反一进一"的关系，泛时互动是"取二进一"的关系，共时互动是"取三进一"的关系。

所谓"反一进一"，是指文学流派发展到一定程度，便走向自己的反面，退回过去获取营养，之后再连同过去和现在，一道进入将来。就英国文学而言，这种"反一进一"的历时互动，可以从流派的演变进程中得到非常清楚的验证。简单地说，英国文学包括了中古文学、中世纪文学、文艺复兴、启蒙运动、浪漫主义、现实主义、现代派等，它们既构成影响深远的大流派，也浓缩了整个英国文学的发展历史。比如，中世纪文学的宗教主题，一旦发展至顶峰，便走向自己的反面而成为世俗，并跨越自身退回中古文学，在那里吸取有关世俗文化的营养，从而与宗教和世俗一同进入文艺复兴。又比如，文艺复兴对世俗情感的颂扬，走向自己的反面即理性，并跨越自身退回中世纪，从那里吸取有关意志的营养，从而进入启蒙运动。其余流派的更替演变也是如此：理性因其分析而走向自己的反面"想象"，进入浪漫主义；"想象"因其远离生活而走向自己的反面，进入现实主义；现实主义因其对"他者"的表现而走向自己的反面，进入以"自我"为核心的现代派。整个过程犹如滚雪球一样，每一次进步，既是一次反思，也是一次包容，随着进步的不断发展，其反思和包容的内容也就越发地丰富多彩。其中自然免不了思想的对立、情感的冲突、探索的艰辛、成功的喜悦。但这却是民族文化发展的必由之路，也是多恩研究的历史所反映的客观事实。

所谓"取二进一"，是指开放的文化对其他文化的充分而有意识的吸收。这种吸收包括目标文化的现在和过去两个方面的内容，是将它们转化成自身文化的有机组成部分，进而再现于自己的文学创作或文学理论之中。仍然以英国文学为例，其文艺复兴不但得益于中古英语文学，而且还广泛地吸取了意大利文学、法国文学等的题材和手法。琼森评莎士比亚不仅属于英国而且属于世界，可谓一语中的，但莎士比亚的创作很多都取材自其他民族文学，这是泛时互动在文学创作中的极好例证。锡德尼的《为诗辩护》从立论到论证方式，都明显地得益于贺拉斯的《诗艺》，则说明了泛时互动对文学批评的作用。通常，除非处于绝对封闭之中，否则任何文化都不可避免地要影响其他文化，同时也受其他文化的影响。这种相互影响，既有现在的，也有过去的，且都会指向将来。同历时互动一样，泛时互动中也有对立和冲突、艰辛和喜悦，甚至还有糟粕，但是既然处于集体无意识之中，就只能面对，不能回避。对于这一点，400 年的多恩研究历史已经证明，现实也正在进一步地加以证明着。

　　所谓"取三进一"，是指作家的思想感情、读者的理解接受、内容的真假优劣，都要体现在作品这个本体之中。这既涉及前面已经提到的艾布拉姆斯的四个要素，同时也是《多恩学刊》特别注重刊发有关文本分析的论文的重要原因。在我们看来，世界、作者、作品、读者，统统属于共时互动的范畴，其中处于核心地位的是作品，也就是"进三取一"的"一"，其余则是"进三取一"的"三"。之所以如此，是因为所谓"文学"，首先是指"作品"。评价一个作家的艺术特点、创作成就、文学地位，只能依据他的作品。当我们说某个人是一个伟大的诗人时，我们是因为他有伟大的诗作传世才这样说的。离开了作品，就不可能有作者，也不可能有读者。作品是将作者、世界、读者联系在一起的唯一纽带，它所体现的，不仅是一个民族的文明历史，更是这个民族之于某个时代的共时的文化特征。这是 17—19 世纪的多恩研究的一个显著特点，也是它们与 20 世纪从理论角度进行的多恩研究有着巨大差异的根本原因。

　　互动的上述三个基本内容，既是宏观的，也是微观的。宏观上，它们是三位一体的，其具体表现之一是综合性与开放性结合。综合旨在从历时、共时、泛时的角度，将研究对象做全方位的系统考察，从而克服单一视角的局限，比如艾略特在《克拉克讲座》中对多恩的研究。综合性的另一表现则是将具体作品纳入作家的全部创作之中，或将某部作品的片段纳入该作品的整体，从而克服断章取义可能造成的误解，比如马茨对多恩《周年诗》的研究等。开放性研究，是指任何研究都不可能具有终结性，正如任何作品都不可能只有一种解读一样，比如前面提到的《约翰·多恩的"莫尔欲望"：多恩诗中的安妮·莫尔·多恩》，其中的 13 篇文章都是对多恩妻子的研究，全书呈现强烈的开放性，而且其中的每一篇文章，从理论视野到具体分析也都是开放的。①开放性是文学的生命力之所在，也是文学研究的必然要求。互动的三个基本要素的具体表现之二，是研究中的社会意识、发展意识、主体意识和本位意识。社会意识指向作品的文化背景，发展意识体现着历史的必然和未来的走向，主体意识指深入作家的思想轨道，而本位意识则彰显着以文本为主要依据、基本出发点和最终归宿的研究。这四种意识，如前面的分析所展现的，贯穿于 400 年的多恩研究，即便在新批评家那里也不曾缺场。理论上说，丢掉四种意识中的任何一个方面，都有可能导致臆断；相反，则可能更具理论价值和实用价值。从这个意义上说，多恩研究批判史向我们展示的，既有对多恩的阐释，也有对理论自身的阐释，这两种阐释的结果，反映着互动现象、互动规律、互动效应，以及互动的发生律和互动的作用律等，因而 20世纪的多恩研究，较之于 17—19 世纪而言，其更为突出的特征，在于更其倾向于对自身理论的结构，这是多恩之所以被"绑架"的根本原因之一。

从微观上看，互动的三个基本内容都各自构成一个自足的系统。历时互动通常以传统与创新为核心，以演变方式为基本依据，以揭示发展规律为终结目的，其研究对象可以是某个作家、某部作品、某个流派，而这个作家、作品或流派既可以是过去的，也可以是当代的。共时互动以形式和内容为核心，同时关注生活与创作、作者与读者，以及过程与结果等的互动。一般的研究，或针对主题思想，或针对创作特色，都是在共时系统内展开的。泛时互动则是以比较为手段，以揭示相同或相似的主题或技巧等在不同文化里的表现为目的的，比较文学就是其中最典型的表现形态。任何一个文学现象，其系统研究，既可以放置于历时、共时、泛时三个系统之中同时进行，也可以放在其中的某一个系统之内单独进行。通常，微观互动的核心是系统内各要素间的互动，因为有一定的范围限制，所以更适合于进行较为深入的研究。在这个意义上，微观研究并不是微小研究，而是一种深层探索，其重要性是不言而喻的。比如弗朗坦与弗朗西斯·M. 马尔佩齐（Frances M. Malpezzi）主编的《约翰·多恩的宗教想象》（*John Donne's Religious Imagination*，1995）。在这部 450 多页的著作中，23 位世界级的专家，就"宗教想象"问题，或以一首短诗为对象，或以一个诗集为对象，或以多恩的引用为对象，展开了非常深入的研究。②温弗雷德·施莱恩奈尔（Winfried Schleiner）的《多恩布道文中的意象》（*The Imagery of John Donne's Sermons*，1970），则从古典主义、文化诗学和《圣经》阐释等角度，深入分析了多恩《布

---

① M. Thomas Hester, Ed. *John Donne's "Desire of More": The Subject of Anne More Donne in His Poetry*. Newark: University of Delaware Press; London: Associated UP; 1996.

② Raymond-Jean Frontain, Frances M. Malpezzi, Eds. *John Donne's Religious Imagination: Essays in Honor of John T. Shawcross*. Conway, AR: UCA Press, 1995.

道文集》中的玄学意象。[1]

　　无论是宏观大系统还是微观小系统，互动本身所给予的也是一个视角，它的三个基本内容就是三个视阈，而将这些系统或视阈联系在一起的，就是"文本"，也就是"反一进一"、"取二进一"和"取三进一"中的"一"。因此，文本从来都是多恩研究的基础，这也说明离开了文本的互动，只能是生物学、社会学或别的学科的互动，而不是文学的互动。而且，互动与解构主义的互补还具有特别的相似之处，它们都强调动态性，在这个意义上，解构主义介入多恩研究并不奇怪。但互动与解构主义又并非同一个东西，因为互动并不排斥主次，因此其他"主义"介入多恩研究，同样也不奇怪。互动与互补的本质区别在于，互补更多的是静态的，而互动是完全是动态的；互补是分主次的，而互动则是共生的；互补是共时的，而互动还包括历时和泛时；互补是手法的，而互动还是文化的。因此可以说，互补是一种特殊的互动。

　　互动并不是一个全新的概念，其源头完全可以追溯到柏拉图。1984 年 5 月 3 日至 5 日，"哲学与文学国际协会"第九次年会在爱荷华大学召开。会后，唐纳德·G. 马歇尔（Donald G. Marshall）教授精选了 21 篇代表性的优秀论文编辑成书，取名《作为哲学的文学 / 作为文学的哲学》（*Literature as Philosophy/Philosophy as Literature*，1987）。马歇尔在该书的前言中明确指出：全部论文的中心话题是思想和语言的关系，集中再现了哲学与文学之间业已存在的"错综复杂的动态互动"，那是柏拉图以来就贯穿于哲学和文学之间的"古老论战"的继续。[2]这里有两点值得特别注意：第一，文学的"互动"观念早在 1984 年就基本得到承认；第二，虽然马歇尔并没有进一步论及互动的具体内容，也没有提出文学的互动规律，但却明白无误地指出了互动的源头来自柏拉图。

　　我们知道，柏拉图之所以把诗人赶出理想国，最主要的原因就在于：人应该受理性的指引，诗人却模仿人性中的低劣因素，并让欲念支配听众，因此违背了哲学王为保卫者所设计的教育规范。另外，柏拉图还以对话的方式，将别人的思想和自己的思想放在一起，进行直接交流，从中引出结论。可以说，在文学批评领域，柏拉图是最先意识到作品、作者和读者在共时层面存在着三者互动的哲学家之一，也是有意识地采用互动手法进行创作的哲学家之一，只不过他没有用"互动"一词加以概括而已。亚里士多德继承柏拉图的模仿说，修正了其对诗学的偏见，并将目光移到作品的创作上，因此可以被看作是认识到作家、作品、世界和读者存在"取三进一"的共时互动，并就其中的"一"（即"作品"）进行

---

① Winfried Schleiner. *The Imagery of John Donne's Sermons*. Providence: Brown UP, 1970.

② Donald G. Marshall, Ed. *Literature as Philosophy/Philosophy as Literature*. Iowa City: University of Iowa Press, 1987, pp. vii-viii.

系统论述的第一人。后来的文论家，正如艾布拉姆斯所说，除印象式的品评以外，大凡有理论建树的，无一不是柏拉图或亚里士多德的继承者、发挥者或批评者。从这一意义上说，虽然互动的概念出现较晚，但有关互动的思想却是和整个文艺理论与艺术创作的发展紧密联系的。

后现代的批评家同样关注互动。在《故事大观》（*The Story of All Things*）一书中马歇尔·格洛斯曼（Marshall Grossman）以"历史变化与文学形式的互动"为出发点，以诗作中的具体修辞格及其互动效果为对象，旨在建立一种以圣奥古斯丁的基督教人文主义为核心的"基督式的自我修辞"理论，并对斯宾塞、多恩、马维尔和弥尔顿的修辞特点分别做了专章分析。①格洛斯曼的著作之于多恩研究批判史的意义在于，他将"互动"观念引入文学，阐释了文学与哲学的互动，即文学的"真"；他将这种"真"建立在基督教人文主义理论之上，反映的是"善"；他的基本思想是修辞格的应用彰显着人物与世界的关系，论述的是暗喻、转喻、提喻和讽刺等具体内容，反映的是"美"。这些全都在 400 年的多恩研究批判史中有着鲜明的体现。

综观 400 年的多恩研究不难发现，其中心始终是在真、善、美的立意基础上，围绕三个方面展开的：一是术语之争，二是流派之争，三是个案之争。三种争论既各有重心又相互连贯，使多恩研究呈现出多样化的格局，这种格局从 17 世纪就已然开始，到 20 世纪达到了一个顶峰。可以预料，这种争论还将继续，而一切争论的焦点就在于：究竟是什么力量使多恩写出了如此庞杂的作品？这些作品究竟是什么性质的？作为一个改变宗教信仰的诗人，其内心究竟蕴藏着怎样的情感？其前期作品为什么如此放荡而又古怪？其后期作品为什么那么平和而又冲动？他的诗歌和散文、风格和思想、世俗和宗教，以及自身和传统之间究竟有什么关系？这些关系又说明了什么？这些问题全都涉及创作思想、艺术表达、审美情趣等属于文学本身的内容，也都涉及文学理论、文学氛围、社会发展等文学创作之外的内容。400 年的多恩研究历史，就以个案的性质，对这些问题给出了极具时代性的回答。这些回答，无论来自 17—19 世纪的经典化历程，还是来自 20 世纪的理论展示，都是文学互动规律的具体表现，都涉及创作与批评两大方面，是其中的各种要素综合互动的产物。

在《封圣》一诗中，多恩曾自喻为"谜一样的凤凰"。400 年的多恩研究，归根结底，就在于企图揭开这只凤凰的神秘面纱。应该说成就是显著的，也是与文学和文化的历史同步发展前进的，无论成就还是不足都是历史的必然。而且，这段历史始终处于一种百家争鸣的开放态势之中，充满了互动的三种基本类型，

---

① Marshall Grossman. *The Story of All Things: Writing the Self in English Renaissance Narrative Poetry.* Durham and London: Duke UP, 1998.

所以无论褒扬还是贬低，也都闪烁着智慧的光芒，凝聚着包括中国在内的全球众多学者的心血，是多恩研究批判史之所以能推动学术进展的重要原因。在可以预见的将来，人们还将在彼此之间，在与多恩作品的接触中，继续开展多恩的系统深入的研究，并在努力揭开多恩这只凤凰的神秘面纱的同时，丰富和升华研究者自己。

　　总之，从 17 世纪的品评、颂扬、反思，到 18 世纪的肯定、否定、共生，再到 19 世纪的此在性、原创性、诗性，直到 20 世纪的多恩革命、版本研究、系统探索，多恩研究已经形成了一个严肃的批评传统，其理论之多、纬度之广、探讨之深、影响之大、反响之强，都是不争的事实。其中所蕴藏的，不仅有作家、作品、读者之间围绕思想和艺术的默契与冲突，更有一种属于文学自身的特殊的互动规律；不仅体现着个人的文学观念与审美取向，更包含着群体的世界观、人生观、价值观；既有划时代的突破，也有自身的历史局限。多恩研究的历史是与文学和文化的历史同步的，无论成绩还是不足都是历史的必然，而且多恩研究还始终处于百家争鸣的开发态势之中，彰显着宏观与微观的种种互动。多恩研究批判史所包含的丰富内容，是人类在文学领域勇于探索、勇于创造的精神财富的一个缩影。多恩研究批评史既是一部作家批评史，也是一部反映创造力、接受力与影响力的文学发展史。

附录一　多恩作品基础数据

一、多恩生前问世的作品（括号内的数字是再版年份）

1.1　诗歌（[†]表示译自拉丁语）

1607 年：A Lame Begger《跛子乞丐》

The Storme《风暴》

To the Lady Magdalen Herbert: Of St. Mary Magdalen《致玛格达伦·赫伯特夫人：论抹大拉的玛利亚》

1609 年：The Expiration《断气》

Satyre IV《讽刺诗IV》

Elegie IX《挽歌 9》

Pserdo-Martyr《伪殉道者》（1610 年）

1610 年：A Funerall Elgegie《挽歌》

1611 年：An Anatomie of the World《世界的解剖》（1621 年，1625 年）

Vpon Mr. Thomas Coryats Crudities《克里亚特先生的远行赞》

[†] Resemble Janus with a Diverse Face《像雅努斯的另一张面孔》

[†] My Little Wandering Sportsful Soule《我快乐的小灵魂四处漫游》

[†] The lark by Busy and Laborious Ways《一只忙碌的云雀》

[†] With So Great Noise and Horror《喧嚣与恐惧》

[†] That The Least Piece Which Thence Doth Fall《最后掉落的树叶》

[†] Feathers or Straws Swim on the Water's Face《浮在水面的羽毛或稻草》

[†] As a Flower Wet with Last Night's Dew《就像那浸着昨夜露珠的花朵》

1612 年：Of the Progresse of the Soule《论灵的进程》（1625 年）

The First Anniversarie《第一周年》（1621 年）

The Second Anniversarie《第二周年》（1621 年）

The Anniversaries《周年诗》（1621 年，1625 年，1627 年）

Break of Day《破晓》

A Valediction: Of Weeping《赠别：哭泣》

Elegie upon the Untimely Death of the Imcomparable Prince Henry《挽亨利王

子》（1613 年）

　　The Baite《诱饵》

1616 年：The Expostulation《抗议》

1617 年：A Licentious Person《一个放肆的人》

1629 年：Satyre V《讽刺诗 V》

1630 年：Song. Goe，and Catche a Falling Starre《流星》

　　The Broken Heart《破碎的心》

1.2　散文

1611 年：Conclave Ignati《依纳爵的加冕》

　　Ignatius His Conclave《依纳爵的加冕》

1615 年：《格林威治布道文》

1622 年：A Sermon Vpon the xv. Verse of the xx. Chapter of the Book of Judges

　　《〈士师记〉第 20 章第 15 节诗文的布道文》

　　A Sermon Vpon the xv. Verse of the v. Chapter of the Book Judges

　　《〈士师记〉第 5 章第 15 节诗文的布道文》

　　A Sermon Vpon the viii. Verse of the i. Chapter of the Act of the Apostles

　　《〈使徒行传〉第 1 章第 8 节诗文的布道文》

1623 年：Encaenia《落成典礼布道文》

　　Three Sermons Vpon Special Occasions《布道文三篇》（1624 年）

1624 年：A Sermon Vpon the Eighth Verse of the First Chapter of the Act of the Apostles

　　《〈使徒行传〉第 1 章第 8 节诗文的布道文》

　　Devotions vpon Emergent Occasions《应急祷告》（1626 年，1627 年）

1625 年：The First Sermon Preached to King Charles《给查理国王的布道文第一篇》

　　A Sermon，Preached to the Kings Mtie. At Whitehall《白厅布道文》

　　Foure Sermons Vpon Special Occasions《布道文四篇》

　　Five Sermons Vpon Special Occasions《布道文五篇》

1626 年：Ignatius His Conclave《依纳爵的加冕》

　　A Sermon of Commemoration of the Lady Davers《丹弗斯夫人纪念布道文》

1632 年：Death's Duell《死的决斗》

二、《多恩诗集》在 17—19 世纪的出版情况

年份	出版地	英文名	编者	注释
1633	伦敦	*Poems, by J. D. With Elegies On the Authors Death*	马里奥特	
1635	伦敦	*Poems, by J. D. With Elegies On the Authors Death*	马里奥特	
1639	伦敦	*Poems, by J. D. With Elegies On the Authors Death*	马里奥特	
1649	伦敦	*Poems, by J. D. With Elegies On the Authors Death*	马里奥特	
1650	伦敦	*Poems, by J. D. With Elegies On the Authors Death*	马里奥特	
1654	伦敦	*Poems, by J. D. With Elegies On the Authors Death*	斯威廷	
1669	伦敦	*Poems, &c. By John Donne, late Dean of St. Pauls. With Elegies On the Authors Death*	赫林曼	
1719	伦敦	*Poems On Severall Occasions. Written by the Reverend John Donne, D.D. Late Dean of St Pauls. With Elegies on the Author's Death*	汤森	
1779	爱丁堡	*The Poetical Works of Dr John Donne, Dean of St Paul's*	贝尔	3 卷
1793	伦敦、爱丁堡	*The Poetical Works of Dr John Donne*	安德森	
1810	伦敦	*Poems by John Donne*	查默思	
1819	伦敦	*The Works of John Donne*	坎贝尔	选集
1819	费城	*The Works of John Donne*	桑福德	选集
1831	伦敦	*Selected Poems of John Donne*	骚塞	选集
1835	伦敦	*Sacred Poems of John Donne*	卡特莫尔	选集
1839	伦敦	*The Works of John Donne, D. D., Dean of Saint Paul's*	奥尔福德	选集
1840	牛津	*Selections from The Works of John Donne, D. D.*	无名氏	选集
1855	剑桥、波士顿	*The Poetical Works of John Donne* *The Poetical Works of Skelton and Donne*	洛威尔	
1856	伦敦	*Un published Poems of John Donne*	西米恩	选集
1860	爱丁堡	*Specimens with Memoires of the Lesser-known British Poets*	吉富兰	卷 1
1864	波士顿	*The Poetical Works of Dr John Donne*	洛威尔	
1866	波士顿	*The Poetical Works of Dr John Donne*	洛威尔	
1872	伦敦	*The Complete English Poems of John Donne D.D., Dean of St. Pauls*	格罗萨特	2 卷
1889	牛津	*The Treasury of Sacred Song*	帕尔格雷夫	选集
1895	纽约	*The Poems of John Donne*	洛威尔	
1896	伦敦	*The Poems of John Donne*	钱伯斯	
1896	伦敦	*The Poems of John Donne*	查默思	
1899	伦敦	*The Life and Letters of John Donne*	戈斯	2 卷

三、首版《多恩诗集》编排顺序

序号	作品名
1	The Progresse of the Soule《灵的进程》
2—20	Holy Sonnets《神圣十四行诗》
21—36	Epigrams《警句诗》
37—44	Elegies《挽歌》
45—47	Verse Letters《诗信》
48	The Crosse《十字架》
49—50	Elegies《哀歌》
51—73	Verse Letters《诗信》
74	A Letter to Lady Carey《致凯里夫人的信》（书信）
75	To the Countesse of Salisbury《致索尔兹里伯爵夫人》
76—78	Epithalamions《祝婚曲》
79—80	Letters《书信》
81—84	Elegies《挽歌》
85—87	Devine Poems《宗教诗》
88	Letter to Sir Robert Karre《致罗伯特·科尔爵士》（书信）
89	An Epitaph upon Shakespeare《莎士比亚墓志铭》
90—145	Love Poems《爱情诗》
146—148	Elegies《挽歌》
149	No Lover saith《没有恋人说》
150—151	Devine Poems《宗教诗》
152—156	Satyres《讽刺诗》
157	A Hymne to God the Father《天父颂》
158—166	Letters《书信》
167—179	Elegies upon the Author《献给作者的悼念诗》

四、格里厄森标准版《多恩诗集》所用抄本

4.1 基本信息（按首字母顺序排列，带边框的为重要抄本）

A10　新增抄本 A10（Additional MS. 10），大英博物馆，309

A11　新增抄本 A11（Additional MS. 11），大英博物馆，811

A18　新增抄本 A18（Additional MS. 18），大英博物馆，646

A23　新增抄本 A23（Additional MS. 23），大英博物馆，299

A25　新增抄本 A25（Additional MS. 25），大英博物馆，707

A34　新增抄本 A34（Additional MS. 34），大英博物馆，744

Ash 38　阿什莫尔抄本（Ashmole MS. 38），牛津大学博得利图书馆

B　布里奇沃特抄本（Bridgewater MS），伦敦布里奇沃特庄园
　　（Bridgewater House）

Bur　伯利抄本（Burley MS），英国拉特兰郡伯利庄园（Burley-on-the-Hill House）

C　剑桥大学图书馆抄本（Cambridge University Library MS）

Cy　卡纳比抄本（Carnaby MS）哈佛学院（Harvard College）

D　道顿抄本（Dowden MS），属爱德华·道顿教授（Professor Edward
　　Dowden）

E20　埃杰顿抄本 E20（Egerton MS. 2013），大英博物馆

E22　埃杰顿抄本 E22（Egerton MS. 2230），大英博物馆

G　戈斯抄本（Gosse MS. of *Metempsychosis*），属埃德蒙·戈斯（Edmund
　　Gosse）

H39　哈莱恩抄本 H39（Harleian MS. 3910），大英博物馆

H40　哈莱恩抄本 H40（Harleian MS. 4064），大英博物馆

H49　哈莱恩抄本 H49（Harleian MS. 4944），大英博物馆

H51　哈莱恩抄本 H51（Harleian MS. 5110），大英博物馆

HN　霍桑顿抄本（Hawthornden MS），爱丁堡文博学藏书馆（Library of
　　Society of Antiquaries, Edinburgh）

JC　约翰·凯夫抄本（John Cave MS），属埃尔金·马修斯（Elkin Mathews）

L74　兰斯当抄本 L74（Lansdowne MS. 740），大英图书馆

L77　兰斯当抄本 L77（Lansdowne MS. 777），大英图书馆

Lec　莱肯菲尔德抄本（Leconfield MS），英国佩特沃斯庄园博物馆
　　（Petworth House）

M　蒙克顿—米尔恩斯抄本（Monckton-Milnes MS），属于克鲁侯爵

（Marquis of Crewe）

N　　诺顿抄本（Norton MS），哈佛学院

O'F　　奥弗莱厄蒂抄本（O'Flaherty MS），哈佛学院

P　　菲利普斯抄本（Phillipps MS），属于雪莉·哈里斯（Captain C. Shirley Harris）

Q　　皇后学院抄本（Queen's College MS），牛津大学皇后学院

RP31　　罗林森抄本 RP31（Rawlinson Poetical MS. 31），牛津大学博得利图书馆

RP61　　罗林森抄本 RP61（Rawlinson Poetical MS. 61），牛津大学博得利图书馆

S　　斯蒂芬抄本（Stephens MS），哈佛学院

S96　　斯托抄本（Stowe MS. 961），大英博物馆

TCC　　三一学院抄本 TCC（Trinity College），剑桥大学

TCD　　三一学院抄本 TCD（Trinity College），都柏林大学

TCD（II）　三一学院抄本 II，都柏林大学三一学院抄本之二

W　　韦斯特摩兰抄本（Westmoreland MS），属于埃德蒙·戈斯

4.2　格里厄森对上述抄本的分类

（1）选集本，包括 Q 本、W 本、A23 本和 G 本，其中既有公开流传的如 Q 本，也有私人收藏的如 W 本。

（2）全集本，格里厄森将它们与 1633 年版《多恩诗集》一道，看作多恩经典化的起点。这一类又分为三组：第一组包括 D 本、H49 本和 Lec 本，认为它们都来自相同的母本，因为它们在诗的数量、排序和文本上都相同，而且也都与 1633 年《多恩诗集》非常相似；第二组包括 A18 本、N 本、TCC 本和 TCD 本，它们的共同之处在于彼此关联紧密；第三组包括 O'F 本、B 本、P 本、Cy 本、JC 本、H40 本、PR31 本、L74 本、S 本、S96 本等，它们都是 1635 年第二版《多恩诗集》出版前夕发现的。

（3）包含多恩诗在 17 世纪的其他抄本，其中的一些以多恩诗为主，另一些则只收录多恩的一两首诗。

（4）后来发现的杂集、散文、通行本等。

4.3　格里厄森对抄本的使用

（1）逐一分析了四类抄本中的多恩诗，认为第一类和第二类较为可靠，属多恩圈子成员所有，而且都能够与 1633 年版《多恩诗集》构成彼此互证；其余两类则可信度相对较低。

（2）对照分析了这些抄本的使用情况，特别是格罗萨特版、诺顿版和钱伯斯版的使用情况，比较了他们在使用中的特长和缺憾。

（3）重申了他的《多恩诗集》的四个目标：第一，恢复 1633 年版的基础地位；第二，修正 1633 年版的错误；第三，修正 1635 年、1649 年、1650 年、1669 年版中的错误；第四，证明自己的阅读选择，阐释多恩的思想艺术。

五、多恩的"挽歌"在 17 世纪版本与格里厄森版本中的编排体例

首版年份	原页码	诗歌序号	标题名	新页码
1633	44—45	I	Iealosie《嫉妒》	79
	45—47	II	The Anagram《字谜》	80
	47—48	III	Change《嬗变》	82
	49—51	IV	The Perfume《香料》	84
	51—52	V	His Picture《他的画像》	86
	53—55	VI	Oh, Let Mee Not《哦，别让我》	87
	55—56	VII	Natures Lay Ideot《天生的白痴》	89
	149—150	VIII	The Comparifon《对照》	90
	151—152	IX	The Autumnall《秋颜》	92
	153	X	The Dreame《梦》	95
1635	89—93	XI	The Bracelet《手镯》	96
1669	86—89	XII	His Parting from Her《他与她的别离》	100
1635	96—97	XIII	Julia《茱莉亚》	104
	98—100	XIV	A Tale of a Citizen and His Wife《市民和他妻子的故事》	105
1633	300—302	XV	The Expoftulation《奉劝》	108
1635	269—270	XVI	On His Miftris《他的女友》	111
1650	388—390	XVII	Variety《多样》	113
1669	94—97	XVIII	Loves Progrefs《爱的进程》	116
	97—99	XIX	Going to Bed《上床》	119
Westmoreland MS		XX	Loves Warr《爱的战争》	122

说明：1，从左到右的顺序是格里厄森的排列；2，如同其他部分一样，第 1—5 列分别为首次出版时间、作品所在原版页码、格里厄森版作品序号、作品标题、所在格里厄森版页码；3，《抗议》（"The Expostulation"）本该排在《手镯》（"The Bracelet"）之前，但因其序号为 15，而《手镯》的序号为 11，所以排在了后面，体现出"以抄本为据"的目标。

六、格里厄森《17 世纪玄学诗》统计（单位：首）

作者	爱情诗	宗教诗	杂诗	总数
约翰·多恩 John Donne	19	2	5	26
约翰·霍斯金斯 John Hoskins	1			1
亨利·沃顿爵士 Sir Henry Wotton	1	1		2
奥雷利安·汤曾德 Aurelian Townshend	2			2
赫伯特爵勋爵 Lord Herbert of Cherbury	2			2
托马斯·卡鲁 Thomas Carew	7		3	10
威廉·哈宾斯顿 William Harbinston	1	1		2
约翰·萨克林 Sir John Suckling	4			4
弗朗西斯·基纳斯顿 Sir Francis Kynaston	1			1
希德尼·戈多尔芬 Sidney Godolphin	2	1		3
约翰·克利夫兰 John Cleveland	1		1	2
威廉·戴夫南特爵士 Sir William Davenant	2	1	2	5
里查德·克拉肖 Richard Crashaw	2	5	1	8
理查德·拉夫雷斯 Richard Lovelace	5		1	6
亨利·沃恩 Henry Vaughan	1	10		11
约翰·霍尔 John Hall	2	1	1	4
托马斯·斯坦利 Thomas Stanley	5			5
亨利·金 Henry King	1		2	3
亚伯拉罕·考利 Abraham Cowley	2		5	7
安德鲁·马维尔 Andrew Marvell	5	3	2	10
凯特琳·菲利普斯 Katheine Philips	2			2
伊尼奥托 Ignoto		1	1	2
约翰·弥尔顿 John Milton		1	1	2
乔治·赫伯特 George Herbert		13		13
弗朗西斯·夸尔斯 Francis Quarles		2		2
爱德华·舍伯恩 Edward Sherburne		1		1
塞缪尔·巴特勒 Samuel Butler			1	1
共计 27	68	43	26	137

说明：1，按原书顺序排列；2，赫伯特勋爵是约翰·赫伯特的兄长；3，杂诗栏包括挽歌、诗信、讽刺诗和冥想诗）；4，现在所见的所谓"四大玄学诗人"或"七大玄学诗人"之类，就是从这里的诗歌总量角度提出的。

附录二 约翰逊《考利传》有关玄学诗的汉译

（1）才（wit），也像那些本质上属于人的选择的其他东西一样，有其自身的发展变化与风尚特征，并在不同时代有着不同的表现形式。大约在 17 世纪初出现了一群或许可以称为玄学诗人的作家，在对考利作品的批评中对他们做些讨论并无不妥。

（2）玄学诗人都是饱学之士，他们的全部努力就是展示才学；不幸的是，他们选择了诗来展示，而他们又没能写出真正的诗，只写出了韵文，而且还常常需要掰着手指来检验，而不能用耳朵来验证，因为他们的韵律瑕疵太多，唯有通过数音节才知道是韵文。

（3）如果说批评之父把诗命名为"模仿的艺术"是正确的，那么这些作家失去诗人的名号就是正当的，不会有什么大错，因为很难说他们曾经模仿过什么：他们既没复制自然，也没复制生活；既没刻画物质形态，也没呈现心智活动。

（4）但那些否认他们为诗人的人也都承认他们是才子。德莱顿及其同侪就曾坦率承认他们的才都在多恩之下，但坚称他们的诗都在多恩之上。

（5）如果才真像蒲柏所说是"思想虽常有，表述更完满"，那么他们从来就不曾达到过，也从来不曾尝试过，因为他们追求的是思想的独特，对措辞则并不上心。可蒲柏对才的定义无疑是错误的，他把才贬谪到自然的尊严之下，把思想的力量降格为愉悦的语言。

（6）如果给才一个更高贵也更准确的概念，即才应该是自然而新颖的思想，虽在创作之初并不明显，但却被认为是正当的；如果是这样的才，那么从未有过的人会想知道自己是怎么错过的；这种类型的才，玄学诗人也是很少达到的。他们的思想常常都很新颖，但却很不自然；既不明显也不正确；而读者非但不想知道自己错过了什么，反而更经常地想知道究竟发生了怎样的行业反常才会发现那些东西。

（7）但是，将才从对读者的影响中抽取出来，则可以更严格也更科学地把才看作一种"杂乱和谐"，是将不同的意象组合在一起，或发现截然不同的事物之间的玄奥的相似性。如果这样来界定，则他们的才便是用之不尽、取之不竭的。毫不相干的思想被强扭在一起；为了获得例证、比拟和引喻，自然和艺术也都搜刮殆尽。他们的学识给人以教益，他们的微妙令人惊愕；但读者的通常感觉是，他的进步代价昂贵，尽管有时也会生出羡慕，却很少感到愉悦。

（8）从这一角度看他们的创作，则很容易推导出这样的结果，即他们并未成功地再现激情、推动情感。由于他们的全神贯注于出乎意料而又令人惊奇的东西，所以毫不在乎感情的共性，而我们则正是凭借这种共性去构想和激发别人内心的痛苦与快乐的。他们从不关心在什么场合该说什么或做什么，他们在创作时更像人性的旁观者，而不是人性的参与者；就像被赋予了善恶的芸芸众生，冷漠而悠闲；就像伊壁鸠鲁的神在评价人类的行为，言说无常的人生，既无兴趣也无情感。他们的求婚缺乏爱情，他们的悼亡没有悲伤，他们的希望无非是道出前人之所未道。

（9）怜悯不在他们的目标中，崇高更不在，因为他们从未企图尝试那种博大精深的思想，让其立即占据整个心灵，使其效果首先是骤然的一阵惊悚，其次是理性的心悦诚服。崇高来自聚集，渺小来自分散。伟大的思想总是笼统的，其命题不因例外而受限，其表达不因琐碎而降格。"精微"一词的原初意义是分子的细小程度，用其隐喻意义去指代细微差异是一种极为得体的尝试。时刻提防新奇的作家是没有什么希望成为伟大作家的，因为伟大的事件不可能逃过前人的觉察。他们的努力总是分析性的：他们把每个意象都分裂为众多碎片，却难以用他们纤细的巧思和雕琢的精准去再现自然的面貌或人生的场景，就像他只用三棱镜去剖析一粟阳光就能展示夏日正午的灿烂辉煌那样。

（10）他们缺乏崇高，但却努力用夸张加以弥补；他们的发挥没有界限；他们不仅脱离理性，而且也超出了幻想，创造出令人困惑的华丽组合，令人无法相信，也无从想象。

（11）然而，在伟大的才能指导下，伟大的劳作从来都不会丧失殆尽：如果说他们常把聪明才智浪费在虚假的巧思上，那么他们有时也会碰撞出料想不到的真理：即便他们的巧思牵强附会，也是费尽心思的。要按他们的计划写作，至少必须阅读与思考。没有谁是天生的玄学诗人，也没有谁是靠抄袭别人的描写来描写、靠借用别人的模仿来模仿、靠传统的意象与世袭的比喻、靠现成的韵律与顺口的音节来赢得作家的应有尊严的。

（12）研读这群作家的作品，心灵会需要发挥回忆与发现的功能，或重新唤起已经学过的东西，或仔细检验全新的内容。纵使它们的伟大很少提升，但它们的洞悉力却常常令人惊讶；纵使它们的想象不尽如人意，但他们至少体现了回忆的力量与比较的力量；而且在选材上，由于荒唐的东西被巧妙地聚在一起，真正的才气和有用的知识也会时有发现，它们或许就埋藏在粗俗的表达之中，但对那些知道其价值的人却是非常有用的，比如当它们被扩充到明澈、打磨到典雅时，就可以给那些更加规范但缺乏情感的作品增光添彩。

（13）这种类型的写作，我相信，是从马里诺及其追随者那里学来的，但被人接受则是因为有多恩的榜样，他是一个知识极为渊博的人；另一榜样是琼森，他与多恩的相似性更多地表现在诗行的粗犷上，而不是情感的表达上。

（14）在他们声誉的巅峰时期，他们都有很多的效仿者，甚至比经过时间淘汰而流传至今的作家还多。他们的直接追随者，亦即可以说保留了某些相似性的人，是萨克林、沃勒、德纳姆、考利、约翰·克利夫兰和弥尔顿。德纳姆和沃勒因提升了英语诗歌的和谐而另成声誉。弥尔顿只在《车夫霍布森》中尝试过玄学风格。考利对玄学风格的使用胜过他的前辈，情感更丰富，乐感也更和谐。萨克林既未改进韵律，也未丰富意象。玄学派的时髦风格主要由考利传承，萨克林力所不及，弥尔顿则不屑于使用。

（由本书作者根据英文原文译出，原文见 Samuel Johnson. *Lives of the English Poets*. Vol. 1. Ed. G. B. Hill. Oxford: Clarendon, 1905, pp. 19-22.）

附录三 多恩《诗篇翻译赞》的汉译

永恒的上帝，（为了他谁有胆量
寻求新的表达，试图把圆给做方，
朝着那些个弱智者的平直的角落
把你硬推，而你没有穷尽，没有角落）
我只愿祈求你的名，而不是命名你；
（你的恩赐没有穷尽，如同你自己：）
于是我们向你祈祷，只为这一位；
如同你那神圣的灵魂曾经莅临
那些诗篇的第一作者，劈开他的舌
（因为他得使用双倍的力才能唱出
那至高的事情，成之以至圣的形式；）
你已经窍开了那颗心灵，以便再次
上演那部作品，使其发光，照亮这里
那两位，因血缘，更因你的圣灵成了一；
一个兄长，一个妹妹，你已经做成
唯一的风琴，那儿的和谐就是你自身。
两人一同发出施洗约翰神圣的声音，
而且也就是那诗篇，"愿众岛屿欢喜"，
两人已然将其译出，还将其用过，
两人都告诉我们该做什么，怎么做。
向我们岛民显示我们的欢乐，我们的王，
教导我们为什么要唱、又该如何去唱。
成就一切，三支歌队，天庭，大地和诸天；
起初，天庭，有一首歌，可没人能听到，
诸天都有自己的音乐，可它们没有舌头，
它们的和谐出自舞蹈，而非出自歌喉；
而我们的第三支歌队，蒙第一歌队的倾听，
（因为天使凭借教堂的作为而知晓殆尽）
这支歌队拥有一切。他就是那琴手

曾为上帝和人类调音，我们是风琴：
这就是那些歌，圣神缪斯高居天庭
低语传给大卫，大卫传与犹太众人：
大卫的继任者们以圣洁的热情，
以欢乐和艺术的形式再次示映
在我们眼前，甜美如此，真挚如常，
我不能感到欣喜，像我应该的那样，
当我目睹这些神圣的诗篇
在海外如此美妆，在海内如此不堪，
在密室如此合适，在教堂如此不利，
当我不能把那叫作重塑，直至
重塑了这个；难道整个王国所能奉献
的礼物会少于某某一人的相送？
难道我们的教会要向我们的配偶和国王
用最沙哑、最粗糙的声音，尽情歌唱？
为那个而祈祷，为这个而称颂你的名，
这些，经由这位摩西和这位米利暗，
已然成就。一如那些诗篇我们称为
（尽管某些另有作者）大卫的全部，
尽管有些已译过，有些可能只是部分，
你的锡德尼诗篇我们也必将称颂，
直到我们前来把超俗的歌曲歌唱
（很快便听闻我们看到自己的王上
已翻译了那些译者），我愿
这甜美博学的劳作能全程陪伴
化作我们的调音，到我们因此离去时，
能与它们同在，把自己的部分唱响。

（由本书作者根据英文原文译出，原文见 John Donne. *John Donne's Poetry*. Ed. Donald R. Dickson. New York and London: Norton and Company, 2007, pp. 150-152.）

附录四　多恩研究基础文献

一、多恩著作

1.1　多恩的散文作品

约翰·多恩：《丧钟为谁而鸣：生死边缘的沉思录》，林和生译，北京：新星出版社，2009 年。

Biathanatos. Ed. Earnest W. Sullivan. London and Toronto: Associated UP, 1984.

Devotions upon Emergent Occasions. Ed. Anthony Raspa. Montreal: McGill-Queen's UP, 1975.

Donne's Marriage Letters in the Folger Shakespeare Library. Eds. M. Thomas Hester, Robert Parker Sorlien, and Dennis Flynn. Washington, DC: The Folger Shakespeare Library, 2005.

Donne's Sermons. Ed. Logan Pearsall Smith. Oxford: Clarendon, 1964.

Essays in Divinity. Ed. Evelyn M. Simpson. Oxford: Clarendon, 1952.

Ignatius His Conclave. Ed. T. S. Healy. Oxford: Clarendon, 1969.

John Donne's Poetry. Ed. Arthur L. Clements. New York and London: Norton, 1996.

Letters to Severall Persons of Honour (1651). Facsimile with Introduction by M. Thomas Hester. Delmar, NY: Scholars' Facsimile and Reprint, 1977.

The Oxford Edition of the Sermons of John Donne. 16 vols. Gen. Ed. Peter McCullough. Oxford: Oxford UP, 2013-2021.

Paradoxes and Problems. Ed. Helen Peters. Oxford: Clarendon, 1980.

Selected Letters. Ed. Paul M. Oliver. New York: Routledge, 2002.

Selected Poetry and Prose of John Dryden. Ed. Earl Miner. New York: Random House Inc., 1969.

The Life and Letters of John Donne Dean of St. Paul's. 2 vols. Ed. Edmund Gosse. London: Heinemann, 1899.

The Sermons of John Donne. 10 vol. Eds. George R. Potter and Evelyn M. Simpson. Berkeley: U of California P, 1953-1962.

1.2　多恩的诗歌作品

约翰·但恩：《艳情诗与神学诗》，傅浩译，北京：中国对外翻译出版公司，1999 年。

邓约翰：《哀歌集》，曾建纲译，台北：联经出版事业股份有限公司，2011 年。

The Anniversaries. Ed. Frank Manley. Baltimore: Johns Hopkins Press, 1963.

The Elegies and the Songs and Sonnets. Ed. Helen Gardner. Oxford: Clarendon, 1965.

The Poems of John Donne. 2 vols. Ed. Herbert J. C. Grierson. Oxford: Clarendon, 1912.

The Satires, Epigrams and Verse Letters. Ed. Wesley Milgate. Oxford: Oxford UP, 1967.

The Variorum Edition of the Poetry of John Donne. 8 vols. Gen. Eds. Gary A. Stringer and Jeffrey S. Johnson. Bloomington: Indiana UP, 1995-2021.

二、中文文献

克林斯·布鲁克斯：《精致的瓮：诗歌结构研究》，郭乙瑶、王楠、姜小卫等译，上海：上海人民出版社，2008 年。

李正栓：《陌生化：约翰·邓恩的诗歌艺术》，北京：北京大学出版社，2001 年。

李正栓：《邓恩诗歌思想与艺术研究》，北京：外语教学与研究出版社，2010 年。

李正栓：《邓恩诗歌研究》，北京：商务印书馆，2011 年。

刘立辉等：《英国 16、17 世纪巴罗克文学研究》，北京：科学出版社，2016 年。

陆钰明：《多恩爱情诗研究》，上海：学林出版社，2010 年。

单畅：《约翰·邓恩诗歌研究》，长春：吉林大学出版社，2013 年。

王改娣：《诗人不幸诗之幸：约翰·邓恩与王维比较研究》，博士学位论文，河南大学，2003 年。

吴笛：《英国玄学派诗歌研究》，北京：中国社会科学出版社，2013 年。

熊毅：《多恩及其诗歌的现代性研究》，湘潭：湘潭大学出版社，2011 年。

晏奎：《生命的礼赞：多恩"灵魂三部曲"研究》，北京：北京大学出版社，2005 年。

张缨：《多恩的内在承继与思辨书写》，广州：世界图书出版公司，2014 年。

三、英文文献

Altizer A B. *Self and Symbolism in the Poetry of Michelangelo, John Donne, and Agrippa D'Aubigne*. The Hague: Martinus Nijhoff, 1973.

Alvarez A. *The School of Donne*. New York and London: New American Library, 1967.

Andreasen N. J. C. *John Donne: Conservative Revolutionary*. Princeton: Princeton UP, 1967.

Archer S. "Meditation and Structure of Donne's 'Holy Sonnets.'" ELH 28.2 (1961): 137-147.

Bald R C. *Donne's Influence in English Literature*. Gloucester, Mass: Peter Smith, 1965.

Bald,R C. *John Donne: A Life*. New York and Oxford: Oxford UP, 1970.

Baumlin J S. *John Donne and the Rhetorics of Renaissance Discourse*. Columbia and London: U of Missouri P, 1991.

Baumlin J S. *Theologies of Language in English Renaissance Literature: Reading Shakespeare, Donne, and Milton*. Lanham: Lexington Books, 2012.

Beal P. "John Donne and the Circulation of Manuscripts." *The Cambridge History of the Book in Britain*. Vol. 4. John Barnald,D. F. McKenzie (Eds.). Cambridge: Cambridge UP, 2002. 122-126.

Beliles D B. *Theoretically-Informed Criticism of Donne's Love Poetry: Towards a Pluralist Hermeneutics of Faith*. New York: Peter Lang, 1999.

Bell I. "The Role of the Lady in Donne's Songs and Sonnets." *Studies in English Literature* 23.1 (1983): 113-129.

Benet D T. "Sexual Transgression in Donne's Elegies." *Modern Philology* 92 (1994): 14-35.

Berley M, ed. *Reading the Renaissance: Ideas and Idioms from Shakespeare to Milton*. Pittsburgh: Duquesne UP, 2003.

Berman A. *Toward a Translation Criticism: John Donne.* Trans. Francoise Massardier-Kenney. Kent, OH: Kent State UP, 2009.

Bloom H, ed. *John Donne and the Seventeenth-Century Metaphysical Poets.* New York and Philadelphia: Chelsea House Publisher, 1986.

Bowman G. "Every Man Is a Church in Himself: The Development of Donne's Ideas on the Relationship Between Individual Conscience and Human Authority." *Fides et historia* 28 (1997): 58-64.

Bradford G. "The Poetry of Donne." *A Naturalist of Souls: Studies in Psychography.* New York: Dodd, Mead and Company. 1917: 25-59.

Britten B, Schafer M. "British Composers in Interview: Benjamin Britten." *Britten on Music.* Ed. Paul Kildea. Oxford: Oxford UP, 2003: .231-231.

Brittin N A. "Emerson and the Metaphysical Poets." *American Literature* 8 (1936): 1-21.

Brooks C. *The Well Wrought Urn: Studies in the Structure of Poetry.* New York: Harcourt, Brace & World, 1947.

Brown D. "Stimulus and Form in Britten's Work." *Music and Letters* 39.3 (1958): 218-226.

Brumbaugh M G. *A Study of the Poetry of John Donne.* Diss. University of Pennsylvania, 23 Dec, 1893.

Carey J. *John Donne: Life, Mind and Art.* New York: Oxford UP, 1981.

Cattermole R, ed. *The Literature of the Church of England Indicated in Selections from the Writings of Eminent Divines.* Vol. 1. London: John W. Parker, 1844.

Chamberlin J S. *Increase and Multiply: Arts-of-Discourse Procedure in the Preaching of Donne.* Chapel Hill: U of North Carolina P, 1976.

Chambers R. *Chamber's Cyclopaedia of English Literature.* Vol. 1. David Patrick(Ed.). Philadelphia: J. B. Lippincott Co., 1910.

Cirillo A R. "The Fair Hermaphrodite: Love-Union in the Poetry of Donne and Spenser." *Studies of English Literature* 9.1 (1969): 81-95.

Coffin C M. *John Donne and the New Philosophy.* New York: Columbia UP, 1937.

Colclough D, ed. *John Donne's Professional Lives.* Cambridge: D. S. Brewer, 2003.

Collins S. *Bodies, Politics and Transformations: John Donne's Metempsychosis.* Farnham, Surrey: Ashgate Publishing, 2013.

Corthell R. *Ideology and Desire in Renaissance Poetry: The Subject of Donne.* Detroit: Wayne State UP, 1997.

Cousins A D, Grace D, eds. *Donne and the Resources of Kind.* Madison and Teaneck: Fairleigh Dickinson UP; London: Associated UP, 2002.

Creswell C J. "Reading Subjectivity: The Body, the Text, the Author in John Donne." Diss. Buffalo: State University of New York, 1993.

Crowley L M. *Manuscript Matters: Reading John Donne's Poetry and Prose in Early Modern England.* Oxford: Oxford UP, 2018.

Derrin D. *Rhetoric and the Familiar in Francis Bacon and John Donne.* Madison: Fairleigh Dickinson UP, 2013.

Docherty T. *John Donne, Undone*, London and New York: Methuen, 1986.

Duncan J. *The Revival of Metaphysical Poets: The History of a Style, 1800 to the Present.* Minneapolis: University of Minnisota Press, 1959.

Drummond W. *The Poetical Works of William Drummond of Hawthornden.* Ed. L. E. Kastner. Manchester: Manchester UP, 1913.

Dryden J. "An Essay of Dramatic Poesie." *The Critical Tradition: Classic Texts and Contemporary Trends.* Ed. David H. Richter. New York: St. Martin's Press, 1989: 163-196.

Eagleton T. *Literary Theory: An Introduction.* Beijing: Foreign Language Teaching and Research Press, 2004.

Edson M. *Wit.* New York: Faber and Faber, 1999.

Edwards D L. *John Donne: Man of Flesh and Spirit.* London and New York: Continumm, 2001.

Eliot T S. *A Garland for John Donne.* Spencer T (Ed.). Oxford: Oxford UP, 1932.

Eliot T S. *The Varieties of Metaphysical Poetry.* Schuchard R (Ed.). New York, San Diego and London: Harcourt Brace, 1993.

Ellrodt R. *Seven Metaphysical Poets: A Structural Study of the Unchanging Self.* Oxford: Oxford UP, 2000.

Empson W. *Donne and the New Philosophy.* Haffenden J(Ed.). Cambridge: Cambridge UP, 1993.

Fiore P A, ed. *Just So Much Honor: Essays Commemorating the Four-Hundredth Anniversary of the Birth of John Donne.* University Park and London: Pennsylvania State UP, 1972.

Flynn D. *John Donne and the Ancient Catholic Nobility.* Bloomington: Indiana UP, 1995.

Frontain R. "Donne's Imperfect Ressurection." *Papers on Language and Literature* 26 (1990): 539-545.

Frontain R. "Translating Heavenwards: 'Upon the Translation of the Psalms' and John Donne's Poetics of Praise." *Explorations in Renaissance Culture* 22 (1996): 103-125.

Frontain R, M F M, Eds. *John Donne's Religious Imagination: Essays in Honor of John T. Shawcross.* Conway, AR: UCA Press, 1995.

Gardner H, Ed. *John Donne: A Collection of Critical Essays.* London: Prentice Hall International, 1986.

Goldberg J. *James I and the Politics of Literature: Jonson, Shakespeare, Donne, and Their Contemporaries.* Baltimore: Johns Hopkins UP. 1983.

Gottlieb C M. "Pedagogy and the Art of Death: Reparative Readings of Death and Dying in Margarett Edson's *Wit*." *Journal of Medical Humanities* 39 (2018): 325-336.

Gottlieb S, ed. *Approaches to Teaching the Metaphysical Poets.* New York: Modern Language Association of America, 1990: 89-95.

Gray T. *The Correspondence of Thomas Gray.* Vol. 3. Toynbee P, Whibley L (Eds.). Oxford: Clarendon, 1935; rep. by Herbert W S, Oxford: Clarendon, 1971.

Grierson H J C, ed. *Metaphysical Lyrics and Poems of the Seventeenth Century: Donne to Butler.* Oxford: Oxford UP, 1921.

Grossman M. *The Story of All Things: Writing the Self in English Renaissance Narrative Poetry,* Durham & London: Duke UP, 1998.

Guibbory A. " 'Oh, Let Mee Not Serve So': The Politics of Love in Donne's *Elegies*." *ELH* 56 (1990): 811-

833.

Guibbory A, ed. *The Cambridge Companion to John Donne*. Cambridge: Cambridge UP, 2006: 23-34.

Guss D L. *John Donne, Petrarchist: Italianate Conceits and Love Theory in The Songs and Sonets*. Detroit: Wayne State UP, 1966.

Hales J W. *The English Poets: Selections with Critical Introductions, i: Chaucer to Donne*. Thomas Humphry Ward(Ed.). London and New York: Macmillan, 1880.

Haskin D. *John Donne in the Nineteenth Century*. Oxford: Oxford UP, 2007.

Haskin D. "New Historical Contexts for Appraising the Donne Revival from A. B. Grosart to Charles Eliot Norton." *ELH* (1989): 869-895.

Heit J. Liturgical Liaisons: *The Textual Body, Irony, and Betrayal in John Donne and Emily Dickinson*. Eugene, Oregon: Pickwick Publications, 2013.

Hester M T, ed. *John Donne's "Desire of More": The Subject of Anne More Donne in His Poetry*. Newark: U of Delaware P, 1996.

Hodgson E M A. *Gender and the Sacred Self in John Donne*. Newark: U of Delaware P, 1999.

Holstun J. " 'Will You Rent Our Ancient Love Asunder?': Lesbian Elegy in Donne, Marvell and Milton." *English Literary History* 54.4 (1987) : 835-868.

Hopkins D, ed. *English Poetry: A Poetic Record, from Chaucer to Yeats*. London and New York: Routledge, 1990.

Horace. *The Complete Works of Horace*. Casper J K(Ed.). New York: Modern Library, 1963.

Housman A E. *The Name and Nature of Poetry*. New York: Macmillan, 1933.

Hughes M Y. "Kidnapping Donne." In John R. Roberts(Ed.), *Essential Articles for the Study of John Donne's Poetry*. Hamden: Archon Books, 1975, pp. 37-57.

Hughes R E. *The Progress of the Soul: The Interior Career of John Donne*. New York: William Morrow and Company, 1968.

Hunt C. *Donne's Poetry: Essays in Litreary Analysis*. New Haven: Yale UP, 1954.

Hunt L. *The Correspondence of Leigh Hunt*, vol. 1. Hunt T L(Ed.). London: Smith, Elder, 1862.

Husain I. *The Dogmatic and Mystical Theology of John Donne*. London: Macmillan, 1938.

Jack I. "Pope and the Weighty Bullion of Dr. Donne's Satires." *MPLA* 66.6 (1951): 1009-1022.

Jessopp A, ed. *John Donne: Sometime Dean of St. Paul's*. London: Methuen, 1897.

Jonson B. *Ben Jonson. Notes of Ben Jonson's Conversations with William Drummond of Hawthornden*. Laing D (Ed.). London: Shakespeare Society, 1842.

Johnson J. *The Theology of John Donne*. Cambridge: D. S. Brewer, 1999.

Johnson S. *Lives of the English Poets*. Vol. 1. Ed. G. B. Hill. Oxford: Clarendon, 1905.

Jordan R D. *The Quiet Hero: Figures of Temperance in Spenser, Donne, Milton, and Joyce*. Washington: Catholic University of America Press, 1989.

Kermode F. *Shakespeare, Spencer and Donne: Renaissance Essays*. London: Oxford UP, 1971.

Keynes G. *A Bibliography of Dr. John Donne*. 4 ed. Oxford: Clarendon, 1973.

Knox F B. *The Eye of the Eagle: John Donne and the Legacy of Ignatius Loyola*. Oxford: Peter Lang, 2011.

Larson D A. *John Donne and Twentieth-Century Criticism*. London: Associated UP, 1989.

Lebans, W M. "Donne's *Anniversaries* and the Tradition of Funeral Elegy." *ELH* 39.4 (1972): 545-559.

Leishman J B. *The Monarch of Wit: An Analytical and Comparative Study of the Poetry of John Donne*. London: Hutchinson, 1965.

Lewalski B K. *The Resources of Kind: Genre Theory in the Renaissance*. Berkeley and London: U of Califirnia P, 1973.

Lewalski B K. *Donne's Anniversaries and the Poetry of Praise: The Creation of a Symbolic Mode*. Princeton: Princeton UP, 1973.

Lightfoot J B. "John Donne, the Poet-Preacher." *The Classic Preachers of the English Church: Lectures Delivered at St. James's Church in 1877*. Kempe J E(Ed.). London: John Murray, 1877: 1-26.

Low A. "Donne and the Reinvention of Love." *ELR* 20 (1990): 465-486.

MacKenzie C G. *Emblem and Icon in John Donne's Poetry and Prose*. New York: Peter Lang Publishing, 2001.

Marotti A F. *John Donne, Coterie Poet*. Madison and London: University of Wisconsin Press, 1986.

Martz L L. *The Poetry of Meditation: A Study in English Religious Literature of the Seventeenth Century*. New Haven and London: Yale UP, 1954.

Maureen S. *Feminine Engendered Faith: The Poetry of John Donne and Richard Crashaw*. London: Macmillan, 1992.

McDuffie F W. *To Our Bodies Turn We Then. Body as Word and Sacrament in the Works of John Donne*. New York and London: Continuum, 2005.

McGann J J. *Radiant Textuality: Literature After the World Wide Web*. New York: Palgrave, 2001.

Meakin H L. *John Donne's Articulations of the Feminine*. Oxford: Clarendon Press, 1998.

Mintz S B. *Negotiating the Threshold: Self-Other Dynamics in Milton, Herbert, and Donne*. Diss. Houston, Texas: Rice University, 1996.

Mollenskott V R. "John Donne and the Limitations of Androgyny." *Journal of English and Germanic Philology* 80.1 (1981): 22-38.

Morrow C L, ed. *The Texas A & M John Donne Collection*. College Station: Texas A & T Libraries, 2006.

Mousley A, ed. *John Donne: Contemporary Critical Essays*. New York: St. Martin's Press, 1999.

Nelson B. *Holy Ambition: Rhetoric, Courtship, and Devotion in the Sermons of John Donne*. Tempe, Arizona: Arizona Center for Medieval and Renaissance Studies, 2005. [in Adobe Garamond]

Nicholls D. "The Political Theology of John Donne." *Theological Studies* 49 (1988): 45–66.

Oliver P M. *Donne's Religious Writing: A Discourse of Feigned Devotion*. London and New York: Longman, 1997.

Osmand R. "Body and Soul Dialogues in the Seventeenth Century." *English Literary Renaissance* 4 (1974): 364-403.

Papazian M A, Ed. *John Donne and the Protestant Reformation*. Detroit: Wayne State UP, 2003.

Parker D. *John Donne and His World*. London: Thames and Hudson, 1975.

Partridge A C. *John Donne: Language and Style*. London: Andre Deutsch, 1978.

Pebworth T. "John Donne, Coterie Poetry, and the Text as Performance." *Studies in English Literature* 29.1 (1989): 61-75.

Pepperdene M W, ed. *That Subtle Wreath: Lectures Presented at the Quatercentenary Celebration of the Birth of John Donne.* Atlanta: Agnes Scott College, 1973.

Perry T A. *Erotic Spirituality: The Integrative Tradition from Leone Ebreo to John Donne.* University, Alabama: U of Alabama P, 1980.

Ramsay M P. *Les Doctrines Medievales Chez Donne, Le Poete Metaphysician de L'Angeterre (1573-1631).* London: Oxford UP, 1917.

Ray R H. *A John Donne Companion.* New York and London: Garland Publishing, 1990.

Roberts J R, Ed. *Essential Articles for the Study of John Donne's Poetry.* Hamden: Archon Books, 1975.

Roberts J R, Ed. *John Donne: An Annotated Bibliography of Modern Criticism, 1912-1967.* Columbia: U of Missouri P, 1973.

Roberts, J R, Ed. *John Donne: An Annotated Bibliography of Modern Criticism, 1968-1978.* Columbia: U of Missouri P, 1982.

Roberts J R, Ed. *John Donne: An Annotated Bibliography of Modern Criticism, 1979-1995.* Pittsburgh: Duquesne UP, 2004.

Roberts J R., Ed. *John Donne: An Annotated Bibliography of Modern Criticism, 1996-2008.* Tamu.edu: DigitalDonne, 2013.

Robins N. *Poetic Lives: Donne.* London: Hesperus Press Ltd., 2011.

Roston M. *Tradition and Subversion in Renaissance Literature: Studies in Shakespeare, Spenser, Jonson, and Donne.* Pittsburg, PA: Duquesne UP, 2007.

Roston M. "Donne and the Meditative Tradition." *Religion and Literature* 37.1 (2005): 45–68.

Sabine M. *Feminine Engendered Faith: The Poetry of John Donne and Richard Crashaw.* London: Macmillan, 1992.

Schleiner W. *The Imagery of John Donne's Sermons.* Providence: Brown UP, 1970.

Shami J, Flynn D, Hester M. Thomas, ed. *The Oxford Handbook of John Donne.* Oxford: Oxford UP, 2011.

Shawcross J T. "An Early-Nineteenth Century Life of John Donne: An Edition with Notes and Commentary." *Journal of the Rutgers University Library* 32.1(1968):1-32.

Simpson E M. *A Study of the Prose Works of John Donne.* Oxford: Clarendon, 1924.

Sloane T O. *Donne, Milton, and the End of Humanist Rhetoric.* Berkeley: U of California P, 1985.

Smith A J, ed. *John Donne: The Critical Heritage.* London and New York: Routledge, 1983.

Stampfer J. *John Donne and the Metaphysical Gesture.* New York: Funk & Wagnalls, 1970.

Stanwood P G. *John Donne and the Line of Wit: From Metaphysical to Modernist.* Vancouver: Rondale, 2008.

Stanwood P G, Asals H R, Eds. *John Donne and the Theology of Language.* Columbia: U of Missouri P, 1986.

Stein A. *John Donne's Lyrics: The Eloquence of Action.* Minneapolis: Lund Press, 1962.

Stubbs J. *Donne: The Reformed Soul.* London: Penguin Books, 2006.

Sugg R. *Critical Issues: John Donne.* New York: Palgrave Macmillan, 2007.

Sullivan C. *The Rhetoric of the Conscience in Donne, Herbert, and Vaughan.* Oxford: Oxford UP, 2008.

Sullivan E W. *The Influence of John Donne: His Uncollected Seventeenth-Century Printed Verse*. Colombia and London: U of Missouri P, 1993.

Summers C J, Pebworth T, eds. *The Eagle and the Dove: Reassessing John Donne*. Columbia, MI: U of Missouri P, 1986.

Targoff R. *John Donne, Body and Soul*. Chicago and London: U of Chicago P, 2006.

Tayler E W. *Donne's Idea of a Woman: Structure and Meaning in The Anniversaries*. New York: Columbia UP, 1991.

Tomlins T, Ed. *The Life of John Donne, D.D. Late Dean of St Paul's, London, by Izaak Walton, with Some Original Notes by an Antiquary*. London: Henry Kent Causton, 1865.

Vickers J. "Benjamin Britten's Silent 'Epilogue' to 'The Holy Sonnets of John Donne.'" *The Musical Times* 156. 1933 (Winter 2015): 17-30.

Walton I. *The Life of John Donne, Dr. in Divinity and Late Dean of Saint Pauls Church London*. London: Marriot, 1658.

Webber J. *Contrary Music: The Prose Style of John Donne*. Madison: U of Wisconsin P, 1963.

Whalen R. *The Poetry of Immanence: Sacrament in Donne and Herbert*. Toronto, Buffalo and London: U of Toronto P, 2002.

White H C. *The Metaphysical Poets: A Study in Religious Experience*. New York: Micmillan, 1936.

Williamson G. *A Reader's Guide to The Metaphysical Poets*. London: Thames and Hudson, 1967.

Winkelman M A. *A Cognitive Approach to John Donne's Songs and Sonnets*. New York: Palgrave Macmillan, 2013.

Yan K. *A Systematic Venture into John Donne*. Chengdu: Sichuan UP, 2001.

Young R V. *Doctrine and Devotion in Seventeenth-Century Poetry: Studies in Donne, Herbert, Crashaw, and Vaughan*. Cambridge: D. S. Brewer, 2000.

索　引